LA NACIÓN DE LAS BESTIAS

Leyenda de Fuego y Plomo

GRANTRAVESÍA

Mariana Palova

LA NACIÓN DE LAS BESTIAS

Leyenda de Fuego y Plomo

GRANTRAVESÍA

La Nación de las Bestias
Leyenda de fuego y plomo

© 2020, Mariana Palova

Diseño de portada e ilustraciones de interiores: © Mariana Palova
Fotografía de la autora: Cristina Francov

D. R. © 2020, Editorial Océano de México, S.A. de C.V.
Homero 1500 - 402, Col. Polanco
Miguel Hidalgo, 11560, Ciudad de México
www.oceano.mx
www.grantravesia.com

Primera edición: 2020

ISBN: 978-607-557-230-7

IMPRESO EN MÉXICO / PRINTED IN MEXICO

NOTA
DE LA AUTORA

L as fórmulas y símbolos utilizados en esta historia están inspirados en tradiciones ocultistas reales, pero muchos de ellos han sido modificados en favor de la trama. El pueblo de Stonefall y sus alrededores son ficticios, en cambio, Valley of the Gods, Monument Valley y el resto de la topografía de este libro son reales. La diversidad cultural y étnica, así como los acontecimientos históricos, también están inspirados en tradiciones, lugares y sucesos verídicos, pero no representan mis creencias ni reflejan las de ninguna persona en particular; ésta es una obra de ficción.

Que la dualidad nos una para siempre.

Bienvenidos de nuevo a nuestra Nación.

A mis Atrapasueños:
el de Utah, el de Madrid
y todos los esparcidos
por el continente americano.
Esto es para ustedes.

PRÓLOGO
(El libro rojo de ~~Laurele~~ Elisse)

E s muy difícil aprender a caminar. Cuando sentimos el dolor de nuestros huesos al abrirse, escuchamos nuestras articulaciones crujir y percibimos el inevitable vértigo en el estómago al tratar de elevarnos sobre nuestros pies, llegamos a tener la sensación de que nuestro cuerpo es demasiado pesado y, perdida en algún punto de nuestra memoria, nos queda la nostalgia de cuando gatear nos era suficiente.

Pero todo esto lo olvidamos al ponernos en pie, al entender que podemos ser como nuestros padres; que podemos erguirnos y deambular en dos patas, como ellos. Nos volvemos conscientes de que dejamos de ser bestias cuadrúpedas y, tras pasar por tanto sufrimiento, comenzamos a caminar sobre la tierra.

Asimilamos la idea de que todo aquel duro proceso es algo natural, de que ese dolor es sólo el grito de la adaptación del humano hacia la civilización. Pero lo único que hacemos, en realidad, es crecer, envejecer y morir sin saber que aquel peso que nos empuja hacia el suelo no es más que la desesperada raíz invisible que nos ataba a nuestro origen salvaje, a la conexión que teníamos con la tierra desde tiempos inmemoriales. Y nosotros, torpes e ilusos, ignorábamos que a cada paso con el que aprendíamos a erguirnos, negábamos nuestra naturaleza primigenia.

Lo olvidamos. Olvidamos que nacemos siendo bestias, seres desnudos que gimen y lloran, que sienten hambre y frío, tan parte de la tierra como cualquier otro animal. Olvidamos que somos humildes e indefensos. Olvidamos nuestro instinto y nos volvemos... humanos.

Pero hay seres que no estamos destinados a olvidar.

Criaturas cuya *humanidad* no ha podido corrompernos y que, sin saberlo, llevamos la semilla de las bestias palpitando debajo de nuestra piel, a la espera del momento adecuado para resucitar tal como somos.

Hay quienes pertenecemos a una raza de seres que guardan la certeza de que nuestra fuerza proviene de aquella primigenia brutalidad, que la inteligencia nace del más antiguo instinto y que, por lo tanto, somos capaces de ser al tiempo humanos y bestias.

Todo eso a ojos de nuestra propia raza de tierra, estrellas y sangre, es la más grande de las virtudes: la bendición dada por una madre de ríos, árboles, cielos y montañas.

Alguna vez, en un rincón escondido de Nueva Orleans, yo me sentí bendecido. Me sentí un hijo de tierra, estrellas y sangre; miembro de una verdadera familia, tan antigua y poderosa que los lazos que nos unían superaban cualquier lógica, natural o impuesta, habida y por haber. Y sentí que, al fin, mi existencia tenía un sentido, y una verdad.

Me sentí un errante.

Una criatura mística, mezcla de hombre y bestia, capaz de mirar los abismos de frente, de escuchar a los muertos y de susurrar entre las estrellas. Un ser de colmillos y astas, con el corazón palpitante de un hombre.

Pero de la forma más dolorosa posible tuve que despertar de ese sueño efímero, cuando todos los tipos de amor se manifestaron en mí gracias a aquellos errantes que conocí en esa ciudad sepultada por la niebla, para después ser poseído por un monstruo incomprensible. Entonces pude por fin entender que estaba maldito y, por ello, destinado a condenar todo lo que estuviera a mi alrededor. Tuve que entender que debía, una vez más, quedarme solo.

Y ya he estado solo el tiempo suficiente para comprender tres cosas a la perfección.

La primera, y la más útil: para llegar al plano medio hay que cruzar una puerta, una ventana, un puente, un arco, una grieta o una cueva. Algo que marque una diferencia entre el aquí y el allá, el interior y el exterior... *un vínculo*. Vínculo que después de mucho tiempo, y gracias a una lengua maldita que repta en el fondo de mi garganta, he aprendido a sentir y manipular. Pero no todo vínculo puede ser un portal, no toda puerta o ventana pueden llevarte al plano medio y, de dónde vienen, cómo se han formado o por qué están allí, aún es un profundo misterio para mí.

La segunda revelación, y la más inquietante: no soy más un errante, o al menos no uno *normal*. Los errantes son uno con su ancestro, una entidad conformada por dos partes, una armonía extraordinaria de la naturaleza. Pero yo tengo a un monstruo dentro de mí, uno que vive en medio de mis huesos, que se alimenta de mis miedos, bebe de mis furias y que, a pesar de haber aprendido a empujar sus cientos de voces detrás de mis oídos, aún es capaz de despertarme en plena noche, mientras grita desde el abismo de mi locura, de mi propia bestialidad.

Finalmente, la tercera certeza, y la más peligrosa: hay algo, un *ente* que clama por mi cabeza. Una criatura a la que he bautizado "Mara",[1] la cual, incluso dos años antes de mi nacimiento, ha estado planeando mi muerte. Un ser que, si pudo comprar a un Loa, tendrá el poder suficiente para manipular a muchas criaturas más que no descansarán hasta aniquilarme. Pero, sobre todo, es algo que me obligó a dar la espalda a todo lo que amaba.

Porque en aquella monstruosa noche en la cabaña de Muata sólo bastó un chasquido, un crujido que resonaba en la oscuridad, para saber que debía marcharme de Nueva Orleans; para comprender por fin que ese algo, poderoso e imparable, acechaba en las sombras decidido a hacerme pedazos.

Así que, herido y con el corazón destrozado, tomé un dinero que no era mío y me marché a través del plano medio a sabiendas de que nada ni nadie serían capaces de encontrarme. De que mi familia jamás podría siquiera adivinar qué había ocurrido en esa habitación vacía.

Porque si tres errantes habían sido asesinados para alcanzarme, permanecer al lado de mi familia con la esperanza de que sólo la suerte nos mantendría vivos, no hubiera sido más que un acto egoísta de mi parte.

Después de esa noche, todos los misterios de mi vida dejaron de asustarme, porque encontré cosas mucho peores que la más horrible de mis pesadillas; cosas que hoy veo ocultas, no en la penumbra, sino en mi espantosa soledad, y en la culpa que ahora cargo sobre los hombros. Pero, así como una bestia herida bate sus garras a diestra y siniestra cuando yace

---

[1] En la religión budista, Mara es tanto un espíritu maligno que intentó impedir la iluminación del Buda Shakyamuni como la denominación general que se le otorga a los demonios personales.

boca arriba, el miedo se ha vuelto mi gran aliado. Me ha hecho resistente, fuerte, hábil... peligroso.

Por ello, en el momento en el que mi Mara decida por fin dar la cara, estaré esperándolo, dispuesto a enfrentarlo. Y con la terrible certeza de que el monstruo de hueso será lo único que podrá ayudarme a detenerlo. Al menos hasta que encuentre la forma de deshacerme de él también.

Tal vez así pueda tener la oportunidad de algún día volver a casa.

N
O
E
S
191
SURESTE DE
UTAH
Stonefall
The Devil's
River
Danny's
Diner
95
Condado de
San Juan
95
Valley of
the Gods
261
Rancho
Red Buffalo
Nación Navajo
153
191
Monument
Valley
ARIZONA

PRIMERA ETAPA

MONSTRUO

DE PLOMO

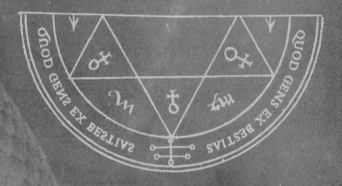

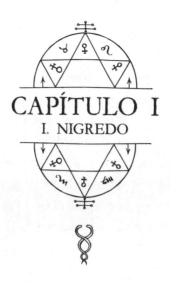

CAPÍTULO I
I. NIGREDO

iedo. Hacía tantos, tantos años que no percibíamos con tal intensidad la deliciosa sensación del miedo, ese frío nauseabundo que se expande bajo la piel de nuestra víctima al percatarse de nuestra abominable proximidad.

Oh, para nosotros no hay sensación en este mundo que estimule más nuestra maldad que el miedo. Y ella... *Ella siente más miedo que nunca.*

"Alannah", la llamamos con nuestra sola voz, que si bien se ha recuperado un poco con la benevolencia de la lluvia de esta noche, aún es un eco frágil y vacío entre las gotas tibias que caen despacio sobre nuestra sola cabeza.

Pero la chica no mira hacia atrás, ni a nosotros, ni hacia el coche desvencijado que ha dejado muy lejos, porque la bestia que *cree* que ha venido a enfrentar está delante de ella; una casa erigida con fuego y ladrillo, y repleta de profundas entrañas de concreto, con un alma tan antigua, tan violenta y monstruosa, que nos llena de regocijo saberla *despierta.*

Veinte años. Veinte años hemos aguardado su regreso. Veinte años después de haber sido devueltos del plano medio y los recuerdos, porque el Cacique de los Muertos, el Gran Señor de la Niebla, ha roto su trato.

Pero lo que es inmortal no hace tratos.

Lo que es inmortal no dará ninguna oportunidad.

El bosque que permanece a nuestras espaldas cruje sus dientes de madera y le suplica a la joven que vuelva. Que dé media vuelta y se aleje de este lugar besado por el abismo, pero Alannah es incapaz de moverse. Sus pies pálidos y enfangados están sembrados en la tierra y sus brazos, rígidos contra sus abultados senos.

"Alannah, Alannah", volvemos a llamarla, pero ella es tan inútil, tan carente de talentos que no es capaz de escuchar nuestro susurro.

No importa cuántas veces haya intentado hacer magia en el pasado, porque sin ancestro y sin protección, la contemplasombras está débil y horrorizada, tanto que su vejiga punza, ansiosa por vaciarse. Y *la casa* frente a ella lo sabe.

De su boca de metal emana un aliento fétido de magia siniestra, magia de blancos forjada con una mezcla ancestral de sangre y sulfuro; un seno de maldad que expele fuego y ceniza.

Su matriz está cálida y expectante, su olor a quemado infecta el aire, sus miles de ojos miran hacia Alannah, hacia su cabellera anaranjada, larga y empapada como una cascada de lava sobre sus hombros raquíticos.

Y a pesar de su delgadez, de la desesperada hambruna a la que la errante se ha sometido para tratar de matar el más grande error que ha cometido en su vida, su hermosura pareciera ser la única cualidad de su estirpe que aún es capaz de portar.

Pero la belleza resulta indiferente ante un monstruo inconmovible, una criatura creada para devorar, triturar y transmutar todo lo que se atreva a deambular dentro de sus paredes.

Y Alannah debe ser transmutada.

De pronto, la contemplasombras las *oye*. Escucha las docenas de voces que la llaman desde la podrida garganta de la casa, esas voces femeninas, angustiadas y suplicantes que no le han permitido dormir incontables noches.

Ella siempre quiso creer que todo lo que había vivido a lo largo de estos meses eran alucinaciones. Que todo este concierto espectral era sólo un estrago de la locura que hizo crecer dentro de sí por tantos años de ignorar sus dones.

Pero ahora que se da cuenta de la verdad es incapaz de lidiar con ella.

—¿Qué es lo que quieren de mí? —pregunta con la boca seca. El sabor de sus lágrimas se mezcla con la lluvia y el sofocante ardor de los ladrillos.

Un repentino dolor, tan natural como abominable, la estruja; sus dedos se contraen en su vientre para soportarlo, aun a sabiendas de que es inevitable.

"Estás sola. Tan... sola."

Murmuramos sin compasión. Y aunque no puede escucharnos, la fantasmagórica vibración de nuestra voz termina por destrozar su última pizca de valentía.

Alannah se orina. Después llora y gimotea, aterrada; ella sabe que esto la supera. Sabe que es indigna de su estirpe y de los errantes. Quiere volver a casa. Quiere refugiarse en la calidez de los brazos que la han acogido en sus noches de pesadillas. Quiere regresar al sitio donde, por primera vez en su vida, ha sido amada, y pretender que esto no ocurrió. Que nunca vio a esos fantasmas en la oscuridad de su habitación. Que jamás llegó a percibir su horripilante olor a quemado ni a ver sus vientres abiertos como labios rojos en la noche.

Oh, Alannah. La pobre y loca Alannah. Si tan sólo supieras que el demonio al que deberías temer no está dentro de esa caverna de ladrillos, sino aquí afuera, contigo.

Porque tú *serás nuestra*.

Basta un murmullo de nuestros labios podridos, un revolotear de nuestros espíritus, para que el silencio lo devore todo. Los árboles ya no se agitan contra el viento. El agua deja de fluir contra la ropa de la chica y su temor no le permite darse cuenta de que el único sonido que puede escucharse ahora es el de su corazón agitado.

Todo calla por el chasquido de nuestra magia.

Y, finalmente, nuestras cenizas se unen, se regeneran y se alargan bajo la lluvia. Nuestro cuello se abre paso entre las copas de los árboles. Nuestras fauces se parten, crujen y se dilatan hasta que nos sangran las encías, ansiosas por poner carne entre nuestros dientes.

Nuestra esencia de magia negra se desprende como una marea y alcanza el frenético pulso de la errante. Las náuseas la ahogan y, por fin, Alannah mira hacia acá.

Pero ya es demasiado tarde.

Nos lanzamos contra su cuello y lo constreñimos con tanta fuerza que ni un suave alarido alcanza a escapar de su garganta. Nuestros huesos se enroscan y saborean su piel empapada; una vuelta, una torcedura apenas y las vértebras de la contemplasombras se encajan en las nuestras hasta hacerse pedazos.

Su carne blanda revienta, y la sangre baña nuestro pellejo como lo haría un manantial.

Alannah se desploma, inerte, contra el suelo. Sus ojos vacíos contemplan nuestro cuerpo, traído de vuelta a la vida a base de cenizas, lluvia y recuerdos.

El agua vuelve a cantar sobre la tierra. El viento susurra de nuevo entre los árboles.

Nuestra columna vertebral se desliza desde las entrañas del bosque. Despacio, la enredamos en el tobillo de la chica mientras las voces que yacen dentro de la casa de ladrillos gritan, lloran y se retuercen al ver que su única esperanza es arrastrada hacia la oscuridad.

CAPÍTULO 2
REINO DE ÓXIDO

El silencio se vuelve un susurro y comienza a silbar con más fuerza a medida que el viento, cargado de polvo y arena, se arrastra hacia aquí. Como una mano gigante e invisible, golpea el costado del solitario restaurante de carretera y hace vibrar tanto el cristal de las ventanas como las destartaladas paredes de aluminio.

Ante la ráfaga, el único mesero alza el mentón para ver cómo se sacuden los muros, más curioso que atemorizado ante la furia de la corriente. Cuando el viento amaina, sólo deja un asfixiante olor a tierra seca que entra de lleno por mi nariz.

La luz anaranjada que se cuela por las persianas, el zumbido de la radio sobre la barra, el rechinar de los grasientos ventiladores en el techo, el olor de la parrilla de hamburguesas… todo me provoca una repentina nostalgia, como si me hubiese perdido en algún lejano punto del pasado.

Ante el sofocante calor, intento abanicarme con la postal en mi mano cubierta por un guante color marrón, pero al ver que el paisaje impreso ya está casi desvaído, decido meterla en el bolsillo de mi parka de verano.

Tarareo una canción en hindi y saco un cigarro, dispuesto a transformar en humo la melancolía. Los huesos expuestos rumian debajo de mi guante, ansiosos por sentir el calor de las cenizas. Pero antes siquiera de que pueda buscar el encendedor, escucho un siseo frente a mí.

Alzo la barbilla hacia mi acompañante invisible, sentado al otro lado de la mesa; tiene el rostro tenso como un ladrillo y sus hambrientas cuencas vacías prestas sobre mi cigarrillo. Sonrío y alargo el brazo hacia él.

—¿Quieres? —ofrezco.

Barón Samedi ni siquiera mueve los labios; tan sólo me mira en silencio como un espectador ausente mientras se llena, poco a poco, de una ira impotente que soy capaz de sentir *en la punta de la lengua.*

Letras pequeñas de un mal contrato, si me lo preguntan.

—Sí. Eso creí —sentencio con una risa ronca mientras llevo el filtro a la boca.

De reojo, me percato de que el mesero arruga el entrecejo, desconcertado al escucharme hablar solo. Acostumbrado a que la gente me tome por un loco, me limito a aspirar una nube de humo caliente y a girar el rostro con indiferencia hacia la ventana.

Y es entonces, justo cuando un placer nauseabundo se anida en medio de mis pulmones, que el fastidioso ruido de la radio se detiene de pronto. Alzo una ceja y miro al mesero, cuyos ojos perplejos yacen sobre mi cigarro.

Me toma menos de un segundo comprender que, una vez más, lo he prendido sin necesidad del encendedor.

El Señor del Sabbath se ríe de mi descuido con un sonido irritante y gangoso que retumba en las paredes de su boca vacía. Pero su sonrisa se transforma en una mueca de dolor cuando, de un solo movimiento, aplasto el cigarro sobre el dorso de su mano.

El Loa contrae su extremidad y aprieta los labios hasta volverlos una línea siseante mientras yo arrojo una generosa cantidad de billetes de un dólar sobre la mesa, justo donde el cigarro ha dejado su rastro de ceniza.

Me levanto y me largo a zancadas del restaurante, con el aún más estupefacto semblante del mesero sobre mi espalda. Echo a andar sobre el polvoroso suelo en dirección al motel detrás del negocio, con la mirada furibunda de Samedi siguiéndome desde la ventana.

A medio camino me detengo para prender otro cigarro y contemplar los últimos rayos de luz del atardecer. Esta vez procuro usar encendedor.

La brisa caliente y polvorienta de finales de julio me abrasa la piel, y la nostalgia vuelve a surgir cuando contemplo cómo el sol se acuna entre las montañas del sur de Utah, pintando todo de matices anaranjados y rojos.

Aunque, vamos, aquí casi todo es rojo, sea cual sea la posición del sol.

El paisaje desértico de esta parte del país está formado por largas praderas de matorrales secos y opacos, pelusas espinosas que brotan de la calvicie árida de la tierra. A mi alrededor hay montañas, *hoodoos*[2] y mesetas gigantescas de piedra erosionada, cuyos pies están repletos de rocas y arena que se ha deslizado con el paso de los siglos, como

---

[2] También llamadas "rocas de carpa" o "chimenea de hadas", son agujas de roca alta y delgada coronadas por piedras más grandes y duras. Los *hoodoos* tienden a ser descritos como "rocas en forma de tótem".

si montones de escombros reposaran a las faldas de los gigantes.

Frente al restaurante hay una gasolinera y la solitaria carretera estatal 95, una cicatriz de asfalto que separa el inhóspito horizonte rojo del estereotipado lugar en el que pienso quedarme esta noche: un parador mugriento en medio de la nada en el que ni loco te pararías si vinieras solo, situado a un lado del camino como un pueblo fantasma, revestido de una crujiente piel de óxido y letreros de Coca-Cola que han de ser tan viejos como el café que sirven aquí.

Cuando el sol se oculta por fin, guardo la colilla en el bolsillo y me dirijo al cuarto de motel. El decrépito edificio de un solo piso me recibe con el rugido de su vieja cañería.

Saco la llave y entro en la habitación; me muevo en la oscuridad apenas atenuada por la blanca luz del pórtico. Enciendo la lámpara del buró junto a la cama y desvío la mirada hacia la puerta del baño, la cual yace desatornillada y tendida en el suelo.

Tal cual la dejé antes de ir a cenar.

Miro mi enorme mochila para acampar sobre un sillón y, aunque todo parece estar en su lugar, reviso la puerta de nuevo, de arriba abajo.

A pesar de que soy el único inquilino que alberga el motel ahora, no puedo evitar sentir que este sitio aún no está vacío del todo.

Arrojo mi desordenada trenza hacia atrás y me acuesto en la rígida cama. La tentación de retirar el guante se vuelve persistente, pero en vez de ceder a ella, cierro los ojos y me permito escuchar el techo quejarse, la gotera del lavabo escupir sobre la porcelana y el viento del exterior golpear el cristal con su aliento. Hace calor, los huesos me duelen y necesito dormir con desesperación… pero tras unos cuantos minutos no puedo ni respirar con tranquilidad.

Siento que he olvidado algo.

Escucho que tocan la puerta.

—¿Quién es? —pregunto con somnolencia, pero nadie responde.

Desganado, separo la espalda de la cama y me levanto. Al abrir, me encuentro con el anochecer recostado sobre la carretera, acompañado de una estremecedora quietud. Giro la cabeza hacia un lado y hacia el otro sin lograr distinguir nada ni a nadie.

Pero en cuanto cierro la puerta y doy un paso rumbo a la cama, llaman de nuevo.

Arrugo el entrecejo y miro atrás, irritado por el insistente golpeteo. Me acerco a la ventana y descorro un poco la cortina para asomarme, pero no hay nadie, muy a pesar de que aún escucho el llamado.

—Un momento… —susurro a la par que me percato de algo inusual: el sonido no es hueco como la madera, sino algo chirriante. Vidrioso.

Mi mandíbula se tensa cuando miro hacia el baño, porque aquel llamado no proviene de la puerta, sino del espejo.

La lámpara del buró parpadea hasta apagarse y me deja sumido en un tenebroso claroscuro, donde las sombras de la habitación luchan por erizarme la piel.

Muy despacio, me acerco al baño mientras aquel golpeteo se vuelve cada vez más insistente. Contemplo mi rostro reflejado en el espejo, el cual se sacude a medida que lo que sea que esté del otro lado empieza a arremeter con más fuerza.

Me detengo en el umbral del baño con la mirada clavada en el cristal.

Detrás de mí, a través del reflejo y la oscuridad del cuarto, la realidad se tuerce. Las paredes están despellejadas y ennegrecidas, las cortinas desgarradas y llenas de mugre... Y, sobre el colchón destrozado y embadurnado de sangre seca, una silueta negra me observa desde la cama.

Crac.

El espejo se quiebra desde la esquina y arroja una grieta que me parte el rostro de lado a lado. Mi cara en el cristal se contorsiona en una mueca abominable y, por fin, un escalofrío domina mi espalda.

Mi reflejo me *sonríe.*

Un grito detrás de mí retumba por toda la habitación, a la vez que la luz de la lámpara vuelve a encenderse; doy media vuelta y aprieto los dientes.

Laurele está sentada en el borde de la cama, y me mira con los ojos desorbitados y con las venas tan hinchadas que parecen a punto de reventar. Está desnuda y con la entrepierna cubierta de costras de sangre, igual que la última vez que la vi.

Despacio, levanta su dedo índice hacia mí.

—Monstruo... —susurra.

Cierro los ojos con fuerza, pero me veo obligado a abrirlos de nuevo al escuchar un fuerte gemido.

La bruja ha desaparecido para dejar en su lugar a una mujer completamente diferente: también es negra, pero muy joven y tiene las mejillas empapadas de lágrimas, mientras que por su vestido celeste se asoma una abundante mancha roja que brota de entre sus muslos.

—*Tanpri, mèt mwen!!* —¡Mi señor, por favor!, grita en un tosco haitiano, pero al mirarme un instante más, contrae los brazos y comienza a chillar a todo pulmón—. *Enposteur! Enposteur!*

Cruzo el cuarto a zancadas y aferro mis dedos enguantados a su brazo. La arrebato de la cama, por lo que ella gime confundida y se retuerce bajo mi furioso agarre mientras la arrastro hacia el baño.

—*Mwen te di ou dè milye fwa!* —bramo, también en haitiano—. *Mwen pa Baron Samedi!*

¡*Se los he dicho miles de veces!* ¡*Yo no soy Barón Samedi!*

Arrojo al fantasma hacia el espejo. Las negras manos de los sirvientes del Señor del Sabbath surgen del vidrio como serpientes para atrapar a la mujer entre sus garras; la jalan con fuerza hasta hacerla entrar en el portal. Ella desaparece casi al instante mientras escupe detrás de sí un estremecedor grito de terror.

Con pesadez, dejo caer mis codos sobre el borde del lavabo. El sudor se aglomera en mi frente mientras miro hacia la puerta de madera, tendida en el piso como una tabla inútil.

Carajo.

Sabía que la sensación de que algo me observaba no había desaparecido del todo, aun después de quitar esa porquería.

Furioso, estampo el puño de mi mano izquierda, la que no llevo enguantada, contra lo que queda del espejo, una y otra vez, hasta reducirlo a trizas sobre el lavabo. Mi piel se desgarra y el dolor me hace sisear, pero lo dejo latir como una advertencia. Para recordar que por más cansado, débil o enfermo que esté, nunca debo bajar la guardia, porque no haber detectado cuál era el verdadero portal al plano medio de esta habitación pudo haberme costado la vida.

Le echo una mirada anhelante a la cama, dispuesto a arrastrarme hacia ella si hace falta. Pero antes de que pueda dar un paso, un nuevo golpear de nudillos, ahora sí contra la puerta de la habitación, me hace susurrar un "carajo".

—¿Está todo bien, jovencito?

No es más que el mesero del restaurante quien, junto con el viejo y malhumorado encargado, parecen ser el único personal de este mugriento motel.

—Sí. Dejé caer algo, eso es todo —respondo con la mayor tranquilidad posible. Abro el grifo y empiezo a arrancar los vidrios que se han quedado incrustados en el dorso de mi mano.

—¿En verdad? Lo escuché gritar hace unos momentos.

—No fue nada. Todo bien, sólo estoy un poco cansado —insisto a la par que aprieto los dientes debido al dolor.

El olor a sangre me sube de forma inevitable hasta la nariz.

—Su nombre es Ezra, ¿cierto?

Comienzo a perder la paciencia cuando el tipo, quien claramente no tiene intenciones de irse, me llama por el nombrecito falso que uso ahora.

—Ajá.

—Eh, bueno, no se veía muy bien hace un momento, ¿en verdad no necesita ayuda?

Alzo una ceja, porque algo en el tono acusador del mesero me dice que no busca ayudarme.

Estoy a punto de negar otra vez, cuando el hombre empieza a forzar el pomo de la puerta.

—¿Qué diablos está...?

—Abra, por favor, me preocupa que...

—¡Por los dioses, ya lárguese! —grito por fin, exasperado de su maldita terquedad.

Después de unos segundos de silencio, escucho que sus pisadas se alejan.

Abro mi mochila y saco una venda de uno de sus compartimentos. Me vendo la mano con torpeza mientras mis ojos recorren una y otra vez los rincones de la habitación para detectar si algo más se mueve en la negrura. Vuelvo a toparme con el desastre que he provocado en el baño, y la simple idea de inventar una excusa me resulta agotadora.

Buscar explicaciones, desplazarme de un lugar a otro, no quedarme demasiado tiempo en espacios cerrados, alejarme lo más posible de puertas y ventanas; toda esta rutina de supervivencia empieza a enloquecerme, todavía más.

No acabo de ahogarme en mi frustración cuando todo mi cuerpo se estremece debido a una nueva oleada de llamados a la puerta, pero esta vez son mucho más urgentes que los anteriores, tanto que parecieran querer echar abajo la madera.

¿Y ahora qué?, me pregunto perturbado al ver las tablas vibrar con violencia.

—¡Abra!

Murmuro un insulto al reconocer la voz del encargado, pero no alcanzo ni a cruzar la estancia cuando una furiosa patada se estrella contra el marco y abre la puerta de par en par.

—¿Pero qué...? —cierro la boca en el acto al ver a un tipo enorme en el dintel, con la nariz arrugada y una larga escopeta en brazos la cual apunta directo hacia mi pecho.

—¿Tu madre no te enseñó a respetar a tus mayores, cabrón?

Detrás del tipo se asoma el larguirucho mesero con gesto nervioso. Estoy a punto de balbucir una excusa, cuando los ojos del encargado se deslizan desde mi cara hasta el interior del cuarto.

—¿Pero qué diablos le has hecho al baño?

Mierda.

El tipo amartilla la escopeta.

—¡Tienes un minuto para largarte de aquí antes de que te llene de plomo! —afianza el arma entre sus manos.

Ante la amenaza, las voces del monstruo de hueso se alzan dentro de mí.

Mi corazón se torna pesado a medida que esos murmullos se vuelven gritos violentos e incitantes, así que cierro los ojos por un efímero segundo y pienso en *ojos azules*.

Eso basta para que el ruido dentro de mí desaparezca y decida ceder.

Me lanzo hacia mi mochila de viaje y la echo sobre mi espalda. Sus casi veinte kilos de peso me doblan las rodillas, pero paso de largo ante los dos hombres sin darme el placer de dedicarles una mirada desdeñosa.

Abandono el decrépito motel y cruzo el restaurante por un costado para lanzarme al camino de asfalto, apenas iluminado por las luces de la gasolinera.

El polvo se levanta detrás de mis botas, el calor del desierto me abrasa aun en su esplendor nocturno. Estrujo la postal arrugada en mi bolsillo y arrojo la barbilla hacia las estrellas para buscar la Osa Menor entre el mar de constelaciones.

Por suerte, encuentro en su cola el resplandor de la estrella Polaris.

—Sólo ciento ochenta más —susurro—. Ciento ochenta kilómetros más.

CAPÍTULO 3
NOSTALGIA

—A nda. Date prisa —me apresuró Nashua con un bufido, pero yo tenía tanto frío que ni siquiera me tomé la molestia de responderle.

Esa tarde, el pantano croaba a lo lejos y el viento comenzaba a soplar con más fuerza en el llano desnudo donde habíamos decidido acampar. No me estaba siendo nada fácil apilar la leña; el aliento invernal del páramo me mordía los huesos y la mirada burlona del moreno sobre mí, sentado cómodamente sobre un tronco caído, tampoco me facilitaba las cosas.

Me había mandado a preparar la fogata, pero yo no pensaba en otra cosa que no fuera matar a Tared por su brillante idea de enviarme solo con Nashua a pasar la noche a la intemperie.

"También es tu hermano, después de todo."

Su idea de una hermandad ideal no me terminaba de convencer, pero no es que pudiese negarme, así que después de colocar la leña, construí un círculo con piedras grandes a su alrededor y me giré hacia el errante, quien me observaba con una media sonrisa burlona.

—Bueno, ¿esperas a que nos congelemos el trasero o qué? Enciéndela.

Saqué los fósforos y la yesca y durante casi diez minutos intenté prender la fogata, pero resultaba inútil. *El viento apagaba el fuego cada vez y mis dedos estaban tan entumecidos que me costaba mucho siquiera sostener los malditos fósforos.*

Nashua llevó los ojos hacia el cielo y se puso en pie de un movimiento.

—Sí que eres estúpido —dijo, para luego ir hacia mí y tumbar el círculo de piedra de una patada.

—¡Oye! —exclamé, indignado—. ¿Qué diablos te...?

—Escúchame bien, renacuajo —espetó. Echó las piedras y la leña a un lado y, con las manos desnudas, comenzó a cavar—. El viento sopla, el aire es frío y tu leña no durará mucho por más piedras que pongas a su alrededor; la corriente encontrará rendijas por donde colarse y será peor porque provocará el efecto de un silbato. Si estás en un páramo, en un desierto o en un sitio donde haya mucho viento, hacer una fogata sobre la superficie es una imbecilidad. Pero si cavas un agujero y colocas tu fogata allí dentro, tal vez puedas mantenerla. ¿Me entiendes?

Abrí y cerré la boca como un idiota.

—Hum, sí. Eso creo —contesté por fin en voz baja. Me puse en cuclillas y observé con atención cómo terminaba de cavar y ponía la leña dentro. Encendió sin problemas la fogata y, poco a poco, ésta comenzó a avivarse.

Escondí mis puños en mi regazo para buscar un poco de calor, avergonzado de haber exhibido mi inexperiencia una vez más.

Humillado, no me atreví a acercar las manos al fuego a pesar de que me helaba. El calor era una de las poquísimas cosas que a veces echaba de menos de la India, así que siempre bastaban unos pocos grados menos para que me dieran ganas de revolcarme entre el carbón caliente.

—¿Qué diablos crees que haces? Mamá Tallulah me dará una tunda si te enfermas —bufó Nashua de pronto. Ante mi estupefacción, tomó mis manos y las acercó a la fogata.

Creo que me quedé inmóvil varios segundos, sin respirar. Parpadeé más veces de las que pude contar y el calor me inundó con rapidez, pero no a causa del fuego. Eran sus manos tibias manchadas de tierra que sostenían las mías frente a las llamas. Eran sus ojos que se negaban a fijarse en mí, pero que parecían complacidos al ver que mis dedos empezaban a calentarse.

Era extraño, casi antinatural, poder vislumbrar esa pizca de preocupación en su mirada oscura.

Siempre me pregunté por qué a Nashua le costaba tanto ser gentil, qué era aquello que lo tenía siempre tan molesto y le impedía comportarse como una persona normal.

Él jamás me dirigía una palabra amable, pero a veces hacía cosas como éstas, cosas que le fastidiaban, pero que eran tan auténticas que me demostraban que, en el fondo, no se trataba de una mala persona. Que incluso, tal vez, yo le importaba más de lo que estaba dispuesto a admitir.

Y para mí, eso era más que suficiente.

Pronto comprendí que el haber ido allí, a ese páramo desolado, no había sido una idea tan mala después de todo.

△ ☖ ▽ ▽

Dejo caer mi mochila contra un largo muro de piedra y me lanzo a recoger algunas plantas rodadoras. Una vez que me he espinado con ellas más de lo que debería, meto la improvisada leña en un agujero que he cavado en el suelo, tal como me enseñó Nashua.

A pesar de que estoy sudado de arriba abajo, sé que la temperatura no tardará en descender, así que acuno un poco de hierba seca entre mis manos y soplo sobre ella despacio hasta que brota una delicada voluta de humo. En un parpadear se convierte en una llama. La meto en el agujero y el fuego se extiende poco a poco para convertirse en una pequeña fogata.

La lumbre pinta un suave perímetro de luz anaranjada a mi alrededor, mientras el azul oscuro y violeta del cielo se mezcla con el fuego en un vaivén de colores que me permite, por fin, relajarme un poco.

Pero en cuanto recargo la espalda contra el muro, todos mis huesos reclaman al unísono. Al diablo con mi anhelada noche en una cama en verdad.

Rendido, abro mi mochila y saco mi viejo morral, del cual extraigo el libro rojo de Laurele para anotar lo ocurrido en el motel:

29 de julio. Lunes...

Al llegar al lugar esta mañana, desesperado por haber acampado a la intemperie durante más de dos semanas, lo primero que sentí fue la presencia de un portal hacia el plano medio en una de las habitaciones. Como buen idiota escogí el cuarto donde se encontraba el vínculo con el fin de deshacerme de él, y así dormir con la seguridad de que nada me asaltaría por la noche. Mi error fue creer que dicho portal era la puerta del baño, por lo que desatornillarla para evitar que algo cruzara a través de ella me pareció la solución más acertada. Lástima que ignoré mi instinto, porque aun después de haber retirado la puerta, me parecía sentir que la inquietud persistía en el ambiente.

Modificar físicamente los portales que conducen al plano medio —tumbar arcos, quitar puertas o romper ventanas— siempre me es suficiente para destruirlos, pero nunca me había topado con uno que fuese un espejo. Tal vez, la idea resultaba tan delirante que no se me pasó por la cabeza.

Por suerte, esta vez sólo fui visitado por un fantasma, un espíritu de una practicante de vudú que debió haber viajado bastante para encontrarme.

Anoto al lado de la descripción de la mujer un número nueve que significa, según la numerología vudú, un aborto inducido: la posible causa de su muerte. Continúo:

Y aunque la llegada de la pobre mujer provocó que me echasen del motel, agradezco a los Loas que ella haya sido lo único que haya podido alcanzarme hoy. De lo contrario, estoy seguro de que habría tenido que pagar un precio muy alto por mi error...

Dejo de escribir y sonrío con ironía. Hoy, gracias al aumento de mi magia, tengo más capacidad que nunca para ver fantasmas o espíritus, pero *todos*, hasta mis pesadillas, siempre huyen de mí, y tengo la bien fundamentada sospecha de que es gracias al monstruo de hueso que llevo dentro. Pero los que fueron adeptos de Barón Samedi en vida suelen seguir un patrón distinto: la lengua que le arranqué al Loa parece atraerlos como polillas a la luz, lo cual hace que me persigan incansables, muy a pesar de que entren en pánico al darse cuenta de que no soy más que un impostor.

A mi mente acude también Laurele, pero no me molesto en escribir sobre ella, porque sé que lo único que vi esta noche fue una alucinación... un recuerdo. El insistente fantasma de esa mujer yace sólo en mi memoria y en la culpa que cargo en hombros.

Miro a mi alrededor y el desierto parece devolverme la mirada, tan vacío, tan enorme e inhóspito que podría ser la única persona en muchos kilómetros a la redonda. Cierro el libro y lo abrazo contra mi pecho para contemplar el fuego, tal cual solía hacer Johanna con el libro de las generaciones cuando nos reuníamos por las noches en la reserva; intento ver si con este gesto logro sentirme un poco menos... solo.

Cinco meses. Han pasado casi cinco meses desde que escapé de Nueva Orleans; desde que comencé a cruzar el país y aprendí a sobrevivir por mi cuenta en los bosques, en los desiertos y en las frías ciudades de concreto. He pasado tanta hambre, tanto dolor y he sufrido una soledad tal que me he convertido en una persona muy diferente de aquel Elisse que alguna vez vivió en el seno de Comus Bayou: un chico que se ha visto forzado a abandonar hasta su propio nombre con tal de pasar desapercibido.

Con tal de que el mundo se olvide de mí.

Siento el roce de las montañas de caparazones rojos a mi alrededor, ocultas entre las sombras como gigantes dormidos; contemplo el cielo salpicado de constelaciones y estrellas fugaces que nadan en la vía láctea; escucho el crepitar de la hierba al quemarse, a los insectos recitar canciones en las sombras y, muy en el horizonte, el aullido de un coyote.

Mis recuerdos palpitan, tan preciados y, a la vez, tan dolorosos. Aprieto mis labios y lucho con todas mis fuerzas para que no se me escape un suspiro de nostalgia.

Lejos de casa. Tan lejos de ellos. Tan lejos... *de él.*

Una sombra de incertidumbre comienza a comerme desde dentro; a encarnarse en mis huesos como un soplo frío que me hiela las venas. Cierro los ojos, aprieto más el libro y tiemblo de pies a cabeza.

La escucho. Escucho la voz del monstruo dentro de mí una vez más, crece desde el fondo de mi caja torácica para expandirse hasta mis oídos y retumbar como un tambor brutal y poderoso. Esa voz conformada por cientos de otras voces que amenaza con enloquecerme, con obligarme a destrozar todo lo que tenga en frente con tal de acallar sus gritos sedientos de sangre.

Los susurros empiezan a brotar de los poros de mi piel. Su espantosa presencia lucha por poseerme. La nostalgia amenaza con volverse rabia, el dolor se torna inevitable...

"Aquí estoy para ti. Siempre."

La dulce voz de mamá Tallulah ulula en mis recuerdos y me cubre como un manto de niebla; la memoria de la lechuza blanca me abraza bajo las estrellas mientras las voces espectrales desaparecen en el fondo de mis entrañas.

Tiemblo aliviado, y mis ojos ruegan por que les permita humedecerse, pero aguanto más.

Un poco más.

Hojeo el libro rojo y extraigo el sobre con la foto de papá. Mi pulgar enguantado se desliza con suavidad sobre el borde del papel, con el deseo de que este roce se convierta en un susurro de mi corazón que sea capaz de llegar hasta sus oídos.

—Lo siento —digo con la voz entrecortada—. Dejarte ir ha sido... lo más difícil que he tenido que hacer.

Pensé muchas veces que tal vez papá pudiese saber lo que pasaba, los motivos por los cuales soy perseguido, pero ¿cómo habría podido saber él que yo era un errante, un contemplasombras, si sólo era un bebé cuando me dejó en el monasterio? Y de haberlo sabido, ¿acaso intentó alejarme de lo que me deparaba Nueva Orleans? ¿Me arrojé directamente a aquello por lo cual me dejó en un lugar tan remoto como el Tíbet?

Pero lo más importante de todo: ¿sería yo capaz de arriesgar la vida de mi padre por descubrir la verdad? La respuesta era demasiado evidente.

Guardo de nuevo aquella foto y el libro rojo en el morral. Mis recuerdos parecen ser la única cosa en el mundo que puede protegerme de las voces del monstruo que se esconde en mi interior, pero, a la vez, me han enseñado que estar cerca de las personas que amo es lo último que puedo permitirme.

Sé que tal vez parezca que me estoy comportando como un tonto, como un absurdo cliché de héroe que tiene que alejarse de sus seres queridos para protegerlos, pero la verdad es que resulta muy difícil comprender el tremendo sacrificio que implica dejar a quienes amas; y yo haría lo que fuese por Comus Bayou, incluso tomar decisiones que me hicieran parecer egoísta y estúpido, así que si podía conseguir que ellos se mantuviesen con vida a costa de eso, entonces ya no importaría lo que ellos pudiesen pensar de mí.

No cuando mi familia, lo único importante en realidad, estaba ya a salvo.

Una corriente, ahora más fría, me roza las mejillas y me aparta de mis pensamientos. Me retiro el guante por fin y avivo un poco el calor de la fogata, dirijo la mano hacia las llamas para intensificar su fulgor con apenas un murmullo de mis labios.

Sonrío complacido al ver cómo el fuego crece, se revuelve y lame mis dedos descarnados como si se tratase de una criatura dócil y viva, atenta a mi voluntad; una tremenda casualidad, puesto que gracias a la lengua de Samedi soy capaz de manipular el fuego, el único elemento que parece traer a la vida al monstruo que yace dentro de mí.

Escucho el aullido de nuevo y sacudo la cabeza para desvanecer el veneno de mis pensamientos, para reemplazarlo con la dulce melancolía del hogar.

En este paraje salvaje y lejano del indomable desierto de Utah, por fin me siento un poco cerca de casa, porque aquí, donde el hombre no ha pisoteado aún el instinto ni cubierto los cielos de luces artificiales, todo me recuerda a ellos. A mi familia.

Y para mí, eso es lo más cercano a la felicidad.

Demasiado cansado para instalar la tienda de campaña, me pongo el guante, saco de la mochila mi bolsa de dormir y me introduzco en ella con todo y botas, consciente de que no sé cuándo tendré que echar a correr de nuevo.

Uso mi morral de almohada y, después de unos minutos y arrullado por el crepitar de las llamas, empiezo a adormecerme.

Cierro la bolsa de dormir desde dentro y hago un capullo a mi alrededor. A pesar de la tranquilidad del cielo y la austeridad del paisaje, no me atrevo a asegurar que voy a dormir solo, ya que en la ausencia de la vida, en las pequeñas madrigueras cavadas en el interior de la tierra, entre las ramas de los matorrales y en el movimiento más suave oculto en la oscuridad… siempre siento que hay alguien observándome.

CAPÍTULO 4
TIERRA DE NINGÚN HOMBRE
(ENVENENAMIENTO)

¿Cuándo fue la última vez que percibimos el hedor a podredumbre con semejante intensidad? ¿Fue cuando penetramos las vísceras de aquella última cabeza de ganado? ¿Cuando olimos el vientre abierto de Alannah?

No. La peste de la comisaría del condado de San Juan es muy, muy diferente; un hedor que no se borra con agua y lejía, porque viene impregnado en algo mucho más trascendental que la carne podrida.

Y a pesar de la repugnancia, el viento, caliente como el sol que abrasa nuestras debilitadas cenizas, pronto nos empuja contra las ventanas del edificio.

El agua, o al menos las fuentes naturales, siempre nos da la fuerza necesaria para tomar forma y cuerpo, pero mientras el desierto contenga sus nubes, no nos quedará más que arrastrarnos como polvo.

Regresamos nuestra atención hacia la comisaría, y a través de los cristales observamos a un joven sudoroso que no hace más que mirar idiotizado un monitor.

No recordamos mucho de lo que fue nuestro mundo antes de que nos despertasen de los recuerdos, siendo nuestra hambre y crueldad unas de las pocas cosas que han quedado intactas de nuestro pasado, pero a pesar de los veinte años que hemos reptado en esta tierra tan nueva, tan diferente, seguimos sin concebir que los humanos, aquellos seres que alguna vez fuimos y fueron un vínculo sagrado entre lo divino y lo vivo, no encuentren hoy en día un placer mayor que sentarse a aburrirse frente a sus pantallas.

Pero este novato, más que a aburrimiento, huele a humillación. A depresión y lodo de pantano, porque a pesar de que lleva en este condado más de tres meses, no ha podido ganarse el respeto de nadie en la oficina de corruptos donde trabaja. Y eso nos complace sobremanera, porque sin ilusiones, sin esperanzas, los humanos somos, *son*, tan sencillos de *manipular*...

Estamos a punto de traspasar el cristal, cuando el sonido de unos neumáticos sobre el asfalto hacen al joven pararse de un salto. Se asoma por la persiana para ver cómo una camioneta, envejecida por el óxido, se estaciona frente a la comisaría.

—¿Otra vez? —susurra nervioso al reconocer a los recién llegados.

Las puertas del vehículo se abren de par en par. Del lado del conductor se baja una hembra blanca, una *devorapieles* con el cabello rubio y los ojos azules. La portadora de *Ojo de Arena*, Irina Hatahle, se sacude las ropas y va hacia la parte trasera de la camioneta, la zona de carga, la cual hiede de forma casi tan penetrante como la misma comisaría. Con un solo brazo saca un hinchado cadáver de ternero que ya lleva dos días pudriéndose bajo el sol. Se lo echa a los hombros y su fino rostro no se inmuta cuando los fluidos calientes que la carcasa aún conserva se desparraman sobre su cuerpo.

Ah, flor de carroña. La hermosura y la podredumbre nunca habían sido tan balanceadas, tan perfectas.

Pero al mirar al otro ser que se apea del lado opuesto de la camioneta, nuestra tenue admiración se transforma en burla.

Es otro devorapieles, un hombre negro cuya estatura logra cubrir el sol al erguirse por completo; su cabello en rastas le cubre todo el largo de la espalda y su musculatura resalta como si no estuviera bajo ropaje alguno.

No obstante, a pesar de la impenetrable rectitud en sus ojos dorados, nosotros sabemos que todo en Calen Wells hiede a bastardo.

Nos cuesta cien soles mantener nuestra excitación quieta, pero al ver la caja de cartón que sostiene el devorapieles entre sus manos, nos vemos obligados a apaciguarnos.

Los dos errantes se miran por un instante y entran en la oficina. El tufo del animal muerto se impregna con rapidez en el ambiente.

—¿Pero qué es...?

—Agente Clarks —saluda el devorapieles sin gentileza.

El chico, en respuesta, se encoge en su silla.

—¿E-en qué puedo ayudarlos? —tartamudea como un imbécil mientras sendas gotas de sudor, que poco tienen que ver con el calor, bajan por sus sienes.

Irina, condescendiente, sonríe y levanta un poco las pezuñas del ternero.

—Trajimos evidencia para el señor Tate, jovencito.

—Ah, él... sí. Me ha dicho que hoy no puede recibir a nadie sin previa cita, dice que e-está ocupado.

Ante la obvia mentira, el ancestro de Calen, *Crepúsculo de Hierro*, se revuelve como una bestia enjaulada dentro de su cuerpo. Da un paso decidido hacia el joven y deja caer la caja sobre el escritorio, y el retumbar del metal de lo que lleva dentro hace saltar al chico de su asiento.

—Habríamos concertado una cita si ustedes se tomaran la molestia de contestar el teléfono —dice despacio, pero en un tono tan grave que parece un gruñido—. Y si usted no le dice a su jefe que nos atienda, me veré obligado a entrar a esa oficina por la fuerza.

—Y no queremos eso, ¿verdad, joven Ronald? —añade Irina con un intento de sonrisa.

La mirada del chiquillo se torna acuosa.

—Y-yo...

—¡Muchacho! ¿Qué demonios está pasando? ¡Ven aquí en este preciso instante!

Una peste, todavía más demencial que la del propio ternero, se desprende cuando nuestro solo oído escucha aquellos gritos desde la oficina al fondo de la comisaría.

El centro de podredumbre que invade todo el edificio late desde allí, oculto entre papeles y burocracia. No es algo muerto ni restos de carne podrida. No es un espíritu ni un demonio.

Es algo mucho peor.

El novato se pone en pie con dificultad.

—Denme un segundo... —murmura para internarse de inmediato en el cubículo. Después de unos asfixiantes murmullos y berreos, el chico asoma su cabeza pelirroja por la puerta entreabierta.

—Pasen, pero dejen eso afuera, por favor —pide y señala el ternero con la cabeza.

Irina se encoge de hombros, avanza a zancadas hacia la salida y, sin mucho esfuerzo, arroja el cadáver al asfalto, del cual rezuma un líquido verduzco al chocar contra el suelo.

El acobardado novato les pasa de largo y entra en una de las patrullas del estacionamiento. Arranca, tembloroso, pero no sin antes enviarles una última mirada nerviosa a los visitantes.

Momentos después, los dos errantes son recibidos por el *sheriff* del condado de San Juan, quien los mira atentamente mientras ellos toman asiento frente a él.

—Perdonen la inutilidad de mi asistente —dice el hombre mientras sonríe con dientes amarillentos—. Debía irse esta mañana a tomar notas de un caso, pero el pobre lo ha olvidado por completo.

Ante su innecesaria verborrea, los devorapieles no dicen palabra. El cerdo carraspea con un fastidio bien disimulado.

—¡En fin! ¿En qué puedo servirles esta vez, señores? No hace ni tres días que los recibí. ¿Todo en orden?

El cinismo del hombre hace que Crepúsculo de Hierro contenga la tentación de romper la mesa de un puñetazo.

—Cuando acompañaba a su padre a juntar el ganado esta mañana, uno de mis hijos encontró muerto a otro de nuestros animales —comienza Irina con prudencia—. Además, tenía esto metido en la garganta.

Calen saca de la caja un aparato que deja caer sin miramientos sobre el escritorio de madera. Es un alambre de púas engranado a una trampa metálica. De uno de los extremos cuelga un enorme gancho, cuya punta curvada todavía está recubierta por carne muerta: trozos de una lengua cercenada. En el otro extremo hay un clavo largo y oxidado, destinado para clavarse en la tierra y sostener con crueldad a su presa.

—Es el quinto, *sheriff*. El quinto animal que perdemos en dos meses —dice serena la devorapieles.

El hombre mira el brutal artefacto y se rasca con discreción una axila sudada, indeciso entre la sorpresa y la frustración. Sabe que aún si se cagara sobre su propia silla, nadie levantaría un dedo para reclamárselo, pero *ellos*, esta gente tan extraña, llevan meses complicándole la vida.

El cerdo duda, y nosotros deslizamos nuestras cenizas sobre su hombro. Lo hacemos arrugar la nariz y, despacio, pegamos nuestra sola boca sobre su oído tapado por el cerumen.

Lo envenenamos. Le susurramos el gozo de la brillante joya nueva que lleva en el dedo anular. Le inyectamos el placer de pagar su reluciente auto nuevo sin tener que sudar una sola gota de trabajo honesto. De las mujeres que ha comprado con la sangre de ese becerro.

No hay espíritu más inmundo que la codicia, y este hombre y su comisaría están repletos de ella, casi tanto como nosotros lo estamos de nuestra propia maldad.

Él, complacido, sonríe.

—¿Y se puede saber qué hacía su hijo con el ganado en vez de estar en la escuela, señora Hatahle?

Ojo de Arena se yergue sobre la silla.

—Disculpe, pero ¿a qué viene eso? —pregunta con aparente calma.

—Quiero decir, señora, que siempre me ha interesado el bienestar de la gente de este condado, y por lo mismo, no logro comprender cómo es que sus niños no van a la escuela. Me parece… preocupante.

—Mis hijos estudian en casa —dice ella con los dientes apretados—. Usted ya lo sabe.

—Bueno, bueno, pero aun así —exclama el *sheriff* con una mano en el pecho—, ¿acaso no es consciente del peligro que correría el niño si lo atacase una serpiente o se cayera de uno de los acantilados? ¿Qué clase de madre es usted?

—¿Pero quién diablos se ha creído? —la mujer intenta ponerse en pie de un tirón, pero la firme palma de su hermano en su hombro la retiene.

—No evada el tema, *sheriff* —dice el bastardo—. ¿Se imagina lo que habría pasado si la trampa no hubiese sido activada por el ternero? El hijo de Irina tenía más probabilidades de matarse si esta cosa llegara a enterrarse en alguna parte de su cuerpo que por algún otro accidente. Y usted lo sabe.

Aun cuando la voz del devorapieles ha retumbado más de lo habitual, el *sheriff* tan sólo se inclina sobre su silla, confiado de nuevo en su poder.

—Entiendo su intranquilidad, señor Wells, y le aseguro que la comisaría de San Juan está poniendo todo de su parte para resolver este problema, pero esta ¿trampa? —dice, apuntando al artefacto—, a mí nada me revela. ¿Cómo sabe usted que no fue dejada allí hace mucho tiempo o que no la tiró algún cazador debidamente regulado?

—¡No puede hablar en serio! ¡Cazan nuestro ganado dentro de nuestro propio terreno! Hemos levantado denuncias y no veo ninguna patrulla en nuestros alrededores, puede haber gente peligrosa deambulando por nuestras tierras, ¡y usted sólo se sienta ahí a darnos excusas estúpidas!

La gigantesca mano de Crepúsculo de Hierro aplasta por fin el escritorio. Y, de manera casi imperceptible, la punta de sus colmillos empiezan a afilarse.

Sonreímos de hondo placer, porque no podemos esperar a ver cómo se quiebra por completo.

—Que yo sepa —susurra el *sheriff* Tate con la barbilla en alto—, esas tierras le pertenecían al anciano Begaye. Y usted, señor Wells, no está emparentado con él; además, ¿quién le da potestad para venir a gritarme en mi propio despacho?

—¿Pero qué mierda le pasa? —sisea Irina.

—Cuide su lengua, señora —responde el hombre, sonrojado por la soberbia—, está hablándole a un representante de la ley. Le recuerdo que estamos siendo muy benevolentes al permitirles vivir allí, a pesar de que no poseen derecho legal alguno sobre esas tierras. No me hagan cambiar de opinión.

—A usted le importa una mierda la ley —gruñe Calen con los labios apretados, en un intento de ocultar sus colmillos—. Larguémonos de aquí, Irina. Ya encontraremos a alguien que quiera ayudarnos, así tengamos que llevar esto hasta otro maldito condado.

El errante toma la caja con la trampa y da media vuelta. Nos las arreglamos para impregnarnos en su piel mientras Irina nos sigue de cerca.

Invasores. Mala madre.

Qué fácil ha sido quebrarlos.

Ambos se suben a la camioneta en completo silencio, sin siquiera tomarse la molestia de cargar de vuelta el cadáver del ternero, y emprenden la marcha en dirección a la carretera estatal. La tensión rasguña la piel de ambos y nuestra presencia no hace más que empeorar la pesadez dentro de la cabina.

—No nos conviene pagar un abogado ahora, tardarían años en arreglar el asunto de las tierras —dice Ojo de Arena después de un largo, largo silencio—. Nadie nos escucha y nadie va a querer ayudarnos.

—Lo sé, Irina, lo sé —responde el bastardo entre dientes—. Ese cabrón trae algo sucio entre manos. ¿Por qué proteger tanto a un montón de cazadores furtivos, en primer lugar?

—No son sólo un montón de cazadores, Calen. Y lo sabes.

Al escuchar a su hermana, el devorapieles busca su teléfono móvil dentro de sus bolsillos. Mira la pantalla, y un surco de tensión parte su frente.

La hembra se percata de inmediato de su ansiedad.

—¿Aún no ha llamado? —un gruñido del errante es respuesta suficiente, por lo que ella suspira—. No te preocupes. Sabes bien que Alannah tiende a aislarse de vez en cuando, y más si va en coche. Te aseguro que sólo debe estar practicando alguno de sus rituales. Ya verás que volverá pronto a casa.

Calen mira hacia el frente, y sus labios se cierran con absoluto hermetismo.

No piensa hablar. Sabe que, si lo hace, escupirá la verdad como vómito.

Pronto, la camioneta sube una colina empinada y un acantilado se asoma a un costado del camino.

¡Ah! Qué fácil sería subirnos al oído de Calen e insinuarle que torciera el volante del vehículo y lo arrojara al vacío para terminar por fin con esta parte de nuestra sagrada encomienda.

Pero la ironía prevalece: su sangre de errante ahora los salvaguarda de nuestra influencia, pero su sangre también será la que los conduzca a su propio abismo.

Con una corriente de viento, nos desprendemos de la cabina de la camioneta. Dejamos que el soplo del desierto nos guíe, porque la Bestia Revestida de Luna está a punto de despertar.

Y es nuestro deber darle los buenos días.

CAPÍTULO 5
MONSTRUO IMPREDECIBLE

"Como es arriba, es abajo."

Susurra aquella voz mientras una silueta, tenue y veloz como una sombra, se cierne sobre mi cabeza. Me rodea, me acaricia las mejillas y se enreda en mis cabellos. Capturo la silueta entre mi puño, y ésta se torna caliente a medida que la estrujo. Una infinita tristeza se apodera de mi interior, como si lo que tuviese entre mis dedos fuese un débil latido a punto de desvanecerse.

Abro la palma y descubro que es ceniza.

Arrastrada por un repentino soplo de viento, la ceniza se desprende de mi mano y se eleva hasta desaparecer en un cielo rosado que empieza a salpicarse de estrellas.

Miro a mi alrededor y me percato de que estoy sobre una colosal meseta, maciza y roja como el ladrillo, tan alta que casi puedo sentir mi cabeza rozar el firmamento. Dos mesetas más se ciernen a mis costados, tan imponentes como titanes acuclillados mientras un camino serpentea entre sus faldas, flanqueado por matorrales y planicies de arena que se extienden kilómetros y kilómetros a lo lejos. El viento me sacude los cabellos, el sol se columpia sobre el extenso horizonte, la tierra se matiza de naranja, rojo y dorado...

Monument Valley se yergue majestuoso ante mí.

Y entonces, esa voz, femenina y suplicante, me llama de nuevo.

"Como es arriba, es abajo."

Todo comienza a temblar con una fuerza monstruosa, y el lamento se convierte en un gemido doloroso que retumba entre las rocas. En un instante, el cielo se torna oscuro y lleno de nubes negras; los truenos rompen y la lluvia cae como un manto de lágrimas sobre el inmenso valle.

Ante mi asombro, el cielo se parte; una grieta enorme surge de él, y de sus entrañas se deslizan tierra roja, matorrales, arena y mesetas gigantescas que fluyen como el agua de un arroyo.

En un instante, el cielo desaparece y deja a su paso un paisaje igual al que hay aquí abajo, como si fuese un reflejo en un estanque.

Y, aun así, aun sin un cielo sobre mi cabeza, sigue lloviendo.

"¡Eran cuatro y ahora son tres! ¡Eran cuatro y ahora son tres!"

Me sobresalto al escuchar esa voz, muy distinta de la mujer que me ha llamado. Miro a mis espaldas y justo en medio de la meseta me encuentro con una puerta. La madera es de un brillante color esmeralda y emana un calor tan intenso que la lluvia se evapora a su alrededor. Tiene cuatro cadenas negras que la envuelven de arriba abajo, pero una de ellas yace suelta y lánguida a un costado, como si la hubiesen quebrado para tratar de abrir el umbral.

Y en medio de esa puerta, como si hubiese sido tallado con fuego, hay un símbolo grabado:

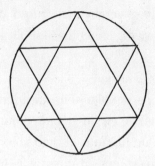

"*¡Eran cuatro y ahora son tres! ¡Eran cuatro y ahora son tres!*"

A los pies de la puerta hay un zorro que parece haber sido desollado con inusitada violencia. Tajos de piel y pelo yacen a su alrededor y sus miembros parecen descoyuntados.

Es él quien grita.

El peligro late con ferocidad, pero aun así me acerco y dejo que el calor empiece a sofocarme.

—¿Qué es lo que quieres? —pregunto, pero la criatura se limita a gritar aún más y a encogerse contra la puerta, al parecer, aterrada por mi presencia.

—*Eran cuatro y ahora son tres* —gime el zorro con dolor y locura.

Miro aquella puerta esmeraldina, y en tan sólo un instante, ese terror que durante tanto tiempo me esforcé por sepultar, vuelve a salir a la superficie. Los relámpagos rugen, la lluvia me empapa con furia. Todo empieza a dar vueltas a mi alrededor.

Y entonces, algo golpea la puerta desde dentro.

△ ⬠ ▽ ⩇

Despierto e inhalo una enorme bocanada de aire entremezclada con tierra. Abro los ojos como platos, pero cuando otra

corriente de viento encuentra de inmediato mi cara, comienzo a toser sin control.

Sacudo la cabeza y trato de espabilarme. Y cuando al fin puedo calmar mis agitados pulmones, distingo la incandescente silueta del sol en medio del despejado cielo azul, junto con la sombra de un cuervo que vuela en lo alto. Siento la piel de mi rostro hervir de escozor.

—¿Otra vez? —susurro desconcertado al ser consciente de que una vez más he tenido *esa visión*.

Intento levantarme, pero el peso de mi cansado cuerpo me lo impide debido a esa fatal resaca que aparece siempre al dormir muy mal.

Restriego una mano por mi cara para retirar el sudor y mascullo un "carajo" al sentir la picazón del polvo colarse por el cuello de mi camiseta. *¿Cómo se pudo romper el cierre?*, pienso ya que, si por algo me encierro en mi bolsa de dormir, es para evitar amanecer embadurnado de tierra por las ventiscas del desierto.

Le echo un vistazo al cierre y veo que, para mi estupefacción, no está roto, sino perfectamente deslizado hasta mis hombros.

Alguien ha abierto la bolsa desde fuera.

—¿Qué dem...?

Y de pronto, escucho un *chasquido*.

Un chasquido y nada más, porque me percato de que el viento, el cuervo, el crujir de la hierba seca... Todo se sume en un completo mutismo, como si el desierto contuviese el aliento.

Su *magia* llega hasta mí con una fuerza tan aplastante que las náuseas me obligan a llevar una mano a la boca. Me yergo muy despacio sobre mi codo y miro hacia mis pies, de donde proviene el ruido.

Salgo de la bolsa de dormir de un salto, porque el monstruo que me atacó en la cabaña de Muata aquella noche que escapé de Nueva Orleans se alza frente a mí.

Su alargado cuerpo está envuelto hasta el suelo por un manto siniestro, hecho de cientos de tiras de piel cosidas y salpicadas de sangre seca; la forma de su cráneo es ovalada y completamente calva, mientras que su cuello es largo y raquítico, amoratado en cada una de sus pronunciadas vértebras. El único orificio que hay en su espantoso rostro es una enorme y asquerosa ranura, un intento de boca que casi le atraviesa el rostro de oreja a oreja, porque el resto de la cara no es más que una capa de epidermis blanquecina y delgada, como una membrana que envuelve un cráneo carente de tejido graso y músculos.

Pero lo más desconcertante es el agujero en su pecho, negro y repleto de costras, como si algo hubiese penetrado su corazón hace mucho, mucho tiempo.

—¿De dónde diablos has salido? —aquella pregunta va más dirigida a mí que al monstruo, pues sé bien que no va a responderme.

Despacio, como si estuviese ante una bomba, me agacho hasta alcanzar mi morral de cuero, lo único que me queda a la mano en estos momentos, porque mi mochila con mis provisiones yace justo a los pies del abominable ente.

Aquella cosa permanece inmóvil, pero en cuanto levanto el morral, algo dentro de ella comienza a romperse.

Se le convulsionan los hombros y el cuello como si se partiese por dentro, y ese chasquido, ese infernal crujido de hueso contra hueso rompe el silencio que este demonio ha traído consigo. La tierra comienza a temblar y las piedrecillas saltan a mi alrededor.

De pronto, el crujido de los huesos del monstruo se detiene junto con los temblores que lo sacuden todo. Mi instinto me hace saltar hacia atrás.

¡PUM!

Algo brota con violencia de la tierra. Caigo de espaldas y una barrera de polvo se eleva varios metros sobre el suelo y deja tras de sí un profundo y grueso agujero. No alcanzo a levantarme cuando más barreras comienzan a estallar a mi alrededor. Una tras otra me bañan de arena mientras ruedo de un lado al otro para tratar de huir de los estallidos.

Las potentes explosiones se encadenan hasta que una revienta justo al lado de mi brazo y me hace lanzar un grito de dolor. Veo que la tela de mi parka se abre, y una fina y larga línea escarlata se dibuja desde mi hombro hasta el codo, la cual comienza a sangrar.

No alcanzo ni a tocarme la herida cuando algo brota del agujero de la explosión, algo que se alza sobre mí y me cubre con su letal sombra: es una larga y gruesa columna vertebral que se estrecha en la última cadena de huesos hasta asemejarse a una aguja, tosca pero afilada como una maldita navaja.

En un parpadear aquella cosa se dobla y cae en picada hacia mí.

—¡MIERDA! —grito a la par que me lanzo hacia un lado para evitar que me atraviese. La aguja golpea una y otra vez contra el suelo, buscando perforarme.

Ruedo, me arrastro y brinco hasta que por fin consigo levantarme.

Echo a correr dejando atrás la bolsa de dormir y mi valiosa mochila. Más explosiones se suceden a mi espalda y costados como si me hubiese metido en un campo minado, llenando mi mirada de muros de arena que me impiden ver más allá de mi nariz.

La persecución me hace ir cuesta arriba, hacia la montaña más cercana, ya que tratar de volver hacia donde está la carretera sería un suicidio. Con las piernas fortalecidas por mi sangre de errante, consigo abrirme paso con rapidez; trepo piedras bastante grandes de un solo salto y doy largas zancadas a través de cortinas de tierra sin perder velocidad. Pero aun así no puedo alejarme demasiado de aquella mortífera aguja que perfora el suelo rocoso como si de barro húmedo se tratase.

Para mi horror, pierdo terreno, porque el cansancio empieza a hacer mella en mis agitados pulmones que ya sólo pueden inhalar polvo y aire caliente.

Al alcanzar la cima de la montaña me detengo al entender que he llegado a un callejón sin salida. El desnivel se eleva casi quince metros y bajo éste corre Dirty Devil River, salpicado de enormes piedras que sobresalen de la violenta corriente.

Miro a mis espaldas y abro los ojos de par en par al ver que ahora el monstruo está justo a unos metros de mí, con su cuerpo chasqueando sin cesar.

La tierra tiembla de nuevo y no lo pienso dos veces; enredo las correas del morral a mi cuerpo y me aferro a él con todas mis fuerzas para luego saltar del acantilado.

CAPÍTULO 6
SUPERVIVIENTE

Caigo de pie en las furiosas aguas, y los tobillos se me acalambran de inmediato por el impacto. Me sumerjo entre piedra y espuma mientras la corriente me empuja hacia delante sin piedad.

La fuerza del río me azota contra una roca y me saca el aire de inmediato. Quedo noqueado apenas unos segundos, pero son suficientes para que el peso conjunto de botas y ropa me arrastren y comience a hundirme.

¡Mierda, mierda, mierda!

Intento nadar hacia la superficie, pero algo parece succionarme; un frío descomunal me recorre todo el cuerpo cuando la luz se desvanece hasta dejarme sumido en una completa oscuridad. Mis extremidades se entumecen, el oxígeno me abandona por completo y mis sentidos comienzan a perderse. Dejo de percibir la corriente del agua y hasta mi propia respiración; el aturdimiento es tan brutal que estoy a punto de quedar inconsciente.

Carajo, Elisse, no te puedes morir de una forma tan estúpida, ¡reacciona!

El trance es suspendido por mi desesperado instinto de supervivencia, así que pataleo, doy manotazos y me revuelvo una vez más. La falta de aire y el entumecimiento luchan insistentemente por ahogarme, pero reúno todas las fuerzas que le quedan a mis piernas y brazos para llegar a la superficie.

Logro tomar una breve bocanada de aire, pero mi cuerpo aún es arrastrado por las aguas. El estómago y la nariz se me llenan de líquido, golpeo contra las rocas y empiezo a asfixiarme de nuevo hasta que, por milagro de los dioses, la corriente me ensarta contra un grueso tronco atascado entre las piedras.

Me abrazo con todas mis fuerzas al tronco, pero la potencia del cauce arremete con furia contra mis piernas como si tratase de arrancarlas.

Lanzo un profundo grito de desesperación, pero poco a poco gano terreno en aquel salvavidas de madera. Me aferro a la superficie rugosa con uñas, dedos e incluso dientes y comienzo a trepar para salvarme usando las pocas energías que me restan.

Justo cuando pienso que nada más puede pasar, el tronco comienza a resquebrajarse. Abrazo mi morral, sorprendido de no haberlo perdido en la corriente, y me deslizo lo más rápido que puedo para subir a una de las rocas contra las que yace atascado el madero, la más cercana a la cuenca del río.

Escucho un *crac* a mis espaldas; el árbol se parte y me lanzo como un costal a la orilla mientras el tronco es despedazado por la corriente.

Me levanto sobre mis codos y vomito agua y tierra a borbotones como si me hubiese tragado medio río.

Al intentar respirar hondo, una punzada ataca mi costado y lo retuerce de dolor. Grito desde el fondo de mi garganta y me palpo hasta encontrar una gran mancha amoratada sobre la piel.

Maldición, ¡una puta costilla rota!

Intento sobreponerme a mis fatales condiciones y enfoco la vista a mi alrededor. El paisaje ha cambiado. Estoy rodeado de árboles, aunque el suelo carece de pasto o vegetación, como si hubiese dejado atrás el desierto abierto para entrar en una zona más fértil, aunque aún dominada por rocas y arena rojiza.

Como una lombriz, me arrastro hacia la sombra de uno de los árboles con las fuerzas apenas necesarias para recargarme contra el tronco.

Con mucho esfuerzo, logro sacar de mi morral uno de los tantos huesos que siempre llevo conmigo; uno que, afortunadamente, no se ha destrozado con los vuelcos del río: una delgada costilla de cerdo.

La parto por la mitad y la empapo con la sangre que baja de mi nariz. Me arranco unos cuantos cabellos y, a la par que murmuro un viejo hechizo haitiano, la envuelvo entre los pelos rubios.

Despacio, el hueso comienza a unirse de nuevo, a la par que una sensación exquisita de alivio me recorre la caja torácica. Siento, milímetro a milímetro, cómo mi costilla se suelda, arrastra el dolor y lo transforma.

Respiro profundo, satisfecho. Nunca seré tan bueno como un perpetuasangre y mis capacidades curativas dependen de los ingredientes que tenga a la mano, pero al menos el vudú me ha enseñado lo necesario para salvarme de un par de aprietos.

Miro la larga herida que llevo en el brazo; la palpo con las yemas de los dedos y chasqueo la lengua al comprobar que, si bien no es profunda, sí es bastante dolorosa, como si me hubiesen pasado la punta de un cuchillo por encima... Aunque algo me dice que aún no he probado el filo de aquella espina en toda su magnitud.

—Fantástico —murmuro y recargo la cabeza en el tronco del árbol, incapaz de creer que el *Silenciante* me haya alcanzado.

Una. Maldita. Vez. Más.

Tras la pelea del cementerio de Saint Louis, comencé a sentir que algo me observaba en la oscuridad, acompañado de un chasquido extraño, como el crujir de un hueso contra otro. En ese momento no sabía si era una amenaza o un simple espíritu que podía percibir gracias al aumento de mis poderes, pero con el pasar de los días, me sentía cada vez más inquieto.

Hasta que por fin se manifestó.

Un crujido ensordecedor me despertó en mitad de la noche. Y ahí estaba la criatura, que me *miraba* desde el pie de la cama, con la luna llena tras su espantosa silueta ósea que parecía crepitar dentro de sí.

Me quedé helado, y aunque quise gritar, estaba tan asustado que nada abandonó mi boca.

Y en cuanto traté de poner un pie fuera de la cama, el ataque comenzó.

La enorme columna vertebral de aquel monstruo surcó el suelo de tablones y destrozó la cabaña. El estrépito que hizo fue brutal, pero nadie en la aldea pareció escuchar lo que acontecía, así que, en medio de la tormenta de huesos, tomé mis pocas pertenencias, el dinero que había rescatado del centro budista y escapé a través del plano medio sin mirar hacia atrás.

Con el tiempo supuse que el monstruo había salido de allí, puesto que la puerta trasera de la cabaña estaba abierta de par en par. En ese lugar fue donde recibí a Ciervo Piel de Sombras cuando Muata estaba con vida, así que no había otra explicación de cómo aquella cosa había logrado entrar a la habitación sin ser percibida por nadie más en la reserva.

Después comprendí que el Silenciante puede manipular el ruido de alguna manera, dejar mudo todo a su alrededor como si creara una burbuja invisible en la cual atacar. Ésa es la razón tras el nombre que le he dado.

Desde entonces no he dejado de moverme, y también he procurado mantenerme lo más lejos de un posible portal. Deduzco que, por alguna razón, el Silenciante se desplaza a través del plano medio como si de una pesadilla se tratase, con la enorme diferencia de que también es capaz de perseguirme a voluntad, y sin dejar rastro, por el mundo humano.

Al principio quise creer que era una especie de cadáver poseído por algún espíritu del plano medio —como lo eran los errantes falsos que creó Samedi en Nueva Orleans—, pero esta criatura desprende magia propia, aunque tan nauseabunda que siempre me provoca fuertes arcadas. Es como si estuviese podrida.

También ese extraño manto que usa siempre me impide ver qué hay debajo de su cuerpo. De hecho, esta vez estaba cubierto de sangre seca, algo que estoy seguro no tenía antes. ¿Se habrá alimentado de algo *o alguien* recientemente?

No sé qué demonios sea esa cosa, pero no pienso quedarme cerca el tiempo suficiente para preguntarle. El Silenciante es la criatura más peligrosa que he conocido hasta ahora, y por mi descuido me sigue el rastro.

Algo debí haber pasado por alto anoche, alguna maldita cueva o grieta que haya quedado desapercibida debido al cansancio. Y para empeorarlo todo, he vuelto a tener *esa* visión.

—Como es arriba, es abajo —murmuro.

Esa frase se repetía una y otra vez en aquella voz que me llama, aquella puerta esmeralda, ese zorro despellejado que no paraba de gritar, el símbolo... Pero lo más importante de todo: esas mesetas, ese valle enorme, rojo y brutal.

Busco en el bolsillo interior de mi parka aquella postal arrugada que he cargado conmigo como un *mala*[3] y contemplo una vez más Monument Valley, el paisaje de mi visión y el lugar más famoso de toda la Nación Navajo.

La primera vez que tuve esa visión fue poco antes de abandonar Luisiana, y tardé bastante tiempo en saber de qué sitio se trataba. Es más, dudaba siquiera que fuera un lugar real, pero tras cruzar algunos estados huyendo de forma incesante de la persecución del Silenciante, tuve la suerte de ver esta postal en una tienda de antigüedades del viejo oeste. Desde entonces, mi único propósito ha sido alcanzar ese valle para enfrentar lo que sea que me depare allí, muy a pesar de que, tal vez, lo único que vaya a encontrar sea la muerte.

El abuelo Muata tuvo una visión antes de que yo llegase a Nueva Orleans. Y creo que el hecho de no haber descifrado su significado real a tiempo facilitó que Barón Samedi nos engañase a todos y acabase con la mitad de la tribu.

No puedo cometer el mismo error. No puedo seguir escapando.

---

[3] Sarta de cuentas, o "rosario", budista.

Suspiro y abro mi morral para ver en qué condiciones ha quedado el resto de mi "kit de supervivencia".

—No puede ser… —mascullo, porque todo está hecho mierda.

Mis frascos de incienso, mis polvos y medicamentos están empapados, con las hierbas flotando en su interior a modo de repugnante té. El mapa que llevaba conmigo está hecho trizas, y el libro de Laurele ha desaparecido con la foto de mi padre dentro de él. Lo único que parece estar intacto es mi viejo cuchillo y los fajos de billetes que he cargado conmigo desde que escapé de Luisiana.

Resoplo y dejo caer la maldita bolsa a un lado. Al menos el dinero sigue allí, pero me falta el aliento al pensar en mi mochila de montaña, abandonada en medio del desierto.

Me he quedado sin comida, sin utensilios para acampar y sin recipientes de agua, por lo que sólo me resta ir en busca de algún poblado para reabastecerme.

No puedo evitar sonreír de ironía, porque si fuese un errante *normal*, podría sobrevivir sin problemas en la naturaleza.

Una vez que reúno fuerzas suficientes para hacer algo más que lamentarme de esta fascinante expedición a las rocas, empiezo a desnudarme, aliviado al descubrir que, al menos, mi guante de cuero no se ha deteriorado demasiado.

Una vez que mis cosas se han secado tendidas al sol, me visto y cojeo hacia un muro de rocas con la esperanza de poder divisar algo desde la cima.

Tardo casi una hora en subir la empinada colina, llevándome por delante varios resbalones y caídas, hasta que por fin puedo tener una panorámica del lugar al que me ha arrastrado el río. No puedo evitar entrecerrar la mirada presa de confusión.

Las montañas de roca árida donde acampé han quedado muy lejos, y ahora son reemplazadas por formaciones de árboles que se alzan ante todo lo que mi vista puede alcanzar. ¿Cómo es posible que el río me haya arrastrado tanto? Y no sólo eso, ya está a punto de anochecer. ¿Habré perdido la noción del tiempo?

De repente distingo algo inusual a lo lejos: hay una especie de grieta entre los árboles, como un río negruzco y ancho. Enfoco la vista y por fin puedo distinguir lo que es: una carretera.

Mando el dolor al diablo y me lanzo en dirección a la ruta de asfalto. Empleo casi treinta minutos para llegar allí, pero mi agotador esfuerzo resulta recompensado cuando veo al lado del camino un letrero metálico recubierto de óxido. El alma me regresa por fin al cuerpo.

COMUNIDAD DE STONEFALL
Distancia: 34 kilómetros.

CAPÍTULO 7
II. ALBEDO

Una costura hacia arriba. Una costura hacia abajo. Nuestros dedos, fortalecidos gracias a las aguas del río, se mueven sin cesar sobre las pieles repletas de escamas. Miramos el puño de serpientes que hemos podido recolectar en los últimos días, de diferentes tamaños y colores; sus cueros yacen secos sobre las piedras, secándose mientras sus carnes se pudren bajo el sol.

Los huesos nos chasquean, alegres ante la deliciosa tarea que nos trae gratos recuerdos de la larga vida que tuvimos antes en la tierra. Y nuestro encuentro con la Bestia Revestida de Luna ha sido tan, tan satisfactorio, que nuestra boca no hace más que sonreír hasta sangrar.

Él nos llama "Silenciante", aun cuando ya ha comprendido que ése no es el único de nuestros talentos, porque si por algo hemos sido elegidos para esta encomienda es por nuestra falta de compasión. Inclusive hacia nuestra propia sangre.

Volvemos a pensar en la Bestia Revestida de Luna. Tan bella, tan extraordinaria… el lugar donde alguna vez estuvo vivo nuestro corazón palpita de excitación a través de la oscuridad del agujero en nuestro pecho. ¿Su carne blanca sabrá a hueso entre nuestras encías?

Pero a pesar de nuestro deleite, debemos apurarnos. Sin la lluvia, pronto nos volveremos polvo de nuevo y deberemos depender sólo de *ella*.

Miramos el cuerpo podrido de Alannah. Arrancamos uno más de sus cabellos para unir otra larga tira de piel. Sus hebras no son de perpetuasangre; son frágiles y se debilitan a medida que pasan las lunas y los soles, pero nuestra magia las mantendrá unidas hasta que sea necesario.

Un remiendo más, y la capa comienza a tomar forma, pero nos falta tiempo. Nos faltan pieles y magia.

Dejamos nuestra encomienda a un lado, y miramos a la mujer, inerte.

Vemos cómo la silueta de una serpiente se mueve en su vientre.

Nuestra extremidad se alarga bajo la tierra, y brota del suelo sagrado. La punta de nuestra espina se posa en medio de los senos de la hembra y se hunde en su carne.

El alba bendice Monument Valley mientras nuestra navaja, gentilmente, comienza a desollar a la contemplasombras.

CAPÍTULO 8
FORASTERO

—¿Me puedes decir qué te hace tanta gracia? —me preguntó Johanna con las manos en la cintura. Yo, en cambio, no dejaba de voltear hacia el curioso cactus que acaba de colocar sobre el alféizar de la ventana, justo junto a su camastro en la reserva.

—Nada —me encogí de hombros desde la cama de arriba—. Sólo estoy esperando a ver si te sale arena de los pantalones.

Las mejillas se le pusieron tan rojas que empezaron a competir con las diminutas flores del cactus.

—Deja de juntarte con Julien —protestó—. Ya te empiezas a parecer a él.

Me reí un poco más. Yo llevaba ya más de un mes en la reserva, y a esas alturas ya había tomado la confianza suficiente para hacer ese tipo de bromas. Además, la chica tendía a tratar de tomárselo todo muy en serio, lo que, para su pesar, la hacía un blanco fácil.

Ella suspiró y pasó las yemas de sus dedos por la pequeña planta desértica. Su mirada vibró por un instante y pude percibir un suspiro contenido en su pecho.

Reconocí los gestos, la sensación, porque era la misma cara que yo ponía cada vez que miraba la foto de papá.

Extendí el brazo hacia abajo y le acaricié la coronilla.

—Eh, ¿extrañas tu hogar? ¿A tus padres? —pregunté, y ella pareció más sorprendida por la pregunta que por mi contacto.

Johanna, después de un momento, se subió a mi camastro de un salto, lo que me hizo aferrarme como un gato asustado al colchón, ya que aún no me había acostumbrado del todo a ver a mis hermanos hacer tales demostraciones de fuerza o agilidad. Ambos miramos hacia el techo de madera mientras yo presentía que íbamos a tener una de esas pláticas que últimamente mantenía sólo con ella.

—No puedes extrañar un hogar al que nunca has pertenecido, Elisse —dijo sin titubear, aunque pude sentir una punzada de tristeza en su voz—. No extraño mi casa. No los extraño a ellos, extraño... el desierto. El rancho, los animales; extraño las cosas en las que me refugiaba cuando sabía que no había nadie en el mundo a quien yo le importara.

—¿Tus padres... no te querían? —pregunté con cuidado, pero sin rodeos. Johanna se quedó en silencio unos momentos meditando su respuesta.

—Siento que, en el fondo —dijo por fin—, mi mal carácter, mi histeria de aquel tiempo, tenía mucho que ver con que estaba demasiado desesperada por recibir un afecto que sabía que no existía. Uno no suele amar sus errores, y mis padres nunca amaron el suyo, porque eso los obligó a quedarse juntos. A ser infelices el uno al lado del otro.

El pesar en sus palabras hizo que el corazón se me hiciera añicos porque, a pesar de la idealización que yo albergaba hacia mi padre, no me costaba reconocer que el afecto fraterno no era algo garantizado. Por supuesto que existían padres que odiaban a sus hijos, y yo ya lo había visto incontables veces durante mi infancia, en medio de tanta pobreza y desigualdad.

Una madre que ama a sus hijas no las prostituye con los turistas. Un padre que ama a sus hijos no les destroza la cara a golpes cuando su consciencia nada en licor.

Pero ver que Johanna estaba tan desesperada por el afecto que no recibió durante su niñez, me hizo darme cuenta de lo parecidos que éramos.

Cerré los ojos y respiré profundo.

—Creo… que nunca voy a entender cómo te sientes —dije en voz baja. Alargué mi mano y tomé la de ella, la envolví entre mis dedos, la apreté con cuidado—. Cada persona vive la soledad de una manera distinta, hay quienes la disfrutan, otros que la buscan, hay otros que le tenemos un miedo irracional, así que sólo puedo decirte que tú, los demás, todos ustedes… Nunca voy a olvidar lo que se siente estar solo, pero ya no me atormenta pensar en ello, porque sé que aquí nada puede lastimarme. No sé qué puedo hacer para ayudarte, pero ojalá algún día sea capaz de darte también ese hogar que tanto necesitabas. Tal vez ese día logres decir que por fin has vuelto a casa.

Johanna enmudeció por unos largos instantes, y temí haber hecho algo inapropiado.

Si nunca fui muy expresivo es porque no tenía a nadie a quien compartirle ese afecto, pero eso no significaba que no necesitara decir a los demás lo mucho que significaban para mí, lo que tal vez me había convertido en los últimos meses en alguien demasiado impulsivo, así que temí haberle hecho saber que yo tenía hacia ella un afecto que, tal vez, ella todavía no sentía por mí.

Luego la escuché hipar y abrí los ojos, sorprendido al encontrarla llorando. Aferrándose ahora a mi mano con fuerza.

—Mira lo que hiciste, tarado —dijo, limpiándose los ojos con su otra mano, negándose a soltarme.

—Bueno, al menos, si te deshidratas, tu cactus te salvará de ésta —ella se encogió en el colchón, abochornada.

—Eso de que los cactus son una fuente de agua potable es mentira —gruñó—. A lo mucho, te beberás su baba y lo único que contraerás será una fuerte diarrea. Y créeme, en el desierto eso es lo último *que deseas. Recolecta rocío por las noches, envuelve plantas desérticas con una bolsa o tela, cava cerca de donde veas algún círculo de arbustos y espera a que los agujeros se llenen de agua. Eso te ayudará a sobrevivir.*

Sonreí sin miedo a demostrarle dulzura. Johanna a veces se escondía detrás de su inteligencia cuando no sabía bien cómo expresar lo que sentía.

—Vaya —murmuré—. Me pregunto cuándo vas a sacar el sombrero vaquero, ¿o lo escondes bajo ese nido al que llamas pelo?

—¡Mira quién lo dice, estropajo con patas!

Me soltó un puñetazo, y pronto nos vimos riéndonos como un par de idiotas. Momentos después nos calmamos, y yo comencé a hablar sobre aquel campo de refugiados al que alguna vez me vi obligado a llamar hogar.

Y en ese momento, fue el turno de Johanna para sostener mi mano.

△ ⏇ ▽ ⏇

Dos días enteros transcurrieron antes de llegar a Stonefall y, para entonces, ya no soy más que un manojo de hambre, cansancio y paranoia, así que ver aquel letrero gigante con el nombre del lugar me hace sentir como si hubiese llegado a las puertas del paraíso.

Un paraíso muy caluroso y polvoriento porque, aunque no me gusta estereotipar, la planta rodadora que anda por allá, a lo lejos, tampoco ayuda mucho a desmentirme.

El pueblo es atravesado por una carretera que funge como avenida principal, con negocios que van desde tiendas de *souvenirs* hasta artesanías amerindias y objetos *western*. Letreros antiguos de madera cuelgan en la entrada de cada local, y a pesar de que hay muchos árboles que ni a base de milagros crecerían en el desierto, aún conserva ese fuerte aire a viejo oeste que parece persistir en toda esta región de Utah.

Vuelvo a dar un segundo vistazo a la avenida y alcanzo a distinguir una librería, la aguja de una iglesia mormona[4] y, detrás de los negocios, las casas de los pueblerinos. Pero ¿dónde diablos hay una maldita...?

Al ver el letrero de una gasolinera en una esquina a lo lejos, casi me pongo a llorar de alegría, porque eso significa que junto debe haber una tienda de víveres.

Pero antes de adentrarme en las entrañas de esta tierra prometida, me tomo unos segundos para *sentir* todo lo que hay a mi alrededor con el fin de buscar una sola cosa: errantes.

La primera vez que detecté a un Atrapasueños durante mi travesía por el país fue en un pequeño pueblo en la frontera del estado de Nuevo México. Recuerdo que sentí un fuerte retortijón en el estómago; no sólo me hallaba frente a la fascinante idea de encontrar a más seres como mi familia y descubrir quiénes eran, a qué se dedicaban y qué ancestros tenían, sino que el primer instinto de un errante, independientemente de si perteneces o no a su tribu, es acogerte, por lo que una seguridad natural me invadió de inmediato al sentirlos allí, como cuando sabes que tienes parientes en una ciudad desconocida para ti.

Sin embargo, entonces bastó un simple murmullo de las voces que cargo dentro para convencerme de que aquélla era una pésima idea. No sólo existía la posibilidad de que mi familia conociese a esta tribu y que hubiera alertado a otras

---

[4] La Iglesia de Jesucristo de los Santos de los Últimos Días, o más conocida como Iglesia Mormona. Es la religión mayoritaria en Utah, la cual utiliza picos o agujas en los campanarios de sus iglesias en vez de cruces.

sobre mi desaparición, sino que era bastante probable que mi presencia ahí no trajese más que tragedias a unos hermanos errantes que nada tenían que ver con mis problemas.

Supe de inmediato que lo mejor que podía hacer en ese pueblo fronterizo, tanto por ellos como por mí, era evadirlos. Así que siempre que llego a alguna localidad poblada, me tomo el tiempo de descubrir si hay errantes antes de adentrarme en ella.

Además de que mis sentidos se han vuelto más sensibles que nunca, los seres de mi especie tienen una presencia importante, así que es fácil percibirlos cuando están cerca. Por mi parte, sé que mi olor no es muy distinguible para otros de mi raza por mi falta de ancestro —insisto, el monstruo de hueso *no* es un ancestro—, lo que ayuda a que sea indetectable en primera instancia, pero mi apariencia sí que puede delatarme.

Por suerte, ahora no parece haber ningún errante en los alrededores.

Me adentro en el pueblo, consciente de que, aunque la calle esté casi vacía, precisamente por ello es probable que llame la atención de todo aquel que se cruce en mi camino. Lo único en mí que parece seguir en un estado más o menos decente son mis botas de montaña, porque todas mis prendas están tan sucias y rotas que parecen haber sido sacadas directo del basural. También debo oler como a ardilla muerta y eso, sumado a los moretones todavía visibles en mi piel y la larga herida que tengo en el brazo, de seguro va a hacer que la gente de aquí me mire con aprensión. Y como lo último que quiero ahora son problemas, trataré de hallar la forma de abastecerme rápido y de salir de este pueblo sin apenas ser visto.

Mi entrada a la tienda de la gasolinera es anunciada por una campanilla, por lo que el hombre de la caja levanta la vista de inmediato.

—¡Qué tal, buenos…! —la sonrisa se le borra de inmediato al reparar en mi "agradable" aspecto, así que, sin perder tiempo, me echo a los brazos un mapa, tres sándwiches empaquetados, una bolsa grande de papas fritas, una enorme botella de agua bien helada y un desodorante; todo bajo la recelosa mirada del dependiente.

Pongo todo frente al hombre, quien muy apenas levanta la barbilla cuando comienza a pasar las cosas por la registradora para luego colocarlas dentro de una bolsa de papel. Es en ese maravilloso momento de tensión que miro hacia sus espaldas, hacia el exhibidor de cigarrillos. Muero por un par de cajetillas, pero como seguramente este hombre va a pedir ver mi identificación, cosa que por supuesto ya no poseo, opto por aguantar las ganas mientras fantaseo en fumarme una rama más tarde.

De pronto reparo en el calendario que cuelga de la pared. Al mirar la fecha del día parpadeo una y otra vez, confundido.

—Eh… disculpe —pregunto por fin—, ¿ese calendario está al día?

El hombre mira a sus espaldas un segundo para luego asentir con las cejas apretadas.

Agosto.

Me quedo lívido, sin poder respirar, porque allí dice que es domingo 4 de agosto, y estoy segurísimo de que todavía estábamos en julio en el momento en el que salté al río… *hace apenas dos días.*

—¡Oiga! He dicho catorce dólares. Si no tiene para pagar, mejor váyase de una vez —la perturbada voz del dependiente me sobresalta; estaba tan desconcertado que no me di cuenta de que me llamaba.

Saco unos cuantos billetes de mi morral y los arrojo al mostrador sin siquiera esperar cambio. Tomo la bolsa de papel entre mis brazos y salgo de la tienda a grandes zancadas.

En medio de la calle, bajo el ardiente sol de verano, extiendo el mapa y lo manipulo y giro durante casi cinco minutos hasta que por fin puedo encontrar la ubicación del pueblo.

Un escalofrío me recorre por la espalda, porque no sólo han pasado seis días completos sin apenas percibirlo, sino que Stonefall queda a más de doscientos kilómetros del motel de donde fui echado la otra noche.

No, ¡es imposible! Por más veloz que fuese la corriente de ese río, no pude haber viajado tanto en tan poco tiempo, ¿qué diablos está…?

Soy arrancado de mis pensamientos cuando me percato de que alguien me mira desde el otro lado de la avenida, a un par de calles de donde estoy. Es… un ¿hombre? Sí, un anciano de cara arrugada; un vagabundo con apenas pelo en la cabeza. Su ropa está sucia y hecha jirones, y su mirada desorbitada, como si se hubiera encontrado frente a frente con una especie de fantasma.

Carajo, debo haber llamado su atención con todo este teatro.

Me yergo y camino por la acera a buen paso, me alejo. El viejo me sigue con la mirada, pero llega un momento en el que da la media vuelta y se adentra en una de las calles adyacentes a la avenida.

Me siento con pesadez en una banca de los andadores para tratar de tomar algo de aire, pero la tenue sombra que proyecta su árbol no ayuda a enfriarme la cabeza. ¿Cómo pudieron haber pasado tantos días sin que me diese cuenta? ¿Acaso perdí la noción de la realidad cuando caí al río, al estrellarme contra aquella roca? ¿Habré dormido durante más tiempo del que pude percibir? ¿O...?

Palidezco ante la simple idea de que el Silenciante haya tenido que ver en todo esto; con la magia que emana, tal vez torció mi percepción de las cosas, *¡algo tuvo que haber hecho esa maldita cosa!*

—Demonios... —mascullo, porque de nada sirve que me martirice para tratar de entender lo que ha pasado.

Resignado, me baño de pies a cabeza con el desodorante en aerosol para tratar de dispersar la peste a sudor. Cuando creo que ya me he rociado el suficiente como para no desmayar a nadie con mi aroma, tomo el primer sándwich y lo contemplo largamente.

La lengua del Señor del Sabbath se tuerce con desagrado dentro de mi boca, como si pudiese sentir el *repugnante* sabor de la comida aún sin haberla tocado.

Uno a uno empiezo a comer los emparedados y las papas fritas a grandes mordidas para no masticar demasiado. Mi estómago se llena gradualmente mientras intento, encomendándome a todo lo divino, no vomitar.

Necesito recuperar energías.

Una vez que termino, voy en busca de alguna tienda de segunda mano con la esperanza de encontrar una mochila, una bolsa de dormir y todo lo que me haga falta para retomar el rumbo de mi viaje lo más pronto posible.

Estoy a punto de pasar de largo la librería que vi poco tiempo atrás, cuando *siento* un susurro, desagradable y muy familiar, frente a mis narices. La sensación parece desvanecerse a través de las vitrinas, así que voy a la entrada de la librería, muy seguro de que el llamado proviene de algún lugar oculto de su interior.

La dependienta, una mujer de mediana edad y con un mal disimulado gesto de desconfianza, me pide que deje mi morral en el perchero de la entrada. El darse cuenta de que no soy una "muchachita" sólo empeora su semblante, así que accedo de mala gana.

Una vez que recibo su mirada más o menos aprobatoria, me lanzo al laberinto de papel y sigo el oscuro llamado que parece desvanecerse sobre las estanterías del fondo.

Paso de largo los flamantes escaparates de libros nuevos y voy directo a los usados, cuyos lomos como espinas dorsales acaricio con mi mano enguantada.

Siento de nuevo aquel siseo gangoso, el cual se hace cada vez más urgente a medida que atravieso el local. Me pierdo entre los colores, las manchas, las formas arrugadas, los lomos grabados con tinta de oro. Mis ojos navegan sobre títulos de amor, dolor, historia, ciencias antiguas, vudú…

—¡Ajá! Aquí estás —mis dedos se cierran en el libro rojo de Laurele, el cual yace agazapado al lado de una roída edición de botánica.

Mi sonrisa se borra de inmediato cuando el siseo invisible de Barón Samedi, quien estuvo llamándome todo este tiempo, vuelve a retumbar entre los pasillos.

Ya se había tardado en regresármelo.

Hojeo el libro de Laurele y sonrío de nuevo porque, tal como me lo esperaba, tanto el contenido del volumen como la foto de mi papá entre sus hojas están intactos, y sin un solo rastro de que hayan tocado siquiera el agua.

—¡Vaya! Llevo años viniendo aquí y nunca había visto ese volumen.

Aquellas palabras me hacen dar un respingo. Miro a mi costado y me encuentro con un chico alto y de cabello oscuro recargado contra la estantería, quien me sonríe desde su posición a mi lado.

Él ríe por lo bajo al ver mi cara de espanto.

—Hola. Me llamo Adam y, si no me equivoco, no eres de por aquí ¿cierto? —dice a la par que da un paso hacia mí. Por instinto, retrocedo de inmediato—. ¡Eh! Perdona, no quería asustarte, linda.

Ante el cumplido no solicitado, retuerzo la comisura del labio y vuelco mi atención a la estantería sin molestarme en contestar.

—Ah, discúlpame, estoy siendo muy grosero —insiste a pesar de mi obvia incomodidad. Incluso, hasta se alisa el cabello hacia atrás con una mano y sonríe—. Es sólo que nunca había visto a una chica tan bonita en este...

—No soy una chica, *Adam* —espeto sin más.

Una súbita tensión parece apoderarse de su semblante.

—¿Qué...?

El muy sin vergüenza me mira de arriba abajo, sin siquiera tomarse la molestia de disimular un poco. Y al reconocer la ausencia de senos debajo de mi delgada parka verde, palidece como si hubiese visto un fantasma.

Coloco el libro bajo el brazo y avanzo ignorándolo, pero no doy ni cinco pasos cuando sus zancadas retumban a mis espaldas.

—¡E-espera, por favor, no te vayas!

—¿Qué diablos te pasa? —grito al verlo bloquearme la salida del pasillo—. ¡Déjame en paz, carajo!

—¡Joven Blake! ¿Qué ocurre allá atrás?

La alarmada voz de la dependienta nos hace mirarla, en pie en medio del corredor. Estoy a punto de pedirle que me quite a este loco de encima, cuando me quedo helado al ver la figura detrás de ella, frente al perchero de la entrada, con las manos dentro de mi morral.

Es el vagabundo que me observaba afuera de la tienda de víveres, con los fajos de *mis* billetes entre los dedos.

—¡¿Pero qué carajos está haciendo?!

Ni siquiera he empezado a perseguirlo cuando el viejo ya ha salido disparado de la tienda.

Dejo caer el libro de Laurele al suelo y empujo a Adam a un lado. Salgo del local y me lanzo tras el maldito ladrón, quien se aleja por la avenida a una velocidad extraordinaria para la edad que aparenta.

—¡Ayuda, que alguien lo detenga! —grito como un loco por la calle, pero está tan vacía que nada ni nadie se interpone a su paso. Adam y la dependienta vienen detrás de mí mientras gritan un montón de expresiones ininteligibles.

El sujeto, para mi estupefacción, se escabulle dentro de un angosto callejón que va en dirección hacia las casas del pueblo.

Entro de una zancada y evado un montón de cajas y bolsas de basura que me dificultan el paso, pero no me permito perder de vista la cabeza casi calva que gana cada vez más distancia. ¡¿Cómo diablos puede correr tan rápido?!

Justo cuando estamos a punto de salir del estrecho pasadizo, el vagabundo da media vuelta y estrella una pesada bolsa de basura contra mi rostro. El plástico revienta, y entre los desperdicios veo al anciano girar en una esquina para luego desaparecer de mi vista.

—¡No, no, no, no! —corro hasta donde lo perdí, pero pronto me detengo a mirar hacia un lado y otro, sin aliento—. ¿Adónde diablos se fue?

El vecindario está vacío, sólo queda una densa nube de polvo. Corro de nuevo por el asfalto, me asomo entre casa y casa, pero nada. Ni una maldita señal de hacia dónde se ha ido.

No puedo más que jalarme los cabellos de frustración. *Esto debe ser una broma, esto debe ser una broma, ¡esto debe ser una maldita broma!*

Adam llega hasta mí junto con la mujer de la librería, quien jadea como un perro lanudo detrás de él.

—¿Por dónde se ha ido? —exclama él, pero al ver mi expresión de horror, deduce de inmediato que lo he perdido. Lleva mi morral bajo su brazo, así que doy una zancada hacia él y se lo arrebato. Rebusco una y otra vez dentro hasta que un fuerte mareo me obliga a ponerme en cuclillas.

Todos. Ese viejo se ha llevado todos y cada uno de los billetes que tenía.

—No puede ser… —me dejo caer en el suelo. Todo me empieza a dar vueltas.

—¡Lo siento, lo siento mucho! —exclama la mujer con una mano en el pecho—. ¡Te juro que no lo vi entrar en la tienda!

No me molesto en atender sus disculpas porque ahora mismo estoy muy ocupado peleando contra mis endemoniadas ganas de ir a tirarme de nuevo al río.

Adam mira de un lado al otro y se inclina hacia mí.

—Eh, amigo, calma —dice—. Stonefall es del tamaño de un guisante, te aseguro que daremos con ese viejo muy pronto.

—¿Tienes idea de quién es o dónde vive? —pregunto alterado, pero al ver su rostro dubitativo, palidezco todavía más.

—No —responde—, y para ser honesto, nunca lo había visto por aquí.

—¡No me jodas!

—El joven Blake dice la verdad... muchacho —interviene la descuidada dependienta, y esa última palabra la pronuncia con dificultad—. En este pueblo todos nos conocemos muy bien. Yo tampoco había visto antes a ese hombre.

—*Carajo* —maldigo—, ¿y ahora qué diablos voy a hacer?

—¿Tus padres no están por aquí? —pregunta ella, a lo que yo agito muy despacio la cabeza.

—He venido solo.

El rostro de Adam se tensa.

—Entonces hay que avisar a la policía sobre lo que ha pasado —dice sin siquiera mirarme, con la barbilla fija hacia el frente y los ojos bien abiertos—. El jefe es... es buen amigo de mi madre. Tal vez no le cueste mucho encontrar a ese viejo.

Adam se gira de pronto hacia la encargada de la librería.

—Señora Lee, ¿cree que pueda hacerlo por mí, por favor? Y dele una descripción de este chico, por si pregunta. Ya sabe cómo es el jefe...

La mujer lo mira un largo momento, con los labios bien apretados. Instantes después, asiente y da la media vuelta para irse a paso veloz por donde hemos venido. Yo, en cambio, abro y cierro la boca un par de veces, indeciso sobre si retozar en el suelo, vencido, o correr detrás de ella.

Si hay algo que he evitado tanto como a los errantes es la policía, así que la idea de que ahora el jefe de policía de este pueblo se involucre en mis problemas no termina de gustarme.

Pero es que esto ya se ha salido de mis manos. El dinero, ¡dioses, el dinero! Sin un centavo, sin medicina, víveres o siquiera una bolsa de dormir no voy a durar mucho más a la intemperie. ¿Quién diablos era ese tipo? ¡Ningún anciano puede correr así de rápido! ¿O sí?

En medio de mi histeria descubro a Adam mirándome de nuevo de arriba abajo, con ese descaro perturbador. Me levanto en el acto y me echo el morral al hombro, para luego torcer en dirección hacia el callejón.

—¡Oye! ¿Adónde vas? —grita él.

—A buscar la comisaría —respondo sin mirar atrás.

—¿Comisaría? Aquí sólo tenemos una oficina de tres metros cuadrados con una celda que no se ha usado en años, así que dudo que quieras esperar al jefe allá.

—¿Y qué se supone que haga? —grito, exasperado—. ¿Irme a sentar a una banca hasta que los cuervos me coman los ojos?

De acuerdo, es muy pronto para acudir a esa clase de chistes.

—Oye, oye, cálmate un poco, ¿quieres? —insiste—. Irás a mi casa a descansar un poco.

La sonrisa confiada en su rostro casi me hace reír a mí también.

—Estás loco si crees que voy a irme contigo. ¡Ni siquiera te conozco!

—El loco eres tú si piensas quedarte en la calle en las condiciones en las que te encuentras.

Adam levanta el brazo y apunta hacia el mío. Desconcertado, doy un pequeño respingo al ver que la herida que me hizo el Silenciante se ha abierto durante la persecución, y que la sangre ha empapado la manga de mi parka.

—Déjame llevarte primero al médico del pueblo, por favor —insiste Adam mientras alza la palma hacia mí como si hablase con un animal herido. ¿Por qué diablos la gente hace eso conmigo?—. Además, algo me dice que, si yo intentase hacerte daño, serías bastante capaz de romperme los dientes, ¿eh?

Ahora soy yo quien escudriña al chico de arriba abajo, desconcertado por una personalidad que no termino de comprender. Es un humano común y corriente, sin nada particular. Parece un poco más joven que Johanna, va muy bien vestido —con una camisa bien planchada y todo— y, más allá de su impulsiva forma de ser, no *aparenta* ser peligroso, pero...

—¿Por qué haces esto? —pregunto y, ante mi dureza, él deja de sonreír.

—Mira, en parte es por lo de hace rato. Si te hubiese dejado en paz desde el principio, nada de esto habría pasado. Creo que entre todos te hemos dado la peor bienvenida posible a Stonefall.

Estoy a punto de replicar una vez más, pero entiendo que en realidad no tengo muchas opciones.

¿Por qué estas cosas siempre me pasan a mí?

—Bien —suspiro al fin.

Adam sonríe con demasiada energía para parecerme agradable.

Cuando escucho que de pronto un trueno cae a lo lejos, termino por preguntarme si esta serie de acontecimientos desafortunados no será otra cosa que el inicio de algo aún más terrible que está por sucederme.

Y con mi suerte, vaya que lo espero.

CAPÍTULO 9
SIN RASTRO

El pequeño coche de la contemplasombras, con su puerta del conductor aún abierta de par en par, ha empezado a cubrirse de arena. Lleva varios soles quieto entre el sendero y la maleza mientras nuestras cenizas aguardan sobre el capote del color del ladrillo.

El sonido de unos pasos perturba la quietud de los árboles, y el olor que se abre paso entre la hierba hace que nos encojamos contra el metal.

Un demonio con piel de hombre se aproxima despacio hacia el vehículo. Lleva en la mano un teléfono con la pantalla estrellada bajo su puño, en señal de que alguien, del otro lado de la línea, ha estado ignorando sus llamadas.

El bidón que carga en la otra mano pesa más que la pistola que cuelga abotonada a su cintura, pero a pesar de la rabia que desborda su fría mirada azul, él sonríe con dientes amarillentos.

Mira el interior del coche. Plásticos, latas, viejos recipientes de comida, bolsas de basura; la depresión tapiza el suelo del coche con la pulcritud digna de una cerda.

El hombre aplasta con la rodilla el asiento y se inclina hacia la guantera. Rebusca entre servilletas, pañuelos y recibos de compras, hasta que halla un grueso sobre de piel negra.

La violenta sonrisa de su rostro se ensancha cuando pone los documentos del coche frente a sus narices.

—Alannah Murphy. Valley of the Gods 508 —susurra, y nuestro polvo se retuerce ante la crueldad de su voz.

De pronto el sonido de alerta de la pequeña radio sobre su hombro le hace chasquear la lengua. El hombre presiona un botón.

—¿Qué quieres? —pregunta con sequedad.

—Jefe Dallas —contesta una voz sumisa del otro lado—, disculpe, pero el maldito novato de Clarks no ha dejado de insistir desde que lo mandamos al caso del mirador. Quiere saber si usted ya revisó el perfil de la persona desaparecida que le envió, y como nos dijo que ningún caso de búsqueda debe pasar a otro agente sin su autorización, nosotros no hemos hablado con nadie má…

El hombre no escucha el resto del mensaje, concentrado en la voz de su propia cabeza. Sonríe de nuevo, se guarda el sobre de cuero bajo la pretina del pantalón y recoge el bidón. Un silbido alegre brota de sus labios mientras recorre el automóvil empapándolo de gasolina. La alerta vuelve a sonar, pero el hombre no contesta.

Arroja el bidón al suelo y se aleja silbando aún.

Hasta el punto en el que el coche se vuelve una mancha marrón en el paisaje, lo seguimos, pegados a su carne sudorosa.

Él saca un papel arrugado del bolsillo y deja los fríos ojos azules quietos en la criatura que le devuelve la mirada desde el papel, con el enorme letrero de "¿Has visto a esta persona?" sobre su cabeza.

Sus pupilas se dilatan, nuestro polvo se asienta en sus hombros y le cantamos una canción perversa que hemos entonado en sus oídos durante veinte años.

"La amas. La deseas. Y debes protegerla a toda costa."

En un instante, el olor de una obsesión natural que hemos vuelto obscena se desprende con violencia de su cuerpo, tan penetrante que la certeza de que este demonio blanco haya sido elegido por el destino y no sólo por nuestra conveniencia se hace innegable.

La alerta de la radio resuena una vez más, pero esta vez no cae en oídos sordos.

—¿Jefe? ¿Me escuchó?

—Sí. Por supuesto...

Y con esa misma sonrisa de dientes amarillos, saca su arma y dispara hacia el vehículo.

CAPÍTULO 10
CIENCIA EXTRAÑA

¿Stonefall? ¿Del tamaño de un guisante?

Le daré una patada a Adam si vuelve a decirlo, porque llevamos más de diez minutos en la carretera y ya estoy a punto de ponerme histérico.

Después de que fuimos a vendar mi herida al único consultorio del pueblo —donde he reñido con el doctor por mi reticencia a quitarme el guante—, hemos subido al auto del chico en dirección a su casa, la cual parece estar bastante retirada.

Diablos, si Tared estuviera aquí, de seguro me diría —entre risas, por supuesto— que tengo la pésima costumbre de trepar a los autos de los desconocidos sin prever las consecuencias.

Me revuelvo, demasiado incómodo en los lujosos asientos de piel; no es sólo que el coche de Adam haya terminado siendo uno muy moderno y costoso, es que ahora temo tanto ser secuestrado como dejar una mancha de mugre en el tapizado que después deba limpiar, víctima de la vergüenza.

Miro de reojo al chico, quien conserva aún esa sonrisa y los ojos clavados en el camino como si se contase a sí mismo un maldito chiste que no termino de entender. La inusual confianza de subir a un tipo andrajoso a su coche y llevarlo a su casa también es preocupante… o tal vez está tan nervioso como yo, porque durante todo el camino ha arrancado trozos de recubrimiento plástico del volante. Dicha manía me ha revelado el reloj plateado que lleva en su muñeca y que se ilumina una y otra vez.

Noto también que debajo de sus ojos se asoman unas pronunciadas ojeras. ¿Acaso no duerme?

Aprieto el puente de mi nariz y suspiro, un poco cansado de mi propia paranoia, porque creo que mi problema no es tanto la inusual amabilidad de este sujeto, sino el hecho de que no me puedo acostumbrar a la sensación casi antinatural de estar de nuevo tan cerca de otro ser humano.

Estoy a punto de considerar arrojarme por la ventanilla cuando giramos en un sendero de grava que se abre paso en medio de la carretera, en dirección a una montaña rocosa. El sendero comienza a dirigirnos cuesta arriba y el bosque se torna cada vez más espeso a medida que nos adentramos, hasta el punto en el que el camino termina flanqueado por árboles.

Después de transitar por un empedrado turbulento, por fin llegamos a su casa que, tal como su coche, resulta ser impresionante, pero de una manera digamos… *diferente*.

La construcción, de dos plantas y rodeada por el espeso bosque, está hecha de ladrillos de terracota casi en su totalidad. El techo triangular del porche está sostenido por dos columnas de mármol blanco, y los otros tejados están recubiertos de tejas anaranjadas. En una de las esquinas traseras se levanta una enorme chimenea redonda que asemeja a una torre, mientras que todas las puertas y ventanas de la casa parecen forjadas en ¿bronce?

No tengo idea de arquitectura, pero si alguien me preguntara, diría que es un diseño un tanto feo, como un edificio que quiso ser casa, o un castillo, sin lograrlo.

Me apeo despacio del coche y alcanzo a Adam en el sendero de piedras aplanadas y cactus enanos. Las gruesas cortinas rojas de los ventanales de la entrada me impiden vislumbrar el interior de la casa, y los cuervos que nos miran desde las vertientes del techo me hacen arrugar el entrecejo.

Adam sube al pórtico y se yergue frente a la gruesa puerta de la entrada. Pero antes de que yo ponga un pie sobre los escalones, él me detiene alzando ambas manos.

—Oye, antes de que entres, quiero advertirte algo —dice, arrebatándome de mi extrañeza—: mi casa está llena de cosas… peculiares, gajes del oficio de mi familia, así que todo lo que veas aquí son cosas de trabajo, ¿de acuerdo? No quiero que te asustes.

A estas alturas dudo que exista algo que pueda sorprenderme, así que me encojo de hombros para mostrarle mi acuerdo… pero cuando Adam abre la puerta y un calor sofocante emana desde el interior, las voces dentro de mí se agitan, nerviosas.

Doy pasos cautelosos por el pórtico hasta llegar al marco de la puerta. Y allí, al vislumbrar las entrañas de la construcción, la certeza de dos verdades inquietantes me abruman: Adam no bromeaba respecto a los objetos extraños y yo, por mi parte, no he perdido mi capacidad de asombro, porque esta casa está repleta de artilugios que, si no los viese con mis propios ojos, jamás los habría siquiera imaginado.

Para empezar, los muros de la planta baja habían sido demolidos para dar paso a una gigantesca sala abierta, en cuyo fondo se asoma una amplia escalera que conduce al piso superior.

Cada muro está tapizado de libreros, mientras pilas de libros y frascos cerrados con tapones de corcho atiborran las estanterías junto con papeles amarillentos que desprenden un penetrante olor a humedad.

De los pocos espacios en los muros donde no hay libreros cuelgan pinturas al óleo de escenas bíblicas o mitológicas, grabados de animales fantásticos y láminas anatómicas antiguas. Cada obra está incrustada en ostentosos marcos dorados que resaltan sobre el tapiz carmesí de las paredes: un extraño patrón de delgadas e irregulares franjas oscuras.

El mosaico blanco y negro en el suelo apenas es visible debido al montón de libretas, libros, cajas y botellas que lo cubren.

Pero lo que las amplias mesas sostienen es lo que realmente llama mi atención: grandes botellones de cristal con cuellos que se alargan hasta conectarse con más recipientes de vidrio, colocados sobre bases metálicas con mecheros debajo. Me recordarían mucho a los de un laboratorio de química de no ser que éstos no contienen líquidos brillantes y coloridos, sino que están llenos de hierbas, hongos, flores, rocas de colores, huesos, pieles de serpiente, pelos, cuernos, plumas, picos… *¿Eso es un ojo?*

—¿Ves? Te dije que aquí teníamos cosas raras —dice Adam a la par que se introduce en la casa.

Aprieto los labios mientras miro de nuevo a mi alrededor. Nunca había visto algo como esto. ¿Acaso la madre de Adam practica algún tipo de… brujería?

—Puedes curiosear si quieres, pero no toques nada, por favor —pide el chico como si me hubiese leído la mente, por lo que asiento y me acerco a una de las mesas, aunque no sin antes sacarme la parka con cuidado.

¡Carajo! ¡Qué calor hace aquí dentro!

Sobre la primera mesa hay libros abiertos con dibujos de serpientes que se muerden la cola, un ojo insertado en un triángulo, trazos geométricos que parecen tener cientos de años de antigüedad...

Acaricio la gruesa madera y los huesos descarnados bajo mi guante cosquillean con ansiedad. Cierro los ojos un instante y arrojo mis sentidos hacia las paredes, hacia los libreros, hacia todas y cada una de las cosas de este sitio en busca de algo que pueda mirarme desde la oscuridad. Busco abismos, busco resplandores, busco... *magia.* Pero lo único que encuentro es un vacío absoluto. Y tampoco percibo posibles portales al plano medio.

—Adam, ¿a qué se dedica tu madre? ¿Es una especie de bruja, adivina o...?

—¿Cómo me has llamado, jovencita?

Doy un salto al escuchar aquella voz a mis espaldas. En la entrada de la casa hay una mujer pálida, vestida completamente de negro y con un cigarrillo en la mano. Lleva su cabello azabache atado en una gruesa trenza que le cae sobre el hombro y sus ojos, oscuros como un pozo, se cierran poco a poco sobre mí.

El parecido es inquietante; la madre de Adam es tan similar a su hijo que parece simplemente haberse seccionado en dos para parirlo.

—Ah, perdóneme, yo... —balbuceo con torpeza cuando ella comienza a acercarse a nosotros.

El ruido que producen sus tacones es tan marcado que se escucha como si la sala estuviese vacía.

—No hay necesidad de ofrecerme una disculpa —dice con un peculiar acento—. Muchas personas no logran comprender que la historiografía puede llegar a ser un tanto *especial* —asegura, pero su semblante tan rígido me impide saber si ha decidido ignorar mi comentario, o si ya alberga planes secretos para freírme en aceite hirviendo.

De lo único que estoy seguro es de que la madre de Adam debe ser británica; reconocería su acento aun sin la lengua de Samedi, ya que en la India tenemos bastante historia con esos súbditos de la corona.

Ella le da una larga bocanada a su cigarrillo y me recorre de arriba abajo sin tomarse la molestia de disimularlo, otra cosa que parece tener en común con su hijo. Yo, en cambio, me encojo un poco y enlazo mis manos tras la espalda, incómodo por exhibir tan deplorable aspecto.

Finalmente dirige la cabeza hacia Adam.

—Pensé que volverías por la noche. Por eso te dejé llevarte el auto —dice con rigidez, ¿estará de mal humor?

—Sí, pero me topé con Ezra... en el pueblo —contesta él con la barbilla clavada al piso. ¿Soy yo o Adam ha perdido toda la arrogancia de hace un momento?

—Ya veo. Entonces eres la nueva amante de mi hijo.

Abro los ojos de par en par. El tono de voz de la señora Blake ha sido neutro, casi aburrido, pero aun así ha logrado que me ruborice hasta el pelo.

—Ma... madre —intercede él con una voz tan baja que apenas logro escucharlo—. Ezra es... un chico. Es hombre.

Ella paladea el humo dentro de su boca y sus ojos se fijan sobre mí durante breves instantes que se antojan eternos. Tuerzo los labios cuando el peso de su escrutinio se vuelve insoportable.

—Ah, ya veo. Te pido una disculpa —dice y por fin deja salir el humo de su cigarro.

El olor me causa una ansiedad nauseabunda.

—No se preocupe. Me pasa todo el tiempo —contesto.

—Bueno, siéntete bienvenido en nuestra casa, Ezra —dice—. Y, Adam, no te quedes ahí parado como un estúpido. Ofrécele algo de beber.

Aquella tosca orden me perturba un poco. Adam, en cambio, asiente de forma rígida, murmura un veloz asentimiento y apunta con la barbilla hacia una puerta de cristal que se encuentra en uno de los costados de la sala.

Su madre nos pasa de largo y va directo a la escalera mientras yo la sigo con la mirada. Intento encontrar algo en ella, lo que sea, que me indique que debo salir corriendo de este lugar...

Nada.

Sacudo la cabeza y Adam y yo salimos a un balconcillo al aire libre que lleva hacia el patio trasero de la casa. El alivio que siento al poder escapar del calor del interior es inmediato y, además, me quedo boquiabierto ante la impresionante terraza.

El patio no tiene cerca; en cambio, se abre hacia el bosque que se extiende a lo lejos como un gigantesco jardín. La montaña se eleva al fondo hasta aglomerarse con otras en un impresionante paisaje dispar de roca granate y árboles frondosos; una vista que puede parecer inusual pero que resulta bastante común al sur de Utah.

—Ponte cómodo —me pide Adam con una sonrisa mientras señala uno de los sillones alrededor de una mesa de cristal. Parece haber recuperado el ánimo y hasta algo de su color, como si al salir del interior de la casa hubiese vuelto a ser el tipo metiche y enérgico que me trajo a rastras hasta aquí.

Abre una puerta corrediza de cristal que conecta con la cocina y vuelve con un par de botellas de cerveza. Me extiende una, pero al ver que no la tomo, me la restriega en la mejilla.

—¡Oye! ¿Qué diablos te pasa? —exclamo, indignado.

—Anda —me anima—. Has tenido un día largo, esto es lo mínimo que te mereces.

Estoy a punto de darle una patada en la espinilla, cuando el líquido ámbar que baila dentro del recipiente me recuerda la sequedad de mi boca. Siento la sed raspar mi garganta con insistencia, pero antes de que pueda aceptarla, escucho una suave risa a mis espaldas.

Barón Samedi me observa desde detrás del ventanal de la cocina con una asquerosa sonrisa burlona surcada en el rostro. Está desafiándome.

Me hundo en el sillón y me alejo de la botella una vez más, decidido a *no cometer el mismo error*. La última vez que me permití un trago fue hace más de tres meses, consciente de que beber se estaba volviendo más un problema que un alivio. La lengua de Barón Samedi me ha traído dones, me ha permitido imitar a un *witch doctor*[5] sin haber nacido en un día especial o tener herencia vudú en las venas. También puedo hablar cualquier idioma existente, tanto de los hombres como de los seres impalpables, y he podido comprender con más facilidad una buena cantidad de cosas relativas al plano medio y los espíritus… Pero no todo han sido bendiciones.

---

[5] Nombre con el que se conoce a los varones practicantes del culto vudú.

Esta lengua también está maldita porque, aunque parece normal, desde que la tengo en mi garganta no he vuelto a percibir el sabor de ningún tipo de comida o bebida. Todo me sabe a ceniza, a sangre y decrepitud. Todo, excepto el alcohol. Por ello recurro también al tabaco, la única forma de calmar mi constante ansiedad.

Así fue como la adicción me atrapó. Porque, siendo sincero, ¿cómo diablos no iba a volverme un maldito alcohólico si era lo único que podía saborear? ¿Cómo no iba a caer en el embrutecimiento y el vicio si tuve que dejar para siempre Nueva Orleans, a mi familia y al hombre más importante de mi vida?

Sumemos a esa agonía el hecho de que mi existencia jamás volvería a ser pacífica: tener que vivir con el acoso constante de los espíritus, la persecución del Silenciante y las voces del monstruo dentro de mí... Faltó poco para que todo aquello me enloqueciera, y durante un tiempo el alcohol ayudó a olvidar, ayudó a alejarme de este mundo, de este espantoso camino al que me había dirigido por voluntad propia.

Pero creo que una parte de mí siempre ha entendido la resignación, por lo que no tardé demasiado en darme cuenta de que embriagarme hasta la inconsciencia no aliviaba las heridas que volvía a sentir al regresar a la sobriedad. Fue entonces cuando decidí no volver a tocar una botella.

Elegí no pretender que mis problemas podían desvanecerse fingiendo que no estaban allí.

—¿Está todo bien? —pregunta Adam, curioso ante el largo silencio en el que me sumí sin darme cuenta.

—No tengo edad para beber —contesto con sobriedad para eludir el tema.

Miro hacia donde estaba Samedi para descubrir que se ha largado.

—Ah, yo no tengo problema con eso —contesta Adam y alarga hacia mí la botella, pero mi semblante pétreo basta para que deje de insistir y se siente por fin en otro de los malditos sillones alrededor de la mesa.

Ambos miramos hacia el silencioso bosque mientras yo empiezo a sentir que mis músculos se relajan poco a poco. La temperatura baja, lo que vuelve la tarde un poco más agradable.

—¿Te gusta la vista? —pregunta el chico, quien apunta con su barbilla hacia el bosque. Respondo con un leve asentimiento de cabeza en un intento de mantener la distancia, aun cuando Adam no parece desalentarse por ello.

—¿A qué dijiste que se dedica tu madre?

—Ah, sí, es historiadora —replica arqueándose de hombros.

—¿Historiadora de qué...?

De pronto, su sonrisa parece tensarse. Mira hacia el ventanal de la cocina, donde puedo ver cómo muchos frascos y libros atiborran el suelo, igual que en la sala.

Tuerce la comisura de sus labios.

—Ciencias ocultas.

—¿Ciencias ocultas? —repito como un imbécil—. ¿Por eso tiene todas esas... cosas?

Adam exhala un largo suspiro, al parecer dándose por vencido.

—Sí, aunque no todas son suyas. Los Blake, mi familia, han estudiado el ocultismo occidental durante generaciones, así que la mayoría de este Gabinete Cósmico ha sido acumulado por décadas. No te espantes. No es satanismo, aunque lo parezca. Son cosas inofensivas, un montón de cacharros que sólo sirven para asustar a la gente.

Su intento de explicación no logra tranquilizarme. Más de una vez me he topado con adivinas y curanderos fraudulentos, gente que ha llenado sus casas y negocios de porquerías sin tener una pizca de magia o siquiera conocimiento real del mundo espiritual, pero las cosas que veo aquí son… tan distintas. No sé qué pensar.

—Supongo que la casa también debe ser muy antigua —comento.

—Algo así. El terreno de la montaña ha pertenecido a mi familia desde que la casa se construyó durante la época de la colonia, pero estuvo deshabitada cuando los Blake volvieron a Inglaterra hacia finales del siglo diecinueve.

—¿La colonia, dices? ¿Seguro que el techo no se vendrá abajo en cualquier momento?

Adam ríe con voz gangosa, muy a pesar de que no lo he dicho en tono de broma.

—No te preocupes. Hace como treinta años la casa se incendió y casi se reduce a cenizas. Permaneció así algunos años hasta que, con la herencia de mis abuelos, mi madre vino a reconstruirla. Yo no recuerdo mucho de eso, porque apenas tenía como cinco años cuando vinimos a vivir a Stonefall; pero puedo asegurarte que la casa en sí no es tan vieja.

Bueno, admito que escuchar eso me alivia un poco. Si alguna vez hubo, aunque fuese un portal al plano medio en este lugar, de seguro fue destruido en el incendio.

—Ya veo, pero ¿no te asusta un poco todo esto? Es decir, vivir rodeado de tantas cosas extrañas —pregunto, ya que, con o sin magia, yo no podría dormir tranquilo en un sitio tan raro como éste.

Adam guarda un largo silencio.

—Te acostumbras —responde al fin—. Además, mi madre se considera más como una mujer de ciencia, y por eso no teme internarse en el ocultismo. Y yo... bueno, es muy interesante vivir en un lugar repleto de ojos, ¡nunca faltará quien *vea* por ti!

A pesar de su ánimo bromista, no puedo evitar percibir un dejo de tensión entre sus dientes, los cuales aprietan las palabras con cierto desprecio. Ladeo un poco la cabeza y le echo un nuevo y rápido vistazo a la casa.

Por muy incrédula que sea la madre de Adam, este lugar no parece ser el sitio más adecuado del mundo para criar a un niño. Más de un jovencito lo consideraría incluso emocionante, pero yo sé muy bien lo que pasa cuando creces rodeado de cosas que no puedes comprender.

Tu infancia se convierte en un periodo que no deseas recordar.

—Pues, aun así, parece ser una profesión muy interesante —digo en un torpe esfuerzo por eludir lo que me dicta la razón.

—Sí, bueno, tú también tienes toda la pinta de ser un chiflado, así que creo que te llevarás muy bien con ella.

Una sonrisa involuntaria se ajusta en mi boca, y me hace pensar que no recuerdo cuándo fue la última vez que mantuve una conversación así de larga con una *persona*.

—Lo dudo. Tu madre parece tener un carácter muy especial.

—Sí —responde en voz baja mirando de reojo hacia la casa, hacia las ventanas del piso superior—. Las ansias de conocimiento de mi madre son insaciables. Y supongo que estudiar *alquimia* tantos años hizo que algo dejara de funcionar en su cabeza.

—¿Al… quimia?

—¿No sabes lo que es? —me encojo de hombros para hacerle entender que no tengo mucha idea sobre el tema. He escuchado la palabra antes, tal vez en alguna película o un libro, pero eso es todo—. Bueno, es…

El chico titubea y hace una pausa una vez más.

De acuerdo, no hay que ser un genio para entender que no se siente muy cómodo al hablar de esto, sin embargo, no soy de los que dejan las cosas en el aire. Por más inofensivo que parezca, nunca está de más informarse, así que lo incito a continuar al alargar un poco mi cuello hacia él. Adam deja la botella de cerveza vacía sobre la mesa.

—Es una especie de pseudociencia que se remonta a los tiempos de los egipcios, si no es que antes de ellos —dice—, y cuyo fin es perfeccionar la *transmutación*… bueno, la transformación de los objetos con el fin de alcanzar la divinidad, convertir los objetos en oro u otorgar la vida eterna.

Una luz se enciende en mi cabeza.

—Ah, suena parecido a la *chintámani*,[6] una joya budista que hace precisamente eso.

—Hum… sí, tiene sentido. Esa joya, aquí en occidente, es conocida como *piedra filosofal* —dice—. Muchas culturas primigenias como la india, la griega, la china e inclusive religiones abrahámicas como el cristianismo tomaron conceptos de la alquimia egipcia para conformar su propio misticismo. Se han creado religiones, organizaciones y cultos basados en

---

[6] Artefacto popular en leyendas budistas e hinduistas. Mientras que en el budismo la joya chintámani concede deseos o la inmortalidad a su portador, en algunas ramas del hinduismo es una piedra que convierte todo lo que toca en oro.

ella, por lo que se puede decir que gran parte de la historia ocultista y mágica de la humanidad está asentada en el esoterismo alquímico.

No sé qué me impresiona más: el que en unos segundos Adam me haya demostrado que es más lúcido de lo que parece, o que esta extraña pseudociencia se conecte con la remota cultura a la que, de alguna manera, pertenezco.

No me extrañaría, en absoluto, que los errantes tuviésemos también algo que ver con todo esto.

—Bueno, ¿y qué utilidad tiene estudiarla? —pregunto con auténtica curiosidad.

—Absolutamente ninguna —dice Adam con firmeza—. Durante milenios los alquimistas trataron de crear la piedra filosofal por medio de experimentos complejos, pero las fórmulas que usaban eran tan diversas y estaban explicadas en sus diarios con tantos símbolos y enigmas que es muy difícil interpretar qué pasos exactos utilizaban para intentar crearla. El trabajo de la familia Blake ha consistido en develar el significado de aquellos intentos para dar con la fórmula concreta de la piedra, es decir, una reverenda pendejada, porque está demostrado que, si bien la práctica de la alquimia antigua emprendió muchos experimentos científicos importantes, varias teorías apuntan a que todo el asunto de la piedra también pudo ser una simple metáfora sobre el *crecimiento personal*. La búsqueda de la piedra filosofal no es más que una patraña imposible, pero, al parecer, cierta gente con dinero no tiene idea de cómo gastarlo y decide despilfarrarlo en estupideces. Mi madre es un ejemplo.

Caray. De no ser porque la señora Blake le habló con tanta tosquedad hace un momento, me habría sentido ofendido por la forma en la que se ha expresado de su madre, pero parece ser que ésta es una de esas familias donde no se tratan con mucha amabilidad.

No soy quién para juzgar, y nada de esto es asunto mío, para empezar.

—Bueno, a todo esto, ¿se puede saber qué hace un niño como tú viajando solo? —Adam me pregunta de repente. Toda aquella frustración se ha diluido tan pronto como se formó, cosa que me deja bastante desconcertado.

—¿Niño? —pregunto con fingida indignación—. Disculpa, ricachón, pero tengo edad suficiente para ir y venir adonde me plazca.

—Pues a mí me pareces un mocoso malhumorado.

—Y tú me pareces un acosador feo y escalofriante.

Él echa la cabeza atrás y estalla en una carcajada abierta. No me extraña que no se lo tome a mal porque, aun cuando la parte escalofriante es cierta, no me cuesta admitir que Adam es un joven bastante atractivo.

—Oh, Dios, no se te ocurrió otra cosa más tonta, ¿verdad? —dice, simulando limpiarse una lágrima—. Pero igual, sigues sin contestarme. Anda...

Ante su insistencia —que no me resulta ya tan molesta—, respondo como estoy acostumbrado a hacerlo: miento.

—Voy hacia el norte.

—¿Al norte?

—Sí, a... Alaska —contesto, ya que es el primer lugar que acude a mi mente.

—¿Y para qué demonios quieres ir a Alaska? ¿Para que te coma un oso? Porque si es así, en Wyoming hay muchos y está a mucha menor distancia.

Trato de reír, aunque sea por mera cortesía, porque, ¡diablos!, Adam tiene la misma gracia que un buitre.

—Mis motivos no son interesantes. Sólo creo que allá podría encontrar un poco de tranquilidad. Uno se harta de vivir entre la gente, ¿sabes? —Adam finge un gesto de preocupación.

—Oh, no, ¡no me digas que te vas a volver un jipi ermitaño tipo Christopher McCandless![7]

—¿Quién?

—Tú sabes, una especie de fanático de Jack London que huyó de la civilización, comió cosas venenosas o algo así y murió solo en un vehículo destartalado en Alaska.

—Por los dioses...

—"¿Por los dioses?" ¿Quién demonios se expresa así? Oh, Dios mío, ¡en verdad eres un jipi! Por favor, no te mueras en un vehículo abandonado.

—¿Cómo puedes decir tantas estupideces sin siquiera respirar?

—Simple. Hablando con otro estúpido.

Lo inevitable sucede: tanto él como yo nos echamos a reír a pulmón abierto, como hacía tanto que no me pasaba. Debo admitir que, a pesar de lo turbulento que ha sido conocernos, Adam ha empezado a simpatizarme, pero sólo un poco.

Al callarnos, él me mira de reojo y comienza a juguetear con sus dedos.

—Ese dinero que se llevó el viejo —pregunta—. ¿Eran tus ahorros?

Asiento casi de forma dramática, porque ni de broma voy a decirle que lo tomé "prestado" del centro budista de Nueva Orleans, donde trabajaba.

---

[7] Senderista proveniente de una acomodada familia que decide dejarlo todo para viajar. Su popularidad se debe en buena medida al libro de Jon Krakauer, *Hacia rutas salvajes*, que ya ha sido adaptado al cine.

—Carajo, si no lo recupero, voy a estar en verdaderos aprietos.

La sonrisa de Adam se diluye despacio.

—Oye… ¿y tienes familia o alguien que, ya sabes, pueda venir a ayudarte?

Pregunta casi con cuidado, y el tono de su voz es tan extraño que vuelvo a sentirme casi incómodo, como si la nueva confianza que habíamos creado se hubiese desvanecido.

Antes de que pueda contestarle, una canción empieza a sonar en su bolsillo. Saca su teléfono, mira la pantalla, y algo se agrava en su semblante.

—Dime —el chico se pone en pie y me da la espalda para empezar a dar vueltas por la terraza. Pronto empieza a repetir una cascada de «sí» y «ajá», una y otra vez mientras se masajea la frente—. Ya-ya te dije que viaja solo… *¿Qué…?* ¿Y para qué quieres venir…? La señora Lee ya te describió a Ezra y al tipo que le robó el dinero. No hace falta que….

Un tenue pitido se escucha en el teléfono, en señal de que la persona ha colgado. Adam aprieta el teléfono y se acerca a mí con la otra mano en la cintura.

—Lo siento mucho, viejo —dice—. El jefe de policía no pudo localizar al vagabundo que te robó, aunque sí encontró *algo* a las afueras del pueblo…

—¿Ajá…?

—Hizo una fogata, Ezra. Con tu dinero. Quemó hasta el último billete.

Mi corazón se detiene de inmediato. Intento levantarme, pero el suelo oscila tanto que vuelvo a sentarme.

¿Lo quemó?

—No, de-debes estar bromeando… —el temblor me impide hablar con claridad.

—Me gustaría estar haciéndolo, pero es verdad. Lo lamento.

Intento distinguir en su rostro algún gesto de burla, algún destello de mentira en su mirada, pero sólo me encuentro con un semblante tan rígido como el de su madre. Me echo hacia adelante, aprieto mis cabellos y abro los ojos como platos.

¿Una fogata? ¿Con más de dos mil dólares? ¿EN SERIO?

—¿Y ahora qué carajos voy a hacer? —susurro y aplasto mi rostro entre las manos.

—Bueno… tenemos una habitación en la casa que no está atestada de cosas, así que, si quieres, puedes quedarte aquí unos días hasta que encontremos la forma de enviarte volando de una patada hasta Alaska, ¿qué te parece?

Estoy tan abrumado por la espantosa noticia que ni siquiera tengo fuerzas para poner los ojos en blanco. No puede ser, ¡no puede ser! ¿Y ahora como rayos voy a seguir adelante sin un maldito dólar para conseguir lo más básico para sobrevivir?

El dinero se ha esfumado y nada en este mundo va a traerlo de vuelta, eso lo tengo por seguro, y aunque no quisiera quedarme demasiado tiempo en este lugar tan extraño, ¿qué otra opción me queda? ¿Lanzarme a morir de hambre en el desierto? ¿Dormir en una banca a la intemperie con la esperanza de no toparme con un portal por donde pueda surgir el maldito Silenciante? ¿Volver a Nueva Orleans y provocar otro desastre?

Miro de nuevo a Adam, y su sonrisa nerviosa parece ensancharse al entender que me he quedado sin posibilidades.

El mundo parece haber conspirado para meterme en una casa de locos, en un pueblo por el que no se asoman ni los dioses. Pero, con los demonios que he arrastrado conmigo, temo que los habitantes de Stonefall son quienes tendrán dificultades.

Sólo espero encontrar la forma de salir de aquí antes de que se desate una masacre.

CAPÍTULO 11
PRÓFUGO

Llevo sentado en el filo de la cama casi diez minutos, mientras la pintura que tengo frente a mí, tan grande que podría tener el tamaño de una puerta, comienza a cubrirse con el tenue humo de mi tercer cigarro.

Es un hombre en pie y con una sola ala, blanca y emplumada, en el lado derecho de su espalda. Está desnudo, con el cuerpo rojo y la cara dorada. A sus pies tiene un dragón negro que pareciera querer morderle el tobillo, mientras que en su brazo derecho sostiene un sol. Su cabeza está rodeada por un halo dorado y resplandeciente.

Pero creo que lo más extraño no es su simbología incomprensible, sino que el flanco izquierdo de su cuerpo no exhibe más que una silueta diluida, como si el artista no hubiese terminado la obra.

Me levanto y me acerco a la pared. A ambos lados del cuadro hay montadas varias estanterías llenas de Biblias y Nuevos Testamentos de todo tipo, desde católicos hasta apócrifos, repletos de marcadores y papeles que sobresalen de los lomos.

Y con todo y la rareza de aquello, el tapiz rojo detrás de las estanterías es lo que más me llama la atención, el cual parece cubrir todas las paredes de la casa. Levanto la mano y lo acaricio con mi dedo cubierto de cuero; hace rato creí que estaba decorado con un patrón de franjas oscuras, de diversos tamaños y grosores, pero ahora entiendo que en realidad son una especie de ranuras o líneas que parecen haber sido grabadas sobre el tapiz y el concreto con alguna punta afilada.

Diría que es una decoración rarísima, pero no lo es tanto si consideramos que sólo cruzar la galería del piso superior es todo un espectáculo, porque hacia donde se mire hay soles y lunas con caras humanas, ángeles regordetes que soplan sobre calderos, dragones metidos en probetas, manos con ojos que parecen seguirte adondequiera...

Si Jocelyn Blake, madre de Adam, tiene la intención de espantar a todo aquel que tenga la osadía de permanecer aquí, seguramente lo logra. Ni qué decir del calor infernal que parece persistir en toda la casa.

Doy un suspiro y voy de vuelta a la cama, para luego recostarme y mirar hacia el alto techo de la habitación. Cuatro hombres pintados en el concreto me contemplan, uno en cada esquina. Llevan túnicas, una aureola dorada alrededor de sus cabezas y todos sostienen un libro abierto.

No sé mucho de arte, pero me da la sensación de que son el tipo de pinturas que podrías encontrarte en una iglesia y, para ser sincero, me parecen tan escalofriantes como cualquier luna con ojos.

—¡Por Dios! ¿Te preocupa beber alcohol, pero no tienes problema en fumar como una chimenea? —exclama Adam mientras entra al cuarto intempestivamente y da manotazos a su alrededor—. ¡Puaj! De haber sabido que planeabas matarte de cáncer, no te habría conseguido esa cajetilla.

Me siento sobre la cama y contesto echándole humo en la cara. Él ríe y me llama cerdo mientras aplasto el cigarro en un cenicero que he puesto sobre la colcha.

—Oye, tumor andante, mi madre pregunta si ya estás listo.

—¿Yo? Si eres tú el que se ha estado haciendo el tonto, ¡hace media hora que terminé de ducharme!

—Sí, bueno, di que nos demoramos por tu culpa, ¿de acuerdo?

En vez de contestarle, me pongo en pie y vuelvo a mirar hacia el techo, hacia las pinturas de aquellos hombres en las esquinas.

—¿Te agrada la decoración? —pregunta con un dejo de sonrisa.

—Será algo espeluznante dormir con esos tipos mirándome allá arriba.

—Esos tipos son los cuatro evangelistas bíblicos —dice—, así que dudo que les entusiasme mucho verte sin ropa —antes de que pueda replicar con sarcasmo, señala hacia mi guante marrón.—. Oye… ¿nunca te quitas eso?

La pregunta me toma desprevenido, porque es la primera vez que paso el tiempo suficiente con una persona para que perciba el detalle.

—No —respondo a la par que me rasco la nuca para ocultarlo de su vista—. Esto es…

Cierro la boca al ver que la mirada de Adam se ha clavado en mi pecho. Instantes después, desciende despacio por mi abdomen.

Cruzo los brazos frente a mí antes de que logre llegar más abajo.

—¿Qué rayos miras?

Adam reacciona con un sobresalto ante mi gruñido.

—¡Perdona, hombre! —exclama con las mejillas rojas como manzanas—. Es que te juro que en la librería no dudé ni un segundo de que fueses mujer. Me cuesta creer que no lo seas, eres tan… peculiar.

—Oye, no soy un maldito fenó…

—En verdad —interrumpe—, me alegra mucho que hayas decidido quedarte.

Enmudezco. No sé qué me pone más nervioso: comprobar que Adam ha heredado la poca sutileza de su madre o la forma en la que ha desviado la mirada hacia la pared al decir la última frase.

Carajo. Justo cuando empezaba a simpatizarme.

—Bueno —dice con una sonrisa, como si nada cuestionable hubiese sucedido—. Bajemos de una vez. Ya son casi las ocho y el jefe de policía no tardará en llegar a tomar tu declaración.

Al escuchar "jefe de policía" dejo el incómodo asunto en segundo plano. A estas alturas las autoridades de Nueva Orleans no deberían estar buscándome, al menos no para arrestarme pero, aun así, con la pésima suerte que tengo con los policías —pregúntenle al buen Hoffman—, preferiría no estar cerca de alguno de ellos.

Pero supongo que ahora mismo no tengo opción.

Resignado y con la única protección del nombre falso de mi lado, salimos de la habitación y nos dirigimos hacia la escalera.

En la segunda planta de la casa sólo hay cuatro habitaciones: la de invitados, situada a uno de los extremos del pasillo y tapizada con una alfombra roja; las habitaciones de Adam y de su madre, a lo largo del corredor; y, finalmente, una puerta al fondo que ha llamado mi atención por el grueso candado que la asegura.

Un relámpago retumba a lo lejos, por lo que bajamos deprisa por la escalera para encontrarnos con la señora Blake, sentada en el único sillón de la sala.

A pesar de que el calor es considerable, ella viste un atuendo negro hasta el cuello y exhibe la misma expresión neutral que parece ser su sello personal.

—Buenas noches, señora Blake —digo.

Ella vuelve la cabeza hacia nosotros casi de forma mecánica, como si hubiese estado absorta en algún pensamiento, e inclina la barbilla a modo de respuesta.

Adam está serio como una tumba, y el silencio se vuelve tan denso que, de no ser porque la veo frente a mí, juraría que la señora Blake ni siquiera está en la sala.

Es hasta incómodo lo poco que destaca su presencia.

—¿No te molesta estar aquí, Ezra? —la repentina pregunta de la mujer me hace respingar, y su tono de voz ha sido tan plano que incluso me ha costado percibir que me ha hecho una pregunta.

—Eh, no, para nada, señora Blake —miento—. Creo que su casa es muy… *interesante*.

—Me alegro. Casi todos los huéspedes que tenemos salen de aquí con el gesto torcido —dice—. Y, al parecer, la ropa que te hemos ofrecido también te ha ceñido a la medida, aunque tienes amplia la cadera y una cintura demasiado estrecha para ser de varón. ¿Tomas hormonas? ¿Piensas cambiar de sexo?

—No, señora —respondo con torpeza, incapaz de ocultar la profunda incomodidad que me ha causado su comentario—. Soy así por… genética.

—Ah, ya veo. Qué interesante rasgo corporal.

Una densa gota de sudor me recorre la espalda, porque ya no sé qué me incomoda más de la madre de Adam: las cosas que dice o *la forma* en la que las dice, tan metódica y formal, más como un estereotipo científico que otra cosa.

La aplastante tensión es disipada por unos pesados nudillos que golpean con fuerza la puerta principal de la casa. La señora Blake, a pesar de la urgencia del llamado, se toma su tiempo para levantarse e ir hacia la entrada. Y ni hablar de la lentitud con la que abre los tres gruesos pasadores de hierro que protegen la puerta.

Una alarma se enciende en mi interior al ver al hombre que entra en la casa, quien parece pisar con deliberada pesadez. Es alto, delgado y lleva la barba rasurada sobre su cuadrada mandíbula. El uniforme luce impecable, la pistola se engancha al cinturón, tiene los ojos azules y el cabello muy rubio cortado a la usanza militar; más que el jefe de policía de un pueblo perdido en el desierto montañoso de Utah, este hombre parece un soldado listo para ponerte una bala entre los ojos.

Se acerca a nosotros en silencio. Despacio, pasa de largo por Adam y su madre sin decir una sola palabra hasta cernirse frente a mí. Sus ojos bien abiertos me atraviesan como heladas estacas y el espíritu de una sonrisa parece dibujarse en su rostro.

—Por Dios, Adam —dice, sin apartar la vista de mí—. Sabía que tu gusto estaba empeorando, pero ¿qué diablos es *esto*?

Me quedo boquiabierto mientras el tipo me señala de arriba abajo con un movimiento de su mano.

—¿*Perdone?* —pregunto en voz baja, porque no sé si sentirme indignado o sorprendido ante la brusquedad del sujeto.

—¡Vaya! Tampoco parece muy listo, no en vano le han robado más de dos mil putos dólares en una tarde.

Cabrón.

La lógica me grita que no conviene enterrarle los nudillos en la cara a un policía, pero justo cuando estoy a punto de mandar al diablo el sentido común, el sujeto empieza a reír como si se le fuese la vida en ello.

—¡Pero si estoy bromeando, hombre! —la pinza de su mano se cierna sobre una de las mías, atrapándola con fuerza y agitándola de arriba abajo—. Me da gusto conocerte, muchacho. ¡Yo soy Malcolm Dallas, y estoy aquí para servirte!

△ △ ▽ ▽

La cocina, medio oculta tras un pasillo largo al fondo de la casa, está tan saturada de libros, frascos y pinturas que parece que nunca hubiésemos abandonado la sala. Inclusive el mismo tapiz rojo y extraño cubre todo el lugar, chamuscado por grasa y aceite quemados.

Aunque, al ver la estufa enterrada en más libros, algo me dice que toda esa suciedad no se debe precisamente a *cocinar*.

La enorme torre-chimenea ocupa un buen tramo de la pared, pero no parece tener una entrada para la leña. El calor es un poco menos estresante aquí gracias a la puerta corrediza de cristal que conduce a la terraza, y aun así...

—Me alegra que te haya gustado tu nueva mesa, nena —dice Dallas, y acaricia la coronilla de un cuervo disecado sobre el comedor abarrotado de libretas—. Valió cada centavo.

La señora Jocelyn asiente con la cabeza, impasible, mientras que Adam ha permanecido tieso como un cadáver desde que llegó el policía.

Los tres están sentados frente a mí, con el jefe en medio de los Blake; las voces de mi interior zumban despacio, alertas, mientras el hombre me mira con los ojos bien abiertos y garabatea en su pequeña libreta de bolsillo. No me ha quitado la mirada de encima durante todo lo que va de la noche, así que ahora mismo estoy con los nervios de punta.

Más allá de su desagradable personalidad, la presencia de este sujeto, a pesar de ser muy humana, casi insípida, me despierta mucha inquietud. Es como si tuviese ante mí una especie de depredador peligroso, sonriente y al acecho. Y esa mirada que me lanza no es de simple curiosidad, porque ésas las conozco bien. No, es como si me escrutara de una forma muy profunda, como si supiese que debajo de esta piel se esconde algo más que un desaliñado forastero.

—Empecemos, ¿te parece? —pregunta con una sonrisa, pero ni siquiera me da oportunidad de asentir—. ¿Cómo dices que te llamas, niño?

—Ezra.

—¿Ezra qué?

—Ezra Mason —intento responder con la mayor seguridad posible, usando el apellido que tomé prestado de un viajero inglés con quien compartí hostal en Colorado.

—¿En verdad? —pregunta, y la forma en la que ha levantado las comisuras de sus labios me da a entender que no se ha tragado la mentira—. ¿De dónde eres?

—Indiana, señor —intento que mis respuestas sean breves, porque una mentira mal sustentada podría acarrear problemas.

—¿Y qué haces tan lejos de allá? ¿No estudias o algo parecido?

Para este punto, Dallas ha posado los codos sobre la madera y ha dejado la libreta en la mesa, cosa que me provoca un desagradable calor en la espalda. Es obvio que esto no se trata del robo de dinero.

—Estoy de año sabático, voy de paso. Me gusta viajar —me encojo de hombros para verme lo más tranquilo posible, a pesar de que he empezado a sudar de forma copiosa.

—¿Y por qué pareces una niñita? Eres maricón, ¿verdad?

Vaya. Así que Malcolm Dallas es de *ese tipo*.

—Si se refiere a que luzco como se me da la gana sin miedo a que un tipo de hombría dudosa venga a amenazarme, entonces sí, señor Dallas, soy maricón.

El tipo entrecierra la mirada como si le hubiese escupido en la cara. Dallas no es el primer imbécil con el que he tenido que enfrentarme, así que ya estoy bastante curtido en el arte de, por lo menos, joderlos donde más les duele.

—Vaya. Sí que tienes una gran boca —dice con los dientes apretados—. ¿Entiendes que ahora mismo podría rompértela con la culata de mi pistola?

Un lado oscuro dentro de mí, que nada tiene que ver con mis voces, desea que este hombre lo haga. Que me ataque para así tener un buen motivo para reventar su cráneo contra la mesa.

Tuerzo una de las comisuras de mis labios y me inclino un poco hacia delante.

—*Inténtelo*.

Las venas en su cuello se le hinchan. Adam parece desesperado por decir algo, pero, en cambio, sólo tiembla como un conejo asustado sobre su silla.

De pronto, la voz insípida de la señora Blake corta la tensión como un cuchillo.

—Jefe Dallas, compórtese —ella apaga su cigarro sobre la tapa de un libro, sin molestarse en mirar al policía—. Actúa como un animal.

—¡Sólo juego con el chico, preciosa! —exclama—. Pero está bien. Lo dejaré en paz sólo porque tú me lo pides.

Puedo ver cómo él acaricia, sin ninguna discreción, el muslo de la señora Blake bajo la mesa; me sentiría enfermo de no ser porque ella no parece incómoda con ello.

De hecho, ella no parece *sentir* en absoluto.

—Ya basta, Dallas —dice Adam sin atreverse a levantar la mirada—. No deberías meterte con cada persona que traemos a la casa.

—Calma, *hijo* —replica el jefe de policía—. Sabes bien que hoy un loco se las arregló para explotar un vehículo cerca de aquí, debo estar alerta. Yo sólo quiero *proteger* a tu madre. Y a *ti*, por supuesto. Y mira, hasta te traje algo bonito.

Dallas saca un papel doblado del bolsillo de su camisa. Estira tanto la sonrisa como el brazo para dárselo a Adam, quien ni siquiera parece tener ánimos para hacer otra cosa que guardárselo en el pantalón. Después, el desagradable tipo rodea los hombros del chico con una especie de afecto paternal.

El gesto me resulta perturbador.

—¿Alguien hizo estallar un coche hoy? —pregunto—. ¿No habrá sido el mismo vagabundo que robó mi dinero?

La sonrisa de Dallas se torna rígida.

—Sí, podría ser. Los forasteros tienden a causar muchos problemas, ¿verdad?

Esta vez, ni siquiera me tomo la molestia de contestar a su provocación.

—No hace falta que me cuides —murmura Adam de pronto. El chico, incómodo, se acaricia el reloj de la muñeca, pero sin el valor de quitarse el brazo de Dallas de encima.

—¡Pero si eso ya lo sé! —exclama el policía con una carcajada—. Eres un chico fuerte y atractivo, todo un buen semental. ¿No fuiste de cacería hoy a la ciudad? ¡Hace meses que no traes una lindura al pueblo!

El chico termina por palidecer ante sus grotescas palabras, y más ante mi estupefacta mirada. No es tanto por saber que ése es el motivo por el cual iba tan bien vestido hoy, sino porque el cuadro que está frente a mí se ha vuelto insoportable: un hombre tan repugnante como Malcolm Dallas encajando sus sucias garras en los Blake, como si fuese una especie de jabalí dejando su marca.

Las voces se convierten en gritos dentro de mí.

—¿Quiere quitarle las manos de encima a Adam? Es asqueroso —digo sin más.

Un silencio brutal se apodera de la habitación, uno que logra, por fin, que Jocelyn me observe con interés. Y no es la mirada de incredulidad del jefe de policía lo que más me impacta. Es la certeza de que meses atrás tan sólo habría esperado el momento en el que toda la situación terminase para poder consolar a Adam. Porque apenas unos meses atrás, un hombre como Malcolm Dallas me habría intimidado igual que lo hace con ese pobre chico.

Pero yo ya no soy así. *Ese Elisse ya no existe.*

Antes de que cualquier otra cosa suceda, el denso silencio es interrumpido de pronto por un estruendoso timbre musical. El jefe retira su brazo de Adam sin quitarme la mirada de encima, y saca un teléfono de su bolsillo.

—Jefe Dallas...

Una voz alcanza a oírse pero no se entiende, entonces el rostro de Dallas se contorsiona gravemente. Su cuello adquiere un rojo intenso.

—¿Dónde carajo estabas, imbécil? —Dallas, en apenas un instante, recupera toda su bestialidad y se levanta de un movimiento, con tanta fuerza que hace temblar la pesada mesa de madera—. ¡La próxima vez que vuelvas a ignorar mi llamada, voy a rellenarte el culo de plomo!

El jefe se lanza como un pesado toro hacia la salida de la cocina. Y, a los pocos segundos, escuchamos que la puerta es abierta y cerrada con una violencia innecesaria.

Los hombros de Adam se relajan al instante, pero yo aún soy incapaz de exhalar el aire en mis pulmones.

La señal es clara. Debo encontrar la forma de salir de este lugar lo más pronto posible, porque ya no sé qué me inquieta más: la furia irracional de Malcolm Dallas o la forma en la que la rígida mirada de Jocelyn Blake se fija ahora en mi pecho.

CAPÍTULO 12
INQUILINOS INQUIETANTES

Nunca creí que los humanos ordinarios pudieran llegar a ser más aterradores que la gente con magia, pero estaba rotundamente equivocado.

El anciano ladrón, la desconcertante casa de los Blake —y sus habitantes—, el lunático jefe de policía Malcolm Dallas… Apuesto a que el agua de Stonefall tiene algo, porque no he conocido aquí a una sola persona que esté en sus cabales.

Y Adam, ¡dioses, pobre chico! Después de servirnos un par de charolas de comida congelada, su madre nos dio las buenas noches y se largó sin más, despreocupada tanto del desafortunado enfrentamiento que protagonicé con Dallas como del actual estado de su hijo, por lo que nos quedamos él y yo solos en la cocina.

Después de cenar en completo silencio, Adam hizo algo que me tomó desprevenido: me agradeció, porque nadie le había plantado cara al jefe de esa manera antes, y mucho menos por él.

Admito que la forma en la que lo hizo me retorció algo en el pecho, por lo que insistí en que mi gesto fue más por fastidio hacia el policía que para protegerlo. Dudo mucho que haya creído esa mentira, porque antes de irse el chico me lanzó una extraña mirada que me hizo sentir un poco más... humano.

Sacudo la cabeza y termino de ponerme el improvisado pijama que me han dejado los Blake. Resisto de nuevo la tentación de quitarme el guante, así que me acuesto sobre la cama, apago la lámpara del buró y miro hacia el ventanal.

A pesar de que he intentado reprimir mis sentimientos durante meses, por el bien de todo aquel que me rodea, no puedo evitar sentirme atraído por la compañía de Adam. El chico es voluble, metiche, no siente respeto alguno por el espacio personal y tiene un sentido del humor de lo más extraño, pero creo que, aun así... no me desagrada del todo.

Al parecer, esa simpatía tan imprudente que suelo sentir hacia los desconocidos es una de mis partes que se resisten a cambiar.

Me recuesto boca abajo sintiéndome como un ave enjaulada: el mullido lecho, la ropa limpia, la comodidad de un techo sobre mi cabeza, y aun así...

Siento que me falta algo. ¿O yo *faltaré* en algún lado? Añoro el calor de una fogata y las voces de mis hermanos contándome historias junto al fuego. Extraño ver la luna y las estrellas sobre los árboles, el olor a hierbas e incienso, los abrazos de Louisa y de mamá Tallulah, las luces de Bourbon Street, las preciosas calles de Nueva Orleans...

Pero por encima de todo, lo extraño *a él*.

"Tared Miller tiene esposa."

El vacío espantoso en mi estómago me hace estrujar los puños contra las sábanas para no caer en la desesperación. ¿Por qué dijo eso Hoffman? Y el resto de Comus Bayou, ¿ellos saben que...?

No. Me niego a tomar esas palabras por ciertas, ¡Tared nunca sería tan cruel para ocultarme algo así! Ya no sólo por el hombre leal y honesto que es, sino porque nosotros... estábamos...

La idea hace que me retuerza en la cama, preso del bochorno. ¿Acaso yo fui el único en sentir entre nosotros algo más que la hermandad que nos unía como tribu? Por los Loas, ¡no! Esas miradas, esas palabras, esa cercanía, esos roces que pretendían ser caricias...

La incertidumbre es un demonio cruel, pero a veces nos ayuda a ver hasta qué punto deseamos que algo sea real. Y tener el corazón oprimido tantos meses por no saber si aquella *esposa* es una muy mala mentira o una verdad muy bien encubierta me ayudó a comprender con más profundidad ese calor en mi pecho cada vez que pensaba en el hombre lobo.

Tared me inspiró a ser más valiente, a comprender cuáles eran los motivos por los que valdría la pena poner mi vida en una balanza. Me enseñó que el valor de mi existencia sobrepasaba el simple deseo de sobrevivir, porque no sólo me hizo sentir protegido y a salvo, sino que me mostró que, a pesar de tener a los errantes, a seres tan poderosos a mi lado, ellos también me necesitaban, sin importar todas mis debilidades.

Porque más que ser útil, ahí yo era *amado,* y *enamorarme* del hombre que me había dado, por primera vez en la vida, un hogar, fue completamente inevitable.

Aun cuando preferiría que me arrancasen los ojos mil veces antes de que mis demonios le hicieran daño de nuevo, ¡dioses! ¡Cuánto quisiera estar a su lado y soportar con entereza todos los obstáculos a los que soy sometido a diario! ¿Es que acaso todo esto es sólo una prueba para fortalecerme? ¿Acaso lo peor todavía está por venir?

El calor y la ansiedad se vuelven insoportables; durante más de veinte minutos intento ahuyentar esos pensamientos y relajarme para poder descansar, pero por más que lo intento no logro conciliar el sueño.

—*Demonios* —exclamo—. ¡No puedo dormir!

—Tampoco yo.

—¡Joder!

Brinco fuera de la cama al escuchar aquella voz a mi lado.

Percibo el golpeteo de unos pies descalzos contra el suelo, los cuales se pierden al atravesar la habitación. *¿Qué rayos ha sido eso?*

El repentino rechinar de la puerta me eriza la piel. Espero unos segundos y, al notar que nada se escucha más allá de mis frenéticos latidos, trago saliva y me acerco despacio al umbral entreabierto.

Al asomarme alcanzo a ver una difusa silueta negra cruzando la galería hasta desaparecer en la oscuridad del fondo.

—*Mierda…*

Salgo del lugar cauteloso, con mis pasos amortiguados por la espesa alfombra. Intento escuchar algo, cualquier indicio de movimiento dentro de los cuartos de Adam y su madre, pero todo yace en un profundo silencio.

Por milagro los Blake no se han despertado con mi grito.

Las grotescas esculturas que adornan todo el pasillo parecen querer torcerse hacia mí; avanzo despacio por el corredor hasta que una sensación inenarrable me recorre de arriba abajo al escuchar un *clic* resonar en las sombras.

Distingo el gran candado de la puerta del fondo, abierto y pendiendo de la perilla como un gancho. Me acerco a la entrada, la cual ahora está abierta lo suficiente para permitir que me deslice por la abertura.

Lo pienso dos veces antes de entrar. Si hay un espíritu allí, no debería inmiscuirme, no es asunto mío, pero... ¿y si es un seguidor de Samedi? O peor aún, ¿y si es alguna criatura enviada por mi Mara?

Reúno todo el valor que poseo y entro en la habitación. De inmediato soy recibido por un calor infernal que parece superar por mucho al del resto de la casa.

Y no sólo eso. También empiezo a percibir un inquietante olor a quemado.

No parece haber una sola ventana por donde pueda entrar alguna luz —o, por lo menos, un poco de aire—, por lo que el cuarto se halla en absoluta negrura, como si estuviese delante de una profunda cueva en la que no pudiera ver más allá de mi nariz.

Cierro los ojos un instante, consciente de que no puedo arriesgarme a encender el interruptor y despertar con ello a los Blake.

Doy media vuelta y, despacio... cierro la puerta.

Me enfrento de nuevo al abismo y me retiro el guante marrón. Levanto la mano huesuda a la altura de mi pecho y siento mis pupilas dilatarse cuando un suave resplandor anaranjado comienza a desprenderse de mis dedos descarnados. El fuego se introduce por mis falanges y se desliza hasta el codo para iluminar mi brazo como si estuviese hecho de carbón caliente.

Lo estiro hacia la oscuridad.

Dos enormes serpientes, gruesas como troncos, apuntan sus cabezas hacia mí. Ahogo un grito y retrocedo hasta casi estrellarme contra la puerta para escapar de aquellas criaturas, pero ellas permanecen quietas, inmóviles en la penumbra. Después de asegurarme de que mi corazón no se ha detenido con el susto, entrecierro los ojos y doy un cuidadoso, muy lento, paso hacia el frente.

El macabro ser está dentro de una gran vitrina con pedestal de madera, enrollado en una especie de báculo. Y, para mi horror, también puedo notar que no se trata de dos serpientes, sino de una sola.

Una serpiente con dos cabezas.

—¿Qué demonios…?

El animal en sí es real. Lo han disecado para luego coserle otra cabeza idéntica, mientras que un par de alas negras —también reales, al parecer— se extienden desde su lomo.

Sus expresiones secas y sin vida parecieran amenazarme detrás del cristal, mientras que al pie de la vitrina hay una placa incrustada que reza en un latín que ahora soy capaz de entender:

Caduceum I

—¿Qué rayos es esto?

Al mover la mano de un lado al otro, me percato de que esta cosa no es lo único que me observa en la habitación.

La gigantesca cámara está repleta de vitrinas, la mayoría con criaturas igual de extrañas que la serpiente bicéfala: en una cúpula de cristal incluso hay un ser formado por dos cuerpos de serpientes aladas a las que se les han cosido cabezas de águilas, ambas colocadas en un círculo de tal forma que pareciera que una le muerde la cola a la otra. Debajo de la escalofriante escultura orgánica hay otro letrero, esta vez, escrito en griego:

Ουροβόρος VI

Uróboros.

En otra vitrina, un tanto más pequeña, alargada y semejante a un ataúd, hay una especie de lagarto al que le han puesto la cabeza de un cuervo junto con sus alas; en otra, un cordero con la mitad trasera de un león; un ganso con seis cabezas idénticas; un pequeño ratón con alas de mariposa y muchas criaturas más que parecen haber sido sacadas de alguna retorcida pesadilla. Todo parece viejo y abandonado, ya que huele a encerrado, y gruesas capas de polvo recubren la madera y el cristal.

Estos seres... los he visto antes, en los dibujos y pinturas que hay por toda la casa. *¿Qué carajos...?*

De pronto escucho de nuevo el golpeteo carnoso de aquello que estoy persiguiendo. Se aleja a través del laberinto de vitrinas.

Al mirar hacia el suelo encuentro un rastro de sangre salpicado de trozos de lo que parece ser carne quemada, que se pierde en la oscuridad del fondo. Pero no es la carne desprendida lo que me hace arrugar la nariz, sino entender que no son pisadas lo que hay en el camino sanguinolento.

Son huellas de manos.

Despacio, me aventuro en el mar de colas, garras y colmillos, hasta que el rastro me hace llegar al fondo del macabro museo.

Las manos han dejado sus marcas sobre una especie de chimenea cilíndrica de ladrillo en medio de la pared; parece que se trata de la torre que se ve desde afuera de la casa, pero compruebo que tampoco tiene una puertilla por donde poner la leña. El olor a quemado se intensifica, pero no parece venir de la chimenea.

Un gemido humano, proveniente del lado derecho del cuarto, me congela de pronto en la oscuridad; mis huesos castañetean y el monstruo dentro de mí sisea, hambriento.

Estiro despacio la mano hacia allá y distingo, muy apenas, una silueta pequeña y encorvada al pie de una larga vitrina vacía en forma de féretro.

Es una mujer.

—Por los dioses...

Está desnuda, y su rostro, brazos, piernas... toda ella está repleta de quemaduras y costras negras que supuran sangre y pus, mientras que los temblores de su cuerpo hacen que la carne se le caiga a pedazos como a una leprosa. De hecho, sólo puedo adivinar su sexo por los pechos que cuelgan desnudos y la ausencia de un miembro en su entrepierna, porque la cara resulta por completo irreconocible.

—*Ayuda...* —suplica con los labios a punto de quebrarse.

Pero a pesar de su intenso hedor a quemado y su apariencia espantosa, en realidad no está deforme. No se trata de una criatura del plano medio, tampoco una seguidora de Samedi.

Es sólo un espectro, un fantasma.

La veo agazaparse detrás de la vitrina. A pesar de que no puedo tranquilizarme debido a su atroz aspecto, es fácil entender que, como cualquier otro espíritu, me teme más de lo que yo le temo a ella.

—*Ayuda...* —suplica de nuevo mientras se abraza con fuerza.

La placa de la vitrina vacía reza la palabra *"Homunculus"* —*homúnculo*— grabada en ella.

Me aproximo con cuidado.

—¿Puedes ponerte en pie? —pregunto. Sus ojos hinchados señalan hacia sus piernas para mostrarme que el fuego le ha dejado expuestos los huesos de las pantorrillas. Y bajo las capas de costras y los canales de musculatura, se asoman astillas de hueso enterradas en tendones, como si se hubiese roto las piernas en alguna caída. Al parecer, usaba sólo sus manos para arrastrarse, de ahí las huellas.

Dioses, ¿qué le pasó a esta mujer?

Me pongo en cuclillas a su lado.

—De acuerdo. Vamos —le digo, mientras paso un brazo debajo de sus rodillas y el otro alrededor de su espalda.

Para mi sorpresa, no patalea, no se retuerce ni intenta escapar como suelen hacer todos los espíritus que se topan conmigo, y más al entender que soy capaz de *tocarlos*. Pero, aun así, se ve aterrada y no deja de mirar sobre mi hombro, hacia las vitrinas, mientras la conduzco a través del laberinto.

Me las arreglo para salir de la habitación y cerrar el pesado candado, amparado por el estruendo de tormenta en el cielo.

Alcanzamos la alcoba de invitados y llevo a la chica al baño contiguo, pero cuando ella ve la tina, comienza a gritar terriblemente:

—¡No, no, no! —se retuerce con violencia en mis brazos mientras yo intento apretarla contra mí.

—¡Eh, tranquila! —le susurro con la mayor calma posible, porque a pesar de que sé que nadie en esta casa puede escucharla más que yo, no quiero dar cabida a un espíritu violento.

Al ser incapaz de sobreponerse a mi fuerza —o a la del monstruo que mora dentro de mí—, empieza a llorar contra mi cuello. Una vez que se serena, abro el grifo y la coloco en la bañera. El agua la traspasa como el ser etéreo que es; sin embargo, esto parece calmarla aún más.

Al contrario de lo que la gente suele pensar, los fantasmas también sienten dolor, tal vez no del mismo tipo o de la misma manera que nosotros, pero sí experimentan algo similar cuando son inducidos a estímulos sensoriales.

—¿Estás mejor? —susurro, mientras le retiro de la cara los escasos cabellos chamuscados que le han quedado en la cabeza. Ella no parece reconocer lo que le digo, ya que tan sólo mira, ausente, hacia la nada.

Cierro el grifo de la bañera y veo restos de piel y costras flotar en el agua, ahora roja.

—Por los dioses, ¿qué fue lo que te pasó? —murmuro sin preguntárselo en realidad, mientras la sujeto con suavidad del brazo para que no se deslice de nuevo dentro de la bañera.

Demonios, Elisse, no puede ahogarse, ya está muerta.

Miro a mis espaldas en busca de una toalla cuando escucho un chapoteo y súbitamente siento mi puño cerrarse en el agua. Extrañado, vuelvo los ojos hacia la bañera y me sobresalto ligeramente.

La mujer ha desaparecido.

La busco por el cuarto de baño, pero sólo me encuentro con rastros sanguinolentos embadurnados por toda la porcelana. Sacudo la cabeza de un lado al otro y me abrazo a la esperanza de que, de alguna forma, ella haya logrado alcanzar el plano medio.

Pero ella ha dejado escrito algo en las baldosas de la pared, con sangre y restos:

CAPÍTULO 13
UNA RESPONSABILIDAD CONVENIENTE

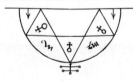

—A y, flaco, si papá Trueno te ve con esa cara de asco, te va a poner a destapar los baños también.

La burla despreocupada de Julien me hizo levantar la mirada del lavabo de la cocina. Traía yo un desatascador, un par de guantes de látex rosa y la frente perlada de sudor, a pesar del notable frío que hacía en el pantano.

Llevaba una hora intentando que el agua dejase de estancarse, pero la tubería, en cambio, tenía ya dos días emanando una terrible peste. Alguno de nosotros había metido allí sus sobras de la fiesta de Año Nuevo y, como resultado, la cañería del lavabo había terminado estropeándose. Padre Trueno estaba tan furioso que al final nos amenazó con que, si nadie confesaba el desastre, como castigo YO destaparía el lavabo.

Nadie dio un maldito paso por mí, así que, con todo y mis quejas sobre lo injusto que era aquello, me enviaron a hacer el maldito trabajo.

Al ver mi cara de profundo odio, se echó a reír.

—Ay, cómo lloras —exclamó—. Ya, ya, te voy a enseñar cómo se hace, pero no le vayas a decir a nadie, ¿de acuerdo?

Julien salió un momento de la cocina, volvió con la caja de herramientas de Tared y con el mandil floreado de mamá Tallulah puesto.

Me apartó con gentileza y, en vez de utilizar el desatascador, abrió las puertitas de la parte inferior del lavabo y procedió a desarmar la tubería. Luego, metió un alambre de metal por el tubo superior y comenzó a rascar.

—Ah… —murmuré, por lo que Julien sonrió.

—Oh, sí. Por suerte aprendí a destapar estas cosas gracias a mis hermanas.

—¿Hermanas? —hasta ese momento, yo me había hecho a la idea de que todos los errantes éramos una especie de huérfanos o hijos únicos, y descubrir que Julien tenía familia, además de nosotros, me tomó desprevenido.

—Sí. Tres menores que yo y todas con el cabello hasta la cintura, así que destapar caños, porque siempre estaban llenos de pelos, era una tarea muy común en casa.

—¿Y ellas son…?

—¿Errantes? No. Tengo entendido que antes, y te hablo de hace más de cien o doscientos años, era muy común que los errantes naciéramos en "camadas". Mellizos, trillizos, cuatrillizos… algo heredado de los animales, si quieres verlo así. No es ninguna sorpresa que a las mujeres humanas les costase mucho parirnos, por lo que tanto ellas como nosotros teníamos una mortalidad muy elevada al nacer. Con el tiempo, el rasgo genético se fue diluyendo, y empezamos a nacer en menor número y con hermanos no errantes. Hemos disminuido, pero al menos no morimos con tanta frecuencia al nacer, una mejora generosa por parte de la madre naturaleza, si me lo preguntas.

Recuerdo haber puesto cara de alucinación al escuchar lo que me decía. Todo lo relacionado con nuestro mundo me era de lo más fascinante, y tenía un hambre inhumana por saber más de nosotros, de nuestro pasado, de nuestra vida.

Inclusive moría por saber si algún día podría conocer a más de los nuestros.

—Vaya —dijo de pronto—. Está demasiado atascada. Tendremos que probar con otra cosa.

Volvió a armar la tubería y después sacó de la caja de herramientas un frasco que decía "sosa cáustica". Vertió su contenido dentro de la cañería y un olor repugnante se elevó de inmediato.

—Listo, con eso bastará —Julien sonrió, satisfecho—. Y, por cierto, ese desatascador es sólo para los retretes. Vierte cloro al lavabo cuando me haya ido, por favor.

Enrojecí de vergüenza.

—Perdón… —dije con la cabeza gacha—, es que en el campo de refugiados teníamos letrinas o hacíamos agujeros en el suelo, así que nunca tuve que destapar caños y…

Enmudecía al ver que Julien ya no sonreía. Instantes después siguió contándome sobre su vida en su ciudad de origen, Nueva York; me dijo que provenía de una familia trabajadora que siempre se esforzó por que nada les faltase a sus hijos, tanto en comodidades como en afecto, así que los extrañaba bastante e iba a visitarlos cada vez que le era posible.

Julien adoraba a sus padres y a sus hermanas tanto como a nosotros, y en vez de sentir celos o envidia, me sentí muy tranquilo al saber que él jamás tuvo que pasar por mayor sufrimiento.

Ver lo mucho que me alegraba saber que mi hermano había tenido una vida feliz me hizo comprender lo mucho que yo lo adoraba. Pero, de pronto, hizo algo que me desconcertó: me rodeó con los brazos y me apretó contra su pecho. Me prometió en voz baja que no le diría a nadie que él mismo me había visto echar la comida en el lavabo en la cena de Año Nuevo. Y que no me preocupase, que ya nunca tendría que volver a lamentarme por un techo, un baño o algo que llevar a la boca.

Que mientras él y Comus Bayou viviesen, nunca iba a faltarme algo.

Y en ese momento, no sé qué me sonrojó más: el haber sido atrapado, o la forma en la que su tierno corazón latía contra mi oído.

△ △ ▽ ▽

Miro con pesadez los libros viejos sobre la mesa, con unas ganas demenciales de echar a dormir sobre alguno de ellos, porque pasar la noche fregando los rastros de carne y sangre de la bañera —con la sosa que encontré en uno de los tantos anaqueles de la sala— no ha sido la actividad más placentera para antes de ir a la cama.

Y el hecho de saber que en esta casa hay un cuarto repleto de *quimeras* tampoco ha ayudado mucho, que digamos.

Me balanceo sobre el banquillo, incapaz de olvidar ese montón de animales bicéfalos, deformados hasta la atrocidad. ¿De dónde carajos habrán sacado los Blake esas cosas tan horrendas, y cómo diablos puede la señora Jocelyn tenerlas en su casa? Pero, aun cuando la colección familiar de los Blake ha resultado ser más retorcida de lo que pensé, lo contenido en esa habitación no es lo más horrible que vi anoche.

La figura de aquella chica parpadea en mi cabeza de nuevo, y el sólo pensar en su carne quemada hace que se me erice la piel.

—Rebis...

Ese mensaje en la pared es un auténtico enigma para mí porque, desde que tengo la lengua del señor del Sabbath, es la primera vez que no comprendo el significado de una palabra. ¿Qué diablos quiere decir? ¿Será una palabra compuesta? ¿Unas iniciales?

Adam dijo que esta casa se había incendiado en el pasado, y lo más lógico sería deducir que esa chica tuvo algo que ver con aquello, pero no quiero sacar conclusiones apresuradas. Debido a las quemaduras en el rostro no pude adivinar su edad, y la falta de ropa tampoco me ayudó a hacerme una idea de la época a la que perteneció en vida, así que no sé qué tan antiguo es su fantasma o de dónde proviene.

Sé que no es mi problema, que *no debería meterme en lo que no me corresponde,* pero ¡diablos! Parece ser que esta casa sí escondía algo raro, después de todo.

—Qué sorpresivo encontrarte aquí tan temprano.

Casi me caigo del banquillo al escuchar aquello a mis espaldas.

Miro hacia atrás y me encuentro a la señora Jocelyn apenas a unos pasos de mí, con una colcha blanca doblada bajo un brazo y una caja de madera en el otro.

Dioses, ¡ni siquiera pude sentirla cuando se acercó!

—B-buenos días, señora —saludo con torpeza.

La señora Blake va hacia una de las mesas y deja la colcha a un lado. Despeja el lugar para colocar la caja y, con toda la tranquilidad del mundo, enciende un mechero, el cual usa tanto para poner un recipiente de cristal sobre él como para encender un cigarrillo.

Absorta, saca tres frascos medianos de la caja y dos huevos de... ¿gallina? Después, va hacia una de sus tantas vitrinas, de la cual saca una botella llena de líquido transparente.

Vierte el líquido en el recipiente, mete los dos huevos y luego, procede a destapar los frascos y verter sus contenidos. Uno es rojo y espeso, el otro es blanco y semitransparente, y el último... *dioses.* Es de color marrón, y el olor que desprende es tan asqueroso que, a pesar de estar a un par de metros lejos de ella, puedo percibirlo con claridad.

Con una larga varilla de cristal, comienza a revolver las sustancias, y la peste empeora hasta el punto de que tengo que cubrirme la nariz con la mayor discreción posible. Transcurren unos cuantos minutos hasta que, de forma casi milagrosa, el olor desaparece por completo, como si nunca hubiese estado allí.

Jocelyn Blake permanece en silencio y sus movimientos son precisos, casi mecánicos. Parece tan ajena a mi presencia, tan concentrada, que es como si estuviese sola en la habitación. Y a pesar del extravagante experimento, lo que más me desconcierta es que tengo que parpadear un par de veces para asegurarme de que ella esté realmente allí.

Diablos, nunca había conocido a una humana con una esencia tan insípida, tan poco relevante. Jocelyn Blake se parece tanto a esta casa, tan inusual y a la vez tan… vacía.

De pronto, la tela de la colcha se desdobla bajo su propio peso, y un olor ácido y desagradable acude de inmediato hasta mi nariz. Distingo, entre el blanco inmaculado de la tela, una enorme mancha amarilla que me hace arrugar el entrecejo.

¿Orina?

—¿Te sirvo el desayuno, Ezra? —la voz de la madre de Adam hace que me yerga en el banquillo. Ella me mira ahora con esos fríos ojos negros sin intentar siquiera ocultar la cuestionable mancha.

—Eh, gracias —carraspeo—, pero esperaré a que Adam baje.

—Para entonces será la hora del almuerzo —dice tajante—. Adam duerme mucho y no suele levantarse temprano, ni siquiera para limpiar sus propios orines.

Sus ojos señalan hacia la colcha. Una abrumadora incomodidad me invade, no por enterarme de que Adam, a su edad, moje la cama, sino por escuchar a esta mujer avergonzar así a su hijo.

—Esperaré —insisto de forma cortante—. Quiero despedirme.

De pronto ella entrecierra los ojos, tan despacio que podría jurar que sus párpados rechinan.

—¿Te marchas? ¿Tan pronto? —el cigarro se dobla entre sus dedos—. Vaya, Adam tenía la ilusión de que te quedaras un poco más. ¿Te ha parecido desagradable mi hijo?

—¡No, no, para nada! Lo que pasa es que...

—Tener más gente por aquí suele ayudarle con su condición, ¿sabes?

¿Su condición?

Miro de nuevo la colcha, y mi cabeza empieza a unir el rompecabezas.

Esa chica de anoche, ese fantasma tan perturbador... no hace falta tener magia para poder ver espíritus, muchos humanos pueden hacerlo cuando se manifiestan con el suficiente poder, así que tal vez Adam también haya visto a ese fantasma. Quizá desde que era un niño, y si a eso le sumas una casa tan aterradora como ésta...

—Adam necesita un psicólogo, señora Blake, no compañía —concluyo, muy a pesar de que tal vez eso no sea del todo cierto. Ningún doctor puede curarte de ver espíritus, eso lo sé bastante bien.

—No requiero que resuelvas sus problemas, Ezra —insiste—. Sólo digo que he observado cuánto le agradas, y eso hace que se sienta menos *solo* en esta casa.

Un repentino silencio se instala en medio de nosotros, porque Jocelyn Blake ha logrado decir las palabras mágicas.

Bajo la barbilla y miro mi mano enguantada. Mi ansiedad desaparece cuando algo más peligroso palpita dentro de mí, algo que me hace apretar ambos puños bajo la mesa.

No es el monstruo de hueso, no son sus voces terribles… es *empatía*, porque parece ser que esta casa, esta familia, ha afectado a Adam de una forma que su madre no parece ser capaz de comprender. Y si una cosa he aprendido, es que para mí no existe algo más peligroso en este mundo que el hecho de empezar a sentir empatía por alguien.

De pronto, Jocelyn se levanta y se acerca hacia mí con ese semblante inescrutable.

—Si decides quedarte un poco más, Adam te lo agradecería. Yo te lo agradecería.

Ella levanta la mano, me roza muy apenas la mejilla. Después regresa hacia la colcha. Toma unas tijeras y, sin guantes, sin recelos, corta un trozo de la tela empapada en orina.

Ante mi estupefacción, ella arroja el trozo en el recipiente y el líquido negruzco se torna rojo como la sangre.

Nos quedamos en silencio hasta que la señora Blake me avisa que tiene que ir al pueblo. Apaga el mechero, guarda el líquido que ha creado en un frasco que después coloca en la caja y se marcha sin siquiera despedirse.

La sensación del roce de sus dedos sigue impregnada en mi mejilla como una hendidura.

En otra faceta de mi vida, aquella muestra tan extraña de calidez me habría provocado un sentimiento muy agradable; me habría hecho considerar que tal vez juzgué con mucha severidad a Jocelyn Blake y que sólo es una madre que nunca ha sabido muy bien cómo expresar lo que siente hacia su hijo.

Pero esa frialdad, esa falta de tacto, esa incapacidad para demostrar una pizca de afecto convencional por su hijo… y, sobre todo, aquel tacto de sus dedos helados recorriendo mi piel, no han hecho otra cosa que despertar en mí una ineludible y desagradable sensación de escalofríos.

△ ⩕ ▽ ⩔

—Maldita sea, ¿dónde está? —gruño, mientras rebusco en los libreros, casi desesperado.

Debo encontrar el libro de Laurele lo más pronto posible para poder largarme de aquí. Ya buscaré la forma de conseguir algo de dinero, me volveré un adivino, faquir o mendigo, ¿qué más me da? Pero necesito alejarme de estas personas, de Adam, antes de que...

Mi mano se detiene cuando empiezo a percibir un intenso olor a alcohol y putrefacción a mis espaldas. Doy media vuelta y veo a Barón Samedi encima de uno de los estantes con un grueso habano interrumpiendo su sonrisa.

—¿Qué carajos te pasa? —gruño al Loa de la Muerte. Él levanta la mano y me muestra el libro de Laurele atrapado entre sus asquerosos dedos, por lo que pongo los ojos en blanco—. *Dámelo.*

Samedi ladea la cabeza y lo arroja a mis pies. Con un bufido me agacho para recogerlo y sacudirle el polvo. Le lanzo una mirada amenazante, pero el muy bastardo aún sonríe como un demente.

Lo juro. Un día de éstos, cuando consiga la forma de arrancarle las almas de los bebés de Louisa y de Hoffman, voy a matar a este cabrón sin importarme las malditas consecuencias.

Le doy la espalda al Loa y voy por mi morral para largarme de aquí de una vez por todas.

Ni siquiera considero ya la idea de despedirme de Adam.

Pero antes de que dé otro paso, algo pesado y grueso me roza el brazo a gran velocidad. Estupefacto, veo cómo un enorme libro vuela contra una de las mesas.

Mi vida pasa frente a mis narices cuando éste derriba la caja de madera de Jocelyn.

—¡HIJO DE PUTA!

Me olvido del libro de Laurele y corro hacia la mesa para agacharme con el corazón desbocado. Para mi suerte, encuentro las botellas intactas gracias a la gruesa alfombra.

Giro furioso hacia Barón Samedi, pero el cabrón ha desaparecido, dejándome con el gran anhelo de arrancarle un par de dientes.

Maldigo en voz baja y me arrodillo para recoger el desastre con la esperanza de que Adam no se haya despertado con mi grito. Sostengo la botella con el líquido rojo, el que acaba de mezclar la señora Blake, y descubro que en su interior nada una pequeña esfera dorada.

Estoy a punto de acercarla a mi rostro para examinarla cuando un resplandor verdoso me hace mirar hacia el libro que me arrojó el Loa de la Muerte

—¿Pero qué…?

Dejo caer el frasco de nuevo en el tapete.

El libro desprende un fuerte olor a quemado, y su gruesa cubierta, aunque desgastada, es de un intenso color esmeralda. Pero lo más llamativo es que la tapa frontal ostenta un único símbolo que parece haber sido grabado con fuego. Un símbolo que, como una truculenta jugada del destino, termina de atarme a este lugar, a esta casa que, aun sin planos medios, aun sin hechicería… pareciera estar irremediablemente maldita.

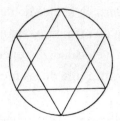

CAPÍTULO 14
MATERIA PRIMA

Lo único que recibo en respuesta al llamar a la puerta de la alcoba de Adam es un intento de gruñido. Pongo los ojos en blanco y entro a mis anchas tan sólo para encontrar el lugar en penumbras, con la silueta del chico agazapada bajo las sábanas de la enorme cama.

Curiosamente, éste es el único lugar de la casa en el que no parece hacer un calor infernal.

Cruzo la habitación en dirección a la mesa ratonera que tiene frente a su televisor gigante. Tomo la caja de pizza con las porciones que nos sobraron de nuestra triste fiesta de videojuegos de anoche y doy media vuelta dispuesto a escapar con la comida, ya que casi es mediodía.

—Eso… es mío —balbucea.

—¿Y entonces por qué va a ser mi almuerzo? —replico, no sin antes tropezar con un montículo de ropa sucia en el suelo—. Dioses, Adam, se nota que es tu dormitorio, ¡este lugar es una pocilga!

El desastre no es menor: arrugadas revistas de dudosa decencia bajo la cama, bolsas de frituras por todos lados, el cesto de basura repleto, ese olor a caverna… y, por suerte, ni una sola rareza o dibujo alquímico colgado en la pared.

Está de más decir que tampoco huele muy bien; de hecho, no estoy seguro de si Adam ha tomado un baño desde que llegué, aunque no es que me importe. Yo he apestado casi toda mi vida, después de todo, así que soy muy capaz de entender que a veces las circunstancias no son propicias. Especialmente al tener tantos problemas personales, como parece ser el caso.

—Cuando quieras puedo aceptar que limpies, príncipe —responde Adam bajo las sábanas.

Suelto una carcajada y le doy una patada a la base de la cama, a lo que él responde con un sonoro gruñido. Cruzo la habitación, pero antes de llegar a la puerta, miro de nuevo el bulto.

—Oye —digo—. No vayas a olvidar lo que prometiste. Han pasado días enteros de excusas...

Adam se queda quieto sobre el colchón.

—Sí, sí, bajo en cuanto mi madre llegue a casa —murmura, por lo que sacudo la cabeza de un lado al otro y no insisto más.

Cierro la puerta y voy en dirección a la habitación de huéspedes, ya un poco más acostumbrado al montón de ojos escrutadores repartidos por el pasillo. Pero a lo que no puedo acostumbrarme es al penetrante olor a quemado que me recibe al entrar al dormitorio.

Dejo la pizza fría sobre la cama y me acerco al tocador que hay contra una pared. Abro uno de los enormes cajones y rebusco entre papeles, frascos y piedras de colores, el libro rojo de Laurele junto con el otro que me arrojó Samedi, el cual he estado leyendo durante los últimos cinco días.

Miro el esmeralda intenso de su cubierta y suspiro.

A pesar de nuestro profundo odio mutuo, a Samedi no le conviene que yo muera, no sin antes regresarle su lengua, así que de vez en cuando me ayuda con algunas pistas.

Pero ¿por qué será que los libros malditos me persiguen? Porque aun cuando hace falta ser muy idiota para no darse cuenta de que aquella puerta de mis visiones es una clara alusión a este libro, el haberme cruzado con él no ha sido precisamente una suerte.

No cuando el propio objeto es un enigma tan grande como aquel *sueño*, aquella visión.

Abro el volumen y el papel cruje como si estuviese hecho de hojarasca. Una especie de poema raro en latín ocupa la primera página, traduzco:

Al principio, Dios creó a una criatura maravillosa.
Pura, inmortal y perfecta.
Pero al mirarla, supo que también
era monstruosa, así que la partió en dos.
Por lo tanto, querido aprendiz,
si estás en busca de la piedra divina,
medita bien el paso que vas a dar.

Materia prima
Serás de Oro y serás de Plata.
Serás de Sol y serás de Luna.
Serás de Azufre y serás de Mercurio. — nigredo (negro)
Serás de Arriba y serás de Abajo.
Y una vez que la tierra transmute.
Y una vez que el fuego transmute. — albedo (blanco)
Opus Magnum
Y una vez que el aire transmute. — citrinas (amarillo)
Y una vez que el agua transmute... — rubedo (rojo)
El dos se convertirá en uno.

Y entonces, serás divino, y no habrá vuelta atrás.
Porque sólo lo divino te volverá de nuevo mortal.

Le doy un par de vueltas más a las otras páginas, donde me encuentro con textos, dibujos y diagramas desgastados; es obvio que este libro es una de las tantas rarezas que los Blake han acumulado con el paso del tiempo y, al igual que el de Laurele, fue escrito a mano a excepción de la primera hoja, la cual parece haber sido impresa en alguna especie de máquina antigua y marcada con tinta y pluma.

No tengo ni la más remota idea de lo que significa, no sé si se trata de una especie de iniciación o ritual. Lo único que entiendo es que esto es el manual de un alquimista que buscaba crear la piedra filosofal.

Y conforme he metido mi nariz en el asunto, he caído en la cuenta de que la alquimia que se practicaba en la antigüedad era mucho, mucho más sombría de lo que alguna vez imaginé.

Para empezar, la primera parte del manual consiste en un listado de elementos básicos de trabajo, lo que me ha enseñado que los metales, minerales, matraces y retortas[8] como los que hay en la sala, no eran *los únicos* materiales que los alquimistas usaban para sus demencias.

Ellos hacían cosas que harían vomitar hasta al más experimentado de los brujos vudú.

De entrada mutilaban seres vivos. Usaban fluidos corporales, como menstruación y leche materna, extraían órganos y los usaban como cuencos, fertilizaban úteros de animales con orina, heces y semen humano y viceversa. Mezclaban animales con partes humanas, *creaban quimeras*, enterraban vivos a sus "seres de estudio" y los obligaban a ingerir metales y minerales fundidos.

La parte de "mezclar animales con humanos" logró que me hiciera muchas preguntas en su momento, y aunque es obvio que los errantes no nacimos de una retorta, eso no significa que algunos mitos bestiales de la humanidad no hayan

---

[8] Recipiente de vidrio usado para la destilación de sustancias. Los alquimistas emplearon muy frecuentemente retortas, de las que se servían para obtener las esencias de la materia, comúnmente asociada con el vientre materno.

surgido de los arcanos laboratorios alquímicos. Según lo que advierte el manual, durante el proceso de creación de la piedra filosofal se podían dar pasos equivocados que llevaran a crear monstruos con cierto tipo de habilidades especiales.

Por ejemplo, ¿cómo iba yo a adivinar que los dragones occidentales son una leyenda creada en los laboratorios medievales alquímicos? Mezcla una salamandra —uno de los tantos animales que representan el fuego—, pégale alas de águila —uno de los animales que representan el viento—, ¡y listo! Obtienes un precioso reptil volador "escupefuego".

Y los bestiarios no terminan ahí, porque también me di a la tarea de investigar un poco al respecto en los libros de la biblioteca de Jocelyn: el *amemait*[9] en el antiguo Egipto, la *makara*[10] india, el *hsiao*[11] en la cultura china, el *khumaba*[12] babilónico y muchas, muchas criaturas más compuestas por mezclas de humanos y varios animales e insectos que sí pudieron salir de un laboratorio como los descritos en el libro.

Después del listado de materiales vienen numerosas secciones con pasos para crear la piedra, pasos que, por supuesto, no tengo idea de cómo interpretar, ya que para mí no son otra cosa que grabados e instrucciones sin sentido.

Y para muestra, la siguiente sección, aquella que explica la creación del material de trabajo para la elaboración de la piedra:

---

[9] Criatura compuesta por un torso de hipopótamo, cola y dentadura de cocodrilo, y zarpas y melena de león.

[10] Animal marino mitad caimán, mitad pez y con trompa de elefante.

[11] Lechuza con cara de hombre, cuerpo de mono y cola de perro.

[12] Gigante con uñas de león, garras de buitre, cuernos de toro y una serpiente en lugar de genitales.

Rudis Materia

"Materia prima", reza el título, mientras que el resto de la explicación se compone sólo del dibujo de un hombre y una mujer
desnudos, pero en vez de rostros, él tiene el sol en la cabeza
y ella, la luna. Ambos yacen tendidos en una cama de piedra
mientras que el hombre, apretando a la mujer contra su pecho,
la penetra.

Y al ver aquel miembro erecto horadando aquella vagina,
mi cara se retuerce, pero no por el acto sexual en sí —no me
considero un hombre conservador, y menos cuando puedo
sentirme atraído tanto por chicos como por chicas—, sino por
lo que se escribe al pie:

*"La pareja de reyes Gabricio y Beya, hermano y hermana, san-
gre de su propia sangre, proceden a la unión carnal para concebir
una criatura sin igual en el mundo."*[13]

—Por los dioses —murmuro, mientras paso la página hasta llegar a una donde inicia el primer paso, "Nigredo": ahora
se ven los dos hermanos dormidos, pero una lluvia de piedras
cae sobre ellos y los lapida hasta despedazarlos, aun dentro
de su pesado letargo. En el segundo paso, "Albedo", los hermanos son incinerados por un fuego violento que rodea la
cama de piedra; en el tercer paso, "Citrinas", una corriente de
aire coloca las cenizas dentro de un enorme jarrón. El cuarto,
"Rubedo", un ángel baja del cielo y vierte agua sobre el recipiente. Y después... bueno, es todo lo que he logrado leer
hasta ahora, porque el libro es tan largo y complejo que no he
llegado demasiado lejos.

---

[13] *Anatomia auri* de J. D. Mylius. Fráncfort, 1628.

Frustrado, me recuesto sobre el colchón y miro hacia el techo, hacia los cuatro evangelistas que me observan inertes en el concreto. Por simple curiosidad, también le pregunté a Adam qué tenían que ver ellos con la alquimia, a lo que él me contestó que cada uno de los evangelistas representaba un elemento alquímico específico. San Marcos, el fuego; San Mateo, el agua; San Lucas, la tierra; y, finalmente, San Juan, el viento. Por lo que entendí, la lectura de los cuatro evangelios, de los cuatro pasos, se volcaba en el encuentro con la piedra filosofal y dadora de vida eterna: Jesucristo.

Ante tal explicación me encontré, una vez más, abrumado por el extenso alcance de la vasta simbología alquímica. Viéndome tan desconcertado, Adam me dijo que, si bien a veces su madre hacía experimentos de manera literal para comprender a fondo el proceso, no me tomara tan en serio algo que, obviamente, no era real.

Pero nada de eso me tranquilizó. En mi mundo, en el de los errantes, *todas las magias pueden ser reales*, y no me cabe duda de que, si alguna vez hubo un alquimista con magia haciendo este tipo de cosas, todos esos mitos pudieron también serlo.

Siento una desagradable caricia en la espalda al recordar a todos esos pobres animales convertidos en juguetes retorcidos, sin mencionar que en el cuarto del segundo piso vi criaturas —o más bien, partes de criaturas— que valdría la pena perfilar en la lista de animales en peligro de extinción. Pero más allá de toda la locura que ha resultado ser esta ciencia extraña, me preocupa mucho el hecho de que no sé cómo se liga a mi visión. ¿Acaso la piedra filosofal es lo que se esconde detrás de esa puerta esmeralda? Pero ¿y Monument Valley? ¿Y aquella piel de zorro...?

Por todos los dioses. Que alguien me diga, por favor, que mi visión no intenta transmitirme la tarea de descifrar el puñetero método para transmutar la piedra, porque, ¿cómo diablos se supone que *yo* voy a poder resolver algo que, al parecer, ni la familia Blake ha logrado durante generaciones? ¿Cómo diablos voy a descifrar algo que, para mí, no tiene ningún sentido?

Arrojo el manual a un lado y abro el libro de Laurele, justo en una página en la que he escrito una sola línea:

—Rebis… —murmuro a la par que paso mis dedos enguantados sobre la tinta.

Para mi mala suerte, desde aquella noche en la cámara quimérica no recibí visitas de fantasma alguno, y me resulta frustrante ya que es obvio que esa chica sabe algo. Me escribió un mensaje en la pared, y este libro esmeraldino huele a quemado, ¿será acaso ella la dueña original?

He considerado más de una vez invocarla yo mismo para hacerle algunas preguntas, pero no sé si estoy dispuesto a correr ese riesgo ahora. Quién sabe *qué otras cosas* podría atraer si eso resulta mal, así que he estado tratado de entender por mi cuenta un poco de lo que hay en este manual, pero todo lo que encuentro en los libros de la sala —o los que he alcanzado a hojear— es críptico a un nivel absurdo, y no tengo ni idea de por dónde empezar; la alquimia es tan vasta y variada que lo único que he logrado es sentirme como un imbécil.

Me gustaría tener el maldito valor de preguntarle algo de esto a Jocelyn Blake, pero además de que la veo muy poco, nunca sé lo que está pensando. No sé si está enojada, o cansada, o simplemente le importa un pepino mi existencia. Pero lo más importante de todo: esa mujer no me agrada. Y creo que hasta me atemoriza.

De pronto escucho el sonido de un vehículo acercarse y veo a la señora Jocelyn estacionar el lujoso coche plateado frente a la casa, el único que poseen los Blake en estos momentos.

Tengo días rogándole a Adam que me lleve al pueblo para ver si puedo investigar un poco sobre el incendio de hace treinta años y, con suerte, descubrir algo sobre esa chica espectro, pero ha sido imposible, ya que su madre usa el coche hasta muy entrada la tarde.

La señora Blake se apea con calma, y su cara parece aún más rígida con los lentes oscuros. En vez de caminar al porche, se dirige hacia uno de los costados de la casa.

Junto en ese momento la puerta de Adam se abre de par en par.

—¿Listo? —me grita él desde el balcón mientras se abotona el puño de la camisa y cubre el reloj de su muñeca. Casi sonrío al notar que se ha bañado, ya que eso me hace sospechar que sólo lo hace cuando sale.

Bajamos la escalera y cruzamos la sala. Salimos de la casa y subimos al coche, pero Adam rebusca por el tablero y el portavasos hasta chasquear la lengua.

—Carajo, se llevó las llaves.

Saca su teléfono del bolsillo para marcar a su madre mientras yo intento, por todos los dioses, no demostrar demasiado mi frustración.

Adam ya está marcando por segunda vez cuando me doy cuenta de que me falta algo.

—Mierda, ¡el morral!

Salgo del coche a toda prisa y azoto la costosa portezuela a mis espaldas. Entro de nuevo a la casa y subo la escalera a zancadas. Pero, al atravesar el pasillo y llegar al dormitorio de invitados, me paralizo en el dintel de la habitación.

Jocelyn Blake está sentada en la cama, hojeando el libro esmeralda.

¿En qué maldito momento subió aquí?

—¿Ya se van? —pregunta con la palma abierta sobre una página; doy un respingo, aún estupefacto.

—Ah, sí, señora Blake, yo… venía por algo.

Ella sigue inmóvil, y no parece tener intenciones de explicarme qué hace aquí, aunque algo en mi interior intenta convencerme de que no tiene por qué hacerlo. Ésta es su casa, después de todo.

—Me alegra mucho que sigamos contando con tu presencia —dice, sin un motivo aparente—. Es agradable ver que, por fin, alguien se interesa por *nuestra obra.*

Ella se levanta y se acerca hasta quedar a dos palmos de mí. Me mira fijamente y un impulso instintivo me hace encogerme sobre mis hombros y entrecerrar los ojos cuando ella levanta la mano. Escucho un tintineo y algo plateado resplandece frente a mí.

—Las llaves —dice.

El llavero enredado en sus dedos se balancea de un lado al otro. Asiento, despacio y brevemente; lo tomo.

Toda la prisa que tenía hace unos momentos desaparece porque intento, por todos los dioses, no moverme, ni siquiera cuando escucho que ella entra en su habitación y cierra la puerta.

Sólo hasta que escucho que Adam me llama a gritos desde afuera soy capaz de reaccionar.

Jocelyn Blake no tendrá una pizca de magia, pero empiezo a creer que no le hace falta para ser una auténtica bruja.

CAPÍTULO 15
MONSTRUO INCOMPRENDIDO

Adam y yo caminamos bajo el irritante sol hasta llegar al diminuto ayuntamiento del pueblo, una vieja construcción de madera que, junto con la casa de los Blake, parecen ser las únicas construcciones más o menos históricas que hay en Stonefall.

Mientras entramos al edificio, vacío a excepción de un encargado con uniforme, no dejo de pensar en lo extraña que es la madre de Adam, quien no parecía muy preocupada de que hubiese "tomado" un libro de su biblioteca sin pedirlo.

Tan fría, tan inexpresiva hacia todo lo que la rodea, ¿acaso su extraño trabajo la ha vuelto así? O, tal vez el fantasma de la chica quemada tenga algo que ver…

No me extrañaría. Por más inofensivo que sea, un solo fantasma basta para cambiar la vida de una familia entera, y parece ser que los Blake son la prueba viviente de ello.

—Buenos días —saluda Adam al encargado quien, despacio, levanta la mirada por encima de sus gafas rectangulares—. Disculpe, quería ver si nos deja pasar a la hemeroteca. Mi novia está de visita por el pueblo y le encantaría saber un poco más de su historia.

Adam me rodea los hombros y me aprieta contra su costado con una sonrisa triunfal en el rostro.

Respiro profundo y aguanto las ganas de darle un puñetazo en la cara.

El encargado pasea su mirada de uno a otro —lo que me obliga también a sonreír como un estúpido— y enarca el entrecejo. Asiente, se levanta y le pide una identificación a Adam. Después, nos guía hacia un simple cubículo al fondo del ayuntamiento con una computadora, un archivero y un proyector.

Cuando se va sin decir palabra, le suelto un buen manotazo en la nuca a Adam.

—¡Ay, cuánta violencia! Lo siento, Ezra, lo nuestro no está funcionando.

Lo amenazo con propinarle otro buen golpe, por lo que se echa a reír en voz baja y comienza a buscar en la computadora.

—Aquí está —dice, después de unos cuantos clics. El chico se levanta y se dirige hacia un archivero para extraer un fólder. Luego despliega en el proyector la primera plana de un periódico que data de hace veintisiete años.

Un incendio devora la casa más vieja de Stonefall

Reza el encabezado con una enorme foto de la casa de los Blake, la cual luce igual a la de ahora. La nota dice que la construcción quedó reducida casi a escombros y que no hubo heridos, pero que la policía determinó que el incendio había sido *provocado*.

—Adam, ¿no sabes si descubrieron quién quemó la casa o por qué?

El chico lo piensa un instante.

—No saben quién lo hizo, pero suponen que esa persona intentaba robar algo. Anteriormente la casa también tenía muchos objetos antiguos, cosas que los Blake dejaron allí antes de abandonar el continente, así que esa persona pudo haber irrumpido en la propiedad en busca de reliquias y terminó causando el accidente. Sin embargo, sólo son teorías; en realidad nadie sabe lo que pasó.

Muerdo mi labio inferior. ¿Y si aquella chica fue quien quemó la casa? También existe la posibilidad de que ella haya intentado llevar a cabo algún proceso alquímico, tal vez algo que vio en el manual esmeralda y por eso quedó ligada a él. Quizá se metió *donde no debía*, porque aun cuando ni Adam ni su madre tienen la capacidad de hacer alquimia real, eso no significa que sus antepasados no tuviesen dicha habilidad.

Ellos, o los objetos horrendos que guardaban en su casa.

—¿Nunca has preguntado sobre esto a tu madre?

—Vamos, Ezra —responde Adam, casi ofendido—. Sabes bien cómo es mi relación con ella, no es que hablemos mucho. En todo caso, ella jamás ha mencionado algo al respecto.

Me echo hacia atrás y me cruzo de brazos sin poder contener una mueca de frustración, porque el único lugar donde se me ocurre que puedo conseguir más información sobre esto es en la comisaría. Y sólo pensar en acercarme de nuevo a Malcolm Dallas basta para sentir indigestión.

Adam me mira con los ojos entornados.

—¿Qué pasa? —pregunta—. ¿Por qué tanto interés por ese incendio?

Evito mirar al chico, porque, ¡dioses! Cómo me gustaría decirle que tengo meses teniendo visiones de un libro que encontré en su casa y que, si no resuelvo el misterio pronto, podría atraer una criatura horripilante que terminará matándonos a todos. Que, en el fondo, también quiero ayudarlo a él y lograr que el fantasma de esa chica deje de atormentarlo, porque Adam me importa ya más de lo que estoy dispuesto a admitir.

En cambio, me encojo de hombros e invento la excusa más estúpida que se me ocurre:

—Me gustaría escribir una novela algún día, ya sabes, algo de misterio o de terror, y tu casa me parece un lugar perfecto para...

Enmudezco al ver que Adam hace un esfuerzo sobrehumano para no partirse de la risa. Me dispongo a darle la paliza de su vida, cuando mi estómago gruñe estentóreamente. Él deja salir esa anhelada carcajada y ambos nos disponemos a abandonar la hemeroteca y recoger su identificación. Al acercarnos al mostrador, el dependiente ni siquiera levanta la barbilla para mirarnos.

Dioses, qué pesada es la gente de este pueblo...

Salimos del ayuntamiento y vamos hacia una tienda de víveres a tan sólo una calle de la librería, donde decido esperar a Adam en una banca del andador. No tengo interés en saber qué va a comprar ya que, de todas maneras, todo me sabe a mierda, así que prefiero quedarme aquí para ver si, de pura casualidad, diviso al vagabundo que me metió en este aprieto.

Vaya. He estado tan preocupado por mi visión, por el libro y el incendio, que ya no pensaba en el viejo que me robó.

Estoy a punto de empezar a torturarme con eso de nuevo, cuando percibo un penetrante *y familiar* olor a quemado que me hace volver la barbilla hacia una de las esquinas de la calle.

Veo allí a una mujer. Está en pie, y es alta, muy alta, quemada de pies a cabeza, y me mira fijamente mientras la carne se le cae a pedazos. Su brazo, carcomido por el fuego, apunta hacia la derecha; hacia donde, estoy seguro, estacionamos el coche.

Y entonces, ella emite un susurro, palabras suaves, pero comprensibles para mi oído de errante:

—*Como es arriba… es abajo.*

El espectro da la vuelta y camina hacia donde apuntaba, hasta desaparecer de mi vista detrás del edificio de la esquina.

Salgo de súbito del trance. Entonces brinco fuera del banco y echo a correr hacia ella.

—¡No, no, espera, espera! —grito, sin importarme que los pocos transeúntes me miren como si estuviese loco.

Giro en la esquina a toda prisa y, de repente, me estrello contra algo que casi me hace perder el equilibrio.

—¡Carajo! —exclamo a la par que escucho algo pesado caer contra el asfalto.

—¡Ay, por Dios!

He chocado contra una mujer que, debido al impacto, ha dejado caer una pequeña caja de cartón llena de libros. No reparo en ella, tan sólo miro detrás de sus espaldas para ver si hay rastro de la chica quemada, pero ahora sólo distingo la calle vacía y el purulento olor aún impregnado en el aire. ¡Se me ha escapado! ¿Qué diablos hacía un fantasma fuera de…?

—Eres tú —dice la mujer con la que he chocado—. Eres el chico del otro día.

Mierda. Es la encargada de la librería.

Ella arruga el entrecejo al verme tan nervioso, por lo que yo me disculpo en voz baja y me inclino para recoger la caja, aún con el corazón un tanto desbocado.

—Supe que estabas quedándote en casa de los Blake —dice.

—Eh, sí, así es, señora —respondo, desconcentrado—, pero sólo por unos días más. Oiga, lamento mucho que…

—Escucha, Ezra. Así te llamas, ¿no? —la poca importancia que parece darle a su mercancía me hace levantar la barbilla. Al hacerlo, su cara se contorsiona en un gesto de repugnancia—. Mira, no sé qué tipo de… "relación" mantienes con él, pero ten cuidado con el joven Adam. Sé que puede dar lástima al principio, pero ese muchacho es un verdadero promiscuo. Nunca lo ves con la misma novia, y su madre tampoco debe ser una buena cristiana si permite tales cosas en su propia casa.

—Pero ¿quién se ha creído usted para…?

—Sal de esa casa, muchacho —me corta con frialdad—. Te lo digo por tu bien.

La librera da la media vuelta y se larga, sin molestarse en llevarse su puta caja. Estoy a punto de levantarme para seguirla y decirle que se vaya al diablo, cuando me quedo helado al darme cuenta de que Adam está justo detrás de mí.

—Ah, Adam, lo que ella dijo no tiene importancia, yo…

—Vamos —dice con sonrisa forzada, mientras alza una bolsa llena de comida—, hay unas mesas aquí cerca.

Frustrado, oprimo el puente de mi nariz. Él se gira y yo lo sigo en silencio a través del andador hasta que volvemos al ayuntamiento, frente al cual hay una pequeña plaza. Nos sentamos en un completo e incómodo silencio, mientras yo no dejo de pensar tanto en el incidente como en aquel fantasma que nos ha seguido hasta aquí.

"Como es arriba, es abajo", eso es lo que dijo, y una vez más ha dejado en claro que lo que pasó en ese incendio está

ligado con mi visión. Lo que más me inquieta, sin embargo, es que estoy seguro de que esa mujer quemada que podía caminar sobre sus piernas "enteras" no era la misma chica que vi aquella primera noche en la casa de los Blake. *Por los dioses, ¿hubo más víctimas? ¿Qué carajos sucedió en esa casa?*

Cuando Adam empieza a sacar lo que ha comprado, no puedo evitar alzar una ceja.

Sodas con más azúcar que agua, dulces de lo más nocivos, papas fritas y un montón de paquetes de pastelillos industriales… no ha comprado nada de lo que pueda llamarse comida de verdad. Y ahora que lo pienso, nunca lo he visto comer algo que no sea recalentado en microondas; es más, ni siquiera parece que la cocina de los Blake sea un sitio donde pueda prepararse comida, porque todos esos libros y porquerías han enterrado hasta la estufa.

Aun así, no quiero ser malagradecido, así que muevo la cabeza de un lado al otro y tomo una de las sodas.

Después de un largo e incómodo silencio, lo escucho suspirar.

—Éste es un pueblito en su mayoría mormón y muy conservador —dice de pronto—, así que no es de extrañar que un lugar lleno de objetos "cuestionables", les hicieran pensar que los Blake éramos malas personas. Y a eso suma el hecho de que tuve que estudiar en casa debido a mi pésimo desempeño en la escuela… no ayudó mucho a disipar los rumores.

Dejo la lata sobre la mesa a la par que Adam abre, desganado, un paquete con un pastelillo de vainilla. Despacio, comienza a desmenuzarlo sobre la mesa.

—Estando tan lejos del pueblo, bueno, digamos que nunca pude hacer demasiados amigos; la gente no permitía que sus hijos se acercasen y, con el tiempo, ir a torturar al niño satánico de la casa embrujada se convirtió en tradición.

A pesar de que Adam cuenta esto de una manera tranquila, casi insensible, no puedo evitar sentirme identificado. Sé bien lo que *es*, cómo se siente. Las personas extrañas no encajamos muy bien, y la gente tiende a estar más interesada en herirnos que en comprendernos.

En convertirnos en mártires, inclusive.

—No tienes que contarme nada de esto —digo en voz baja—. Nunca he pretendido juzgarte, Adam.

Él me mira con un extraño brillo. Parece dudar por unos instantes, pero luego continúa.

—Creo que… acostarme con extrañas siempre me ha hecho sentir mejor, al menos lo hace por un tiempo —dice, no con pena, sino con resignación—. No me conocen, no tienen idea de quién soy, de qué tan raro puedo llegar a ser. Y lo mejor de todo es que su compañía siempre puede detenerlas.

—¿Detenerlas?

¿Hablará de los fantasmas de la casa?

—Sí —dice en voz baja—. A mis pesadillas. A mis terrores nocturnos.

Adam levanta la mirada.

—¿Sabes lo que son? —pregunta al ver mi cara de asombro.

—Yo también los sufrí por un tiempo —contesto—. Cuando era niño soñaba con monstruos horripilantes. Me hacían mojar la cama, dejar de dormir… la gente creía que yo estaba endemoniado.

Ahora es él quien parece impresionado.

—Entonces entiendes cómo es —sus ojos dorados vuelven a bajar despacio hacia la mesa, hacia sus dedos embadurnados de crema de bizcocho—. De pequeño me despertaba en medio de la noche porque soñaba cosas horribles, y estaba tan aterrado que echaba a correr por el bosque detrás de la casa. *Intentaba escapar,* me perdía durante días enteros, así que más de una vez mi madre tuvo que ir a buscarme con ayuda de la policía. Pasaba tan seguido que un día Dallas tuvo la idea de darme esto.

Adam levanta el brazo para mostrarme el reloj plateado que tanto ha llamado mi atención.

—Es...

—Un rastreador —dice—. Mi madre insiste en que lo lleve siempre para evitar que algo me suceda, ya sabes, como si fuese un maldito perro. Dallas tiene acceso a la señal del GPS en todo momento, así puedo asegurarme de que *siempre* me está vigilando.

Dioses. Tener a un cabrón como Dallas detrás de él todo el tiempo debe ser peor que sentarse sobre un cactus, y la verdad es que tampoco puedo juzgar a Adam por su promiscuidad; cuando uno crece carente de afecto suele buscarlo en todas partes y de muy variadas formas. Si eres como yo tiendes a aferrarte a los extraños con demasiada facilidad, a querer con desesperación ser parte de ellos.

Y muchas veces eso puede llevarte a tomar decisiones equivocadas.

—Pero tengo la esperanza, Ezra, de que todo termine pronto —dice, mientras sonríe, aunque su voz suena muy deprimente—. Eso es todo lo que quiero, terminar con este infierno. En verdad.

Mi mano desgarrada comienza a escocerme de rabia, porque la simple idea de saber que Adam ha pasado por cosas parecidas a las que tuve que vivir en mi niñez me retuerce el estómago. Pero ¡por los Loas! Yo tuve que enfrentar todo eso solo, en cambio, él debió haber tenido el apoyo de su madre. ¿Por qué carajos Jocelyn Blake ha dejado que su búsqueda ocultista afecte a su hijo a tal punto? ¿Qué clase de madre es como para verlo sufrir durante toda su vida y no mover un dedo al respecto? ¿Acaso sólo le importa su jodido trabajo, su absurda e inútil alquimia?

Me levanto de la mesa.

—Adam, yo...

Una camioneta de cuatro puertas se detiene en medio de la calle, justo al lado de nosotros. La enorme estampa de la policía resplandece en el capote, y la última persona en el mundo a la que quería ver nos sonríe desde el asiento del conductor.

—Vaya, vaya, ¡pero qué tenemos aquí! —Dallas se levanta los lentes de sol mientras noto cómo Adam, furioso, aprieta el reloj en su muñeca.

—¿Qué es lo que quieres? —gruñe, pero eso sólo ensancha más la sonrisa del jefe de policía.

—Tu madre quiere que vuelvas a casa —dice, y el chico palidece.

Si hay algo que tampoco puedo soportar, además de la indiferencia de Jocelyn hacia su hijo, es a este cabrón. Sólo basta ver cómo la personalidad de Adam cambia por completo con el simple hecho de estar en presencia de cualquiera de los dos.

Sin miramientos, aprieto el hombro de mi *amigo* con firmeza.

—Venga, volvamos al coche... —le susurro.

—¡Eh, eh, eh! ¿Adónde crees que vas? —dice Dallas, apuntándome con las gafas—. Tú vienes conmigo. Tenemos una misión.

—¿Una misión? —replico, arqueando las cejas.

—Sí, hoy vas a ser mi asistente.

—¿Asistente?

—¿Eres sordo, estúpido o las dos cosas? ¡Sube!

—Pero... ¿por qué tengo que...?

—Porque si no me acompañas, voy a empezar a hacerte preguntas incómodas sobre qué diablos hacía un mocoso de dieciocho años viajando solo con más de dos mil dólares en el bolsillo, así que apúrate, *Indiana*.

Miro contrariado a Adam, quien traga saliva y parece encogerse sobre sí mismo.

—¿Estarás bien? —le pregunto al chico, y me sorprendo al darme cuenta de que me preocupa más Adam que el hecho de que yo esté a punto de subirme al auto de un maldito psicópata.

Adam asiente sin levantar la mirada, por lo que suspiro de resignación y entro en la patrulla, bajo la sonrisa irritante de Malcolm Dallas quien, sin siquiera esperar a que termine de cerrar la puerta, arranca a toda velocidad hacia la carretera.

CAPÍTULO 16
COMPAÑÍA IMPREVISTA

La primera reacción del encargado del motel al ver a Calen Wells entrar en su propiedad es de desconfianza.

El desgraciado se yergue sobre el mugriento mostrador, y cuando Crepúsculo de Hierro ve una gruesa gota de sudor bajar por su sien enrojecida por el calor, se esfuerza por mostrar un semblante más amable.

—Buenas tardes —saluda el bastardo. El encargado, en cambio, responde sólo con una leve inclinación de cabeza.

Calen se acerca y desliza un papel sobre la barra.

—Mire, estoy buscando a esta persona, y me ayudaría mucho saber si la han visto por aquí.

Muy consciente del color de piel de su visitante, el encargado se inclina con cuidado sobre la hoja para encontrarse con un rostro de cejas pobladas, largo cabello escarlata atado a la espalda, y una mandíbula dulce a la vez que rígida.

Alannah sonríe con dificultad desde el papel, y la frente del encargado se alza en un desconcierto instintivo, no por el letrero de "¿Has visto a esta persona?", sino por su incapacidad de distinguir qué *clase* de criatura *es*.

Irritados por su imbecilidad, nos vemos obligados a inclinarnos hacia sus oídos:

"¿No te desconcierta, idiota, no saber qué cosa te mira en la foto?"

—No. No he visto a este *muchacho* por aquí —le obligamos a decir.

—No es un chico —interrumpe Calen con los colmillos apretados—. Es una mujer.

Ah, el hechizo surte su efecto. El encargado tensa los labios.

—¿Pasa algo? —pregunta el *Comepiel* ante el rostro contraído del hombre.

"Habla."

—Sí, hace unos días, un mocoso que se hospedó aquí nos causó muchos problemas. Y era como esta mujer a la que busca —afirma, con el índice sobre la foto—. Digo, no se parecían, pero tenían *eso* en común: él era un joven, un hombre, pero parecía una chiquilla.

Calen se gira un poco hacia sus espaldas y otea el aire con discreción. Escuchamos su latido acelerarse.

—¿Recuerda cómo lucía? —el bastardo intenta no subir demasiado el tono de su voz, aun cuando el pulso de sus venas le exige que salte sobre el encargado y le arranque la verdad de la lengua.

—Hum… rubio, bajito, delgado. Sí, como una mujer hermosa, creo —balbucea con una mezcla de rabia y vergüenza—. Pero estaba como drogado o… *loco.*

Saboreamos el estremecimiento de Calen ante la familiaridad de la descripción.

Lo sabe. Sabe que no puede ser una coincidencia.

—¿Recuerda algo más?

—¡Ah, sí, por supuesto que sí! ¡El muy cabrón nos destrozó una de las habitaciones! Llamamos esa misma noche a la comisaría del condado, pero no nos atendieron hasta el día siguiente, ¡y ni siquiera nos enviaron a un policía real! Mandaron a un novato recién transferido que sólo se puso a balbucir como un idiota cuando le dimos la descripción del chico, y que se fue sin siquiera terminar de tomar nuestra declaración.

El Comepiel no dice una palabra más. Aprieta con furia el papel entre sus manos y sale del motel. Nos aferramos con todas nuestras cenizas a sus botas mientras él murmura palabras ininteligibles y camina hacia la camioneta que lo espera junto a la gasolinera, al otro lado de la acera.

Se deja caer contra el costado del área de carga y resopla con tanta fuerza que su voz se torna en rugido.

—¡Oye, oye! ¿qué tanto alegas, grandote?

Un errante más se aproxima. Carga consigo una bolsa de papel con el logotipo del grasiento restaurante del parador y una bandeja de bebidas en la otra mano.

Nos torcemos al contemplarlo. Su mirada de niebla, alegre y estúpida, su cuerpo sobrealimentado, su presencia infantil e insoportable... Este hombre colgaría sus propias tripas en un árbol con tal de compensar la ausencia de su ancestro.

Y aunque la falta de talentos de este ser puede parecer el producto de la crueldad de una naturaleza que se niega a reconocerlo, nosotros sabemos que es sólo el resultado de una mentira muy bien encubierta.

—No estoy de humor, Sammuel.

El perpetuasangre alza ambas cejas para luego subir al vehículo.

—¿Malas noticias?

—No lo entiendo... es como si se la hubiese tragado la tierra.

Calen saca de la bolsa de papel un emparedado de carne y le da una mordida cargada de ansiedad.

El Ojosgris lo mira en silencio por unos instantes, y aunque no se atreve a decirlo en voz alta, es fácil leerle la mente.

Todos saben que la gente desaparece con frecuencia en este condado. Y que, por alguna extraña razón que sólo nosotros conocemos bien, nadie parece *querer* hacer algo al respecto.

—Oye —el perpetuasangre le da una palmada a su hermano en la espalda—. Tranquilo. Estará bien. Le enseñaste a ser una chica fuerte, a ser una errante, y te aseguro que gracias a eso puede defenderse sola.

El Sin Ancestro sonríe y Calen asiente, para luego mirar hacia el horizonte.

Ah, ¡cómo desearíamos poseer su lengua ahora mismo, hacerle escupir la verdad para que sus hermanos lo matasen aquí, ahora mismo! Pero Crepúsculo de Hierro mantiene el hocico cerrado mientras la espectral caricia de nuestras cenizas lo recorre de pies a cabeza.

De pronto, un chillido les hace levantar la barbilla hacia el cielo.

La ven. Una figura enorme y oscura sobrevuela el viejo mirador como un buitre en busca de carroña.

Ambos errantes se observan mutuamente y luego a su alrededor, para asegurarse de que nadie más haya mirado hacia el cielo.

El ser alado vuelve a chillar en un lenguaje que ellos son capaces de comprender. Luego se desvía con el viento y avanza en dirección al corazón del desierto.

El bastardo sube de un salto a la camioneta y, junto con el Ojosgris, arranca a toda velocidad para perseguir a la criatura hacia terreno abierto.

Varios minutos después la silueta desciende en picada junto a una enorme roca alargada.

Calen se estaciona junto a ella, y ahora podemos ver a la criatura de cerca en toda su terrible magnificencia. Es un águila de color pardo, una hija del cielo con ojos amarillentos y un pico letal que se oscurece en la punta hasta tornarse negro.

La portadora de *Tormenta del Norte* es una criatura enorme y orgullosa, una devorapieles tan grande que, si pudiésemos influenciarla, le haríamos perforar el pecho de su hermano de un picotazo.

—¿Qué encontraste, Fernanda? —pregunta el Ojosgris a la hembra.

—Mírenlo por ustedes mismos —dice a través de su pico, señalando el terreno que se extiende frente a la roca.

Calen se pone las manos en la cintura mientras su hermano perpetuasangre entrecierra la mirada. Ambos inspeccionan un campamento abandonado casi cubierto de arena donde se ven los restos de una fogata ahogada por las ventiscas del desierto.

Desempolva una voluptuosa mochila, cuyo contenido yace desparramado por el suelo: comida enlatada, una cobija pequeña, medicina, vendas y objetos de supervivencia. Pero la ropa, en especial, está desperdigada, como si alguien la hubiese desgarrado.

No. No ha sido obra nuestra, pero qué placer nos provoca ver que quien lo haya hecho, parecía hervir en rabia.

—Estas cosas no son de Alannah —sisea el bastardo con desprecio.

Ella agita sus alas, irritada.

—Eso ya lo sé, pero el olor, ¿puedes percibirlo?

El devorapieles levanta una de las camisetas y se la acerca a la nariz; la olfatea hasta que su semblante se arruga presa de gran consternación.

—Tienes razón. Esto huele a errante.

Las piezas encajan y la esperanza, ciega e inútil, renace en la mirada del bastardo. Se gira hacia su hermana, casi sin aliento.

—Fernanda, ¿qué partes del condado nos faltan por cubrir?

El águila contesta al instante:

—Todo el noreste.

Calen asiente.

—Vuelve al rancho e informa a Irina sobre esto.

El ave levanta el vuelo en el acto, dispersando nuestras cenizas, para luego perderse en el azul del horizonte. El perpetuasangre se acerca reticente a Crepúsculo de Hierro.

—¿Calen?

El bastardo mira de nuevo la ropa esparcida por el suelo, para luego sonreír con ingenuidad.

—Organizaremos una búsqueda, Sam. Parece ser que tenemos visitas.

CAPÍTULO 17
CATARATAS Y OTRAS BARBARIDADES

—¿Al menos va a decirme adónde vamos? —pregunto con nerviosismo, porque ya llevamos más de veinte minutos en silencio.

Y el silencio, en un hombre como el jefe Malcolm Dallas, nunca es una buena señal. Si bien mi mente dejó de perturbarme al ver que íbamos de vuelta a la casa de los Blake, la desconfianza volvió a dominarme una vez que pasamos de largo el edificio para introducirnos en un amplio camino de terracería en dirección a la montaña.

—Al bosque. Hay que llevar a cabo algunas misiones de reconocimiento del terreno.

—¿Y no debería llevar a alguien que *sepa* de esas cosas?

—Por supuesto, pero no podía perderme la oportunidad de joderte la vida un rato.

Al ver mi cara de consternación, el muy cabrón echa a reír.

—Calma, muchacho. En realidad hago esto por *mi hembra*. Jocelyn me encargó que vigilase a su hijo, y tú eres el primer loco que se atreve a ser su amigo, así que lo mínimo que puedo hacer por ella es pasar un poco de tiempo contigo. Tú sabes, para que Joss esté más tranquila.

Vaya. Adam nunca mencionó que el jefe de policía y su madre mantuviesen una relación y, la verdad, la idea me parece bastante desagradable.

Qué asco besar a Dallas.

—Claro, porque traerme hasta aquí en contra de mi voluntad es una forma perfecta para conocernos, ¿no? —exclamo con sarcasmo, mientras él vuelve a reír como un idiota.

—¡Ese hocico de perro respondón que tienes me agrada! Pero te hablo en serio. Yo haría lo que fuera por Jocelyn, aunque si eso te importa un rábano, entonces toma esto como un servicio a la comunidad de Stonefall por hospedarte gratis en su casa.

Justo estoy por voltear hacia la ventanilla para ignorarlo por lo que resta del camino, cuando recuerdo algo importante.

—Oye, Dallas… ¿Trabajabas aquí el año en el que se incendió la casa de Adam?

El jefe saca una cajetilla de cigarros y enciende uno, cosa que no ayuda a controlar mi ansiedad.

—Sí, lo recuerdo.

—¿Nunca tuvieron idea de quién lo provocó? ¿O si había alguien que hubiese estado demasiado *interesado* en la casa?

—Mierda, no —dice, despreocupado—. En ese tiempo yo apenas era un novato, así que no me involucré demasiado con el caso. ¿Por qué el *interés*?

Me tenso un poco sobre el asiento, porque he formulado estas preguntas sin pensar demasiado en las mentiras por inventar para encubrirme. Pero es que a estas alturas ya estoy desesperado.

—No lo sé, pero he notado que la casa de la señora Blake huele mucho a carne quemada, y me pregunto si tendrá algo que ver. Es decir, sé que es una locura, pero no puedo dejar de pensar en eso.

Ceniza de cigarro cae sobre el uniforme de Dallas, pero él nada hace por limpiarla, simplemente mantiene la mirada al frente.

—Qué tontería. Eso pasó hace muchos años y Joss siempre está quemando porquerías para sus investigaciones, es normal que su casa siempre huela a mierda. Déjate de estupideces.

Sube el volumen de la radio de música *country* a un nivel innecesario: nuestra conversación ha terminado.

Pronto llegamos a una intersección donde el camino de terracería se une con otro asfaltado para volverse un solo sendero recto hacia arriba. No había notado que hay dos caminos para subir la montaña, uno que viene desde la carretera, de más abajo, y éste, el que atraviesa la propiedad de los Blake.

Poco a poco nos adentramos a un paisaje que se torna cada vez más seco y pedregoso; el vehículo se sacude con brusquedad mientras el terreno se vuelve más abrupto y se convierte en una montaña dura y rojiza. Después de diez minutos de cánticos, quejidos y alaridos de una tal Dolly Parton, nos detenemos justo al lado de un barranco.

Desde la camioneta puedo sentir el aliento caliente del precipicio que respira desde abajo. Es una caída profunda, de al menos unos cien metros de altura y, por supuesto, mi primer pensamiento es que tal vez el loco de Dallas me ha traído hasta aquí para arrojarme.

—¿Listo para caminar, Indiana?

Suspiro, no sé si podré acostumbrarme al apodo. Menos mal que no escogí *Florida* como falsa residencia. ¿Alguna vez tendré la oportunidad de volver a ser *Elisse*?

El jefe se inclina sobre mi asiento y rebusca en la guantera. En algún momento noto que entre los papeles hay un aparato pequeño y rectangular con una pantalla oscura. Instantes después, Dallas bufa, ahora en verdad irritado.

—¿Dónde carajos la puse?

El jefe no se molesta en cerrar la guantera, sino que se limita a abrir los demás compartimientos del vehículo.

Cuando veo que encuentra un revólver, un escalofrío me recorre el cuerpo.

—¿Para qué es eso? —pregunto, desencajado.

—¿Cómo que para qué? —suelta una carcajada al ver mi reacción—. No sé tú, pero a mí no me gustaría ser la cena de ningún puma.

—¿Hay pumas por aquí?

—Pumas, coyotes, águilas, zorros…

—Ya —corto, aún desconfiado.

—Cierra bien la camioneta. Daremos unas cuantas vueltas de reconocimiento por la montaña, así que quédate cerca de mí y mira bien por dónde caminas. Créeme, que tal vez lo menos peligroso que encontrarás en el suelo será una serpiente de cascabel.

En cuanto se aleja, miro una vez más hacia la guantera, hacia aquel pequeño aparato.

Y al reconocer lo que es, lo guardo en mi bolsillo y cierro el compartimiento con fuerza. Bajo de la camioneta y troto hacia Dallas, quien ya casi ha desaparecido de mi vista.

Intento seguirlo de cerca, más preocupado por que nos lleguemos a encontrar con alguna cueva o grieta por donde pueda surgir el Silenciante que por cualquier otra cosa.

Tal vez tengamos un arma, pero no sé qué tan efectiva pueda ser. Nunca tuve la oportunidad de comprar una propia y mucho menos de probarla contra esa cosa, así que no estoy seguro de poder proteger a Dallas si algo desafortunado llega a ocurrirnos.

De pronto, él se detiene y levanta un puño para hacerme parar también.

—¿Escuchas eso?

Percibo, de forma muy vaga, una especie de susurro quedo pero constante. Entrecierro la mirada y alargo un poco el cuello al frente.

—¿Agua?

—Exacto. Estamos cerca, ¡andando!

Voy tras Dallas mientras serpenteamos a través de rocas y senderos bajo el follaje que parece espesarse a medida que avanzamos, lo que nos introduce de vuelta al bosque montañoso, mientras el rumor del agua se vuelve cada vez más potente. Después de un rato de camino, salimos de la vegetación para acercarnos a un grueso y caudaloso río de firmes bordes de piedra y tierra rojiza, que fluye con una corriente tan furiosa que desemboca en una ancha cascada.

Dallas trota hacia la orilla.

—Ven, Indiana, ¡mira esto! —al notar mi mirada de recelo, ríe de fastidio—. No te voy a arrojar por el borde, ¡Joss me mataría si te pasa algo!

Me acerco lo suficiente para mirar sobre el hombro del jefe. El vértigo me invade al ver la larga caída.

—¿No es magnífica? —grita—. Esta catarata es el motivo por el cual Stonefall[14] tiene su nombre, ¡tan sólo mira bien al fondo!

---

[14] *Stonefall*: caída en piedra.

Entrecierro los ojos y logro ver, entre la densa cortina de vapor, unas enormes rocas que se asoman por la superficie.

—La catarata de Stonefall desemboca en una caída de más de cuarenta metros —dice Dallas—, y si alguien o algo llegara a saltar por ella, o terminaría hecho puré contra las rocas o la presión del agua terminaría por ahogarlo.

—Qué lindo saberlo —me estremezco, porque estoy seguro de que, si llegase a caer por aquí, no tendría tanta suerte como cuando debí arrojarme al río.

—Pero ¡a lo que hemos venido, Indiana! —dice Dallas, a la par que se echa a andar a lo largo del río, en dirección opuesta a la cascada—. Abre bien los ojos.

El hombre se detiene poco después con la mirada fija en el suelo. Después de unos segundos, trota hacia un árbol y le arranca una gruesa rama.

—¡Ven aquí! —me grita, así que le obedezco con más curiosidad que anhelo. El jefe señala hacia la orilla.

—¿Puedes verlo, muchacho?

Entorno los ojos y, aunque a un humano corriente se le dificultaría un poco más, yo logro distinguirlo con claridad: es un parpadeo rojizo, como un ojo diminuto que resalta entre la tierra y la maleza del suelo.

De pronto, Dallas arroja la rama hacia la luz, y algo brota de la tierra como un relámpago. Eso, brillante y metálico, atrapa la rama casi en el aire para partirla en dos con un poderoso crujido.

—¿Pero qué diablos ha sido eso?

Dallas se acerca con una tranquilidad pasmosa hacia el aparato metálico que ha quedado tendido sobre el piso, para después levantarlo con cuidado.

Es un hocico metálico repleto de dientes gruesos y puntiagudos, como si fuese la mandíbula huesuda de un tiburón.

—Esto, Indiana, es lo que hemos venido a buscar —dice, mostrándome el objeto—, y como ves, es algo muy peligroso y sensible.

—¿Una... trampa para osos?

—Sí, se parece. Es una trampa vieja, de las buenas. Pero déjame decirte que esta trampa no fue puesta para ningún oso. De ser así, yo no tendría ningún jodido problema con ellas.

—¿Entonces qué es lo que buscas?

Algo brilla en la mirada de Dallas.

—¿Qué tanto sabes acerca de los *tramperos,* Indiana?

Tramperos. Es la primera vez que escucho esa palabra, pero *algo dentro de mí se retuerce;* algo viejo, una memoria ancestral que retumba como un tambor, algo... que me envía un escozor desagradable a mi mano desgarrada, como si un enemigo se aproximara a mis espaldas.

Dallas sonríe, con esa maldita e irritante suficiencia al ver que yo, preso de estas extrañas sensaciones, no soy capaz de responder.

—Mira bien esto, muchacho. A pesar de que se trata de un modelo muy antiguo, tal vez diseñado en el siglo pasado, el artefacto en sí fue fabricado hace poco. Y, además, le han añadido algo tan moderno como un detector de movimiento especial para animales de cierto tamaño y peso —su dedo mugroso señala hacia la pequeña luz colocada a un lado de la trampa, la cual ha dejado de parpadear debido a que ya ha sido activada—. Y te aseguro que también debe tener un rastreador metido en algún lado. Esta cosa es demasiado pequeña para un oso, demasiado pesada para un coyote, pero perfecta para un lince, una especie protegida en este estado. Es una trampa clásica, sofisticada… y totalmente ilegal.

—Dioses, ¿dices que son algo así como cazadores furtivos?

—Oh, son mucho más que eso, Ezra. Los tramperos que hacen esto no son vulgares cazadores que trabajan por dinero o diversión. Ellos lo hacen por *legado*.

Vaya. Una dinastía de tramperos.

Es como si algo en mi sangre de errante se hubiese alertado al escuchar sobre ellos.

—Carajo, ¿y no tienes idea de quiénes sean?

—No. En Stonefall no cuento con el personal suficiente para abordar debidamente el problema, así que lo mejor que puedo hacer es tratar de quitar estas porquerías yo mismo. Tarde o temprano se hartarán y se irán a cazar a otra parte —dice, para luego arrojar la trampa a mis pies, con esos mortales dientes de metal que podrían atravesar huesos fácilmente.

—¿Es en serio? ¿Vas a dejarlos ir sin más? ¡Debes estar bromeando!

—Qué bueno que te muestres tan preocupado por el asunto, muchacho —exclama, para luego posar bruscamente una mano sobre mi hombro—. Por suerte para ti, vas a pasar toda la tarde retirando trampas. ¿No te encanta la idea? Eso sí, cuida bien dónde pisas, ¡no querrás terminar con uno de tus diminutos pies cercenado!

CAPÍTULO 18
UN AFECTO PELIGROSO

Ocho extenuantes horas después, veo las luces traseras de la camioneta de Dallas alejarse por el sendero de los Blake para perderse entre la negrura de la noche. Con apenas fuerzas, me dirijo a la casa mientras intento quitarme la asquerosa mezcla de sudor y tierra que se me ha quedado pegada a la cara.

En total, hoy desmantelamos cinco enormes y pesadas trampas, cada una más espantosa que la anterior. Aprieto los puños con rabia al recordar que, aunque logramos dar con una madriguera de linces, fue demasiado tarde para hacer algo por ellos, y lo supimos sólo porque los tramperos habían dejado dentro de la cueva un cadáver de cachorro todavía enganchado a una trampa, demasiado destrozado como para que "valiese la pena".

La entrada estaba ensangrentada, con marcas en las paredes de roca, como si la madre se hubiese arrastrado contra ellas para arrancarse los espantosos artefactos.

Tuerzo los labios y veo los ventanales oscuros de la casa, los ladrillos calientes, las puertas de bronce... De inmediato siento el enorme vacío de la construcción, sensación apenas soportable debido al único afecto que me he permitido sentir en meses. Y el causante de ese afecto, ahora mismo, palidece desde la entrada al ver mi parka manchada de sangre.

—Ezra, ¿qué pasó? —exclama, mientras va hacia mí a toda prisa—. ¡¿Dallas te hizo esto?!

—Eh, tranquilo, calma —digo con las manos un poco alzadas—, la sangre no es mía. Pero vamos adentro, que muero de hambre.

Entramos a la casa y, a pesar de la hora, su madre no se ve por ninguna parte, cosa que parece quitarnos un peso de encima. Vamos a la cocina y mientras Adam descongela una hamburguesa de procedencia cuestionable, le cuento mi *agradable* tarde con Dallas.

—Diablos, viejo. Lamento mucho que te haya obligado a ayudarle —dice con pesar—. Nunca ha sabido comportarse como una persona normal.

—¿De qué hablas? Ha sido como pasar la tarde con el Dalái Lama.

Adam se echa a reír ante el sarcasmo. Termino la cena y arrojo el envoltorio al cesto, que ya rebosa de basura. ¿Es que nunca limpian aquí?

Ambos salimos de la cocina y empezamos a subir la escalera mientras yo anhelo una ducha y el suave tacto de la mullida cama.

—Pero, ya en serio, ¿qué diablos hace un tipo como él como jefe de la policía? —pregunto, por lo que el chico se encoge de hombros.

—La gente de este pueblo es demasiado cobarde, así que cuando el *sheriff* del condado lo puso a cargo, nadie opuso demasiada resistencia —dice—. Aquí no les gustan los problemas, y no conozco a nadie que haya tratado de ponerle un alto a su comportamiento... excepto, tal vez, mi padre.

Doy un traspiés ante semejante mención, porque es la primera vez que Adam habla de su papá.

El chico me mira con las cejas alzadas.

—Bueno, pero aun así, parece que ustedes le importan mucho —digo con un carraspeo nervioso—. No paraba de hablar de tu madre, de hecho, me dijo que quería convivir conmigo por ti y por ella. No me habías dicho que ellos salen.

—Una mesa nueva. Una compra de víveres cada semana. Una visita personal del doctor... Lo único que ha buscado Dallas desde que mi padre se fue, ha sido reemplazarlo. Durante años ha venido a ocuparse de mí y de mi madre, a asegurarse de que no necesitemos salir de aquí, pero aun cuando en realidad no sé cómo me siento respecto a mi padre, estoy seguro de que un hombre como Dallas jamás podría ocupar ese lugar.

Una soledad abrumadora comienza a reflejarse en este chico, y me es tan familiar el sentimiento, es como si de pronto estuviese frente a un espejo.

Meto mi mano en el bolsillo y saco un objeto que le alargo a Adam.

El chico abre los ojos de par en par.

—Por Dios, ¡Ezra! —exclama, boquiabierto—. ¿Esto es...?

Le pongo en la palma el rastreador que robé de la guantera de Dallas.

—Yo también perdí a mi papá, Adam —digo con un nudo en la garganta—. Así que sé lo que es anhelar a una persona que, aun cuando no conoces las intenciones que tuvo para abandonarte, no puedes sentir otra cosa más que un afecto desmedido por ella. Muchas veces intentas cambiar esos sentimientos, odiar a esa persona en vez de amarla para que su ausencia ya no duela... pero anhelas tanto su compañía que te es imposible detestarla.

Adam me mira con una expresión tanto de desconcierto como de dolor, como si acabase de encontrar una fractura en su interior. Baja la barbilla y mira el rastreador en su mano.

—Él era mi refugio, *mi protector* —dice—. Y cuando se marchó... yo estaba seguro de que nadie, jamás, volvería a protegerme de esta casa, de Dallas, de...

El chico entierra las manos en su cabello y suspira con fuerza. Levanta la cabeza y su mirada dorada parece más perdida que nunca.

—Acompáñame afuera —me pide—. Por favor. Muero de calor y no puedo pensar con claridad. Realmente necesito hablar contigo.

Me seco el sudor de la frente y, aun cuando no salgo de mi extrañeza, acepto.

Ambos salimos de la casa a prisa por el ventanal de la cocina. Adam se adentra varios metros hacia el patio, hasta casi llegar al lindero del bosque. Da vueltas en círculos y el leve frescor de la noche nos acaricia el rostro.

Él se detiene al fin y levanta la barbilla, temeroso.

—No puedo hacerte esto —dice—. No a ti.

Arrugo el entrecejo.

—¿De qué hablas?

—Tienes que irte de aquí... *Elisse*.

Palidezco como si hubiese visto un fantasma.

Porque Adam acaba de pronunciar mi nombre, el verdadero.

—¿Qué has dicho? —doy un paso atrás—. ¿Cómo es que…?

—¿… sé cómo te llamas? —dice con una sonrisa triste.

Adam se mete la mano en el bolsillo y saca un papel que despliega frente a mí. Es un anuncio con mi foto, mi nombre, y un enorme letrero de "¿Has visto a esta persona?".

Y a un lado de mi cara, un enorme sello policial del condado de San Juan.

—Dallas —murmuro sin aliento. Adam asiente, despacio.

—Él sabía quién eras —dice en voz baja—. Tenía planeado hablar con la policía de Luisiana, sólo ganaba tiempo para…

—¿Desde cuándo lo sabes?

Adam cierra la boca de inmediato mientras una gruesa gota de sudor recorre su sien. Su manzana de Adán se reacomoda.

—¿Recuerdas el papel que me dio durante la cena? ¿La noche que lo conociste?

La escena regresa a mí como un violento trueno. Y es allí cuando una roja cortina inunda mi visión.

Las voces dentro de mí se agitan con furia.

Por eso Dallas ni siquiera intentó ayudarme con el robo del dinero; por eso jamás creyó una sola palabra de lo que le decía.

Dallas conocía mi identidad. Dallas iba a entregarme a Nueva Orleans.

Y Adam lo sabía desde el inicio.

Traición.

—Me mentiste… —espeto. Adam palidece.

—Dios, Ezra, ¡Elisse! Perdóname por no habértelo dicho antes, pero…

—Me mentiste. ¡Me has visto la cara de idiota todo este tiempo!

Mi grito retumba en el bosque. Adam levanta la mano hacia mí, pero se detiene a medio camino, incapaz de tocarme, así que le doy la espalda y me dirijo hacia la casa a toda prisa.

—¡No, no, Elisse, espera, por favor!

Adam corre detrás de mí. Antes de que lleguemos a la terraza, doy media vuelta y lo enfrento, lo que casi lo hace caer de espaldas.

—Dime, ¿acaso ese cabrón iba a darte un jodido premio por mantenerme aquí? ¿Una puta recompensa por hacerme creer que yo te importaba?

—Mira —dice, levantando ambas manos temblorosas—. Dallas prometió liberarme del rastreador si te mantenía en la casa, y yo estaba tan desesperado que... no lo pensé y...

Mi furia no hace más que aumentar.

Toda esa camaradería entre nosotros, esos días, pocos, pero valiosos, en los que dejé de sentirme como un maldito fenómeno, no han sido más que mentiras.

Vaya. Creí que yo era un buen mentiroso, pero Adam ha resultado ser todo un maldito profesional.

—Ah, pero como yo, todo un imbécil, ya te lo entregué, ahora sí puedes ser sincero, ¿verdad? —exclamo.

—¡No es por eso, carajo! —replica—. Te volviste mi único amigo, ¡la única persona en este mundo de mierda que no cree que soy un monstruo! Y el hecho de que me hayas hablado de tu padre me hizo darme cuenta de que todo esto era un error, un maldito error. Me equivoqué, por favor, perdóname, ¡te lo suplico!

Le doy la espalda como respuesta.

—¡Elisse, escúchame, por favor! —grita desesperado—. Mi madre no tardará en llegar, y si se entera de que te has ido, hará que Dallas te busque de inmediato, y ese cabrón tiene ojos en todas partes, ¡no podrás dar un paso fuera de Stonefall antes de que te encuentre! Es mejor que te marches esta noche, durante la madrugada, sin que ella lo note. Así tendrás algunas horas de ventaja, ¡créeme!

Su mano se ha posado sobre mi hombro. Miro a mis espaldas y aprieto los labios al ver que Adam tiembla, con los ojos llorosos.

Carajo. ¿Qué debería hacer? Si me marcho ahora jamás resolveré el enigma de mi visión, pero si me quedo, es cuestión de tiempo para que Dallas me arrastre a Luisiana. Me harán volver con mi familia, y eso pondrá en peligro a todos. No tengo opción, la respuesta es evidente.

—¿Por qué habría de creerte ahora? —pregunto, y Adam enmudece, sus dedos se desprenden despacio de mi hombro.

—Porque, en cuanto Dallas sepa que te dejé ir... jamás podré salir de este pueblo.

Las voces dentro de mí se apaciguan por un instante, porque una vez más, algo más humano en mi interior parece aplacarlas.

Cualquiera, ahora mismo, daría un paso atrás y lo mandaría al carajo, lastimado por su traición. Pero yo no soy cualquier persona. Yo sé lo que es buscar la salida a ese calvario en el que estás sin haberlo merecido.

Y si lo que Adam dice es verdad, *si al menos esto es verdad*, entonces acaba de renunciar a la única salida que tiene de su propio sufrimiento.

Eso, para mí, es prueba suficiente.

—De acuerdo —digo con la mayor calma que puedo—. Es la última vez que confiaré en ti.

No digo más, por lo que Adam se enjuga las lágrimas y asiente:

—Lo siento, en verdad lo siento.

Le doy la espalda y entro a la casa. Él se queda en el bosque, solo, y subo hacia la habitación de huéspedes. Desde la entrada, miro el libro esmeralda cerrado sobre la cama.

Percibo su intenso olor a quemado. Recuerdo los fríos ojos oscuros de Jocelyn Blake.

Y de pronto, algo me golpea por dentro. Algo que me dice que la forma en la que hemos acabado esto es errónea.

El instinto del Atrapasueños ruge con fuerza dentro de mí, me exige que tome a este chico y lo lleve conmigo, porque aun cuando me ha traicionado, aun cuando tenemos al Silenciante detrás de nosotros, valdría la pena darle una nueva oportunidad, lejos de esta casa monstruosa y de este pueblo retrógrado donde su vida no ha sido más que un infierno.

Mi instinto me dice que lo perdone. Que *la familia perdona*, y que Adam es parte de ella ahora… pero mi razón dicta lo contrario: es mejor que las cosas terminen aquí. No debo arriesgar la vida de un hombre, ya de sí atormentado.

Con la sangre helada, a pesar del dormitorio cálido, cierro la puerta tras de mí.

CAPÍTULO 19
UN AFECTO ATROZ

El reloj de madera marca las dos de la madrugada, resuena en la sala vacía como el conteo de una bomba. Truenos rompen en la oscuridad y ocultan con delicadeza el paso de mis botas sobre el suelo alfombrado, mientras siento que mi hombro se encorva con el peso del libro esmeralda dentro de mi morral.

Avanzo a través de las hileras de ojos que me miran desde las mesas; el calor es persistente, el peso de la construcción se inclina sobre mí.

Me detengo frente a la gruesa puerta de bronce, pero mi instinto me insiste en que mire hacia atrás, hacia la habitación de Adam, que vuelva por él. Sin embargo, mi mano se alarga casi por inercia hacia los gruesos pasadores que mantienen asegurada la lámina de bronce.

Y de pronto...

—... *es arriba.*

Miro hacia la oscuridad de la sala y entrecierro los ojos para tratar de distinguir algo en la penumbra.

—... *es abajo.*

La negrura pareciera aumentar el eco de aquella voz femenina, como si el sonido rebotase contra una pared.

Aguzo el oído hasta notar que la voz..., no, que *las voces* provienen de la cocina.

Me quedo paralizado por unos instantes, indeciso ante el llamado espectral, porque es obvio que lo que pretende es impedir que abandone esta casa.

Aprieto mi mano enguantada y me dirijo hacia el pasillo que conduce al comedor.

Grabados de caballos con cabezas de león y mujeres con rostro triangular son testigos de cómo mi corazón comienza a palpitar con una intensidad desmedida, pero no a causa del miedo, sino porque aquellas voces se vuelven más nítidas, y más *numerosas*.

—*Como es arriba, es abajo...*

Los susurros se convierten en un rezo macabro que atraviesa la puerta de la cocina; el pasillo, de pronto, me parece tan largo como el cuello de una serpiente.

Y entonces un penetrante olor llega hasta mi nariz. El desconcierto me golpea, porque no es olor a quemado, ni a putrefacción.

Es el aroma de la tierra mojada.

—*Como es arriba, es abajo, como es arriba es abajo, como es arriba es abajo...*

Abro la puerta despacio, y al ver lo que ocurre dentro de la cocina me quedo helado bajo el umbral.

Hay un enorme agujero en el techo, justo sobre el largo comedor. Parece haber sido "cavado", como si el techo de madera se hubiese vuelto de tierra, ya que los bordes están repletos de montículos de polvo que no terminan de caer al suelo, como si la gravedad no tuviese ningún efecto allí arriba.

Me acerco y miro con el ceño fruncido aquella cavidad; la negrura es absoluta, y de su interior emana aquel fuerte olor a humedad.

¿Pero qué diablos está…? ¡Dioses!

Entonces un cuerpo humano cae desde el agujero para aterrizar en la amplia mesa, como parido por aquel abismo horripilante. La figura azota con fuerza y su cabeza desnucada queda colgando fuera del borde. Y me mira.

Es otra mujer quemada, y su olor a carne viva y putrefacción infecta el aire en el acto.

Ella susurra:

—*Como es arriba… es abajo.*

La súbita caída de otro cuerpo me hace brincar hacia atrás hasta estamparme contra la pared de la cocina. Es otra mujer, igual de quemada que la anterior. Ambas miran hacia mí, ambas murmuran la misma frase, una y otra vez.

—*ComoesarribaesabajoComoesarribaesabajoComoesarribaesabajo…*

El espectáculo se repite. Cada vez más cuerpos surgen del agujero, apilándose en la mesa mientras gimen el retorcido mantra; sus carnes se apelmazan y se desprenden, el olor a grasa quemada me revuelve el estómago, y por las posiciones torcidas que adoptan los cuerpos al caer, pareciera como si todos sus miembros estuviesen rotos.

Pero a pesar de la presencia del olor, del crujir de la mesa bajo el peso creciente de los cuerpos, sé que esto que ahora veo no es real, que pertenece al plano medio. Soy espectador de alguna distorsión macabra creada por el sufrimiento de los espíritus en esta casa; un reflejo de *otro tiempo* y *otro lugar*, tal como ocurrió en la habitación de la bebita de Hoffman.

Todas las mujeres giran sus cuellos hacia mí, aunque esto implique movimientos anatómicos imposibles. Trago saliva, me acerco a la mesa y alargo mi mano enguantada hasta tocar la madera. Cierro los ojos al suave contacto con la superficie para después abrirlos sólo cuando los susurros desaparecen por fin.

El agujero en el techo ya no existe y los cuerpos se han esfumado por completo, a excepción de una sola persona, quien me mira parada sobre la mesa.

Por los dioses...

A diferencia de las otras chicas, su cuerpo no está calcinado. Su piel *resplandece* de un blanco antinatural de una forma tan fantasmagórica que me obliga a retroceder. No existe en su cuerpo rastro alguno de pelo, y su vientre está abierto de par en par por una rajada que le sube desde el pubis hasta el ombligo. El interior de la abertura parece vacío, negro y profundo, como si la chica fuese en realidad sólo una carcasa.

Y ante su mirada vacía, el miedo busca abrirse paso desde mis entrañas.

—¿Quiénes son ustedes? —pregunto.

La chica se desploma y escucho sus huesos quebrarse contra el mosaico blanco y negro del suelo. Despacio, como si volviese a soldarse, se yergue; alba contra la oscuridad de la noche.

—*Como es arriba* —susurra—, *es abajo.*

Ella empieza a cojear hacia mí. Paralizado, la veo pasarme de lado y atravesar la puerta de la cocina como el espectro que es. Un trueno retumba entre las nubes y el viento azota con ferocidad contra el ventanal.

¡¿Qué carajos pasó en esta casa?!

Me levanto como un resorte y salgo de la cocina para ir detrás del fantasma. El sudor me empapa la espalda mientras miro de un lado al otro por el pasillo, a través de la sala y el balcón de la terraza, donde sea para intentar hallar el brillante resplandor de su silueta.

Pero al mirar hacia la escalera veo que la chica quemada está frente a la puerta de la habitación de Adam. Ella me mira sobre su hombro.

Aprieto los puños con rabia y subo la escalera a zancadas, amortiguado el crujir de la madera por la gruesa alfombra.

Tomo la escultura de un obelisco de bronce de una de las mesitas del pasillo, por si acaso. Afino mis sentidos y me posiciono justo detrás del espectro. Estoy a punto de sujetar a la mujer por el brazo, cuando la puerta de Adam se entreabre con un suave rechinido. La chica traspasa la madera.

No, maldita sea, ¡déjenlo en paz!

Pero me quedo paralizado al vislumbrar lo que ocurre en la habitación.

Adam está despierto. Puedo verlo de perfil, sentado en el borde de su cama con los pantalones del pijama abajo y las manos entrelazadas con nerviosismo. Mantiene los ojos cerrados con fuerza mientras una mano de mujer se desliza por su muslo, lo acaricia y sube poco a poco hasta llegar a su abdomen. Los dedos de aquella mujer descienden al bajo vientre con un ansia erótica y penetran sus calzoncillos… Es allí cuando doy un paso atrás y me cubro los labios para retener un alarido de terror absoluto.

Porque la mujer que toca a Adam es Jocelyn. Su madre.

CAPÍTULO 20
GUARDIÁN

No me detengo a razonar.

De un solo movimiento dejo caer el obelisco sobre la cabeza de Jocelyn, con tanta fuerza que juro escuchar su cráneo romperse.

Adam lanza un grito cuando su madre cae de bruces frente a él, pero no le doy tiempo a reaccionar más allá de eso.

Suelto la escultura. Enredo mi mano alrededor de su muñeca para sacarlo de la habitación. Escucho los alaridos ahogados de la mujer a nuestras espaldas, pero yo sólo me concentro en jalar al chico hasta que bajamos la escalera y salimos de la casa.

Puedo sentir a mi amigo temblar bajo mi agarre.

—¡N-no, no, no! —gime cuando abro la portezuela del coche y lo meto dentro.

—¡Nos largamos de aquí, Adam! —sentencio, cierro la puerta con violencia y me dirijo al asiento del conductor.

Me perturba de pies a cabeza ver que las luces de la casa se encienden, pero el alma me regresa al cuerpo cuando encuentro las llaves del auto en el portavasos.

Enciendo el auto y salimos disparados hacia el camino de terracería. El vehículo se agita con violencia, pero yo no dejo de pisar el acelerador hasta que, en cuestión de minutos, alcanzamos la carretera. La manecilla del kilometraje sube sin parar.

Miro de reojo hacia Adam, quien se ha hecho un ovillo contra el asiento. Está pálido y tiembla como si muriese de frío. Mis puños estrujan con rabia el volante mientras proceso, en apenas unos segundos, todo lo que acaba de suceder.

—¡Por los dioses, por los dioses! —exclamo, a punto de ponerme a llorar.

Nunca, ni en mis más monstruosos sueños, creí llegar a presenciar algo tan horripilante. Jocelyn, ¡abusando así de Adam, carajo! *¡Su hijo!* ¿Cómo pudo ser capaz de lastimar de esa manera a su propio hijo?

"Las ansias de conocimiento de mi madre son insaciables. Y supongo que estudiar alquimia tantos años hizo que algo dejara de funcionar en su cabeza".

Aprieto los dientes con rabia. Su frialdad, su completa indiferencia, el odio que Adam siempre pareció tenerle; las páginas del libro esmeralda vuelven hacia mí, específicamente la imagen del puto incesto alquímico de Gabricio y Beya.

Me quedo helado al darme cuenta de que el comportamiento extraño de Jocelyn Blake es el resultado de su obsesión alquímica, pero lo peor de todo, lo que más me aterra, es que Adam dijo que su padre había sido su *protector*. Quién sabe cuánto tiempo lleva Jocelyn haciendo esas atrocidades a su hijo. Tal vez desde que era niño.

El corazón se me rompe en mil pedazos al descubrir que Adam no intentaba huir de su casa ni de los fantasmas que la habitaban. *Adam quería huir de los abusos de su madre.*

—Adam, escúchame por favor —digo con suavidad a la par que alargo un brazo hacia el chico. Mi amigo gimotea y se retrae contra la puerta para evitar que lo toque. Se abraza como si hubiese entrado en una especie de crisis nerviosa al ser expuesto como víctima de tan brutal abuso—. Voy a sacarte de este pueblo y vamos a buscar ayuda, estarás bien a partir de ahora y te juro que...

De pronto la luz de los faros de un vehículo que se dirige de frente hacia nosotros me hace torcer el volante. Pierdo el control del coche por unos instantes, y éste patina a toda velocidad hasta dar una vuelta en redondo sobre el camino.

Sin el cinturón de seguridad, Adam se sacude dentro del vehículo y se golpea contra el parabrisas. Piso el freno a fondo y el carro se balancea por un costado sobre dos ruedas, hasta caer de nuevo sobre el asfalto.

—¡Adam, Adam! —su frente ha comenzado a sangrar.

Dos camionetas nos bloquean el paso, una a cada lado del camino. Luces rojas y azules nos deslumbran.

—¡Vaya, vaya, pero miren a quiénes vengo a encontrar! —Malcolm Dallas fuma tranquilamente un cigarro al tiempo que se apea de uno de los vehículos mientras su compañero hace lo propio desde el otro.

—Dallas, ¡¿qué diablos haces aquí?! —exclamo, con las manos tensas sobre el volante.

Sin inmutarse, el hombre se acerca hacia mí y sonríe de forma escalofriante.

—La pregunta es qué haces *tú*, Indiana, secuestrando así a este muchacho.

—¡No estoy secuestrándolo, Jocelyn, ella...!

Enmudezco al ver que el oficial saca el arma de su funda, la cual apunta directamente hacia mí. En menos de un segundo tengo al compañero de Dallas al lado de mi ventanilla, con el cañón de su pistola junto a mi cabeza.

—Baja del vehículo, chico, y pon las manos en la cabeza.

Al mirar que Adam no reacciona, noqueado por el golpe contra el parabrisas, aprieto los dientes, impotente, y bajo del coche, despacio.

—Por favor, tiene que escucharme —suplico al policía—, Adam está herido, ¡y su madre lo…!

La mano de Dallas golpea con tanta fuerza mi nuca que me derriba de bruces contra el asfalto.

—¡Agh, cabrón! —exclamo, cuando mi nariz comienza a sangrar por el impacto.

—Morris, saca al chico Blake de aquí —ordena el jefe, para luego jalarme del cabello y levantarme hasta ponerme de rodillas. Después me suelta pero coloca su arma contra mi frente. Su compañero va hacia el coche y carga a Adam en brazos.

—¿Lo llevo al médico, señor? —pregunta, pero Dallas agita la cabeza.

—¡Joder, no! —exclama—. Llévalo con su madre. Ella lo está esperando.

Abro los ojos de par en par.

—¡No, Dallas, NO!

El cabrón me patea en el estómago.

—¡Morris! —grita—. Cuando dejes al chico, ve directo a casa, ¿me oíste?

El otro policía, como un maldito perro faldero, sube a mi amigo a su patrulla.

—D-Dallas, no, por lo que más quieras… —gimoteo a la par que alargo el brazo hacia Adam.

El compañero del jefe de policía me mira sobre su hombro y sacude la cabeza. Trepa en su vehículo y, ante mi desesperación, se marcha a toda velocidad por la carretera.

Levanto la mirada hacia Dallas, quien se acuclilla a mi lado.

—Dios mío, muchacho, causas tantos problemas que me cagaría con gusto sobre tu madre. Pero cruzaste la línea al robar mi puto rastreador.

—¿Q-qué diablos... planeas hacer conmigo? —pregunto, mientras intento tomar algo de aire. Dallas se encoge de hombros y sonríe.

—¿Yo? Joder, nada, muchacho. Ya te lo dije, *Jocelyn me matará si te sucede algo.* Aunque dudo mucho que vayas a pasar de esta noche. Es la primera vez que ella se toma tanto tiempo para hacer lo suyo, después de todo.

No, ¡no! ¿Acaso... acaso Jocelyn piensa hacerme lo mismo que a Adam? ¡¿Y el hijo de puta de Dallas lo sabe?!

La repugnancia se transforma en una furia que soy incapaz de controlar.

—¡Eres un maldito cerdo! ¡¿Cómo te puedes coger a una mujer que viola a su propio hijo?!

¡BANG!

En menos de un segundo me veo boca abajo contra el suelo, una vez más. Me llevo una mano hacia el hombro mientras un ardor lacerante se extiende por mi piel; el olor de la sangre y la pólvora llega hasta mi nariz.

—Dallaaas... —exclamo—. ¿P-por qué...?

—Cierra el hocico —grita furibundo—. Aguanta como el maldito hombre que dices ser.

Y no conforme con haberme disparado, el cabrón apaga su cigarrillo sobre la mano que llevo sin enguantar.

Grito vaciando mis pulmones, al tiempo que el dolor emana desde mi hombro es tan atroz que empiezo a ver borroso. La bala sólo me ha rozado, pero ha conseguido desgarrarme la piel.

Dallas retrocede unos pasos y me mira con los ojos abiertos como platos.

—Mi Joss no sería capaz de hacer la porquería que acabas de decir —susurra—. Ella jamás pondría las manos sobre otro hombre.

—Maldito enfermo —aprieto los dientes y, con todo dando vueltas a mi alrededor, me estiro hasta alcanzar con mi mano enguantada *algo* que ha quedado tirado en el asfalto. Con un esfuerzo descomunal, logro ponerme de rodillas para darle la cara al bastardo de Dallas.

—Vaya. Tienes huevos después de todo —dice con una sonrisa—. Pero ni hablar. Tendré que soportar la furia de *mi hembra* esta noche, porque voy a matarte aquí y ahora, cabroncito. A estas alturas me queda muy claro que no habrá nadie que pueda reclamarme tu muerte, India...

Dallas calla de pronto al ver que, a pesar de mi herida sangrante, ahora *soy yo el que sonríe*.

—¿Qué te parece tan gracioso, cabrón?

Estiro mi mano enguantada hacia él. Abro la palma y le muestro la colilla de su cigarro.

—*Di orevwa, enbesil* —siseo en haitiano: *despídete, imbécil.*

La colilla se torna roja como el carbón.

—¡Aaaaaahhhh! —Dallas grita como desquiciado cuando su mano se envuelve completamente en llamas, y suelta el arma, la cual se dispara al impactar contra el suelo.

La bala revienta el vidrio de la camioneta a sus espaldas. Trozos de cristal lo sorprenden mientras yo me levanto y lo pateo fuertemente en la entrepierna.

El cabrón cae al suelo y aúlla de dolor.

—¡Hijo de puta! —el jefe de policía se retuerce en el suelo y se mira la mano, en la cual empiezan a aflorar unas ampollas gigantescas—. ¡¿Qué carajos has hecho?!

Tomo la pistola del suelo y brinco sobre el policía para intentar alcanzar la portezuela de la camioneta, pero Dallas se pone en pie de un salto y se cuelga de mi hombro herido con su mano sana.

El dolor me hace caer al piso; el jefe me jala de una de las pantorrillas e intenta torcerme una pierna, pero entierro la suela de mi otra bota sobre su cara con tanta fuerza que escucho el tabique de su nariz fracturarse.

—¡Aaah! ¡Cabrón, cabrón! —chilla como un cerdo—. ¡Te arrepentirás, hijo de puta, te voy a matar, te voy a matar!

Me levanto de nuevo y me lanzo hacia la camioneta, con Dallas detrás de mí. Cierro la portezuela justo a tiempo para que el imbécil se estrelle contra ella.

Pongo las manos sobre el volante y arranco en reversa mientras el jefe de policía grita a mis espaldas. Piso el acelerador a fondo, en línea recta por la carretera.

Hacia la casa de los Blake.

CAPÍTULO 21
DESPERTAR

Me toma apenas unos minutos llegar, y poco me importa si el ruido de la camioneta ha despertado a medio Stonefall. El alba pinta ya todo el bosque, y el dolor en el hombro me ha dejado adormecido casi todo el brazo.

Detengo la camioneta de un pisotón y bajo como un rayo, sin siquiera tomarme la molestia de apagar el vehículo.

—¡Adam, Adam! —grito desde el pórtico, pero sólo soy recibido por el graznar de los cuervos.

Entro a toda prisa en la casa y abro la puerta de una patada, con la pistola apretada entre mis manos. El vacío de la mansión se inclina sobre mí, y la débil luz del amanecer arroja sombras macabras por todas partes.

El calor es más insoportable que nunca.

Estoy a punto de ponerme a gritar de nuevo cuando lo veo: Adam está sentado en mitad de la escalera, escondido entre las sombras. Se encuentra aferrado al barandal y su ropa está salpicada por la sangre que bajó de su frente lastimada.

Pero eso no es lo que me horroriza, sino ver que uno de los costados de su rostro está cruzado por una larga herida que va desde su mejilla hasta su mentón; tiene la carne abierta, y sus ojos están hinchados por las lágrimas.

—Por los dioses, Adam —digo—. ¿Qué carajos te ha hecho? Al intentar tocarlo, él se echa hacia atrás.

—Has visto lo que mi madre me hace —dice, con los ojos abiertos de par en par y la voz casi tan temblorosa como su cuerpo—, yo... doy tanto asco.

El corazón se me parte una vez más cuando él empieza a llorar de vergüenza.

—No, ¡no es culpa tuya!, Adam, escúchame: tú no eres lo que tu madre te hizo, y lo único que da asco aquí es toda la gente que te dio la espalda y permitió que eso sucediera. Eres inocente, ¡eres sólo una víctima, por favor!

Adam levanta la barbilla, y sus ojos dorados están llenos de culpa.

—Te equivocas —susurra—. *Ella me convirtió en un monstruo.*

Mis dedos se agarrotan de impotencia y la garganta se me hace un nudo, porque algo me dice que no existen palabras de consuelo para este momento. Lo único que tengo por cierto es que no importa lo que me cueste, no voy a dejar a Adam solo.

Me impulso hacia delante y lo rodeo con mis brazos. Adam gime, aterrado ante mi contacto, pero yo lo contengo contra mi pecho con fuerza.

Sé que tal vez no es la manera de acercarme a una persona que ha sufrido semejante trauma, pero no puedo hacer otra cosa. No hay tiempo de intentar algo más.

—¡No, no, no! —gimotea, y ambos forcejeamos en la escalera. Su miedo crece al darse cuenta de que, a pesar de mi tamaño, mi fuerza lo sobrepasa.

—Adam, escúchame, escúchame por favor —digo al sentir sus lágrimas contra mi cuello—: yo no soy como tu padre.

No voy a abandonarte. Y no me importa lo que tenga que hacer, ¡voy a detenerla!

Él, por unos instantes, deja de temblar. Y justo cuando creo que por fin he logrado convencerlo, levanta la mirada y me mira con absoluto terror.

—No, Elisse —susurra—. *Nadie puede detenerla.*

—Vaya. Al final, volviste por él, Elisse.

Ambos nos quedamos helados cuando escuchamos aquella voz a nuestras espaldas.

Miro hacia la puerta y encuentro a Jocelyn Blake en el umbral, cubierta de negro e *intacta*.

La confusión casi me hace soltar a Adam. No es sólo que ella, su cabeza, parezca sana, como si yo jamás le hubiese reventado el obelisco de bronce contra la cabeza. Es que su mirada es tan fría, que sus ojos negros parecen haberse vuelto grises como la plata.

—Aunque no creí que le hablarías a Dallas sobre mi... proceso con Adam —dice ella sin un ápice de vergüenza—. Eso ha sido muy inconveniente, ¿sabes?

El terror devora a mi amigo, porque ahora es él quien se aferra a mí con todas sus fuerzas al ver que su madre comienza a acercarse.

Suelto al chico y me pongo en pie, delante suyo.

—¡Aléjate de él, bruja!

Cuando veo que ella no se detiene, saco el arma de Dallas de mi parka y apunto hacia la psicópata. Arquea una ceja, y suspira, frustrada.

Un momento, ¿frustrada?

—Ma... madre, por favor —suplica Adam, quien ha comenzado de nuevo a llorar. El chico se encoge como un niño contra mi espalda.

—Ah, ya me lo imaginaba —dice ella, sin dejar de avanzar hacia nosotros—. A pesar de que no tienes vientre con el cual engendrar hijos, sí tienes mucho instinto materno. Eres perfecto, Elisse. Eres lo más perfecto sobre la tierra. Eres... divino.

Dioses. Me queda claro que la mujer ha enloquecido por completo.

—No me obligues a poner una bala entre tus ojos, Jocelyn —siseo con los dientes apretados.

—Ah, sé muy bien que serías capaz, Elisse —dice sin retraerse en lo absoluto—. Desde que vi mi libro sobre tu cama, supe que no eras una criatura normal.

—¿Qué diablos quieres decir? —pregunto con el dedo índice sobre el gatillo.

Y entonces, Jocelyn hace algo que me desconcierta: *sonríe*. Sonríe hasta el punto que parece que su cara se partirá en dos.

Bajo el arma un par de centímetros, porque algo no acaba de encajar. Su expresión. Su forma de hablar, su manera de moverse... Es como si algo en Jocelyn hubiese *cambiado*.

Las voces dentro de mí revolotean, enloquecidas.

En un instante, la mujer se lanza hacia nosotros.

Mi dedo por fin presiona el gatillo. Disparo, y el estallido de la percusión retumba en toda la casa... pero, aun cuando la pistola humea y el olor de la pólvora se extiende en el aire, me quedo helado, preso de la más profunda confusión. Pues la bala se ha quedado suspendida en el aire, a tan sólo unos centímetros de la frente de Jocelyn.

—Pero ¿qué...?

—Debiste escuchar a mi hijo, Elisse —dice ella con semblante monstruoso—. Debiste irte de esta casa cuando pudiste, porque en algo Adam tiene razón: nadie puede detenerme.

La bala por fin cae al suelo, inerte. Y de pronto la puerta de la casa se cierra de un portazo. Las ventanas azotan con fuerza y la escasa luz proveniente del exterior queda ensombrecida por la que emanan los candelabros eléctricos. El suelo comienza a temblar y una sensación desconocida, tan descomunal como abominable, me invade de pronto.

Intento jalar el gatillo de la pistola de nuevo, pero no soy capaz de moverme.

Algo me ha paralizado.

—J-Jocelyn —tartamudeo.

Y entonces, en medio de esa rigidez espectral, bajo la sonrisa de la alquimista enloquecida, *la casa despierta*.

CAPÍTULO 22
BESTIA DE MIL OJOS

Todo se torna rojo; todas y cada una de las lámparas de la casa empiezan a brillar en un profundo color escarlata. Revolotean voces, no dentro de mí, sino a mi alrededor, como zumbidos.

El corazón casi se me paraliza cuando veo que las ranuras del papel tapiz *se abren* de par en par.

Pues no son ranuras, son ojos. Cientos, miles, de ojos dorados en todas partes. Y no sólo eso: todos los rostros de las pinturas en las paredes, en los dibujos, en las probetas... todos miran hacia aquí. Trato de encender fuego entre mis dedos, pero no soy capaz de invocarlo.

Magia. Esto es magia, magia que emana de las paredes, de los cuadros, de los techos, de Jocelyn... Y la suya es tan poderosa que parece haber adormecido la mía por completo.

Jocelyn se para frente a mí y ladea la cabeza, con una expresión de abominable curiosidad.

¿Cómo? ¿Cómo carajos pudo ocultar su magia? ¿Quién... o *qué diablos es* esta mujer?

Intento, por todos los Loas, mover mi cuerpo, pero hasta respirar comienza a volverse demasiado difícil.

—Madre, por favor —suplica Adam, mientras se pone en pie para cubrirme con su cuerpo—. ¡Por favor! Te traeré más materia prima, ¡toda la que tú quieras! Pero no le hagas daño, a él no, por favor.

¿Más... *materia prima*?

Jocelyn sonríe con una maldad sin límites.

—Deberías estar feliz, Adam —dice ella—. Gracias a Elisse, ahora ya no me harás falta.

Y entonces, para mi infinito terror, mi brazo comienza a moverse por sí solo, hasta que el cañón de mi pistola apunta hacia la espalda de Adam.

—¡No, Jocelyn, por favor, NO! —suplico.

El arma se dispara, y el tiempo se detiene a medida que veo cómo el chico se desploma hacia delante, contra las escaleras. Una magnolia carmín florece justo sobre su omóplato.

—¡Adam, Adam, ADAM! —grito a todo pulmón—. ¡Hija de puta, lo has matado, lo has matado, maldita bruja!

Soy arrojado de espaldas contra los escalones por la fuerza invisible de la casa, la cual me aplasta con tanta fuerza que escucho la madera crujir debajo.

—Yo no me preocuparía mucho por él —dice la alquimista—. Le fue bien, comparado con lo que planeo hacer contigo, Elisse.

Empiezo a ser arrastrado hacia arriba mientras Adam yace inmóvil, despatarrado con crueldad en la escalera. Un espeso charco de sangre empieza a formarse debajo de él mientras su pecho se mueve muy apenas.

—¡Adam, Adam, por los dioses! —gimo con los dientes apretados.

Ante mi desesperación, Jocelyn alza una ceja y chasquea la lengua.

—Como dije, ya no me hace falta. Sólo te he dejado acabar con su sufrimiento.

—¡Maldita perra!

Las voces en mi interior gritan y se lanzan contra las paredes de mi cuerpo, con tanta violencia que esta vez no soy capaz de reprimirlas.

Mi mano enguantada, aun contra la fuerza abominable de la casa, se mueve, se agita.

Y en un instante logra liberarse de la magia opresora.

Jocelyn abre los ojos de par en par cuando levanto el brazo y aprieto el gatillo contra ella.

—¡Aaahh! —la alquimista cae de espaldas contra el suelo de la sala. No logro ver dónde he logrado dispararle, porque el embrujo de la casa me oprime todavía con más violencia. El lugar entero comienza a cimbrarse, y los cuadros caen de las paredes.

Salgo proyectado hacia la segunda planta con tanta fuerza que me quedo sin aire al golpearme de espaldas contra el muro del pasillo. El arma cae de mis manos, y sin tiempo para volver a respirar, soy arrastrado hacia la habitación quimérica.

El golpe me deja tan noqueado que todo empieza a oscurecerse. Los mil ojos de la casa giran desorbitados, completamente abiertos y enloquecidos me observan mientras el candado de la puerta clausurada cae.

El umbral se abre con un rechinido. La falta de aire me marea.

Y, a punto de perder la consciencia, soy arrojado a la oscuridad.

CAPÍTULO 23
EL ANDRÓGINO DIVINO

Un punzante dolor en el vientre comienza a arrancarme de las sombras. Abro los ojos despacio y veo todo difuso mientras el malestar se expande por todos y cada uno de los rincones de mi cuerpo.

Levántate, levántate. Es lo único que mi corazón puede pedir, todo me duele como los mil infiernos.

Cuando por fin logro enfocar la mirada, me veo a los pies de la chimenea de la cámara quimérica, recostado a lo largo del caliente suelo de mosaico. Las criaturas de las vitrinas están quietas, inertes, pero los ojos en las paredes siguen abiertos de par en par mientras la luz roja de la lámpara brilla de forma tenue.

Y a pesar de la agonía, sólo puedo gemir una cosa:

—A-Adam…

Con las pocas fuerzas que me restan, levanto el cuello lo suficiente para observarme empapado en sudor, vestido únicamente con una larga túnica negra. La piel que se asoma a través de la abertura de la prenda me muestra que mi pecho está amoratado.

—Vaya. Por fin has despertado.

Escucho la voz de Jocelyn. Todos los ojos de la habitación giran hacia la puerta cuando ésta se abre con un infernal chirrido. Y entonces, se oye no sólo su taconeo, ella arrastra algo metálico y pesado.

La veo llegar hasta mí. Está vestida de rojo, sus ojos han vuelto a ser negros como el abismo, y en su mano derecha arrastra un largo y pesado mazo de hierro.

Una vez más la conmoción me sacude de pies a cabeza al percatarme de que está perfectamente sana, sin una abertura de bala en el cuerpo.

¿El proyectil no la alcanzó? *¿Qué demonios…?*

—Ah… J-Jo…

—Me siento aliviada —dice—. A pesar de haberte transmutado mientras dormías, por un momento temí que se me hubiera pasado la mano.

Ella recarga el mazo en una de las vitrinas, y la monstruosa herramienta me revela una verdad tan obvia como espeluznante: Jocelyn me ha roto todos los huesos del cuerpo.

Las únicas partes que parecen no laceradas son mi rostro y el área de la entrepierna, como si la alquimista hubiese cuidado de no destrozarlas de un mazazo. ¿Les reservará algo aún peor?

—Adam, ¿d-dónde…? —murmuro, dificultosamente.

—Si yo fuera tú, Adam sería la última de mis preocupaciones —dice Jocelyn con esa frialdad tan inmutable, tan antagónica con el calor infernal en la habitación. Es como si hubiese vuelto a ser la misma perra sin emociones que conocí desde el primer día.

La magia en ella ha dejado de emanar, pero la de la casa aún late con fuerza a mi alrededor.

Se acuclilla a mi lado y me mira de arriba abajo con esos ojos oscuros. Desliza un dedo sobre mi túnica, la abre, y su yema baja desde mi esternón hasta el ombligo.

Y allí veo que, entre el ombligo y el pubis se asoma una fresca cicatriz, roja y lacerante que me atraviesa el vientre de lado a lado.

—¡Suéltame! —grito completamente asqueado, por lo que ella retrae los dedos, aún con el rostro rígido e inmutable—. ¿Qué... qué carajos me has hecho?

—Eres igual de desagradecido que Adam. No comprenden la grandeza de nuestra ciencia. Del honor que es ser parte de tan maravilloso alumbramiento.

—¿Q-qué quieres... de mí?

Primero, ladea la cabeza y frunce el ceño, como si mi pregunta le pareciese incomprensible; después, se levanta despacio y mira hacia la lámpara del techo, con los ojos perdidos.

—*Al principio, Dios creó a una criatura maravillosa. Pura, inmortal y perfecta* —cita con su voz hueca y horripilante—. *Pero al mirarla, supo que también era monstruosa, así que la partió en dos.*

Jocelyn sonríe y vuelve a inclinar la cabeza hacia mí.

—Hace veinte años, cuando encontré ese libro esmeralda y leí la fórmula en la única página escrita, supe que se refería a una antigua leyenda alquímica, una de las más importantes de nuestra tradición. Ésta decía que esa criatura partida por Dios era tan divina, tan asombrosa, que en su corazón nació la auténtica fuente de la inmortalidad: la piedra filosofal. Pero a pesar de su grandeza, este ser no era Sol ni era Luna, no era día ni era noche, no era macho ni era hembra. Era ambos. Era andrógino. Era... *Rebis.*

A pesar del insoportable calor, la sangre se me congela en las venas.

Rebis. Dioses, ¡dioses! ¡La maldita palabra escrita en la pared!

La alquimista hace una pausa y va hacia la extraña chimenea del fondo. La mira en silencio por unos instantes para luego levantar la mano y tocarla con la yema de sus dedos.

Ante mi sorpresa, veo que ahora hay una entrada de hierro que, estoy seguro, antes no existía.

—Pero cuando Dios, el Gran Arquitecto del Universo, vio que Rebis podía brindar la vida eterna a lo que había nacido para ser mortal —continúa—, arrancó de su corazón la piedra filosofal y partió a la criatura en dos, dividiéndola en dos partes imperfectas: lo masculino y lo femenino, hombre y mujer, Adán y Eva. Y fue entonces cuando leí esa fórmula, cuando *yo ya había despertado por fin,* que lo comprendí todo…

Antes de continuar con su discurso lunático, Jocelyn abre la puertilla, y un vapor nauseabundo parece expeler de ella.

—Los doble espíritus amerindios,[15] los muxes zapotecas, Ardhanarishvara en el hinduismo, Mahakala en el Tíbet… —dice la alquimista—. Durante milenios, los andróginos han sido aclamados por su significado divino, considerados sagrados por las culturas. Incluso, dicen que el sexo entre un hombre y una mujer no es más que un acto desesperado del andrógino por volver a unirse. Así que, para mí, la verdad se volvió evidente, Elisse.

Jocelyn mira hacia arriba y, de pronto, la luz del techo se apaga. Estoy a punto de revolverme sobre mis huesos rotos, cuando la luz roja regresa más brillante que nunca.

Y la impresión que me llevo es tan grande que, por un instante, me olvido del dolor.

Un olor a fuego, metal y putrefacción invade toda la habitación. Las quimeras de las vitrinas han desaparecido y, en

---

[15] Persona reconocida como poseedora de los dos sexos en la cultura amerindia.

cambio, ahora hay decenas de mujeres calcinadas metidas en los cristales, con las palmas de sus manos pegadas a los vidrios, suplicantes.

No. No todas están quemadas, también hay otras cuya piel es blanca, otras con piel negra y opaca como el plomo, otras con pieles doradas o amarillas como si fuesen de oro...

—*Como es arriba, es abajo; como es arriba, es abajo; como es arriba, es abajo...* —susurran.

—La respuesta siempre ha estado en la materia prima —dice la alquimista—. Por años, he sometido a decenas de andróginas a los cuatro pasos de la transmutación. Invertí el proceso, lo cambié, lo experimenté de millones de maneras... Y a pesar de haberlas fecundado con la semilla de los reyes incestuosos, con *mi semilla y la de Adam,* a pesar de que a veces superaban algunas de las etapas, ellas siempre parían cosas... diferentes. Convenientes, pero nunca la piedra filosofal, porque todas esas materias primas eran falsas, falsas divinas que Adam me trajo a montones con tal de que encontrásemos por fin la fórmula correcta y acabase su sufrimiento. Pero tú, Elisse, una criatura que además de andrógina, es *sobrenatural...* tú sí que eres real. Tú sí eres divino.

Jocelyn hace una larga y tortuosa pausa mientras todo empieza a caer por su propio peso. Las mujeres, sus vientres rajados, la culpa de Adam, los rumores del pueblo, la complicidad de Dallas...

El incendio nunca significó nada. El fuego siempre fue Jocelyn Blake.

—U-ustedes... ¡Ustedes las mataron!

—¿Quién mejor para ocultar veinte años de cadáveres que el propio jefe de policía de Stonefall? ¿Quién podría proteger mejor mi gran obra que un hombre al que yo misma le he dado todo su poder? El muy imbécil jamás sospechó siquiera que mi ciencia era real, pero Adam... —su mirada vuelve a ensombrecerse de forma macabra—. La única ventaja de tener a un hijo con la apariencia de un semental es que es buena carnada. Pero de ahí a que tenga el valor suficiente para procesar una materia prima, para seguir nuestro legado... No. En ese aspecto, él fue muy decepcionante. Al igual que su padre.

—¡Maldita enferma, violabas a tu propio hijo!

—¿*Violar?* —repite, ladeando la cabeza—. Estimularlo contra su voluntad, tal vez, pero ¿violarlo? Oh, no, eso es poco práctico, Elisse. Y yo soy una criatura práctica.

Una vez más, su dedo apunta a mi vientre.

La palaba "semilla" retumba una y otra vez en mi cabeza.

—¿Qué... demonios me... me has metido? —cada palabra me cuesta más que la otra, hasta que al fin grito a todo pulmón—. ¡Estás loca! ¡Soy un hombre, maldita sea!

—Admito que tuve mis dudas al principio —dice, casi aburrida—. No tienes cavidad uterina, no había forma de que pudieras procrear por tu cuenta. Pero eres un ser sobrenatural, después de todo. No puedo estar equivocada.

—¡Maldita bruja enferma! —la herida del vientre me quema, y el dolor es intenso. Estoy a punto de enloquecer.

—¿Bruja? Oh, muchacho. Esto es *ciencia*. Pero ya hemos hablado demasiado. Vamos a dar el siguiente paso.

Jocelyn se pone en pie y mi cuerpo comienza a elevarse del suelo, acarreado por la magia de la casa.

Y, para mi horror, comienza a introducirme en el horno. Los fantasmas de las vitrinas gritan y estampan las palmas de sus manos contra los cristales, para luego desaparecer en un parpadear y volver a dejar en su sitio a las quimeras.

—¡Jocelyn, detente, JOCELYN!

Al estar por fin dentro de la cavidad, ella cierra la puerta. Quedo sumido en la oscuridad, y mi respiración agitada golpea contra las paredes de ladrillo emitiendo un eco escalofriante.

Una luz roja se enciende en el techo, y miles de ojos me miran dentro de la chimenea. Mi cuerpo se pone rígido cuando la magia me aprieta con sus largos dedos invisibles.

Escucho el sonido de los tacones de Jocelyn afuera, y el peso de la tela que me envuelve se torna insoportable.

Entonces escucho cómo ella acciona un interruptor. Un olor desagradable empieza a expelerse debajo de mí.

Volteo el cuello y distingo, muy apenas, una rejilla de metal a mis espaldas, con una especie de tubo agujereado de donde brota el olor. Es gas.

La certeza de los hechos me golpean como una maldita patada en el estómago: esto no es una chimenea. Es un horno.

Jocelyn me ha abierto el vientre, ha fracturado todos los huesos de mi cuerpo... y ahora va a incinerarme.

Una chispa resuena en el interior del horno y entonces, el fuego me toma por sorpresa. Las llamas brotan debajo de mí, me envuelven y me arrancan un grito de agonía que retumba por los ojos del horno de ladrillo.

Y a pesar del tremendo dolor, dejo que el fuego me consuma, que devore mi piel y llegue hasta mis huesos, porque Jocelyn acaba de cometer el peor error de su vida.

Porque yo no muero con el fuego.

Yo... renazco.

CAPÍTULO 24
DIOS DE HUESO

La tierra tiembla cuando mis gritos de dolor se convierten en rugidos bestiales. La furia y el fuego se mezclan y me devoran; mi piel se desgarra, mi carne se vuelve ceniza y mi esqueleto crece, se alarga y se ensancha.

El horno comienza a partirse como una frágil barrera, cediendo ante la fortaleza de mis huesos que parecen forjados de acero. Mis astas, teñidas de sangre y rabia, perforan las paredes de mil ojos. La casa palpita de dolor y, de un momento a otro, reviento los ladrillos para surgir de las llamas.

La rejilla debajo de mí cede y el fuego se apaga, pero todo tiembla cuando poso mis garras en el suelo.

—¡JOCELYYYYYN! —rujo con los cientos de voces que vibran en mí contra cada vitrina.

Las paredes me miran con sus ojos abiertos de par en par.

La monstruosa alquimista sigue en marcha, pero aún con un semblante casi inescrutable, mientras el penetrante olor a gas inunda la habitación.

—¿Qué... eres? —pregunta la bruja, casi en voz baja.

La ira me estremece con tanta intensidad que mi respiración se descontrola. Mis huesos se expanden y reducen como si debajo de ellos hubiese pulmones. Y entonces hago algo que al fin trastorna el semblante helado de la alquimista: introduzco mi mano de músculos azules en mi vientre. Gruño de dolor al retorcer el aire entre mis cientos de caderas hasta que, por fin, *logro atraparlo*.

Extraigo de mis entrañas una pequeña ampolleta. Dentro de ella flota una esfera amarillenta, rodeada de líquido rojo.

He visto esto antes. Es la porquería que elaboró Jocelyn el día en el que Samedi me dio el libro esmeralda.

Reviento la ampolleta entre mis dedos, y la alquimista se echa hacia atrás hasta estrellar su espalda contra una de las vitrinas.

—Mal… algo ha salido mal —murmura de forma incoherente.

—¿Dónde está Adam? —gruño, y ella aprieta el entrecejo al comprender que soy capaz de hablar.

—Un monstruo. He creado un monstruo —tartamudea.

—¿Monstruo? —susurro, avanzando a cuatro patas hacia ella—. ¿No acabas de decir que soy *divino*?

De pronto siento la presión de aquellos enormes dedos invisibles cerrarse contra mis huesos. La magia de la casa, aun cuando no emana de Jocelyn, intenta paralizarme de nuevo, pero al ver su asqueroso rostro sudoroso, mi hocico se abalanza a la presencia inmaterial.

Desgarro con mis largos colmillos la magia que me aprisiona. Me libero y escucho un grito estremecedor. Las paredes chillan y los ojos se retuercen mientras Jocelyn no exhibe ni un solo gesto de asombro.

Echa a correr descubriéndose cobarde a través del laberinto de vitrinas. Me lanzo detrás de ella, pero las pesadas cajas entorpecen mi avance y se rompen a mi paso.

La mujer alcanza a llegar a la puerta de la habitación, sus dedos torpes pelean contra el cerrojo, pero al ver que me aproximo, da media vuelta y me mira desconcertada.

Ella habla en voz baja, de forma extraña; pareciera no tener idea de qué hacer, cómo reaccionar.

—A-aléjate.

Los balbuceos imbéciles de Jocelyn resuenan en mis oídos con delicia. El olor de su carne tibia me llama, me incita a clavarle los colmillos y retorcerle el cuello hasta destrozarlo.

Tras un sonoro *clic*, Jocelyn sale disparada de la cámara. Me abalanzo contra el umbral y destrozo ladrillos, vigas y maderas al embestirlo todo a mi paso con mis astas, tan duras y contundentes como grandes martillos.

La noche ha devorado la casa, y todos los retratos, pinturas y esculturas se vuelven hacia mí cuando me abro paso por la estrecha abertura.

Rompo, destrozo y derrumbo todo a mi alrededor mientras la casa grita desde cada rincón; la magia de las paredes retumba, los ojos se abren y cierran, las alas se parten, los seres atrapados en las pinturas lanzan gritos de dolor al sucumbir contra mis astas.

Al verla casi alcanzar la escalera, me arrojo sobre Jocelyn Blake. Mis largas y afiladas garras le rozan el tobillo y le rasgan el tendón hasta casi arrancarle el pie. Ella cae de bruces contra los peldaños y rueda hasta estrellarse contra el suelo de la sala.

Escucho uno de sus huesos romperse; grita de dolor y se retuerce en el suelo, con una de sus piernas en posición antinatural. El nítido olor férrico de la sangre que emana de su rostro me retuerce la lengua de hambre, por lo que alargo mi hocico hacia la escalera; aspiro y mis cientos de huesos se expanden como si todo mi esqueleto respirara.

Percibo el olor de su carne, de su sangre, pero… el miedo… no puedo percibir miedo en ella, y eso me hace enfurecer hasta cotas inimaginables.

Despacio, desciendo los escalones a cuatro patas.

—¡Aléjate! —exclama ella una vez más, mientras se arrastra con brazos y codos.

—¿Dónde está? —pregunto—. ¿Dónde está tu hijo?

Termino de bajar la escalera, y mi peso la agita a cada paso.

Llego hasta sus pies y me yergo cual grande soy; me relamo el hocico de hueso con la lengua negra del Señor del Sabbath.

—¿Quién eres? —murmura Jocelyn Blake, levantando la barbilla—. ¿Qué clase… de criatura eres, Elisse?

El penetrante olor a gas llega hasta mí; los ductos reventados del piso de arriba invaden con rapidez cada habitación de esta casa y se mezclan con la sangre, el miedo y la muerte. Se crea una tensión afilada, una furia que me hierve con un calor insoportable.

Siento la magia de la casa caer sobre mí e intentar atraparme de nuevo, pero mis garras y colmillos rasgan a mi alrededor y la hacen pedazos. La construcción palpita, pero la mujer que se encuentra delante de mí parece indefensa. ¿Dónde quedó esa magia brutal que brotó de su cuerpo hace apenas unas horas? Porque ahora Jocelyn parece vacía. De emociones y arrepentimiento.

—Vas a pagar por tus crímenes, estúpida hechicera —siseo con mis cientos de voces—. Vas a pagar hasta la última tortura que le hiciste a tu hijo y a todas esas mujeres que asesinaste para tu inútil ciencia. Aquí y ahora, voy a matarte de la peor forma que puedas imaginar, Jocelyn Blake.

Los ojos de la mujer relampaguean cuando un trueno rompe en las nubes que se niegan a arrojar agua.

Pero en medio de esta oscuridad, de esta espeluznante matanza… la alquimista echa la cabeza hacia atrás y, después de escupir sangre, agita la cabeza.

—¿Matarme? Tú no puedes matarme —dice ella mientras se mete la mano entre la ropa—. Porque yo *ya soy inmortal*.

Y entonces, levanta el brazo y me apunta con la pistola de Dallas. Doy un paso hacia atrás.

Un disparo.

Un disparo, y la casa estalla en llamas.

CAPÍTULO 25
DE FUEGO Y DE PLOMO

—¡Adaaam!

Apenas tengo tiempo de reaccionar. Las flamas y los estallidos me lengüetean casi con ternura, pero no así a Jocelyn Blake, quien se revuelve de dolor unos instantes antes de caer envuelta en las llamas.

Dejo a la alquimista agonizar mientras doy media vuelta y corro hacia la escalera de la segunda planta para buscar a Adam; los ojos de la casa se retuercen y arden las criaturas de las pinturas.

—¡Adam, Adam! ¿Dónde estás? —gritan mis voces, pero el ruido de la casa derrumbándose opaca mi ferocidad. Alcanzo a llegar a la planta alta, pero el pasillo se desploma con violencia bajo mi peso y el fuego.

Todo es devorado por destellos de naranja, rojo y amarillo mientras caigo de espaldas hacia el piso de la cocina.

Y entonces lo escucho.

Un suave gemido que se alza en medio del crepitar de la madera y las llamas.

"Elisse."

Es Adam, ¡es Adam!

—¡Adam! —rujo, sin poder distinguir con claridad de dónde proviene el llamado.

Estoy a punto de cruzar la cocina, cuando toda la cámara quimérica se derrumba. El pesado horno de ladrillos se desploma sobre sí a mi costado; el techo se tambalea y las vitrinas revientan ante mí.

Pero sigo escuchando la voz de Adam.

Los escombros caen sobre mi cornamenta al abalanzarme hacia el pasillo de la cocina y casi me dejan enterrado en el corredor. Me abro paso entre el fuego y el concreto hasta llegar a la sala, e intento saltar de nuevo hacia la escalera, pero ésta se hunde como arena movediza; el fuego que consume todo a mi alrededor no me lastima, pero el peso de una viga de acero sobre mi espalda me hace caer de bruces, contra el piso una vez más.

—¡A-Adam!

Salgo a rastras de debajo de la viga y escucho los vidrios reventar a mis costados. Veo cómo toda la segunda planta se cae a pedazos.

Uno de los candelabros se desprende y casi me aplasta. El techo de la sala no tardará en desplomarse también.

Doy media vuelta y tomo con una de mis garras a la alquimista, inerte en medio de la sala, y me arrojo contra la entrada de hierro. Destruyo el umbral con una sola embestida de mi cuerpo. Salto a lo largo del porche y aterrizo sobre la entrada de la casa. Tiro a Jocelyn sobre la grava y la sacudo de los hombros con la gentileza que sólo mis enormes garras pueden brindar.

—¿Dónde está tu hijo? ¡¿Dónde está Adam?!

Una impotencia bestial se apodera de mí al darme cuenta de que la muy hija de puta ha muerto, llevándose consigo el secreto.

Escucho un crujido descomunal a mis espaldas. Miro sobre mi hombro y presencio cómo la casa se desploma por completo sobre sus cimientos.

Aúllo. Aúllo desde lo más profundo de mi ser al ver que todas las pruebas del crimen de la espeluznante alquimista se reducen a cenizas mientras su hijo se consume en el hogar que lo torturó hasta el último respiro de su vida.

Miro durante largos minutos cómo todo se derrumba y se consume, bañando el bosque de un resplandor macabro que se eleva hacia el cielo cubierto de nubes, hasta que escucho en la lejanía la sirena de una patrulla de policía.

Retuerzo la cabeza, me sacudo las garras en la tierra presa de la más honda desesperación. Aprieto los colmillos y miro mi cuerpo en toda mi infinita y repugnante monstruosidad.

Me cierno sobre el cadáver calcinado de Jocelyn Blake al darme cuenta de que no puedo escapar. De que mi miedo más profundo aflora una vez más sobre la superficie de mis huesos.

Un errante regresa a su forma humana arrancándose la piel, pero yo no tengo piel que arrancar. Yo necesito carne a la que volver. Y, por segunda vez, *me permito ser el monstruo que soy en realidad.*

Su carne quemada, sus huesos, sus órganos, su sangre… La alquimista desaparece dentro de mi hocico cuando comienzo a devorarla.

Mi cuerpo se contrae. Mis órganos se regeneran. Mis músculos florecen sobre mis huesos y mi piel se expande como un manto.

Pero no es a Jocelyn Blake a quien veo mientras consumo su cuerpo y su espíritu hasta hacerla desaparecer por completo de la faz de la tierra. Es el recuerdo de Laurele, y la mirada aterrada que me dirigió mientras la devoraba en la soledad del plano medio.

Y entre los árboles, Barón Samedi, el mismísimo Loa de la Muerte, me mira con asco.

△ ⩓ ▽ ⩒

Cuando las luces de las patrullas bañan de azul y rojo el bosque, yo ya no soy más que una figura pequeña que se aleja de la hoguera en la que se ha convertido la antigua casona de los Blake.

Soy sólo una silueta que huye hacia el bosque cubierto por el humo; soy un cuerpo humano enfundado en ropa quemada y piel blanca como el mármol. Y con una cabeza coronada por dos enormes astas teñidas de sangre.

Soy un monstruo con forma de hombre que mira hacia atrás, con los ojos calientes y llorosos de mirar la casa en llamas.

—¡Indianaaa!

El grito de Dallas retumba a mis espaldas junto al rugido de un rifle. Una bala se estrella contra un tronco, a mi lado, y me obliga a alargar la zancada.

¡MÁTALOS!

El grito del monstruo dentro de mí casi me hace caer de rodillas, más estruendoso y nítido que nunca; los cuernos sobre mi cabeza pesan cada vez más, enredándose entre las ramas y el follaje. Huyo, huyo sin tener idea de adónde me dirijo o de por qué lo hago, ¿acaso quiero siquiera seguir con vida? Salto a una pequeña pendiente de rocas para escalarla y ganar terreno. Dallas vuelve a disparar, pero ahora parece un eco más bien lejano cuando los árboles se estrechan tanto que ya no le es fácil seguirme el paso a bordo de la camioneta.

Pronto me veo descendiendo una ladera a tropiezos hasta alcanzar un camino de terracería. Y al reconocer el lugar, me veo obligado a detenerme.

—No, no... —jadeo, exhausto, porque el barranco donde Dallas me obligó a buscar trampas se abre frente a mí.

El alba azul ilumina el horizonte mientras los rugidos de la camioneta de Dallas me alcanzan.

Los disparos, la sirena de la patrulla, las voces del monstruo dentro de mí, las llamas, el dolor, la agonía, el cansancio... Todo me hace correr en línea recta hacia el despeñadero.

Salto, y al caer el vértigo me golpea con tanta fuerza que me quedo sin aire; veo todo borroso y la realidad se funde, tanto, que visualizo mi propio cuerpo desplomarse y morir destrozado contra el suelo.

Una gran sombra flanquea mis costados. Siento cómo unos enormes y gruesos ganchos se entierran en mis costillas y me elevan de nuevo hacia el cielo.

El dolor me arrebata la consciencia y, en vez de ver mi vida pasar frente a mis ojos... lo último que visualizo antes de morir es a ellos.

Louisa, mis hermanos, mamá Tallulah...

Él.

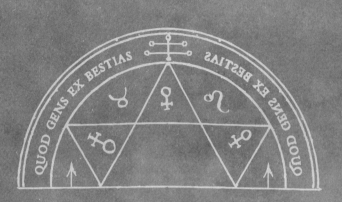

SEGUNDA ETAPA

MONSTRUO

DE PLATA

CAPÍTULO 26
III. CITRINAS

*D*olor.
Creímos que jamás saborearíamos de nuevo el dolor. Que esa sensación ya sólo sería un vago recuerdo de nuestro pasado, enterrado en el olvido y en las heridas que alguna vez nos hicieron nuestras víctimas al luchar por sus vidas.

Pero ahora, *el Mara*, como le llama la Bestia Revestida de Luna, nos hace torcernos sobre los escombros de nuestro fracaso.

La lluvia se burla de nosotros desde el cielo, retenida en las nubes, sin apiadarse, mientras gritamos ante un bosque que nos desconoce y que ya no quiere escucharnos; la herida de nuestro pecho arde, nuestras solas encías sangran, nuestro cuello único se rompe una y otra vez, y nuestras columnas se doblan contra nuestra piel, buscando penetrarla como lanzas.

Estamos débiles debido a la sequía, a la falta de ríos y lluvia, de fuentes de agua natural donde cruzar y regenerarnos, pero aun así, hemos tenido que volver a unir nuestra sola carne, a usar nuestras pocas energías, sólo para recibir nuestro castigo.

Para que nuestro resucitador pueda mutilarnos y hacernos recordar que nuestro dolor está vivo, aunque nosotros no seamos más que un recuerdo. Hemos dejado demasiado a la suerte, hemos sido demasiado lentos, demasiado confiados, y por eso, el reino de plomo de la alquimista se ha derrumbado.

Se suponía que ella sola bastaría. Que ya no haría falta nada más que su cruel ciencia para acabar con la Bestia Revestida de Luna.

Pero nos hemos equivocado, y al sentir cómo otra de nuestras costillas se parte, suplicamos una segunda oportunidad.

Porque siempre hemos tenido una carta bajo la manga, una que hemos dejado descansar en Monument Valley y que aún no se encuentra lista.

Sólo nos queda esperar la lluvia.

En agonía nos ponemos boca abajo y saboreamos en la piel de nuestra sola cara las cenizas de la casa de los Blake.

Como gusanos moribundos nos arrastramos hacia una solitaria bolsa de plástico, abandonada en medio de la casa. La policía se marchó hace horas y no encontró más que los restos carnosos de la falsa alquimista; restos que la Bestia no ha terminado de devorar por las prisas.

Están inertes en el suelo, metidos dentro de una bolsa que los hombres han cerrado asqueados. Nadie en la comisaría de Stonefall ha tenido el valor de llevárselos; saben que Malcolm Dallas vendrá pronto por ellos.

Miramos las ruinas de la casa en toda su decrepitud. Los muros han caído, los ojos se han cerrado, las puertas se han fundido… pero su corazón palpita, inmortal.

Nos arrastramos una vez más y avanzamos hacia el abismo. Lo escuchamos llamarnos desde su profundidad.

Alargamos una de nuestras columnas y removemos una vieja marca.

Y las sombras, de nuevo libres y hambrientas... nos sonríen.

CAPÍTULO 27
Y DE PRONTO... GRITA

Cuando un frío repentino me acaricia las mejillas, abro los ojos para encontrarme con un brillo cegador.

Me percato de que, de pronto, ya no hay dolor. Ya no hay sufrimiento ni desesperación. ¿Estoy muerto? ¿Estoy en...?

No, esto no es el plano medio.

La blanda superficie contra mi espalda me hace pensar que me encuentro sobre una cama. Comienzo a escuchar el sutil canto de los pájaros mientras una tranquilidad pasmosa me obliga a incorporarme sobre mis codos.

Para mi confusión, la luz proviene de una amplia ventana. Paredes de madera oscura, techo de troncos gruesos, olor a incienso y algo de humedad...

—¿Dónde estoy? —giro la cabeza de un lado al otro. El lugar me parece conocido, pero mi memoria no parece despertar: es una cabaña, y todas las paredes están vacías, excepto por...

Me levanto de inmediato al ver una cornamenta roja frente a mí, clavada en la pared. El único adorno de toda la habitación.

¡E-estoy en la reserva! ¡Ésta es la cabaña de Muata!

No termino de recuperarme de la impresión, cuando el sonido de una puerta me hace girar el rostro hacia allá. Miles, miles de pulsaciones se disparan desde cada rincón de mi ser *al verlo* en el umbral, con sus clarísimos ojos azules abiertos de par en par.

—Tared... —suspiro su nombre mientras el mundo se desvanece a mi alrededor.

El hombre lobo se queda congelado en el marco de la puerta, con su bello manto de Lobo Piel de Trueno sobre los hombros. Y al verme erguido sobre la cama, con el olor del anhelo desprendiéndose de mi piel, sus rodillas parecen quebrarse.

Deja caer su piel al suelo; sus largas y pesadas zancadas acortan nuestra distancia hasta que, con los ojos anegados en lágrimas, me hundo en su pecho. Sus brazos me rodean y me estrujan mientras escucho su corazón latir contra mi oído.

No tengo fuerzas para reservar mis emociones, y menos cuando una sensación de bienestar inigualable me llena por completo. El horror que me tenía devorado hace tan sólo unos instantes se adormece al enredar mis débiles brazos en su fornido cuello.

Olvido todo.

Olvido el miedo.

El dolor...

El fuego.

Porque estoy en casa, y ya no puedo pensar en algo más.

Restriego, con una timidez dolorosa, la punta de mi nariz en el cuello de Tared. Huele a cuero curtido y la sangre de su piel de lobo, pero sus dedos enredados en mi cabello hacen que no importe en absoluto.

—Me alegra tanto que por fin hayas despertado —susurra en mi oído; su aliento es tibio y, aun así, hace que se me erice hasta el último vello del cuerpo.

—¿Cómo me encontraste? —pregunto sin despegarme de su pecho, con el temor a que se desvanezca de un momento a otro.

—Saliste de la tumba de Marie Laveau por tu cuenta, Elisse, ¿no lo recuerdas? —responde él sobre mi coronilla, y su barba la acaricia de forma inconsciente. Casi instintiva—. Pero ya todo está bien. Todo ha terminado.

La tumba. El cementerio. ¿Hemos... derrotado a Samedi?

Una extrañeza intenta apoderarse de mí, pero la dejo ir cuando sus músculos firmes y abultados se estrujan contra mi cuerpo con más fuerza, como si formasen una estrecha madriguera a mi alrededor. Los minutos se vuelven una eternidad paradisíaca en la que sólo existimos él y yo en esta habitación.

Percibo su ropa húmeda.

—Estás empapado. ¿Qué estabas haciendo? —pregunto, mientras mis manos empiezan a subir y bajar por la espalda de Tared para permitirme, por primera vez en la vida, *sentir;* dejarme llevar por la felicidad de estar con él, sin importar si el mundo allá afuera se cae a pedazos.

Él suspira y empieza a aflojar un poco su agarre. Su mentón me roza la sien, luego la mejilla, hasta empezar a frotarse despacio contra mi oído. En voz muy baja, susurra:

—¿No lo recuerdas? Tú me dejaste morir, Elisse.

Mis manos se detienen impotentes. Levanto la barbilla y lo miro, desconcertado.

—*¿Cómo?*

—Me dejaste morir, Elisse. ¿Cómo pudiste soltarme?

Abro los ojos de par en par cuando la humedad de su cuerpo se torna helada. Miro hacia abajo e inhalo de inmediato al ver que una mancha roja moja la camisa de Tared. Me desprendo de su abrazo y me arrojo hacia atrás.

—¡Por los dioses! —exclamo al ver que la sangre brota de un enorme agujero de bala sobre su pecho.

—¿Por qué me soltaste? —murmura impávido, con la mirada encajada en el manto de lobo que ha dejado en el suelo.

Pero ya no es su piel. Es él. Es Tared, humano, con la mirada en blanco y tan inerte, que pareciera estar congelado.

Es su cadáver.

Y cuando levanto la barbilla, ya no es el hombre lobo quien se yergue frente a mí.

—Adam —murmuro.

Muros de fuego estallan a nuestro alrededor. Un calor abrasador me golpea mientras él levanta la barbilla y me mira con sus ojos áureos inyectados en sangre. Su rostro rompe en dolor cuando, desde la coronilla, *se empieza a partir en dos.*

—Como es arriba —susurra—… es abajo.

La tierra tiembla y los muros de llamas estallan. Una llamarada se extiende y devora a Adam en una inmensa oleada que transforma todo a mi alrededor. Las llamas se extinguen de inmediato y me veo, una vez más, ante Monument Valley. Llueve. Llueve aun sin nubes ni cielo, en este abajo que es como arriba, con una fuerza demoledora infestada de relámpagos que retumban por todas partes. La puerta esmeralda se erige frente a mí, y el agua comienza a desvanecer el símbolo grabado en la madera como si estuviese hecho de tinta.

—¡Eran cuatro y ahora son tres! ¡Eran cuatro y ahora son tres!

El zorro despellejado gime, gime con violencia cuando algo comienza a golpear desde el otro lado, algo que me regresa al dolor como si me hubiesen vuelto a moler todos los huesos del cuerpo.

Las cadenas se agitan. Se aflojan. Un potente trueno abre los cielos y entonces...

La puerta se parte.

△ △ ▽ ▽

Levántate.

El huracán se dispersa a mi alrededor. Mis sentidos cobran vida y percibo, con una lentitud agónica, cómo cada herida, laceración y arañazo que sufrí durante la persecución de Dallas empiezan a revolverse sobre mi piel como si buscasen abrirla de nuevo. Estoy recostado sobre una superficie dura, tan entumecido que muy apenas puedo percibir mi propia respiración. Mi cabeza punza sin piedad y mi cuello permanece rígido debido al peso de mi cornamenta, y siento un calor tan infernal, es como si no hubiese escapado de la casa de los Blake.

Llamo en voz baja a Adam. A Tared, y de pronto, escucho voces ininteligibles a mi alrededor.

—Mira, está diciendo algo... —declara una voz femenina. Irreconocible.

—Pobre chico, el calor debe hacerlo delirar —susurra otra voz, más suave, pero masculina—. Fernanda le clavó las garras bien profundo al salvarlo de estrellarse contra el suelo; perdió mucha sangre y ya lleva tres días dormido. Se sentirá fatal cuando despierte.

¿Tres días?

—¿Quieren que le dé más de mi sangre? —pregunta el mismo hombre.

—No, déjalo así, Sam —responde otro sujeto, y su tono de voz es profundo, casi como si emitiese gruñidos largos en vez de palabras.

Trato de sacudir mis dedos, y siento mucho dolor con cada intento que hacen mis músculos por moverse. Pero, aun así, comienzo a recuperar el control de mis extremidades.

Levántate.

—El chico está débil, Calen —interviene de nuevo aquella mujer—. Ni siquiera has querido que le quitemos los cuernos, es inhumano que lo tratemos así.

—Es por nuestra propia seguridad, Irina —replica—. Tú viste lo que pasó en ese pueblo, y has visto su mano. No podemos dejar que recupere sus fuerzas hasta que sepamos quién es y qué intenciones tiene; recuerda que, si se lo proponen, los de su clase pueden ser más letales que nosotros.

¿Los de mi clase?

La ansiedad se apodera de mí. ¿Quién es esta gente? ¿Dónde diablos estoy?

Levántate.

Algo comienza a revolverse en mis entrañas con una oscuridad abrumadora, un eco vibrante y poderoso que lucha por desencadenarse de mi control.

Levántate.

Son ellas. Son las voces, las voces monstruosas que escalan las paredes de mi pecho y mi garganta.

—Calen, basta —replica aquella voz femenina—. Es un hermano y necesita nuestra ayuda, ¡no me importa si es un contemplasombras!

¡LEVÁNTATE!

El nítido grito del monstruo dentro de mí me hace saltar de la superficie y retroceder hasta golpearme de espaldas contra una pared. Un dolor terrible me sacude las costillas mientras veo, delante de mí, la larga mesa donde al parecer estuve tendido, así como el banquillo que ha estado sosteniendo el peso de mi cornamenta.

Me hallo ante una amplia cocina y tres personas me miran con los ojos abiertos como platos. Basta que aspire una sola vez sus esencias para hacerme jadear como loco:

—Errantes... —siseo.

—Conoce nuestra raza, ¡debe venir de otra tribu! —murmura un hombre que sostiene un humeante cuenco de hierbas entre sus manos. Sus ojos grises disparan los latidos de mi corazón.

Perpetuasangre.

Pero a pesar de mi temor, son los otros quienes me erizan la piel: una mujer blanca y un hombre negro, ambos enormes, con cuerpos firmes, potentes, poderosos.

Devorapieles.

¡Mátalos!

Las voces del monstruo de hueso retumban con tanta fuerza que mi cabeza se sacude por dentro como golpeada por un martillo. Jadeo de nuevo y siento una humedad tibia que desciende por mis costados, acompañada de un dolor punzante que me deja sin respiración. El olor de mi propia sangre impregna mi nariz y revuelve mi estómago.

—¡Espera, te has abierto las heridas! —exclama el perpetuasangre.

—Aléjense... —siseo entre dientes como una bestia asustada. Mi espalda se clava más en las baldosas del muro.

—Oye, oye, ¡calma, muchacho! —me pide el devorapieles con su potente voz—. Mi nombre es Calen, y ellos son Irina y Sammuel, mis hermanos. Somos la tribu Red Buffalo, y *no vamos a hacerte daño.*

¡MENTIROSO, MENTIROSO! ¡MÁTALOS, MÁTALOS!

—¡Cállate, cállate, CÁLLATE! —me sujeto la cabeza con ambas manos cuando el bramido del monstruo de hueso vuelve a sacudirme sin piedad.

Él grita, grita y grita dentro de mí, con tanta fuerza que tengo que apretar los dientes ante el agónico dolor de escucharlo retumbar por todo mi ser. Cierro los ojos y pienso con desesperación en Nueva Orleans, pienso en Louisa, en mi padre...

¡MÁTALOS, MÁTALOS, MÁTALOS, MÁTALOS, MÁTALOS!

No puedo. Por los dioses, ¡NO PUEDO CALLARLO!

—Calma, chico, somos familia.

El tal Calen avanza hacia mí mientras yo me encojo al sentirme tan débil, confundido y acorralado. *Peligro, peligro.* Eso es lo único que grita mi instinto al ver a este errante, a esta criatura desconocida y aterradora acercándose.

Pero mis propios pensamientos se acallan de inmediato cuando veo que él empieza a levantar ambas manos y, poco a poco, se pone entre sus hermanos y yo para protegerlos.

Sabe que soy peligroso. Y, de ser necesario, su deber es recibir el primer golpe.

Un líder, un protector.

Algo me azuza la memoria: ojos azules, una presencia tibia y tranquilizadora acompañada de un latido frenético; su mirada, su calma, su protección, sus brazos, su respiración...

Empiezo a temblar, aun cuando el monstruo dentro de mí calla, empequeñecido ante su nombre.

Tared. He soñado con Tared.

Mi corazón casi se sale de mi pecho.

He comenzado a soñar.

Empiezo a entrar en pánico, tan asustado que se me sacude el cuerpo entero.

Ayuda. Ayuda. AYUDA.

Y entonces, cuando creo que nada podría dolerme más, otra ola de terror se estrella contra mi memoria: Adam, la casa, la alquimia, Dallas... y el cadáver de Jocelyn Blake. Sus huesos, su carne, sus órganos, *su sabor.*

Me inclino hacia delante y, ante la mirada estupefacta de estos errantes, comienzo a vomitar.

La sangre, la violencia, los huesos rotos, la carne rasgada, el fuego, los disparos, los cadáveres, los ojos, las paredes, el plomo, el miedo; me quiebro sobre mis rodillas, y me deslizo despacio hacia el suelo mientras mi corona de astas rasguña las paredes a su paso. El olor de la bilis que expulso me provoca nuevas arcadas.

Estoy cansado. Agotado y herido, más de lo que creí que podría llegar a estarlo jamás.

Pero, sobre todo... estoy harto.

Harto de pelear, de huir, de destruir todo lo que toco, de aniquilar todo lo que amo; harto de escuchar esas voces, de sentir su dolor, de caminar sin rumbo, de tropezar, de caer, de morir una y otra vez, de ser herido, de ser repudiado, abandonado, traicionado, destruido. Estoy harto de estar siempre solo, de lamerme las heridas y de soportar esta maldita locura sin alguien a mi lado.

Estoy harto de ser un monstruo.

Después de meses de contenerme, e incapaz de soportarlo más... por fin, comienzo a llorar.

CAPÍTULO 28
VERDUGO

Una fuerte irritación en ambos lados de la cabeza me hace buscar, en una especie de ebria somnolencia, mi cornamenta roja. La encuentro sobre el lavabo de la cocina. El serrucho con el que me la han cortado yace a un lado, con su brillo sanguinolento resplandeciendo contra el sol que se cuela por la ventana.

Puedo oler mi propia sangre que se mezcla con el polvo; el aire está seco y caliente, escupido por la arena que rodea este lugar perdido en medio del desierto. Los ojos me pesan tanto que apenas puedo mantenerlos abiertos, así que sólo distingo de forma difusa el horizonte, rojo e incandescente.

Dicen que el dolor fortalece. Que cuando superas un obstáculo, cuando caes a lo más bajo, sólo te resta subir, pero no me siento más fuerte. Me siento herido, más roto que nunca, y lo único que quiero es… no sentir más dolor.

He vuelto a ser el Elisse débil e indefenso del pasado. El niño atormentado por demonios. Soy de nuevo una criatura extraña y repugnante incapaz de encajar, porque me han bastado unas horas a solas conmigo mismo para darme cuenta de que convertirme en el monstruo de hueso una vez más ha arrancado otro trozo de mi ya de sí frágil humanidad.

De aquello que Tared tanto admiraba de mí.

Observo mi mano, de nuevo despellejada, la cual parece ser que, sin importar cuánta carne humana consuma, jamás podrá regenerarse. Muevo la lengua maldita dentro de mi boca y percibo el sabor de la sangre de Jocelyn Blake impregnada en ella como prueba absoluta de mi monstruosidad.

Palidezco. Y en medio de mi propia negrura veo de reojo que ese tal Calen entra a la cocina. Se sienta a mi lado ante la mesa y alarga un vaso de agua delante de mí.

—Tómalo, te vendrá bien.

Intento levantar la cabeza, pero la presencia de Calen es tan insistente que ya no puedo sentir otra cosa más que irritación, como si después de toda la mierda por la que he pasado ya no pudiese soportar la cercanía más que del aire a mi alrededor.

—¿Sigue sin hablar, Calen? —pregunta alguien a un costado. Es la otra devorapieles, Irina, creo que es su nombre, quien entra a la cocina y me echa un breve vistazo antes de sentarse también a la mesa—. Tu nombre es Elisse, ¿verdad? Así te llamaba la persona que te perseguía.

—Éste es el rancho Red Buffalo, al sur del condado de San Juan —dice Calen—. ¿Puedes decirnos de dónde vienes?

No respondo. No tengo fuerzas para hacerlo.

—De acuerdo. Vayamos al grano entonces —dice el afroamericano, y el tono de su voz comienza a tornarse urgente—. ¿Tuviste algo que ver con el incendio de Stonefall, muchacho?

Stonefall.

Aprieto los labios mientras que a mi mente regresa, como una sucesión de escenas estridentes y monstruosas, el terror que viví en el interior de la casa de los Blake. Me abrazo y me entierro las uñas en los hombros para no echar a llorar de nuevo.

Que mis huesos hayan sido triturados, que mi cuerpo haya sido calcinado o que mis fauces hayan devorado a una mujer enloquecida, no fue lo más espantoso que viví en ese infierno.

No, lo más horrible fue saber que, en alguna parte de ese lugar, Adam se consumía bajo las llamas; presenciar cómo mi poca humanidad y yo nos derrumbábamos junto con los cimientos de esa casa.

Ver morir, una vez más, a alguien que me importaba sin que yo pudiese hacer algo al respecto.

Asesino...

Me restriego las manos contra la cara; el hueso expuesto de mi mano me rasguña la piel. ¿Por qué sigo peleando? ¿Por qué intento sobrevivir desesperadamente, aun cuando parezco destinado a aniquilar cualquier cosa que pudiera darle sentido a mi vida?

—Mira —comienza él de nuevo, con una paciencia que no parece serle natural—. La noticia del incendio ya debe haberse difundido y, si tuviste algo que ver con eso o con la gente que estaba allí, la policía comenzará a buscarte por todo el estado. El hecho de que Stonefall esté a tres horas de aquí no significa que no vendrán a buscarte, así que queremos saber si albergamos en nuestra casa a un errante hermano en problemas o a un pirómano del que debemos encargarnos.

Tal amenaza hace que levante la cabeza para mirarlo.

—Yo no incendié la casa de los Blake —el monstruo dentro de mí gruñe, y no estoy muy seguro de tener las fuerzas suficientes para retenerlo.

—¿Qué fue lo que pasó entonces? —pregunta la rubia, pero mis labios vuelven a sellarse, temerosos de que dejen salir al demonio por mi garganta.

Calen resopla.

—Al menos debes respondernos una cosa, muchacho, y es muy importante que lo hagas: ¿alguien te vio transformado? Y más vale que nos digas la verdad; a estas alturas ya debes saber a la perfección que nuestra prioridad es mantener nuestra raza oculta, así que, si alguien te ha visto, necesitamos saber si será necesario *silenciarlo.*

Padre Trueno me habló de los *silenciamientos* una vez: si un humano, además del Atrapasueños, se entera de nuestra existencia y consideramos que eso es un problema muy grave, es nuestro deber silenciarlo. Y los silenciamientos van mucho más allá de simplemente pedir que guarde el secreto. Y algo me dice que Dallas, aunque en realidad no me vio transformado, puede significar mucho más que un problema del que ya no tengo fuerzas para ocuparme.

Tembloroso, me pongo en pie y arrastro la silla.

—Oye, oye, ¿adónde vas? —el afroamericano me cierra el paso al pararse justo delante de mí.

—Me voy —digo, aunque retrocedo lo suficiente para dejar una prudente distancia entre nosotros, tanto por su seguridad como por la mía.

—¡De ninguna manera! —exclama, con tal vehemencia que incluso su hermana se sobresalta.

Aprieto los puños y uso las pocas energías que me restan tanto para contenerme como para no caer de rodillas una vez más. Estoy cansado. Muy agotado y sólo quiero dormir.

—Se arrepentirán, si me quedo —susurro sin energías.

—¿Es eso una amenaza, muchacho? —pregunta el hombretón, mientras sus caninos empiezan a asomarse.

—Es una advertencia —respondo sin mirarlo, porque esta gente no tiene ni la más remota idea de lo que mi estancia en este lugar podría provocar.

La mirada de color miel del errante me escudriña una vez más y, a pesar de que sus colmillos no dejan de crecer, parece luchar por mantener la compostura.

—Escucha —insiste—: la noticia del incendio ya debe haberse extendido. Tuviste algo que ver y, después de todo el escándalo que vimos allá, de los disparos que escuchamos, estoy seguro de que un precio ya cuelga de tu cabeza.

—Pero no queremos entregarte, Elisse —afirma Irina—. Estamos dispuestos a escucharte y ayudarte. Puedes confiar en nosotros.

—¿Y ustedes pueden confiar en mí? —espeto ante su ingenuidad.

El semblante de Calen se endurece. Da un paso más hacia mí y pone la espalda lo bastante recta para que su sombra me cubra por completo.

—No, muchacho, no podemos confiar en ti —contesta en voz baja, más para contener un rugido que para sonar amable—. De hecho, si fuera por mí, habría ordenado que te arrancaran los cuernos y te arrojaran desnudo en algún punto de la carretera. No eres mi problema, no sé de lo que eres capaz o qué te obligó a destruir esa casa, y definitivamente no te quiero cerca de *mi familia*.

—Calen, cálmate, por favor —interviene Irina con diplomacia—. Ésa no es la manera de hablarle, y menos después de todo lo que ha pasado.

Ella aprieta el antebrazo del hombre y me mira con preocupación, casi con ternura.

—Necesitamos tu ayuda. Una errante de nuestra familia ha desaparecido.

Al escuchar la palabra "ayuda" un punzante dolor ataca el costado de mi cabeza. Comienzo a retroceder, y me llevo la mano a la sien.

—Mira —continúa Calen—. Hace varias semanas nuestra hermana, Alannah, salió por la noche. Ella solía hacerlo de vez en cuando, pero nunca pasaba más de un par de días fuera de casa. Desde entonces no sabemos nada de ella. Ya fuimos a buscarla por todos los condados cercanos, por cada pueblo de los alrededores, hablamos con la policía, ¡hemos hecho todo lo que hemos podido! Es como si se la hubiese tragado la tierra.

—Lo único que no hemos intentado es buscarla por medio de la magia —dice Irina, y su voz dulce empeora mi dolor—. Se nos han agotado las opciones, Elisse, y lo dábamos todo por perdido hasta que apareciste...

Su voz deja de tener sentido para mí. Las piernas me tiemblan y el mareo regresa junto con la repulsión. Me siento acorralado por estas personas que me piden ayuda desesperadamente aun cuando recién he despertado, ya sin saber quién, o qué, soy. Cuando ni siquiera he tenido un momento para lamentar la pérdida de Adam.

Tu culpa...

Incapaz de conmoverme por la mirada suplicante de Irina, me lleno de miedo y dolor, porque el monstruo dentro de mí tiene razón. Todo esto ha sido mi culpa.

Y ya estoy harto de la culpa.

—No —sostengo, y ambos enmudecen.

—Elisse, por favor —murmura Irina, quien sale de su conmoción y alarga su brazo hacia mí—, si no nos ayudas...

—¡NO ME TOQUES! —grito desde el fondo de mi garganta.

Entonces me abalanzo, a trompicones, sobre el serrucho en el lavabo.

Los errantes, estupefactos, me persiguen.

—¡Espera! ¿Qué rayos haces? —exclama Calen. Me vuelvo hacia ellos y les apunto de forma ridícula con la herramienta, pero aun así ellos se inmovilizan.

—Ustedes no tienen idea de quién soy —las lágrimas corren de nuevo por mis mejillas—. No tienen idea de dónde vengo, de las cosas que he visto. De todo lo que he tenido que pasar para mantenerme con vida. Y no hay manera en la que puedan convencerme de quedarme un minuto más aquí.

—Elisse, baja eso, por favor —pide Irina al ver los dientes del serrucho bailar entre mis manos.

—Vamos, muchacho —exclama Calen—. Sabes bien que eso no va a poder con...

Les hago tragar su propio aliento cuando poso el serrucho contra mi cuello. Siento la punta de sus colmillos ansiosos por penetrarla y mis manos temblorosas que les incitan a hacerlo.

Cobarde...

El sabor de la carne de Jocelyn dentro de mi boca vuelve a provocarme arcadas. Lloro sin parar, ahora de rabia e impotencia.

—¿Elisse? —dice Calen con los ojos ensombrecidos—. ¿Qué estás...?

—Soy un monstruo. Y aun si no puedo cercenarme el cuello, estrellaré mi cabeza contra la pared hasta reventarla, ¡me tragaré mi propia lengua si hace falta! Pero no me obligarán a quedarme para ver cómo termino destrozándolos a ustedes también.

—Dios mío —susurra Irina, pálida como si hubiese visto un fantasma. Y no puedo culparla, porque yo mismo no soy capaz de entender lo poco que me importa morir aquí y ahora.

El serrucho tiembla contra mi cuello; el pulso se me dispara... Y el monstruo dentro de mí no hace más que reírse de mi dolor.

Un latido. Un solo latido, y hundo el serrucho en mi cuello.

—¡NO, ELISSE!

El grito de Calen es opacado por la tibieza de la sangre que salpica mi rostro.

Calen me embiste. Mi cuerpo golpea contra el suelo. Irina arranca la herramienta de mis manos mientras me convulsiono.

Un frío bestial inunda mis venas. El mareo y los gritos del monstruo dentro de mí oscurecen todo a mi alrededor.

—¡Sam, Dios mío, Sam! —grita Irina con fuerza. Sus dedos envuelven mi cuello mientras siento su tibio pulso palpitar sobre mi sangre—. Por favor, no hagas esto, no hagas esto, aguanta, aguanta, ¡SAM!

Unos pasos vibran sobre el suelo en tanto mi vida se escapa una vez más a borbotones; la dejo ir y siento el vértigo de la muerte.

Si me hubiese marchado de la casa de los Blake el primer día, Adam seguiría vivo y tal vez, algún día, él habría encontrado la forma de escapar de ese lugar infernal por su cuenta.

Pero Adam está muerto ahora. Adam murió porque yo no pude protegerlo.

Mamá Tallulah está muerta porque yo no pude protegerla.

El frío empieza a entumecerme los huesos mientras la oscuridad me rodea en los brazos de Irina.

Yo maté a mamá Tallulah. Yo maté a Adam. Y mataré a todo aquel que intente hacerme creer que mi vida tiene algún valor.

No puedo ayudar a esta gente.

Y ya no puedo ayudarme más.

CAPÍTULO 29
VIEJOS AMIGOS

Lo primero que percibe Buck Lander a su llegada a Stonefall es el hedor arenoso y deprimente que se ha quedado impregnado en la atmósfera del pueblo. Han pasado tres soles desde la caída de la casa de los Blake, y, aun así, su fantasma invisible ha dejado tras de sí el oscuro rastro de cenizas de lo que antes fue un infierno.

El hombre blanco arruga la nariz sobre su bigote sudado y tuerce su gran camioneta hacia una de las vertientes de la carretera, en dirección a un deteriorado camino de tierra.

Nos aferramos con fuerza al vidrio y miramos sus ojos azules, fijos al frente.

Rememoramos esa mirada con una sonrisa. ¡Cuánto tiempo ha pasado desde la última vez que vimos esos ojos! Puestos en otra cara, tal vez, en otra época también, pero el parecido es tan asombroso que parece como si volviésemos a ver a nuestro viejo enemigo resucitado.

Ah, monstruo de metal y cuerda, de ganchos y carnada; desearíamos ver tu sangre nutrir la tierra, tus tripas colgar de los árboles, los gusanos trozar tu carne…

Pero no en esta vida. No en esta venganza, porque es una ironía que, después de tantos años de rencor, nos hayamos reencontrado no para despellejarnos mutuamente, sino para formar una alianza de la que nunca entenderás que eres parte.

Buck tuerce la boca como si hubiese escuchado nuestros silenciosos pensamientos. Aspira un gargajo y lo arroja por la ventanilla para, metros más adelante, detenerse en el único edificio de los alrededores: una pequeña propiedad mugrosa, oscura y atestada de basura.

El bruto se apea de un salto y aterriza sobre el suelo árido. Más grasa que músculo, pero lo bastante macizo para romperle el cuello a un hombre con las manos.

A pesar del ardiente sol, se acomoda su apretada cazadora con patrón de camuflaje y camina hacia el pórtico de la casa con cautela. Sabe a la perfección que la bestia que lo aguarda es de otra índole, está herida y muerde con dientes de plomo.

Oprime el oxidado timbre y escucha las pisadas contra el suelo. El semblante de Buck se tensa al ver que el jefe Malcolm Dallas abre la puerta, quien ahora luce como un hombre distinto al que hace tan poco se creía el minúsculo dios de un pueblo perdido en medio del desierto.

No se ha bañado en tres días. Grandes manchas amoratadas acompañan su sombría mirada y su rostro parece aún más cadavérico, como si hubiese adelgazado diez kilos.

Pero lo más notorio es la gruesa y descuidada venda que cubre su mano: una cicatriz dolorosa de un suceso que el jefe de policía aún se niega a aceptar.

Está muy seguro, dentro de sí mismo, de que la magia es una mierda que no existe, aun cuando no ha encontrado la forma de explicarse cómo, de la nada, el fuego terminó abrasando sus dedos. Y cómo es que jamás encontró un cadáver en el barranco, ningún indicio que le asegurara que la Bestia Revestida de Luna no se había escapado de sus garras.

—Llegas tarde —dice a Buck, y su aliento apesta a alcohol y podredumbre.

El tipo arruga su enorme nariz.

—¿Y qué esperaba? Tuvimos que volver al sur después de que usted quitara todas nuestras trampas.

—Les dije que podían traer a Jocelyn todos los animales ilegales que quisieran, matar a todos los pumas del condado o dispararle a un puto indio y usarlo de tapete si les daba la gana. Pero les advertí que no trajeran su mierda a mi pueblo.

Dallas se acomoda la camisa desabotonada para revelar una pistola a un costado de sus caderas. Nosotros, complacidos al ver la creciente rabia de Buck ante la amenaza, nos colocamos como una imperceptible nube de polvo detrás de él.

—Nos pidieron un lince y fuimos a buscarlo —dice el cazador en voz baja—. La señora Blake no era nuestra única cliente.

La cara de Dallas se torna roja como el desierto.

—¡Pero sí la que sobornó durante veinte años a todo el maldito condado para que no te pusieran a ti y a toda tu puta familia tras las rejas, estúpida bestia!

Buck Lander enmudece, temeroso y agazapado.

Ah, Dallas. Si supieras que durante esas décadas nosotros también hemos puesto nuestro grano de arena. Hemos alimentado tu obsesión por la alquimista hasta el punto de que has movido viento y marea para ocultar la identidad de sus víctimas. Hemos insuflado la avaricia en los oídos de todo el condado para volverla intocable.

Y, sin descanso, sedujimos a aquellas mujeres andróginas para que, sin mediar palabra, sin dejar rastro, cayesen sin remedio ante los encantos del inquietante Adam Blake.

Pero eso no significa que no nos guste verlos a ustedes sufrir de vez en cuando.

Sonreímos y, con malicia, susurramos al oído de Buck Lander.

—¿Y qué diablos quiere ahora de nosotros? —grita el hombretón en respuesta, envenenado por nuestra influencia—. Porque ahora que está muerta, la señora Jocelyn no necesitará más de nuestros servicios.

La culata de la pistola de Dallas vuela hacia la mejilla del trampero y le revienta el labio inferior. La sangre fresca de Buck salpica el suelo de una forma que sólo sería más satisfactoria si un trozo de diente le hubiese acompañado.

Pero a pesar del potente golpe, el hombre apenas se tambalea.

—¡Cabrón, hijo de puta! —grita Lander mientras se agarra el rostro, aunque no se mueve de su lugar.

El jefe de policía no retrocede, ni siquiera un poco intimidado ante el amenazante sujeto.

—En algo te has equivocado, Buck, y es que sí voy a necesitar de tus servicios.

—¿Qué carajos quiere? —dice él con la voz pastosa, ya que su labio ha empezado a inflamarse—. ¿Para qué mierda va a querer usted más animales muertos?

—No quiero ningún puto animal, imbécil. Te he mandado llamar para otro asunto, y si no estás dispuesto a cooperar, lo único que volverán a cazar tu familia y tú serán ratas en la prisión. Jocelyn estará muerta, pero aún tengo suficientes pruebas para refundirlos a todos en el calabozo.

El trampero bufa como un puma furioso.

—¿Qué es lo que quiere?

Malcolm Dallas sonríe de nuevo y se saca del bolsillo un papel, una fotocopia que desdobla y pone frente a los ojos del trampero.

—Dale un vistazo a esto —Buck mira la hoja de arriba abajo mientras nos asomamos sobre su hombro.

—¿Quién es ella?

Dallas ríe y se guarda el papel.

—Es un muchacho. Se llama Elisse, y hace meses que lo buscan en Luisiana.

—Sigo sin saber a dónde quiere llegar.

Malcolm Dallas da un paso hacia el cazador. Todo rastro de sonrisa es sustituido por una expresión de odio atroz que le deforma la cara.

—Éste es el chico que mató a mi Jocelyn y a su hijo. Y los Lander, la legendaria familia de tramperos del desierto, *van a traerme su puta cabeza.*

CAPÍTULO 30
CUESTIÓN DE AÑOS

El suicidio nunca ha sido una idea ajena.

Si tienes una vida como la mía, es natural que te cruce alguna vez por la cabeza. Es normal sentir que las cosas son demasiado duras y que la escasa felicidad que de vez en cuando disfrutas no es suficiente para justificar la existencia. Así que salir por la puerta de atrás resulta, a veces, tentador.

Pero, aun cuando jamás había atentado contra mi vida con tanta desesperación como cuando puse ese serrucho contra mi cuello —ni siquiera después de que Samedi me arrancase los ojos—, no he sido capaz de acabar conmigo mismo.

Y salir vivo de una decisión que, irónicamente, conduciría a mi muerte, parece más una tragedia que un milagro.

Palpo las vendas que cubren mi cuello, las cuales me parecen ya innecesarias, puesto que apenas puedo sentir el escozor de las heridas.

Y esta vez el roce de mi mano desgarrada, sin su guante, sin su protección, me da más asco que nunca.

He despertado solo en esta habitación ajena, pero el familiar desierto rojo que se abre detrás del ventanal me deja claro que sigo en el rancho Red Buffalo. Que ese bruto perpetua-sangre ha logrado salvarme.

Me siento... tan angustiado y, a la vez, tan indiferente, como si esa sierra me hubiese arrancado de un sueño terrible para introducirme en uno peor, porque ni siquiera me he esforzado en levantarme de la cama y mucho menos he tratado de buscar algo con lo cual terminar de matarme.

Estoy demasiado cansado y sólo quiero dormir, a pesar de que padezco de un insoportable insomnio que me obliga a convivir con este cuarto amplio, decorado con muebles rústicos y retratos que me sonríen desde sus paredes.

Porque eso no me deja dormir.

Libérame...

Mis ojos azules lo adormecen, lo vuelven palabras sueltas y hasta murmullos, pero ya no pueden callarlo. Ya no puedo silenciar al monstruo dentro de mí, como si al haberme transformado esta última vez se hubiese apoderado de una parte mayor de mi humanidad, como si...

El sonido de la puerta me arrebata de mis pensamientos, y el tintineo de algo hecho de cristal me hace apretar las sábanas empapadas en sudor. Es Irina, quien entra a la habitación ajena a mi tormento, con una sonrisa que me lacera. Sostiene una bandeja con comida, y el simple olor de la leche bronca me produce una arcada que me veo obligado a contener, muy a pesar de que ya nada queda en mi estómago.

—Buenos días —saluda—. Ya decía yo que te iba a servir despertar en una cama decente. Tienes mejor aspecto, ¡has dormido otro día completo!

Basta darle una mirada de reojo al espejo del tocador para darme cuenta de que, en realidad, estoy hecho mierda, así que su comentario compasivo no hace más que acrecentar mi apatía.

—Espero que no te moleste que te haya traído a mi casa —dice, mientras acomoda la bandeja en una cómoda al lado de la cama—. Lo que menos quería era que despertaras donde ocurrió el *incidente*. Tú me entiendes.

Ella se sienta en el colchón, frente a mí, y alarga el brazo para acercarme un tazón de fruta. Pero al ver que ni siquiera levanto la mirada, suspira.

—Vamos —insiste con amabilidad—. Si no comes, vas a...

—Morir... debieron dejarme morir —mis palabras le arrancan la sonrisa de la boca.

Es la segunda vez que digo esa frase a alguien. Pero al menos, esta vez sí puedo ver la expresión de esa persona.

—No es fácil ver a un niño quitarse la vida, Elisse —dice con una seriedad que no logra diluir del todo la suavidad de su voz.

Estúpida.

Retuerzo las sábanas dentro de mis puños. ¿Cuánta sangre deberá correr por mis manos para que la gente comprenda que no debe sentir compasión por mí?

—Lo único que han logrado es mantener a este niño en un mundo que sólo se dedica a torturarlo —respondo, harto ya de su lástima.

Puedo escuchar cómo el corazón de la errante se acelera mientras el mío lucha por apaciguarse; su mirada, en vez de endurecerse, se cristaliza, como si mis palabras no hubiesen podido hacer otra cosa que enternecerla. El tazón vuelve a la bandeja y el suspiro de Irina se torna más audible.

—Me parece que tienes una tribu, ¿no es así? ¿Dónde están ellos ahora?

—No tengo tal cosa —me limito a responder, y un gesto de genuina preocupación devora a la errante.

—¿Les sucedió algo en Stonefall? —exclama y se lleva una mano al pecho.

—Los abandoné mucho antes que llegar aquí —digo, casi indiferente al dolor que la idea me provoca—. El único *monstruo* que sobrevivió en Stonefall fui yo.

Irina se echa hacia atrás y me mira, no con hostilidad, sino con paciencia, cosa que empieza a desconcertarme.

Después de un largo silencio, pregunta:

—¿Quién es Adam? —yergo la espalda e Irina tensa los hombros, consciente de que acaba de tocar una fibra sensible—. Susurraste ese nombre cuando estabas inconsciente. ¿Fue él quien te atacó?

~~Asesino~~...

—No. Adam nunca me haría daño, él...

Cierro la boca al entender que lo que he dicho no es más que una mentira.

A pesar del cariño que sentí por él, a pesar de que en el fondo quise que formara parte de mi propio Atrapasueños, Adam no era lo que parecía, y aun si hubiese sobrevivido, nunca habría podido verlo con ojos de ternura.

Adam ayudó a asesinar a todas esas mujeres inocentes. Me mintió y manipuló para llevarme a su casa, donde su madre me mataría.

Sí, Jocelyn abusó de él y le destruyó la vida por completo, pero, a fin de cuentas, él habría tenido que pagar por su complicidad tarde o temprano. Y duele, porque descubrir algo tan horrible de él me aflige casi tanto como su muerte.

El afecto que nos teníamos no era más que un engaño, una mentira orquestada por las retorcidas ambiciones de Jocelyn Blake.

Y yo lo creí hasta el final.

Las lágrimas vuelven a brotar silenciosas, y comienzo a sentirme como un niño indefenso ante la insondable crueldad. No tengo fuerzas para levantar la mano y enjugarme las mejillas; tan sólo dejo que las lágrimas caigan de forma vergonzosa en mi regazo. Estoy tan, tan cansado.

Quiero dormir, por favor. Sólo quiero dormir.

Pero no es hasta que la mano de Irina envuelve la mía que soy capaz de levantar la barbilla de nuevo.

Muy a pesar de que es una devorapieles y de la fuerza que emana de cada uno de sus poros, alcanzo a percibir en ella una especie de tibieza que me parece muy familiar. Distingo también varios olores y esencias las cuales, creo, provienen de su ancestro: una fiereza protectora, la textura de la piel viva. Calor, mucho calor.

Irina me hace pensar en una madriguera. En una madre.

—Ahora entiendo tantas cosas. Perdónanos, Elisse —susurra muy bajito y, aunque no le respondo, parece reconocer la incertidumbre en mi mirada—. Perdónanos por haberte pedido ayuda cuando, al parecer, ni siquiera puedes ayudarte.

La escalofriante semejanza de sus palabras con mis propios pensamientos me estremece; su intuición, tan aguda, ahora me provoca más temor que desconfianza.

—Soy débil. Siempre he sido débil… y moriré débil.

Ella yergue la espalda y, por unos instantes, una rigidez propia de su estirpe la invade de pies a cabeza. Pero algo en su mirada no se endurece; al contrario, una especie de ternura infinita parece poseerla.

Me recuerda muchísimo a… Louisa, a la forma en la que me miraba cuando estaba a punto de reprenderme.

—¿Sabes qué es lo más poderoso que tenemos los errantes, Elisse? —pregunta con severidad. Ante mi súbito silencio, continúa—: No es nuestra sangre o nuestras habilidades. Ni siquiera nuestros ancestros. Es nuestro Atrapasueños. Eres débil no porque tu cuerpo o tu mente no sea capaz de hacer cosas extraordinarias, Elisse. Eres débil simple y sencillamente porque *decidiste quedarte solo.*

Y así, Irina lanza una estaca directo a mi corazón. Y aunque sé que debería sentirme sorprendido porque una completa extraña me haga tal revelación, no lo estoy. Muy en el fondo no quise aceptar que tal vez jamás sería lo bastante fuerte para derrotar a mis enemigos por mi cuenta. Que, tal vez, marcharme de Comus Bayou sólo fue una forma de acortar mi inminente deceso.

Y ahora que la situación ha empeorado, ahora que sé que me he ganado un nuevo enemigo llamado jefe Dallas, entiendo que tal vez nunca merecí volver a casa.

Irina me mira nadar en mis demonios en absoluto mutismo, como si hubiese detenido el tiempo en su rostro. Despacio, voltea hacia la ventana, hacia donde se asoma el desierto, desde donde éste escupe su brisa caliente y reseca.

—Nuestro mundo parece ser cruel y lleno de cosas que no podemos comprender —dice, casi como si le hablase al aire—, cosas que nos hacen sufrir porque a veces no creemos tener la fuerza para enfrentarlas. Pero debes admitir que, muy a pesar de la crueldad de nuestra naturaleza, ser un errante es una bendición. No por nuestras transformaciones, sino porque somos capaces de amar a seres completamente distintos a nosotros sin juzgarnos, sin preguntarnos por qué lo hacemos. Nosotros y los humanos con los que creamos nuestros Atrapasueños sabemos ver como familia a quienes no son de nuestra raza, de nuestra sangre, de nuestras creencias o de nuestra nación. No necesitamos aprenderlo ni nos interesa cuestionarlo; somos leales al fuego de nuestro hogar. Nos volvemos amigos. Nos hacemos amantes. Nos convertimos en familia. Y romper ese vínculo, esa unión sagrada que por milenios hemos honrado con nuestra sangre y la de nuestros hijos se paga con debilidad.

Irina se levanta y la sigo con la mirada; su alta silueta se para frente al ventanal y sus brazos cruzados la dotan de una fortaleza indescriptible. Sus ojos azules brillan contra el desierto, desafiándolo. Y cuando los dirige hacia acá, a quien desafía es a mí.

—¿Quién es Tared?

La simple mención de su nombre me hace estremecer. *Él*, el anhelo de una carne agotada y marchita de esperanza, lo único que la mantenía tibia y palpitante.

Y he soñado con él. En mi primer sueño *ha estado él*.

Toda la furia, toda la monstruosidad que aún luchaba por vencerme se transforma en nostalgia cuando el lobo aúlla en mis recuerdos, y no hace falta que sea tan evidente, puesto que Irina parece tener la facilidad de desmenuzar mis pensamientos con una nitidez escalofriante. Su faceta devorapieles, esa que parece tener un instinto tan brutal y preciso, me analiza profundamente; cada movimiento, cada gesto de mi rostro parece serle tan evidente que, de alguna manera, también me recuerda a Tared.

—Eso pensé —dice en voz baja—. Tal vez tus razones para abandonar a tu Atrapasueños son algo que yo no podría entender, Elisse, pero lo que sí entiendo es que tienes la esperanza de volver con ellos. De otra forma, ¿por qué susurrarías el nombre de esa persona con tanto alivio? ¿Por qué pelearías con semejante fuerza por mantenerte con vida a pesar de que pareces sufrir tanto?

El olor fantasma de mi propia sangre vuelve a marearme, como si aún pudiese sentir su tibieza cubrir mi cuello.

Me veo convulsionándome sobre un charco de mí mismo sin morir, sin cruzar al plano medio como el espíritu que debería ser ahora, y la impresión de ver todo aquello me resulta tan traumatizante que me yergo sobre la cama, deseando salir de ella y acercarme a Irina, a la asombrosa fortaleza que la devorapieles irradia. Porque sé que en el fondo tiene razón. Sobreviví a Samedi, sobreviví a Jocelyn y hui del jefe Dallas no porque anhele vivir… sino para, algún día, tener la oportunidad de por fin hacerlo. De volver a ver a mi familia.

¿Es esto lo que llaman depresión? ¿El hecho de mantenerse vivo no por uno, sino por los demás? Pero ¿qué soy más allá de mi pérdida? Si me desgarrara la piel, sólo encontraría dos cosas debajo de ella: esperanza, y un monstruo repleto de huesos. Muy a mi pesar, ahora mismo no sé cuál de las dos es más fuerte, e Irina parece haberlo comprendido a la perfección.

—¿Cómo sabe tanto sobre mí? —pregunto casi falto de aliento.

—Entender a las personas fue un tiempo mi trabajo —responde con simpleza—. Pero entender a los míos, a los errantes, me es instintivo. Rara vez suelo equivocarme.

—¿Pretende sanarme? —pregunto con mordacidad al deducir que es una especie de terapeuta que también ha resultado ser una errante muy perspicaz. Quizá lo primero provenga de lo segundo.

—¿Sanarte? No, Elisse. Eso es cuestión de tiempo. Tomará años —contesta con suavidad—, y puede que yo no sea la persona indicada para ayudarte. Es más, tal vez una persona así no exista, y ya te hayas fragmentado tanto que sea imposible que algún día sanes por completo.

Sus palabras no me sorprenden demasiado, porque muy en el fondo sé que nunca voy a perdonarme. Nunca dejaré de ver una bestia horripilante cada vez que me mire en el espejo y jamás, nunca jamás me sentiré digno de disfrutar del afecto de mi familia de nuevo, por mucho que tenga el descaro de anhelar volver a su lado. Por más cosas buenas que obre, por más monstruos que destruya, nunca dejaré de ser un asesino. Un caníbal. ¿Cómo podemos volver a ser los mismos después de que nos han despojado de todo lo que nos hace humanos?

—Entonces, ¿qué es lo que quiere de mí? —murmuro.

—Lo único que pretendo hacer aquí y ahora es convencerte de que nosotros, esta familia, es la única opción que te queda. Así como tú eres nuestra última esperanza.

—¿Eso qué significa?

Se sienta en el borde de la cama y suaviza su rostro hasta el punto de parecer desesperada.

—No voy a obligarte a hablar, Elisse. No voy a obligarte a que me digas por qué huyes de tu familia o que siquiera me cuentes lo que ocurrió en Stonefall. Pero lo que sí voy a hacer, es optar por creer que todo lo que has pasado te ha convertido en una víctima y no en el monstruo depredador que crees ser —dice, mientras mira mi mano desgarrada—. Y por eso, en nombre de toda mi familia, he venido aquí a ofrecerte un trato.

Un trato.

No necesito decirle a Irina que continúe, puesto que el simple gesto que adopto es suficiente para ella.

—Quieres volver a ver a tu familia, ¿verdad? Pero no puedes o no *debes* hacerlo. Y también necesitas protección, porque hay algo que parece perseguirte. No sé si huyes de la gente en Stonefall o de algo más, pero lo que sí sé, es que sin tu Atrapasueños no sobrevivirás. De no haber sido porque Fernanda sobrevolaba el pueblo en busca de nuestra hermana, de no ser *por nosotros,* ahora estarías muerto.

Irina me aprieta la mano con firmeza.

—Éste es el trato, Elisse: tráenos a nuestra hermana. Devuélvenos a Alannah, y nosotros te protegeremos. Seremos tu escudo y tu espada, y te ayudaremos a salir del condado, del estado y del país si hace falta. Te daremos provisiones, armas, un vehículo. Pero tráela. Tráela a casa y nosotros... Seremos tu Atrapasueños.

Su voz suena ahora como un tenue tintineo en mis oídos. Llevo la mirada al ventanal de la habitación; veo, a lo lejos, donde se pierde la línea del horizonte desértico, una silueta humana que comienza a adquirir forma mientras el tenue olor a alcohol y putrefacción se mezcla con la calidez de este cuarto.

Es Barón Samedi, quien me sonríe con su expresión macabra.

—¿Está dispuesta a abrirle las puertas de su casa a un demonio? —murmuro, mientras mantengo la mirada fija en el Loa de la Muerte.

—Créeme, Elisse. Lo que hemos vivido en este rancho es un terror que ningún demonio podría superar.

La miro, y lo que veo en esos ojos azules, ahora húmedos, es esperanza. Una esperanza de la que empiezo yo mismo a llenarme, porque podría ocultarme aquí hasta que pudiera llegar a Monument Valley. Y en caso de que Dallas, el Silenciante u otra criatura de mi Mara, aparezca, ya no estaré solo para enfrentarla.

No sé si merezco ser perdonado o si merezco volver con los míos, pero ahora mismo, no quiero amnistía. No anhelo dignidad. Lo único que busco *es destrozar a quien me ha arrebatado todo lo que amaba*. Y juro, por la memoria de mamá Tallulah, por el sufrimiento que pasó Adam y por la virtud ignota de mi padre, lo último sagrado que me queda en el mundo, que nunca más dejaré que una mano vuelva a destruirme.

Nunca. Más.

Despacio, asiento ante Barón Samedi, quien, tras unos instantes desaparece.

—Una semana —susurro.

—¿Cómo? —pregunta Irina, quien se inclina hacia mí.

—Una semana y ni un día más para buscar a su errante —respondo sin mirarla—. Después de eso, la encuentre o no, ustedes me llevarán al sur. A Monument Valley. Es todo lo que estoy dispuesto a negociar.

El rostro de la devorapieles se ilumina y, sin pensarlo, me extiende la mano. Debilitado, la tomo con mi garra descarnada.

Ella no duda en envolver mis huesos entre sus dedos para dar un firme apretón que no tengo energías para corresponder.

—Tenemos un trato entonces, Elisse —dice con una sonrisa gigantesca.

Un trato.

Un escudo por otro. La sangre de un Atrapasueños por otro.

Cuando me suelta, miro mi extremidad unos instantes, y sólo entonces entiendo que he sellado mi primer trato como *witch doctor*.

CAPÍTULO 31
UNA RAZA QUE AGONIZA

—¡**B**uenos días! ¡Qué bueno es verte tan repuesto! Creo que nuestro primer encuentro fue un poco desafortunado, pero nunca es tarde para empezar de nuevo, ¿verdad?

Gruño por lo bajo ante la excesiva familiaridad con la que Sammuel, el perpetuasangre de Red Buffalo, me guía fuera de la casa de Irina. Miro a mi alrededor a medida que avanzamos sobre la grava mezclada con tierra, mientras que el intenso sol me quema el rostro. El rancho consiste en dos casas, un granero avejentado y un gran corral repleto de vacas que parece abarcar sin problemas las cien hectáreas de terreno árido, con su respectivo establo y bebederos. Detrás de la casa de Irina hay un pozo y un molino de hierro oxidado, cuyo rechinido retumba entre el polvo y el aire caliente mientras que, al horizonte, se asoman de nuevo esos acantilados enormes que abrazan el rancho en una media luna.

Nos detenemos frente a la casona y, a diferencia de la de Irina, ésta se ve bastante antigua: rectangular, columnas en el porche que se alargan hasta el segundo piso, tejas rojas, una chimenea, paredes de madera vieja… A pesar de que es muy diferente a la propiedad de los Blake, el sólo pensar en entrar allí me hace sudar casi tanto como el propio calor del desierto.

Cobarde...

Mi mano, cubierta de nuevo gracias a que Irina me consiguió un guante, escuece bajo la tela de cuero negro. Trato de armarme de valor para no dar media vuelta y largarme, porque ahora estoy ligado a una promesa; a un trato que no puedo romper.

Debo darme prisa. Los trueques vudú son peligrosos, tanto para una parte como para la otra, así que por nada del mundo puedo violar el acuerdo si no deseo que recaigan sobre mí las consecuencias.

Por fortuna haberme recluido ayer en casa de Irina me ha ayudado a esclarecer bastantes cuestiones respecto a todo lo que ha pasado.

Para empezar, cuando me revelaron que Alannah era una contemplasombras, mi primera reacción fue pensar en Jocelyn y todas las mujeres andróginas con las que practicó sus retorcidos experimentos. Pero la chica apenas tiene unas semanas desaparecida, y recuerdo bien que Dallas mencionó que Adam llevaba meses sin traer a una mujer a la casa. Jocelyn misma también dijo que yo era diferente, sobrenatural, señal de que ninguna de las víctimas que había capturado antes tenían magia, así que dudo mucho que la chica haya caído en sus garras.

Me pregunto cómo diablos es que Jocelyn se dio cuenta de que yo no era humano. ¿Habrá sentido mi magia, tal cual podemos hacerlo los contemplasombras?

De acuerdo. No es que pueda confiar en lo que dijeron esos malditos psicópatas, pero sea cierto o no, creo que prefiero asegurarme antes que decirle a esta gente que tal vez su hermana fue torturada y asesinada por una alquimista demente.

Además, eso me llevó a tener otra cosa en claro. En Red Buffalo, al parecer, nunca se percataron de la macabra existencia de Jocelyn Blake, por la misma forma en la que ella logró engañarme a mí: la mujer podía esconder su magia, hacerla imperceptible para cualquiera que se acercara a ella o a su horrenda mansión, pero ¿cómo diablos lo hizo? ¿Cómo esconder tanto poder y hacerlo aparecer y desaparecer de la nada?

Imbécil...

—¿Quieres callarte ya? —siseo.

—¿Dijiste algo? —pregunta Sammuel, lo que me provoca un sobresalto.

—No, nada —respondo en voz baja. Por suerte, el errante se arquea de hombros sin darle importancia y sube al porche para abrir la puerta.

No puedo creer que ahora tenga que lidiar todavía más con el monstruo dentro de mí. Desde que volví a transformarme en esta cosa, me ha resultado más difícil mantener calladas sus voces y han comenzado a hacerme enfadar con más facilidad que antes. Y no sólo eso: también he comenzado a soñar, porque esa *escena*, eso que tuve con Tared fue un *recuerdo*, algo que viví con él cuando todavía no había abandonado Nueva Orleans y que, en algún punto, se mezcló con mi visión. Y lo único que me queda claro es que el monstruo de hueso tiene algo que ver en todo esto, y mientras más acuda a su poder, más difícil me será controlarlo; es como si, poco a poco, me consumiera por dentro, como si empezara a palpitar con mi corazón, como si su respiración se estuviese acompasando con la mía.

Así como lo haría un ancestro.

Tengo miedo de que se esté volviendo uno conmigo y que si sigo recurriendo a él llegaré a perder el control de mí mismo. Por más que esa criatura me haya salvado de morir en casa de los Blake, no puedo permitir transformarme en ella de nuevo. No, debo encontrar la forma de deshacerme de este monstruo antes de que termine poseyéndome por completo.

Al ver que Sammuel entra a la casa dejo de divagar y subo con reticencia los escalones del porche hasta asomarme al interior. Las paredes amarillentas del recibidor exhiben unas cuantas pinturas de caballos y vacas, por lo que intento, por todos los dioses, no imaginar que los ojos de aquellos animales me miran. Me repito una y otra vez que aquí no hay quimeras terroríficas, que aquí no brotarán del techo mujeres calcinadas suplicando ayuda.

Sigo a Sammuel despacio, pero procuro dejar una buena distancia entre nosotros mientras la luz de la mañana devora el interior. A través del amplio ventanal de la sala veo pasar a un hombre de piel morena y claros rasgos indígenas montado a caballo, alguien a quien reconozco por las fotos en la casa de Irina. Su esposo, me parece.

Una vez más me permito sorprenderme por la diversidad que parece distinguir a las familias de errantes. Es como si nunca siguiéramos un patrón.

Mientras subimos las escaleras a la segunda planta aprovecho para mirar la decoración de las paredes, donde hay colgada vieja utilería de rancho, cuadros de croché, pinturas de paisajes del viejo oeste e infinidad de fotografías. Estas últimas son interesantes, ya que retratan a los miembros de Red Buffalo en sus momentos de diversión: desde celebrando un cumpleaños en un restaurante hasta esquiando en una montaña nevada repleta de turistas.

En Comus Bayou también teníamos fotos así, sobre todo en la cabaña de mamá Tallulah. Recuerdo a Johanna tomándome unas cuantas durante alguna reunión en la reserva para luego colgarlas o guardarlas en uno de los álbumes familiares. Más de una vez me vi tentado a robarme un par y creo que, a estas alturas, me arrepiento un poco de no haberlo hecho en su momento.

Tal vez me hubiesen ayudado a sentirme menos solo.

—Es aquí —dice Sammuel, que se detiene frente a la última puerta de uno de los pasillos de la segunda planta—. Chenoa solía compartir conmigo este cuarto hace unos años, pero cuando empezó a salir con Irina, decidieron construir la otra casa para mudarse juntos. Por suerte su catre se quedó aquí, así que puedes usarlo a partir de ahora.

Mete una llave en la cerradura; la abre y se hace a un lado para dejarme entrar primero.

Una fuerte sensación de incomodidad me invade al ver que las paredes están cubiertas por estanterías, tan atiborradas de libretas y papeles que parece que los tablones fueran a ceder para venirse abajo en cualquier momento.

Todo se torna rojo a mi alrededor. Ojos grandes y húmedos comienzan a abrirse en las paredes, escucho el sonido acuoso de sus pupilas que miran hacia mí.

—Por favor, no te fijes en el desorden, je, je —dice Sam de pronto—. No tenía contemplado tener un nuevo compañero de habitación.

Parpadeo y de pronto los ojos se han ido. Me sujeto la cabeza por las sienes, consciente de que tal vez deba pedir ayuda a Irina para mantener a raya este trauma...

Aun así, antes de entrar al lugar me detengo unos instantes a analizar a Sam para asegurarme de que no corro peligro. Llámenme paranoico, pero creo que tengo ya bastantes razones para desconfiar hasta de mi propio reflejo.

Para mi sorpresa encuentro su presencia... extraña, humana, cosa que me desconcierta. Este hombre no sólo salvó mi vida, sino que también me compartió de su propia sangre —tengo entendido que la de su estirpe es compatible con la de cualquier humano, errante o animal—. Además, curó mi herida hasta dejarla prácticamente sana. Estoy seguro de que es un perpetuasangre, pero ¿por qué su presencia es tan *insípida*?

A pesar de la tosca mirada que le dirijo, Sammuel no endurece su expresión amable; en cambio, me espera con paciencia a unos pasos de la puerta. Desconfiado, entro despacio y analizo cada uno de los elementos de la habitación, desde las camas gemelas hasta la ventana, para calcular qué tan fácil me resultaría saltar por ella si necesitara escapar en algún momento.

—¿Eres escritor? —cuestiono al notar un escritorio de madera pegado a la pared, también lleno de papeles y bolígrafos mordisqueados. Pregunto más por precaución que por deseos de iniciar una plática casual, porque lo último que quiero es descubrir que acabo de relacionarme con más locos obsesionados con algún tipo de magia.

—Ah, ¿te refieres a todo esto? No, no exactamente —contesta con mucha parsimonia, lo que me obliga a admitir que su voz es un tanto tranquilizadora.

Sammuel, al verme aún expectante, se acaricia un poco la parte inferior del pecho en un gesto ansioso.

—Supongo que no ganaré nada con ocultártelo —dice con una sonrisa resignada—, además, si vas a estar aquí por un tiempo, más vale que nos tengamos algo de confianza, ¿no? —opto por no responderle, pero no parece tomárselo a mal—. Dime, Elisse, ¿qué tanto sabes sobre cómo funcionan los genes de nuestra raza?

La pregunta me desconcierta un poco, así que me detengo a pensarlo unos instantes porque fui yo quien comenzó la conversación.

—Sé que no debemos aparearnos con los nuestros —respondo con cuidado—. También que el atributo necesita de varias generaciones para revelarse en nuevos errantes.

—Sí, en términos generales, es así —afirma, a la par que se sienta en el borde de una de las camas—, pero hace unos cuantos años los errantes comenzamos a descubrir otras cosas preocupantes respecto a nuestra reproducción. Con los siglos nuestra necesidad de mezclarnos con humanos para tener descendencia no sólo está diezmando nuestro número, por lo difícil que es encontrar humanos aptos para pertenecer a un Atrapasueños, también nos está... —hace una pausa y toma aire, para luego desviar la mirada— debilitando.

—¿A qué te refieres?

—¿Ves ese libro negro? —su dedo apunta a la estantería más alta, por lo que asiento al ver el grueso volumen recubierto de polvo—. Ése es el libro de las generaciones de Red Buffalo, pero no se ha tocado desde que murió el antiguo perpetuasangre de esta tribu.

—Pero ¿tú no eres un...? —Sammuel me mira unos instantes, y en esos ojos grises, tan brillantes, parece asomar un atisbo de vergüenza.

—Sí, también soy un perpetuasangre, el único de la tribu por ahora. Tengo ojos grises y soy capaz de curar heridas con facilidad, pero no puedo usar el libro de las generaciones. Y a pesar de que puedo sentir a mi ancestro dentro de mí, a pesar de que otros también pueden sentirlo... No tengo la capacidad de transformarme.

No puedo evitar mirar de arriba abajo al errante. Abro mis sentidos para poder percibirlo en su totalidad: escucho un suave aletear dentro de él, una especie de brisa tibia, blanca y animal que anida en sus poros. Puedo sentir a su ancestro, puedo sentir su sangre caliente y bestial, pero de una forma muy tenue. Es verdad, su esencia de errante está ahí, pero, al mismo tiempo, es casi transparente, como si su parte humana se esforzara por enterrarla.

Ante mi expresión de desconcierto, él sonríe con tristeza.

—Por suerte todos mis hermanos son guerreros extraordinarios, y eso incluye al propio Chenoa, que es humano —añade con un arqueo de hombros—. No hace mucha falta que yo pelee si se presenta alguna batalla, pero el simple hecho de que no pueda leer el libro de las generaciones es preocupante. Todas las leyendas de las tribus de errantes son valiosas, un legado importantísimo, y si no tenemos acceso a ellas es muy probable que olvidemos nuestra historia.

—Entonces, todos estos papeles...

—El anterior líder de nuestra tribu era demasiado generoso. El errante más paciente que he conocido —susurra con tristeza en la voz—. Cuando yo tenía cuatro años y no había aprendido a caminar todavía, mi familia me abandonó en una de las carreteras del condado, cerca de aquí. Tal vez porque pensaban que tenía una discapacidad o porque eran muy pobres, no lo sé. Lo único que me queda claro es que el abuelo Begaye me recogió y me dio el hogar que mi familia de sangre me negó; entonces, tras estudiar a la tribu y entender durante años mi papel crucial en ella, cuando supe que no podía transformarme ni leer el libro de las generaciones, eso me destrozó por completo. Así que, para ayudarme a superar esa crisis, él me dijo algo muy importante: que en la tradición dineh[16] la historia oral era la forma más apasionante de transmitir nuestro legado. Desde entonces se esforzó por contarme todo lo relacionado con nuestro mundo. Y cuando él murió, mis deseos de contribuir a nuestra tribu me llevaron a idear una forma de volver a contar nuestra historia: yo la escribiría con tinta sobre papel, hasta que llegara el momento de transmitirla a un nuevo perpetuasangre; ese día mi legado se añadiría al libro de las generaciones. Así, nuestra historia no se perderá.

Asombrado, miro alrededor de todo el cuarto, percatándome de que algo no acaba de encajar.

—Aquí debe de haber cientos y cientos de libretas, ¿cómo es que Red Buffalo ha acumulado tanta historia en tan poco tiempo?

Sammuel... Sam, enrojece, y una sonrisa nerviosa le danza entre los labios.

—B-bueno... —balbucea, mientras se rasca detrás del oído—. No todo lo que ves en este cuarto es el legado de Red Buffalo —prosigue, invadido por un extraño brillo en la mirada—. La historia de los errantes, nuestra historia, siempre me ha obsesionado un poco, así que decidí investigar todas las mitologías y leyendas de la humanidad que me fuera posible para comenzar a hilarlas con nuestra raza, ¡te sorprendería

---

[16] Forma nativa en la que se refieren entre ellos los miembros de la etnia navajo.

saber la cantidad de cosas que hemos originado! ¿Quieres escuchar algunas de ellas?

Sam ni siquiera me da la oportunidad de responder. Se levanta de la cama, corre hacia una de las estanterías del fondo y me extiende una de las tantas libretas numeradas, la cual tomo con desconfianza.

—"Vampiros. Volumen I" —leo en voz alta—. *¿Es en serio?*

—Sí, sí, por supuesto. Como ya debes saber, los errantes a veces tomamos ciertos hábitos de nuestros ancestros. No nos volvemos ciento por ciento como ellos, pero sí adquirimos algunas cualidades o comportamientos importantes. Así que imagina a un errante con un ancestro murciélago, añádele un par de colmillos poco discretos y ya está. ¿De dónde crees que surgió esa loca idea de que eran personas que bebían sangre y podían transformarse en murciélagos? ¡Pues de nosotros, por supuesto!

—No quiero ni imaginarme lo que debe ser convertirse en un errante sanguijuela —murmuro, algo sorprendido de recuperar tan pronto un poco de mi ácido humor.

—¡Ah! Por eso ni te preocupes —dice—. No cualquier tipo de animal o criatura puede ser un ancestro. No hay ancestros de insectos o de peces o de aves muy pequeñas ya que, a pesar de que todo ser vivo es importante, no todos tienen tantas facultades para la lucha, la sanación o la magia.

—Creo que tiene sentido.

—Por supuesto —dice orgulloso—. Todo en nuestro mundo lo tiene.

Miro las estanterías de arriba abajo, tan asombrado, que casi paso por alto que entre un par de libretas destartaladas yace el libro de Laurele.

Cientos y cientos de mitos y leyendas, tanta información, tantas historias apiladas que hablan de nosotros; tantas cultu-

ras que existen gracias a nosotros. Todo lo que hemos significado para el hombre y el mundo, y ahora… parece ser que
estamos destinados a extinguirnos.

—¿Y has hecho todo esto tú solo? —pregunto sorprendido, pero es que la cantidad de información que hay aquí es
monumental. ¡Es nuestro mundo revelado!

—Sí —responde con sencillez—, pero no es gran mérito,
Elisse. Creo que, en el fondo, sólo hago esto porque estoy
desesperado por compensar a mi tribu de mis debilidades. No
quiero ser una carga para mis hermanos, quiero merecer ser
parte de esto.

Miro hacia el suelo, y siento un vuelco en el corazón, porque sé bien cómo se siente eso, sin embargo…

—El Atrapasueños es lo que es porque somos familia, no
por la utilidad que podemos tener dentro de él —susurro al
recordar lo que alguna vez me enseñó Tared.

Sam me mira sorprendido. Los ojos empiezan a escocerme debido a la frustración, así que desvío la mirada de
nuevo hacia los libreros, hacia este mundo de bestiarios
para tratar de escapar de mi debilidad. No puedo permitir ablandarme ni empatizar con esta gente, porque ya no
estoy dispuesto a cobrar el precio que mis sentimientos le
costaron a Adam.

Cuando el monstruo se retuerce de placer dentro de mí,
una idea me cruza de inmediato por la cabeza.

—Sam, ¿conoces alguna leyenda sobre un monstruo de
hueso? —pregunto al errante, quien ladea un poco la cabeza.

—¿Un monstruo de hueso?

—Sí, algo así como un esqueleto animal y enorme, formado de muchos huesos que devora…

¿Quiénes somosss…?

Cierro la boca de inmediato. Pero no son las voces de la criatura las que me silencian, sino la mirada de Sam, fija sobre mi mano descarnada.

Vaya. No es idiota en absoluto.

Al verme ocultar mi mano bajo la otra con incomodidad se rasca la barbilla y piensa por unos instantes.

—No me viene nada a la cabeza ahora mismo, para ser sincero —dice—, pero si quieres, puedo tratar de investigar al respecto si me das detalles más especí...

—No, olvídalo —respondo con los labios tensos—. No quiero provocar problemas, ya es suficiente con que tenga que estar aquí.

Sam, para mi suerte, no insiste más, como si fuese consciente de que no necesito que indague más de la cuenta.

—Bueno, iré a buscar una toalla limpia para que puedas darte un baño; el desayuno estará listo pronto y creo que no te vendrá mal conocer al resto de la familia.

Una vez más me quedo en silencio. Sigo sin sentirme cómodo con la idea de permanecer aquí, en este sitio habitado por extraños y con el miedo latente de que algo monstruoso llegue a aniquilarlos a causa de mi presencia.

Pero un trato es un trato, y ya no hay vuelta atrás.

CAPÍTULO 32
PÉRDIDA

—¿**P**odemos jugar con él?

—Elisse no es un juguete, Enola.

—¡Perdón! ¿Vas a la escuela?

—¿Tienes papás?

—¡Misha!, ¡por los ancestros! —ruge Irina.

—¡Eso, eso! ¿Cómo se llama tu ancestro?

—¿Es un perro?

—¿Es una jirafa?

—¿Nos puedes enseñar un fantasma?

—¡NIÑOS! —grita por fin Irina mientras yo miro, perplejo, al par de niños que me arrolla con preguntas desde el otro lado de la mesa, más interesados en mí que en el abundante desayuno.

Enola y Misha, de siete y ocho años respectivamente, son los hijos de Irina y Chenoa, quien se limita a mirar a sus pequeños con ternura infinita mientras su esposa los persigue alrededor de la mesa.

Aprieto un poco el libro de Laurele sobre mi regazo. Ver con mis propios ojos a una errante en toda regla estrujar a sus hijos *humanos*, regañarlos y besarlos en el mismo minuto me hace sentir algo muy inquietante, casi irreal.

Carne fresca...

Me concentro en el ambiente del comedor. Aquel espacioso lugar donde yací como un cadáver ahora está lleno de gente, con la larga mesa cubierta de extremo a extremo por un banquete cuyo olor no hace más que torturarme.

—*¿Pero es que nadie me ayuda en esta pinche casa?* —escucho gritar en su lengua a una mujer que se acerca como una vorágine, mientras carga entre sus fuertes brazos una enorme olla de barro de café caliente.

Sam se pone en pie de un salto para sujetar la olla y colocarla sobre una parrilla de cerámica, mientras la mujer sigue escupiendo floridos improperios a diestra y siniestra. Estará cerca de los cuarenta años, al igual que Calen e Irina; su piel morena y ese acento, muy similar al de Hoffman, me indica que se trata de una latina cuyo poder parece residir más en sus cuerdas vocales que en su notable musculatura. Es otra devorapieles. Fernanda, creo que se llama. Y de hecho, me parece que fue ella quien salvó mi vida cuando salté del barranco.

Evito su mirada, rehúyo hacia los panqueques y la mantequilla, los huevos fritos y el tocino, el jamón, el jarabe de arce y el jugo de naranja, mientras el ininteligible sonido de la televisión en una esquina de la cocina sirve de ruido de fondo.

De pronto, los olores, colores y sonidos se transforman con violencia. Empiezo a ver probetas, pipetas, cascarones de huevo, colas, lenguas, ojos, trozos de animales repartidos por toda la mesa que me miran y expelen un asqueroso olor a quemado. Presiono los puños contra la cubierta del libro rojo para contener la desesperación.

—Anda, sírvete, que no te dé pena —la voz de Sam me arranca de mis alucinaciones; me señala el plato vacío mientras yo tengo que tragar saliva para contener una arcada.

—¿Estás bien? —pregunta el perpetuasangre, quien me toca el hombro al notar mi angustia.

Por instinto, me retiro de su contacto con un sobresalto.

—Sí, sólo tengo dolor de cabeza —digo en voz baja, avergonzado por mi reacción nerviosa. Sam no parece ofenderse, así que sólo me sirve en un plato un poco de todo lo que hay en la mesa, y hago un esfuerzo verdadero por engullirlo.

Veo que Calen está sentado a la cabeza de la mesa, sumido en un absoluto silencio. Sus ojos parecen distantes, pero no tardo en entender que lo que en realidad miran es la silla vacía junto a Sam. Frente a ella han dispuesto platos también vacíos, como si esperaran a alguien más para desayunar.

Estoy seguro de que esa silla pertenece a Alannah, y basta que dé una mirada a mi alrededor para sopesar lo que sucede: a pesar del revuelo de los niños, hay una depresión palpable en el ambiente, una tristeza que el monstruo dentro de mí parece disfrutar a mares.

—Bueno, creo que, ya que estamos aquí, podemos presentarte a la familia —sugiere Chenoa, mientras toma a su hijo más pequeño entre sus brazos—. ¿De dónde vienes?

El tono dulce de su voz me hace girar la cabeza de un lado al otro para buscar que alguien se apiade de mí y le diga que no tengo por qué responder preguntas. Pero al ver que todos guardan silencio a la espera de una respuesta, me resigno a abrir la boca.

—Del este —respondo en voz baja, con la mirada de nuevo sobre mi plato.

—¿Qué parte del *este*? —pregunta Fernanda.

—Eso no es asunto suyo —espeto con contundencia, reacio a ser víctima de un maldito interrogatorio.

—*¡Uy, pinche güero mamón!* —replica ella alzando ambas manos con indignación mientras los niños se carcajean por lo bajo.

—¡Fernanda! —exclama Irina, mientras yo me aguanto las ganas de responderle un par de cosas en su mismo idioma.

—Deja al chico en paz, Fer —pide Calen—. No podemos obligarlo a relacionarse con nosotros más de lo que le sea cómodo.

Todos guardan silencio, regresan a sus platos y me miran apenas de reojo, tanto, que inclusive los niños parecen quedar sometidos a la firmeza de Calen.

Con los puños apretados, me levanto de inmediato de la mesa ante la mirada sorprendida de todos los comensales.

—Estoy de acuerdo, y si me disculpan, quisiera empezar mi labor lo antes posible. Irina, ¿podrías acompañarme?

Antes de que pueda levantarse, Calen alza el brazo hacia ella para detenerla.

—Si necesitas que alguien vaya contigo, ése seré yo —dice el devorapieles, quien se pone en pie sin dejarme replicar.

La rubia se encoge de hombros a modo de disculpa, al parecer sin considerar la necesidad de discutir con su hermano, por lo que salgo de la cocina en silencio, con el enorme errante a mis espaldas.

El monstruo dentro de mí se revuelca, ya que Calen me inquieta más que cualquiera de sus hermanos. No sólo es que desde el principio se haya mostrado muy a la defensiva conmigo, sino que parece desprender un aura de desesperación silenciosa y hostil. Y eso me irrita tanto a mí como a las voces en mi interior.

Una vez llegamos a las escaleras, doy media vuelta y lo enfrento.

—Primero voy a necesitar que me lleves a la habitación de Alannah.

—¿Su habitación? —pregunta con extrañeza.

—La única forma en la que podría encontrarla es mediante los métodos de brujería que conozco —respondo, irritado— y, para eso, necesito ahondar tanto en sus cosas como en sus relaciones personales. Si quieren que los ayude, van a tener que decirme todo respecto a ella.

Renuente, da media vuelta y hace un movimiento con la cabeza en señal de que lo siga. Subimos las escaleras hacia el pasillo contrario a la habitación de Sam, donde Calen abre uno de los dormitorios usando una llave vieja.

—Pasa —me pide tras empujar la puerta.

Dentro me encuentro con una habitación azul, pequeña y bastante desordenada. La ropa está revuelta en una pila y metida en un armario abierto, un enorme atrapasueños cuelga en una pared, hay zapatos regados por todo el suelo y la cama parece no haber sido hecha en semanas.

Por unos momentos pareciera ser una copia fiel del cuarto de Adam, lo que me hace pensar que tal vez la chica también sufría algún grado de depresión, pero lo más llamativo de todo es que encima de la larga cómoda frente a la cama hay un montón de velas, hierbas y libros baratos de espiritismo, de esos que se consiguen en cualquier lugar donde vendan revistas.

Me acerco a la cama y me retiro el guante, para luego palparla someramente con el fin de percibir algún rastro de la chica con el que pueda familiarizarme. No puedo evitar la mirada tensa de Calen sobre mis dedos desgarrados, así que, por suerte, encuentro un rastro de la esencia de la chica en la almohada. Es cálida, y lleva consigo una mezcla persistente de aromas: sangre, sudor y un olor ligeramente agrio que no logro reconocer.

Carne fresca...

Junto a la cama descansa una mesita de noche con una lámpara y un portarretratos, lo único que parece estar limpio y bien cuidado. Se trata de una fotografía de quien me imagino es Alannah, rodeada del resto de los habitantes del rancho. Tiene el cabello largo y anaranjado, la piel blanca, salpicada de pecas y los ojos del color del chocolate. Pero a pesar de su aspecto desaliñado, de las enormes ojeras bajo sus ojos, ella parece… feliz.

Miro de nuevo hacia los objetos del tocador y ladeo la cabeza.

—¿Ella ya había conseguido un ancestro? —pregunto.

—No, no que nosotros sepamos.

—¿Qué quieres decir?

—Alannah nos comentó que un ancestro había comenzado a rondarla, pero que no estaba segura de cuándo decidiría unirse a ella, así que para el tiempo en que… desapareció, no percibimos que lo hubiese concretado.

—Entonces, ¿para qué es todo eso? —pregunto, con el dedo hacia los libros.

—Ella tenía mucho interés en aprender algo de magia —contesta—. Decía que veía fantasmas todas las noches, así que quería encontrar una forma de comunicarse con ellos para que no la molestaran tanto.

—Entiendo, pero creo que sin ancestro no iba a llegar muy lejos —aclaro—. Sin ellos, los contemplasombras no podemos hacer magia.

Calen se encoge de hombros.

—Supongo que Alannah no tenía forma de saberlo, por lo que de seguro te encontrarás con más cosas así por todo el rancho. A veces yo mismo tenía que ir a conseguirle sus insumos.

Asiento. Al mirar alrededor de la habitación noto que, a pesar del desorden, el cesto de la ropa sucia está vacío.

—¿Queda alguna prenda usada de Alannah? —Calen hace una mueca de incomodidad para luego mover la cabeza de un lado al otro, despacio.

—No. Sam y Chenoa lavan casi a diario.

Chasqueo la lengua y, con fastidio, me dirijo hacia el tocador. Además de todos los objetos de brujería, también encuentro un estuche de maquillaje pequeño, no muy usado, y algunos artículos de limpieza personal.

—¿Puedo? —señalo el estuche.

Dubitativo, Calen asiente aún con esa expresión de desagrado en el rostro. Abro el estuche: un labial rojo junto a un cepillo. Después abro el primer cajón del mueble y me encuentro con ropa interior limpia pero revuelta, así que rebusco para intentar hallar algo aún más *íntimo*.

El devorapieles descruza los brazos y se acerca hacia mí.

—¿Se puede saber qué demonios buscas?

—Toallas femeninas de tela, juguetes sexuales o cualquier otra cosa que haya estado en contacto directo con su vagina.

—¡¿Pero qué carajos te pasa?!

Cierro el cajón de inmediato. Me cruzo de brazos, respiro y me armo de paciencia.

—Cuéntame más acerca de ella —le pido—. ¿Qué edad tiene? ¿Y cómo es que llegó a la tribu?

Calen entorna los ojos.

—Veintinueve —responde, aún reticente.

Tres años menor que Sammuel. Eso significa que era la más joven de la tribu.

—¿Qué más? —insisto.

—Fui yo quien la encontró en uno de mis viajes a Salt Lake City, hace poco más de dos años.

—¿Y tiene familia cercana, pareja o alguien con quien mantuviera relaciones sexuales?

—¡Eso no es de tu incumbencia! —exclama, y su grito no logra más que agitar el panal de voces en mi interior.

—Si quieres que ayude vas a tener que ser *muy* específico, Calen. Te guste o no.

—¿Y para qué diablos necesitas saber *esas* cosas sobre ella?

—Porque la magia que yo utilizo es *vudú*, y la forma más fácil para encontrar personas es mediante su sangre o sus fluidos corporales, así que necesito saber si existe algún humano con quien haya estado acostándose en los últimos meses o si tiene parientes cercanos. Un rastro difuso es lo primero que puede llevarme a un callejón sin salida, así que tú sabrás si quieres cooperar o no.

Calen se queda callado y rígido —no sé si de sorpresa o enfado—, para después gruñir al reconocer que no le estoy tomando el pelo.

—Saqué a Alannah de un hospital psiquiátrico. Los centros de rehabilitación y los asilos para enfermos mentales son lugares muy comunes donde puedes encontrar contemplasombras que no han despertado ni sabido lidiar con sus dones, así que los miembros de tribus solemos acudir a esos sitios para buscarlos. La familia de Alannah la ingresó hace años, cuando comenzó a drogarse para escapar de sus supuestas "alucinaciones". Sobra decir que pronto se mudaron. Y a Alannah... no le gusta *estar* con otras personas que no seamos nosotros —dice, y el tono de su voz parece descender con cada palabra—, así que no tenía amantes.

Esta simple confesión basta para hacerme bajar los brazos, yo mismo luché durante toda mi niñez para no ser recluido en uno de esos horrendos lugares, y el hecho de escuchar que los errantes de mi estirpe somos tan vulnerables de caer en ese tipo de cosas hace crecer mi desolación.

—No pretendo juzgarla, si es eso lo que te molesta —respondo en voz baja.

—No me importa lo que los demás piensen de Alannah —dice, mientras mira la foto sobre el buró—. Yo sólo...

—Quieres que vuelva a casa, ¿verdad? —susurro—. A donde pertenece.

Calen me observa con los ojos bien abiertos, los puños apretados, la mandíbula rígida, la voz ronca, tal vez, de tanto gritar... Todo pareciera ser un perfecto semblante de furia, pero esos ojos cristalizados me hacen ver un poco más allá de su frustración. Y eso es porque he sentido lo mismo antes en Tared. Recuerdo la fiereza con la que me protegió, inclusive de mis propios hermanos, después de que Samedi me dejara ciego. Su voz, el temblor que lo invadía cada vez que tenía que tocarme, ahogándose en la culpa por no haber podido evitar que me lastimaran. Sin saber que, al final de todo, los únicos que tienen la culpa son aquellos a los que tanto intentan proteger.

Le doy la espalda a Calen.

—Denme un día. Dos, a lo mucho —le pido—. No entren, no me llamen y procuren no hacer ruido cerca. Veré qué puedo hacer con lo que tengo aquí.

Calen parece palidecer, pero al final asiente y me indica que, si necesito algo, su habitación está justo frente a ésta. Escucho la puerta cerrarse y me pregunto si estoy haciendo lo correcto. Si vale la pena arriesgar la vida de estas personas por la de una sola; si no sería más inteligente simplemente dejar ir a esta hermana con tal de que el resto esté a salvo.

Si esta tribu es la mitad de lo que alguna vez fue Comus Bayou, creo que estoy muy seguro de la respuesta.

CAPÍTULO 33
BRUJO DEL ESTE

Con el lápiz labial rojo de Alannah hago el primer trazo, una cruz que adorno con óvalos, bigotes y estrellas. Garabatos, círculos pequeños, puntos, líneas rectas; poco a poco, el vevé de Papa Legba[17] toma forma en el suelo frente a la cama de Alannah Murphy.

Con cuidado, coloco cabellos de la chica dentro del símbolo, justo en medio de la cruz. Me arrodillo y susurro una

---

[17] Loa paternal protector del mundo espiritual y mediador entre el hombre y los otros Loas. Es aquel que abre y cierra los portales, así como el vigilante de los caminos espirituales; su invocación en los rituales es estrictamente necesaria ya que es quien establece la comunicación entre el practicante y los espíritus.

oración, un llamado bajo pero nítido al padre de todos los caminos para que me muestre el de la errante perdida. Deslizo un cuchillo sobre la yema de uno de mis dedos. Con la sangre que brota de la herida, remarco las cuatro estrellas principales en cada punto cardinal.

Una vez que he terminado, aspiro un cigarro para luego arrojar el humo hacia el vevé. La nube se condensa y danza como un remolino sobre la figura, hasta que ésta la rebota hacia mí. En vez de que los ojos me ardan con el humo, forman una delgada capa y se ponen en blanco; comienzo a ver siluetas difusas que cobran vida y se mueven sobre la figura. La habitación se desvanece hasta sumirse en una repentina oscuridad.

El humo me envuelve como una serpiente helada, se pasea entre mis cabellos y se desliza sobre mi piel, la eriza. Un olor a sangre me acomete con tal intensidad que mi columna se columpia hacia atrás, las manos de varios espíritus me sujetan desde abajo, me acarician, me mecen de un lado al otro como un péndulo. Las voces de los Loas me susurran en lenguas viejas y olvidadas, arrastran mi mente hacia la penumbra y la conectan con las sombras.

De pronto una voz tibia me sacude, una muy distinta a la de los espíritus que vagan a mi alrededor. Siento un calor que se zambulle en mis sentidos, algo que me respira en el oído y que late con debilidad. Es una esencia que está impregnada en todos los objetos de esta habitación, algo que me hace comenzar a escribir en el libro rojo de Laurele con mi dedo sangrante, herido.

La siento, a *ella*… Siento a Alannah aquí y ahora, pero justo cuando intento atrapar un poco más de su presencia, el rastro desaparece.

Parpadeo para apartar la oscuridad y regresar mis sentidos al plano de los vivos. Miro el vevé y la palabra que he escrito con sangre:

LAVI.

Vida.

Apago el cigarrillo sobre las páginas del libro y recargo la espalda contra la base de la cama. Levanto la mirada hacia el tocador de Alannah, ahora cubierto por una tela roja y brillante. Encima de ella he colocado velas carmín, negras y blancas, botellas de alcohol, granos de café, habanos, un sombrero de paja, mangos rojos, cáscaras de coco y un montón de cosas más que, si no hubiese mandado a Sam a comprar al Walmart que está a varios kilómetros de aquí, no las habría podido encontrar en la pequeña tienda navajo que se encuentra cerca del rancho.

Y a pesar de que haberle rendido tributo y oraciones a Papa Legba durante todo el día, ha sido casi una derrota. Si bien, no pude localizar a la chica, al menos ahora sé algo muy importante: Alannah está viva. Y eso significa que no cayó en las garras de Jocelyn Blake. Pero aun así, ¡diablos!, su presencia es demasiado difusa, tanto que no tengo claro si está en el mundo de los vivos o en el plano medio, y con tan pocos rastros humanos de ella con los que trabajar, todo se vuelve más difícil.

Acaricio mi nuca y tomo el libro de Laurele para hojearlo y buscar más instrucciones, pero estoy tan cansado que empiezo a ver borroso. Ojalá la desaparición de Alannah fuese el único de mis problemas, porque anoche, después de caer como un muerto en la cama, volví a tener aquella visión. Volví a *soñar*, con más nitidez que nunca.

¿Por qué veo todavía esa puerta, aun cuando el libro esmeralda de seguro se quemó en la casa de los Blake? ¿Por qué sigo escuchando a las víctimas de Jocelyn si la alquimista ya ha muerto?

"Eran cuatro y ahora son tres. Eran cuatro y ahora son tres."

Esa frase que no deja de repetir el zorro debe tener algo que ver con las cadenas. La puerta tiene enredadas cuatro, pero sólo tres parecen contener a lo que sea que esté tratando de liberarse del otro lado, pero... ¿qué? ¿Qué carajo significan?

—Oye, ¿estás bien? —miro con sobresalto hacia la puerta de la habitación, donde me encuentro a Calen con una bandeja de emparedados—. Me imaginé que tendrías hambre. No has salido de aquí desde la mañana.

—¿Qué hora es?

—Las seis.

Miro hacia la ventana y me encuentro con el ocaso recostado contra el desierto. Estaba tan enfrascado en mi búsqueda de Alannah, calculando lo mejor posible el ritual, que no me di cuenta de todo el tiempo que llevaba aquí encerrado. Cuando Calen me acerca la bandeja niego con la cabeza, sin muchas ganas de probar bocado.

—Oye, si no comes un poco vas a desaparecer.

—No es la primera vez que escucho eso —digo con un hilo de voz.

Calen abre la boca para replicar, pero en cuanto descubre el vevé en el suelo, su rostro se tuerce en una mueca nerviosa. Deja la bandeja sobre el tocador y se acerca con cuidado, casi como si el símbolo fuese a saltarle encima.

—¿Has encontrado algo? —pregunta. Miro al devorapieles y asiento.

—Está viva.

Calen abre los ojos de par en par y parece dejar de respirar por unos instantes.

—¿Hablas en serio? —pregunta de forma entrecortada, por lo que asiento con firmeza—. ¿Dónde?

—No lo sé aún, necesito más tiempo y recursos, pero creo que, con algo de suerte, podré dar con ella.

Un peso gigantesco parece removerse de los tensos hombros de Calen, quien se tambalea hacia atrás hasta sujetarse del borde del tocador.

—Gracias a Dios.

—Sí, creo que podré continuar mañana.

—¿Mañana? —repite, irguiéndose de nuevo—. Pero...

—Estoy demasiado cansado, Calen —respondo con paciencia—. No llegaré a ninguna parte si continúo en este estado. Además, no parece que ella esté en problemas, tal vez sólo un poco... perdida.

Lo digo de la forma más convincente posible, porque todavía no sé bien lo que eso significa. Calen aprieta un poco los labios, pero luego asiente con resignación. Me da la espalda y alarga sus dedos hasta tocar el cepillo sobre el tocador. Lo acaricia despacio y suspira.

—Vuelve a casa, por favor —murmura muy bajito, pero aun así soy capaz de escucharlo.

Tanta lealtad, tanto cariño... Calen no es un hombre hostil, ni malhumorado. Sólo está desesperado, como lo estaría cualquier errante que hubiera perdido a un miembro de su tribu.

Y darme cuenta de eso me ha ayudado a bajar un poco la guardia en Red Buffalo. A pesar de que sigo firme con la idea de no relacionarme demasiado con ellos, por su propio bien, realmente quiero ayudarlos.

Al ver de nuevo el semblante del devorapieles me pregunto si esta sensación de vacío y desesperación, este dolor inexplicable, es algo por lo que haya pasado Comus Bayou tras mi partida.

Asfixiado por mis pensamientos, me aproximo a la ventana del cuarto para escapar de tantas sensaciones. Veo las murallas de roca que abrazan el sitio, imponentes, impenetrables y alargadas como paredes gigantescas que se pintan de anaranjado con el reflejo del sol moribundo. Y, a lo lejos, una masa de nubes negras que se arremolina en el cielo.

—¿Volverá a llover algún día? —comento—. Todos los días hay nubes, pero ni una sola gota de agua.

—Técnicamente, ya estamos en temporada de lluvias —responde—. Pero no suele llover demasiado en los primeros meses, así que supongo que en cuanto caiga el siguiente chaparrón, estaremos hasta el cuello de agua.

—Es como si se nos viniese un huracán encima.

Un rayo parte el cielo en dos y yo casi doy un paso atrás por instinto, incapaz de olvidar la tormenta que se cierne en mi desastrosa visión. Una de las tantas cosas que aún no soy capaz de descifrar.

La alquimista ha muerto, pero aún hay tantas cosas, tantos cabos sueltos, que me pregunto si esta pesadilla no ha hecho más que empezar.

CAPÍTULO 34
BESTIAS DEL OESTE

"*Como es arriba es abajo.*"

Cuando un susurro frío me despierta en medio de la noche, lo primero que veo es a una mujer parada delante de mi cama. Me incorporo sobre mis codos y me echo atrás hasta estamparme contra la cabecera.

La chica permanece quieta y la luz de la farola exterior ilumina su silueta quemada para dejarme ver cómo de su vientre rajado se derrama sangre hasta formar un espeso charco oscuro a sus pies.

Es una víctima de Jocelyn.

Miro de reojo a la otra cama y encuentro a Sam dormido como una roca, inerte ante la macabra visitante. ¿Qué es esto? ¿Es una alucinación? ¿Un sueño? Aprieto los párpados e intento aclarar mi cabeza, pero al abrirlos, la chica sigue allí, con sus ojos abiertos de par en par.

—¿Qué haces aquí? —pregunto en un susurro, incapaz de creer que después de todo lo que ha pasado este espíritu me haya seguido hasta aquí.

Ella no me contesta, en cambio, tan sólo levanta su brazo y apunta hacia la ventana. El sudor me empapa la espalda cuando empiezo a percibir una mezcla abominable de olores que emanan de ella: putrefacción, fuego y tierra húmeda.

Trago saliva y me levanto despacio de la cama, con el mayor cuidado posible para no despertar a Sam. El espectro me sigue con la mirada y, al pasar a su lado, el calor que despide su presencia sombría me eriza la piel.

Al asomarme por la ventana tengo que aferrarme con todas mis fuerzas al marco para no caer debido al intenso mareo que aún me aqueja. Un grupo de mujeres con pieles que van desde lo calcinado hasta el blanco, el plata, el plomo y el oro, cavan un agujero con largas palas a unos cuantos metros de la casona, alumbradas por las farolas blancas del exterior. Con cada palazo de tierra, el olor a putrefacción se intensifica.

Cuando ellas dejan de cavar, dirigen sus cabezas hacia mí y apuntan con sus brazos hacia delante, hacia la salida del rancho. Deján las palas en el suelo y, despacio, algunas cojeando, otras arrastrándose, empiezan a marcharse en esa dirección.

"Como es arriba, es abajo..."

El susurro de la chica en la habitación me hace dar un respingo. Pero al mirar hacia atrás, ella ha desaparecido, sin llevarse consigo ese repugnante olor a putrefacción.

Me asomo de nueva cuenta a la ventana para ver cómo las chicas son tragadas por la noche a medida que se alejan. El maldito miedo, la memoria del fuego y la sangre burbujean bajo mi piel, en mi memoria, y me hacen querer retroceder, ocultarme debajo de las sábanas y suplicar a quien sea que pueda escucharme que, por todos los dioses, esta pesadilla termine. Pero, como siempre he dicho, soy una criatura ligada a la resignación.

Síguelas.

La criatura de hueso ni siquiera tiene que decirlo dos veces porque, en menos de un instante, ya me he calzado las botas. Salto por la ventana y aterrizo en el suelo polvoriento. Las nubes rugen en el cielo, mientras voy detrás de unos espíritus que ya no deberían pertenecer al plano humano.

No cuando se supone que sus muertes ya han sido vengadas.

△ ⟁ ▽ ⩒

"Como es arriba es abajo, como es arriba es abajo..."

Levanto la mano y alumbro con mi mano desgarrada el camino de terracería con un resplandor semejante al de una linterna. Las siluetas de las víctimas de Jocelyn me rodean, oscuras contra la luz nocturna que crean las nubes en el cielo, mientras el calor del desierto parece haber sido reemplazado por un frío inusual.

Las he perseguido sin cesar durante casi una hora, alejándome más y más del rancho sin tener siquiera una noción de adónde demonios vamos o de por qué han vuelto a atormentarme.

Tal vez esperan a que denuncie sus asesinatos o que alerte a sus familias de lo que les ha sucedido —cosa que, por supuesto, ya he estado considerando desde hace algún tiempo—, pero me resulta imposible si no tengo idea de quiénes eran, de dónde pudieron los Blake ocultar sus cadáveres o de la influencia que tiene aún el jefe Dallas con la policía del condado. Levantar una denuncia imprudente ahora sería como meterme directo a la boca del lobo.

Pero, sea como sea, no voy a ignorar su llamado. No voy a cometer el mismo error dos veces.

Un relámpago me saca de mis pensamientos. Minutos más tarde distingo, a unos cuantos metros de distancia, un viejo establo en mal estado, junto a un corral de acero que parece abrazar la propiedad hasta desaparecer a lo lejos.

Un letrero de metal con la leyenda "Rancho Red Buffalo" cuelga en medio del cancel.

Mierda, éste debe ser el límite del rancho. ¿Adónde pretenden llevarme?

Pero antes de que pueda avanzar más, los susurros de las víctimas de Jocelyn son reemplazados por algo aún más perturbador: un gemido animal y el sonido de algo que se revuelca en la tierra.

Me detengo en el acto y abro bien los ojos; ilumino hacia un lado y al otro. Las siluetas de las mujeres se pierden contra el desierto y lo único que logro distinguir, a unos cuantos metros del establo, es un bulto enorme y negro que se infla y desinfla en una especie de convulsión nerviosa al tiempo que... *¿muge?*

No puedo ver más allá de la espalda del... animal, pero si es... es una vaca.

Me acerco despacio hasta dejar una distancia prudente entre nosotros. Al rodearla y verla de frente, doy un salto hacia atrás.

—¿Pero qué carajos...? —susurro, espantado.

Hay una enorme mandíbula metálica, una trampa que parece de oso, cerrada sobre su hocico con tanta fuerza que los dientes han desaparecido dentro del cráneo y la carne. Alumbro a nuestro alrededor y descubro que la res ha dejado un rastro sanguinolento a lo largo del camino, como si se hubiese arrastrado hasta aquí.

El corazón se me acelera, pero no sólo por la espantosa escena, sino porque no es la primera vez que veo este monstruoso aparato.

Tramperos.

Trago saliva y me inclino hacia la agonizante vaca. De una de sus orejas cuelga una etiqueta amarilla con un número y el nombre del rancho, por lo que no me cabe duda de que pertenece al ganado de Red Buffalo.

Con ambas manos intento remover el artefacto, para liberarla, pero el mecanismo es tan resistente que, aun con mi fuerza un tanto sobrehumana, apenas puedo abrirlo un poco. Al escuchar al animal gemir de dolor y al ver mis propias manos cubrirse de sangre, me paso el dorso de una de ellas por la frente y aprieto los párpados.

—Demonios…

Toco con suavidad un costado del hocico de la vaca para intentar confortarla, pero ya está tan débil que ni siquiera puede reaccionar ante mi tacto.

Miro a mi alrededor y al no percibir ni un solo rastro de las víctimas de Jocelyn decido que lo único que puedo hacer es volver al rancho y alertar a los demás sobre esto. No sé qué carajos hacen los tramperos aquí, en el sur del condado, pero no puede significar algo bueno.

Sin embargo, antes de que pueda siquiera levantarme, entrecierro los ojos al ver que hay una luz parpadeante, casi imperceptible por la sangre, insertada en uno de los costados del artefacto. ¿Un sensor? No, no puede ser eso, no puede estar aún parpadeando, si la trampa ya fue activada. Entonces, debe ser…

Palidezco.

No es un sensor. Es un localizador.

El ruido de un motor me hace mirar hacia atrás. Veo, al otro lado de la cerca, la luz de los faros de un vehículo. Mi instinto me hace apagar el resplandor de mi mano y correr hacia el establo para ocultarme, pero hay tanto escombro delante de la entrada que me cuesta un par de saltos llegar a la destartalada puerta y acuclillarme detrás de ella.

Momentos después veo, a través de la roída madera, cómo una enorme camioneta, tan cromada que parece tener dientes en vez de defensa, se detiene frente al cancel de hierro. Las luces blancas y agresivas de los faros iluminan a la vaca, la cual ya se ha quedado inmóvil en medio del camino.

Tramperossss.

De la puerta del copiloto desciende un hombre muy flaco y de cabello canoso. Viste ropa de camuflaje y sombrero vaquero, a pesar de la obvia oscuridad de la noche, y sonríe de forma torcida mientras se acerca al corral con un destornillador en la mano.

—Mierda —dice después de escupir al suelo—. ¡Se nos ha cagado otra!

Alguien le responde con un silbido desde el interior de la camioneta, pero debido a los cristales ensombrecidos de la misma, no estoy seguro de cuánta gente lleva.

Sin escrúpulo alguno, el trampero se pone el destornillador entre los dientes y sube por el cancel de hierro hasta traspasar la propiedad de Red Buffalo. Su silbido y el sonido de sus botas contra el suelo rompe el aire tibio de la noche a medida que se acerca a la vaca, la cual se ha quedado inmóvil. Cuando pasa justo frente al establo, una sensación horripilante me recorre de pies a cabeza: metal, plomo, sangre; la mezcla perturbadora de olores se desprende de sus ropas y los poros de su piel como si el hombre fuese en sí mismo una trampa andante.

Se inclina jugueteando con la herramienta, pero antes de que pueda insertarla en el artefacto, se detiene y frunce el entrecejo. Mira la trampa de arriba abajo y sonríe.

—¡Oigan! —exclama—. ¡Tenemos compañía!

El corazón me da un vuelco.

El trampero se pone en pie de nuevo y empieza a girar la cabeza de un lado al otro mientras alguien más desciende de la camioneta. Es otro hombre casi igual de flaco, pero con un espeso bigote rojo bajo la nariz y un chaleco militar forrado de cuchillos.

Con rapidez, se coloca junto a su compañero y comienza a mirar en todas las direcciones.

—¡Holaaaa! —grita el hombre del sombrero—. ¡Estoy muy, muy enojado! ¿Sabes? ¡Si hay algo que odio es que toquen mis cosas!

Apunta con el destornillador hacia la trampa.

Me trago un "mierda" al ver la marca de mis manos ensangrentadas impregnada en el metal.

Escucho un *clic* y veo cómo el trampero del sombrero desenfunda una pistola plateada que cargaba en la parte trasera de su cinturón.

Comienzo a retroceder. El sudor me empapa la nuca y hago todo lo posible por pisar con suavidad entre los escombros para tratar de llegar al fondo del establo y sopesar las posibilidades que tengo de escapar.

De pronto algo cruje bajo mis pies.

Veo una veladora vieja y un plato con piedras de colores y varitas de incienso que he quebrado bajo mi bota. Otro de los artilugios de Alannah.

El trampero voltea hacia mí.

—Te encontré.

Un disparo revienta contra la pared, apenas a unos centímetros de mi lado. Me cubro la cabeza con ambos brazos para protegerme de las astillas que saltan por todos lados.

¡Mierda, mierda, mierda!

—¡Ven aquí! ¡Sólo queremos hablar! —grita de nuevo el trampero, pero otro disparo me deja claro que no tienen una maldita intención de cumplir su palabra.

A trompicones, me echo a correr hacia el fondo del establo, entre el montón de escombros que cubren el suelo. Los dos tramperos se lanzan hacia el interior mientras que alguien más enciende de nuevo la camioneta; las luces de sus faros apuntan hacia el establo y se cuelan por las rendijas horizontales de los tablones de la pared.

Con una torpeza que raya en la imbecilidad, tropiezo con una gran viga oculta entre la paja; trago tierra y heno viejo mientras la puerta frontal del establo se abre de una patada. Los dos tramperos entran de inmediato; el del sombrero trae pistola en mano, mientras que el otro empuña uno de sus largos cuchillos. Nos miramos cara a cara mientras la vida transcurre ante mis ojos. El relucir del cañón hambriento de plomo es elocuente. De pronto la sonrisa del primer trampero se diluye. Abre los ojos de par en par y pone la mano en el pecho de su compañero para impedir que se acerque más a mí.

—Me cago en mi madre, Thomas —exclama—. ¡Es él, es el muchacho que Dallas nos pidió matar!

La sangre se me congela.

—¡Por las mil putas, es verdad! —exclama el otro—. ¡Dispárale, dispárale!

El trampero me apunta de nuevo. Su sonrisa brilla con malicia en la oscuridad y un sonido, estremecedor y violento, retumba en el establo, pero no es de un disparo.

Es un rugido.

Lo único que se escucha después son los gritos de los tramperos mientras una silueta se abalanza contra ellos y los barre hacia un costado para enterrarlos entre los escombros; la pistola escupe una de sus balas y ésta revienta contra el techo del establo. Tablones y basura caen a raudales y levantan una densa cortina de polvo contra las luces cegadoras de la camioneta.

Me quedo inmóvil, incapaz de distinguir con claridad la gigantesca figura que se ha interpuesto entre los tramperos y yo, alzándose como una sombra densa y amenazante. Ellos también se han quedado helados, tan sólo atentos sobre sus codos temblorosos.

—¿Q-qué demonios es... *eso*? —tartamudea uno de los tramperos, mientras yo me pregunto lo mismo.

Porque *eso* es, por mucho, el errante más impresionante que he visto. Gigantesco en su corpulencia híbrida de bestia y hombre, no menos de dos metros treinta, con un pelaje tan negro y brillante que parece un cielo nocturno, una grieta abismal y gruesa en medio del polvo y la luz de las farolas. Su cabeza está rodeada de una espesa melena larga y felina; garras blancas y enormes, de quince centímetros, tal vez, se enroscan en sus enormes manos, y una larga cola tupida en la punta por una mata de pelo negro se mueve detrás de su cintura. Sus piernas son gruesas como troncos, y sus brazos parecen recubiertos de acero oscuro.

Un león. Un auténtico errante león, una criatura tan hermosa como letal, gruñe con largos colmillos marfilados frente a los invasores. Y cuando escucho ese murmullo bestial retumbar desde sus negros labios, reconozco de inmediato al hombre que se esconde bajo esa piel.

—Calen... —digo sin aliento, y sus ojos, ahora amarillos contra su oscuro pelaje, desprenden un brillo furioso.

Un disparo retumba en el aire y revienta contra el costado de Calen; le arranca un rugido tan poderoso que los tímpanos me vibran adoloridos.

Despacio, muy despacio, voltea hacia quien le ha disparado.

Un tercer trampero, tembloroso a pesar de ser el más fornido, apunta hacia nosotros con un rifle de caza, incapaz de creer que su potente arma no haya derrumbado a la incomprensible criatura que se erige frente a él.

Pero antes de que pueda recargarla, un segundo rugido felino rompe en la inmensidad del desierto. Me echo hacia atrás con torpeza cuando otro errante se abalanza contra el trampero para tirarlo al suelo y, después, cernirse sobre él. De al menos dos metros, fieramente musculado, un híbrido felino con piel color arena ruge sobre el hombre, quien lanza un grito aterrado.

El errante abre sus fauces dentadas y el puente de su nariz rosada se arruga y transforma su rostro en algo tan terrible como hermoso: un puma, un puma de los desiertos.

Y entonces, de un solo mordisco y sin piedad, sus colmillos se cierran contra el cuello del trampero con el rifle en mano, de una forma tan violenta que le arranca la garganta de tajo. El puma-errante escupe los restos de tráquea contra los escombros.

El terror hace sucumbir a los tramperos aún vivos mientras aquella bestia los mira con sus ojos azules, brillantes de furia.

Irina.

—¡EMMETH, EMMETH! ¡Demonios, hijos de puta! —grita el trampero del sombrero y apunta su arma hacia Calen.

El formidable león se lanza sobre él antes de que éste dispare, y con una sola de sus garras tritura el arma mientras el trampero de los cuchillos retrocede arrastrándose sobre sus codos desesperado por escapar. Las garras de Calen se enroscan en el pecho y el estómago del hombre que ha arrinconado debajo de él y, sin piedad, sin parpadear siquiera, comienza a desmembrar a su presa. Colmillos afilados que desgarran carne y hueso aun cuando el trampero suplica piedad.

Irina, por su parte, no deja ir muy lejos al último hombre que intenta escapar, porque de un solo salto lo atrapa entre sus garras y lo estrella contra el suelo; lo abre en canal como ganado, como si su espalda fuese de barro fresco. Huesos, carne, sangre; todo cruje y se desparrama ante mi estupefacta mirada, mientras los gritos aberrantes de los hombres resuenan contra el desierto sin que nada ni nadie sea capaz de escucharlos.

Y sin que yo tenga el poder de detener esta masacre.

CAPÍTULO 35
ES PERSONAL

—No te muevas —pide Sam, mientras sujeta las largas pinzas con una precisión escalofriante.

Cuando el artefacto entra en su costado, Calen echa la cabeza hacia atrás y aprieta el trapo que muerde entre los colmillos. Las tenazas de hierro hurgan en el interior del devorapieles, expanden las paredes de la perforación y hacen brotar riachuelos rojos y calientes de la herida aún palpitante, pero el devorapieles, a pesar de todo, parece aguantar con entereza la improvisada cirugía, aún transformado para que su cuerpo lidie con mayor facilidad la pérdida de sangre. Otra torcedura de pinza y Sam logra por fin capturar la bala que yace en el costado de su hermano.

—Ya casi, grandote, aguanta —susurra el perpetuasangre, quien la extrae poco a poco. Calen asiente despacio; los extremos de la pinza se deslizan hacia fuera hasta que, por fin, el horripilante aguijón es sacado. El león lanza un rugido mientras Sam cubre de inmediato el agujero en su costado con un trapo empapado en desinfectante.

—Bien hecho —anima, mientras se seca el sudor de la frente con el antebrazo—. Agradece a Elisse que haya podido volver a unir las esquirlas de la bala dentro de tu cuerpo. De otra manera habría tenido que abrirte el costado entero.

Calen me lanza una breve mirada por el rabillo del ojo que yo esquivo con rapidez.

Lo que pasó en el establo no fue un *silenciamiento*. Me rehúso a creer que eso fue lo que desencadenó la matanza, porque lo que vi allí no fue un intento de protegerme a mí o a nuestra raza; había odio, palpable y brutal. Y a pesar de que mi consciencia estaba repleta de dudas, no vacilé en ayudar a Calen, así como tampoco me negué a subir en silencio a su camioneta, incapaz de formular una sola pregunta.

—Sólo una cosa más, Calen, sólo una cosa más —dice Sam, arrancándome de mis pensamientos cuando lo veo levantarse y trotar hacia la estufa.

El errante león lo mira sobre su hombro mientras clava sus largas garras sobre el respaldo de la gruesa silla de madera, sin soltar ni un instante el trapo entre sus fauces, como si supiese muy bien que le espera algo peor que el mismo disparo.

El perpetuasangre se pone un guante de cocina y saca del hornillo una larga vara de hierro con la punta achatada al rojo vivo.

Cuando Sam da media vuelta y se acerca a su hermano con el horroroso instrumento no soy capaz de soportarlo más, me levanto y salgo de la cocina. Segundos después el espanto me sacude, pero no por el rugido que retumba a mis espaldas, sino por ver que, del otro lado de la puerta, el hijo menor de Irina me mira con negros ojos abiertos de par en par.

—¡Por los dioses, Enola! —exclamo.

—¿El tío Calen está bien? —pregunta el pequeño. Tiembla de pies a cabeza y contiene las lágrimas mientras abraza con fuerza un caballito de palo. El corazón se me encoge y me arrodillo delante de él.

—Sí, por supuesto que sí —digo con tranquilidad—, sólo tiene una herida un poco fea, pero nada grave. Él es muy fuerte, ¿verdad? —Enola asiente despacio pero la angustia no parece abandonarlo—. ¿Dónde está tu hermano? —pregunto.

—En nuestro cuarto. Mamá dijo que no saliéramos, pero me escapé y...

El niño empieza a gimotear avergonzado, y aunque quisiera estrecharlo para ofrecerle consuelo, me limito a acariciar la melena de su caballo.

—Ya veo, pero no te preocupes —digo con una sonrisa—. No voy a decirle a tu mamá, pero sólo si prometes volver con tu hermano ahora. Él debe estar asustado, y como tú eres tan valiente, debes ir a cuidarlo.

Se sorbe la nariz y asiente.

—Sí. Misha es más grande que yo, pero no quería venir porque tenía miedo de voltear hacia el granero.

—Los mayores también podemos sentir miedo, Enola. De hecho, hasta yo estoy ahora asustado. ¿Podrías acompañarme a tu casa?

Él se enjuga las mejillas, y, para mi sorpresa, me toma de la mano firmemente.

—Sí. Yo te cuido.

Una profunda ternura me invade, y más cuando camina delante de mí hacia la puerta de la casona, valiente, sin soltarme ni un instante.

—Espero que la tía Alannah vuelva pronto. El tío Calen siempre se alegra al verla —dice el pequeño. Entonces me detengo brevemente ante el umbral de la puerta y miro hacia el cielo aún oscuro.

Salimos de la construcción y veo el granero al otro lado del rancho; el edificio despide una tenue luz amarillenta a través de sus rendijas que contrasta con las nubes del desierto, como si fuese uno especie de faro en medio del mar. Son las cuatro de la mañana. Aún faltan algunas horas para el amanecer.

Enola y yo caminamos hacia su casa, y sólo cuando el pequeño cierra la puerta a sus espaldas me dirijo al granero. Al empujar con fuerza uno de sus enormes portones para ver lo que hay dentro, me arrepiento de inmediato de no haberme quedado con los niños.

Carniceros...

Fernanda e Irina están sentadas en banquillos, ambas despojadas de sus pieles y cada una sostiene brazos desmembrados entre las manos, mientras Chenoa sube por una delgada escalera de madera hacia el segundo piso del granero, cargando en su hombro la sangrante piel de la errante puma. Los cadáveres de los tramperos yacen frente a ellas sobre una lona de plástico, mientras la tenue lámpara del techo se balancea y crea sombras macabras que endurecen los rasgos de las mujeres de forma inquietante. Las devorapieles ni siquiera parpadean ante mi presencia, demasiado enfrascadas en encontrar trozos de garras, dientes y pelo negro con el fin de remover cualquier indicio que Calen haya podido dejar de sí mismo en los tramperos.

La escena, aunque dantesca, tiene su lógica.

En el mundo de los errantes, los silenciamientos suelen ser camuflados en forma de ataques de bestias salvajes, no obstante, esto debe hacerse con esmero; son comunes los errantes con colores inusuales en sus pieles o cornamentas, tonalidades que no existen en la naturaleza, así que dejar algo tan extraño como pelo de león negro en un cadáver puede levantar peligrosas sospechas. Nadie quiere a un montón de cazadores o de ambientalistas husmeando en su porche.

Por fin Irina levanta la barbilla, y la sensación que me transmite es de un vacío profundo, como si poseyese la mirada de un cadáver. Como si hubiese tenido que desconectarse de sí misma para realizar aquella horripilante labor.

Aun sin la piel de su ancestro, Ojo de Arena, ella sigue siendo igual de intimidante.

Fernanda, en cambio, parece indiferente, tan sólo preocupada por liberar una larga garra del cráneo de uno de los tramperos, a quien ni siquiera logro reconocer de lo deforme que ha quedado.

La errante puma se limpia las manos con un trapo húmedo y se levanta hacia mí.

—¿Cómo te encuentras? —pregunta con suavidad, como si empezase a despertar del extraño trance en el que la sangre y la muerte la tenían sumida.

He visto a Comus Bayou acabar con monstruos, seres que simulaban estar vivos, pero nunca había visto a errantes matar humanos.

En vez de responder, miro lo que quedó de los tramperos. Es como si quisiera memorizar los trozos cercenados para volver a armarlos dentro de mi cabeza; pero al recordar cómo me apuntaron con sus armas, cómo me trataron, como si yo fuese un simple animal de presa, tiemblo de furia. Ellos sabían quién era.

—Querían asesinarme —susurro.

—Tienes suerte de que Calen haya llegado a tiempo —dice Fernanda sin levantar la cabeza—. Y, sobre todo, que

Irina se diera cuenta de que te habías largado del rancho. ¿Por qué querías escapar? ¿Se te olvidó que teníamos un trato?

—No intentaba escapar —digo en voz baja, demasiado aturdido para hablar de las víctimas de Jocelyn.

—¿Cómo es que te has involucrado con esta gente? —cuestiona la rubia sin darle más importancia a mi fuga. O sin fuerzas para ello.

Guardo silencio unos momentos.

—El jefe Dallas —susurro al fin con la boca seca, recordando con escalofriante nitidez cada una de las palabras de aquel trampero.

—¿Quién? —pregunta Chenoa, a la par que baja del segundo piso y se aproxima a su esposa, a quien abraza por los hombros y la aprieta contra su costado.

Con malestar me siento en el suelo junto a la pila de cadáveres, como si de pronto se hubiese vuelto una fogata. Una fogata de sangre, hueso y carne.

—El hombre que me perseguía el día del incendio debió haberlos contratado para matarme. Es la única explicación que se me ocurre —respondo con un hilo de voz.

No sé cómo demonios es que Dallas ha podido contactar con estos hombres, pero no me sorprendería en lo absoluto que hubiese recurrido a su falta de escrúpulos para vengarse de mí, para vengar la muerte de los Blake. O, al menos, la de Jocelyn, porque estoy seguro de que Adam siempre le importó un carajo.

Además, algo me dice que bien pudo haberlos encubierto él mismo desde el principio. Los insumos necesarios para las quimeras más exóticas de Jocelyn debieron haber salido de algún lado, y también pudo haber obtenido de ellos el maldito rastreador de Adam. Parece el tipo de aparatos que emplean esos cabrones.

—Irina —susurra Chenoa, quien nos despierta de nuestro helado letargo—. Puede que hayamos cometido un grave error. Si un policía se ha aliado con los Lander, entonces...

Ahora es mi turno de levantar la mirada.

—¿Qué fue lo que pasó en el establo? —murmuro.

El peso de la pregunta parece recorrer la espalda de los tres y sumirlos en el silencio.

—Fue algo personal, Elisse.

La voz de Calen me hace mirar hacia la entrada del granero. El errante león está acompañado de Sam, en su forma humana y con la piel de su ancestro, Crepúsculo de Hierro, sobre los hombros como una capa. Abundantes vendajes cubren su costado, pero parece lidiar bastante bien con la herida, porque se acerca a nosotros sin exhibir una sola mueca de dolor.

El errante le tiende el pelaje a Chenoa quien, sin dudarlo, se apresura a llevarlo hacia la escalera. Calen se yergue cuan alto es frente a los cadáveres, con un rostro tan severo que, por unos instantes, parece como si no se hubiese quitado la piel de león.

Ni una mirada de asco. Ni un solo gesto de arrepentimiento.

—Los errantes siempre hemos tenido una *curiosa* relación con el contrabando —dice, y su cabeza señala el segundo piso del granero, donde la lámpara del techo me permite distinguir montones de pieles y picos apilados dentro de cajas y barriles—, así que, cuando la familia de tramperos Lander llegó al condado de San Juan hace poco más de veinte años, de inmediato supimos el tipo de negocios que hacían. También nos enteramos de que perseguían a una manada de lobos que habían acorralado desde el norte y que, al parecer, sólo estaban de paso.

—Por los rumores que escuchábamos —añade Fernanda, cruzada de brazos y con un semblante todavía más hostil—, sus antepasados habían sido también cazadores, esos que se dedicaron a exterminar a los búfalos de Norteamérica durante el siglo diecinueve. Aunque ahora no son muy numerosos, y se limitan a trabajar para gente *reservada* con gustos *exclusivos*, con el paso de las generaciones los Lander han llegado a convertirse en una especie de mafia familiar.

—Al enterarnos de lo peligrosos que eran, intentamos no involucrarnos —continúa el león—. Muchos de nosotros ya podíamos transformarnos, por lo que el viejo Begaye nos aconsejó que no saliéramos del rancho. A fin de cuentas era nuestro hogar, era nuestra tierra y debíamos estar seguros en ella. Cuando aquella manada de lobos por fin desapareció, creímos que los tramperos también abandonarían el condado...

—Pero estábamos equivocados —finaliza Chenoa.

Puedo ver, con nitidez, cómo una sombra de dolor cubre el semblante de todos los presentes.

—Una noche el viejo Begaye salió a contemplar las estrellas —dice Irina, quien mira fijamente los cadáveres—. Era algo que le gustaba hacer; tomar la forma completa de su ancestro, Cuerno Gris, y pasear a meditar durante horas bajo la luna.

—Pero ya nunca regresó —susurra Chenoa, con la mirada perdida en algún punto de la oscuridad.

—Pasaron días enteros en que lo buscamos por el rancho —murmura Fernanda con voz tan débil que toda su dureza exterior parece pronta a desquebrajarse—, por los pueblos, por todos los sitios que, en nuestra juventud e ignorancia, creímos pudo haberse perdido. Hasta que un día, al entender que pronto nos quedaríamos sin provisiones, fui a vender nuestras pieles al mercado negro. Fue allí, en medio de un pasillo que olía a carne podrida y tripas... donde lo encontré.

Llegados a este punto su mirada oscura se ha vuelto vidriosa. Y no sólo eso, pareciera ser que, de pronto, todos han dejado de respirar.

—Lo vi... No, vi su cabeza, colgada, disecada y exhibida como un puto trofeo en el puesto de uno de los vendedores. Su cuerpo estaba... Dios mío —balbucea a la par que aprieta los puños contra sus ojos—. Sus cuernos, sus patas, su cola. Todo estaba repartido en las vitrinas, en bandejas de carne encurtida. Lo estaban vendiendo, trozo a trozo, como un animal descuartizado. *Devorado.*

Devorado.

Dioses. ¡Por los mil dioses!

Nunca, ni en mis peores momentos, imaginé que podría existir una forma tan brutal y espantosa de perder a un ser querido, y el dolor de esta gente, de esta familia, es tan palpable que pronto me encuentro yo mismo aguantando las ganas de llorar.

—Fueron los Lander —sisea Calen, como si respondiese a una pregunta que flotaba sobre mí—. ¿Te imaginas lo que pasa por la cabeza de unos tramperos al ver a un toro gigantesco de un pelaje gris tan extraño? No les importó invadir nuestra tierra. No les importó matarlo en nuestro propio hogar.

—Y nosotros, aun con todo nuestro dolor, nunca pudimos hacer algo al respecto —dice Fernanda con los dientes apretados—. ¿Cómo rayos íbamos a denunciar que asesinaron a un hombre cuando, claramente, lo que mataron fue un toro?

—Y nunca pudimos vengarnos, porque al buscar a los Lander, a quienes ya teníamos identificados gracias a nuestros contactos en el mercado negro, para entonces ellos ya habían desaparecido de Utah... Y no supimos más de su familia hasta el día en que volvimos a encontrar trampas alrededor de nuestras tierras, hace unos meses apenas.

—Y a pesar de que ahora hemos matado a tres de ellos, sólo teníamos en la mira a dos personas —añade Irina—: Buck y su padre, Benjamin Lander. Los cabecillas de la familia de tramperos... Los hombres que mataron y descuartizaron, con sus propias manos, al viejo Begaye.

CAPÍTULO 36
UNA SEÑAL

Uno a uno vemos a los errantes despejar el granero, avanzar cabizbajos hacia sus madrigueras. Caminan con los pies lentos, como si estuviesen envueltos en el peso de los tramperos que han masacrado esta noche.

La Bestia Revestida de Luna es la última en salir. Y al mirarlo, al ver a ese ser imposible y blanco brillar en la noche, nos agazapamos en el polvo y retraemos nuestra magia podrida para que sus entrañas no puedan percibirla.

No podemos dejar que nos vea. Su Mara jamás nos perdonaría si cometiésemos otro error.

Tras unos largos momentos, las luces de la casona se apagan. Los errantes comienzan a dormitar. Y una vez que el último párpado se cierra, advertimos nuestra oportunidad. Nuestro cuerpo se materializa, débil entre el polvo, y vamos hacia la camioneta de los tramperos, el sarcófago de hierro donde sus cadáveres han sido apenas cubiertos por una lona y destinados a ser arrojados a un río antes de que despunte la madrugada.

Una mísera hora de sueño. Eso y nada más se permitirán estos errantes, así que debemos actuar pronto.

Nos acercamos hacia los cadáveres, apilados como leños de una fogata. Apretamos una etiqueta amarilla que horas antes colgaba de la vaca que la Bestia Revestida de Luna encontró en el camino. La miramos, aún brillante entre la sangre seca.

#375. *Rancho Red Buffalo*

Contemplamos el cadáver de Thomas Lander, su mandíbula partida y colgante, su caja torácica abierta como una tumba y los bolsillos de su chaleco de cuchillos.

Con cuidado introducimos la etiqueta en uno de ellos, bien adentro, bien protegido en el elástico que aferra la empuñadura de una larga navaja.

Y, en medio de las sombras, la hendidura de nuestra cara se deforma hasta formar una sonrisa.

El huracán está cerca. Muy cerca.

CAPÍTULO 37
LA TORMENTA REGRESA

Para el momento en el que regreso solo a la casona el amanecer ya se ha devorado el rancho. La tenue luz azulada del alba pareciera llenarlo todo de un vasto silencio, como si el desierto hubiese enmudecido.

Me abrazo y deambulo por la casa vacía. Escucho mis pasos crujir contra el viejo suelo de madera, sin saber en qué habitación meterme.

Fernanda y Chenoa ya se han llevado los cadáveres, los cuales irán a tirar a la cuenca de un río, junto a la camioneta de los tramperos cerca de allí, aunque no sin antes limpiar todo rastro de ellos.

~~Asesinos~~...

Casi siento pena por los tramperos, pero ésta se desvanece al recordar que no dudaban en intentar asesinarme. Y aunque la brutalidad con la que Calen e Irina despedazaron a esos hombres me dejó sin aliento, no puedo juzgarlos, porque yo mismo estuve dispuesto a matar a Jocelyn de la peor forma posible al enterarme de lo que le hacía a Adam.

Y ni hablar de lo que sentí al ver a mamá Tallulah destrozada.

El amor, a veces, es un arma de doble filo, porque cuando nos lo arrebatan, el odio que queda puede fortalecernos de la peor manera. Nos cambia. Nos destruye y deforma. Nos convierte en monstruos.

Tal como le pasó a Calen y a Irina. Tal como me pasó a mí.

Decido que no iré a la habitación de Sam en busca de una cama. Estoy agotado, pero dudo poder dormir, así que voy por una taza de café.

Cuando llego al pasillo que da a la cocina me detengo al ser recibido por una densa nube de humo que la cubre de extremo a extremo. Escucho también el siseo confuso del televisor que hormiguea en el aire de forma ininteligible. Arrugo la nariz, porque la neblina apesta a tabaco y putrefacción.

Samedi.

Me adentro en el pasillo con lentitud. ¿Qué diablos hace el Loa en la cocina?

Mi confusión no hace sino crecer al encontrar al Señor del Sabbath sentado frente al televisor, rodeado de la neblina que sale de su habano sin importarle una mierda mi presencia. Y, a juzgar por el montón de cenizas que yace en el suelo, parece haber estado aquí desde hace un buen rato.

—Dioses, ¿ahora qué demonios quieres?

Estoy a punto de lanzarme sobre él y sacarlo de aquí antes de que lleguen los demás y vean el desastre, cuando me detengo un solo instante frente al televisor. Transmiten un noticiario.

—Elisse, ¿con quién hablas?

La voz de Calen a mis espaldas es muda para mis oídos, porque la cintilla informativa que se encuentra bajo el comentarista me arranca el cansancio, el aire y el suelo bajo mis pies.

En un instante, mi mundo se hace trizas.

HURACÁN DEVASTA NUEVA ORLEANS

Se estiman alrededor de 2,000 muertos. La ciudad queda reducida a escombros.

CAPÍTULO 38
UNA MENTIRA DISFRAZADA
DE DESESPERACIÓN

—¡Elisse, Elisse, espera! —me grita Calen. Sus dedos se enredan en mi antebrazo.

—¡SUÉLTAME! —me libero de su agarre de un tirón.

Salgo de la sala con la incesante voz del comentarista dentro de mi cabeza.

"Se estiman alrededor de dos mil muertos…" Dos mil muertos.

Sam balbucea en la puerta de la casona, confuso ante los gritos de Calen. Casi me caigo de rodillas al encontrarme frente al perpetuasangre.

—P-por favor, necesito ir a la ciudad —él abre y cierra la boca, sorprendido ante mi desesperación—. Llévame, llévame, por favor…

—¿Qué? ¿Por qué? ¿Qué te ocurre? —pregunta, aún más desconcertado.

—¿A la ciudad? ¿Qué pretendes hacer allí? —exclama Calen, quien por fin me alcanza en la puerta.

—Me voy a Luisiana.

—¿Irte? —sus ojos se abren como platos—. ¡No, no puedes, tenemos un…!

Rodeo al perpetuasangre y salgo de la casa sin mirar atrás. ¿No piensan ayudarme? Bien. No importa si tengo que llegar de rodillas a la carretera, pero no puedo perder más tiempo aquí, *¡no puedo perder más tiempo!*

Me echo a correr, alejándome del rancho a toda velocidad. Salgo por el portón, voy en línea recta por el camino polvoriento tan rápido que, pronto, la casona se convierte en una mancha difusa.

Lo único que percibo es el aliento de Calen a mis espaldas. ¿Es por eso por lo que llovía con tanta fuerza en mis visiones? ¿Era un aviso del huracán?

Mi corazón revienta preso de terror. Nunca había sentido tanto miedo como ahora. Ni siquiera ante Barón Samedi. Ni siquiera ante la sádica Jocelyn Blake.

Nunca debí abandonar Nueva Orleans, ¡NUNCA DEBÍ DEJAR A MI FAMILIA!

De pronto, siento la garra del león clavarse sobre mi hombro y echarme hacia atrás.

—¡Elisse, no puedes irte ahora! ¡Nos prometiste una se…!

—¡No, Calen! —exclamo a todo pulmón, mientras forcejeo para escapar de sus garras—. ¡Mi tribu es de Nueva Orleans y ahora la ciudad está destruida! ¡Debo ir a ayudarlos!

Calen abre los ojos de par en par.

—P-pero, Elisse, ¡nuestro trato…!

MÁTALO.

—¡No me importa cargar con las consecuencias! —exclamo, a la par que, por fin, me libro de su agarre—. ¡Debo ir a Luisiana!

Retrocedo, mientras él parece aún más devorado por la angustia.

—¡Por todos los demonios, Calen! —grito—. Alannah está con vida, ¡pero mi familia podría estar muerta ahora mismo!

Él aprieta los labios y, de pronto, se abalanza de nuevo hacia mí. Ahogo un gemido y doy un paso atrás para alejarme de su avance, pero, para mi sorpresa, lo que hace es caer de rodillas. Planta las palmas de sus manos en el suelo y agacha la cabeza, en pose suplicante.

—Te lo ruego... —susurra, y, cuando levanta la mirada, me quedo helado de la impresión.

Calen, el enorme devorapieles que ni siquiera parpadeó cuando una bala le perforó el costado, tiene los ojos anegados en lágrimas.

—Alannah morirá si no la encuentras —dice con la voz quebrada—, ¡tienes que ayudarme!

—¿Morir? —abro los ojos de par en par—. Calen, ¿qué estás...?

—¡Alannah está embarazada!

CAPÍTULO 39
UNA RAZA QUE DUELE

*Hasta ahora la Agencia Federal para la Gestión de Emergencias
ha reportado otras catorce víctimas más localizadas en el no-
roeste de Nueva Orleans. No se descarta que el número de fallecidos
aumente, puesto que las unidades de rescate no han podido cubrir
aún todas las zonas afectadas y el apoyo de la institución ha sido
declarada como ineficaz. Las inundaciones del Mississippi aún des-
bordan pantanos, ciénagas y canales, por lo que se espera que…*

Apago la radio de la camioneta de un manotazo y aspiro uno
de los cigarros que he encontrado en la guantera, resignado
a entender que atormentarme con las noticias no hará que
lleguemos a la estación más rápido.

Cuando me vi obligado a regresar a la casona y explicarle
a Irina mis razones para marcharme a Nueva Orleans, no sólo
no protestó, sino que se mostró comprensiva al respecto. Me
alargó unos cuantos billetes y le pidió al propio Calen, quien
supo disimular su malestar, que me llevase a la central de au-
tobuses más cercana. No conforme con ello, la mujer me dijo
que una vez que su esposo y Fernanda volviesen de deshacerse de los cadáveres, nos darían alcance en la carretera para
despedirse.

Debo admitir que la firmeza con la que ella giró sus órdenes a quien se supone es el líder de la tribu, me hizo cuestionar el liderazgo de Calen. Más tarde me enteré, por boca del propio león, que Irina era la líder original de la tribu, pero que al empezar a congeniar con Chenoa le había cedido el mando a su hermano, algo que los líderes de los Atrapasueños hacen con frecuencia cuando deciden formar su propia familia.

Dioses, ¿acaso las cosas habrían sido distintas si ella no hubiese tomado esa decisión?

Hay una hora y media de distancia desde el rancho para llegar a la central más cercana, por lo que el camino se hace silencioso y tenso, muy tenso. Ninguno de los dos ha pronunciado más de dos palabras desde que salimos del rancho.

"Bastardo..."

Me paso la mano por el rostro y lo estrujo para aliviar la insoportable tensión.

—Vamos a parar en una gasolinera más adelante, ¿está bien? —dice el león de pronto—. De seguro los demás no tardarán en...

—¿Alguien más lo sabe? —corto, incapaz de pretender que no es nada.

Calen se queda sin aire.

—No —responde en voz baja—. Sólo ella y yo.

—¿Y no pensaron en usar un condón o la píldora? —pregunto, agitado.

—No somos humanos, Elisse —dice en voz baja, avergonzado—. Los anticonceptivos hormonales no son efectivos en nuestra especie, y los condones no siempre...

—¿Y qué pensaban hacer?

La camioneta se detiene con brusquedad, justo en medio de la carretera. El ardiente sol nos cocina sin piedad dentro de la cabina.

—Poco después de la última vez que estuvimos juntos, ella empezó a sangrar —dice—. Al principio creímos que su periodo se había adelantado, pero cuando los días pasaron y la hemorragia no cedía, supimos que algo estaba mal.

Mira hacia el frente, al asfalto vacío, mientras su mandíbula comienza a temblar. Es como si le costase, pero, al mismo tiempo, necesitara hablar de esto. De algo que sé que no me va a gustar escuchar.

—Cuando dos errantes se aparean, sólo hay dos posibilidades —dice—: si el producto será un contemplasombras, éste no se transformará en el vientre materno al carecer de ancestro, pero se desarrollará inusualmente, con severas deformidades. Matará a la madre, y por tanto a sí mismo, pocas semanas antes del parto. Ahora, si son concebidos como devorapieles o perpetuasangre, los bebés empiezan a desarrollarse, con todo y ancestro, dentro de la matriz casi de forma inmediata. Creemos que ése fue el caso. Alannah… no tenía ni un mes de embarazo, y el vientre ya estaba abultado. Sangraba continuamente y sufría dolores que no podíamos calmar con medicamento alguno.

Me llevo la mano a la boca.

—Intentó abortar —continúa, y el dolor en su voz es tan punzante que mi ira da paso a la resignación—, pero pronto descubrimos que el misoprostol era tan inútil en nosotros como los anticonceptivos hormonales. Sabíamos que debíamos buscar a alguien que pudiese ayudarnos a terminar con el embarazo, pero una noche, ella desapareció y…

—Dioses, Calen —corto sin poder evitarlo—. ¿En qué diablos estaban pensando?

Es entonces cuando él no puede soportarlo más.

—Nos amábamos —solloza—. Al principio, cuando llegó a la tribu, mantuve mi distancia —dice—. Sabía que ella necesitaba estabilidad mental, cosa que creo que nunca pudo conseguir del todo. Pero al cabo de unos meses yo… yo ya no tenía cabeza para nada más, y no fue sólo eso. Yo en verdad la amaba, me convertí en el amor de su vida. Nos queríamos, nos besábamos en la oscuridad, nos deseábamos como unos locos. Nos alejábamos del rancho tanto como nos era posible, y hacíamos el amor.

—Debieron hablar con su familia —digo, sin poder evitarlo—, ellos les habrían ayudado.

—¡Teníamos miedo! —exclama a todo pulmón—. ¡Miedo y vergüenza! Arriesgábamos su vida todo el tiempo, ¡y no podíamos soportar la idea de defraudar a los nuestros si se enteraban de lo que hacíamos! Además, cuando supimos del embarazo, ella casi enloqueció de pavor. ¿Es que no lo entiendes? ¿Es que nunca has hecho algo estúpido por miedo a fallar a quienes amas?

Me paso una mano por los cabellos y suspiro, porque muy en el fondo, entiendo a la perfección cómo se siente. Yo tampoco sé qué habría hecho en el lugar de ambos.

Los labios del devorapieles tiemblan y mi mano se alarga hacia su hombro para envolverlo con mis dedos en un fútil intento de confortarlo.

—Ella está viva —susurro—. No pierdas la esperanza.

—Tú eras mi única esperanza —dice con tanta frialdad que hasta el calor parece disiparse—. Y justo ahora voy a perderte.

△ △ ▽ ▽

Por suerte no tardamos demasiado en llegar a la gasolinera. Como casi todas las que hay en este jodido estado, parece ser el único rastro de civilización en varios kilómetros a la redonda, acompañada por aglomeraciones de rocas de gran tamaño que crean senderos hacia el vacío del desierto.

Paramos junto al único despachador de combustible mientras distingo, a través de la vitrina polvorienta, al solitario empleado de la tienda. Hojea una revista, indiferente a nuestra llegada. Bajamos y Calen se dirige a la manguera mientras yo me alejo de la camioneta a paso ligero.

—¿Adónde vas? —pregunta, con el despachador entre sus dedos.

—A fumar.

Es una excusa a medias. Por más que haya tratado de comprender el problema de Calen, no puedo dejar de pensar en mi familia, y sé que si me quedo cerca, lo único que haré será correr a la tienda para conocer las noticias sobre el huracán. Así que doy media vuelta y me dirijo hacia el camino entre las rocas.

Lo atravieso hasta llegar a la parte trasera de las enormes formaciones, donde se proyecta una larga pradera desértica. Camino bajo el sol del mediodía y me alejo de la gasolinera. Suspiro y miro hacia el cielo para pedir a los Loas que mi familia esté bien. Que, por los dioses, el huracán no haya tocado la reserva.

Sólo espero que Alannah resista lo suficiente hasta que pueda volver aquí y terminar mi trabajo, porque si bien he cancelado el trato que tenía con Red Buffalo, todavía quiero encontrarla y traerla de vuelta al rancho.

Hurgo en mis bolsillos en busca del encendedor cuando algo me hace mirar hacia el horizonte, hacia donde el cielo se pierde con el desierto.

Huye...

Es una mancha, una silueta que empieza a volverse nítida conforme se acerca; arroja una pequeña nube de polvo a medida que se mueve, cada vez más veloz. Con más violencia. Camina. Tiene forma humana.

¡HUYE, HUYE, HUYE!

Gime el monstruo dentro de mí al ver que aquello ha empezado a trotar.

—Pero ¿qué...?

Me quedo paralizado al distinguir a quien se aproxima. Ese alguien despierta mis sentidos como un balde de agua helada y me hace frotarme los ojos para asegurarme de que no estoy alucinando.

Al comprobar que sigo en mis cinco sentidos, *aquello* me arranca el aliento y el mundo a mi alrededor de un solo manotazo.

Es enorme.

Es imposible.

Es Tared.

TERCERA ETAPA

MONSTRUO
DE ORO

CAPÍTULO 40
MANADA

Es él.

En verdad es él porque, por más que pienso que estoy soñando, su presencia es cada vez más real.

Está vivo. Por los Loas, ¡ESTÁ VIVO!

—Dioses, ¡Tared, Tared! —grito con una mezcla de incredulidad y desesperación.

No pienso en el cómo. No pienso en el por qué, tan sólo levanto mi mano temblorosa hacia él, paralizado por el asombro.

Pero entonces, algo empieza a cambiar.

Su boca comienza a convertirse en un largo hocico. Su ropa se rasga y su cuerpo se llena de grueso pelo plateado; crece en músculos y en estatura, sus piernas se engrosan, sus manos se convierten en garras. Se transforma.

Y justo cuando ya puedo ver con claridad la expresión en su mirada, la realidad me pega una bofetada tan fuerte que empiezo a dar pasos torpes hacia atrás.

Tared está *furioso*.

En un instante echo a correr.

¡Mierda, mierda, mierda!

Huyo de él a toda velocidad al sentir su furia, al entender que en verdad *está aquí* y que le sobran motivos para arrancarme la cabeza.

Y a mí para ponerme fuera de su alcance.

Pero no recorro ni siquiera la mitad del camino hacia la gasolinera cuando ya lo tengo justo detrás de mí.

—¡Ven aquí, cabrón, no huyas!

Tared salta sobre mí. Trago polvo mientras doscientos cincuenta kilos de puro músculo me aplastan contra el suelo.

—¡Suéltame!

Me revuelvo entre sus brazos como una serpiente. Ante su tremenda fuerza, y más en su forma de hombre lobo, echo la cabeza hacia atrás y estrello mi cráneo contra su hocico.

—¡AHHH! —ruge y me libera de su agarre. Tared retrocede mientras se sujeta la nariz con la garra.

Me arrastro hasta salir de debajo de su cuerpo como un maldito gusano, pero no alcanzo a ponerme en pie cuando su otra garra se enrosca en mi tobillo y me azota boca abajo una vez más. Salta e inmoviliza mis caderas al poner una rodilla sobre ellas. Echa mis brazos sobre mi cabeza y los retuerce hasta dejarme inmóvil en el suelo.

—¡Déjame ir, déjame ir, maldita sea! —grito, pero él aprieta mis muñecas hasta arrancarme un gemido. *Dioses, ¡es monstruosamente fuerte!*

Un bramido nos congela de repente a los dos. Una sombra se arroja sobre Tared y lo arranca de mi espalda para echarlo hacia un lado. El lobo rueda por la arena mientras Calen, en su forma de medio león, ruge furioso contra el líder de Comus Bayou.

Ninguno de los dos se detiene un segundo a pensar. Veo cómo se arrojan el uno contra el otro y colisionan con tal brutalidad que juro sentir la tierra temblar cuando se estrellan contra el suelo.

—¡No, alto, alto! —me levanto y de una zancada me interpongo para intentar detenerlos.

Error.

Las garras de Calen apenas me rozan pero es suficiente para lanzarme un par de metros lejos de la batalla. Ruedo en el polvo y grito de dolor al sentir cómo una fina rajada se abre en mi brazo.

Tared, estupefacto, se detiene apenas un instante. Y como si fuese un toro, el rojo de mi sangre lo llena de cólera.

Ruge, se arroja contra el otro devorapieles y los dos titanes comienzan una lucha bestial.

Calen da un zarpazo a la cabeza de Tared y le rasga la mejilla, pero el líder de Comus Bayou apenas retrocede; enrolla su garra en la larga melena del león errante y la jala con violencia hacia abajo. La rodilla de Tared impacta contra el hocico de Calen con tanta fuerza que veo un trozo de colmillo salir disparado. El león deja caer una rodilla al suelo, pero aun así se las arregla para clavar sus gigantescas garras en las costillas de Tared como si fuesen ganchos de carne. Le rasga la piel hacia abajo, el lobo lanza un aullido y yo grito, aterrorizado.

—¡No, basta! ¡Déjalo ir, Calen, déjalo!

Pronto, se lanzan zarpazos y mordidas que distan mucho de parecer humanos, como si hubiesen olvidado por completo su raciocinio y fuesen sólo dos animales salvajes. Y aun cuando el león es más grande que Tared, éste no parece tener problemas en igualar su fiereza.

Van a hacerse pedazos.

Estoy a punto de ponerme en pie de nuevo cuando un chillido que conozco a la perfección se alza por uno de nuestros costados.

Johanna se arroja contra Calen. La pequeña errante vuela hacia su cabeza y se aferra a ella con sus garras rojas. Él ruge y gira para tratar de derribar a la perpetuasangre pero Tared lo embiste por el costado y lo tumba al suelo de nuevo.

Sin embargo, Calen no permanece allí, puesto que Irina se lanza sobre los tres con sus atributos de puma. La brutal felina toma a Johanna por el pellejo del lomo y la arroja por los suelos sin apenas esfuerzo.

—¡Basta, basta todos! —grito a todo pulmón, pero la debacle apenas comienza.

Bramidos, rugidos y gritos llegan hasta mis oídos. Nashua, Julien, Chenoa, Fernanda; todos los guerreros salen de las entrañas del desierto y se unen a la encarnizada batalla.

Chenoa se abalanza sobre Johanna con una pequeña pero filosa hacha de mano, y ella apenas logra esquivarlo. Fernanda, con alas y cabeza de águila, pero cuerpo femenino, embiste por los aires a Julien al cerrar su pico, quien la jala y la echa de bruces al suelo con tanta fuerza que un montón de plumas salen despedidas. Nashua se lanza contra Irina, pero ella se defiende con una fortaleza igual de feroz mientras Calen y Tared siguen forcejeando.

Carne, pelo, sangre, garras, plumas, trozos de cuerno; todo sale despedido. A pesar del punzante dolor en mi brazo busco en el suelo rocas que comienzo a arrojar a la salvaje jauría, pero nadie parece concederme la más ligera importancia.

Nunca, ni siquiera en el propio cementerio de Nueva Orleans, había visto tal violencia.

—¡Por favor, deténganse ya, bas…!

¡BANG! ¡BANG! ¡BANG!

Tres disparos resuenan a mis espaldas y sobre los gritos de la manada. Todos se detienen al instante para mirar hacia acá.

Helado, doy media vuelta despacio.

—¡Hoffman! —exclamo, perplejo al ver al detective con su humeante pistola en mano, la cual apunta hacia el cielo.

—Vaya, vaya. ¡Pero qué bonito espectáculo! —dice, mientras baja el arma, se retira las gafas de sol y me mira con una sonrisa sarcástica—. Hola, Elisse. ¡Qué gusto me da verte! Al parecer has hecho nuevos amigos. ¿Por qué no nos los presentas?

Empapados en sangre, todos, absolutamente todos los errantes vuelven la cabeza hacia mí. Trago saliva y aprieto los ojos con fuerza al sentir el sudor bajar por mi nuca.

Me queda claro: soy hombre muerto.

CAPÍTULO 41
ATRAPASUEÑOS

Durante los cinco meses que estuve cruzando el país, más de una vez me pregunté qué pasaría si algún día volviese a casa. Qué pasaría si conseguía sobrevivir, si lograba arrancarme al monstruo de hueso de las entrañas, me libraba por fin de Barón Samedi y derrotaba a mi Mara. Qué pasaría si volviera con aquellos que me creían muerto.

Una parte de mí siempre tuvo miedo de la respuesta. Me asustaba mucho la idea de descubrir si las cosas aún serían iguales, y si me amarían con la misma intensidad que cuando me fui. Por mi parte, cada vez que pasaba hambre y soledad añoraba más a mis hermanos; cada noche, en el abandono, extrañaba la amorosa presencia de Louisa. Y cada vez que comenzaba a odiarme, encontraba la forma de apaciguar ese dolor al refugiarme en los sentimientos que había desarrollado por Tared.

Así que, incapaz de valorarme debido a las decisiones que había tomado y a la criatura en la que me había convertido, sobreviví sólo por el afecto que les tenía a todos ellos, el cual se hacía más fuerte con el paso de los días, las semanas y los meses. Tanto así que, para evitar cometer la tontería de volver atrás, me consolaba diciéndome que mi vínculo con la tribu seguiría siendo igual de fuerte aun después de mi partida; porque a pesar de que los ancianos habían fallecido, su presencia y el cariño por ellos seguía tan latente en Comus Bayou que parecía como si nunca se hubiesen ido. Como si, a pesar de que el Atrapasueños cosiese sus huecos, de todas formas quedaría en él un rastro, un hilo informe sobre las redes que nos recordaría que ellos siempre serán parte de nosotros. Aunque también llegué a considerar que podría suceder lo contrario. Que nuestro vínculo se debilitaría con el paso de los días hasta el punto de difuminarme. Que mi regreso a casa no causaría en ellos más allá de una sorpresa inaudita, una decepción acompañada de resentimiento y rechazo.

Yo sé que la familia no hace esas cosas. Que los que te aman en verdad no olvidan, pero ¿acaso el miedo no suele volvernos irracionales? ¿No somos Calen y yo pruebas vivientes de ello?

Y a pesar de que enterarme del huracán desató en mí una desesperación desbordante, también me dejó ciego del dolor porque muy en el fondo, y aunque estaba dispuesto a lo que fuera por salvarlos, sabía que no estaba listo para reencontrarme con ellos.

Siempre creí que mi mayor miedo era estar solo, pero ahora que me encuentro en una esquina de la cocina de Red Buffalo entiendo que no es así. Que mi mayor miedo ahora mismo no es estar solo, sino enfrentarme a las secuelas de mis decisiones.

Porque no sólo opté por dejar Nueva Orleans para lidiar con mi Mara por mi cuenta; también decidí no revelar que fui poseído por el mismo monstruo de hueso que devoró a Ciervo Piel de Sombras. Decidí no contarles que por una broma cruel del destino he dejado con vida al Loa que asesinó a la mitad de nuestra familia.

No. Nunca estuvo en mis planes que se enteraran de estas horripilantes verdades, y ahora me siento aterrado ante la posibilidad de no poder seguir ocultándolas. ¿Qué se supone que debo hacer ahora? ¿Aceptar volver para que todos mis malditos demonios terminen la matanza que empezaron en Luisiana? ¿Decir la verdad y aceptar, ante ellos y ante mí mismo, que me he convertido en algo que deberían odiar?

Pero a pesar de mi complicada situación debo admitir que contra lo que más estoy luchando ahora es con mis ganas de levantarme y correr hacia mi familia; estrujarlos en mis brazos, decirles que me parte el corazón verlos heridos por una pelea innecesaria y hacerles saber cuánta falta me han hecho todo este tiempo. Y que les estoy eternamente agradecido a los Loas, y a lo más divino, de que estén bien. Furiosos y con ganas de asesinarme, pero al final bien.

Un "con permiso" de Sam me saca del silencioso sopor en el que he estado sumido durante las últimas dos horas. Lo veo a él y a Johanna ir de un lado al otro de la cocina, arrancarse cabellos para usarlos como hilos y abrirse sangrías sobre sus propios brazos para ponerlos en vendajes y hierbas que colocan sobre sus hermanos, ya en forma humana.

Es más fácil curarlos si están en su forma de errantes, pero no había manera de meterlos a todos en apenas unos cuantos vehículos.

Nashua y Julien se hallan sentados a la mesa tapizados en vendajes; Chenoa y Fernanda están contra una de las paredes de la cocina, también bastante decorados de algodón mientras que Tared…

Tared, por los Loas.

El hombre lobo es el único que no se ha quitado la piel; está en una esquina, con la garra hecha un puño delante de su hocico, la cola enroscada en el asiento y los ojos fijos sobre mí de una manera tan fría que hasta el sofocante calor de la tarde parece haberse templado.

Tanto, que hasta parece que la bestia dentro de mí ha enmudecido.

Me yergo en mi banquillo cuando la puerta de la cocina es abierta de pronto; veo a Calen e Irina, ambos en su forma humana, entrar junto con Hoffman. El león cojea un poco y el detective exhibe una mueca entre divertida y curiosa, mientras que Irina parece entera, muy recta a pesar de exhibir un grueso vendaje alrededor del hombro derecho.

Escucho a Misha y Enola murmurar en el pasillo sólo para callarse de inmediato cuando la puerta es azotada por su madre. Y a pesar de que Sam y Johanna siguen en su labor como si nada pasara, todo está envuelto de un silencio casi sepulcral.

Hoffman arrastra otro banquillo para sentarse a mi lado y enciende un cigarro. El cabrón sonríe y parece no afectado por ninguna jodida cosa en el mundo, como si mi inminente destrucción le causara gracia.

Retengo las ganas de molerlo a palos cuando le hago la única pregunta que me importa ahora:

—¿Dónde está Louisa?

El hombre alza una ceja, como sorprendido de volver a escuchar mi voz después de tanto tiempo.

—Con nosotros no, eso es seguro —contesta con sobriedad. Al verme palidecer mueve la cabeza de un lado al otro—. Ella está bien. Quita esa estúpida cara de víctima.

Suspiro de alivio y decido ahondar en el asunto más tarde, porque no creo que ése sea el mejor momento para ponerme a discutir con él.

—¿Cómo me encontraron? —pregunto al fin, en voz baja.

—Si yo fuera tú, cerraría el pico por ahora —responde con una risa entre dientes—. Digo, si no quieres que *alguien* te lo arranque de un zarpazo.

A pesar de su tono burlón estoy bastante seguro de que no bromea. Le arrebato el cigarrillo y le doy una muy, muy profunda calada para calmar la ansiedad. Hoffman sólo me mira desconcertado, pero al otro lado de la cocina las orejas del hombre lobo se levantan y la base de su hocico se arruga. Pronto, Calen e Irina se detienen en medio de la habitación. Después de dar una rápida mirada a la errante puma, el león toma aire.

—¿Serían tan amables de decirnos quién está a cargo aquí? —pregunta Calen con una tranquilidad pasmosa, como si aquel hombre tembloroso y asustado que era hace apenas unas horas hubiese desaparecido por completo para volver a encarnar su papel de líder responsable.

Todo Comus Bayou, yo incluido, miramos a Tared. Él se pone en pie, y su imponente figura plateada cruza la cocina y pasa justo delante de mí sin siquiera mirarme. Se yergue frente a Calen, pero es a Irina a quien observa primero.

Vaya. Su afilado instinto nunca deja de sorprenderme.

—Mi nombre es Tared Miller —empieza, calmado y respetuoso— y ésta es mi tribu, Comus Bayou. Y en nombre de mi gente, quiero ofrecerles una disculpa por lo sucedido.

Calen asiente y coloca las manos en la cintura. Mira a los miembros de su propia tribu, atentos a cada gesto de su líder.

—Lo que pasó fue muy grave —replica el león—, de haberse alargado la pelea, las consecuencias podrían haber sido fatales, tanto para ustedes como para nosotros. Tuvimos mucha suerte de que el hombre encargado de la gasolinera no se hubiera percatado de nada.

—Aun así, necesito recordarte que no fuimos los primeros en atacar —replica el lobo, con paciencia, pero sin titubeos—. Al menos, no a tu tribu.

—No, pero sí que atacaste a mi aliado.

En el rostro de Tared, aun en su completa animalidad, se puede percibir a la perfección que escuchar la palabra "aliado" no le ha gustado para nada.

—Pero, al parecer, todo esto no es más que un malentendido —continúa el otro—. Y debo confesar que ahora me siento más tranquilo. Nosotros ya sabíamos, en cierta forma, que ustedes rondaban nuestras tierras. Habían dejado rastros, después de todo.

Tared sólo asiente, al parecer entendiendo a la perfección lo que Calen ha dicho. Está de más decir que soy la persona más confundida en esta cocina.

—¿Rastros? ¿Qué ras...?

—Comprendo —interrumpe el rubio, sin concederme la mínima importancia—. Pues, tal como se dijo, esto se salió de nuestras manos y no quisimos, ni por asomo, enemistarnos con ustedes. Sólo queríamos llegar hasta nuestro contemplasombras, y nunca tuvimos intención de lastimar a nadie.

Sólo a él, parece decir su mirada furibunda.

Calen asiente, convencido, y alarga su brazo hacia Tared, quien estrecha su garra con la del hombre en un firme apretón.

—No te preocupes más, hermano —dice Calen al fin—. Tengo la certeza de que resolveremos este malentendido, pero de momento, sean todos bienvenidos a mi familia, a Red Buffalo. Por favor, siéntanse como en casa.

Como por arte de magia, los hombros de todos los errantes que se encuentran en la sala se relajan.

—No jodan, ¿eso es todo? —murmura Hoffman, quien me arrebata el cigarro al verlo columpiarse en mi boca, abierta de par en par—. Esperaba algo más divertido.

No tenía idea de que las tribus de errantes podrían llegar a ser tan... diplomáticas, o al menos, no después de semejante carnicería. Y debo admitir que, muy en el fondo de mi malicioso ser, esperaba que el asunto se alargara lo suficiente para escapar de aquí sin que nadie me arrancara la cabeza en el trayecto.

—Bueno, ya que hemos arreglado esto —continúa Tared—, ¿podrían permitirnos unos momentos a solas con Elisse?

Mierda.

—Si él no tiene inconveniente, nosotros tampoco —responde Calen—. Tomen el tiempo que necesiten.

La lástima en sus palabras me suena a una sentencia de muerte. Pronto todos abandonan la cocina para dejarme solo con mi tribu y Hoffman.

La tormenta se desata.

Tared se acerca a zancadas hacia mí. Hoffman se hace a un lado de un salto mientras yo retrocedo a trompicones hasta estamparme contra el muro a mis espaldas.

—¡Tared, espera! —grita Johanna, quien intenta avanzar hacia nosotros, pero el rugido del lobo la hace detenerse en mitad de la cocina.

Las enormes garras de Tared se ensartan en la pared, una a cada lado de mi cabeza, con tanta vehemencia que escucho el concreto gemir a mis espaldas. Su aliento me llega desde arriba, desde ese aterrador hocico dentado; el pecho le sube y le baja con frenesí y el rostro se le descompone en una mueca muy distinta a esa apacibilidad que mostraba hace unos momentos.

El gemido que retenía en mi pecho se desvanece cuando su fuerte olor a almizcle me golpea la nariz, seguido de un silencio roto sólo por su agitada respiración. Levanto la mirada, y sus ojos me cortan el aliento. El calor que emana, los potentes brazos que me encierran, ese refugio que siempre ha sido él para mí... Me siento pequeño, reducido no ante estos dos metros veinte de lobo, sino al estar tan cerca de él una vez más y ver que no hay más que centímetros de furia entre nosotros. Al saber que no puedo estrecharlo entre mis débiles brazos y decirle lo mucho que me hizo falta. Lo difícil que fue seguir adelante sin él...

Y entonces, él me muestra algo que logra romperme mucho más que cualquier amenaza, cualquier rugido o colmillo.

Decepción. Tared me mira con una profunda decepción.

—¿Por qué, Elisse? —pregunta, con una voz tan baja y humana que pareciera ser la única cosa suya que no se ha transformado aún—. *¿Por qué?*

El devorapieles enrosca las garras, se yergue despacio y baja los brazos. Sin esperar respuesta me da la espalda y, casi como si el tiempo se hubiese detenido, lo veo atravesar la cocina y salir de la casa mientras su pelaje resplandece bajo el sol como un fuego plateado.

Uso toda, absolutamente toda, la fuerza de voluntad de mi cuerpo para no correr detrás de él. Para no explicarle que todo lo que hice... para destruirlo, fue porque lo amaba.

Pero, en cambio, dejo los brazos lánguidos a los costados de mi cuerpo y pronto me encuentro con el semblante fracturado de Julien, los labios apretados de Nashua, las lágrimas a punto de brotar de los ojos de Johanna.

Y Tared alejándose como un sueño imposible en medio del polvo. Lo veo fundirse en la tierra y junto a él vislumbro el recuerdo de mamá Tallulah, distingo la silueta de mi padre, de Muata, de padre Trueno, de Louisa, de Adam. De todos los que he amado y perdido y que ahora se desvanecen junto a lo que más me importa en el mundo.

¿Acaso todo mi sacrificio ha sido en vano ahora que ellos me han encontrado? ¿Estoy destinado a llevarlos a su fin sin importar cuánto tanto huya de ellos?

Aprieto los ojos con la esperanza de que, al abrirlos, Tared ya no esté aquí. Que tampoco mis hermanos estén. Que, por favor, ¡por los dioses, por favor!, todo haya sido un sueño y ninguno de ellos sea parte de nuevo de esta horrible realidad a la que siempre arrastro todo lo que amo.

Pero en cuanto los abro, ellos siguen allí.

Y una vez más han vuelto a mi pesadilla.

CAPÍTULO 42
SIN CAMBIO DE PLANES

—¿Cómo me encontraron? —mi voz corta como una navaja el silencio que Tared dejó atrás.

Nashua se levanta y atraviesa la cocina para enredar su mano en mi camiseta y estrellarme contra la pared. Esta vez me permito soltar un breve alarido.

—Cinco meses, cabrón, cinco jodidos meses, ¿y eso es todo lo que tienes qué decir?

Mi hermano estruja mi ropa como si lo que quisiera retorcer fuese mi pellejo. Subo las manos hasta sus muñecas, incapaz de rodearlas con mis dedos.

—¿Cómo... me encontraron? —repito, e intento sonar lo más tranquilo posible.

Traidor.

Nashua me empuja más contra la pared. Después me suelta y da vueltas frente a mí. Intento alejarme del muro, porque, a este paso, terminará destrozando tanto la cocina como mi espalda.

Hoffman exhala una densa capa de humo. Arroja la colilla dentro de un jarrón y camina hacia mí con las manos en los bolsillos.

—Hace unos meses trasladaron a mi exasistente Ronald Clarks aquí, a su estado natal, porque el muy idiota no pudo adaptarse a Nueva Orleans —dice el detective—. El primer caso que le asignaron fue el del propietario de un motel a orillas de la carretera 95. El tipo dijo que un mocoso le había destrozado uno de sus dormitorios y que quería levantar una denuncia a pesar de que él mismo había echado al chico con su escopeta la noche anterior.

Me llevo una mano a la frente.

Mierda.

—Lo gracioso es que, al escuchar la descripción del malviviente, a Clarks casi se le caen los pantalones. ¡Diablos! Estaba tan contento cuando me llamó que por un momento creí que esperaba que le diera una puta medalla.

—Y supongo que lo primero que hiciste fue ir a contárselo a todos en la reserva —espeto con los dientes apretados.

—¡Obviamente! Es decir, fue muy divertido ver a Miller destrozar su propia sala al enterarse de que, no sólo su precioso Elisse estaba vivo, sino que también se paseaba como un vaquero en el oeste del país. ¿Recuerdas los rastros que mencionó Calen? Pues no era más que el olor de esta gentuza en el campamento que dejaste cerca del mirador —dice, señalando a mis hermanos— el cual, por cierto, Miller también hizo mierda. Y, la verdad, creí que sería aún más interesante verlo destazarte con sus propias manos cuando te encontrara, pero ha sido bastante decepcionante hasta ahora, si me lo preguntas.

Carajo. ¡Carajo!

Mátalos...

Sacudo la cabeza. La voz del monstruo de hueso me distrae tanto que me toma largos segundos levantar la barbilla.

—No debieron seguirme hasta aquí —digo en un susurro, sin saber aún cómo zafarme del problema.

—¡Elisse! —exclama el bisonte rojo—. ¿Tienes idea de lo que pasamos estos meses?

—La pregunta correcta es si le importa, Julien —gruñe Nashua con los puños apretados.

—Tuve... tuve que tomar una decisión.

—¿Una decisión? —grita Julien de nuevo, ahora furioso, algo que rara vez se permite demostrar—. Encontramos la cabaña de Muata ensangrentada y revuelta, ¡te buscamos durante meses, temerosos de que, con cada día que pasaba, sería menos probable encontrarte! ¡Te fuiste sin decir una sola palabra!

—¡No les pedí que vinieran! —grito al borde de la desesperación—. ¡Si me largué sin decirles nada es porque no quería que vinieran detrás de mí, carajo!

¡PAF!

Un dolor intenso me invade la mejilla e instaura un silencio devastador en la cocina. Johanna, con sus ojos grises abiertos de par en par, me ha propinado una bofetada que bien podría haberme roto el cuello. Al verme tentar el costado de mi cara, baja la mano despacio y se muerde los labios.

—Nosotros... Yo... —balbucea, para luego tomar aire con más firmeza—. Quise entender que nos lo hubieses hecho a nosotros, Elisse. Que hubieses querido huir por todo lo que tuviste que pasar, por todo lo que viviste debido a que te arrastramos a nuestro mundo. *A tu mundo* —dice, y su voz vuelve a perder firmeza—, pero ¿a Louisa?, ¿fuiste capaz de hacerle eso *a ella*?

Y es en ese momento en el que toda mi confianza, toda mi voluntad, se va al carajo. Porque con la simple mención de su nombre me veo obligado a echar la espalda contra la pared.

Johanna tiembla de rabia.

—¿Acaso te importó? —murmura—. ¿Te importó siquiera pensar cómo quedaría esa pobre mujer después de que te largaras? ¿Te importó en lo que nos convertiste a nosotros después de que creyéramos que ya estabas muerto? ¿Te importó en lo que convertiste a Tared después de que creyera que te había perdido para siempre?

Mi largo silencio no es una respuesta convincente.

—Eres un imbécil. Un imbécil y un malagradecido.

Ella comienza a llorar, pero expectante. Es como si esperara que le dijera que todo eso es mentira. Que no soy ninguna de esas cosas que acaba de decir. Pero a pesar del punzante y agónico desprecio por mí mismo que me provocan sus palabras, no soy capaz de contradecirla.

Mi peor pesadilla sucede: mi familia entera, la gente a la que más amo en el mundo, me mira con decepción y siembra un dolor imborrable dentro de mí.

Mi hermana me da la espalda. Todos me dan la espalda y lo último que percibo antes de desconectarme del mundo, antes de encerrarme en mi dolor, es la puerta del fondo de la cocina. Miro cómo se abre y cómo mis hermanos se alejan al atravesarla mientras ruego a los Loas, a todos los dioses, a quien sea, que vengan ahora mismo y me digan si todo el sacrificio que he hecho hasta este momento ha valido siquiera un poco la pena.

Si todavía hay una batalla que puedo luchar. Una guerra que ganar.

Pero cuando la bestia dentro de mí sisea, complacida, entiendo que, tal vez, el combate estaba perdido desde el principio.

CAPÍTULO 43
UN LOBO NO AMA DOS VECES

—Elisse… ¿Puedo pasar?

Al no recibir respuesta, el león igual entra. Me encuentra con los puños manchados de ceniza frente a otro vevé que he trazado en el suelo del dormitorio de Alannah, el cual parece volverse mi refugio personal.

Desde que mis hermanos abandonaron la cocina, me encerré aquí, y dormí apenas unas cuantas horas, para despertar aún más nervioso de lo que ya estaba.

Y el hecho de que hace un momento Sam me compartiera la feliz noticia de que tendríamos una fogata en honor a Comus Bayou esta noche, no ha hecho más que empeorar mi humor.

Calen mira el símbolo de arriba abajo y suspira, derrotado.

—No creo que tengas energías para ponerte a hacer esto ahora —dice en voz baja—. Ni siquiera has descansado lo suficiente.

—No es que pueda seguir durmiendo, de todas maneras —contesto, mientras me limpio las manos con un trapo. El sol empieza a ahogarse entre los acantilados del horizonte y las nubes no parecen querer retroceder, como si el huracán hubiese seguido a Comus Bayou todo el camino hasta aquí.

—Oye —comienza a decir el león—, ¿puedo hacer algo para ayudarte?

—Podrías empezar por decirme por qué nunca me hablaste de esos rastros.

Calen suspira.

—Íbamos a hacerlo, pero cuando Irina habló contigo después de que intentaras suicidarte, supusimos que era mejor para ti no enterarte de eso. Huías de ellos, después de todo.

~~Cerdo.~~

Muevo la cabeza de un lado al otro, porque algo me dice que lo que en realidad querían era evitar que me marchara. Aun así no me molesta demasiado, porque en su lugar tal vez yo habría hecho lo mismo.

—¿Dónde están ellos ahora? —pregunto en voz baja—. ¿Ya han comido?

—Están descansando en casa de Irina; Chenoa y ella los están atendiendo, así que no te preocupes.

Me levanto y voy hacia la ventana, desde donde puedo ver el Jeep color arena, la Suburban y el auto de Hoffman estacionados bajo la cochera de aluminio del rancho.

—Gracias —digo en un susurro, para luego volver a sentarme.

Calen lo hace también, a mi lado y en completo silencio; parece entero, pero algo en el suave abrir y cerrar de sus manos me da a entender que está tan nervioso como yo. Y no por la llegada de mi tribu.

A este paso nunca encontraremos a Alannah. Al menos, no a tiempo para salvarla.

—También les hemos dicho que nos estás ayudando —Calen levanta una mano frente a mí cuando lo miro alarmado—. Tranquilo. No les hemos contado cómo te encontramos ni cuáles son las condiciones de nuestro trato, pero al menos ya están enterados de por qué permaneces aquí.

—Dioses —murmuro con verdadero alivio, por lo que el león disfraza su angustia con una pequeña risa.

—Hemos metido la pata hasta el fondo, ¿cierto?

—No es así como deberían ser las cosas —respondo—. Se supone que no volvería a verlos hasta que solucionara todos mis problemas.

O hasta que mi presencia no fuera la que los provocara, debería decir.

Calen me mira de manera comprensiva.

—No puedes huir de ellos para siempre, Elisse.

—Ése es precisamente mi problema, Calen.

—¿No podrías hablar con ellos? —sugiere—. Es decir, explicarles lo que pasa, o los motivos por los cuales huyes. Tal vez lo comprendan.

—"¿Nunca has hecho algo estúpido por miedo a fallar a quienes amas?"

Calen enmudece ante la forma tan afilada en la que he usado sus palabras. Suspiro y me encojo de hombros.

—Lo siento —susurro.

—Está bien, me lo merezco. Y supongo que ya no podemos hacer algo al respecto. Al menos, yo no puedo —dice, mientras hace figuras sin sentido en el suelo con su dedo índice—. Pero creo que, después de todo, tú todavía tendrías oportunidad de enmendar la situación con tu familia en algún momento.

—No creo que tengas ni la más remota idea de hasta dónde llega el asunto.

—Pero sí puedo ver hasta dónde te aman ellos. Y créeme, tienes bastantes posibilidades, sobre todo con tu líder. Es decir, parece el más enojado de todos, pero creo que se debe a que estaba desesperado no sólo por encontrarte, sino porque le tocó ver a su familia sufrir con tu ausencia sin poder hacer algo al respecto.

No puedo evitar que una pequeña sonrisa melancólica se me escape.

—Tared es una persona bastante especial —digo con una mezcla de admiración y tristeza—. Es el hombre más valiente y noble que conozco, haría cualquier cosa por aquellos a los que ama. Te protege, te guía, te hace ver tus errores sin buscar lastimarte y es leal, demasiado leal. Sacrificaría su vida por cualquiera de nosotros sin dudarlo... aun si le diéramos la espalda.

—Es natural —dice Calen—. Su ancestro es un lobo, después de todo.

Alzo una ceja.

—¿Eso tiene algo que ver?

—Los errantes, ya sea desde nuestro nacimiento o con el tiempo, tendemos a incorporar cualidades de nuestros ancestros en mayor o menor medida —explica—. Dicen que los que tienen ancestros lobos, son personas por naturaleza muy leales y devotas hacia sus tribus, más incluso de lo que solemos ser los errantes, así que ya te imaginarás el nivel de compromiso que sienten hacia los suyos. Por eso son tan buenos líderes. Un lobo es un elemento que a todo Atrapasueños le gustaría tener entre sus filas, ¿sabes?

—Entiendo —digo en voz baja—. Separarme de él es una de las cosas más difíciles que he hecho, pero pensar en Tared siempre me ha dado fuerzas y yo... —cierro la boca de inmediato, porque la ternura en mis palabras ha sido demasiado evidente.

Calen ladea la cabeza y exhibe una expresión indescifrable.

—¿Acaso sientes algo por él? —su pregunta me hace sentir incómodo.

No tengo idea de cómo funcionan *estas cosas* en nuestro mundo y, bueno, tampoco es que haya tenido oportunidad de hablar de ello con alguien. Especialmente porque no estoy dispuesto a lidiar con los prejuicios de otra gente respecto a algo tan significativo como mis sentimientos por Tared.

—Intento no pensar en ello.

—¿Por qué? —pregunta Calen de una forma tan neutral que me es imposible saber lo que está pensando.

—Nunca he hablado de esto —digo en voz baja, con cuidado—. Y tampoco comprendo todavía cómo funciona nuestra "sociedad" en ese aspecto. Tengo miedo de que sea como...

—¿Como la de los humanos?

La mirada de Calen se torna tan amable que, de pronto, parece rejuvenecer. Se levanta, da unas cuantas vueltas frente a la cómoda y luego me mira de frente.

—Elisse, ¿conoces la historia del héroe Caballo Loco?

—No —respondo, sin saber si debería estar o no avergonzado al respecto.

—Caballo Loco fue un importantísimo jefe sioux del siglo xix —explica—, un hombre respetado en todas las tribus por su valor y fortaleza y que llegó a unificarlas con un solo propósito: luchar para devolver las tierras robadas por los blancos a los nativos americanos. Gracias a eso, y a sus históricos combates, se convirtió en un símbolo de libertad para todos los pueblos indígenas.

"Se cuenta que un día, después de reunir a cientos de guerreros de varias tribus aliadas, peleó encarnizadamente en la Batalla de Little Bighorn contra su némesis, el famoso general Armstrong Custer. Las leyendas dicen que en esa batalla, Caballo Loco corrió a velocidades sobrehumanas, que sus músculos eran duros como las montañas y que parecía ser uno con su caballo por lo imponentes que eran sus movimientos. Y, bueno, no hace falta decirte, Elisse, que no es que lo pareciese... *era uno con su caballo*, porque ese hombre fue uno de los devorapieles más extraordinarios de la historia amerindia. Y también uno de los más admirados en la actualidad.

Al escuchar la historia, un sentimiento robusto y lleno de adrenalina, parecido a cuando nos enteramos de que algún compatriota ha hecho algo admirable, florece dentro de mí.

Orgullo. Orgullo de errante.

—Te cuento esto porque la pareja principal de este devorapieles tan poderoso y respetado, era una contemplasombras —al ver mi cara de absoluta consternación, Calen sonríe—. No. No era una errante común, Elisse. Era una *doble espíritu*. La esposa favorita de Caballo Loco había nacido con genitales masculinos.

—¿Estás hablando en serio?

—Puedes comprobarlo tú mismo en las libretas de Sam —responde—. Aunque, te advierto, la humanidad tiene tantas historias de este tipo que tardarías bastante en leerlas todas.

—No puedo creerlo —confieso—. Es decir, nunca me costó aceptar mis sentimientos por Tared, pero... no tenía idea de qué podrían pensar otros de nuestra especie respecto a esto, sobre todo porque reproducirnos es vital para nuestra supervivencia. Y dos errantes que no pueden tener hijos podrían suponer un problema, y más ahora que, al parecer, nuestra raza se debilita.

Calen se encoge de hombros.

—No dudo que haya unos cuantos errantes que piensen de forma más cerrada, sobre todo en partes del mundo donde su cultura o religión es conservadora. No somos perfectos. Pero te aseguro que, en general, está bastante mal visto albergar prejuicios de esa clase. Nuestra raza siempre se ha caracterizado por su diversidad, tanto de nuestros ancestros como de nuestras cualidades; nos nutrimos y fortalecemos de nuestras diferencias desde hace milenios, y tendemos a la lealtad, está en nuestra sangre e instinto procurar el bien de los nuestros. Separar o dar la espalda a personas de nuestra familia que se aman cuando no hay impedimento que los ponga en peligro es una atrocidad. Una traición a nuestro Atrapasueños y a la hermandad que siempre nos hemos profesado.

Traidor...

Su último comentario lleva culpa a su mirada, lo que me hace empatizar todavía más con él. Entiendo, ahora más que nunca, que se haya entregado a Alannah hasta el punto de no medir las consecuencias, porque, ¿qué habría hecho yo si mis sentimientos por Tared fuesen mal vistos porque afectan el linaje de nuestra especie? ¿Habría sido capaz de negarme a mis impulsos por ser incapaz de llevar a sus hijos dentro de mí?

Dioses. Sólo de pensarlo hace que me ponga enfermo.

—¿No había posibilidad de que tú y Alannah pudiesen estar juntos, a pesar de todo? —pregunto, arriesgándome a ser demasiado entrometido. Pero es que no puedo ni imaginar lo que debe significar amar tanto a una persona, ser correspondido y aun así, no poder —*no deber*— estar a su lado.

—Esterilizarnos, tal vez —contesta en voz baja—. Pero como ya había dicho, muchos procedimientos humanos no funcionan con nosotros, y la mayoría de los errantes que se encuentran en nuestra situación optan por no cruzar la línea. Otros... somos un poco más idiotas y tenemos que enfrentar las terribles consecuencias —dice con el rostro entre las manos—. Dios mío, Elisse, ¡no quiero ni imaginar cómo va a quedar ella si sobrevive a esto! ¿Cómo se supone que volveré a dormir por las noches si anhelo pegarme un maldito disparo en la cabeza por lo imbécil que fui?

Asesino...

Me paso una mano por el cabello al pensarlo. Daños en la matriz, en el útero, en sus mentes, en sus emociones, ¡y sin tener siquiera la oportunidad de decidir si quieren o no seguir con el embarazo! Entiendo por qué este tipo de emparejamientos sea una especie de tabú entre nosotros. ¿Cómo no serlo cuando nos implica tantos riesgos, aun si llegamos a sobrevivir a la monstruosa gestación? Me tiemblan las manos al darme cuenta de lo mucho que debe estar sufriendo Alannah. Por los Loas, tengo que encontrarla. ¡Tengo que salvarla!

Intento sacar un cigarro de mi chaqueta, cuando Calen me toca el hombro con cuidado.

—Oye, pero al menos tengo buenas noticias para ti —dice de pronto—. Si Tared también está interesado en ti, entonces ya lo tienes asegurado.

—¿Asegurado? —dejo la cajetilla suspendida en el aire.

—¿Recuerdas que te dije que los errantes incorporábamos algunas cualidades de nuestros ancestros? Al igual que los lobos en la naturaleza, los lobos errantes tienden a ser muy monógamos. Una vez que escogen a su pareja, si ésta muere o los abandona, el dolor por el que pasan es tan abrumador que rara vez vuelven a formar otra pareja, y también dicen que nunca llegan a amar con la misma intensidad. Eso significa que, si tu líder corresponde tus sentimientos, bien podrías pasarle un tren por encima y él seguiría queriéndote.

Esposa...

Me lleno de un alivio agridulce al escucharlo, porque si lo que dice Calen es cierto, entonces no hay forma de que Tared se hubiese interesado por mí si tenía una esposa.

Él no es esa clase de monstruo.

Hoffman, hijo de puta. De no ser porque no me atrevo a poner un pie en casa de Irina, iría ahora mismo a arrancarle una maldita explicación.

Al ver mi frustración, Calen agita la cabeza.

—Vamos a la cocina, será mejor que comas algo antes de la ceremonia si no quieres desfallecer.

—¿En verdad tenemos que hacer la fogata? —pregunto, consciente de lo mal que me encuentro ahora.

—Créeme, Elisse, soy la última persona que quiere que esto se alargue. Pero no creo que tengamos opción. Lo mejor será acabar cuanto antes con esto para seguir buscando a Alannah.

Termino dándole la razón. Tomo aire, me levanto y lo sigo hasta abandonar la habitación, a esperar, por todos los dioses, que esta ceremonia no agrave las cosas. Aunque algo me dice que cuando se trata de mí, todo lo que va mal siempre irá peor.

Mucho, mucho peor.

CAPÍTULO 44
EL GRAN VÍNCULO

La noche ha caído sobre Valley of the Gods y las llamas de una enorme fogata tiñen el centro del rancho de un luminoso anaranjado que contrasta con el cielo violeta sobre nuestras cabezas.

Han dispuesto una larga mesa de madera a unos cuantos metros del fuego, en la cual reposan enormes ollas de barro repletas de trozos de carne, fresca y aún roja por la sangre.

El aroma de esa cabeza de ganado se mezcla con el sopor de las cenizas mientras un ritual, tan antiguo como extraordinario, se despliega ante mí.

Comus Bayou permanece unida, sentada sobre troncos partidos a un lado de la fogata; Nashua y Julien están descalzos y sólo visten pantalones, mientras que Johanna lleva un sencillo vestido ceñido al cuerpo. Se ha pintado el rostro con maquillaje ritual y una banda roja le cruza los ojos como un antifaz, con puntos y líneas repartidas en su frente y sus mejillas.

Tared, como líder de la tribu, está envestido con el manto de Lobo Piel de Trueno, que porta como una capa sobre sus hombros; sus largas garras caen lánguidas y pesadas sobre su pecho, mientras que la cabeza del animal cuelga en su espalda como una capucha.

El fuego se refleja en sus pupilas azules con una nitidez sobrenatural.

Del lado contrario de la fogata está Red Buffalo, vestidos de forma similar a mis hermanos a excepción de Irina y Sam. La errante ostenta su piel de puma al igual que Tared, mientras que el perpetuasangre lleva ropa y maquillaje parecido al de Johanna, pero con la diferencia de que de la cadera le cuelga un pequeño tambor forrado de piel. En sus manos también sujeta una libreta común y corriente, en sustitución del libro de las generaciones.

Todos parecen ansiosos, expectantes y con el corazón acelerado, como si supieran que están a punto de honrar una tarea importante y milenaria.

El ritual del Gran Vínculo. Así lo llamó Sam al explicármelo.

Según entendí, el Gran Vínculo existía en el continente antes de la llegada de los europeos. En este ritual, representantes de las tribus repartidas por toda América se reunían cada cierta generación para celebrar a nuestra especie y compartir nuestros conocimientos con los humanos que formaban parte de los Atrapasueños. Cuentan las leyendas que eran reuniones masivas y espectaculares que podían durar meses completos, y donde, supervisados por los perpetuasangre, los devorapieles hacían brutales demostraciones de fuerza y llevaban a cabo largas cacerías, mientras los contemplasombras convocaban a todos los ancestros para que volviesen a reunirse con sus descendientes en torno a la Fogata de las Generaciones. Era algo tan extraordinario que resulta difícil imaginarlo. Incluso, creerlo.

Hoy en día, rememorar la ceremonia del Gran Vínculo cuando dos o más tribus se reúnen es una forma de fortalecer los lazos de nuestra sangre, una tradición que todos tenemos que realizar en honor a lo que alguna vez fuimos.

No puedo negar que ver con mis propios ojos la reencarnación de aquel ritual me llena de una antigua nostalgia. Es como si pudiese distinguir ese vínculo ancestral delante de mí, como si la excitación y el orgullo que sintieron mis ancestros ante el fuego se hubiese impregnado en mi propia sangre para hacerme recordar. ¿Es esto a lo que llaman instinto? ¿Ecos de voces viejas que han dejado su huella en nuestra herencia?

Y a pesar de la importancia —y rareza— de este ritual, Misha y Enola están ausentes debido a la firme decisión de su madre, quien les ha prohibido presenciar la fogata por ser aún demasiado jóvenes para asistir a lo que sucederá esta noche.

En cuanto a mí, vestido sólo con mis usuales vaqueros, el cabello suelto y una túnica tejida de color granate que deja descubierto mi pecho, no me ha quedado de otra más que sentarme en el único tronco solitario en medio de las dos familias, por el simple hecho de que no he tenido el valor de acercarme a Comus Bayou para tomar mi lugar a su lado.

Desterrado.

Para ser honesto, eso no es lo que más me preocupa, porque esta noche hay que honrar a los ancestros. Honrar a la naturaleza que reside dentro de nosotros, investirnos con nuestras pieles y rugir, bramar y aullar al pasado, a las sombras de nuestras raíces. Todos y cada uno de nosotros debemos demostrar la fuerza o habilidades de nuestra estirpe ante la otra tribu.

Y ése es mi verdadero problema. ¿Qué se supone que debo mostrar a estos errantes? ¿Mi capacidad de convertirme en un monstruo de lo más espantoso o mi habilidad para tragar espíritus como si fuesen galletas? Lo peor es que ni siquiera me han dado la opción de negarme. La vital ceremonia no puede llevarse a cabo si no está al menos un contemplasombras presente, y sobra decir que soy el único a la vista.

—Mierda, ¡pero mira qué cara traes!

Veo a Hoffman acercarse, quien saca un cigarro y se sienta a mi lado. El peso del detective levanta un poco el tronco, pero apenas me importa; si bien, su cercanía me causa una incomodidad creciente, no hago nada para apartarlo de mi lado. Estoy demasiado cansado para discutir.

—¿Qué te pasa? —pregunta y me da un pequeño empujón en el hombro—. ¿No estás contento de vernos?

—Eres un imbécil —murmuro.

—¿Por qué? ¿Por reunirte de nuevo con tu linda familia?

Bufo, incapaz de decirle que lo único que agradezco es tener la voluntad suficiente para no patearlo.

—Rayos, Elisse —continúa él—, por lo menos pudiste enviarles una jodida postal.

—¿Y a ti qué te importa? Te daría igual si yo me pudriese en el infierno.

Para mi sorpresa, el detective no responde con sarcasmo. Tan sólo me mira de reojo y mascula algo entre dientes que, para mi salud mental, no me esfuerzo por comprender.

—¿Dónde está ella? —pregunto.

—¿*Ella?* —responde sin siquiera voltear.

—Louisa —murmuro, impaciente—. Dijiste que estaba bien.

—Ah, sí. Pues no tengo idea.

—¿Cómo?

Hoffman chasquea la lengua ante mi indignación.

—Poco después de que te largaras, le dijo a Miller que como tú habías sido lo mejor que le había pasado en veinte años, Luisiana ya no podía tener nada bueno para ella. Después de eso, hizo sus maletas y se largó. Y, como te dije, no tengo la más remota idea de adónde, pero te aseguro que tiene meses sin pisar Nueva Orleans.

Aprieto los párpados y me trago las lágrimas, preguntándome si algún día tendré la posibilidad de sanar todo el daño que le he hecho a una de las mujeres que más amor incondicional me ha ofrecido. Porque, a pesar de que tanto ella como mamá Tallulah me demostraron que hay pocos seres tan fuertes y resistentes como las madres, eso no significa que no podamos dejar en ellas rasguños irreparables. Rasguños que, con el tiempo, podrían volverse grietas sombrías.

—¿Por qué me mentiste? —siseo.

—¿De qué diablos hablas?

—No te hagas el tonto —respondo con acidez—. Hablo de Tared. De lo que me dijiste en la cabaña antes de que me fuera. Él nunca me ocultaría algo así.

El detective, para mi consternación, sonríe.

—Escúchame bien, pedazo de idiota —susurra—. Si quieres seguir pensando que Miller es una especie de caballero de armadura brillante, déjame decirte que no eres más que un mocoso estúpido e iluso. Deja de idealizar a la gente. Deja de creer que todavía existen las personas buenas e intachables, porque si piensas así, cuando te enteres cómo es en verdad el mundo, vas a darte de frente contra un jodido muro. Y créeme, no habrá nadie allí para juntar tus pedazos.

Antes de que siquiera intente abrir la boca para replicar, el detective ya se ha levantado del tronco en dirección a Comus Bayou. Se sienta detrás de ellos de una forma tan natural y con un gesto tan indiferente que parece parte del ritual.

Calen se acerca hacia mí.

—Vaya fiesta, ¿eh? —dice, y me da una palmada en la espalda.

Arqueo una ceja al ver al devorapieles vistiendo sólo un pantalón, al igual que sus hermanos.

—¿Por qué no traes puesta tu piel? —pregunto, ya que se supone que es el líder actual de Red Buffalo y debería portarla. Él dirige la mirada hacia Irina y sonríe.

—No me sentía con ánimos de verme espléndido, así que le pedí a ella que lo hiciera por mí —dice, encogiéndose de hombros y tomando asiento a mi lado—. ¿Cómo va tu reunión familiar, por cierto?

Cuando su barbilla apunta hacia mi gente, el corazón se me encoje, porque ahora que los veo con más detenimiento, los noto muy... cambiados.

El flequillo recto de Johanna, alguna vez impecable, le ha crecido a ambos lados de la cara de forma desordenada; no parece haber adelgazado, pero hay algo en su semblante que la hacer verse más frágil, como si hubiese tenido una mala racha de sueño. Julien parece haber ganado un par de arrugas nuevas en los ojos y Nashua tiene una sombra de bigote y barba que nunca le había visto; los tatuajes de ambos errantes lucen bastante desgastados, seguramente por la cantidad de veces que se han tenido qué quitar la piel a lo largo de estos meses.

Tared es quien se ve más distinto a como lo recuerdo, y es por el hecho de que él siempre fue un hombre muy pulcro en su aspecto. El cabello le ha crecido lo suficiente para llevarlo recogido. Las facciones del rostro se le han endurecido y la forma en la que los músculos se le marcan contra la luz de las llamas me dicen que se ha ejercitado más arduamente. ¿Tal vez por cruzar el país en menos de dos semanas? ¿O por destrozar todo lo que se le ha puesto enfrente desde que me marché? A pesar de todo, siento una tibieza en el vientre cuando el reflejo del fuego danza en su piel. Descubro, con vértigo, que no puedo dejar de seguir la curvatura de su abdomen, la forma en la que truena sus dedos, manía que ha tenido desde que lo conozco, o cómo los tatuajes de sus hombros y brazos ya se han diluido por completo, a diferencia de Julien o Nashua.

Descubro lo mucho que me gusta mirarlo más allá de aquel respeto que inspira. Tared siempre me ha parecido un hombre muy atractivo, y el hecho de que lo haya echado de menos por tanto tiempo y ahora aparezca así, luciendo tan... *lobo*, no me ayuda a controlarme.

Justo antes de que sienta el peso de mi mirada, bajo la cabeza y me muerdo los labios, abochornado, porque sé que no es el lugar ni el momento para dejarme llevar por mi *deseo*.

—Oye, ¿quieres que te consiga un pañuelo?

La voz de Calen me hace sobresaltar. Por un segundo olvidé que estaba allí, a mi lado.

—¿Eh? ¿Para qué?

—Para que te limpies la baba —dice con una sonrisa mientras apunta de reojo hacia Tared, quien ahora parece susurrarle algo a Johanna. Mis mejillas se encienden como el carbón al darme cuenta de que, una vez más, soy demasiado evidente.

—Carajo... —murmuro, avergonzado.

—Vaya, tu lobo se ve muy bien esta noche —afirma Calen, divertido al verme enrojecer.

—No es "mi" lobo —resoplo.

—Pues él parece tener la idea de que tú, si bien no eres suyo, al menos sí eres de ellos. De su tribu, y por eso han venido hasta el oeste. Por eso siguen aquí.

Resignado, me abrazo a una de mis piernas. La familiaridad de la hoguera me llena de nostalgia: errantes alrededor del fuego, el olor de la hermandad y la luna que nos observa como un ojo entre las nubes. Todo me resulta amargo, porque añoraba muchísimo volver a tener algo así.

Lástima que ha sido de la peor forma posible.

Escucho a Irina llamar a Calen. El león se levanta y se separa de mi lado para ir con su familia. Y luego la expectación me sacude cuando Johanna y Sam se yerguen y caminan hacia Nashua y Chenoa, respectivamente.

Los perpetuasangre se hincan y bajan la cabeza ante ellos para entonar una oración en voz queda, mientras los dos hombres ponen sus manos sobre sus hombros y cierran los ojos para escuchar sus peticiones. Piden perdón. Perdón y permiso a la sangre y a las etnias por usar pinturas ceremoniales que no pertenecen a sus raíces, pero cuya estirpe de niebla les exige portar para el ritual. Una vez que ambos asienten y les dan su aprobación, los dos perpetuasangre caminan hacia la fogata y se colocan lado a lado, justo en medio de las dos familias.

De inmediato todos, a excepción de Hoffman, nos ponemos en pie como impulsados por el más básico instinto, mientras Tared e Irina se colocan sus capuchas y se coronan con las fauces de sus ancestros.

Ambos dan un paso al frente de sus tribus. Sam abre la libreta de par en par y posa una pluma sobre el papel. Con un leve asentimiento de cabeza, da la señal.

El ritual comienza.

—¡Red Buffalo! —grita Irina, quien apunta hacia Comus Bayou mientras su perpetuasangre comienza a escribir—. ¡Hay intrusos en nuestras tierras!

La tribu del oeste ruge, brama y chilla como guerreros furiosos; Calen hace crecer sus colmillos, Fernanda llena su espalda y brazos de plumas, y Chenoa grita a todo pulmón mientras alza su hacha de forma amenazadora.

—¡Venimos en son de paz! —exclama Tared.

—¡Han derramado sangre en nuestro hogar! —grita Irina.

—¡Entonces pagaremos la ofensa con la nuestra! —ruge Johanna esta vez, con tanta intensidad que me cuesta creer que aquel sonido haya salido de su garganta.

Red Buffalo calla, y el silencio que se instaura es tan rígido que sólo el crepitar de las llamas se escucha en la oscuridad. Por unos instantes hasta el monstruo dentro de mí parece contener el aliento.

—Sean, pues, bienvenidos —dice Sam— al ritual del Gran Vínculo.

Le pasa la libreta a Johanna y empieza a tocar el tambor, con un sonido tan estridente, tan profundo, que las vibraciones parecen sacudir el suelo. Mi corazón empieza a bombear con una fuerza apabullante, tanto que parece hacerle coro al tambor para multiplicar su redoble.

Una magia ancestral y poderosa empieza a poseernos; puedo sentirla despertar en el pecho de los demás, como si ahora yo fuese capaz de escuchar los latidos de todos los seres reunidos alrededor de esta fogata.

Sam rodea el fuego; pasea su mirada por Comus Bayou en actitud desafiante mientras Johanna escribe en su lugar. Se detiene a mi lado, toma aire, aporrea el tambor con más fuerza y…

—¡FURIA! —grita con todas sus fuerzas.

El aire se empapa de fuego y pieles.

Con gritos desgarradores, Nashua, Julien, Fernanda y Calen se transforman en un parpadear y corren hacia la tribu contraria. Chenoa sigue a los suyos con una bravura no menos amenazadora.

Como dos tormentas, los grupos colisionan frente a Sam y frente a mí. Me quedo de piedra al ver cómo los cinco se muerden, se golpean, se lanzan zarpazos, se revuelven en la tierra y se agitan con aullidos y rugidos. ¿Cómo pueden...?

Sam coloca su mano sobre mi hombro y lo echa un poco hacia atrás, como si supiera que estaba a punto de dejarme llevar por el impulso de detener la pelea.

—Tranquilo, no es lo que parece. Observa —me pide.

Los miro con atención; cada mordida, cara arañazo, cada embestida y golpe es potente, tanto que me eriza la piel, pero también me percato de que ninguno sangra.

Nada comparado con la batalla de esta mañana.

—¿Ellos están...?

—Exhibiendo su fuerza, nada más —dice Sam con una sonrisa de emoción—. No te preocupes. Nuestro lado salvaje siempre va a ser parte de nuestra naturaleza, por muy humanos que busquemos ser. Y la naturaleza, además de hermosa, también es brutal. Tal como nosotros.

Escucho un "carajo" a lo lejos de boca de Hoffman mientras yo me quedo perplejo. Miro de nuevo hacia la pelea, pero ahora la angustia es reemplazada por adrenalina y emoción, mucha excitación. Mi sangre de errante hierve y comienza a hilarse por fin al ritual del Gran Vínculo.

Y entonces, Irina y Tared gritan al unísono:

—¡Niebla!

El fuego de la hoguera se sacude. Sin miramientos, Johanna y Sam arrojan el libro y el tambor al suelo; se lanzan hacia las dos tribus, hacia sus propios hermanos. La texana se estira la carne y se transforma, mientras que Sam salta sobre los errantes de su Atrapasueños en un despliegue de agilidad sorprendente, a pesar de su incapacidad para transformarse.

Ambos se entierran en el mar de plumas, garras, cuernos y colmillos con un único propósito, uno que parece mucho más importante que cualquier símbolo u objeto sagrado: pacificar a las dos tribus.

Johanna logra arrancar a Julien de encima de Chenoa y Fernanda, mientras que Sam hace lo propio con Calen, quien se restriega por el suelo para tratar de volver a ponerle las garras encima a Nashua. Pronto, los errantes se repliegan y vuelven al lado de sus líderes casi a cuatro patas, aún con gruñidos y gritos vibrantes por el calor de la batalla. Los perpetuasangre entregan a sus respectivos hermanos a Tared e Irina, quienes los reciben con una inclinación de cabeza para honrar su fuerza y su valor.

Y es entonces cuando mi corazón se detiene, cuando lo único que se escucha en el aire es la agitada respiración de los Atrapasueños que aguardan, expectantes, el despliegue del único contemplasombras del lugar. Todas las miradas recaen sobre mí y me dejan en claro que ya no hay escapatoria.

—¡Sombras! —gritan ambos líderes al unísono.

Y allí, en medio del fuego, la sangre me llama, más fuerte y alto que nunca para exigir que muestre lo que hierve bajo mis venas. Lo que ruge dentro de mis sombras. Me inclino para quitarme las botas y los calcetines. Me arremango el pantalón hasta las rodillas y me levanto despacio, sin prisas, bajo el silencio de las tribus. Me acerco al fuego y lo miro como si fuese una bestia que estuviera dispuesto a domar.

No. Como una bestia que *sé* que soy capaz de domar.

No voy a transformarme. No voy a llamar a los ancestros a sabiendas de que ellos jamás acudirán a mi llamado.

Pero sí sé lo que soy capaz de hacer.

Soy un *witch doctor* después de todo.

Así que respiro. Respiro profundo, porque sólo me queda acudir a los únicos espíritus que soy capaz de invocar.

CAPÍTULO 45
DANZA CON LOAS

Amedida que me acerco a la fogata, el sonido del tambor se vuelve estridente, tan salvaje, que siento como si la tierra vibrara junto con él. Levanto un brazo y con mi mano descarnada abro un rasguño a lo largo de la piel hasta hacerla sangrar. Repito la herida en el otro brazo, con más dificultad debido a mis uñas humanas, y los dejo lánguidos a los costados de mi cuerpo mientras la sangre resbala despacio hasta mis dedos.

Despacio, las gotas caen y salpican el polvo bajo mis pies. Murmuro una oración antigua en haitiano, tan vieja que casi puedo sentir unas cenizas bailar bajo mi lengua. Pronto, mis venas comienzan a calentarse.

Esta sangre y este fuego serán mis vínculos. Así, los errantes y humanos reunidos aquí podrán ver, escuchar y sentir todo lo que surgirá de las llamas esta noche. El fuego, antes quieto, empieza a agitarse con dulzura, a contonearse y a clamar por mí con las lenguas de sus llamaradas, como si pudiese sentir que me estoy acercando.

Me detengo a unos centímetros de la hoguera, y entonces la sangre de mis brazos se detiene también para empezar a correr en dirección contraria, a subir por mis brazos como serpientes que comienzan a marcar líneas, puntos, círculos y curvas en mi piel.

Libéeeerame.

El monstruo dentro de mí sisea y se retuerce de anhelo ante la hoguera.

Una ola nueva de exclamaciones brota de las tribus cuando mis manos, mi pecho, mi vientre y toda la piel bajo mis vestiduras comienza a cubrirse de vevés, nítidos y escarlatas contra mi piel blanca, como si fuesen heridas abiertas. Mi ofrenda para este fuego es el asombro de los seres a mi alrededor, y las llamas se hinchan, complacidas, bajo cada mirada atónita.

Inhalo el olor de la madera que se consume hasta llenarme los pulmones. Empiezo a embriagarme, a sentir cómo todo lo que hay más allá de la hoguera se torna difuso y cómo mis pupilas se dilatan para llenarse de una vasta oscuridad que me otorga un poder tan placentero, que pronto sucumbo ante su hipnotismo.

Pateo el suelo para arrojar un puñado de tierra al fuego.

La hoguera se revuelve como si le hubiese vertido alcohol, alzándose furiosa ante mi ataque mientras la silueta enorme y gruesa de una serpiente flamante brota de la lumbre.

Los jadeos de todos se convierten en gritos cuando la serpiente comienza a rodearme como una espiral; acaricia mi vientre, mis brazos y mi cabello con un ardor tan excitante que el sudor comienza a perlarme la piel.

Mi mano desgarrada toca a la serpiente, se pasea por su largo cuerpo, despacio, de arriba abajo. La siento viva. La siento sólida, más allá del espectro de fuego que me envuelve. Y la sensación del fuego manso bajo mis dedos hace que todo parezca suceder en cámara lenta.

—Damballah… —susurro despacio, y la voz con la que pronuncio su nombre parece ebria. Mi lengua… mi lengua se retuerce de ansiedad dentro de mi boca, y un potente calor inunda mis mejillas cuando la imagen paternal que el dios vudú siempre me ha transmitido desaparece para convertirse en un canto atrayente. Como un poseído, me introduzco en la hoguera.

—¡Elisse! —escucho una voz que grita a mis espaldas, pero las llamas me jalan con tanta fuerza que ni siquiera miro hacia atrás, ni reconozco a quien me clama.

¡Libérame, libérame, libérame!

Suplica la criatura de mis adentros cuando el Loa me entrega al fuego como una ofrenda. Las llamas se abren a mi paso y luego me rodean, lamen mi piel como una suave caricia. Damballah se desenrolla de mi cuerpo para bajar a mis pies. Después surca las llamas de un lado al otro como una serpiente entre el centeno hasta triplicar su tamaño.

De pronto, de entre los resplandores anaranjados, surge otra silueta que comienza a tomar forma humana. Caderas amplias, piernas gruesas y senos muy abultados; la belleza de la mujer frente a mí, con sus hermosos rasgos haitianos, se expande como lo hacen sus cabellos rizados, tan largos que cubren toda su espalda. Ella, completamente hecha de fuego, comienza a contorsionarse, a pasar sus manos por su vientre y sus pechos; se acaricia y abre sus carnosos labios para lanzar gemidos que hablan el lenguaje de las llamas.

Su agitada desnudez me hace cerrar los ojos por un instante, casi invadido por el pudor al ver su sensualidad derramarse.

—Erzulie Freda —susurro.

La exuberante Loa del amor y la fertilidad alarga los brazos hacia mí. Me acaricia el cuello, las mejillas y el vientre, abre mi túnica hasta dejar desnudo mi ombligo y restriega en mi piel el metal de sus tres anillos de boda.

Sus dedos bajan despacio por mi abdomen y su pecho se restriega contra el mío. La Loa me transmite una magia tan poderosa que un torrente de placer me hacer arquear la espalda. Erzulie baja su cabeza, besa mi abdomen y deja un rastro de cenizas allí, justo donde su vevé se ha quedado marcado, refulgente ante el calor de las llamas.

Escucho más gemidos provenientes de Comus Bayou y Red Buffalo, pero por encima de ellos, un fuerte gruñido vibrante de alguna manera sólo logra embriagar más mis sentidos. Porque reconozco de quién proviene aquel siseo lobuno.

Unas manos, pequeñas pero firmes, me abrazan los hombros para luego echarme el cuello hacia atrás; siento unos labios recorrerme el cuello en una caricia apenas perceptible, mientras la voz sensual de Barón Oua, un Loa masculino, me susurra en el oído ritos antiguos; seducciones que sólo han hecho eco en las hogueras más viejas de la humanidad.

Él es pequeño, tan andrógino como yo mismo, pero poderoso como la magia que me transmiten las yemas de sus dedos al acariciarme.

Barón Oua me pasa las manos por los cabellos y los jala hacia atrás mientras sus dientes se clavan en mi carne; me contorsiono en armonía con las llamas a medida que se restriega contra mi espalda y la rasguña hasta arrancarme débiles gemidos. Siento su pecho contra mi columna, su pelvis rozarse contra la base de mi coxis para encontrar su vevé en ella.

Erzulie, furiosa, intenta arrancarme de las manos del otro Loa. Ambas deidades comienzan un forcejeo por el dominio de mis sentidos en el que mi cuerpo se agita sin voluntad entre ellos.

Magia. Todo esto no es más que magia pura y antigua que me llega a raudales, como si estos dos Loas intentasen llenarme de ella a base de sus caricias para convertirme en su consorte.

Los espíritus cantan con voces que se multiplican como las estrellas. Me convierto en ofrenda y, al mismo tiempo, en poseedor. En el vínculo entre los Loas y los vivos.

Las heridas de mis brazos, debido a la influencia de estos dioses, se cierran, y los vevés dibujados en mi cuerpo comienzan a brillar con intensidad como si ellos mismos se inmolaran. Damballah sale de la hoguera y la rodea como una serpiente que intenta morderse su propia cola, mientras más Loas despiertan, atraídos como bestias hambrientas por mi sangre y mi magia. Brotan de la hoguera, se contorsionan y brincan de forma frenética, acompañados de sus sirvientes espirituales armados con espadas, lanzas, escudos y hasta armas de fuego. Todos danzan y gritan; me arrancan el aliento, preso de su devastadora energía.

Entre las siluetas de fuego y las caricias de los dos Loas que aún me manipulan, alcanzo a mirar de reojo a los vivos a mi alrededor; todos observan boquiabiertos, enrojecidos y jadeantes. Embriagados también por la poderosa magia de las deidades vudú.

Percibo en Irina y Chenoa una potente lujuria en sus miradas vidriosas, de seguro despertada por la poderosa diosa Erzulie; las manos del nativo americano permanecen rígidas a sus costados, tensas como piedras para no saltar hacia el cuerpo de su esposa, quien respira con agitación, presa de un sonrojo notable que hace subir y bajar su pecho de forma frenética.

Calen, en cambio, parece desesperado, con el rostro estirado y los labios apretados; abre y cierra sus puños como si quisiera asfixiar el aire. Como si supiera que su urgencia no podrá ser saciada debido a la ausencia de su pareja.

Sam y Fernanda, aun incapaces de comprender el extravagante ritual, están fascinados por las siluetas de fuego, por el salvajismo que se despliega entre los antiguos Loas, quienes han comenzado a brincar y echarse en la fogata los unos contra los otros en actitudes más bélicas que seductoras.

Los miembros de Comus Bayou parecen menos inmersos en el erotismo, pero sólo porque verme así, manipulado por dioses vudúes, debe parecerles demasiado desconcertante. Nashua, Julien y Johanna mantienen los ojos abiertos y fijos en señal de total confusión, ya que ninguno de ellos tenía idea siquiera de aquello en lo que me convertí después de la batalla en el cementerio Saint Louis. Hoffman tiene el rostro rojo, los puños tensos y los labios rectos, como si contuviese el anhelo de arrojarse acá, aunque sin entender muy bien con qué propósito.

Tared, en cambio, se ha acercado un par de pasos más a la hoguera, y su expresión es la que tensa todos los músculos de mi cuerpo. Tiene la frente perlada de sudor, mientras sus ojos entrecerrados parecen brillar al compás de las llamas. Veo incredulidad, percibo furia y desconcierto, pero, dioses, ¿eso que también veo en sus ojos es...?

Me muerdo los labios cuando Erzulie y Barón Oua restriegan de nuevo sus cuerpos desnudos contra el mío y meten sus manos debajo de mi túnica y me acarician los muslos; me contorsiono por los roces que me hacen palpitar de forma sugerente en medio de las piernas.

Todos los espíritus a mi alrededor se agitan aún más y avivan las llamas, mientras sus cantos retumban en el cielo nocturno de Red Buffalo, pero mis ojos siguen fijos y embriagados en el hombre lobo, quien traga saliva al verme echar la cabeza hacia atrás. Y no es esta magia brutal la que sacude cada parte de mi cuerpo, ni la fuerza que se anida en mi piel, en mis huesos, o en mi alma. Es la mirada del líder de Comus Bayou, seducida por las sombras de mi estirpe. Por la oscuridad que desprende mi ser. Es el monstruo dentro de mí que ruge y se alimenta de mi poder y del fuego.

Pero cuando esquivo la mirada de Tared, a sabiendas de que si la mantengo por más tiempo enloqueceré, me detengo como si me echase un balde de agua helada encima.

"Como es arriba, es abajo…"

Una víctima de Jocelyn, roja contra las llamas, me mira desde el otro lado de la fogata con el brazo extendido. Apunta hacia el horizonte.

Doy un paso atrás, presa del horror al darme cuenta de que no está sola.

Todas las víctimas de Jocelyn me rodean dentro de la hoguera y se retuercen entre el fuego como si revivieran su tortura una vez más. Gritan, gritan de dolor, y un miedo espantoso me muerde los huesos al ver a Johanna llevarse una mano a la boca.

Me doy cuenta de que *todos pueden verlas.*

Toda la magia se esfuma cuando pierdo el control de las llamas.

Erzulie y Barón Oua me sueltan y gimen, angustiados ante la pérdida de su fortaleza. Todos los Loas y espíritus a mi alrededor desaparecen y la fogata enloquece. El calor me quema, y el monstruo dentro de mí trepa por mi carne para alcanzar ese fuego.

Asustado, salgo de la hoguera de un salto y me sacudo las llamas.

Miro a mis espaldas; la fogata disminuye hasta volverse una pequeña llamarada sobre la tierra. Un desagradable olor a cabello quemado se desprende de un costado de mi cabeza y de parte de mis ropas, pero nada más.

Eso estuvo demasiado cerca.

Me dejo caer de rodillas, exhausto no sólo por el ritual, sino por la abrupta pérdida de mi magia. Cuando levanto la mirada, una de las víctimas de Jocelyn sigue allí. Apuntando a lo lejos.

—Vaya, eso fue... increíble —escucho decir a Irina entre jadeos. Todo Red Buffalo suspira como si hubiesen sido arrancados de inmediato de una ensoñación.

—Sabía que la magia del Este era impresionante, que sus brujos hacían cosas extraordinarias —exclama Sam—. Pero, Elisse, ¡tú eres caucásico! ¿Cómo diablos es que te convertirse en un *witch doctor*?

Toda exaltación se transforma en sangre helada cuando la voz profunda y furiosa de Nashua se alza del otro lado de la fogata.

—¿Un... qué?

Aprieto los ojos con fuerza y ladeo la cabeza despacio, para luego abrirlos y mirar a todo Comus Bayou a unos pasos de mí. Y lo único que percibo en todos y cada uno de ellos es un desconcierto que amenaza con volverse una ira espeluznante.

CAPÍTULO 46
VÍNCULO FRÁGIL

—¿Quieres explicarnos qué diablos acabamos de ver? El grito de Nashua me hace reaccionar. Red Buffalo entera me mira con los ojos bien abiertos del otro lado de la fogata, mientras la tensión entre Comus Bayou y yo crece.

Me exprimo los sesos para buscar una respuesta que no los lleve a arrancarme la cabeza. Si bien es normal que me haya relacionado con los Loas —a fin de cuentas, Damballah fue quien nos ayudó en Nueva Orleans—, creo que nunca pensé en cómo explicarles a mis hermanos que soy capaz de poner a bailar a todo *Guinee* en una fogata.

O al menos nunca creí que llegaría el día en el que tendría que hacerlo.

Por el rabillo del ojo percibo cómo Irina hace una prudente señal hacia Red Buffalo. En silencio se retiran de la fogata, y sólo cuando escuchamos la puerta de la casona cerrarse, mis hermanos vuelven a la carga.

—Elisse, por favor, nos estamos volviendo locos —comienza Julien—. ¿De dónde sacaste esas habilidades?

—¿Acaso Barón Samedi tiene algo que ver en todo esto?

La deducción de Nashua hace que la tensión entre todos crezca a pasos agigantados. Y cuando mi silencio parece demasiado contundente, comienzo a sentirme acorralado. No tengo el valor de decir más palabras hirientes, no después de lo que pasó en la cocina, pero aun así... No, por los dioses, *no puedo contarles la verdad.*

—No —contesto—. Barón Samedi está muerto. Yo mismo acabé con él.

Los hombros de todos parecen relajarse ante mi respuesta. Inclusive los de Tared, quien se limita a permanecer en silencio.

—Entonces sería bueno que empezaras por contarnos qué sucedió en la cabaña del abuelo, ¿no crees? —sugiere Johanna, y la expresión que ha puesto al cruzar los brazos me deja entrever que todavía guarda para mí alguna nueva bofetada.

—Hice lo que creí mejor para todos —evado en un hilo de voz—. No podría explicarles más aunque quisiera.

—¿Lo mejor para todos? —ruge Nashua—. Pues déjame decirte que no le has hecho un maldito favor a nadie, ¡y te juro por mi abuelo que si no empiezas a decirnos qué carajos está pasando, voy a...!

—¿Quieres dejar de gritar de una vez? —sisea Hoffman de pronto, quien ha reemplazado su semblante burlón por uno de hastío—. Lo que tenga por decir el mocoso, que lo haga mañana, cuando estemos de camino a Nueva Orleans.

Nadie replica, ni siquiera el propio Nashua, como si ya todos tuviesen muy en claro lo que venían a hacer. Yo, en cambio, me pongo blanco como el papel.

—No iré a ninguna parte —digo sin titubear.

—¡Ni hablar! —espeta el detective—. No hemos cruzado todo el puto país sólo para saludarte, cabrón.

—¡He hecho un pacto con esta gente! —exclamo y apunto a la casona—. No voy a abandonarlos ahora.

—Entonces, nos quedaremos a ayudarte. No vamos a dejarte solo de nuevo —contesta Julien con firmeza.

No. Esa idea es mil veces peor, porque ni de broma permitiré que se queden cerca de mí para que venga un maldito monstruo infernal y acabe con todos ellos. O para que vean cómo yo me convierto en uno aún peor.

—Olvídenlo. No pueden quedarse aquí —replico aún más empecinado.

—No hablas en serio —dice Nashua entre risas sarcásticas—. Es decir, después de todo lo que nos has hecho pasar, de lo que nos ha costado venir hasta aquí por ti, ¿tienes los cojones de pedirnos que demos media vuelta y nos larguemos así, sin más?

Todos, incluso Tared, me miran como si esperaran a que les dijera que todo era una broma. Pero, ante mi silencio, lo único que logro es hacerlos enfurecer aún más.

—¡Maldita sea, Elisse, deja de portarte como un imbécil!

Retrocedo ante el hombre oso, quien se abalanza sobre mí. Me sujeta de la muñeca y me jala hacia él. Esta vez, nadie alza una mano por mí.

—Dije que no iré, ¡no volveré a Nueva Orleans! —grito a pleno pulmón, incapaz de contener mi desesperación al verme aprisionado por mi hermano.

—¡Siempre has sido un mocoso egoísta! —ruge, para luego soltarme de un empujón—. Eres impulsivo y terco, actúas sin importar a quién demonios te llevas en medio. ¡Ellos estarían vivos si no hicieras siempre lo que te parece más sencillo!

A pesar del calor del desierto, todo parece helarse de pronto.

Nashua enmudece y da un paso atrás.

—Elisse —murmura—. Carajo, perdona, no quise…

Ahora soy yo el que explota.

—¡UNA… MALDITA SEA! —grito a todo pulmón—. ¡Habría dado cualquier cosa con tal de que "una" sola de las decisiones que he tomado en mi vida hubiese sido fácil! ¿Creen que quise largarme del único lugar del mundo donde me sentía a salvo? ¿Creen que quise pasar hambre y frío porque me parecía divertido? Si es así, ¡nunca debieron venir a buscarme!

No me quedo a ver las reacciones de mis hermanos. No me quedo a escuchar las titubeantes disculpas de Nashua, ni los indecisos pasos de Johanna al intentar ir tras de mí.

Ante el dolor hago lo que, al parecer, sé hacer mejor: huir.

Sí. Huyo a la casona de Red Buffalo lo bastante rápido para hacerles saber que no pienso detenerme. Algunas voces me gritan, pero ninguna de ellas parece seguirme mientras me abro paso entre el polvo y las sombras del rancho; mientras me enjugo las lágrimas de rabia que ya no he podido contener.

Lo sé. Es mi culpa. Siempre fue mi culpa, pero escucharlo de boca de uno de mis hermanos duele mucho más que el simple hecho de saberlo.

Entro a la construcción en penumbras. Ni siquiera miro hacia la sala, donde todo Red Buffalo parece haberse refugiado. Subo las escaleras con rapidez, con el deseo de poder llegar ya al cuarto de Sam para encerrarme en él y usarlo de barrera contra el mundo.

—Elisse.

A medio pasillo me veo obligado a detenerme. Cierro los ojos un instante y, después de suspirar, miro sobre mi hombro.

Tared está parado junto a las escaleras. No hay nadie aparte de él, así que imagino que ha detenido a mis hermanos, como si creyera que estando nosotros dos solos le será mucho más fácil enfrentarme.

Y cuando hasta el monstruo de hueso se agazapa en mi interior ante su presencia, temo que esté en lo correcto.

—¿Qué es lo que quieres? —susurro al verlo dar un paso más hacia mí.

El hombre lobo no contesta, en cambio abre un poco los ojos al notar mis mejillas humedecidas.

—¿Estás herido? —pregunta, tan quedo que me ha costado escucharlo. Mira el costado de mi cabeza y las heridas en mis brazos que, gracias a la magia de los Loas, ya han cicatrizado por completo.

Ante mi silencio, toma aire y se cruza de brazos.

—Quiero hablar contigo, Elisse. Sobre lo que ha dicho Nashua —su voz resuena gruesa y profunda, como si aún estuviese en su forma de lobo.

—No hay nada que hablar. Todos sabemos que tiene razón, ¿no? —digo sin inmutarme. O al menos eso intento, porque el semblante tranquilo del devorapieles me eriza mucho más que si me gritase.

—Si así fuera, entonces ninguno de nosotros habría venido a buscarte. Mucho menos el propio Nashua. Pero aquí estamos. *Aquí estoy.* Y quiero que me escuches, por favor.

Da unos pasos hacia mí y yo, por instinto, retrocedo para poner distancia entre nosotros. Ante tal reacción, él respira profundo para olerme. ¿Qué percibirá primero? ¿Lo asustado que estoy o lo mucho que me *altera* su presencia?

—Quiero estar solo —susurro en un desesperado intento por alejarlo de mí—, ¿por qué ninguno de ustedes quiere entenderlo?

Tared me mira con sorpresa unos instantes, para luego mover la cabeza de un lado al otro.

—¿Estar solo? En verdad, ¿eso es lo que buscas?

Una vez más, no recibe de mí más que mi silencio. Su mirada baja hacia el suelo y deja escapar un suspiro cansado.

—Una madrugada me encontré a un chico solo y asustado en medio de la niebla —comienza—. Olía a miedo y a sangre, y temblaba con tanta intensidad que creí que no tardaría en quebrarse. Pero a pesar de eso, a pesar de lo frágil y vulnerable que se veía, algo me dijo que iba a tener la fuerza suficiente para cambiar mi vida por completo.

Hace una pausa, y mi pulso se acelera cuando comienza a aproximarse de nuevo, con cautela, como si se acercase a un animal herido.

—Pero había algo extraño en ese chico —continúa mientras se detiene a unos pasos de mí—. Desde que tengo memoria siempre me he dejado guiar por mi instinto. Podía oler y sentir a las personas, me ayudaba a entenderlas y a darles el lugar que les correspondía en mi vida. Pero ese chico, él... Vaya, no podía percibir nada en él excepto un vacío. Una sobrecogedora soledad que desde el primer instante despertó en mí sentimientos que aún no he sido capaz de comprender en su totalidad. No porque no los conozca, sino porque me revolucionaron de una manera que no creí posible.

Mis piernas comienzan a perder fuerza. Recargo la espalda contra uno de los muros del pasillo, no sólo para no caer, sino para no seguir mirándolo a los ojos.

Tared, por unos segundos, contempla mi perfil iluminado contra la luna que se asoma a través de la ventana del fondo.

Suspira.

Mentiroso...

—Ese chico me hizo sentir la desesperante necesidad de llenar un hueco que no sabía que estaba en mí —dice—. De hacerle saber que nunca más iba a estar solo. Creí que eso era lo importante, que era el papel que me correspondía como su guía, pero fue cuestión de tiempo darme cuenta de que él, curiosamente, también llenaba la soledad que yo mismo llevaba dentro. Me hizo reencontrarme con lugares que pensé que estaban muertos y me impulsó a hacer cosas que nunca creí que tendría la fortaleza de emprender. Y después de eso, después de que puso de cabeza mi mundo... se marchó. Y con eso destrozó una parte de mí que ya no volverá a ser la misma... Jamás.

Mi corazón da un doloroso vuelco que me obliga a mirar al hombre lobo a la cara.

—Una parte de mí siempre querrá entenderlo, Elisse. Saber qué pasó dentro de esa tumba en Saint Louis o cómo lograste ahora hacer todo aquello en la fogata. Una parte de mí —repite, bastante cansado— siempre querrá entender por qué nos diste la espalda y nos hiciste sufrir de esa manera. Por qué me abandonaste y destruiste todas las ilusiones que tenía sobre *nosotros*.

Me observa de nuevo, atento al impacto que causan en mí sus palabras. Entierro las uñas contra la pared para no dejar que mis manos escapen y se aferren para siempre al pecho de este hombre, como han deseado hacerlo durante todos estos interminables meses.

Quiero mandar a la mierda mi entereza y decirle que todo este tiempo he hecho hasta lo imposible con tal de protegerlo; que he preferido que piensen que soy un grandísimo bastardo a que el peligro de mi simple existencia le haga daño a él o a mis hermanos. Pero cuando la criatura dentro de mí sisea, alerta por el efecto que tiene el lobo sobre mí, de nuevo me contengo. Tared se acerca, y esta vez, atrapado entre mis sentimientos y el muro a mis espaldas, soy incapaz de escapar.

—Pero otra parte de mí —continúa—, aquella a la que siempre procuro escuchar porque me parece más... humana, me grita que no estoy dispuesto a hacerte eso. Que no te haré revivir una oscuridad que nunca seré lo bastante sensible para comprender, y que ya has sufrido lo suficiente como para tener que justificar tu forma de lidiar con el dolor.

Y en ese momento, Tared levanta su mano y despacio roza mi mejilla con sus nudillos. Abro los ojos de par en par ante su caricia, y mi corazón se revoluciona. Su tacto es dulce. Su piel es tibia.

—Basta... —suplico, sin poder ocultar el temblor en mi voz.

Tared baja la mano. Y más que herido, su gesto parece derrotado.

—¿Y sabes qué más? —continúa, como si necesitara sacárselo del pecho a pesar de mi renuencia—. En el preciso instante en el que te tuve frente a mí, temblando en esa cocina, supe que *ya nada de eso importaba*. No importan los motivos por los cuales hiciste lo que has hecho, Elisse. No importa por qué te marchaste, no importa por qué decidiste partir sin pensar en las consecuencias de tus actos. Lo único que importa ahora es que, a pesar de todo aquello, vuelvas a casa. Que vuelvas con tu familia. *Que vuelvas conmigo.*

—Tared... —susurro, y su pecho comienza a subir y bajar con renovado vigor cuando al fin pronuncio su nombre. Y a pesar de que la firmeza de sus facciones no han abandonado su rostro, sus ojos azules parecen terriblemente tristes.

Mentiroso. Mentiroso. Mentiroso...

El siseo del monstruo de hueso me hace mirar hacia el fondo, hacia la oscuridad del pasillo. Vislumbro, entre las sombras, la puerta de la habitación de Alannah. Traigo a la memoria a las víctimas de Jocelyn en la fogata, y las mentiras que cargo a mis espaldas. La sangre que aún se arrastra detrás de mí y me recuerda que, si le permito acompañarme a Comus Bayou, el ciclo de violencia y dolor se repetirá una y otra vez hasta que no haya un solo sitio al cual volver.

—No —digo en voz baja—. Lo siento, pero tendrán que partir sin mí. No voy a regresar.

Tared, por fin, se desmorona.

—¡Maldita sea, Elisse!

El hombre lobo me rodea con sus brazos y me atrae hacia su pecho. Hunde su rostro en mi cuello y me abraza con tanta desesperación que mis piernas se derriten ante el calor de su cuerpo, tibio contra mi corazón.

—¿Cómo puedes pedirme que me marche, cuando lo único que he hecho en estos meses es *no dejarte ir*? —murmura contra mi piel; el roce de su barba eriza hasta el último de mis vellos—. Aceptar que habías muerto era lo mismo que aceptar que yo también lo estaba, aun cuando pudiese respirar, aun cuando pudiese moverme, escuchar o hablar. Porque sin ti era como poder hacer todas esas cosas sin estar vivo; sin sentir nada. ¿No lo ves? ¿No entiendes lo que tu ausencia me hizo comprender? No, Elisse, ¿a qué maldito sitio quieres que vuelva si mi hogar está aquí, frente a mí, cerrándome sus puertas y diciéndome que ya no me quiere más en su vida?

Mis manos me traicionan. Abrazo su cintura y mi mejilla prueba la rigidez de su pecho. Lo aprieto contra mí hasta ahogar el aire entre nosotros.

Cierro mis ojos, anegados en lágrimas, y percibo debajo de su piel esa esencia lobuna que me recuerda al rocío sobre la hierba en un bosque frío. Al fuego en la noche. A un manto de estrellas sobre los árboles.

Él separa despacio su barbilla de mi cuello. Miro esos ojos azules, tan azules, y su belleza me sobrecoge.

—No tienes por qué corresponder a mis sentimientos —susurra—. De hecho, me aterra abrumarte con ellos. Eres tan joven, Elisse... y yo he vivido tanto, he hecho tantas cosas que me atormentan por las noches. Pero, por favor, comprende que, así escapes por el resto de tu vida, así nos hagas dejar todo atrás, nunca, jamás, dejarás de ser parte de esta familia. Y de mí.

Tared Miller, Tared Miller, Tared Miller...

No tengo el coraje de seguir rechazándolo. Me pongo de puntillas y, con desesperación, acuno su rostro entre mis palmas. Él no se inmuta ante mi mano de hueso. Le importa un carajo mi deformidad.

—Dioses, ¿cómo puedes decir esas cosas? —susurro, a la par que sus brazos bajan para estrechar mi cintura—. ¿Acaso no percibías cómo mi corazón se aceleraba cada vez que me sonreías, cada vez que me rozabas, cada vez que me acercabas a tu lado? ¿Cómo me aterraba que no vieses en mí otra cosa que a uno más de tus hermanos?

Él se estremece y encorva su espalda sobre mi cuerpo. Soy muy pequeño contra él, pero a la vez, me siento tan fuerte. Tan a salvo.

—Elisse —susurra contra mi frente—. ¿Puedo besarte?

Mi corazón termina por fundirse.

Cierro los ojos, y mi nariz roza su barbilla cuando asiento.

Entonces, el lobo, el hombre, el errante; todo Tared se vuelve mío al cerrar la distancia entre nuestros labios.

Y me besa.

Tared Miller, el hombre que he anhelado desde que puso un pie en mi vida, me besa.

CAPÍTULO 47
VÍNCULO ROTO

Todo se desvanece hasta que sólo quedamos él y yo en este pasillo. En esta casa. En este desierto, porque el alivio que siento al comprender que mis sentimientos son correspondidos, hace que el alma casi abandone mi cuerpo.

Sus dedos abrazan mi nuca, y me presionan con gentileza contra su boca. Su barba me cosquillea las mejillas a medida que la piel de sus labios me acaricia, sin demanda, sin prisa.

Le correspondo con algo de torpeza y timidez.

Mi primer beso es tranquilo, como un fuego tibio, pero tan dulce, tan lleno de intimidad, que hasta el monstruo dentro de mí contiene el aliento.

Reúno valor para abrir un poco más los labios. Y después de meses enteros, por fin pruebo algo que no me sabe a cenizas.

Nos separamos de forma dolorosa, tan sólo para tomar aire. Tared me aprieta más contra su cuerpo y sonríe sobre mi boca.

—Dios, Elisse —dice—. Tienes la lengua helada.

Todo mi cuerpo se paraliza.

¡MENTIROSOOOOOO!

Como un destello, como una bala envenenada, la voz del monstruo de hueso estalla con tanta violencia contra las paredes de mi percepción que siento como si me hubiesen golpeado la sien con un martillo. Me desprendo del hombre lobo y me entierro contra la pared. Soy devorado por una súbita oscuridad mientras en mi cabeza ya no puedo escuchar más que una sola cosa:

¡TARED MILLER TIENE ESPOSA, TARED MILLER TIENE ESPOSA, TARED MILLER TIENE ESPOSAAAA!

—¡Elisse! ¡¿Qué ocurre...?! —exclama el errante, desconcertado. Me yergo despacio y con apenas control sobre mí mismo, cegado por la brutalidad de las voces que retumban en mis adentros. Miro a Tared, tembloroso, y el vértigo se apodera de todo mi ser cuando por fin pregunto:

—¿Tienes...? Tared, ¿tienes esposa?

El lobo, para mi estupefacción... balbucea.

—¿Q-qué?

—¿Estás casado, tienes... esposa?

Él retrocede, palidece hasta el punto de semejar un fantasma.

—¿Quién... quién te lo ha dicho?

Mi mundo se desmorona.

—Entonces, es cierto —murmuro, tan incrédulo como destrozado al escuchar mis palabras.

La tiene.

Tared tiene esposa.

Tared, mi líder, mi lobo, el amor de mi vida... está casado.

Y aun así me ha besado.

—E-Elisse —el hombre lobo despierta de su trance y da un paso hacia mí—, espera...

La furia me devora sin piedad.

—¡ERES UN CABRÓN!

Mis palmas abiertas golpean contra su pecho con tanta fuerza que lo hacen estrellarse contra el muro opuesto. Comienzo a verlo todo rojo.

¡Mentiroso, mentiroso, mentiroso!

—Dime que es mentira —mascullo—. ¡Dime que es mentira, maldita sea!

El devorapieles se queda paralizado. Y ante su silencio, e incapaz de dar un paso hacia mí, algo cambia en él. Algo, no sé qué, se transforma en su semblante, en su aroma, en su presencia, porque de pronto, es como si tuviese a un total desconocido delante de mí.

El Tared que conozco nunca me lastimaría, pero este lobo frente a mí ha roto mi corazón en mil pedazos.

Hipócrita...

El monstruo dentro de mí ríe, se regocija.

Doy media vuelta y me tambaleo hacia el dormitorio de Sam, pero al escuchar al devorapieles dar por fin ese dudoso paso hacia mí, huyo.

Sólo quiero escapar. Quiero ir a un sitio donde no pueda escucharlo. Donde no pueda volver a verlo de nuevo.

Desesperado por el dolor de la mentira, abro la puerta de la habitación de Sam y me lanzo de cabeza al abismo.

El plano medio se abre ante mi voluntad. Y el mundo a mis espaldas desaparece.

CAPÍTULO 48
UNA HERIDA QUE NO SANA

—Maldita sea, ¿te falta mucho?

Observamos al macho dar vueltas frente a la casona y escupir una colilla de cigarro. Después chasquea la lengua y se cubre la frente del sol de la mañana como si lo detestara. Casi al instante una errante sale de la casona de Red Buffalo con la boca llena de palabras sucias que no tiene el valor de pronunciar en voz alta.

—Dios, Hoffman, ¡no encontraba la llave del cuarto! —grita con una tarjeta de plástico en la mano—, ¿no puedes ser un poco más paciente, por favor?

El detective le suelta un improperio y da media vuelta para ir en dirección hacia el toldo donde aguardan sus vehículos. Ella se ve harta, tanto que parece que en cualquier momento podría estallar, pero aprieta los labios y decide no pelear más.

Tan buena sangre, tan buenas garras, pero tan pocas ganas de mostrar carácter la convierten en lo mismo que un inútil tapete.

Un grito la hace girar en redondo.

—¡Eh, Johanna!, ¿adónde van? —pregunta el Ojosgris de Red Buffalo, quien sale de la casona y la alcanza a torpes zancadas—. Se perderán el desayuno porque, créanme, tener a seis devorapieles en casa es garantía de que no va a sobrar nada.

—Perdónanos, Sam, pero tenemos que volver al motel donde nos estábamos quedando —contesta la hembra—. Dejamos todas nuestras cosas allá y...

La bocina de un Jeep los hace callar a ambos, por lo que la chica aspira aire y pone los ojos en blanco muy lentamente. El detective Hoffman vuelve a hacer sonar la bocina, impaciente en el asiento del copiloto y con un nuevo cigarro entre los labios.

Nuestras cenizas vibran en una risa burlona.

—¿Vas a irte sola con él? —pregunta el Sin Ancestro, nervioso ante el energúmeno que, por fin, ha decidido dejar de martillear el volante del vehículo.

Nos enredamos en los tobillos de la errante. Sonreímos ante su exasperación.

—No te preocupes, ya me estoy acostumbrando —responde ella, sumisa—. Además, Julien y Nashua no pueden acompañarme, necesitan estar al pendiente de...

—¿Elisse?

Ella parpadea un par de veces.

—No —responde muy quedo—. Se trata de Tared. No ha estado muy bien desde anoche.

La curiosidad nos hace alargarnos por la pierna de la hembra. Lobo Piel de Trueno, aquella criatura que la Bestia Revestida de Luna parece reverenciar con tanto fervor, nos causa una extraña sensación de familiaridad.

¿Dónde hemos visto antes a ese guerrero? ¿Dónde hemos visto esas garras, esa plata, esos ojos relampagueantes?

—Ah, es verdad; ha estado demasiado serio —continúa el otro Ojosgris—. Es decir, más de lo que parece ser por naturaleza.

—Sí —confirma ella—. Pero podemos manejarlo, no te preocupes.

—De acuerdo, pero si necesitan algo, no dudes en decírmelo, por favor.

Ella levanta la barbilla y niega con la cabeza.

—Tared estará bien, es muy capaz de resolver sus propios problemas.

—En realidad me refería a Elisse —replica el errante—. Yo les recomendaría no dejarlo solo mucho tiempo, es decir... parece que le está costando mantenerse cuerdo.

El pulso de la hembra se acelera tanto que su piel se calienta bajo nuestro agarre. Al notar el entrometido comentario, el otro perpetuasangre se disculpa y da media vuelta para ir a la casona. La chica, por su parte, se dirige al todoterreno ante la mirada entrecerrada del detective. Trepamos sobre sus hombros y nos echamos detrás de sus cuellos.

Aunque una reciente visita que hemos tenido en el río nos ha ayudado a regenerar nuestras fuerzas, contenemos el deseo de unir nuestras cenizas y destrozarles el cuello.

No hace falta gastar energía. No cuando la tormenta ya está casi sobre nuestra sola cabeza.

—¿Por qué carajos tardaban tanto?

—Calma, sólo hablábamos sobre Elisse —dice ella, mientras pone en marcha el vehículo.

—¿Qué le pasa a él? —pregunta con un interés bien disimulado, y deja el cigarro en el cenicero, mientras el todoterreno se aleja del rancho para entrar al camino de terracería.

—Que deberíamos cuidarlo un poco más —responde con una mueca de desagrado—. Como si no lo supiésemos ya.

—¿Ah, sí? Pues ayer más de uno de ustedes parecía estar esperando una excusa para molerlo a palos —agrega el hombre.

Aquello nos hace sonreír, porque un Atrapasueños débil se desgarra con más facilidad que el ala de un polluelo.

—Habla por ti, por favor.

—Bah, no seas hipócrita —replica el detective con tono desenfadado—. Tú sólo te contienes porque tu amorcito Miller nunca te perdonaría que le hicieras daño a ese mocoso.

Para nuestra sorpresa, ni siquiera necesitamos deslizarnos sobre el oído del detective. Ya parece tener suficiente veneno.

—¡Dios mío! —exclama la chica, incapaz de mantener más su fachada de sumisión—. ¿Por qué todos insisten en que aún quiero a Tared de esa manera?

—Porque hasta yo pude escuchar cómo se te rompía el corazón cuando ese imbécil corrió detrás de Elisse, niña. Ya supéralo, maldita sea.

Hasta nuestras cenizas son arrojadas hacia el parabrisas cuando la perpetuasangre detiene el todoterreno de un pisotón. El detective pone los brazos contra el tablero para no romperse el cráneo contra él, pero la hembra, en cambio, se queda rígida contra su asiento.

—¿Estás loca o qué? ¡Casi me partes la puta cara! —grita a pleno pulmón.

—¿Acaso tú puedes superar lo de tu bebé? —pregunta ella, y esta vez, pareciera usar colmillos en vez de dientes para hablar.

El detective entrecierra la mirada, hecho una furia.

—No... te atrevas... a comparar...

—La muerte no es la única forma en la que te pueden arrebatar a quien amas, Hoffman —replica la errante, bajando el tono de su voz a medida que sus manos se vuelven puños contra el volante—. A veces el rechazo te puede hacer sentir que has perdido a alguien de una manera que jamás te permitirá verle de la misma manera. Y hay casos en los que amas tanto a una persona que la herida nunca cierra, porque su simple presencia es lo que te mantiene sangrando.

La mirada del detective se entrecierra con suspicacia.

—¿Odias a Elisse? —pregunta él en un susurro.

La chica estalla de nuevo.

—¡Es mi hermano y lo amo más de lo que un idiota como tú podría entender! —exclama, tan furiosa que, por un momento, parece que le saldrán garras de los dedos—. ¿Crees que soy tan desgraciada como para odiar a Elisse porque Tared lo quiere a él y no a mí? ¡Daría mi insignificante vida por cualquiera de los dos sin pedir nada a cambio! ¿Cómo podría detestarlo por un motivo tan egoísta? ¿Qué tipo de Atrapasueños seríamos si nos dividiera algo tan absurdo?

—Son un montón de idiotas —murmura él mientras sacude la cabeza—. Se pueden partir el culo entre ustedes pero se dispararían en el pie con tal de que al otro no le cagara una mosca encima. No hay quien los entienda.

—A eso se le llama ser familia —responde ella con un bufido.

El hombre se cruza de brazos y mira por la ventanilla. A través del reflejo podemos ver que su mirada adquiere un brillo inquietante. No es un signo de desprecio, sino de envidia, y todo el respeto que pudo sentir nuestro ser por este hombre se esfuma como el camino a nuestras espaldas.

Los acantilados rojos desaparecen y el Jeep se abre paso por la planicie del desierto caliente. Por fin, alcanzan el corral que bordea el rancho a lo lejos.

—¿Crees que esté diciendo la verdad? —pregunta él de pronto, justo cuando la Ojosgris detiene el coche a unos metros de la cerca.

El letrero con el nombre del rancho se balancea de adelante hacia atrás con el viento.

—¿Te refieres a Elisse?

—Sí, respecto a que abandonarlos a ustedes y joderles la vida con ello fuera la única opción que tenía.

La mujer suspira y apaga la marcha del todoterreno.

—Una vez dudamos de él —dice—. Dudamos de su palabra porque creímos más en nuestro dolor que en el lazo que habíamos jurado honrar. Porque no confiamos en él. Y por nuestra culpa, por darle la espalda cuando más nos necesitaba, a Elisse lo torturaron, lo cegaron y lo dejaron solo en una habitación para que muriera sobre un charco de su propia sangre. Tú lo sabes. Estabas ahí.

El policía aprieta los labios.

—Tared fue la única persona que siempre le creyó —continúa la hembra con la voz quebrada—, lo protegió contra nuestra rabia, contra nuestra confusión, porque su instinto siempre lo eligió a él. Y desde ese día, desde que casi pierdo a Elisse en brazos de Tared, me juré que nunca volvería a dudar de él. Sí, estoy furiosa, tan enojada que ni siquiera puedo mirarlo a la cara, pero a pesar de que no sé por qué nos abandonó y nos dio la espalda, no creo que haya sido por cobardía o estupidez. Así que... sí. Le creo.

—Ya. Ese maldito mocoso significa demasiado para ustedes.

—¿Qué hay de ti, Hoffman? —pregunta ella con una ceja arqueada—. ¿Qué significa Elisse para ti? ¿Por qué un hombre como tú lo ha dejado todo atrás y ha venido hasta aquí para buscarlo?

La pregunta hace al detective mirar al frente, como si buscase la respuesta en el calor del desierto rojo. Desliza ambas manos a sus muslos; los aprieta con ansiedad mientras nosotros nos deslizamos por sus hombros hasta la ventanilla de la camioneta.

Salimos del vehículo. Nos alejamos despacio. Silenciamos el viento. Silenciamos la tierra. Silenciamos el ruido de *algo* que repta despacio en la arena. Desde el suelo vemos cómo el humano se gira hacia la chica coyote, abre los labios y...

¡TRACK!

El todoterreno se sacude de pronto, haciendo saltar a los dos en sus asientos mientras una cortina de polvo se levanta a los costados del vehículo.

—¡¿Qué demonios ha sido eso?! —grita el detective, mientras la chica mira en todas direcciones, aferrada al volante con ambas manos.

—No tengo la más remo... —otra sacudida hace que la coyote casi se muerda la lengua.

Ambos ven, con los ojos desorbitados, cómo el suelo del Jeep ha quedado abollado a los pies del detective.

El hombre saca la brillante pistola de sus pantalones y amartilla, pero el desierto permanece mudo.

Y a pesar de que el sol golpea de pleno sobre la capota del todoterreno, un sudor frío empapa las sienes de ambos. Dejamos que el viento vuelva a soplar sólo para escuchar el miedo que late con violencia en sus corazones. De pronto, la errante mira hacia su brazo y frunce el entrecejo.

—¿Sientes eso? —murmura la chica.

El humano mira el espejo retrovisor y entrecierra los ojos al percibir que su reflejo se ondula.

—Es una vibración —dice él—, es como si algo se estuviese...

—Moviendo bajo la tierra —completa la errante. Se miran unos instantes y, de pronto, la vibración se detiene.

Ahogan un gemido de terror.

—¡Sal, sal, sal! —grita el detective, y ambos se agolpan contra las puertas y se arrojan al suelo árido.

Segundos después, el todoterreno se levanta en un estallido, perforado de suelo a techo por un largo y grueso cuerpo que atraviesa el metal como si fuese de carne blanda.

Avalanchas de polvo y arena bañan al detective y a la errante de pies a cabeza, pero eso no les impide quedarse con los ojos abiertos por aquello que se yergue sobre ellos.

Inclusive nosotros, al contemplar la magnificencia de la criatura, nos quedamos sin aliento.

Ambos se ponen en pie y retroceden a trompicones.

—¡¿Qué carajos es eso?! —exclama el detective.

Sin esperar a que la Ojosgris responda, dispara su pistola.

El ser se agita de un lado al otro. La perpetuasangre se transforma en apenas un instante, pero cuando el suelo vuelve a temblar y una explosión de tierra muerde sus espaldas, ajena al monstruo que los ataca de frente, nuestras cenizas se alejan del campo de batalla, victoriosas y satisfechas.

Y, para nuestro regocijo, lo único que escuchamos es un delicioso y descomunal grito.

CAPÍTULO 49
VISITANTE

Despierto agotado, empapado en sudor y solo en la habitación de Sam. El sol se asoma alto a través la ventana, lo que me indica que tal vez ya pasa del mediodía.

Intento espabilarme, pero cuando las memorias de anoche vuelven a mí como un torbellino, deseo con todas mis fuerzas no haber abierto los ojos.

Me siento sobre la cama y miro mi regazo largo tiempo. Miro la puerta del dormitorio, arrancada y tendida en el suelo. Miro mi mano descarnada.

Anoche abrí... no, *creé* un portal al plano medio.

Y allí, en ese bardo,[18] todo era frío, tan helado que no podía ver ni mi propio aliento, como si hubiese pasado del infierno al ártico en tan sólo unos segundos. Y aunque todo estaba empapado de una luz nocturna azulada, no había luna, y lo que debía ser la casona de Red Buffalo no era más que el esqueleto viejo de algo similar, con paredes medio derrumbadas,

---

[18] Bardo: trozo del plano medio sin una familia de espíritus regentes. Ver *La nación de las bestias. El Señor del Sabbath*, págs. 407-408.

sin techos y con escombros por todas partes. Nada había en los alrededores. Ni acantilados, ni rocas, ni caminos.

Sólo kilómetros y kilómetros de tierra seca y abandonada.

El suelo y las vigas crujían bajo mi cuerpo como si estuviesen a punto de deshacerse, pero no me atreví a moverme de mi lugar. No quise siquiera pensar en lo que podría encontrar si me aventuraba en ese desierto espectral, así que decidí esperar allí, en el mundo de los muertos, con la esperanza de que el tiempo pasara tan lento que cuando volviese al otro lado el dolor que sentía se hubiese desvanecido.

Y sólo al ver que una sombra negra comenzaba a acercarse desde el horizonte, una silueta grande, delgaducha y *humana* que caminaba a cuatro patas, decidí que ya había esperado suficiente. Crucé de nuevo el portal y cuando volví al plano de los vivos, ya había amanecido.

Tared ya no estaba del otro lado de la puerta, pero el dolor seguía allí.

Yo, de alguna manera, había desgarrado la barrera entre este mundo y el otro para crear un portal al plano medio, algo que jamás había hecho, pero ya nada de eso me importa.

He luchado contra los monstruos más horripilantes que podrían existir tanto en este mundo como en el otro. He sufrido la más espantosa soledad y he enfrentado los miedos más profundos que puede haber entre las sombras... pero nada de eso me preparó para lidiar con un corazón roto.

Y a pesar de que no soy tan estúpido, de que sé que debe haber una razón por la cual Tared no me haya dicho que estaba casado, ¿en qué maldito lugar podría quedar yo ante alguien con un compromiso como ése? Moriría por Tared, mil veces de ser necesario, pero nunca me rebajaría a ser parte de su mentira.

Y lo que más duele, lo que jamás podré perdonarle, no es sólo el hecho de que haya ocultado que tenía esposa, sino que permitió que algo aflorara entre nosotros a pesar de eso. Pues prefirió mentir a que lo nuestro fuera *real*.

Masajeo mi frente y me arrastro fuera del cuarto en dirección al baño. Anoche estaba tan mal que ni siquiera me molesté en tomar una ducha, por lo que la sangre seca del ritual y el olor a cabello quemado siguen impregnados en mi cuerpo. Entro y cierro la puerta despacio para acercarme al espejo. Dos bolsas negras cuelgan bajo mis ojos y me hacen ver más como el adulto que soy y menos como el chico que todo el mundo insiste en creer que soy.

He crecido. He visto la muerte. *He sido la muerte misma*. Y nada hay de *inocencia* en eso.

Suspiro al ver el costado de mi cabeza que fue alcanzado por el fuego. Un trozo de mi larga mata de cabello ha quedado reducida a una porción chamuscada a la altura de mis oídos, mientras que la piel de mi mejilla permanece enrojecida por la quemadura. El descuido de anoche no fue tan grave, pero unos segundos más de descontrol y tal vez habría ardido por completo.

Despacio me desnudo, y me pongo encima una bata de baño. Estoy a punto de girar hacia la regadera cuando miro de nuevo hacia el espejo del lavabo. Me acerco y abro la bata despacio.

Miro mi cuerpo en el reflejo; miro el pecho plano, las caderas demasiado anchas para mi delgadez, la pálida mata de vello sobre mi sexo…

Fenómeno.

Mis ojos se aguan cuando la única belleza que encuentro son mis heridas. Surcan mi piel como serpientes blancas, como si llevasen años allí enterradas. Cicatrices que, esta vez, espero se queden allí para siempre.

Cierro la bata con fuerza. Toco mis labios con la punta de mi mano desgarrada.

¿Y si Tared no me quiere en realidad?

Busco con desesperación algún pensamiento que pueda tranquilizarme y callar la maldita voz del monstruo de hueso, pero ya nada parece poder ayudarme a salir de este miserable agujero, porque esos ojos azules, aquel sentimiento que me llenaba de fuerza, ahora no hace más que flagelarme.

—Ayúdame, por favor, ayúdame —gimoteo a mamá Tallulah mientras mi frente baja hasta tocar la fría porcelana. Necesito sus brazos, necesito su aliento y su cariño, porque siento que nada más puede sanar esta herida.

Ya no sé a quién acudir. Me siento más desesperanzado que nunca, y duele tanto que tan sólo quiero volver a dormir.

Dormir. Dormir. Sólo quiero dormir.

La puerta del baño se abre de repente. Yergo la espalda en el acto, como si me hubiesen golpeado con una vara. Veo a Irina, quien me mira sorprendida desde el umbral.

—Perdona, debí tocar antes de entrar —dice con una sonrisa en un intento por tranquilizarme.

—No pasa nada —giro de manera torpe y me paso el dorso de la mano por ambas mejillas para cubrir la vergüenza—. Y perdonen... por lo de la puerta.

Irina mira hacia la entrada de la habitación de Sam y arquea una ceja al ver la madera tendida en el suelo.

—No te preocupes —dice con paciencia—. Supongo que tuviste tus razones. Aunque Sam quiere hablar contigo...

Me tenso un poco al escuchar aquello; no tengo idea de si Sam durmió anoche en la habitación, pero no estaba cuando salí del plano medio, así que probablemente no le ha hecho mucha gracia mi desastre.

—Sí, de acuerdo —digo con resignación—. En cuanto termine de ducharme, lo buscaré.

Ella asiente, y por un instante parece dispuesta a dar la vuelta e irse. Pero, en cambio, se queda en el umbral de la puerta y suspira.

—Oye... un baño no te ayudará con eso —su dedo apunta hacia mis mechones chamuscados. Me encojo de hombros, sin energías para discutir.

Ella se acerca y saca del gabinete del lavabo una máquina de afeitar eléctrica. Tenso aún más la espalda cuando empieza a desenredar el cable de la corriente.

—Eh, preferiría que no, ¿sabes? —Irina parpadea un par de veces en señal de confusión—. Es decir, me gusta llevar el cabello largo.

—Sí, me imagino, pero no puedes dejar ese colgajo quemado en tu cabeza.

—No lo sé —replico, dubitativo.

—Vamos, confía en mí. No voy a dejarte calvo —ofrece con dulzura, pero, a pesar de lo convencida que suena, no puedo evitar sentir reticencia.

Cuando era niño, los piojos en el campo de refugiado nos asediaban todo el tiempo. No había maquinillas eléctricas, así que los adultos se veían obligados a cortarnos el cabello con lo que tenían a la mano: tijeras oxidadas, rastrillos de plástico navajas viejas y hasta afiladores de lápices.

Sobra decir que las heridas en el cuero cabelludo eran tan comunes como dolorosas, pero aun así tuve que llevar la cabeza afeitada casi toda mi niñez. Cuando por fin pude aprender a lidiar con los problemas de insalubridad, llevar mi cabello largo, o al menos crecido hasta las orejas, siempre me ayudó a sentirme mejor. Me hacía creer que por fin tenía poder sobre mí, aunque fuese algo tan insignificante como el cabello.

Pero ya estoy cansado de tratar de ser fuerte, de pretender que tengo poder sobre algo, así que, a sabiendas de que ya no tengo mucho que perder, le doy mi consentimiento a Irina.

La errante sonríe con amplitud y busca un cepillo mientras yo me siento con resignación en la porcelana del retrete. Despacio, comienza a peinarme primero con los dedos, a rozar con delicadeza no sólo mi sien quemada, sino toda mi cabeza para desenredarme el cabello.

Pero, por más que espero a que ponga el cepillo entre mis hebras, ella tan sólo me acaricia, con cuidado.

De pronto, *siento* que ella sonríe.

—Todo va a estar bien —susurra—. Eres un chico fuerte. Muy fuerte. Todo va a estar bien.

Sus brazos rodean mi cabeza y mis clavículas; Irina me aprieta contra su pecho por unos instantes con una ternura que termina por vencer mis defensas.

No me pregunta sobre lo que pasó anoche. No me pregunta cómo me siento ni qué voy a hacer a partir de ahora; tan sólo lo intuye de una forma tan increíble que me siento en brazos de mamá Tallulah de nuevo, como si ella misma hubiese enviado a Irina para consolarme en su lugar.

El monstruo dentro de mí gruñe, gruñe y luego se queda mudo, en la oscuridad.

Quiero creerle.

En verdad quiero creer que soy lo bastante fuerte para seguir adelante, pero cuando la devorapieles me suelta y comienza a cepillarme, cuando escucho la maquinilla encenderse y veo la cortina de cabello que empieza a caer sobre mi hombro derecho, no logro aguantar.

Y me suelto a llorar.

Una maldita vez más.

△ △ ▽ ▽

—*Ah, ¡no mames, qué va!*

La exclamación de Fernanda —que he comprendido a la perfección— me congela en la entrada de la cocina. Ella se acerca y me mira de arriba abajo con las cejas arqueadas mientras Irina me palmea la espalda.

—¿Verdad que luce muy guapo? —dice la errante puma, satisfecha con su trabajo mientras mi cara se pone roja como un tomate.

Irina ha rapado sólo el costado de la cabeza quemado, pero el resto de mi cabello sigue intacto, por lo que ahora me cae como una cortina sobre el hombro contrario.

Es el mismo corte de cabello que llevan los niños, y aunque nunca me he preocupado —mucho— por mi apariencia, debo admitir que hasta a mí me gusta cómo he quedado. Siento que me da un aire un tanto más… maduro; salvaje, inclusive.

Ha ayudado a que el desprecio que sentí por mí en el baño se diluya por unos instantes.

Pero cualquier palabra que hubiese querido decir para agradecerle a ambas muere en mi boca cuando veo que, sentados a la mesa, se encuentran Chenoa, Julien y Nashua, quienes parecían estar enfrascados en una plática antes de mi llegada. El oso me mira estupefacto, mientras el esposo de Irina, ajeno a nuestra tensión, sonríe cuando ella se sienta en una de sus piernas.

Intento no mirar a mis hermanos. Ahora no tengo fuerzas para lidiar con ellos, sobre todo con Nashua, así que me dirijo al mostrador de la cocina para servirme un poco de café como si no me hubiese percatado de sus presencias.

—¿Dónde está Sam? —pregunto al echar la bebida en la taza más grande que puedo encontrar.

—Él, Calen y los niños salieron en la mañana con tu líder a dar un paseo por el rancho. No deben de tardar en volver —dice Fernanda—. Aunque Johanna y mi *paisano* fueron a recoger sus maletas ya hace bastante rato.

—¿*Paisano*? —pregunto con sorpresa.

—Hoffman —aclara ella—. Me dijo que es mexicano, al igual que yo.

—Ya veo —intento dar un sorbo a mi café, pero me siento tan mal que lo dejo de inmediato—. Bueno, cuando vuelva Sam, díganle que me busque en la habitación de Alannah, por favor. Dijo que quería hablar conmigo.

Doy media vuelta, dispuesto a volver al dormitorio de la contemplasombras para continuar con su búsqueda.

—Oye, ¿no vas a comer, Elisse? —pregunta Irina antes de que pueda dar un paso hacia la salida.

—Tal vez más tarde. No tengo mucha hambre.

—Tienes la mala costumbre de quedarte sin comer cada vez que te dan tus achaques emocionales —exclama Fernanda—. ¡Pero la comida no se desperdicia en esta casa!

—Vas a enfermar si sigues así —insiste también Chenoa—. Y más tras el ritual de ayer, necesitas recuperar fuerzas.

—Ya les dije que…

—Elisse —la calmada voz de Nashua me sobrecoge, se ha puesto en pie, y al ver sus puños rígidos, me encojo—. Haz caso a Fernanda. No nos sigas preocupando… Por favor.

¿Acaso he escuchado mal? ¿En verdad Nashua ha dicho eso? Hasta Julien ha quedado perplejo.

—Oh, mira, hablando de los reyes de Roma —dice Fernanda antes de que yo pueda abrir la boca.

Los devorapieles faltantes, junto con Sam, nos miran desde la entrada de la cocina, mientras Enola y Misha cuelgan de los bíceps del hombre lobo, quien parece haber estado jugando con ellos hace tan sólo un instante.

—¡Guau, tu cabello! —exclama Misha, quien se suelta y echa a correr hacia mí—. ¿Mi mamá te adoptó?

—¡Síii! —exclama Enola, detrás de su hermano—. ¿Ya eres de nuestra tribu?

A pesar de la ternura de su gesto, de la emoción en sus palabras, sentir la mirada azul de Tared sobre mí me hace apretar los puños.

Quiero ser fuerte. Quiero plantarme en mi lugar y demostrarle que no voy a romperme. Que estoy más furioso que herido y que soy más fuerte que el dolor que él me ha infligido. Pero sólo me engaño, porque basta que él susurre mi nombre para entender que lo único que quiero en esta maldita vida... es huir.

Traidorrrr...

No. Dioses, no puedo soportarlo.

No puedo lidiar con esto.

Me lanzo hacia la puerta trasera de la cocina mientras escucho a Julien llamarme una y otra vez. Azoto la madera a mis espaldas para dejar bien en claro que no quiero que nadie venga detrás de mí esta vez.

Y por suerte, nadie lo hace.

La inmensidad del desierto me rodea de inmediato, como si los muros de roca roja a lo lejos se inclinasen a medida que mi pecho sube y baja con mayor ferocidad. Echo a trotar para cruzar el corazón de la propiedad cuando veo que una silueta oscura se asoma en la entrada de terracería del rancho.

Me detengo en el acto al percibir un penetrante olor a sangre.

—¡POR LOS LOAS! —exclamo, espantado, al ver que la silueta que se recorta contra el horizonte es de Johanna en su forma de errante.

Corro hacia ella, tan sólo para detenerme al ver los dos pesados bultos bajo sus brazos; uno es Hoffman, y se me eriza la piel al ver que su ropa está empapada en sangre... Pero el otro ser bajo el brazo es el que me hace sentir que pierdo el sentido.

La perpetuasangre deja caer ambos cuerpos para después desplomarse por el cansancio.

Escucho las voces de Tared y Nashua gritar a todo pulmón; veo sus siluetas pasar a mi lado para auxiliarla. Pero yo no soy capaz de moverme al ver al ser alargado, grueso y deforme que yace al lado de mi hermana, porque sé muy bien de qué criatura se trata.

Es el uróboros.

Una de las quimeras de Jocelyn Blake.

CAPÍTULO 50
ENCUENTRO

El sonido de varios pies humanos contra el suelo de mosaico nos hace despertar en medio de un nido de intestinos fríos. Aguardamos en la oscuridad, impacientes, mientras miramos de frente el rostro deforme de Thomas Lander.

¿Qué nos habrías revelado si tu fantasma se hubiese quedado aquí con nosotros, Thomas? ¿Nos habrías contado sobre el placer que te producía despellejar animales? ¿Lo poderoso que te hacía sentir matar a una criatura indefensa porque nunca fuiste en tu vida más que un enclenque sin virilidad? O tal vez, nos hablarías de aquella vez que miraste a una de tus sobrinas ducharse.

Qué tipo tan agradable eras.

Pero al menos, por primera vez en la vida, vas a ser algo más que una carga.

Un repentino tirón metálico sacude nuestro nido. Nos invade la luz y nos hace desvanecernos como vaho frío. La sábana que cubre a Thomas Lander es removida despacio y su cadáver descuartizado mira hacia arriba con su único ojo brillante e hinchado. Su peste a carne podrida y humedad invade la morgue de manera deliciosa.

—Éste es el tercero, señor Lander, ¿lo reconoce?

Buck mira hacia aquí, casi tan frío como las tripas de su primo. La encargada en turno que lo acompaña parece más tensa por la presencia del repugnante cazador que por el cadáver.

El enorme sujeto mira a su pariente de arriba abajo. Y a pesar de que lucha por mantenerse estoico podemos ver el vómito subir y bajar en su garganta.

Thomas yace desnudo e hinchado, con la piel lívida y amoratada. Le faltan un par de extremidades, arrancadas tal vez por la corriente, y su carne está sajada por rastros que Buck, en sus veinte años de trampero, puede descifrar ya a la perfección.

Dos días bajo el agua, azotados por la corriente, no han sido suficientes para hacer desaparecer de los cuerpos la evidencia. Y menos cuando hemos hecho todo lo posible para que los cadáveres emergieran a la superficie, cerca de un campamento de turistas.

Pero a pesar de su monstruoso aspecto, a pesar del ojo que le falta, el rostro de Thomas aún es algo reconocible, al menos lo es para Buck, quien expande las aletas de su nariz y voltea hacia la forense, casi como si ella misma hubiese sido la culpable de propinarle tal castigo a su primo.

—Sí —contesta, al fin—. Es él.

Ella asiente, un tanto atemorizada por la gruesa voz del trampero. Empuja la camilla para devolver el cuerpo al muro empotrado de cadáveres.

—Lo siento mucho, señor Lander —dice en voz baja—. Le entregaremos los cuerpos en cuanto terminemos las autopsias, pero por ahora tendrá que esperar un poco. De momento, déjeme darle las pertenencias de sus familiares.

La mujer extiende hacia el grandulón tres apretadas bolsas de plástico. Buck las toma de mala gana y da media vuelta sin decir más. Cruza la morgue y sale del diminuto hospital hasta llegar al estacionamiento.

Y allí, *él nos aguarda.*

Es un hombre delgado, casi esquelético, y un par de cabezas más pequeño que su hijo. Está en pie y en silencio al lado de una enorme camioneta negra mientras un rictus imperturbable cruza su rostro. Setenta años le han bastado para curtir tanto su piel como el demonio que lleva dentro, mientras que varias cicatrices se asoman debajo de su ropa; ríos violentos que rompen contra sus pálidos ojos azules.

Huele a sangre y a plomo. Y su olor nos trae vestigios de navajas, dientes de hierro y sogas.

El agujero en nuestro pecho arde con los recuerdos al mirar a Benjamin Lander, quien, pequeño, viejo y decrépito, intimida de una forma más visceral que la fuerza bruta y estúpida que suele transmitir su propio hijo.

Buck, despacio, llega delante de su padre.

—Son ellos, *pa* —balbucea sin atreverse a darle los paquetes de plástico.

El anciano mira a su hijo de una forma que a éste le recuerda los varazos de hierro que le propinaba cuando era niño.

Nos deslizamos al oído del mayor de los tramperos y lo lamemos con veneno.

Ábreme...

Buck Lander se encoge cuando su padre alarga la mano hacia una de las bolsas. La toma despacio y la abre como si fuese el vientre de una de sus presas.

Observa un chaleco verde manchado de tierra, húmedo y rasgado. Rebusca en los bolsillos y encuentra un par de cuchillos salvados de la corriente.

Y al fondo, muy al fondo, una etiqueta amarilla.

CAPÍTULO 51
RESURRECCIÓN

—¿Elisse? Hace falta un zarandeo por parte de Julien para hacerme recobrar el sentido. Parpadeo una y otra vez, pero, por más que me esfuerzo, me cuesta creer… No, *me niego a creer* que la enorme criatura tirada en medio de esta sala sea real.

Las dos tribus se han reunido alrededor del cadáver del uróboros. Hoffman y Johanna postrados en los sillones, él con el brazo vendado y ella con múltiples heridas. Están vivos, pero aún agotados por el incidente de esta mañana.

Y no es para menos, porque este uróboros es mucho peor que el que vi en la vitrina de Jocelyn Blake. Aquél era grande, pero éste es enorme, con no menos de seis metros de longitud. Sus escamas son de un rojo encarnado, y sus dos cabezas de águila tienen el pico dentado. Heridas de garras y balas decoran su cuerpo, rastros de la violenta batalla que debió haber sostenido contra el detective y la errante coyote.

Enola y Misha miran con curiosidad a la criatura, más interesados en juguetear con ella que en comprenderla, todo bajo la desconcertada mirada de su madre.

Por lo que nos contó Johanna, esta cosa los atacó cerca del límite del rancho, pero el agente fue quien se llevó la peor parte: una de las cabezas alcanzó a morderlo en el hombro. La criatura era venenosa, así que fue una suerte enorme que a su lado hubiese estado Johanna para extraerle la ponzoña a tiempo.

Pero ¿de dónde diablos salió esta cosa? La casa de los Blake fue destruida, *yo mismo devoré a su creadora,* sin embargo, parece ser que algo quedó vivo. Algo debió sobrevivir a ese incendio, pero... *¿qué?*

—¿Elisse? —la voz tensa de Julien vuelve a ponerme los pies en la tierra.

Me acuclillo al lado del uróboros y paso las yemas de mis dedos descarnados sobre sus escamas. Mis huesos se calientan al ver a Johanna y a Hoffman heridos por lo que podría ser una nueva tropa de criaturas inmundas. Inclusive, he dejado enterrada mi tensión con Tared, porque esto me supera una vez más. Si esta criatura se ha arrastrado de las cenizas de la casa de los Blake, existe la posibilidad de que no sea la única.

Sólo me queda una opción para resolver el problema que he traído conmigo.

—Debo volver a Stonefall.

Todo Red Buffalo me mira extrañado.

—Pero tú estás *pendejo,* ¿verdad? —replica Fernanda. Misha suelta una risa traviesa ante el improperio.

—¿Stonefall? ¿De qué están hablando? —la voz desconcertada de Hoffman me hace erguirme sobre el cadáver del uróboros.

Aún es muy pronto para hablarles del infierno que viví en la casa de los Blake, para revivir esos recuerdos. Pero supongo que hay algunas heridas que, aun sin sanar, necesitan ser abiertas para poder seguir adelante.

Sin mirarlos, sin apenas parpadear, comienzo a contarles *todo* lo que me sucedió desde el primer día que llegué a Stonefall. Les hablo sobre el anciano y el robo del dinero. Les cuento, con la voz ronca, mi primer encuentro con Adam.

Tared levanta la barbilla, atento, cuando la simple mención de mi amigo hace que una tristeza que no soy capaz de disimular salga a flote. Hablo de Adam con cuidado y rememoro sin prejuicios la amistad que formamos en tan poco tiempo. De cuánto quería, en mi pobre ingenuidad, sacarlo del infierno en el que vivía para que formara parte del Atrapasueños. Porque eso era él para mí. En mi naturaleza de errante, mi instinto lo había convertido en un miembro de mi familia.

Y, de pronto, un frío llena la habitación cuando les hablo sobre Jocelyn Blake. Sobre la monstruosa casa alquímica, el libro esmeralda y los fantasmas que la habitaban, detallando todas y cada una de las cosas que había en ese lugar, desde las pinturas del techo del cuarto de invitados hasta cómo los símbolos alquímicos podían significar muchas cosas en diferentes culturas. Y como si estuviese allí de nuevo, rememoro los horrores que tuve que presenciar, las pobres mujeres que me han perseguido desde entonces... y el monstruo de Malcolm Dallas.

Procuro ocultar también, de forma precisa, la manera en la que logré *derrotar* a la alquimista.

Tampoco menciono la naturaleza abominable del abuso de Jocelyn hacia su hijo, porque la simple idea de revelar algo tan delicado de mi amigo me hace querer echar a llorar. Pero cuando cuento la parte en la que Jocelyn Blake me rompió todos los huesos e intentó incinerarme, unos brazos alrededor de mi cuerpo me impiden continuar.

Julien me estrecha contra su pecho y no soy capaz de apartarlo, porque su fuerza alrededor de mis hombros es lo único que logra mantenerme en pie.

—Lo siento tanto, Elisse —murmura contra mi coronilla—. Esa noche... Dios, nunca, nunca me perdonaré no haberme percatado de que te habías marchado. De haberlo hecho, te habría protegido de todo lo que tuviste que pasar. Lo siento, lo siento tanto.

Miro a mi hermano con los ojos bien abiertos, porque sé que se refiere a lo que pasó en la reserva. Pero, más allá del remordimiento de Julien, sus preguntas flotan en el aire: *¿qué pasó en esa cabaña, Elisse? ¿Por qué decidiste escapar?*

Y, para mi suerte, nadie en Comus Bayou tiene el valor de formularlas, ya que todos ellos parecen mucho más horrorizados por lo que viví en esa casa que por mis motivos para abandonarlos.

—Maldición, maldición —sisea Nashua con los puños apretados.

Tared... él se ha quedado rígido, aferrado a su silla, y parece usar toda su fuerza de voluntad para no levantarse y correr hacia mí, como si supiese que eso, más que consolarme, me lastimaría aún más.

—No es culpa de nadie, sólo de Jocelyn Blake —continúo—. Y por eso debo volver a Stonefall. Ella está muerta, pero al parecer, su magia sigue viva de alguna manera. Debo ir y detener todo esto.

—Dios mío, Elisse —exclama la errante puma—. ¿Acaso quieres que te recuerde en qué condiciones llegaste a este lugar?

—Irina, esta cosa no es, ni por asomo, lo peor que vi dentro de esa casa —digo, señalando a la serpiente bicéfala—, y si la magia que había oculta allí logró revivir a estos monstruos, es mi deber exterminarla.

Calen hace un amago de réplica, pero Fernanda se le adelanta.

—Nada de eso. También es tarea de los errantes del oeste terminar con eso. Está en nuestras tierras, después de todo.

—¿Podemos ir nosotros, tía Fer? —pregunta Enola, mientras se cuelga del brazo de la devorapieles.

—¿Qué hay del cabrón ese, Malcolm Dallas? —corta Hoffman—. Si llega a verte en el pueblo, de seguro intentará asesinarte.

—Es un riesgo que debo correr —respondo con firmeza—. Y si eso implica que he de silenciar a ese hombre, asumiré la total responsabilidad de hacerlo.

El sonido de una silla arrastrada con brusquedad nos hace girar hacia un lado de la habitación. Tared se ha puesto en pie sin dar crédito a lo que acaba de escuchar.

—No, n-no puedes estar hablando en serio —balbucea Johanna, quien trata de erguirse sobre el sillón.

Bajo la barbilla para mirar mi mano descarnada. La abro y la cierro para sentir cómo los huesos manipulan mis tendones. Y una voz —o un alarido de cientos de voces, en realidad— hace que cada célula ósea se estremezca de odio.

Y hambre.

Aliméntame…

No voy a seguir huyendo. Mi familia está en peligro una vez más y en esta ocasión pienso protegerla sin importar en lo que me convierta eso.

—Sí —digo sin titubear—. Hablo *muy en serio*.

El rostro de todos mis hermanos se estruja, y los entiendo. Lo último que ellos vieron de mí fue a un chico que venció muy apenas una batalla imposible contra el Loa de la Muerte. Pero ese chico no sobrevivió, y fue lo mejor, porque el Elisse de antes nunca habría considerado acabar con la vida de una persona; el Elisse de antes no sería capaz de enfrentarse a lo que sea que nos aguarde en las ruinas de la casa Blake.

—Bueno, entonces habrá que ponerse en marcha —dice Nashua.

—De ninguna manera vendrán ustedes conmigo —sentencio, a lo que él se cruza de brazos y carraspea, casi divertido.

—¿En verdad eres tan idiota para creer que, después de todo lo que nos has dicho, vamos a dejarte ir solo? —replica con la misma gracia con la que lo haría Hoffman.

—En Stonefall se darán cuenta de que algo raro pasa si un montón de extraños llega al pueblo. Créanme, cuando yo estuve allá, no pude pasar desapercibido ni un minuto.

Calen e Irina se miran de forma fugaz.

—Entonces, que te acompañe un devorapieles de cada familia y un perpetuasangre —ordena la errante puma—. El nuestro los guiará al pueblo, el tuyo será tu apoyo y Sam se ocupara de ustedes si son heridos.

—¡Por supuesto que no! —exclama Johanna, sin poder ponerse en pie—. ¡Es mi hermano, así que quien debe ir con él soy yo!

—Lo siento, Johanna —replica Irina—. En tu estado, podrías complicarlo todo. Lo mejor es que te recuperes.

Johanna mira a Tared, molesta, pero cuando el lobo asiente, de acuerdo con Irina, ella chasquea la lengua de frustración y vuelve a dejarse caer en el sofá.

—Bien —digo—, ¿quién…?

—Yo iré contigo —dice Calen, dando un paso al frente—. Irina podrá ocupar mi lugar en mi ausencia.

No me opongo. Sin desestimar a Fernanda, creo que Calen tiene la suficiente fuerza para enfrentarse a lo que sea que podamos encontrarnos allá. Además, de que a estas alturas, él y yo ya hemos creado un vínculo de confianza.

Pero toda mi seguridad se va a la mierda cuando el león pregunta:

—Tared, ¿crees que podrías acompañarnos?

—¿Es necesario? —pregunta el lobo, consciente de mi incomodidad con la idea—. Julien y Nashua son tan capaces como yo. Les confiaría mi vida sin dudarlo.

—No nos vendría mal otro líder para manejar la situación si las cosas se ponen… difíciles.

Estoy a punto de protestar, pero al ver la discreta mirada que me dirige Calen, termino por comprender lo que pasa: el león no tiene aún la cabeza fría. Está demasiado perdido por su preocupación por Alannah, y por eso necesita a un segundo líder para que tome las decisiones por él. Resoplo, porque esto no me gusta. No me perdonaría jamás si algo llegara a sucederle a Tared. Pero a sabiendas de que no hay manera de cambiar las cosas, miro hacia la criatura espantosa, tiesa sobre el suelo de Red Buffalo, y asiento despacio.

—De acuerdo. Acabemos con esto.

CAPÍTULO 52
COMO ES ARRIBA

Son las tres de la madrugada cuando vislumbramos, a lo lejos, el pico de la iglesia mormona de Stonefall. La carretera está quieta y sólo se escucha el canto de los grillos y el tronar de las llantas bajo la grava. Un tenue olor a quemado, uno que sé que no proviene del cigarro de Tared, persiste en el aire, como si los cimientos de la casa de los Blake fuesen un corazón infecto que aún lleva su terrible presencia a cada rincón del pueblo.

Las luces de la camioneta de Calen alumbran muy apenas y avanzamos despacio; Sam viaja oculto en el área de carga trasera, mientras un afilado silencio permanece dentro de la cabina.

—Elisse, nos estamos acercando —advierte Calen de pronto.

Aprieto los labios y me cubro bien con la capucha. Torcemos a la derecha y rodeamos la entrada. Llegaremos al terreno de los Blake por el tramo de carretera que atraviesa por detrás de la montaña para no tener que cruzar el pueblo, pero aun así, el riesgo de que alguien nos vea... de que *Dallas* nos vea, es latente.

Resignado, me inclino hacia Tared hasta recostar mi mejilla contra su muslo. Siento la piel de su pierna dar un tirón bajo la ropa, lo que hace que comience a perder el ritmo de los latidos de mi corazón. Él, en cambio, aplasta el cigarro en el cenicero suavemente.

El hecho de estar aquí, en el sitio donde abusaron de Adam, donde mataron a tantas mujeres inocentes y donde casi pierdo no sólo mi vida, sino mis ganas de continuar con ella, empieza a abrumarme.

Estoy a punto de enloquecer, cuando una mano grande y firme me atrapa el hombro y lo presiona con suavidad. Tared me ha sentido temblar.

Lento, muy lento, sube y baja por mi brazo en una caricia que calma las sacudidas involuntarias de mi cuerpo. Me hago un ovillo contra mi vientre y el monstruo dentro de mí gruñe, agazapado entre mis sombras. Su contacto me duele, me duele muchísimo, pero, aunque el Tared del que me he enamorado me ha destrozado, el líder de Comus Bayou es a quien necesito aferrarme en estos momentos.

Después de unos veinte minutos de silencioso trayecto, Calen gira en algún punto de la carretera. La camioneta empieza a ascender y, un momento después, entramos en terreno pedregoso. Los árboles rasgan las ventanillas como garras que quisieran atraparnos, mientras empezamos a avanzar más despacio para provocar el menor ruido posible.

Después de largos y agónicos minutos llegamos por fin al patio trasero. Me levanto del regazo de Tared y veo que el lugar está rodeado por una larga cinta amarilla de la policía.

Iluminados por los faros de la camioneta, los cimientos de la casa parecen un esqueleto negro y gigante de vigas, ladrillo y concreto. Un monstruo calcinado en medio de un cementerio de árboles.

Bajamos de la camioneta. Ellos empuñan sus armas mientras yo cargo una pequeña mochila ligera a mis espaldas, en la cual guardo balas para las pistolas y baterías para las linternas que llevamos en las manos. Rodeamos la propiedad y nos detenemos frente al sitio donde alguna vez estuvo el porche.

Me quedo helado al notar que algo ha cambiado poderosamente en el ambiente; la sensación de vacío que la casa siempre transmitió ha desaparecido por completo y ahora se percibe una auténtica y pesada magia negra. Puedo sentirla a raudales, como cuando Jocelyn la manifestó durante nuestra batalla.

—Elisse, ¿estás bien? —pregunta Sammuel al verme tan afectado.

—Esperen aquí —les pido. Calen lanza una significativa mirada a Tared y éste asiente.

Me introduzco en los cimientos e intento visualizar la casa tal cual era antes de incendiarse. Intento rememorar los sillones, las mesas, la escalera. La magia parece rodear todos y cada uno de sus rincones, con tanta intensidad que me es difícil comprender de dónde brota en realidad.

Jamás vi a ese uróboros en las vitrinas, era demasiado grande para estar hecho de animales reales, así que debió ser uno de los experimentos retorcidos de Jocelyn. Debió estar oculto en alguna parte, pero ¿dónde? ¿De dónde salió el uróboros? ¿De algún cobertizo? ¿De una cabaña cercana? La casa no tenía sótano, y aun así...

—¿Dónde lo escondías, Jocelyn? —murmuro, dando vueltas una y otra vez por el lugar—. ¿Dónde estaba tu criatura?

De pronto, percibo un intenso olor a quemado en el aire. Miro hacia el bosque y veo cómo, de entre las sombras, brotan montones de siluetas.

Las víctimas de Jocelyn se dirigen hacia aquí, algunas a rastras, otras cojean con las piernas casi intactas pero con el vientre rebanado. Algunas brillan, blancas y plateadas, contra la luz de las camionetas, otras resplandecen, rojas como el carbón ardiente y otras más parecen siluetas tan negras como la noche.

Son... *muchísimas*.

Rodean la casa. No, rodean la cocina, porque empiezan a trepar por los escombros hasta darme la espalda.

"Como es arriba es abajo. Como es arriba es abajo", murmuran, a la vez que se reúnen alrededor de lo que alguna vez fue el horno de Jocelyn.

—¡Elisse! ¿Qué está pasando?

No atiendo al llamado de Sam, tan sólo me acerco hacia el círculo de víctimas en silencio.

Del horno ya no quedan más que unos cuantos ladrillos y unos largos tubos metálicos por donde se despachaba el gas. Montones de trozos de libros quemados y botellas rotas y fundidas permanecen esparcidos por todas partes y forman una pila sobre el suelo.

Me acuclillo sobre el desastre y los huesos de mi mano descarnada comienzan a palpitar.

Es aquí. De aquí emana la magia.

—¡Elisse!

—¡Quédense donde están! —grito, ante la insistencia del perpetuasangre.

Todas las mujeres me miran fijamente mientras poso la linterna sobre una viga para alumbrar el horno. Empiezo a escarbar entre los escombros hasta que por fin encuentro algo que me hace detenerme en el acto. En el suelo hay una trampilla de metal pequeña, de no más de un metro de largo y de ancho, con una larga manija dorada incrustada en ella.

En la cubierta hay un símbolo pintado en rojo, una figura muy, muy familiar:

Es... La misma estrella que tenía el libro esmeralda, aunque un trozo de su contorno está borroso, como si alguien le hubiese pasado una mano por encima.

—¿Una estrella de David? —ni siquiera me sobresalto al ver que los tres errantes ya están a mi lado.

—Creí que la casa no tenía sótano —dice Tared.

—No debería —añade el perpetuasangre—. El suelo de este tipo de montañas es demasiado compacto como para perforarlo.

Calen chasquea la lengua.

—Entonces hay que descubrirlo de una vez, maldita sea.

El errante león se pone de cuclillas, mete la mano en la manija y da un potente jalón.

La trampilla no se mueve ni un centímetro.

—¿Qué diablos? —murmura y, esta vez jala con más fuerza y con ambas manos, pero sin resultados. Tared se pone a su lado y juntos intentan levantarla, pero la condenada no cede ni un milímetro, como si estuviese soldada al suelo.

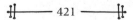

—¡Esta cosa está pegada! —exclama Calen—. ¡No podemos moverla!

—Es el símbolo —murmura Sam, con los ojos grises absortos en la estrella—. Esto... no parece una estrella de David ordinaria.

Ante sus palabras, mi instinto palpita sobre mi mano descarnada.

—Déjenme intentarlo.

Mi voz ha sido tan firme que ha sonado más como una orden que como una petición. Calen y Tared me abren espacio y, con cuidado, deslizo mis garras bajo la manija y doy un suave tirón.

La trampilla se abre con un rechinido, pero la sorpresa dura poco, ya que lo que hay debajo no es más que suelo de roca sólida. O al menos, eso es lo que ellos pueden ver, porque para mí, la realidad es muy distinta.

El suelo se transmuta delante de mí, devorado por una absoluta negrura que lo convierte en un pozo profundo.

El enigma cobra sentido.

—"Como es arriba, es abajo" —susurro—. Esto... es un portal al plano medio que Jocelyn Blake logró mantener oculto de la misma forma que lo hacía con su magia.

—Dios mío —murmura Sam—. ¿Dices que una humana pudo bloquear un vínculo?

—Jocelyn Blake no era una humana común. Era una alquimista —digo con una gota de sudor en la frente—. Y, al parecer, mucho más poderosa de lo que pude percibir.

Casa...

Tomo aire y miro hacia el abismo. Admiro la oscuridad, escucho sus voces mientras el monstruo de hueso parece atraído por sus entrañas.

—Un portal —murmura Tared—. ¿Como el del cementerio de Saint Louis?

—Sí —digo en voz baja.

El hombre lobo guarda silencio unos instantes; me mira con los labios tensos, como deseando que de un momento a otro le diga que todo es una broma.

—¿Piensas bajar allí solo? —pregunta por fin.

—No puedes acompañarme —respondo con firmeza—. Ninguno de ustedes puede. Sólo los seres con magia podemos cruzar al otro lado.

El hombre lobo se acuclilla a mi lado y mira hacia el suelo terroso. Algo en su mirada se oscurece, como si fuese capaz de ver el abismo a nuestros pies.

—La última vez que estuviste allí, casi te pierdo.

—Creo que no necesitamos morir para perdernos el uno al otro, ¿no crees? —contesto.

El monstruo dentro de mí se retuerce, complacido con mi agresión. Yo, en cambio, no quedo inmune a la reacción del hombre lobo, porque aún en mi enojo, me hiere ver dolor en su mirada.

Resignado, Tared termina por asentir.

—Oye —me llama Calen—. Al menos llévate esto.

El león me extiende un reluciente revólver pequeño, el cual tomo sin dudar. Le entrego mi linterna, las baterías y una parte de la munición, me meto el arma en el pantalón. Bajo un pie y lo estiro hacia el portal sin poder tocar fondo, como si hubiese metido la pierna en una piscina. Los tres errantes ahogan un gemido de asombro, de seguro porque sólo pueden ver cómo mi pierna traspasa el suelo rocoso. Sostengo el aire en el pecho y ruego a todos los Loas tener la fuerza suficiente para enfrentar lo que me espera allá abajo.

—Ten cuidado, Elisse —susurra Tared a mis espaldas—.
No me iré de aquí hasta que vuelvas.

Traidor...

—No te preocupes. Lo haré —respondo con firmeza—.
Todavía me debes una explicación.

Ni siquiera volteo a ver la expresión de su rostro.

Mis latidos se disparan. Bajo el otro pie y, con un breve
salto, me dejo tragar por la oscuridad.

CAPÍTULO 53
ES ABAJO

La caída es breve, y lo único que me recibe sobre la superficie dura y rugosa es una absoluta oscuridad. Permanezco agazapado para buscar alguna presencia cerca de mí, pero el silencio es tan absoluto que casi puedo escuchar el latido de mi corazón.

Despacio, levanto mi mano desgarrada para avivarla con mi fuego. Descubro que estoy en una estancia hecha de ladrillos, tan estrecha que apenas puedo dar la vuelta sobre mi propio eje. Al frente hay una escalera de caracol que desciende hacia una profunda negrura, mientras que la trampilla por donde entré ha desaparecido para adoptar la forma de un sólido techo de vigas oxidadas.

Me acerco a las escaleras y, al asomarme, seco una gota de sudor que baja por mi frente. Hace mucho calor.

Pongo un pie sobre el primer escalón, y éste parece sólido, como hecho de concreto.

Por unos momentos la incertidumbre me incita a retroceder.

Pero a pesar de ello comienzo a descender.

Las paredes... hablan.

Miro hacia los muros de ladrillo. Largos arañazos y rastros de sangre seca los recorren, algunos tan gruesos y profundos que, estoy seguro, no fueron hechos por uñas humanas.

El calor se torna cada vez más insoportable a medida que desciendo y la mochila parece ganar peso a pesar de que está casi vacía. Después de largos minutos alcanzo el final de la escalera, la cual conduce a una habitación hecha también con ladrillos. Sillas destrozadas, botellas rotas, sartenes oxidados y libros amarillentos yacen en el suelo mientras que, en el fondo, hay un hueco del tamaño de una puerta, un umbral oscuro que emana un aliento a quemado como si fuese una boca que respira.

Pero lo que más me desconcierta es ver que un agujero del tamaño de una tumba se abre en medio de la habitación. La tierra a su alrededor parece fresca, como si alguien lo hubiese cavado hace poco.

Me acerco despacio pero, en vez de asomarme al agujero, mi instinto me hace mirar hacia arriba.

Retrocedo al ver un largo comedor empotrado en el techo con un gigantesco bulto sobre él. El cielo raso, cubierto por un mosaico blanco y negro, está lleno de abundantes rastros de sangre seca, como si una pelea brutal se hubiese llevado a cabo allí arriba. Al fondo de la habitación unos enormes marcos de madera simulan ventanales.

Y aun cuando no hay rastro de la chimenea, el parecido es evidente: este lugar es una réplica de la cocina de los Blake, aquella donde tuve la visión de las mujeres que caían del techo.

Un reflejo de otro tiempo. De otro lugar.

Miro con más atención el bulto sobre la mesa. Está cubierto con una gruesa tela roja, y la garra de lo que parece ser un felino cuelga fuera de ella. Lo que más perturba es otra cosa, pues aquella garra no parece ser lo único que sobresale. En el otro extremo de la mesa se asoma una cola gigante de escorpión.

Sí, he visto bien. Es una cola de escorpión, y parece real. ¿Es esto una quimera…? ¿Como las que vi en la cámara de las vitrinas?

De pronto algo me saca de mi conmoción. Llevo la mano hacia la empuñadura de la pistola y miro hacia el hueco al fondo de la estancia. Entrecierro la mirada, pero no logro vislumbrar algo concreto.

Eso que sentí… ¿fue un latido?

Rodeo el agujero del suelo y miro atento hacia arriba, con la esperanza de que lo que sea que yazca bajo el manto de esa mesa esté tan muerto como lo parece.

Al iluminar el hueco desde el umbral, me encuentro con un largo túnel de ladrillos que no parece tener fondo. El absoluto silencio de este fragmento de plano medio se cierne sobre mí y me sofoca como si el aire fuera cada vez más escaso. Me adentro en el pasadizo, con cuidado, hasta encontrar una entrada a mi lado derecho.

Introduzco el brazo y descubro una habitación de buen tamaño. El esqueleto de un colchón yace en medio de ella, con montones de ropa vieja, rota y ensangrentada sobre los oxidados resortes. Por todo el suelo hay cartones, pedazos de basura, zapatos desgastados y la estructura de lo que alguna vez fue un televisor, mientras que una de las paredes está cubierta de papeles clavados.

Creo que se trata de una réplica de la habitación de Adam.

Entro con cuidado y me acerco al muro para observar los papeles de cerca. Y al descubrir lo que son, me llevo una mano a la boca.

Son letreros policiales, con las fotografías de montones de jóvenes desaparecidas. Dioses, ¡son las víctimas de Jocelyn! Mi sorpresa no hace más que crecer al ver también copias de mi propio cartel.

Miro de nuevo hacia las prendas y los zapatos; con razón nunca hubo un rastro de esas pobres chicas por ninguna parte, aquí es donde Jocelyn lo ocultaba todo.

Pero, si aquí están sus cosas... ¿dónde escondía los cuerpos?

Decidido, arranco los papeles de la pared y los guardo en la mochila. Después de meter varias prendas también, vuelvo a sentir el latido, pero éste se percibe fuera de la habitación, aún más adelante, en el túnel. Cierro la mochila, salgo de la cámara y persigo ese latido, el cual se torna cada vez más insistente.

A mi paso encuentro más estancias por el pasillo, algunas están vacías, otras albergan más mesas ensangrentadas con criaturas cubiertas por mantos rojos encima, o con huecos que guían a más corredores oscuros.

Al perseguir aquel rastro de magia, me veo obligado a internarme en algunas habitaciones que me conducen a otros túneles. Y entonces me asomo en una que llama poderosamente mi atención, a pesar de que el latido le pasa de largo. Es un sitio muy inusual, incluso para el lugar en el que me encuentro. La estancia no tiene piso, sino que está rodeada de un enorme vacío, tan oscuro y profundo que no pareciese tener fondo. En medio de él hay una gruesa torre de ladrillos, y sobre ella se encuentra un sarcófago de piedra al que es imposible acercarse debido al abismo que lo rodea. Es grande, se tambalea, y el continuo traqueteo de la construcción que lo sostiene me hace saber que es bastante pesado.

Lo peor es que en el muro que está frente a la cama hay un marco grueso y plateado con la pintura de la mitad izquierda de una mujer. Su piel es del color del zafiro, y en su mano sostiene una luna blanca, mientras que el ala de un murciélago se alza a sus espaldas. La mitad de un dragón negro yace a sus pies, y un halo plateado rodea su cabeza.

No hace falta que analice el cuadro demasiado para darme cuenta de que se trata de la réplica de la habitación de huéspedes, pero en su contraparte femenina.

El sudor me perla la piel una vez más al mirar hacia el techo y encontrar que, en lugar de los cuatro evangelistas, en cada esquina aparecen los triángulos que representan los elementos alquímicos. El agua, donde debería estar San Mateo; el fuego, en el lugar de San Marcos; la tierra, en vez de San Lucas y, finalmente, el viento, en el puesto de San Juan.

Dioses, ¿cómo diablos es que Jocelyn hizo una réplica, más grande y retorcida, de su propia casa en el plano medio?

Al final me alejo para volver a seguir el latido, el cual desemboca en una última habitación al fondo de un pasillo que, a diferencia de todas las demás estancias, sí tiene puerta. Está hecha de madera negra, y un grueso candado de hierro cuelga abierto de la perilla como si me hubiese estado esperando.

Es la cámara de las vitrinas.

Saco la pistola de mi pantalón y me acerco hasta pararme delante de la lámina. Contengo el aliento cuando la puerta se abre sola con un largo rechinido que me eriza la piel.

Entro a la macabra habitación, pero no doy ni dos pasos al interior cuando mis piernas se detienen. Las vitrinas están allí, por toda la inmensa cámara que parece haber aumentado cuatro veces su tamaño, y con un techo tan alto que me es imposible ver más allá de la negrura lo que hay en él. Todas están cubiertas por mantos rojos y sucios que se alargan hasta el suelo de mosaico. Las paredes de la habitación, o al menos, las que alcanzo a distinguir con el resplandor de mi mano, están tapizadas de papeles amarillentos y una especie de... ¿raíces de jengibre?

Dioses, sí, están clavados en todas partes, y su olor podrido es casi insoportable.

De nuevo aquel latido de magia me arranca de mi parálisis. Muevo la mano de un lado al otro; son tantas vitrinas y están tan pegadas las unas a las otras que forman pasillos bien definidos en todas direcciones, como un laberinto dentro de otro.

Agudizo mi instinto y avanzo por las jaulas de cristal para seguir aquel latido furioso que parece llamarme de forma desesperada. Doy un par de vueltas y me introduzco en estrechísimos pasadizos hasta que desemboco en un claro de vitrinas.

En medio de él hay una larga mesa de madera. Está repleta de más papeles y sobre ella se ordenan pequeños recipientes de jengibre y frascos con líquidos cuyos colores van desde el carmín hasta el negro. Un reducido bulto yace en medio de la mesa, y de él emana una peste metálica.

Pero lo que me arrebata el aliento es ver que frente a todo ello descansa el libro esmeralda de Jocelyn Blake.

Aliméntame...

El hambre repentina del monstruo de hueso me hace vacilar antes de acercarme a la mesa. El bulto no se mueve ni parece respirar, pero una mancha húmeda, de un rojo todavía más oscuro, me indica que hay algo fresco allí.

Tomo el libro esmeralda y lo meto dentro de la mochila. El palpitar que persigo continúa más allá de esta mesa, hacia el fondo oscuro del pasillo, pero algo prolonga mi inquietud.

Alargo los dedos hacia el bulto, la tela emite un ruido carnoso cuando la levanto para mirar lo que hay debajo.

—¡POR LOS...! —retrocedo hasta casi estrellar mi espalda contra una de las vitrinas.

Sobre una tabla para picar descansa *un humano*. Diminuto y deforme, yace desnudo en posición fetal. Unos cuantos cabellos, largos y negros, salpican su cabeza calva, mientras que su rostro se esconde entre sus rodillas. Está inerte y envuelto en una membrana seca manchada de sangre coagulada, mientras que su cordón umbilical aún permanece unido a su ombligo, como si hubiese sido sacado recientemente del vientre de lo que sea que lo haya parido.

Mareado por la impresión, me acerco de nuevo con la mano incandescente frente a mi pecho, con temor de que aquella cosa me salte a la cara, aun cuando está tan inerte como un ladrillo. No respira ni se mueve. No parece estar vivo.

Incrustada en la mesa de madera, justo al lado de la tabla de picar, hay una pequeña placa metálica con letras grabadas que rezan en latín:

HOMUNCULUS

—*Homúnculo...*

Una luz se enciende en mi cabeza, porque no es la primera vez que veo esta palabra. Recuerdo que en la cámara de las quimeras había una vitrina vacía con la misma placa en la que no reparé demasiado en su momento.

Miro los otros objetos sobre la mesa. Los jengibres tienen una forma extraña, brotes que bien vistos adoptan la forma de una cabeza, un torso, brazos de raíces, piernas. Tienen... aspecto humano.

Arrugo el entrecejo. Lo que creía jengibre es mandrágora; lo reconozco gracias a que en un par de ocasiones tuve que usarla para practicar hechizos del libro de Laurele.

Los frascos con líquido, en cambio, exhiben etiquetas avejentadas con palabras que describen desde lo asqueroso —orina, excremento, semen— hasta lo espeluznante: sangre menstrual, óvulos, tejido del útero.

Un momento… ¿no son éstos los frascos que Jocelyn usó aquella vez en su sala, cuando trozó las sábanas orinadas de Adam?

Miro los papeles esparcidos sobre la mesa. Son cientos y cientos de instrucciones y diagramas escritos en latín sobre cómo crear un homúnculo; van desde dibujos de botellas con humanos dentro, hombres que brotan de huevos, mujeres que surgen de vientres de animales hasta fórmulas con símbolos alquímicos que no soy ni remotamente capaz de comprender.

La palabra "Paracelso" no deja de aparecer en todos lados, pero lo que más me perturba es ver que el dibujo más repetido de todos es la ilustración de una mujer recostada en una cama en piedra. A su lado hay un alquimista que vierte el contenido de una probeta sobre el vientre abierto de la mujer.

De repente, recuerdo que Jocelyn dijo que no importaba cuánto experimentara con sus víctimas, ellas siempre parían *cosas diferentes*. ¿Acaso se refería a esto… a homúnculos?

Giro la cabeza despacio hacia la criatura que está sobre la mesa. Alargo mi mano desgarrada hacia ella y, con un presentimiento atroz, levanto su frente para ver por fin su cara.

Suelto a la criatura y siento que el suelo tiembla.

Pero si es…

Levanto la barbilla y acallo un grito, porque acabo de escuchar que alguien respira detrás de mí. Despacio, miro hacia
atrás y apunto con la mano hacia el pasillo de vitrinas.

Y allí, en pie y completamente viva, Jocelyn Blake me
sonríe.

CAPÍTULO 54
UN PODER PREOCUPANTE

El perpetuasangre, al sentir nuestra magia podrida, más intensa que nunca, se arquea hacia delante presa de náuseas.

—¡Sammuel! ¿Estás bien? —Calen se inclina hacia el Sin Ancestro, quien toma aire e intenta controlar su garganta.

—Sí, no es nada —dice para tranquilizarlo.

Crepúsculo de Hierro se yergue y asiente, aunque aún se puede sentir su desesperación. El otro devorapieles, aquel en carne de lobo y que nos causa tanta conmoción, permanece quieto, fumando un cigarro frente a la trampilla de la alquimista.

Los tres errantes se hallan ocultos en la oscuridad, con los faros de la camioneta apagados. El bastardo, con el arma cada vez más apretada entre las manos, se acerca hacia el lobo. Y al verlos juntos recordamos con entusiasmo cómo casi se arrancaron las vísceras en el desierto.

Cuando el tiempo se alarga otro suspiro más, el bastardo de Calen termina por chasquear la lengua, desesperado.

—Carajo —exclama—. ¡Está tardando demasiado!

—Calma, Calen —susurra el Sin Ancestro con voz rastrera—. El tiempo en el plano medio transcurre diferente, más lento, que en el mundo de los vivos. Para él, nuestras horas son apenas minutos.

—Ten paciencia —pide Lobo Piel de Trueno—. Debemos confiar en Elisse.

La fe en sus palabras hace que el semblante de Calen se ablande. Y que incluso añore, de nuevo, el regreso de su concubina. Herido por su propia inmundicia, da media vuelta y se larga al lindero del bosque a lidiar con su desesperación. Los otros dos errantes tan sólo lo dejan ir y vuelven su mirada hacia la trampilla.

—Perdónalo —pide el Ojosgris al lobo—. Está alterado. Todavía no sabemos nada de Alannah.

El devorapieles de plata arroja su cigarro a los escombros y se truena los nudillos con insistencia. Y cuando el perpetuasangre se da cuenta de que no hay poder en este mundo capaz de moverlo de allí, decide por fin abrir el hocico.

—¿Está… todo bien?

El líder de Comus Bayou lo mira con el ceño fruncido.

—Por supuesto —dice, convencido—. Él volverá. Siempre encuentra la forma de volver.

Sammuel sacude la cabeza de un lado al otro.

—No, es decir… me refiero a ustedes dos.

El Comepiel ladea la cabeza, cosa que hace suspirar al Ojosgris.

—Tradicionalmente —dice—, a las demás estirpes se nos enseña poco sobre el plano medio con el fin de protegernos de aquello con lo que los contemplasombras tienen que lidiar todo el tiempo. No debe ser fácil ver qué es lo que hay más allá de la muerte, o saber cómo funciona la fe que mueve el mundo de los humanos. Es una… responsabilidad muy pesada, una carga, y eso los vuelve místicos y algo solitarios, a pesar de ser errantes. Creo que por eso resultan tan atrayentes para aquellos que nunca experimentarán en su vida algo como la magia. En especial, para los devorapieles.

—¿Te preocupa lo que pasa entre Elisse y yo? —pregunta el lobo, y a pesar de la forma tranquila en la que lo hace, se puede sentir la tensión en sus palabras.

—¡No, no los estoy juzgando, si eso es lo que piensas! —dice el otro mientras agita las manos—. Es decir, no hay motivo para eso. La relación entre ustedes es muy comprensible, y no es que estén haciendo algo peligroso ni nada por el estilo...

Y entonces, por primera vez, el perpetuasangre logra sorprendernos al mirar discretamente hacia Crepúsculo de Hierro, quien en ese momento da vueltas por el camino de terracería. ¿Será menos imbécil de lo que aparenta?

Sammuel se retrae con nerviosismo.

—Pero —dice con timidez— eso no significa que no debas tener cuidado.

El devorapieles mira de nuevo hacia la trampilla y, después de unos instantes, asiente.

—Lo sé. Lo he herido como no tienes idea —dice, tratando de no compartir demasiada información—. Y aunque estoy desesperado por acercarme de nuevo a él, también temo presionarlo. Además, tampoco estoy seguro de si, llegado el momento, seré capaz de decirle la verdad. Yo también necesito poner las cosas en claro.

—No me refiero a eso, Tared —replica el Ojosgris, preocupado—. Me refiero a que debes tener cuidado... de él. De las cosas que es capaz de hacer.

Aquellas palabras logran oscurecer la mirada de Lobo Piel de Trueno.

—Elisse es un hombre extraordinario —replica con orgullo—. Tiene habilidades que ninguno de nosotros comprendería.

—P-perdona, pero de eso no me cabe duda, y por eso necesito decirte esto —balbucea—: me he dado cuenta, en el poco tiempo que tiene aquí con nosotros, de que Elisse es capaz de hacer cosas demasiado antinaturales, inclusive para un contemplasombras.

—¿A qué te refieres?

—Anoche abrió un portal al plano medio. En mi propia habitación.

—¿Y qué pasa con eso?

—Mira, a pesar de que yo tampoco sé mucho sobre el mundo de los contemplasombras, algo que sé bastante bien del espiritual es que los portales al plano medio, esos vínculos entre este mundo y el otro, *siempre han estado allí.*

El devorador lo mira con expectación, aunque sin comprender. Sammuel toma aire y continúa.

—Los portales, tal como los conocemos, existen desde hace siglos. A veces se mueven un poco de lugar, tal vez porque al inicio eran grietas en el suelo y luego adoptaron la forma de ventanas o puertas cuando se construyó sobre ellos, pero siempre han permanecido en el mismo lugar. *Nadie puede destruirlos y nadie puede crearlos.* Y Tared, te puedo jurar que en todo Red Buffalo jamás ha habido un portal al plano medio.

El lobo abre las fauces al entender por fin el razonamiento del Sin Ancestro.

—Pero, Elisse...

—Él les oculta algo, Tared —sentencia. Y ante la acusación, el hombre lobo se levanta de inmediato.

—Ten cuidado con lo que dices sobre mi gente, Sam.

—¿Comprendes lo que significa violar los límites entre los vivos y los muertos? —replica como si no lo hubiese escuchado, mientras nosotros nos alejamos entre las sombras—. Nadie debería tener el poder suficiente para rasgar el velo entre este mundo y el otro. Y sin embargo, Elisse es capaz de hacerlo. Eso no es normal. Al contrario, a mí me parece *bastante peligroso*. Yo que tú… le preguntaría de qué otras cosas es capaz.

Sonreímos con malicia al ver cómo el pecho del lobo plateado se agita, cómo su mirada azul tiembla al enterarse de que no es el único que oculta algo.

Nos desprendemos de la tierra y nos alejamos de la presencia de los tres errantes, mientras nos preguntamos qué pensaría Malcolm Dallas al ver que criaturas tan, tan especiales pisan ahora la supuesta tumba de su amada alquimista.

Parece ser que es buen momento para ir a preguntarle.

CAPÍTULO 55
CORAZÓN DELATOR

—¿Cómo es posible? —murmuro, casi sin aire—, ¡¿Quién carajo eres?!

Jocelyn Blake no se inmuta con mi grito. Permanece inmóvil, con su cabello largo cubriendo sus senos desnudos. Toda ella lo está, tan pálida que parece brillar en la absoluta oscuridad que nos rodea.

Alza los brazos y su pecho queda descubierto. Su piel es lisa, sin pezones ni aureolas, y su entrepierna carece también de labios vaginales.

Homúnculo...

—El andrógino divino ha vuelto a nosotros —dice con voz inexpresiva, esos ojos oscuros como un pozo—. ¿Serás de oro, serás de plata? ¿Serás de mercurio, serás de azufre?

De pronto escucho más ruido a mis espaldas. Aferro la pistola entre mis manos y miro por el rabillo del ojo a la criatura que está sobre la tabla de picar, pues *comienza a moverse*.

—Por los Loas...

De pronto, toda la habitación se sacude con tanta intensidad que me sujeto a la mesa para no caer de bruces.

Una luz roja, artificial y mortecina, inunda el lugar y tiñe todo de violencia. Las telas sobre las vitrinas empiezan a deshacerse como si fuesen de ceniza, y lo que hay debajo de ellas, dentro de los cristales, me arranca por fin ese grito de la garganta. Son decenas de mujeres iguales a Jocelyn Blake. Algunas son más jóvenes, casi niñas. Otras tienen deformidades en la cara, en los brazos, en el cuerpo... Pero no están solas. Dentro de esas vitrinas también hay *cadáveres*. Mujeres con pieles rojas, blancas, negras, amarillas, plateadas y doradas.

Algunas se han transformado en esqueletos, otras yacen podridas, otras están perfectamente conservadas, tanto que inclusive brotan de sus vientres abiertos cordones umbilicales para unirse a la Jocelyn que habita la vitrina con ellas.

Por los dioses, son las víctimas de la alquimista. ¡Aquí es donde las escondía!

Levanto la pistola cuando la mujer empieza a avanzar hacia mí.

—Mátame cuantas veces quieras, Elisse —dice ella con una sonrisa—. Pero nunca podrás acabar con nuestra obra.

Los homúnculos comienzan a golpear los cristales. Estrellan sus puños, sus codos, sus cabezas, sus pies y exhiben una sonrisa macabra.

La Jocelyn que tengo frente a mí baja los brazos sin parpadear.

—Es hora de transmutar.

Cuando escucho el primer vidrio resquebrajarse echo a correr. Rodeo la mesa y huyo hacia el pasillo contrario, hacia donde palpita la magia, porque es imposible que pueda combatir a tantos homúnculos.

"¡Como es arriba, es abajo, como es arriba, es abajo!", gritan las criaturas mientras se revuelven dentro de todas y cada una de las vitrinas a mi paso.

Un cristal se rompe sobre mi cabeza, y una de las criaturas de Jocelyn Blake cae sobre mis hombros y me tumba de bruces al piso; sus largas uñas me rasgan la piel de los brazos y las mejillas, y aunque es pequeña se revuelve con tanta violencia que me cuesta quitármela de encima.

Le doy un codazo directo a sus costillas. La engendro me suelta, grita y se revuelve mientras me levanto de un salto y la pateo en el vientre para arrojarla contra el pedestal de una vitrina.

Las clones de Jocelyn a mi alrededor gritan, salvajes y furiosas, y entonces siembro una bala en la frente del homúnculo que me ha atacado. Sangre y trozos de cráneo revientan contra la madera, y la criatura se queda por fin quieta.

Estos seres no serán humanos, de hecho, ni siquiera creo que sean *seres vivos* en realidad, pero sí que son *muy reales*.

Comienzo a correr una vez más al escuchar pisadas a mis espaldas.

¡Mierda, mierda, mierda!

Corro como un poseso detrás del latido bajo una lluvia de cristales y multitud de gritos, hasta que, por fin, mi sangre de errante me permite tomar distancia entre los furiosos homúnculos. Salgo del laberinto de vitrinas, pero me veo obligado a detenerme al ver que, a unos metros delante de mí, el latido me lleva hacia un enorme muro de ladrillos, tan alto que se pierde en el cielo eterno y oscuro de la habitación.

Pero al distinguir una chimenea cilíndrica justo en medio del muro, casi grito de alivio.

Por mi puta vida, ¡es el maldito horno!

Abro la puerta de metal, y al liberar esa boca de oscuridad, algo pesado y antiguo se zambulle en mis venas.

Es el palpitar de la magia negra que emana de allí.

Meto la mano en la abertura para descubrir que el horno es en realidad un pozo, porque las paredes de ladrillo desembocan en un profundo abismo negro.

Es casi como si me asomase de nuevo a la tumba de Marie Laveau.

Al escuchar a los homúnculos gritar a mis espaldas, meto las manos en el horno. Me aferro de los bordes, contengo la respiración y me dejo caer en su interior una vez más.

Los gritos de los homúnculos son acallados junto con la luz roja. En cuestión de segundos aterrizo de espaldas.

Me quedo sin aire, como si hubiese caído desde la rama de un árbol sobre un lecho de césped. Intento moverme, pero sólo consigo quedarme de lado y toser lo suficiente para volver a llenar de aire mis pulmones. Miro hacia arriba y estiro el brazo para saber si los homúnculos vienen detrás de mí, pero sólo percibo un silencio absoluto y una negrura que no parece tener fin.

Una vez más el patrón laberíntico de la casa logra aturdirme.

Me toma unos segundos recuperar el aliento. Entonces sacudo la cabeza y levanto la mano para alumbrar frente a mí. He caído cerca de una pared cóncava de concreto, la cual tiene una especie de ventana empotrada que no lleva a ningún sitio, con su marco de madera simulado. La observo, y después de varios segundos eternos, entrecierro la mirada. Me levanto y me acerco con cautela.

El tamaño, la forma inusual de la pared…

He visto esta ventana antes.

—¿Pero qué demonios...? —retrocedo cuando distingo cinco largas marcas en el tablón inferior. Cinco hendiduras de lo que parece ser una garra.

Doy media vuelta e intensifico el fuego de mi mano, tanto que mi brazo entero brilla al rojo vivo. Alumbro a un lado y al otro y descubro, con un desconcierto indescriptible, que ésta no es una de las habitaciones de la casa de los Blake.

Es un cuarto oval. Igual al que había en casa de Laurele.

—Oh... por los dioses... —musito al descubrir que el resto de la pared que se extiende a lo largo no está vacía.

Venas. Venas rojas y azules del tamaño de mangueras recubren toda la habitación como si fuesen las raíces de un árbol. Y sé que son venas porque desprenden un calor infernal y sangre circula dentro de ellas.

Todas se arremolinan hacia el lado opuesto del cuarto oval, y provienen de una criatura tan espeluznante que me veo obligado a retroceder una vez más.

Empotrado en la pared hay un humano. O algo que alguna vez lo fue. Un hombre al que le arrancaron todos los miembros del cuerpo para ser transmutado, porque en vez de brazos unas enormes alas negras se abren a sus costados. En vez de piernas tiene patas gruesas de reptil.

Un pequeño agujero se abre justo en medio de su frente, pero lo que más me perturba es que el cabello negro, las facciones cuadradas, la piel cetrina... todo me resulta muy familiar.

—¡¿Adam?!

Cruzo el cuarto oval a toda prisa y casi me tropiezo contra una de las venas al correr. Las venas que se desprenden de todo su cuerpo parecen haberlo unido con crueldad a los muros y palpitan con fuerza, lo que hace parecer como si la propia habitación respirara.

Me detengo frente a él con las manos a centímetros de su pecho.

Algo no termina por encajar. Su cuerpo está cubierto de una fina capa de polvo, como si hubiese sido abandonado aquí hace algún tiempo.

—¿A... Adam?

El hombre levanta la cabeza hacia mí.

—¡MIERDA! —doy un paso atrás al escuchar la carne de su cuello desgarrarse por el movimiento. Su rostro está intacto, a excepción del pequeño agujero en su frente, como si hubiese sido la única parte de su cuerpo sin transformar. No es un muchacho, es un hombre maduro, al final de sus treinta, tal vez.

Y cuando abre sus ojos despacio y éstos resplandecen, amarillos como el oro contra el fuego de mi brazo, por fin entiendo la verdad: éste hombre no es Adam.

Es su padre.

CAPÍTULO 56
QUIMERA

—Por los dioses —bisbiseo—. ¿S-señor Blake? Soy amigo de su hijo, mi nombre es…

—Sé perfectamente quién eres, Elisse —me interrumpe con un acento británico muy perceptible—. Te he observado desde el momento en el que pusiste un pie en la casa.

—¿Cómo?

Fija su mirada áurea sobre mí. La sorpresa me hace retroceder, porque reconozco los ojos amarillos que había en las paredes de la casa de los Blake.

—Tranquilo. No voy a hacerte daño. De hecho, me sorprende que hayas podido llegar hasta aquí. Nada ni nadie parecía ser capaz de entrar en esta habitación… *nada*, a excepción de Jocelyn.

El hombre levanta la barbilla y mira arriba, hacia donde debería estar el hueco del horno por donde he caído.

—S-señor Blake…

—Wright —interrumpe de nuevo con voz ronca—. Mi nombre es Nathaniel Wright.

Tardo un segundo en comprender que Adam jamás ha llevado el apellido de su padre. Me acerco de nuevo y lo miro de arriba abajo una vez más; el hecho de que, a pesar de su estado tan deplorable, pueda hablar, me deja muy impresionado.

—Señor Wright —murmuro—, ¿qué diablos le sucedió?

El hombre ladea la cabeza y frunce el ceño unos instantes; el resto de su cuerpo, sus alas, sus patas, no parecen reaccionar junto con él, como si nunca hubiesen logrado acoplarse a su cuerpo en realidad.

—¿Qué… qué edad tenía Adam?

La pregunta me desconcierta, pero contesto.

—Veinticinco, señor Wright.

—Dios mío. Veinte años, entonces —susurra, más para sí que para mí. Después aguanta un gemido dentro de su pecho—. Sabía que había pasado mucho tiempo, pero no imaginé que tanto. No cuando todo ha sido para mí apenas un parpadeo…

Es verdad. Adam dijo que su padre se fue hace veinte años de casa. ¿Eso significa que…?

—Dioses, ¿su esposa fue quien lo encerró aquí?

El hombre cierra los ojos un instante. Parece querer suspirar, pero sé que le resulta imposible. De pronto su expresión se torna tan rígida que casi se vuelve parte del muro.

—Jocelyn no fue siempre el monstruo en el que se convirtió —dice, y su acento duda entre la impotencia y la pena—. De hecho, cuando la conocí, ella se oponía a la idea de seguir la tradición ocultista de su familia, a pesar de haber sido forzada a estudiarla. La alquimia y la búsqueda de la piedra filosofal siempre fue para ella algo… absurdo.

Por unos momentos, la idea de una Jocelyn distinta a la que me hizo dispararle a su propio hijo y que asesinó de forma tan cruel a tantas mujeres me parece inverosímil, pero a pesar de mis dudas, dejo al hombre continuar.

—Las peleas en su familia eran interminables —prosigue—. Sus padres insistían en que ella no comprendía la grandeza de su ciencia, y el asunto escaló hasta el punto en el que ya no podían siquiera compartir la misma habitación. Estoy seguro de que, a pesar de ser su hija, la detestaban, y sobrará decirte que yo tampoco era de su agrado.

"Eres igual de desagradecido que Adam. No comprenden la grandeza de nuestra ciencia." Sí. Eso fue lo que dijo Jocelyn antes de incinerarme. "Nuestra ciencia" parece ser una frase recurrente para los alquimistas.

—Cuando sus padres fallecieron —continúa el hombre—, tuvimos por fin a Adam. Jamás tocamos una libra de la fortuna de los Blake y durante cinco años vivimos con tranquilidad en nuestro pequeño departamento en los suburbios de Londres. Una tarde, un abogado tocó a nuestra puerta y nos dijo que Jocelyn debía ir a Estados Unidos a revisar el estado legal de un terreno que, durante décadas, no había sido habitado. Al principio no quiso ceder, pero yo, idiota de mí, la convencí de que lo hiciera para que pusiera fin a esa etapa de su vida… sin embargo, el día en el que ella llegó a Stonefall, todo cambió. *Ella cambió.*

El padre de Adam hace una pausa generosa, no sé si para darme tiempo a comprender todo lo que ha dicho o porque desempolvar aquellos recuerdos tan terribles lo perturba.

—Durante casi una semana no tuve noticias de ella —prosigue, con incluso más reparo que antes—. Estuve a punto de tomar un avión y venir al pueblo a buscarla, pero como si me hubiese leído la mente, justo antes de por fin decidirme a hacerlo, me envió una carta donde me decía que estaba bien, que no me preocupara y que cuidase de Adam lo mejor que pudiese. Así, durante semanas, no recibí de ella más que eso:

escuetas misivas, apenas un fax, a veces alguna llamada... Era obvio que algo extraño ocurría.

—¿Una de sus copias había tomado su lugar? —pregunto, sintiéndome un tanto estúpido—. Es decir... ¿un homúnculo?

Él niega con la cabeza.

—No, muchacho. Aquélla era Jocelyn, de eso no me cabía duda alguna, pero su forma de pensar había cambiado por completo. Cuando por fin nos permitió a Adam y a mí visitarla, descubrí que no sólo había tomado todo el dinero de sus padres para empezar a reconstruir la vieja casona que se había incendiado siete años atrás, sino que había enviado traer todas las cosas que estaban en la mansión de los Blake en Wandsworth. Pero, sobre todo, nunca se despegaba de ese libro que ahora tú cargas en la espalda.

De pronto el peso del libro esmeralda en mi mochila hace que me flaqueen las rodillas.

—Ella me habló de una fórmula —dice con el ceño fruncido—, y me mostró la primera página de ese libro, aunque el resto estaba en blanco. Me dijo que ése era el auténtico proceso de trasmutación de la piedra filosofal y, que en honor a la ciencia y al legado de su familia de alquimistas, su cometido era resolverlo. Nos mudamos a esa casa cuando terminó de reconstruirla, y me habló de los reyes incestuosos. Del andrógino divino. De los cuatro pasos de la transmutación... No sé por qué, no sé cómo, pero Jocelyn, de la noche a la mañana, se había obsesionado con la alquimia. Con aquella ciencia falsa que por tantos años había detestado. Lo que yo no sabía, es que ése sería apenas el inicio de nuestra pesadilla.

Se toma unos momentos para hundirse en sus propias palabras, como si la angustia apenas lo dejase pensar. Y aprovechando su silencio hago la pregunta más importante de todas:

—¿Qué pasó hace veinte años que cambió a su esposa, señor Wright?

La mirada del padre de Adam se oscurece tanto, que casi pareciese volverse negra.

—Magia, muchacho —dice—. No sé cómo sucedió, ni qué la desencadenó, pero cuando mi esposa llegó a este pueblo, a esta casa, su magia *despertó*.

Es verdad, ¡es el *despertar* del que ella habló!

—Al principio yo no pude notarlo, o al menos no era demasiado evidente. Mi esposa comenzó a involucrarse en cosas sospechosas, peligrosas inclusive. Construyó en nuestra sala un laboratorio donde acometía extraños experimentos. Entabló amistad con Malcolm Dallas, un policía que, desde su llegada al pueblo, estaba encima de mi mujer como un maldito buitre. Poco a poco también empezó a tratar con cazadores y traficantes, a quienes pedía desde animales domésticos hasta especies protegidas.

Dioses. Está hablando de los tramperos.

El padre de Adam parece leerme la mente.

—Sí. Los mutilaba y después cosía sus partes a sangre fría, me aterraba. Comenzó a crear quimeras horripilantes, las cuales embutía, furiosa, en vitrinas mientras murmuraba que sus experimentos estaban fracasando. Pero a pesar de toda su locura, creo que en el fondo lo que realmente me preocupaba era la maldad que crecía en ella. Los monstruos que creaba y las cosas con las que llenaba la casa asustaban a nuestro hijo hasta hacerlo llorar; criaturas que aunque muertas, estoy seguro, más de una vez las vi moverse. También comenzó a obligarme a hacer cosas que no quería. Cosas que me hacían sentir… humillado. Todo con el único propósito de conseguir *insumos* para sus experimentos, con tal de profundizar en su investigación sobre el andrógino.

Cobarde.

Me considero lo bastante sensible para no preguntar por qué no intentó defenderse, ya que no soy capaz de imaginar lo difícil que debe ser pasar por algo tan horrible.

—Y supongo que con Dallas como autoridad del pueblo, no había quien pudiese ayudarle —añado.

Él inclina la cabeza y asiente con resignación.

—Jocelyn compró toda la autoridad que le fue posible. Incluso le pagó al *sheriff* del condado para que le diese el mando de la policía de Stonefall a *ese* hombre. Ir a la policía a denunciar abuso hubiera resultado inútil; ella estaba dispuesta a utilizar hasta el último centavo de la fortuna de su familia con tal de continuar con sus investigaciones. Y yo lo soporté todo… Hasta el día en el que le puso una mano encima a mi hijo.

Escuchar aquello me hace apretar los puños de rabia. Sí, desde el principio supuse que Jocelyn había abusado de Adam largo tiempo, pero escuchar la confirmación de boca de su padre es mil veces más descorazonador.

—Decidí ponerle un alto —continúa—. Decidí que, si la policía no iba a protegerme, *yo sí protegería a mi hijo*. Fue entonces que tomé la pistola que teníamos en casa para salvaguardar nuestra seguridad. Pero antes de que pudiese hacer algo, ella ya me esperaba en la puerta. Sin pensarlo levanté el arma y apreté el gatillo. Juro que la bala se detuvo a unos centímetros de su pecho para luego caer al suelo. Paralizado con una fuerza que no sé describir, Jocelyn me quitó el arma, apuntó directo a mi frente y disparó.

Mis ojos suben hacia el agujero en el rostro del padre de Adam.

—Por unos instantes que me parecieron eternos todo fue oscuridad —continúa—, y luego desperté, en este lugar, convertido en el monstruo que ves ahora. Yo fui... el primer experimento humano de Jocelyn.

Por unos instantes creo ver una de las venas en la pared de atrás alargarse un poco más. El suelo recubierto de una membrana húmeda y carnosa, aquellas cosas vivas y palpitantes recorriendo las paredes...

—Señor Wright, ¿cómo es que Jocelyn pudo ocultar su magia? ¿Cómo pudo ocultar el hecho de que *usted* estaba aquí abajo?

El hombre estira el cuello hacia mí.

—El libro esmeralda. En realidad, el símbolo en la cubierta.

—¿Se... se refiere a la estrella de seis puntas?

Él mueve la cabeza con suavidad.

—No es una estrella, muchacho. Es un sello de Salomón —ante mi desconcierto, él procede a explicarme—: una de las primeras cosas que me enseñó Jocelyn es que, desde tiempos antiguos, ese sello ha sido utilizado para oprimir a los demonios y sus fuerzas. Ella utilizó ese mismo sello sobre la trampilla para ocultar su magia de cualquiera que fuese lo bastante *hábil* para notarla.

Todo comienza a tener sentido. El sello de Salomón que encontré en la trampilla estaba despintado: había sido roto. Quizá cuando la casa explotó el sello quedó abierto y ninguno de sus homúnculos pudo cerrarlo de nuevo.

Otra pregunta asalta mi cabeza:

—¿Y este sótano estaba aquí antes de que Jocelyn llegara a Stonefall?

—No lo sé —contesta muy quedo—. No sé si ella lo construyó o sólo lo encontró. De lo único que estoy seguro es de que esta habitación era la única que había debajo de la casa, porque en cuanto Jocelyn me colocó aquí, en cuestión de horas mi cuerpo empezó a cambiar aún más. Las venas de mi cuerpo comenzaron a crecer, a expandirse y a latir como si la magia de este lugar me hubiese convertido en un corazón humano. Pude *ver* y *sentir* a través de ellas cómo la casa se alargaba debido a mi sufrimiento, presencié el nacimiento de cada habitación y fui testigo de las atrocidades de Jocelyn durante un periodo que no supe comprender. Arriba, todo transcurría muy rápido, como cuando se adelanta una película a gran velocidad; y aquí abajo, el tiempo avanzaba lento, muy lento, para mí. A lo largo de lo que yo entendía como un solo año, vi la magia de mi mujer crecer y multiplicarse de forma espantosa.

Tiene completo sentido. Yo mismo he percibido cómo el tiempo en el plano medio transcurre de una forma muy distinta que en el plano de los vivos.

—Y en todos esos años, ella comenzó a experimentar con otros humanos. Y creó a los homúnculos... —susurro en voz baja, a lo que él asiente.

—Monstruos. Criaturas que Jocelyn creó con el abuso que cometía con mi hijo y los asesinatos de aquellas pobres mujeres. Réplicas suyas, vacías, deformes en su mayoría, carentes de voluntad, sin alma, sin emociones, sin propósito más que ser un reflejo de su propia maldad.

Asiento despacio.

—Por eso nunca sentí su presencia al tener a Jocelyn cerca, eran sólo copias de ella. Inclusive, cuando la golpeé con ese obelisco, y cuando creí haberla matado al dispararle, ella siempre parecía intacta... Ahora sé que empleaba homúnculos.

—En parte te equivocas, Elisse.

—¿Qué quiere decir?

—Jocelyn siempre ha asesinado y ultrajado a sus víctimas por su cuenta, o al menos, siempre lo ha procurado, porque a diferencia de ella, sus homúnculos no poseen magia. Después de que sacaras a Adam de la casa, ella misma ascendió de la oscuridad de este laberinto para transformarte. Fue... una suerte que pudieses dispararle. Tu magia debe ser muy poderosa para haberte liberado así de la de Jocelyn.

Es cuando lo recuerdo con más nitidez: los ojos de la alquimista eran grises cuando volví a la casa, a diferencia del color negro que siempre mostraba. Además, emanaba muchísima magia y parecía haber adoptado un poco más de personalidad.

—Pero ¿qué pasó con ella?

—Cuando fuiste arrojado a la cámara de las quimeras, los homúnculos vinieron por ella y por Adam. Los arrastraron hasta una habitación oculta entre las paredes de este laberinto. Una cámara con un sarcófago de piedra, aquélla donde Jocelyn siempre ha sometido a sus víctimas, su "materia prima", a las cuatro etapas alquímicas.

Dioses, ¡se refiere a la habitación de huéspedes!

—¡No puede ser cierto!

—Soy el que menos quisiera creerlo —dice con amargura—. Mi muchacho, mi pobre niño, ¡enterrado en este laberinto después de tanto sufrimiento!

Desesperado, me arrojo hacia el pecho del padre de Adam.

—Por lo que más quiera, ¡dígame que todavía puedo salvarlo, dígame que aún está con vida! —exclamo, pero me veo obligado a retroceder al ver cómo su rostro se anega en lágrimas.

—Aun si lo estuviese es imposible volver a acercarse a ese sarcófago. En cuanto los homúnculos dejaron a ambos allí, el suelo se derrumbó alrededor de ellos para que nada ni nadie pudiese alcanzarlos. Y créeme, la oscuridad que hay allí abajo es un abismo del que dudo mucho puedas regresar.

—Pero ¿cómo? ¿Jocelyn hizo eso?

—No, su magia era real, Elisse, pero la de este lugar, la de este laberinto, lo es aún más. Mira a tu alrededor, mira en lo que me he convertido… no es la magia de Jocelyn la que me ha mantenido así durante tanto tiempo, es la de este lugar, la de esta oscuridad que parece alimentarse de mi sufrimiento.

Dejo caer las manos a los costados de mi cuerpo, ya todo está claro. No es que Jocelyn, aun en su inmenso poder, haya creado este lugar. Es que siempre ha existido, al menos la habitación oval. Y esa habitación es la que ha expandido el resto de la casa a costa del sufrimiento del padre de Adam. Carajo, ¿acaso la oscuridad del laberinto proviene del *otro lado*? ¿El abismo de la muerte definitiva?

Una vez más, la brutalidad del limbo entre los vivos y los muertos me muestra su cara más horripilante.

—Contra mi voluntad, me volví parte de esta maldita casa —gimotea el hombre—, de este infierno imposible que Jocelyn encontró debajo de la tierra. Y a pesar de que el hambre y la sed me carcomen, no puedo morir. No puedo dejar este lugar, no puedo controlar su magia, sólo puedo ser su maldito instrumento. Y lo que más me duele es saber que le fallé a mi niño. No pude protegerlo del monstruo en que se convirtió su madre y creció creyendo que su padre, todo este tiempo, lo abandonó como un cobarde.

—Señor Wright…

—Dios mío, Dios mío —exclama—. Desde el primer día he deseado que venga algo, lo que sea, y termine con mi sufrimiento. Que destruya este infierno que mi alma ha mantenido con vida, ¡las cosas que tantas personas inocentes han sufrido por mi culpa! ¡Y por fin Dios me ha escuchado!

Nathaniel Wright se sacude, desesperado.

—¡Mátame, por favor, muchacho! —suplica—. ¡No puedes permitir que mi corazón siga alimentando esta casa! ¡Por favor, por piedad, mátame para que pueda reunirme con mi hijo!

Su petición hace que contenga el aliento por unos instantes. Retrocedo un poco más, y descubro que aunque el padre de Adam llora a raudales y gime desde el fondo de su garganta, en realidad no respira.

Lo único vivo en esta habitación son esas venas de magia, porque Nathaniel Wright no se ha dado cuenta de que lleva ya mucho, mucho tiempo muerto, y que lo único que yace colgado en ese muro es su espíritu torturado y deforme por la crueldad del plano medio.

Aprieto los ojos y me ahorro las ganas de lamentarme con él, porque a pesar de que sería capaz de ir ahora mismo a ese sarcófago a tratar de sacar a mi amigo, comprendo a la perfección que no encontraría en él más que su cadáver.

El plano medio no es para los vivos. Y mucho menos para aquellos que no tienen ni una pizca de magia.

—¿Está seguro de que esto es lo que quiere? —pregunto severo, porque si lo mato, si el monstruo dentro de mí termina con su existencia, jamás volverá a reunirse con su hijo, ni en este mundo ni en el siguiente.

Su espíritu desaparecerá por completo. Tal cual lo hizo el de Laurele.

—Es lo único que podrá acabar con este lugar —suplica—. Libérame, muchacho, por favor, libérame y envía a las criaturas de Jocelyn a la oscuridad.

A pesar de su lamento, yo titubeo una vez más. Me pregunto, desde lo profundo de mi alma, si tengo las fuerzas para cargar también con este pecado. Si soy lo bastante fuerte para enfrentar esta decisión.

Observo su rostro empapado de lágrimas. Miro su cuerpo destrozado sin piedad, su corazón aplastado por la impotencia de ver a su hijo sufrir y no poder ayudarlo.

Me contagio de su sufrimiento, y también lloro.

—Lo siento tanto…

—Lo que es arriba, es abajo —dice, sin importarle ya nada más—. Encontrarás la salida detrás de esta habitación. Sólo espero que seas lo bastante veloz, antes de que el peso de este mundo te alcance.

Asiento, apesadumbrado. Subo mis dedos hacia la carne blanda de su cuello y Nathaniel Wright, al sentir mi tacto, cierra los ojos y sonríe.

Asesino…

De un solo tajo desgarro la garganta del padre de Adam.

El líquido que brota es espeso y negro, como si en vez de sangre le hubiese corrido plomo por las venas, y la herida es lo bastante grave para que, pronto, el hombre se empiece a convulsionar. Pasan apenas unos instantes y las venas debajo de él dejan de palpitar.

Todo se torna frío, tan frío que las manos se me engarrotan.

Y entonces… todo comienza a temblar.

CAPÍTULO 57
COLAPSO

El cuerpo del padre de Adam se descompone. En instantes su carne se hace cenizas y deja sólo su esqueleto expuesto, mientras la cámara oval se resquebraja como si se tratase de la cáscara de un huevo. Y cuando los restos del padre de Adam caen al suelo, incapaces de seguir aferrados a esas alas espeluznantes, revelan detrás de sí una puerta de madera.

Escucho unos gritos desgarradores y veo cómo del techo comienzan a caer no sólo ladrillos, sino los homúnculos de Jocelyn Blake. Las criaturas se estrellan contra el suelo y se revuelven como poseídas por la confusión y las sacudidas de todo el lugar.

Una logra levantarse; me mira furiosa y corre hacia mí. Retrocedo a trompicones mientras las raíces bajo mis pies se vuelven cenizas con sólo pisarlas. Ella brinca hacia mí y le apunto con mi arma.

¡*PAF!*

Antes de que pudiese dispararle, una pesada vitrina la aplasta como a una mosca. Su cuerpo revienta por el peso del pedestal mientras montones de vitrinas iguales colapsan sobre la habitación. Llueven cristales, ladrillos y trozos de concreto mientras las grietas de las paredes se ensanchan.

¡Carajo, el maldito cuarto va a sepultarme!

Me cubro la cabeza con los brazos y corro hacia la puerta. La embisto con el hombro para abrirla de par en par justo antes de que una enorme viga me derribe. El polvo a mis espaldas se levanta como una nube, mientras el estruendo de los vidrios y los gritos ensordecen mis oídos.

Un ancho pasillo, en forma de espiral ascendente, me recibe del otro lado del umbral. Hay innumerables puertas a ambos lados, y la luz rojiza que había en la cámara de las vitrinas tiñe todo el lugar como si el mismo infierno se cerniese sobre el laberinto.

Al sentir que el suelo se abre detrás de mí, echo a correr de nuevo.

Escucho que, de pronto, las puertas comienzan a abrirse a mis espaldas.

El pasillo, por más que subo, no parece tener fin, es como si se tratase de una torre infinita. Una sinfonía estridente de gritos, rugidos y chillidos retumba por todas partes, lo cual me hace mirar sobre mi hombro, en un instante de debilidad.

Me arrepiento de inmediato al ver que una oscuridad absoluta se expande por el pasillo como una tormenta de arena, de la cual brotan garras, manos y colas como si aquello fuese un monstruo hecho de cientos de extremidades.

Y justo cuando empiezo a perder, tanto la velocidad como el aire, *puedo verla* al final del corredor, el cual se ensancha como un embudo. Es una gran puerta de bronce, empotrada en un muro de ladrillo, con dos pilares blancos a los costados y un techo triangular encima. Reconozco la construcción de inmediato: es la fachada de la casa de los Blake.

Me arrojo contra la puerta y la abro. La luz roja parece ceder justo en el umbral, pero mi mano incandescente me permite divisar el suelo firme del otro lado.

Cierro la puerta a mis espaldas y pongo con desesperación los gruesos pasadores de hierro.

Alumbro el interior del lugar y me encuentro con una habitación enorme que conduce a una escalera a medio derrumbar, la cual desemboca en un techo de ladrillos.

La sala de los Blake.

Un resplandor brinca de pronto entre la negrura. La sangre vuelve a mi cuerpo cuando veo que, casi oculta entre las vigas, se encuentra la trampilla con el sello de Salomón emborronado sobre su superficie, y la manija, esta vez plateada, brilla en la oscuridad. Al disponerme a correr hacia la escalera, un potente temblor me hace pegar la espalda de nuevo contra la puerta.

Todo se sacude con violencia; vigas de hierro y tablones de madera caen contra el suelo de mosaico mientras las paredes se resquebrajan a mi alrededor.

El suelo comienza también a colapsar; trozos enteros de piso se desploman y revelan una oscuridad infinita bajo la casa.

—¡MIERDA!

Me agacho cuando un golpe revienta sobre mi cabeza, es como si lo hubiesen dado con un mazo. Y al ver la punta de un aguijón de escorpión atravesando la gruesa puerta de metal, mi fe en los pasadores que la contenían en su lugar se evapora.

Echo a correr mientras el laberinto alquímico se precipita hacia la nada. La puerta es embestida una y otra vez; no miro hacia atrás, tan sólo escucho cómo las criaturas rugen y gritan más allá del bronce.

Corro, corro con todas mis fuerzas mientras el suelo se estrecha a mis costados.

La puerta por fin cede y en cuestión de segundos el pinchazo de un enorme aguijón se inserta en uno de mis muslos con tanta energía que caigo de bruces contra la escalera. Lanzo un grito mientras el dolor palpita como si me hubiesen penetrado la pierna de un lado al otro. Desesperado me arrastro por los escalones mientras una risa macabra retumba a mis espaldas. Cerca, demasiado cerca.

Me levanto, cojeando, y trastabillo por la construcción, llego hasta la trampilla y sujeto la manija de plata. La escalera se derrumba por completo y el suelo desaparece bajo mis pies.

Grito una vez más cuando la trampilla por fin se abre. Quedo colgado de la manija mientras todo mi peso y el terrible dolor de mi pierna, que ahora quema como si se estuviese incendiando, merman mi voluntad y mis fuerzas. Aprieto los dientes al mirar hacia abajo.

Oscuridad, no hay más que una oscuridad impenetrable. Intento impulsarme para tratar de asir los bordes de la trampilla, pero no soy capaz de alcanzarlos. El frío me paraliza los dedos, el dolor le añade peso a mi cuerpo.

Y, de pronto, siento una garra rozar mis pies, intentando atraparme.

—¡Tared, Tared, ayuda! —comienzo a gritar con todas mis fuerzas.

Nada.

Pero sé que, por más que grite y suplique, nada ni nadie podrá escucharme allá arriba.

Mis dedos resbalan de la manija. Y en un instante, me precipito en la oscuridad.

CAPÍTULO 58
RESCATE

Algo me toma de la muñeca con ímpetu descomunal y me jala hacia arriba. Una luz, blanca y cegadora, me golpea directo en la cara mientras el frío mengua como si lo hubiesen apagado.

—¡Elisse, Elisse!

La voz de Tared me regresa a la realidad. Sus brazos se ciñen alrededor de mi cuerpo, y cuando miro su rostro a plena luz del día casi me echo a llorar.

—¡Cuidado!

Calen se arroja sobre nosotros y nos coloca boca abajo. Un disparo pasa justo encima de nuestras cabezas, mientras el grito de Sam se escucha en la lejanía. El león se levanta y, pistola en mano, empieza a disparar hacia el frente.

Atontado, veo la trampilla aún abierta de par en par. Las voces de los monstruos de abajo retumban con intensidad en la negrura.

Escapo de los brazos de Tared y me lanzo de nuevo hacia la abertura para cerrarla con un portazo.

—¡Elisse! ¡¿Qué estás…?!

—¡Ayuda! —grito con todas mis fuerzas.

Y entonces, un brutal golpe se estampa contra la trampilla, levantándome del suelo con todo y lámina.

Tared reacciona con rapidez y se cierne sobre mí. Se produce otro golpe, tan poderoso que sentimos la madera crujir debajo de nosotros al tiempo que nos levanta a ambos varios centímetros en el aire.

—¡Calen, auxilio!

El león aprieta los dientes y se arroja de espaldas contra la trampilla mientras recarga su pistola. No tengo idea de lo que ocurre. Lo único para lo que me quedan fuerzas es para seguir presionando la trampilla.

—¡No permitan que abra! —grito, desesperado.

Un tercer golpe forma una abolladura en el metal. Miro el sello de Salomón en la trampilla y estiro mi mano descarnada hacia el antebrazo. Me tajo una herida profunda y la sangre mana de inmediato.

Hundo mi índice sobre la abertura y con mi sangre completo la esquina del sello que había sido borrada.

Los golpes se detienen abruptamente, y las voces quedan silenciadas.

—¡Dios mío, Elisse, estás herido!

La voz de Sam se escucha difusa, tan sólo percibo cómo señala hacia uno de mis muslos. A pesar de la brillante luz del día, todo comienza a oscurecerse de nuevo.

—¿Dónde está la patrulla? —pregunta Calen mientras dejo de percibir con claridad lo que ocurre a mi alrededor. Sam le contesta, pero no logro comprender sus palabras. Todo se torna difuso a medida que pierdo el conocimiento.

—¡Arriba! —Tared me levanta y me aprieta contra su pecho. Echa a correr y yo dejo caer mi cuello sobre su brazo, completamente exhausto.

Escucho unas llantas raspar el pavimento. Más balas cruzan el cielo. Y allí, en medio de nuestra carrera, vislumbro algo en el lindero del bosque.

Es un hombre. Un anciano que me observa oculto entre los árboles.

El vagabundo que robó mi dinero en Stonefall me mira con ojos oscuros. Y a cada segundo parece ser que la piel de su rostro se arruga más y más, mientras todo se funde a mi alrededor.

CAPÍTULO 59
SENDERO EN PIELES

Cuando la camioneta se estaciona junto a la pequeña fogata, a un lado de la casa rodante, ninguno de los seis tramperos alrededor del fuego pretenden siquiera levantar la cabeza.

Vemos cómo, de manera lamentable, el jefe Dallas baja de su vehículo despacio. Lleva bajo el brazo una carpeta amarilla, y cojea de la pierna derecha.

—Vaya, ¿pero qué mierdas le pasó? —dice Buck Lander, más divertido que interesado en el estado del policía.

Dallas no responde, tan sólo entrecierra la mirada y se para junto al fuego. A pesar del dolor de su herida, nadie se mueve, nadie le ofrece sentarse.

—Si supieras el problema en el que estamos metidos, no tendrías esa estúpida sonrisa en la cara, Buck —espeta el jefe de policía, lo que, para nuestro deleite, endurece el semblante del trampero.

El tipo arroja la carpeta hacia los pies de Benjamin Lander. Su hijo aprieta tanto los labios como la pistola entre las manos, pero como un perro dócil a la espera de una orden de su amo, permanece quieto en su lugar.

—Hace unos días, esos cabrones estaban en el terreno de los Blake —dice Dallas—. Y de alguna forma, encontraron las pruebas de los... trabajos de Jocelyn. El FBI cayó como una puta tormenta en la comisaría del condado, revisaron cuentas bancarias, correos privados y se pusieron a arrestar a todo el mundo. No tardarán en venir también por mi cabeza.

Benjamin Lander hace una señal con los dedos. De inmediato un miembro de su manada se lanza sobre la carpeta para enseñársela. El jefe de los tramperos abre el archivo y examina las múltiples fotografías que hay dentro.

Los perfiles de los miembros de Red Buffalo desfilan ante sus ojos, cuya mirada azul parece llenarse de algo que reconocemos como excitación.

—Está con ellos —dice Dallas con los dientes apretados—. Y estoy seguro de que lo esconden en ese rancho con el que todos ustedes están tan obsesionados. Yo digo que tomemos las putas escopetas y vayamos a reventarles la cabeza.

Benjamin Lander no contesta, mira las fotografías una vez más y, una a una, comienza a arrojarlas al fuego, ante la mirada desorbitada del jefe de policía.

—Pero ¿qué carajos hace?

El viejo, con una larga vara comienza a revolver las cenizas.

—Dígame, señor Dallas —responde el anciano, y su voz parece crepitar con las llamas—. ¿A usted le parecería prudente que hiciéramos eso? ¿Cree que nos enfrentamos a gente *normal*?

Malcolm Dallas, por unos instantes, parece querer replicar con mordacidad. Pero al pensar en su propia mano y las quemaduras que aún cubren su carne, aprieta los labios.

Ante el silencio del oficial, Benjamin Lander prosigue:

—Una vez mi abuelo me contó que cuando él era un niño su padre se fue durante tres meses al noreste del estado a hacer un encargo especial. Un ganadero acababa de comprar varias hectáreas de tierra, pero casi de inmediato había tenido problemas que, según dijo, sólo el mejor trampero del país iba a poder resolver.

Un trueno rompe en el cielo mientras el silencio de su manada prevalece, es como si el hombre estuviese rodeado de fantasmas. Nosotros, en cambio, levantamos nuestro espíritu hacia el trampero.

—El ganadero contó que una madrugada, mientras preparaba su caballo, vio la silueta de un animal en los linderos del rancho, y que colgaba entre los árboles. Según él, era... una serpiente. Grande. Absurdamente grande.

Dallas frunce el entrecejo, incapaz de entender el punto de lo que el trampero está contando. Mira a su alrededor para saber si alguien más comparte su confusión, pero todos permanecen callados, atentos, no al rostro de su líder, sino al fuego.

Sonreímos ante la íntima familiaridad del relato.

—Y después de eso, una de sus reses desapareció. Después dos, tres más le siguieron... hasta que un mes después había perdido casi veinte animales. El hombre buscó por toda la propiedad, seguro de que, si aquella serpiente se había comido a sus vacas, encontraría rastros en alguna parte, o el animal estaría tan inflamado que no podría moverse demasiado. Pero jamás encontró nada.

Recordamos, con deliciosa exactitud, el sabor de todas y cada una de esas cabezas de ganado; nos revolvemos de gozo, añoramos aún más la carne.

Hambrientos, siseamos.

—Acudir a mi abuelo fue lo mejor que pudo hacer porque, en poco tiempo, él encontró a sus animales. A todos. Exactamente en el mismo lugar.

El líder de los tramperos se toma unos momentos para sacar un puro del bolsillo de su chaqueta de cuero. Lo acerca a la fogata, lo enciende y se lo lleva a la boca bajo la desconcertada mirada de Malcolm Dallas.

—Había un viejo vagón de tren en la propiedad, abandonado allí por los parceleros durante la Guerra del Halcón Negro.[19] Tan grande era que el granjero no tenía idea de cómo es que no lo había visto antes. Pero lo peor fue ver la forma en la que habían sido asesinadas sus vacas: las habían desollado primero, para después agujerearlas, con círculos tan perfectos que parecían haber sido abiertos a mano.

"Pero no fue el vagón, ni los animales mutilados lo que hizo que mi bisabuelo quisiera tomar sus cosas y volver al sur. Fue lo que, esa misma noche, se le apareció junto a la ventana de la habitación que le habían ofrecido para descansar.

La memoria vuelve a brillar en nuestros adentros a la par que la piel de Malcolm Dallas se eriza. Benjamin Lander exhala una gruesa voluta de humo, y continúa:

—Una serpiente, del tamaño de un hombre, lo observaba con sus ojos brillantes contra la noche. Cuando mi bisabuelo sacó su escopeta y le disparó, aquel animal se retorció furioso y entró por la ventana, rompiendo el cristal. Esa cosa penetró los tablones del suelo y se metió debajo de la tierra; le perfo-

---

[19] Nombre que se le dio a los numerosos enfrentamientos militares ocurridos principalmente entre colonos mormones y miembros de las tribus ute, apache y navajo, y que tuvieron lugar entre 1865 y 1872 en el condado de Sanpete, el condado de Sevier y otras partes del centro y sur de Utah.

ró una pierna al viejo, pero antes de que pudiese rematarlo, mi bisabuelo le disparó en el pecho. La criatura huyó por la ventana, desangrándose por el desierto. Nunca encontraron su cadáver, pero por el rastro que dejó, mi bisabuelo estaba seguro de que no pudo haber sobrevivido.

Y como si pudiésemos sentir de nuevo el dolor de esa bala sobre nuestro solo corazón, recordamos vívidamente cómo, después de siglos de haber maldecido esas tierras, de habernos convertido en una leyenda viva que aterrorizaba a todo aquel que osara acercase, Matthias Lander acabó con nuestra vida aquella noche.

Malcolm Dallas chasquea la lengua, exasperado.

—¿Pero qué mierda me está contando?

—Siempre he creído que hay algo extraño en el sur de Utah, señor Dallas. Que el desierto alberga cosas que, aunque nosotros no podamos verlas, no significa que no estén allí. Hace poco más de veinte años, antes de que tuviésemos que volver al norte del país para que la señora Jocelyn Blake pudiese arreglar nuestros... problemas legales, mi familia y yo vimos algo extraordinario en un rancho del sur. Habíamos vigilado esas tierras porque en el mercado negro existía el rumor de que por los alrededores aparecieron huellas de un felino demasiado grande para ser un puma. Pero lo que encontramos allí fue muy diferente.

Nos estremecemos al recordar, con dulce nitidez, la forma en la que nosotros mismos nos encargamos de llevar a los tramperos hacia Red Buffalo, y cómo, durante semanas, los hicimos rondar por la propiedad, persiguiendo las huellas que Calen, en su torpe juventud, había dejado tras de sí con descuido.

Ah... la forma en la que susurramos en el oído de Benjamin Lander hasta que logró dar con un objetivo mejor...

El viejo levanta la barbilla y su mirada parece resplandecer de entusiasmo.

—Era un toro —dice—, grande como un jodido remolque, y con el pelaje gris como las cenizas. Un animal como en nuestra puta vida habíamos visto otro igual.

El jefe Dallas de pronto parece hechizado por el relato, al igual que nosotros.

—Nos costó mucho atraparlo —continúa—. Era fuerte, demasiado fuerte, y tuvimos que emplear casi veinte dardos tranquilizantes para lograr atontarlo, y ni así pudimos dormirlo por completo. Hasta la fecha, jamás habíamos combatido contra algo igual, y meterlo completo en una camioneta iba a ser imposible. No nos quedó de otra más que descuartizarlo, pero… ¿Sabe qué era lo más curioso de ese animal, por encima de todo lo que ya le he contado? No se trataba del extraño color de su pelaje, ni del colosal tamaño de su cuerpo. Era que, cuando comenzamos a serrarle los miembros del cuerpo, juro que lo escuché gritar como lo haría un hombre.

Lander, ante la mirada expectante de su manada, saca una etiqueta amarilla de su bolsillo. La mira, y con una crueldad siniestra, sonríe.

—Yo no sé qué fue lo que mi bisabuelo vio ese día en el terreno de ese ganadero. Pero estoy seguro de que lo que nosotros matamos hace veinte años y lo que masacró a mis sobrinos, no era un animal, señor Dallas. Y estoy seguro de que ese muchacho que se esconde en ese rancho, ése a quien tan desesperadamente pretende matar, tampoco es lo que parece.

—Entonces, ¿qué diablos es lo que quiere que hagamos?

—Vayamos a merodear en las afueras de ese rancho, señor Dallas —dice Benjamin Lander—. Vigilemos a esa gente. Y cuando menos lo esperen… usted y yo tomaremos nuestra venganza.

CAPÍTULO 60
REVELACIÓN

Levántate…

Me cuesta tanto despertar que siento como si me hubiesen cosido los párpados. Intento moverme, pero el peso del agotamiento me impide colocarme boca arriba.

—Tranquilo —me dice una voz suave—. Todo está bien. Ya estás a salvo…

Una mano tibia se posa sobre mi omóplato y lo acaricia con delicadeza. Miro sobre mi hombro para distinguir, de manera difusa, una silueta femenina. La luz brilla blanca y dulce a su alrededor como un halo.

—¿Mamá Tallulah…?

Trato de incorporarme sobre mis codos, pero un ardor lacerante en mi pierna derecha me hace desistir, por lo que termino con la cara enterrada de nuevo sobre algo que parece ser una almohada.

—No te esfuerces, vas a lastimarte de nuevo —dice la voz con paciencia. Recupero la vista y reconozco un rostro joven, rodeado por un cabello oscuro que le cae a los lados como cortinas.

—Johanna —murmuro, a lo que ella suspira de alivio y me despeja el cabello de la frente.

Miro a mi alrededor. Es de madrugada, la tenue luz azulada del alba apenas se asoma por el ventanal de la sala de Red Buffalo. Estoy sobre uno de los sillones de tres piezas, mientras que Julien y Nashua descansan dormidos en un tendido de cobijas que han improvisado en un rincón de la sala. El bisonte ronca indolente, mientras que mi otro hermano parece petrificado, recostado boca abajo.

—¿Qué pasó? —susurro, mi hermana sonríe y tienta la parte trasera de mi muslo. Siseo y el olor del cuenco de hierbas que lleva entre las manos alcanza mi nariz.

—Nos diste un buen susto —dice, y al colocar un trapo húmedo sobre la herida, éste alivia el dolor—. Nadie se ha despegado de aquí desde hace tres días.

Mi confusión dura poco. Recupero la lucidez lo suficiente para recordarlo todo. Johanna acaricia mi frente.

—¿Tres días? —pregunto consternado—. ¿Tan cansado estaba?

Ella mueve la cabeza en señal de negación.

—Lo que sea que te lastimó allá abajo era venenoso, como lo que nos atacó a mí y a Hoffman —dice en voz baja—. Pero creo que mucho peor.

De pronto recuerdo, con más nitidez de la que me gustaría, el aguijón que penetró aquella puerta de bronce y el lacerante dolor en mi muslo.

—Ya veo…

—Tenías la pierna morada, te dio mucha fiebre, llegaste a convulsionarte varias veces y yo… Dios, pensé que no lograría salvarte, ni siquiera con la ayuda de Sammuel.

Mi hermana solloza y aprieta los párpados para no derramar más lágrimas. Alargo mi mano hacia ella, le doy un apretón y le obsequio una sonrisa débil, pero sincera.

—Gracias, Johanna, no sé cómo he sobrevivido todo este tiempo sin ti.

Ella vuelve a sonreír. Asiente y me acaricia la mano también, me ayuda a sentarme en el sillón. Me sorprendo al percatarme de que mis heridas ya no duelen en lo absoluto.

Johanna me mira unos momentos y entreabre la boca para decir algo, pero después se muerde los labios.

—¿Qué pasa? —la animo a hablar, y ella cierra los ojos un instante antes de contestar.

—Tared también estuvo pendiente de ti, ¿sabes? —dice con una sonrisa difusa—. No se despegó de tu lado en ningún momento. Y, de hecho, fue imposible convencerlo de que intentara dormir. Al menos, no lo hizo hasta que estuviste fuera de peligro, apenas anoche. Temí que fuese a enfermar también.

¿Anoche? ¿Tared no durmió durante tres días?

Miro una vez más la camisa que llevo puesta, y reconozco de inmediato la tela de franela a cuadros. Johanna, al comprender mi desasosiego, me acaricia la coronilla con suavidad y no hace comentarios al respecto.

—¿Y Hoffman? —pregunto para romper el hielo—. ¿Cómo sigue?

—Mucho mejor que tú, eso es seguro —miro hacia la puerta de la cocina y me encuentro con la voz que ha contestado, el detective recargado en el marco. Lleva un cabestrillo y parece muy repuesto, como si nunca hubiese sido lastimado en aquella batalla con el uróboros.

—¡*Shhh!* ¿Quieres bajar la voz? —sisea Johanna mientras mira de reojo a Julien, quien, entre sueños, le pasa un brazo por encima a Nashua como haría un niño pequeño.

El detective pone los ojos en blanco.

—Oye —me dice—, Sam me pidió que, cuando te fuera posible, subieras a hablar con él.

Arrugo el entrecejo.

—¿Te dijo qué quería?

—¿Tengo cara de buzón?

Johanna resopla, deja el cuenco sobre la mesa y se levanta.

—Voy a la cocina por café —dice—. Por favor, intenta no esforzarte, Elisse. Todavía tienes resentido el muslo, así que dolerá si lo mueves demasiado.

Asiento despacio, casi de forma mecánica. Al pasar junto a Hoffman, la chica le da un manotazo en el antebrazo.

—¡Ay! ¿Pero qué carajos te…?

—Ni se te ocurra molestarlo o haré que te comas esa cosa, que al cabo ya no la necesitas —amenaza, a la par que apunta al cabestrillo—. Y vigila que no haga algo estúpido, por favor.

Hoffman refunfuña entre dientes y se acerca hacia mí para sentarse en la mesa ratonera frente al sillón.

—*Juana* está loca de remate —dice el detective apelando a una forma española del nombre—. Es toda dulzura y sumisión, pero dile algo que no le parezca y te arrancará los huevos sin pensarlo.

Ni siquiera se me ocurre qué replicarle, porque no sé qué me tiene más perplejo: la forma en la que la ha llamado o la familiaridad con la que parece que se tratan ahora. Sacudo la cabeza mientras Hoffman se saca un cigarro del bolsillo de la camisa.

Cuando miro de forma ansiosa cómo lo enciende, él entorna los ojos.

—Ni se te ocurra. No más vicios para ti, mocoso.

—¿Quién te has creído? ¿Mi madre?

—No digas pendejadas.

Sin humor para seguir discutiendo, me levanto, dispuesto a largarme.

—Oye, oye, ¿adónde crees que vas?

—A ponerme unos pantalones.

—Johanna dijo que no te esforzaras.

—Estoy mejor.

Hoffman me mira con recelo y, después de una breve batalla mental, parece decidir que no soy problema suyo. Saca su libreta y empieza a darle vueltas, con el cigarro apretado entre los labios.

Sin más, me dirijo a la salida, pero antes de marcharme recuerdo algo importante.

—Oye —me giro hacia el detective—. En la casa de los Blake encontré unos papeles y una ropa que…

—Sí —interrumpe—. Las hojas de la policía, y la ropa de las víctimas. No te preocupes. Le envié todo en bolsas a Ronald en cuanto lo sacamos de tu mochila, y se puso a trabajar de inmediato. Te aseguro que todos los cabrones involucrados van a recibir su merecido.

Arqueo ambas cejas.

—Dioses, Hoffman, no sé cómo agradecértelo. Eres… —exclamo, incapaz de creer lo eficaz que siempre es este hombre.

—Empieza por no ponerte sentimental. Me das náuseas. Además, no he terminado de hablar contigo, así que, si en algún momento te da la gana, búscame.

Asiento despacio y doy media vuelta.

—Me alegra que estés bien.

Me detengo en el umbral de la puerta y miro sobre mi hombro.

—¿Dijiste algo? —pregunto, ya que no estoy seguro de haber escuchado bien.

—*Que te vaya bien*, dije —responde molesto.

Se levanta, me muestra la espalda y se dirige hacia la ventana para exhalar el humo de su cigarro.

Entonces salgo de la sala y me aproximo a la cocina.

Escucho la voz de Fernanda y Chenoa.

Escucho a Johanna reír junto con los niños de Irina.

Y también lo escucho *a él*.

No su voz, sino su respiración, casi acompasada con la de Calen.

Me asomo apenas por el marco de la puerta, y veo a Tared y a Calen de perfil. El león parece débil, y su rostro se ve casi cadavérico, como si no hubiese comido en días. Me invade una sensación de culpa, porque a cada día que pasa perdemos más la oportunidad de volver a ver a Alannah con vida.

De pronto, Tared se yergue, de seguro al haberme sentido. Reacciono por instinto: evado la cocina y subo hacia el dormitorio de Sam. Por suerte el perpetuasangre no está en su habitación.

No creo tener ahora la energía necesaria para hablar.

Encuentro una muda de ropa limpia sobre la cama, y aprecio, en especial, el guante de cuero negro que está sobre la pila.

Tomo la ropa y me encierro en el baño con las prendas apretadas bajo mi brazo. Intento tomar aire una y otra vez, pero cada vez me siento más y más agitado.

Me desnudo y arrojo las vendas de mi muslo al cesto de basura. Abro la ducha y me lavo los rastros de suciedad del cabello y la piel. Después, me pongo la ropa interior, los vaqueros, la camiseta, el guante; todo de manera mecánica, como si mi mente se hubiese desconectado de mi cuerpo.

Y a pesar de mis intentos por tranquilizarme, lo inevitable sucede: comienzo a recordar, con excesiva nitidez, lo que viví allá *abajo*. Recuerdo el miedo de estar en esa oscuridad. Recuerdo todas las cosas horribles que presencié; la entereza que tuve que pretender para salir de allí con vida. Pienso en el padre de Adam, en la forma tan terrible en la que su espíritu agonizó durante tanto tiempo al ver a su hijo ser lastimado y sin poder hacer algo al respecto.

Debería estar feliz por haber acabado con la magia de la alquimista. Con el hecho de haber enviado a sus monstruos, y a ella misma, a la oscuridad eterna, pero...

¿Y si me hubiese perdido en ese laberinto para siempre?

¿Y si hubiese caído en esa terrible oscuridad que parecía existir debajo de la casa?

¿Y si jamás hubiese vuelto a ver a mi familia?

¿Y si nunca hubiese tenido la oportunidad de regresar con Tared?

Débil, débil, débil...

Miro la camisa a cuadros en el cesto de la ropa sucia. La tomo y la aprieto contra mi pecho.

No. Jamás me habría rendido. Jamás habría abandonado la posibilidad de arreglarlo todo.

Me armo de valor y empujo el trauma hasta el fondo de mi consciencia, porque no es momento para romperme. No, es el momento para buscar la forma de sanar.

Tomo aire y abandono el baño. Y para cuando vuelvo a la habitación, Sammuel ya está allí, inclinado sobre su escritorio. Al escucharme entrar, se sobresalta y gira de inmediato.

—¡Ah, Elisse! —exclama—. ¿Cómo te sientes? ¿Ya estás mejor?

—Ah, sí. Ustedes han hecho un trabajo increíble. Gracias, en verdad.

—Ah, no me agradezcas, Johanna fue la que se encargó de todo, y hasta me enseñó bastantes cosas durante el proceso. Es una mujer brillante.

Sonrío ante la idea de mi hermana, increíble, salvándonos el trasero a todos. Uno vive con la idea de que, como errantes, los buenos líderes son la clave de nuestra supervivencia, pero creo que todos estamos de acuerdo en que, sin nuestros perpetuasangre, nos habríamos extinguido hace mucho.

Y ahora que lo pienso...

—Sam, ¿qué fue lo que pasó mientras yo estaba en el plano medio?

Su semblante se ensombrece.

—Tu amigo, el jefe de policía, nos hizo una visita imprevista.

—Dioses, ¿Dallas estuvo allí? ¿Era él con quien peleaban?

—Sí. Llegó en la madrugada, poco antes de que salieras del plano medio, y se acercó a preguntarnos qué carajos hacíamos allí. Bueno, estábamos inventando una excusa, cuando, bueno, pareció... reconocernos. Al menos, a Calen y a mí. Sacó la pistola y comenzó a dispararnos.

—¿Hirió a alguien? —Sam sacude la cabeza.

—No. Por suerte no, pero sí que te vio cuando Tared te cargaba en brazos. Aunque no sé si presenció cómo salías del plano medio. Eso es lo que más me preocupa.

Mis recuerdos se tornan difusos. Lo único que tengo en claro es precisamente aquello: el hombre lobo llevándome en brazos hasta la camioneta.

—Y al final, ¿qué pasó con Dallas?

—Creo que Calen logró herirlo, pero no estoy seguro. Escapamos lo más pronto que pudimos por temor a que hubiese llamado refuerzos, aunque nadie nos siguió por la carretera.

Después de unos momentos de silencio, añade:

—Irina está preocupada por todo esto —dice—. Creo que ya teníamos claro que Dallas y los tramperos estaban aliados de alguna manera, a fin de cuentas, ellos te buscaban. Pero de eso a que ahora él sepa que estás con nosotros, bajo nuestra protección… Es un asunto delicado.

Me paso una mano por la cara.

—Tenemos que matar a ese cabrón —digo entre dientes.

Sam, a pesar de mi frialdad, asiente.

—Tal vez, el siguiente paso sea *silenciar* a ese hombre. Algo me dice que no tardará en ponernos en peligro a todos.

Medito unos momentos. Y me cuesta creer que, a pesar de haber acabado con el asunto de Jocelyn Blake, todavía no podamos sentirnos a salvo.

—Oye, Sam —digo, al recordar el motivo por el que estoy aquí—. Hoffman dijo que querías hablar conmigo.

—Ah, sí, sí —el perpetuasangre vuelve hacia el escritorio—. Le estaba revisando la herida y aproveché para pedirle que te llamara. Me da miedo ese tipo, pero cuando se trata de ti, parece más accesible.

Casi me echo a reír.

—¿Hoffman? ¿Estás bromeando?

—Bueno, es humano —dice—. No tiene motivos para enrollarse en algo tan peligroso como nuestro mundo si no quiere hacerlo. Pero ha venido hasta aquí por ti, y yo creo que eso es señal de que le importas, tal vez más de lo que él mismo está dispuesto a admitir. ¿No crees?

Hasta ahora nunca me lo había planteado de esa manera. La existencia de Hoffman siempre ha sido para mí algo natural, si no de Comus Bayou, sí de mi propio mundo.

—¡Ah, en fin! —dice—. Quería preguntarte algo. Bueno, en realidad, quiero preguntarte muchas cosas, pero ahora... Es sobre este libro.

El perpetuasangre me muestra el libro esmeralda, abierto de par en par sobre su escritorio.

—Dioses —al ver mi semblante, Sam enrojece.

—Perdona, no pude evitar tomarlo mientras revisábamos tus cosas. Es que desde que lo vi en tu mochila, sentí que me llamaba de alguna manera.

Me paso una mano por el cabello y suspiro.

—Supongo que es natural que te sientas atraído —digo, resignado—. Pertenecía a Jocelyn Blake, después de todo.

Sam asiente y pasa los dedos sobre las páginas dibujadas con diagramas alquímicos.

—Me encantaría que me dejases quedármelo por un tiempo. Por simple curiosidad.

Su mirada brilla de entusiasmo. O al menos, eso creo, porque se ha tornado tan clara que parece volverse un espejo. Yo ladeo la cabeza con curiosidad.

—¿Sabes latín?

—¡Oh, no, no, para nada! —exclama—. Pero lo que sí puedo hacer es pedirle a Chenoa que me traduzca lo que está en dineh, nos tardaríamos mucho, pero...

—Un momento, ¿dijiste dineh?

El perpetuasangre parpadea de confusión.

—Sí, mira —él toma el libro e indica una de las páginas—. Todo lo que está debajo de las fórmulas se encuentra escrito en dineh, ¿no lo sabías?

Entrecierro la mirada y, por más que busco debajo de la tinta, no logro ver más que los escritos alquímicos.

—Eh... yo no veo nada.

Me sobresalto al darme cuenta de que su cara no es lo único transformado por la consternación.

—Sam, tus ojos —digo de pronto—. Dioses, ¡tus ojos están en blanco!

El perpetuasangre se levanta de inmediato y corre hacia el diminuto espejo colgado en una de las paredes de la habitación. Se lleva una mano a los labios al ver que sí, que su mirada parece cubierta por una nube grisácea.

—¡Johanna, Johanna! —comienza a gritar todo pulmón.

En menos de un segundo tenemos, no sólo a mi hermana, sino a las dos tribus enteras amontonadas en la entrada de la habitación, gritando y murmurando cosas ininteligibles.

—¿Qué? ¿Qué pasa? —exclama la errante coyote, quien se abre paso a codazos entre Nashua y Fernanda.

Sam toma el libro esmeralda y corre hacia ella.

—¡Johanna, Johanna! ¿Puedes leer esto?

—Pero ¿qué...?

—¡E-es el libro! —exclama—. ¡Es el libro que Elisse trajo de Stonefall!

La expresión de la perpetuasangre se transforma de confusión a sorpresa inmensa.

—Dios mío, Sam, ¡esto es...! —mi hermana se queda sin palabras.

¿Qué diablos pasa?

—Elisse —dice ella, y su voz temblorosa parece paralizarnos a todos—. ¿De quién era este libro?

Me cuesta unos segundos reaccionar.

—De Jocelyn Blake —respondo—. Era su manual de alquimia.

Y esta vez puedo ver a la perfección cómo sus ojos se recubren también de nubes.

—Elisse, esto no es un manual de alquimia —dice mientras levanta la mirada hacia mí—. Es un libro de las generaciones.

CAPÍTULO 61
HALLAZGO

Al abrir la puerta del granero un penetrante olor a paja y cuero curtido me recibe desde el interior. Busco a tientas el interruptor, y en cuanto la luz amarillenta ilumina las paredes respiro con alivio al encontrar el suelo de concreto despejado.

Es una suerte que los errantes estemos tan habituados a limpiar desastres, porque el hecho de que ya no haya ahí restos de la masacre de los tramperos facilita las cosas.

Cierro la puerta, me siento en el piso y comienzo a sacar las cosas que he traído conmigo en un pequeño morral. Una botella de ron, un frasco de vidrio, un par de peniques, trozos de carbón y unos cuantos chiles rojos.

Pero en cuanto mi mano alcanza el libro rojo de Laurele, me quedo estático por unos instantes. Rememoro, agotado, todo lo que ha ocurrido desde ayer.

Después de la conmoción, lo primero que Sammuel hizo fue sacar el libro de las generaciones de Red Buffalo, aquel tomo negro y empolvado que tenía sobre el librero. Se lo mostró a Johanna, y él casi se desmaya cuando ella le dijo que estaba en blanco, y que se trataba de un libro común y corriente. Y que el viejo Begaye le había mentido todos estos años.

Sólo hizo falta que Chenoa tradujera un par de cosas, que Sam le iba dictando, para que descubriésemos algo aún más impresionante: el manual alquímico de cubierta esmeralda que Jocelyn Blake había guardado en su casona del horror era en realidad el libro de las generaciones de Red Buffalo.

Pero a pesar del insólito descubrimiento, y de que a mí me preocupaba saber cómo es que ese libro había terminado en manos de aquella bruja, Sam estaba feliz de saber que, después de todo, sí podía leer el libro de las generaciones. Así que ha estado desde ayer intentando copiar los textos en una de sus libretas para que Chenoa los traduzca, pero le resulta demasiado complicado debido a los procesos alquímicos que Jocelyn escribió encima. Por más magia que tuviese, la alquimista no era una perpetuasangre, así que no podía ver lo que el libro contaba en sus antiguas hojas, de modo que dejó ilegible casi todo el volumen con su garabatos.

A excepción, claro, de la primera página. Esa que fue impresa en tinta y en letras góticas, ésa con el proceso alquímico que tanto quiso comprender.

Miles de preguntas se arremolinan en mi cabeza, y por eso estoy aquí, en este almacén de paja y pieles, porque sé que es el lugar perfecto para invocar a la única persona que tiene las respuestas que necesito.

Tomo el carbón y, de rodillas, comienzo a trazar en el suelo un símbolo con líneas gruesas y generosas. Una vez que he terminado vierto el ron, las monedas y los chiles en un frasco. Lo sello y lo agito con fuerza hasta que el líquido se torna rojo.

Arrojo la botella de vidrio a un lado. Miro el símbolo y me retiro el guante de cuero de la mano.

—Hora de despertar, cabrón.

Golpeo el vevé de Barón Samedi con mi palma huesuda. El carbón se enciende de forma instantánea y las llamas cubren los trazos como si disparasen pequeños muros de fuego. Instantes después veo la silueta del Loa asomarse entre las llamas.

Doy un paso adelante y alargo mi mano hacia la hoguera. De un tirón retuerzo el pellejo del pecho de Samedi en mi puño. Lo jalo hacia mí, arrancándolo de la lumbre.

El fuego desaparece en cuanto el Señor de la Muerte sale del vevé.

—El libro esmeralda. La cámara oval —digo entre dientes—. Tienes un minuto para explicármelo todo, cabrón.

Barón Samedi abre la boca y me muestra el músculo partido donde antes estuvo su lengua.

Despedázalo...

Jalo el cuerpo del Loa y lo arrojo boca abajo contra el suelo de concreto. Me acuclillo sobre él, con mi rodilla en medio de sus omóplatos.

—Te habré quitado la lengua, pero todavía tienes bastantes dedos para escribir, y si no sueltas la verdad, ten por seguro que te los arrancaré uno a uno —mi mano se calienta sobre su nuca.

Samedi ahoga una risa y escribe sobre el suelo de concreto dejando un rastro de carbón. Mis ojos siguen las líneas que trazan sus yemas, hasta que por fin forman una frase que me hace entrecerrar la mirada de rabia.

"¿Por qué no le preguntas a Laurele?"

Con un resoplido, entierro el rostro de Samedi de inmediato contra el piso.

—No estoy jugando, hijo de puta, así que empieza a cooperar.

Me pongo el guante de nuevo, y la rabia se vuelve desesperación. ¿Por qué Laurele y Jocelyn tenían exactamente la misma habitación oval en sus casas, con la misma ventana y la misma marca? ¿Acaso eran aliadas, de alguna manera? Pero, si es así, ¿por qué Jocelyn no tenía idea de mi existencia antes de que llegase a Stonefall?

De pronto, Samedi levanta un dedo flacucho hacia el segundo piso del granero. Entorno los ojos, pero no logro ver más que barriles y pilas de pieles. Me alejo del Loa de la Muerte y me dirijo hacia la escalerilla de madera.

Puedo sentir cómo desaparece a mis espaldas, pero no le presto atención, intrigado por lo que sea que quiere mostrarme.

Detesto a Barón Samedi con toda mi alma, pero nunca, en los meses en los que nos hemos movido por el oeste, me ha dado señales equivocadas.

Subo la escalera mientras un extraño presentimiento se cierne sobre mis espaldas. El lugar está repleto de cajas de madera, todas desbordadas con pieles de Calen e Irina. Hay un barril entero con los picos de Fernanda, mientras sus plumas aparecen apiladas en costales como almohadas. Incluso, junto a la ventana redondeada del fondo me parece ver unas cuantas pieles grises como la ceniza, ya polvorientas. Las pieles del viejo Begaye.

Estoy a punto de acercarme cuando escucho el rechinido de la puerta.

—Deberías estar descansado.

Mi corazón late como un tambor. Miro sobre mi hombro y me encuentro a Tared junto a la puerta del granero. Tiene un cigarro en la mano y se ve más cansado que yo, a pesar de que ayer durmió prácticamente todo el día.

Sí. Aun cuando no hemos podido hablar en absoluto, yo también he estado pendiente de él.

—Estoy bien —respondo en voz baja.

Tared asiente, pero en vez de dar media vuelta e irse, lo veo apagar el cigarro en el suelo, entrar al granero y cerrar la puerta a sus espaldas.

—Entonces —dice—, ¿me dejas hablar contigo, por favor?

Cierro los ojos, azorado por la amabilidad en su voz.

—De acuerdo —contesto en un susurro, porque sé que ya no podemos seguir postergando esto.

Nervioso, me acerco a los montículos de pieles; mi respiración se acelera un poco más cuando el peso de Tared sacude la terraza al subir de un salto. Nos encaramos. Los músculos del hombre lobo se ven relajados debajo de su camiseta, pero las manos en su cintura y la mirada clavada en el suelo me hacen saber que tal vez no está tan sereno como parece. Se acerca un poco más, pero sólo lo suficiente como para dejar una prudente distancia entre nosotros.

—Te escucho —digo con inseguridad.

Tared se toma unos momentos para meditar lo que sea que ronde en su cabeza. Luego camina hacia mí, pero me pasa de largo hasta llegar a la ventana que está al fondo del granero. Mira hacia las nubes oscuras del cielo, y dice:

—El otro día, mientras estabas en el plano medio, Sam me confesó algo en lo que no he podido dejar de pensar. Me dijo que abriste un plano medio en su habitación.

Aquello me toma desprevenido, porque creí que discutiríamos *otro* tema. Alzo una ceja.

—¿Qué hay con eso?

—Sam me dijo que eso *es imposible*. Que ningún contemplasombras tiene, o debería tener, la capacidad de desgarrar los planos así. Que nada de eso es natural, y que debería preocuparme.

Aprieto la comisura de mis labios. Yo… creí que esa habilidad era algo normal en los contemplasombras, pero en sí, la idea no me sorprende demasiado, porque estoy seguro de cuál es el motivo por el cual puedo lograrlo.

Gracias a quién.

El monstruo de hueso sonríe desde mis adentros, y al ver mi consternación, la gentileza de Tared se transforma en rigidez.

—Elisse. Creo que, si queremos que las cosas funcionen, si queremos evitar que esta familia se desmorone, tenemos que ser sinceros los unos con los otros. Dime, ¿estás ocultándome algo?

Aquello me hace enfurecer.

—¿Me estás reclamando no decir *toda* la verdad? ¿Con qué cara vienes a pedir lo que no pretendes dar? ¿Cuándo has obrado tú diferente desde el principio?

—Lo sé, Elisse —responde—. Y es por eso por lo que he venido a contártelo todo.

Mi corazón se desboca. El hombre lobo me observa apenas unos instantes, y luego baja la mirada hacia el suelo.

Finalmente, suspira.

—Su nombre era Grace.

El aire se me escapa como si me hubiesen arrojado un puñetazo al vientre.

Grace. Su nombre era Grace.

Pero antes de que pueda asimilarlo, Tared continúa.

—Creo que, por respeto a ti, no voy a profundizar en detalles sobre nosotros dos. Sobre lo que teníamos y la relación que formamos, así que espero que te baste saber que la conocía desde que éramos niños, y que la quería lo suficiente para desear pasar el resto de mi vida con ella. Aun cuando apenas teníamos dieciocho años.

De manera inconsciente elevo una mano hacia mi pecho al sentir que algo oprime mi corazón.

Un lobo... no ama dos veces.

Tared percibe mi turbación y hace una pausa corta, como si le costase hablar.

—Era una locura —añade—, pero aun así, mi madre nos apoyaba, y mi hermano sentía una especial devoción por Grace. Además, en ese tiempo yo era muy distinto a como soy ahora. Más terco, más impulsivo, y con un carácter difícil de controlar. Mi madre lo atribuía al abandono de mi padre cuando mi hermano y yo éramos muy pequeños, a quien ella detestaba tanto que jamás me permitió siquiera conocer su rostro o su nombre. La verdad, no estoy seguro de ello, pero lo que sé es que si algo se metía en mi cabeza, era muy difícil que me hicieran cambiar de opinión. Así que, con el dinero que tanto Grace como yo habíamos ahorrado para pagar la universidad, cubrimos el adelanto de una casa al norte de Minnesota. Era un refugio en el bosque, rodeado de árboles. Teníamos por delante un futuro desafiante con las deudas escolares que ambos íbamos acumulando y la hipoteca de la casa por la que habíamos apostado. Pero, a pesar de todo, confiábamos en que podríamos salir adelante. Éramos tan, tan ingenuos.

"Las cosas no tardaron en complicarse —continúa—. En cuestión de meses esa relación por la que habíamos arriesgado tanto comenzó a tener serias dificultades. No por nuestros sentimientos, o al menos, no de mi parte, pero cuando el dinero se volvió un problema, todo lo demás se tambaleó.

"Comenzamos a discutir con demasiada frecuencia. Las cuentas, las preocupaciones de mi madre, su familia que nunca estuvo demasiado de acuerdo con nuestra decisión; creo que llegó al punto en el que no podíamos pasar un solo día sin gritarnos, hasta que...

Tared hace una pausa larga y estremecedora, más para él que para mí, porque ya no es capaz de mantenerme la mirada.

—Por años he pretendido ser un buen hombre, Elisse —dice con resignación—. Pero en el fondo me gustaría tener al menos un poco de eso que tanto admira Julien. Una parte de aquel hermano en el que Nashua confía. Ser la mitad del hombre que Johanna ha idealizado en mí. Pero todo este tiempo no he sido otra cosa que eso que Hoffman tanto odia: un buen mentiroso. Porque aquella noche en Nueva Orleans donde asesiné a toda esa gente y a mi compañero, no fue la primera vez que me transformé.

Y de pronto, ese latido descontrolado en mi pecho se paraliza.

—Esa mañana nos había llegado un aviso de desalojo —dice en voz aún más queda—. Teníamos más de tres meses de pago atrasado. Recuerdo que grité y golpeé las paredes. Que ella comenzó a arrojar nuestras cosas al suelo. Que la ira me cegó de una forma tan violenta que comencé a verlo todo rojo. Y allí mismo, en medio de nuestra cocina, frente a Grace, que era tan incapaz de comprender lo que sucedía como yo... comencé a cambiar de piel.

Abro los ojos de par en par y me llevo una mano a los labios, despacio.

—No sabía lo que hacía —dice—, no comprendía lo que pasaba. Cada vez que intento recordar lo que ocurrió esa noche, tan sólo puedo ver cómo ella huía de mí. Que yo gritaba, que yo *aullaba*. Y que en algún punto Grace salió de la casa hacia el bosque, y que los rastros de su sangre dibujaron un sendero en la nieve. A la mañana siguiente desperté en nuestra cocina con mi piel de lobo a un lado. De alguna manera había logrado arrancármela por mi cuenta, pero Grace no estaba ahí...

—Dioses —aquello escapa de mis labios con imprudencia, cosa de la que me arrepiento de inmediato al ver el semblante de Tared tornarse más afligido.

—Salí a buscarla —dice después de una pausa—. Y la encontré, con vida, refugiada en nuestro cobertizo. Temblaba de arriba abajo, y en cuanto me vio, no paró de gritar hasta que le demostré que no tenía garras ni colmillos. Tan sólo la había herido en el hombro, apenas un rasguño... pero aun así, ella... jamás volvió a ser la misma.

Y entonces Tared baja la barbilla al suelo, y al mirar esos ojos azules, cargando el peso del remordimiento, mis sentimientos cambian por completo. El monstruo de los celos se encoge y se agazapa, incapaz de hacer frente al dolor de mi amado.

Los brazos comienzan a pesarme muchísimo, ansiosos por arrojarse al cuello del hombre frente a mí.

—Intenté comprender lo que había sucedido —dice con la voz quebrada—. Intenté también explicárselo a ella, pero cuando vio aquella piel de lobo, aún en nuestra cocina, se aterrorizó tanto que fue incapaz de escucharme. Me deshice de la piel, por supuesto. Limpié el desastre, no obstante ese mismo día se marchó a casa de sus padres. A partir de ese momento, las cosas empeoraron. En verdad que empeoraron.

"Ella estaba tan asustada que no lo pensó dos veces: contó toda la verdad. Hizo que sus padres llamaran a la policía y relató a todos lo que había sucedido. Pero obviamente, ¿quién iba a creerle? ¿Quién iba a creer que, de pronto, su marido se había transformado en un hombre lobo y la había atacado? Ella le mostró las marcas de mi embestida a la policía, pero eran heridas infligidas por un animal, no por un ser humano. Para todo el mundo era evidente que, tras sufrir el ataque de un lobo salvaje, Grace había enloquecido.

"Y yo... yo no fui capaz de decir la verdad, yo dejé que las cosas empeoraran para ella. Nunca volvió conmigo a casa, le aterrorizaba la simple idea de tenerme a su lado. Dejó de ir al trabajo, no cesaba de sufrir pesadillas, comenzó a comer cada vez menos... Así que fue cuestión de tiempo hasta que sus padres la internaron. Ya no sabían qué más hacer con ella.

Tared respira profundo y aprieta los párpados. Se inclina contra la ventana.

—Una vez que Grace dejó de ayudarme a sufragar las deudas, éstas se volvieron insostenibles. Mi madre intentó apoyarme todo lo posible, pero pronto tuve que ir a Nueva Orleans a buscar un trabajo mejor con mi abuelo. Aunque claro, ¿a qué carajos podía aspirar, cuando ni siquiera había terminado la universidad? La solución más factible fue ingresar a la academia de policía.

Se yergue, y voltea hacia mí una vez más. Yo sigo estático en mi lugar, devanándome los sesos para intentar encontrar las palabras adecuadas, los sentimientos necesarios, para comprender todo lo que Tared me está contando.

—Creo que llegados a este punto te será obvio entender que la masacre que cometí en Nueva Orleans no fue otra cosa que el resultado de toda la presión que cargaba encima —continúa—. Fue el resultado de que Grace estaba cada vez peor, de saber que no tenía el valor de decirle a nadie la verdad porque tampoco estaba seguro de que fuera cierta. Y aun después de que Comus Bayou acudió a mi rescate, aun así no pude contar lo que había pasado. No cuando Grace...

Tared me da la espalda y se apoya en la cornisa de la ventana.

—Una noche, a los pocos meses de la masacre y cuando yo ya me había dado de baja de la policía, mi madre me llamó llorando. Harta de que nadie la escuchase, de que todo el mundo creyese que estaba loca, Grace se había suicidado, colgándose en el psiquiátrico.

No sé en qué momento he roto esta parálisis.

No sé en qué momento he llegado hasta él y mis brazos han envuelto su cintura, o en qué segundo mi mejilla se ha recargado contra su espalda. No digo una sola palabra. Tan sólo lo sostengo con fuerza contra mi pecho, porque Tared ha comenzado a temblar bajo mi abrazo.

Por eso Hoffman dijo que Tared todavía tenía esposa. Ella había muerto después de que el lobo abandonase la academia, y el detective jamás se enteró de ello.

Todo ha sido un error, un grave malentendido.

El hombre lobo se da media vuelta y me enfrenta. Tiene los ojos enrojecidos y vidriosos, pero no derrama ni una sola lágrima.

—Lo siento tanto —le digo con la voz temblorosa—. Lamento haberte hecho desenterrar todo esto. No lo merecías.

Él se libera de mis brazos para sacar algo de su bolsillo. Toma mi mano descarnada y lo deposita allí. Es un Atrapasueños. El que siempre colgaba del retrovisor de su camioneta roja.

—No. Es algo que merecías saber —dice—. Y debí habértelo dicho desde el momento en el que supe que estaba enamorado de ti. Cuando estuve seguro de querer que algo más creciera entre nosotros.

Acaricio aquel objeto entre mis manos. La textura de sus plumas quemadas me trae una poderosa sensación de nostalgia.

Cierro el puño y me lo llevo al pecho.

No... le creas...

—¿Lo sabe alguien más? —me atrevo a preguntar.

Tared suspira y asiente.

—Padre Trueno. Sólo a él tuve la confianza de contárselo. Nada había que él no conociera de mí.

Aquello me produce una punzada en el corazón. El anciano siempre estuvo muy orgulloso de Tared. Eran muy cercanos y se querían mucho, así que no me imagino lo doloroso que debió ser para el hombre lobo perder a alguien así de amado en batalla.

Dioses, todo lo que debió de haber sufrido mi líder. Y encima haber tenido que lidiar con mi partida...

Carajo. Soy un imbécil. Soy un maldito y completo imbécil.

—Elisse —me llama con firmeza—. Sé a la perfección aquello que dicen sobre nosotros, los lobos. Que cuando perdemos a nuestra pareja, jamás volvemos a amar... Quiero que entiendas que yo soy la prueba viviente de que eso es mentira.

Tared toma mi barbilla con suavidad y la levanta para mirarme a los ojos.

—A pesar de que Grace fue la primera persona que amé, todo lo que te confesé esa noche en el pasillo no es más que la verdad. Al morir mi esposa, mis hermanos cerraron la herida que tenía en el corazón. Pero sólo tú fuiste capaz de hacerlo palpitar otra vez.

Sus pulgares enjugan mis lágrimas suavemente. ¿En qué momento he comenzado a llorar?

Se inclina hacia mí y mi cuerpo entero se derrite cuando el calor de su aliento roza mis mejillas. Me envuelve en sus brazos, me aprieta contra él.

"Tienes la lengua helada."

Enredo mis dedos en su barba, pero bajo el mentón justo antes de que Tared pueda siquiera insinuar el movimiento que terminaría en un beso. La vergüenza de que mi lengua... no, de que la lengua de Samedi toque la suya me impide entregarme al privilegio de sentir de nuevo sus labios sobre los míos.

—Perdona —susurra a la par que me suelta—. Me dejé llevar, y aún no hemos terminado de dejar las cosas en claro.

Tared se pasa las manos por el rostro, mientras yo intento tranquilizar el frenético subir y bajar de mi pecho.

—Ya has escuchado mi historia —dice—. Y aun cuando tal vez te queden muchas preguntas, que con gusto responderé si quieres escucharlas... Creo que es momento de que tú también te sinceres, Elisse.

Aquello basta para hacerme retroceder.

¿Qué... somos?

La verdad. Tared me dijo la verdad, todo con tal de que pudiésemos perdonarnos. Pero... ¿soy yo capaz de hacer lo mismo? ¿Soy capaz de enfrentarme ahora a las consecuencias de mis decisiones?

El hombre lobo me sigue con la mirada a medida que me paseo de un lado al otro de la terraza. Hay tantas cosas que contar que tal vez no hará tanto mal empezar a decir algo. Sólo lo suficiente para saber hasta dónde puedo lastimarlo.

Para saber qué tan irreversible es todo esto en realidad.

—La noche en la que desaparecí de la reserva algo me atacó —comienzo a decir—. Un ser, mucho peor que cualquiera de las criaturas que Samedi mandó para aniquilarnos, entró a la cabaña del abuelo Muata y la destrozó. Es un monstruo con magia podrida, capaz de silenciarlo todo a su alrededor. Por eso Julien no supo lo que sucedió esa vez.

El hombre lobo se queda lívido.

—¿Qué tipo de criatura es ésa?

Aprieto los labios y bajo la cabeza.

—No tengo idea. Tiene forma de humano, pero a la vez dista mucho de serlo. Usa… algo parecido a columnas vertebrales para atacar bajo la tierra, como si fuesen extremidades. No se parece a nada real o mitológico, o al menos, nada que yo conozca, así que lo he llamado "el Silenciante".

—¿El Silenciante?

—Sí —digo con un escalofrío en la voz—. Y desde el día que me atacó he estado huyendo de él. Y ese monstruo, estoy seguro, no se detendrá hasta aniquilarme. A mí, o a cualquiera que se cruce en mi camino.

—Dios mío, Elisse —susurra Tared—. Y esta cosa, ¿de dónde salió y por qué te persigue?

Ahora soy yo el que recurre a todo su autocontrol para no ceder ante el nerviosismo.

—No tengo idea —contesto con sobriedad.

Y ante mi escueta respuesta, el silencio de Tared se vuelve frío, y su mirada se entorna con agresividad.

Mentiroso.

Después de un tenso silencio, espeta:

—No te creo.

—¿Qué?

Él aprieta los labios, furioso.

—Siempre supe que eras diferente —dice, y su voz parece endurecerse tanto como su semblante—. Y que por eso hacías las cosas de un modo que tal vez ninguno de nosotros podía comprender. Todo el tiempo he elegido creer en ti porque es lo que mi instinto siempre me ha dicho… Pero hoy estoy seguro de que *mientes*, Elisse.

El monstruo de hueso ruge en mi interior ante su afilada deducción.

—¿Por qué dices eso? —respondo, más nervioso de lo que me gustaría mostrarme—. ¿Qué razón tendría para mentir?

—Porque nunca harías algo tan estúpido como dar la espalda a tu familia sólo por una criatura que, entre todos, podríamos enfrentar a la perfección. Así que, dime, Elisse, ¿hay algo más me estés ocultando?

Sí. Que le he perdonado la vida a Samedi.

Sí. Que soy capaz de convertirme en un monstruo caníbal.

Sí. Que hay un ente muy poderoso detrás de mí y que, si me permito volver con mi familia, invocará a muchos, muchos Silenciantes más para acabar con todos.

Es allí, al sentirme acorralado por los helados ojos de Tared, cuando comienzo a perder el control.

—¿Ah, sí? ¿Estás seguro de eso? —pregunto con los dientes apretados—. Porque te recuerdo que la última vez que intentamos enfrentar a mis monstruos, casi la mitad de Comus Bayou pereció en el camino.

—Sé bien lo que pasó, Elisse. No actúes como si sólo te hubiese afectado a ti.

—Pero fue sólo mi maldita culpa, carajo —exclamo, desesperado—. Si confiaras en mí tanto como dices, entenderías que hago las cosas por una jodida razón. No hago esto sólo por mí, es por todo Comus Bayou.

—¡A ti te importa una mierda Comus Bayou! —Tared explota por fin—. Si fuese de otra manera, nos dejarías ayudarte.

—¡Si no me importaran, no me habría largado en primer lugar!

—No puedo dejar que te acerques a ellos si no me dices toda la verdad —grita en respuesta—. ¡Tienes que decirme si voy a ser capaz de protegerlos de ti, maldita sea!

Tared, en un inusual arrebato de descontrol, lanza una patada contra un barril a sus pies.

El objeto sale disparado hacia una esquina de la habitación, para luego estrellarse como lo haría un huevo, echando fuera todo su contenido.

Abro y cierro la boca presa de indignación, pero antes de que vuelva a discutir con el lobo, veo lo que había dentro del barril desparramado en el suelo.

Una vela a medio fundir, Atrapasueños desplumados, incienso hecho pedazos... y una piel pequeña, grisácea y con manchas de color terracota.

El olor de Alannah se desprende con violencia de aquellos objetos, y el súbito enojo de mis venas se convierte en confusión cuando, como hipnotizado, me acerco hacia la piel para levantarla frente a mis narices.

Mi visión se desploma sobre mis hombros, porque lo que tengo entre las manos es la piel de un zorro.

—¿Adónde vas? ¡No hemos terminado de...!

No le doy oportunidad a Tared de seguir gritándome, porque en menos de un segundo ya he saltado desde la terraza hasta el suelo del granero. Salgo disparado del edificio y atravieso el rancho a toda velocidad hacia la casona, con la piel de zorro bajo uno de mis brazos.

Para mi suerte encuentro a Calen en la cocina, sentado al lado de Irina y Fernanda.

—¡Calen, Calen! —exclamo—. ¿Qué carajos es esto?

Extiendo la piel frente a ellos, quienes se miran los unos a los otros, conmocionados, mientras Tared entra intempestivamente a la estancia.

—Es uno de los trabajos de Alannah —dice el león—. Te dije que los había dejado por todo el rancho.

—Pero e-esto —titubeo—. ¿De dónde lo sacó?

Él se mira con sus hermanas, más confundido por la piel que por mi reacción.

—Hace unos meses me pidió el cadáver de un zorro, aunque nunca me dijo para qué. De hecho, nunca supe lo que hizo con él… hasta ahora.

—Por los dioses, Calen —susurro—. Sé dónde está Alannah.

CAPÍTULO 62
PRESAGIO

Una de las pocas cosas que el abuelo Muata me contó sobre mi estirpe es la forma en la que los contemplasombras conseguimos a nuestros ancestros.

Cuando no tenemos a un contemplasombras experimentado que establezca el vínculo entre el ancestro y nosotros, como lo hizo el abuelo Muata conmigo y Ciervo Piel de Sombras, es nuestro deber apropiarnos del espíritu a la manera de nuestros orígenes: los trotapieles. El ancestro que nos ha elegido, de múltiples maneras, se manifiesta ante nosotros y nos anima a demostrarle que somos dignos cazando un animal alusivo a él, después tendremos que ponernos su piel para afianzar el vínculo.

Pero Alannah cometió un grave error.

No tuvo el valor de tomar la vida de aquel zorro por su cuenta, así que envío a Calen a hacerlo. Y debido a eso el ancestro la rechazó y la dejó a la deriva.

Sin protección, sin vínculo.

Y no puedo evitar preguntarme si esa decisión es lo que nos ha llevado hasta aquí. A la Nación Dineh.

Monument Valley, a unos doscientos metros de mí, suspira polvo rojo y calor, y mi corazón se agita al percatarme de que, aun cuando ya había visitado este sitio en mis visiones, aquello no se acerca ni un poco a la verdadera majestuosidad de este lugar.

Desde el suelo observo las tres mesetas que componen el valle erguirse como gigantes. La tormenta se arremolina en el cielo y el lejano olor a tierra húmeda acude con violencia hasta mi nariz. Un trueno retumba entre las enormes formaciones de roca, como si fuesen ellas quienes lo hubiesen invocado.

Muy a lo lejos, detrás de las elevadas mesetas, se asoma el centro de visitantes y el hotel construido a orillas del valle. Su presencia resulta incómoda y sucia, como si manchase la belleza del lugar con sus muros de concreto. Porque este valle de fuego grita sacralidad a los cuatro vientos.

Escucho el corazón ansioso de mis hermanos latir a mis espaldas, quienes bajan de la camioneta de Red Buffalo, estacionada en la carretera de terracería que conecta el valle con los caminos de los dineh. Hemos llegado al parque tribal por los pasos privados de su nación, los cuales rodean las carreteras turísticas y se despliegan en medio del desierto.

Ver a Johanna y a Hoffman bajar de la parte trasera de la camioneta no me hace especialmente feliz, a pesar de que aseguran haberse recuperado por completo de sus heridas. Sobra decir que, cuando sugerí que se quedasen en el rancho, ambos me mandaron a la mierda, así que no pude hacer algo más al respecto.

Calen, Irina y Fernanda se unen al resto de mi tribu, y en su conjunto parecen un solo Atrapasueños.

Veo a lo lejos las casetas de la entrada bajar sus plumas para cerrar el paso a los vehículos, y a un par de empleados del parque tribal clausurar la entrada del camino de terracería que baja desde el centro de visitantes para serpentear entre las mesetas.

Chenoa, quien fue el encargado de dejarnos el camino libre al hablar con la gente de la Nación Dineh, su nación —no he encontrado momento para preguntar qué tanto saben ellos sobre nuestra existencia—, tan sólo nos ha acompañado hasta aquí para pronto regresar al rancho, donde sus niños se han quedado junto a Sammuel.

Más de uno de nosotros se sintió nervioso al saber que no contaríamos con su apoyo, porque Chenoa ha dicho que su lugar es al lado de sus hijos, mientras que el de su esposa es el campo de batalla. Sam, por su parte, ha insistido en quedarse con él para seguir tratando de traducir los textos del libro de las generaciones.

Sólo espero, por nuestro bien, que no nos hagan falta.

—¿Y bien? —Calen, impaciente, interrumpe mis pensamientos al colocarse a mi lado. Miro de nuevo las formaciones y aprieto la comisura de mis labios.

—Estoy seguro de que es sobre alguna de las mesetas, aunque no sabría decir de cuál —digo con frustración. Tared llega a mis espaldas y mi espinazo se eriza al sentir su cercanía—. Además, aún no sé qué es lo que vamos a encontrar allá arriba.

Los puños de Calen se retuercen de ansiedad ante mis palabras, por lo que hace falta que Irina ponga su mano sobre su hombro para tranquilizarlo.

—El lugar es demasiado grande para explorarlo a ciegas —añade el hombre lobo—. Es mejor que hagamos un reconocimiento desde arriba.

Su cabeza señala a Fernanda, quien se cruza de brazos y alza una ceja.

—Bueno —dice Irina, arqueándose de hombros—. Supongo que Elisse tendrá que verlo para facilitarnos el camino. Por suerte es bastante ligero y no será mucho problema.

—¿Cómo? —pregunto, confundido.

Fernanda se echa a correr hacia nosotros y Calen me toma del cuello de la camisa. Su hermana se rasga y crece en un parpadear hasta transformarse en un águila gigantesca.

—No, no... ¡Calen!

Tared no mueve ni un dedo cuando, como si pesase una pluma, el devorapieles me arroja hacia arriba. Me elevo al menos quince metros sobre el suelo para caer sobre la espalda de Fernanda; ruedo sobre su amplio lomo, pero consigo sujetarme a las firmes plumas.

—¡Hijos de puta! —trepo y me aferro con todas mis fuerzas al cuello de la errante águila mientras ella suelta una carcajada desde su pico.

—¡Sujétate bien, *güero*! —dice a la par que, con la fuerza de un maldito avión de guerra, comienza a elevarse casi en vertical hacia el cielo.

—¡Buen viaje, flaco! —exclama el cabrón de Julien desde abajo mientras nos alejamos del suelo a una velocidad absurda. Aferro mis muslos con firmeza a los costados del águila mientras el vacío me sube a la boca del estómago; sus inmensas alas se mueven con una elegancia extraordinaria cuando las corrientes de viento nos acometen.

Y entonces el vértigo se convierte en adrenalina al acercarnos al techo de la tormenta.

—Por los Loas... —susurro de asombro ante la extraordinaria experiencia. La devorapieles deja de elevarse y planea en línea horizontal hacia las mesetas; viajamos bajo nubes negras y furiosas, entre truenos y relámpagos azules, volando sobre el desierto de piel roja como leyendas vivas.

—¡Ahora vamos a bajar un poco, así que abre bien los ojos! —me grita, a lo que yo asiento y me sujeto firmemente a las plumas de su cuello.

El águila comienza a descender en picada. Más preparado para el vértigo, me dejo tragar por la caída mientras ella hace una curva suave en el aire para virar entre las mesetas, seguros de que no seremos más que un punto lejano para la gente que pueda divisarnos desde el centro de visitantes.

Fernanda planea alrededor de los *hoodoos* y los acantilados; las tres altas mesetas, desde la perspectiva del valle, parecen formaciones redondeadas y bien definidas, pero en realidad son alargadas, con montones de protuberancias y desniveles. Abarcan grandes extensiones de tierra que casi parecen planicies; la más grande, de hecho, tiene una forma casi triangular y debe de medir al menos como un par de canchas de futbol juntas.

Le indico a Fernanda que se acerque a ésta. Ella planea alrededor de la parte alta, y al ver el terreno, las plantas enraizadas a la roca y el rojo vibrante de su superficie, la semejanza se vuelve evidente.

—¡Es allí! —grito.

Ella asiente. Da una vuelta alrededor de la meseta y nos lleva de regreso al suelo, donde todos nos esperan con impaciencia. Fernanda se detiene y yo bajo de un salto.

—¿Qué tal el paseo, eh? —pregunta Julien después de darme una palmada en la espalda.

—Cállate o te vomito encima —resoplo. Fernanda agita la cabeza en un gesto muy propio de las aves.

—Elisse dice que es en Pata de Elefante.[20] Y, tal como lo prometieron, los guardaparques han dejado los caminos despejados.

—Perfecto, entonces —dice Calen—. No perdamos el tiempo.

Todos regresamos a la camioneta. Fernanda se nos adelanta por el aire, y una vez que subimos a la cajuela noto la ansiedad en el ambiente, sobre todo en Red Buffalo. Temen por la vida de Alannah, y yo no estoy muy seguro de que lo que vayamos a encontrar allá arriba sean buenas noticias.

Atravesamos el turbulento camino de tierra hasta llegar a las faldas de la meseta. La formación no es roca sólida nada más, sino que un montículo de tierra la rodea hasta formar una especie de falda pedregosa. Los errantes bajan y empiezan a echarse armas a las espaldas y bajo la pretina de los pantalones.

Empezamos a subir, y aunque Johanna y Red Buffalo no parecen tener dificultades para moverse entre la arena y las piedras, a los demás nos cuesta un tanto más, especialmente a Hoffman, a quien Nashua se ve obligado a ayudar un par de veces.

Al llegar al pie de la meseta, un potente trueno rompe entre las nubes. Levanto la mirada, y tímidas gotas de agua salpican mi rostro.

Después de largas semanas sólo de cielos oscuros, comienza a llover. Al principio es suave, pero después de unos instantes arrecia como si la tormenta se hubiese contenido todo este tiempo; es una lluvia fría, y suplico a todos los Loas que no se trate de un mal presagio.

---

[20] También conocida como Merrick Butte. Desde la perspectiva del centro de visitantes, pareciera tener la forma de una pata de elefante.

Miro hacia la meseta y siento casi tanto vértigo como cuando estuve sobre la espalda de Fernanda; el muro de roca se eleva a casi doscientos metros de altura, lo que lo vuelve muy difícil de escalar.

Para un humano normal, por supuesto.

—¿Listos para subir? —dice Calen a su gente. Se acerca a mí para extenderme una pistola y un silenciador, mientras Irina camina hacia la base de roca.

Ella la acaricia y pega la frente en la superficie húmeda, bajo la mirada atenta de Nashua.

—Hagámoslo rápido, por favor —pide ella, y su voz suena aterida.

Monument Valley es un lugar tan sagrado para los dineh, para el pueblo de su esposo, que incluso el mismo parque tribal prohíbe a los escaladores trepar por las paredes de la meseta.

Si Alannah está allí arriba, no me extrañaría que nada ni nadie la hubiese podido encontrar.

Hoffman, por su parte, mira el muro con los brazos cruzados, ceñudo.

—Oye, ¿estás seguro de que quieres venir? —pregunto, apuntando una vez más al brazo donde tenía el cabestrillo. De aquella herida, ya sólo restan pequeñas marcas blancas de colmillos sobre la piel.

—No te preocupes por mí, mocoso. De peores he salido —replica con buen humor, a pesar de todo. Pero al ver que Julien se acerca con una sonrisa a nosotros, su boca se tuerce—. De haberlo sabido, habría rentado una puta cabra de montaña.

—¡Oye, soy más lindo que una cabra! —se queja el pelirrojo.

—Pero no hueles mejor.

Pongo los ojos en blanco con impaciencia mientras el bisonte echa a reír por el comentario. Es obvio que ni Hoffman ni yo tenemos la fuerza suficiente para subir un muro de doscientos metros de altura, y mucho menos en nuestra condición, así que no nos queda de otra más que apoyarnos en mis hermanos.

Finalmente, Irina nos hace una señal con la cabeza.

Julien se pone de rodillas frente a Hoffman, quien se agarra de su cuello con la cara roja como un tomate. El hombre bisonte se levanta y, de un salto, se aferra a la pared. Y, como si el detective no pesase, comienza a escalar con una agilidad que me deja boquiabierto.

Red Buffalo se les une, y subir el peñasco les cuesta tan poco que parecen flotar entre las rocas.

Benditos sean los genes errantes.

—¿Listo? —Johanna me toca el hombro y yo asiento con nerviosismo.

Siento la mirada de Tared en cuanto me aferro alrededor del cuello de la mujer coyote. Y a pesar de que confío en mi hermana y en su fuerza, no puedo evitar sentirme un tanto vulnerable.

Supongo que me mal acostumbré a la seguridad que siempre me brindaron los brazos del fornido hombre lobo, pero creo que en estos momentos no es buena idea que nos aproximemos demasiado.

Fernanda, por su parte, aguarda al pie de la elevada meseta y nos mira trepar en silencio, con el fin de que, si alguno de nosotros resbala, ella pueda salvarnos de una letal caída.

Sin más, todos comenzamos a subir por la pared. Las rocas se tornan húmedas y traicioneras, el vértigo amenaza con hacernos tambalear, pero después de casi veinte minutos logramos llegar a la cima, donde Fernanda nos alcanza.

En cuanto Johanna toca el borde, me apresuro a aferrarme a la roca para quitarle mi peso de encima. Salto hacia la superficie, pero aún no termino de ponerme en pie de nuevo cuando miro al frente y quedo paralizado en mi sitio.

Hay alguien en medio de la meseta, dándonos la espalda. Tiene el cuerpo cubierto por un largo manto hecho de tiras de piel. Su cabeza, casi calva, está salpicada de cabello cano, erizado como un arbusto reseco.

Es él.

Es el vagabundo que me atacó en Stonefall.

—Pero ¿quién e...?

El silencio corta la voz de Johanna a la mitad de su pregunta. Como poseídos por un hechizo, el viento, los truenos, la lluvia... todo enmudece a nuestro alrededor. Las armas bajan, miradas desconcertadas vuelan unas contra otras, y entonces... escucho un chasquido.

Un chasquido y nada más.

El vagabundo se da la media vuelta y nos enfrenta. Tiene su barbilla pegada al pecho y chasquea los dientes con violencia, pero nos mira con ese par de horripilantes ojos oscuros que parecen haber reducido de tamaño hasta ser sólo unas pequeñas cavidades hundidas.

Y al ver su cuerpo, su capa abierta, me doy cuenta de que no es un hombre.

Se trata de una mujer.

Calen avanza y se yergue delante de nosotros, dubitativo. Su voz hace una pregunta que abre una grieta en el silencio espectral...

—¿Alannah?

CAPÍTULO 63
HURACÁN

El suelo estalla debajo de Calen. Nuestros gritos terminan de romper el silencio cuando una columna vertebral brota y atraviesa al errante león de lado a lado como una lanza y lo eleva varios metros sobre el suelo.

Todos a mi alrededor toman su media forma de guerreros errantes mientras, ensartado por el estómago, Calen es sacudido en el aire. La extremidad lo arroja contra el suelo para luego retraerse en la tierra y dejar tras de sí un sendero de sangre y carne desgarrada.

—¡Calen, Calen! —Irina corre hacia su hermano y se arroja sobre él para protegerlo con su cuerpo. Fernanda sobrevuela la meseta y se coloca delante de sus hermanos con las alas abiertas de par en par, mientras la errante puma intenta, desesperadamente, bloquear el enorme agujero en el vientre de su hermano.

Calen escupe sangre y se retuerce mientras aquella columna emerge de nuevo a la superficie y se yergue sobre nuestras cabezas.

—¡¿Pero qué carajos es eso?! —exclama Hoffman.

Alannah, o lo que alguna vez fue Alannah, comienza a romperse por dentro, de la misma manera que el Silenciante, y cuando la tierra tiembla de nuevo todos corremos hacia el frente del campo de batalla. La lluvia nos empapa inclemente mientras mi familia y yo formamos un círculo.

Más estallidos se alzan frente a nosotros. Una, dos, tres... columnas vertebrales perforan el suelo sagrado como serpientes. Sus puntas letales se agitan en el aire mientras la meseta entera parece sacudirse.

—¡Cuidado!

Una de ellas se arroja sobre mí. Tared me arranca del lugar y ambos rodamos por el piso mientras fragmentos de roca y lodo nos cubren. La columna perfora el suelo una y otra vez hasta retraerse y desaparecer.

Nos levantamos y echamos a correr. Mi líder alcanza el hombro de Johana y señala hacia Calen, quien es llevado por sus hermanas hacia una pequeña barrera de rocas a un costado de la meseta. La errante coyote huye a toda velocidad en dirección al caído, mientras los demás vamos hacia el centro, lejos de los peligrosos bordes.

—¡Alannah, Dios mío, Alannah! —el grito desesperado de Irina no hace reaccionar a su hermana. Los letales brazos de hueso danzan alrededor de la contemplasombras, mientras yo me pregunto una y otra vez cómo es que, por todo lo sagrado, Alannah se ha convertido en un Silenciante.

Una vez que deja a Calen en manos de Johanna, la errante puma intenta acercarse a la chica. Con agilidad, esquiva las columnas que buscan aplastarla, pero un estallido a su costado derriba a la enorme guerrera y la arrastra varios metros por el suelo. Una cuarta columna se azota una y otra vez contra ella, quien brinca y rueda para zafarse de la afilada punta.

Hoffman dispara hacia las vértebras, pero las balas revientan contra el hueso apenas rasguñándolo.

—Pero ¡¿de qué carajos está hecha esa cosa?!

Nashua salta hacia una de las columnas y con su peso intenta bajarla, sin embargo la cola es tan poderosa que lo arroja a un lado con una simple sacudida. El corazón casi se me sale del pecho al ver al errante salir despedido hacia el precipicio, pero Fernanda echa a volar y lo atrapa justo antes de que desaparezca más allá del borde.

—¡Carajo, tenemos que bajar de aquí! —grita Tared al ver a Nashua.

—¡Fernanda, llévate a Calen, por el amor de Dios! —la errante águila vuela en dirección a su hermano ante la orden de Irina, pero una maldita columna logra arrebatarla del aire. El peso de la gruesa vértebra le da de inmediato en la espalda y la entierra contra el suelo de roca. Johanna grita de impotencia, sin poder separarse de Calen para ayudarnos. Pronto las columnas nos rodean como los brazos de un pulpo.

En medio de la tormenta de huesos, Hoffman recarga su arma y apunta hacia la cabeza de Alannah.

—¡NO!

El detective ignora el grito de Irina. Dispara, y la bala acierta en la frente de la contemplasombras. Para nuestro asombro, el proyectil rebota y Alannah apenas se inmuta; es como si su cuerpo entero estuviese hecho de acero.

—¡Alannah, por favor, reacciona! —grita Fernanda, quien se levanta de nuevo con esfuerzo.

—¡Sepárense! —grita Tared cuando todos los brazos caen sobre nosotros.

Julien y Nashua logran capturar una de las extremidades; sus pesos y resistencias logran inmovilizarla por unos instantes, pero otra de las columnas se zambulle en la tierra y los toma por sorpresa desde abajo. La extremidad echa a volar a ambos errantes de un latigazo. Julien rueda por el borde resbaloso del acantilado, pero logra aferrarse a la roca.

—¡Maldición, maldición!

Aprieto los dientes mientras huyo de otro de los brazos de hueso, mientras el lodo y la fuerte lluvia vuelven el terreno resbaladizo. Salto detrás de una gran roca justo cuando la columna se lanza en picada hacia mí.

—¡Carajo!

La punta perfora la piedra y se queda clavada a unos centímetros de mi costado, hiriéndome sobre las costillas. Cuatro vértebras traspasan la superficie y se agitan de un lado al otro para alcanzarme, pero unas garras se ciernen sobre la letal cola para detenerla. Mi pulso se acelera al ver cómo Tared inmoviliza los huesos de la contemplasombras con una furia extraordinaria. El hombre lobo intenta rugir y logra trozar la unión entre las vértebras.

Alannah, por primera vez, grita desde el campo de batalla. Retrae el miembro quebrado hacia ella y lo agita en el aire como si le acabasen de destrozar un brazo real. En segundos, la columna se vuelve ceniza y se diluye bajo la lluvia.

—¡Dios, Elisse! ¿Estás bien?

Asiento y me sobrepongo a la herida punzante en mi costado. Ambos miramos por encima de la roca hacia las dos tribus. Irina cuida las espaldas de Hoffman, quien intenta acertar otro disparo contra Alannah, mientras Fernanda vuela alrededor de la meseta, como dispuesta a atrapar a quien sea arrojado por el precipicio.

—¡Dioses! ¿Por qué sigue aquí Calen? —exclamo, desesperado al ver al lívido león errante, mientras Johanna hace todo lo posible por detener la hemorragia.

—Fernanda ya no puede arriesgarse a llevárselo, podría desangrarlo en pleno vuelo, y más si esa cosa logra ir detrás de ellos. Dios mío, Elisse, ¡¿cómo es posible que Alannah haya sido el Silenciante todo este tiempo?!

—No, no es la misma criatura —exclamo—, esa cosa tiene meses persiguiéndome, y Alannah apenas desapareció hace unas semanas. ¡El Silenciante debió haberle hecho algo!

Aprieto los puños y busco alguna señal en la contemplasombras, algo que me ofrezca una pista sobre cómo despertarla de su trance, pero sus brazos sólo vibran poseídos alrededor de ella como una fortaleza de hueso. Alannah parece viva, *se siente como si estuviese viva,* aunque no parece ser más que una carcasa sin voluntad.

No hay manera. Esta criatura ya no es Alannah. Es una Silenciante.

—¡Carajo! —exclama Tared cuando otra bala rebota inútilmente contra ella—. ¡Esa maldita cosa es impenetrable! ¿De qué demonios está hecha?

Miro el agujero que ha dejado la columna de Alannah en la roca; el círculo es tan perfecto, como si hubiese sido abierto con láser.

—Magia —murmuro—. Es magia, negra y podrida. Nosotros no podemos matarla. Pero tal vez su propia magia sí.

Al verme mirar la punta afilada de una de las colas, el hombre lobo intuye mis intenciones. Mira hacia el monstruo con brevedad y después asiente.

—Cuento contigo, Elisse.

Tared, como siempre, me lee la mente. Llama la atención de Nashua con un silbido y sale de nuestra barrera de un salto. El hombre oso se acerca a él, y basta un gruñido lobuno de parte de nuestro líder para que nuestro hermano comprenda la señal. Se separan, y en un instante Nashua alcanza a Irina. Le transmite un breve mensaje que se esparce entre todos los errantes.

Pronto, Red Buffalo y Comus Bayou se organizan para trepar hacia las columnas vertebrales; en parejas, las jalan con todo su peso hacia abajo hasta que de las tres, sólo queda una, lánguida y furiosa azotando el aire.

Al acercarme, la columna se retrae. La tierra a mis pies vibra con fuerza cuando me abalanzo hacia Alannah. El brazo de hueso brota del suelo y, en vez de evadirlo, salto hacia él. Me aferro a las vértebras con todas mis fuerzas mientras éstas se agitan de un lado al otro para liberarse de mi agarre. De pronto, la extremidad de la Silenciante queda paralizada en el aire.

Miro hacia Alannah para ver cómo Tared la sujeta por la espalda, con los brazos apretados alrededor de sus hombros.

Me suelto de la columna y me dejo caer al suelo, para levantarme de un salto, ignorando el dolor en mi costado. Como un imán, la cola me sigue; perfora el suelo con desesperación mientras me aproximo a zancadas hacia Tared. Ambos nos miramos por unos instantes y entonces… salto hacia él, con el aguijón volando a mis espaldas.

—¡Ahora!

En un segundo, Tared suelta al monstruo y se echa a un lado. Caigo sobre la criatura y me abrazo contra su cuerpo con todas mis fuerzas; apenas alcanzo a ladear la cabeza lo suficiente para sentir cómo la punta de su extremidad me corta el rostro como una navaja.

La columna de la Silenciante perfora su propio pecho; un grito inhumano, más semejante a un chillido animal que a una voz, surge de su garganta y retumba en el valle mientras las vértebras de la columna comienzan a desintegrarse sobre nuestras cabezas.

Tared me rodea con sus brazos y evade una columna antes de que ésta caiga sobre mí. Nos alejamos hasta alcanzar a mis hermanos, mientras Alannah se desploma delante de nosotros.

Todos los errantes se dejan caer en el suelo, exhaustos, cuando el resto de las columnas comienzan también a desvanecerse en montones de ceniza.

—Dios mío, ¡estás herido! —exclama mi líder, al ver la sangre empapar mi cuello.

—Ah, estoy bien, estoy bien, no es nada —insisto, mientras me sujeto la mandíbula para detener la hemorragia.

Levanto la barbilla hacia el hombre lobo. Fijamos nuestra mirada el uno en el otro, apenas unos instantes, cuando la voz de Irina nos desvía hacia el cuerpo de la contemplasombras.

—¿Alannah?

La errante puma se aproxima al cuerpo de su hermana, mientras la punta en su pecho comienza a resquebrajarse.

Y entonces, unas horrendas náuseas me invaden, tan repentinas que casi vomito frente a Tared. Miro el cuerpo de Alannah y el miedo me paraliza: una silueta comienza a formarse entre los truenos y el agua, justo detrás de su cadáver.

—¡Irina, no te acerques!

La devorapieles se detiene y, por instinto retrocede de un salto. Un chasquido vuelve a resonar en la meseta, mucho más ensordecedor que los que emitía la contemplasombras.

Ante mi estupefacción, el Silenciante, mi auténtico verdugo, comienza a surgir de entre la lluvia.

—¿Pero, qué carajos? ¡¿Otro...?!

El grito de Hoffman se vuelve mudo cuando la criatura impone su silencio sobre el campo de batalla. Su larga columna brota de la tierra lentamente. Su cola de hueso se eleva, y ante nuestros atónitos ojos vemos que le quita el manto a Alannah.

No. No se lo quita, *se lo arranca*, porque puedo escuchar con nitidez cómo la tela se desgarra de su cuerpo como si se tratase de su piel. Y, para mi horror, me doy cuenta de que el interior del manto está recubierto por pieles de serpiente, de diferentes tamaños y colores. La criatura toma la piel con la punta de su cola y la acerca hacia sí.

—¡No, no, deténganlo! ¡No dejen que se ponga eso! —exclama Johanna, rompiendo el silencio de pronto—. ¡Es un trotapieles!

CAPÍTULO 64
IV. RUBEDO

Perplejos, los errantes, nuestros descendientes, observan cómo nos colocamos la piel de Alannah sobre los hombros. Esa piel que cultivamos durante soles y lunas, esa piel que arrancamos del cuerpo de la mujer y que unimos a otros cueros de serpientes. Ese manto que cosimos con su sufrimiento y que creamos con el poder de nuestra magia podrida.

Sentimos nuestra oscuridad expandirse gracias a la vitalidad de un espíritu fresco, nuestros huesos fortalecerse con la esencia de un ancestro que grita de dolor ante la posesión, mientras nuestra piel vieja se funde con la nueva.

Fuimos traídos de los recuerdos por el Mara de la Bestia Revestida de Luna, pero siempre estuvimos destinados a ser de nuevo polvo. A morir una vez más y desaparecer de la faz de la tierra.

Pero al saber de la existencia de Alannah, al saber que esta mujer había quedado preñada por un errante, supimos que no debíamos rendirnos.

Y ahora, gracias al espíritu que hemos robado del ancestro serpiente que anidaba en el hijo que ella engendraba en su vientre, somos más fuertes que nunca.

Ha sido una coincidencia extraordinaria que el ancestro de su vástago fuese el mismo animal que nosotros escogimos para ser hace cientos de años. Y gracias a ello, su poder es nuestro.

Sus vértebras son nuestras.

Ya es hora de ser... inmortales.

CAPÍTULO 65
UN MONSTRUO COMO NOSOTROS

Tarde. Demasiado tarde.

Aquella cosa se coloca la piel de Alannah sobre los hombros como si fuese una capa.

¿Un trotapieles? ¿La criatura que me ha perseguido durante cinco meses, intentando matarme, es un antepasado de los errantes?

—¡Eso es imposible! —exclama Irina, pero la criatura que tenemos frente a nosotros no nos concede réplica.

Su cuerpo, debajo de la capa, empieza a mutar. Sus huesos crujen con violencia, y de pronto el trotapieles comienza a elevarse sobre la tierra gracias a las columnas vertebrales que lo sostienen desde abajo.

Descubro que sus piernas están unidas en una sola extremidad, toman la forma de una sola columna que después se divide en montones de brazos, como si fuese un kraken de hueso.

Cinco, diez, doce columnas… no alcanzo a contarlas todas, pero son largas, gruesas y numerosas, como si el trotapieles hubiese tomado todo el poder de Alannah y lo hubiese multiplicado para sí con su magia oscura.

La criatura se lanza hacia nosotros con un grito desgarrador.

Retrocedemos a trompicones, pero una de las extremidades golpea de lleno a Hoffman.

—¡Hoffman, no! —grito al verlo salir disparado.

Por suerte, Tared atrapa al detective en el aire justo antes de que termine estrellándose contra un montículo de roca. No alcanzo a ver la condición de ambos hombres, cuando tengo que escapar de otra de las extremidades del trotapieles. Otro de los miembros de hueso consigue rasgar el muslo de Julien. El bisonte cae y rueda en el fango pero, por suerte, logra darse la vuelta para detener la punta antes de que perfore su cabeza.

Nashua llega hasta él y parte la unión de las vértebras de un zarpazo, pero apenas logran levantarse cuando otra columna más comienza a perseguirlos.

Agotado, intento alejarme también del imparable trotapieles, pero una de sus puntas afiladas me rasga el costado del muslo derecho.

Caigo de bruces, y el cansancio, más que el dolor, apenas me permite arrastrarme para salir del alcance de aquella navaja. Fernanda vuela hacia mí para intentar protegerme, pero el latigueo de la columna, al atacar a la devorapieles, conecta en mi costado y me estrella contra un muro de roca.

Mi cabeza también recibe el impacto, todo se torna borroso, y los gritos estridentes de la batalla se convierten en zumbidos. La sangre baja con abundancia de mi frente.

Desde el suelo veo cómo mis hermanos y Red Buffalo luchan no sólo contra las columnas, sino también contra el agotamiento, porque ahora sólo se limitan a esquivar los ataques. La batalla ha sido demasiado larga y nuestra fuerza flaquea.

No, ¡no puede ser que hayamos llegado tan lejos sólo para terminar así!

El corazón se me paraliza cuando una de las puntas hiere el hombro de Tared, quien apenas logra esquivar un lance mortal.

—¡Tared, Tared! —grito desde el fondo de mi garganta sin posibilidad de encontrar el equilibrio, mientras el hombre lobo se sujeta el hombro, aprieta los colmillos con fuerza y retrocede.

Johanna deja por unos momentos a Calen e intenta acercarse a nuestro líder, pero le resulta imposible atravesar la tormenta de hueso. No le queda más remedio que volver con el errante león y agazaparse con él entre las rocas.

Dejo escapar un grito de desesperación. Mis dedos desgarrados se asoman por el guante de cuero, ya destrozado por el fulgor de la pelea.

Libéeeerame...

Aprieto el puño y rechino los dientes.

No.

No voy a rendirme ante la oscuridad. No cuando aún tengo algo que perder.

Hundo mis dedos en la herida de mi costado, y dibujo un pequeño sarcófago en el suelo, en las rocas sagradas de Monument Valley. A pesar de la lluvia, el símbolo no se desvanece, y un intenso olor a tabaco comienza a desprenderse de él.

Miro hacia el horizonte, hacia el precipicio de la elevada meseta.

Barón Samedi me mira con una mueca en el rostro, y un habano entre los labios.

—Ayúdame —susurro, mientras alargo el brazo hacia él—. Ayúdame, y cuando esta guerra termine... te devolveré la lengua.

El Loa de la Muerte arroja el habano al suelo. Y sonríe. Los chillidos retumban entre los truenos y la lluvia. De la oscuridad del acantilado surgen manos negras que comienzan a sujetarse por el borde.

Todo Comus Bayou enmudece de consternación cuando los sirvientes de Samedi brotan del precipicio. Saltan, nos rodean, y corren en dirección al trotapieles.

—¿Pero qué diablos son esas cosas?

La pregunta de Fernanda queda sin respuesta cuando los engendros comienzan a trepar por las columnas; el monstruo sacude las vértebras para tratar de quitárselos de encima, pero ellos se multiplican sin cesar hasta cubrir de arriba abajo todas las colas de hueso.

La fuerza sobrenatural de aquellos seres bajan las extremidades de hueso hasta dejar al trotapieles inmovilizado y expuesto.

Veo, por fin, una oportunidad.

Con un esfuerzo sobrehumano, me levanto entre los gritos de los sirvientes de Samedi y la absoluta perplejidad de los errantes. De Comus Bayou.

Los engendros del Señor del Sabbath sonríen a mi paso cuando llego delante del trotapieles, mientras sus huesos truenan una y otra vez, sin poder liberarse.

Sujeto su coronilla y le echo el cuello hacia atrás. Con mi mano desgarrada, aprieto su garganta; el rígido hueso se vuelve carne blanda bajo el poder de mi siniestra magia.

—¿Quién te envía? —pregunto al trotapieles—. ¿Y por qué desea tanto asesinarme?

Para mi absoluta sorpresa, la criatura abre la boca y dice con voz rasposa:

—Eran cuatro y ahora son dos. Eran cuatro y ahora son dos.

No esperaba en absoluto que me contestara. Hundo mis garras en su cuello y retuerzo su pellejo hasta que comienza a desgarrarse.

—¿Qué demonios quieres decir? —siseo, pero el trotapieles tan sólo se ríe desde el fondo de su macabra garganta.

—Bestia... Revestida de Luna... —susurra con su voz hueca de ultratumba—. Tu brillo llena este mundo... de oscuridad...

Una de las columnas de la criatura se libra del agarre de los sirvientes de Samedi. Suelto al monstruo y salto hacia atrás para evadir el filo de la navaja. Pero, ante mi sorpresa, la punta no me ataca a mí.

El trotapieles rebana su cuello. Su cabeza se desprende y cae a mis pies.

¿Bestia Revestida de Luna? ¿Así es como me ha llamado?

Los sirvientes de Samedi comienzan a caer al suelo a medida que las columnas empiezan a despedazarse, convertidas en frágiles cenizas.

Los engendros del Loa de la Muerte se funden con la tierra, entre risas y chillidos, mientras yo, despacio, miro hacia atrás. Hacia Comus Bayou.

Mis hermanos están inmóviles bajo la lluvia y con el crepúsculo a sus espaldas, como si no pudiesen terminar de *creer* lo que acaban de presenciar.

La palabra "traición" palpita en sus miradas.

—¿Vivo? —la voz de Hoffman retumba como un trueno—. ¡¿Barón Samedi sigue vivo?!

Estoy a punto de levantarme, de suplicar que me permitan ofrecer una explicación, cuando el grito de Irina rompe la tensión entre nosotros.

—¡No, no, no!

Vemos a la mujer caer de rodillas frente a Calen. Fernanda lanza un chillido y se cierne sobre sus hermanos, mientras la errante puma se mece de adelante hacia atrás, abrazando al devorapieles.

El león tiene los labios pálidos. Está quieto, yace apacible en brazos de su hermana.

No se mueve. No respira.

Está muerto.

Calen está muerto.

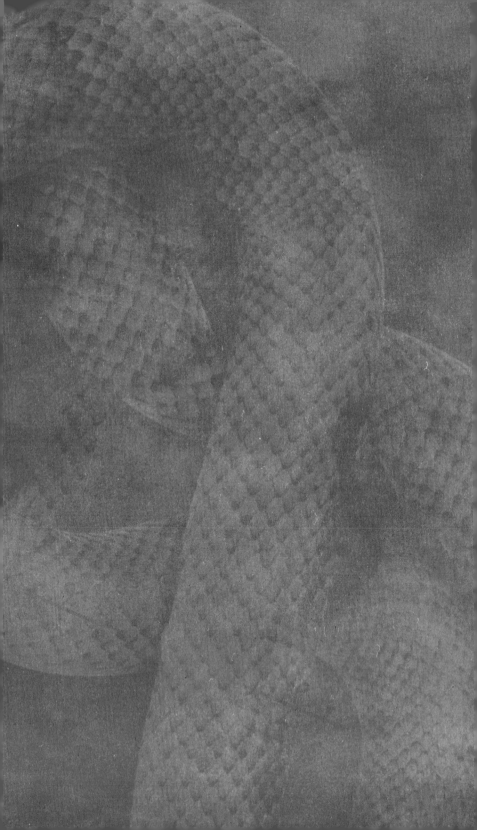

CUARTA ETAPA

MONSTRUO
INMORTAL

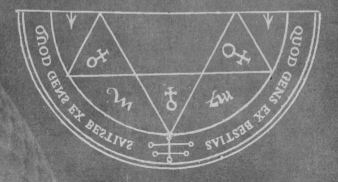

CAPÍTULO 66
UN AMOR INSUFICIENTE

Miro hacia el cielo oscuro cubierto de nubes aún carga-
das. Cierro los ojos un instante y me acuclillo sobre la
tierra húmeda.

Agua...

Mi antepasado, el trotapieles, me mira inerte desde la fogata, enterrado entre carbón y troncos empapados en gasolina. Me resisto a la tentación de poner mis dedos sobre ese
rostro de pesadilla; es tan grotesco que me cuesta creer que
alguna vez, en alguna vida, tuviera una cara.

Los trotapieles no eran errantes, sino algo mucho más pri-
mitivo, más apegado a la magia que a la naturaleza. Cuando
se ponían la piel de aquellos animales de los que querían tomar forma, sus espíritus no se volvían una sola cosa con ellos,
sino que eran diversas almas dentro de un solo cuerpo, incapaces de existir con verdadero equilibrio. Por eso, al intentar
quitarse la piel para volver a ser humanos, sufrían una tortura inimaginable. Sus pieles se estiraban, sus caras se torcían,
sus cuerpos se arrugaban y se deformaban hasta que parecían
ancianos o cadáveres... Terminaban con este aspecto. Y jamás
volvían a ser los mismos.

Un trueno rompe en el cielo, y frías gotas de lluvia me arrancan de mi sopor.

—Agua… —repito, aún incapaz de creerlo. El lago que se encuentra en la reserva, detrás de las cabañas; Dirty Devil River, junto al mirador de la carretera; la lluvia… el trotapieles se movía a través del agua, no a través del plano medio, como yo había pensado.

No había forma de que lo supiera.

Ni eso. Ni lo de Alannah.

Alargo la mano hacia la criatura y pongo mis dedos descarnados sobre ella; el guante destrozado ha quedado olvidado en algún punto de Monument Valley. Las llamas refulgen en mi palma con tanta rabia que, en unos instantes, se propagan por la fogata a pesar de la humedad.

El cuerpo ha resistido un poco más entero, a diferencia de sus extremidades, pero aun así, sin magia que lo sostenga, se reduce a cenizas devorado por el fuego. El trotapieles vuelve al infierno de donde ha sido traído, pero su muerte no deja más que preguntas que ya no tengo fuerzas para responder.

A pesar de la fogata, del calor de la noche de pleno verano, empiezo a sentir frío. Me levanto despacio y giro la cabeza hacia la casona de Red Buffalo. Las luces tenues de la sala atraviesan la noche con nitidez.

Decido que aún no estoy listo para enfrentar lo que sea que me espera allí dentro, así que doy media vuelta y voy hacia la Suburban negra, estacionada al lado de la casa de Irina. Está abierta, así que entro sin enjugarme las gotas de agua de la frente. El frío me eriza la piel.

Cierro la puerta y rebusco en la guantera hasta dar con una cajetilla de cigarros, y al intentar llevarme uno a la boca me doy cuenta de que estoy temblando. Lo dejo caer y me cubro el rostro con las palmas de mis manos. El hueso frío y rígido de mi mano lastima mi piel.

—Calen, dioses, Calen... —inclino mi frente contra el volante y me permito llorar en completa soledad.

Después de largos minutos, levanto la mirada hacia el parabrisas. Y a pesar de que las gotas golpean con insistencia el cristal, distingo una silueta bajo la lluvia, acercándose.

Tared se detiene a un lado de la portezuela, con la barbilla apuntando hacia el suelo. Por instinto me deslizo hasta el lado opuesto del asiento para hacerle espacio. Y lo que salta dentro de mi pecho cuando abre el auto, no es mi corazón.

Es miedo.

Él sube empapado a la camioneta, despacio cierra la puerta. Sus ojos azules miran al frente, hacia la lluvia. Y por fin rompe un silencio que yo hubiese deseado eterno.

—Esos poderes —comienza—, ¿los obtuviste de *él*?

Gira la cabeza para mirarme, y su expresión suplica que lo niegue. Que diga todo es una mentira, que yo jamás habría hecho algo tan... *ruin*.

Cierro los ojos unos momentos, con fuerza. Y después de una larga pausa que tomo para reunir valor, termino por asentir.

Contengo la respiración cuando Tared se lleva una mano a los labios. El azul luna de sus ojos se enturbia al tocarlos con la punta de sus dedos. Su mano se vuelve un puño que constriñe mi corazón.

No me extrañaría si le diese una arcada de asco.

Después de un tortuoso silencio, levanta la mirada y pone las manos en el volante.

—Contarte lo de Grace ha sido una de las cosas más difíciles que he hecho en mi vida, Elisse. Porque revivir mi pasado me hizo sentir, una vez más, como aquel desgraciado que abandonó a su esposa por miedo y la dejó ahogarse en su locura. Como aquel cobarde que te mintió, a ti y a todos sus hermanos con tal de que no pensaran que era un bastardo. Me hizo sentir indigno de nuevo, pero lo hice porque sentí que tú, más que nadie en este mundo, merecía saber quién era yo en realidad. Desnudé mi alma delante de ti. Me convertí de nuevo en un monstruo con la esperanza de que, sin importar nada, me quisieras a tu lado. Y... tú no fuiste capaz de decirme la verdad.

Sus palabras, frías, pero honestas, me hacen romper en llanto una vez más.

—Lo siento, Tared. Lo siento tanto —confieso entre sollozos.

El hombre lobo vuelve la mirada al frente, y aquella mano que en algún otro momento de nuestras vidas se hubiese alargado para consolarme, permanece sujetando con firmeza el volante.

—¿Sabes cuál fue la única razón por la cual, después de haber asesinado a mi compañero en Nueva Orleans, no me pegué un tiro en la cabeza esa misma noche? —pregunta con tranquilidad—. Fueron *ellos*, Elisse: mamá Tallulah, el abuelo Muata y, sobre todo, Padre Trueno. *Mi padre*. Ellos me consolaron, me ayudaron a controlar mi ira, me aceptaron y me hicieron comprender que ser una bestia no era lo mismo que ser un monstruo. Ellos me dieron otra oportunidad. Y a ti también.

—Tared, yo...

—Nos dijiste que estaba muerto —corta, y esta vez, no hay compasión en sus palabras, sólo rabia—. Nos dijiste que el Loa que había matado a los ancianos había caído, que sus muertes no habían sido en vano. Pero te beneficiaste de sus poderes y, no conforme con ocultarlo, te fuiste para hacernos creer que habías muerto. Dios mío, Elisse, ¿qué te hicimos para que nos traicionaras de esa manera?

Y es allí cuando sé que ya no tiene sentido pedir perdón, porque, ¿qué se supone que debo decir ante semejante verdad?

Tared suspira y pone la mano sobre la manija de la portezuela. Pero no acciona la palanca. Tan sólo vuelve a mirarme, y por unos instantes creo ver un atisbo de súplica en su mirada. Una última oportunidad para explicarlo todo, para resarcir el vínculo roto entre nosotros... pero no recibe más que mi irritante silencio.

Sacude la cabeza. Se apea y las gotas frías entran como un torbellino en la camioneta. El hombre lobo me da la espalda, se deja empapar una vez más, y luego mira sobre su hombro.

—Te amo, Elisse. Te amo tanto que me arrancaría el corazón si me lo pidieras —dice con decisión, pero sin ternura—. Pero eso no significa que pueda volver a confiar en ti.

Da la vuelta, la portezuela continúa abierta a sus espaldas, y antes de que pueda marcharse, mi voz lo detiene bajo la lluvia.

—Si te hubiese dicho la verdad —pregunto conmocionado—, ¿me habrías perdonado?

El hombre lobo se queda quieto unos instantes, para luego, suspirar.

—Cómo quisiera que te hubieses arriesgado a descubrirlo.

Permanezco hundido en el asiento, con las lágrimas resbalando por mi mentón. Tared se marcha, y veo cómo se lo traga la tormenta, mientras yo acepto, por fin, haber logrado mi cometido. He puesto a mi familia a salvo de mis demonios, pero a costa de perderla por completo.

Y lo que más me duele de todo es que, a pesar de que mis mentiras descubiertas han bastado para romper ese lazo tan sagrado entre nosotros, todavía me queda una verdad aún más terrible por ocultar.

CAPÍTULO 67
REMORDIMIENTO

Sólo cuando la tormenta se torna en leve llovizna reúno fuerzas suficientes para salir de la camioneta y acercarme a la casona de Red Buffalo. Me detengo en la entrada y percibo muy apenas los vestigios de luz que provienen del interior. Todo se vuelve más tenue, como si el mundo se hubiese empañado de repente.

Subo despacio el pórtico; la madera rechina bajo mis botas y siento como si la casa entera quisiese venirse abajo. Como si, tal cual pasó con el padre de Adam en la casona de los Blake, su corazón hubiese muerto junto con Calen.

Abro la puerta despacio, y un aliento desolador me recibe desde dentro. Las luces están apagadas, y todo parece emanar un frío que yo no soy capaz de percibir con claridad, como si el dolor por fin me hubiese sedado.

Cruzo el pasillo. Escucho murmullos, voces que suenan a gemidos, y me asomo apenas por la puerta entreabierta, sin atreverme a entrar del todo.

Alannah y Calen yacen acostados en la mesa del comedor, el uno al lado del otro. Ella está envuelta de cuello a pies en una sábana blanca; le han dejado la cabeza descubierta porque, aun cuando su cuerpo quedó mancillado al haber sido convertida en un trotapieles, sigue siendo ella. En su rostro siguen sus ojos oscuros, su mandíbula cuadrada. Su androginia natural. De forma inconsciente, bajo la mirada hacia su vientre. No he tenido el valor de decirle a nadie la verdad.

Ése es un secreto que me toca llevarme a la tumba.

Calen, a su lado, está cubierto hasta el pecho. Y aun con los gruesos vendajes alrededor de su vientre, una mancha oscura ha comenzado a impregnar la sábana sobre su cuerpo.

A pesar de la brutalidad de su muerte, parece tranquilo, con su mano casi enlazada con la de Alannah.

Quiero creer que la caída de la contemplasombras no fue mi culpa. Que no había modo de que hubiera podido evitar que el trotapieles la matara, pero... ¿y tú, Calen? ¿Estás muerto por mi culpa? ¿Alguna de las decisiones que tomé a lo largo de este viaje nos llevó hasta este punto?

Fernanda e Irina lloran desconsoladas a los pies de su hermana. Ya en su forma humana murmuran su nombre, acarician sus tobillos, le piden que las perdone por no haberla protegido. Chenoa abraza a sus niños ahora dormidos, con las mejillas enrojecidas y los ojos hundidos por el llanto. Y al no ver rastro de Sammuel por ninguna parte, me siento estúpido. ¿Cómo puede ser significativa mi pena ante el sufrimiento de estas personas?

Nada. Mi dolor nada es. Y, sin embargo, no puedo evitar sentirme destrozado al ver a mis hermanos de Comus Bayou rodear a Red Buffalo.

Johanna, Julien y Nashua están heridos, cansados, pero dispuestos a acompañarlos en su vigilia, mientras que la ausencia de Tared torna el cuadro aún más doloroso. Todos dan la espalda a la puerta y, sólo cuando mi hermana levanta la barbilla y se dispone a mirar hacia acá, retrocedo para alejarme por el pasillo.

Nadie me ha dirigido la palabra desde la batalla. Y es lo mejor. No tendría el valor de enfrentarlos, ni la fuerza para resistir, una vez más, la acusación de sus miradas.

Traidor. Traidor. Traidor.

Avanzo hasta la habitación de Sam, donde el perpetuasangre me espera.

Abro la puerta y lo encuentro sentado junto a su escritorio, con un montón de hojas de libreta entre las manos. Tiene la barbilla pegada al pecho, las lágrimas ya secas bajo sus ojos hinchados. A su lado, en la mesa, descansa el tomo esmeralda y el libro de Laurele.

Ni siquiera levanta la cabeza cuando me siento frente a él. Largos minutos transcurren hasta que por fin uno de los dos encuentra el valor para hablar.

—Estaba tan orgulloso —susurra—. Me sentía tan feliz de saber que podía leer el libro de las generaciones y que, al menos, no había perdido esa parte de errante en mí. Estaba tan cegado, tan urgido por probar mis capacidades. Fui tan...

Estúpido.

—Fue culpa mía —solloza—. Pude haber salvado a Calen, y también a Alannah. Pero los dejé morir...

Sacudo la cabeza de un lado al otro y envuelvo su muñeca con mi mano humana.

—No, no, Sam —replico—. Nada había que pudieras hacer, ni siquiera por ella. Lo único que quedaba de Alannah en aquella criatura era su cuerpo y nada más. El trotapieles...

Sam se pasa las manos por la cara y ahoga un suspiro.

—No, no me refiero a la batalla, Elisse —insiste—. Me refiero a antes. Cuando ella quedó embarazada.

—¿… tú lo sabías?

El perpetuasangre aprieta sus párpados con fuerza.

—Calen no sólo era mi hermano, era mi mejor amigo —dice—. Y no había nada que pudiese ocultarme, ni siquiera lo que sentía por Alannah.

—Dioses, Sammuel…

Quisiera decirle tantas cosas, pero sólo puedo apretar su hombro, porque sé que si hay algo más difícil que cargar con la culpa, es lograr perdonarse a uno mismo.

Lo sé porque yo nunca seré capaz de hacerlo.

Sam sorbe sus lágrimas y sonríe con tristeza.

—Qué ironía —dice—. El viejo Begaye trató de protegernos toda su vida, de alejarnos de nuestros destinos sin imaginar que, al final, seríamos nosotros quienes nos destruiríamos.

Estiro un poco el cuello ante la extrañeza de sus palabras.

—¿Destinos? ¿A qué te refieres?

Sam mira la pila de hojas sobre su regazo. Hay mucho, mucho texto garabateado, escrito con prisas, pero sólo algunas cosas marcadas en color amarillo.

—Ayer, cuando Chenoa y yo comenzamos a traducir el libro, nos pareció que sería más útil comenzar con lo último que había sido escrito. La parte del viejo Begaye… Pero creo que habría sido mejor nunca haberlo descubierto.

Toma la primera hoja y aprieta los bordes entre sus dedos hasta arrugar el papel, y comienza a leer.

Hoy me he quedado solo. Después de tantas generaciones, soy el último errante vivo de Red Buffalo. Mi nacimiento fue el anuncio del regreso de los alquimistas, pero ha pasado una vida entera y ellos aún no han venido por mí. Pero ¿y si nunca llegan? ¿Y si ya todo ha terminado sin siquiera comenzar...? Me siento viejo. Muy viejo... Tal vez sea el final. Tal vez, nos hemos equivocado de época. ¿Así también mueren los héroes? ¿Solos, en medio del desierto, aguardando...?

Sam hace una pausa y luego, da la vuelta a la página, prosigue.

El rancho está vacío. Sólo las plantas rodadoras me visitan, y de vez en cuando, los recuerdos. A veces saco las vacas a pastar, pero creo que algunas ya han empezado a morir de hambre. Hay terreno, pero no tengo fuerzas para ararlo. Hay agua, pero no tengo energías para bombear el pozo. A veces pienso que quiero morir y ser tierra de nuevo. Qué terrible es estar solo.

El desconsuelo de aquellas palabras me da un vuelco al estómago. De pronto, me veo abrazándome frente al perpetuasangre. Él toma aire hasta llenarse, no sé si de aire o de valor, y vuelve a pasar la página. Continúa la lectura, esta vez con la voz más temblorosa.

He encontrado a un niño en la carretera. A uno de los míos. Sé que es un errante, pero me ha costado reconocerlo. De no ser por sus ojos grises y el débil palpitar del ancestro bajo su piel, pensaría que no era más que un humano. No creo que pueda transformarse. Es un niño grande, y como cualquier errante a su edad, todavía no camina, pero en mis brazos se siente ligero. Su presencia es pura como el agua. Al llevarlo al rancho y darle un plato de comida... me ha llamado abuelo. Mañana me despertaré muy temprano. Me calzaré las botas. Me pondré el sombrero de paja. Abriré el pozo. Volveré a pasear a las vacas... Le he puesto por nombre Sammuel.

Sam da la vuelta a otra página, y para este punto, sus ojos han comenzado a inundarse de lágrimas.

Esta mañana encontré a otro niño en un rincón del pueblo. Estaba sucio, golpeado, y me pedía dinero. Lo subí a la camioneta y nadie se opuso, todo el mundo se encogió de hombros. Lo traje al rancho, y él y Sam congeniaron de inmediato. Calen es un devorapieles joven y generoso, pero fiero como un león. Tiene mucho fuego dentro.

Mis niños han traído a un amigo al rancho. Es un humano, un niño dineh. Se llama Chenoa, y aunque sólo tiene doce años estaba alcoholizado. Le dije que no quería que volviese a la Nación Navajo. Me dijo que estaba bien, que nadie se iba a dar cuenta, porque, de todos modos, su padre también estaba siempre borracho.

En la madrugada, un "coyote", de esos que se dedican a pasar ilegales en la frontera ha venido al rancho. En Sonora, a uno de sus socios le han quitado el remolque para vacas que yo les había rentado. No tiene dinero para pagármelo, así que me ha ofrecido a una muchacha de trece años. Me dice que sólo tiene eso, y que no importa, que nadie vendrá a reclamarla, que los sicarios se han llevado a su madre cuando intentaban cruzar la frontera. El tipo se larga y yo no sé qué hacer con ella. Es una errante, tiene la rabia de un águila y el alma repleta de aire, pero sé que está asustada, porque no deja de llorar. Dice que se llama Fernanda, y aunque estoy seguro de que miente... no le doy importancia.

Fer llegó a casa con una amiga, una compañerita de su escuela, Irina. Me sorprendí al verla, porque nunca había visto a una muchacha más alta que mi Fernanda. Ella, muy educada, se despidió de mí y prometió volver pronto, porque a pesar de que vive en un edificio muy grande y bonito, aquí se siente más a gusto, como si fuese su casa. Chenoa, el pobrecito, no dejaba de mirarla...

Esta noche, mis muchachos han preparado una cena. Han quemado la cocina, Sammuel se ha caído con los platos y Calen ha organizado una guerra campal en la nieve que ha perdido contra Irina. Al final, se han quedado dormidos juntos en la sala con el televisor encendido y las tazas de chocolate vacías. Me he comido el pastel duro que Fernanda ha cocinado. He apagado las luces. He subido a mi cuarto.

Hoy he cumplido sesenta y dos años.

Miro al perpetuasangre con el estómago hecho un nudo al pensar, una vez más, en Calen y Alannah. En el trágico final que ha tenido esta familia.

Sammuel pasa de página y se seca las lágrimas. Continúa, pero esta vez, puedo notar una palpable tensión en sus palabras.

Calen ha sufrido su primer cambio. Los chicos estaban jugando en los acantilados, y la adrenalina al casi caer por uno de los bordes lo ha hecho transformarse. Pero, a pesar de que mi devorapieles está loco de contento, Sam me pregunta por qué yo no paro de llorar.

Lo he decidido. Hoy voy a quemar esa casa.

Hoy voy a arrojar este libro a las llamas. Tal vez, si la casa ya no está, ya no vendrán a buscarlos. Tal vez, si me deshago de este legado, Sam nunca sabrá que debíamos ir a una guerra que no pedimos. Y aunque me duele engañarlo, negarle su herencia como perpetuasangre...

No me importa mi honor.

No me importa mi camino.

A mí sólo me importan ellos.

Y, mientras yo viva, nadie les pondrá un dedo encima a mis niños.

Sam baja las páginas y mira el suelo. Toda la habitación da vueltas a mi alrededor.

¿El viejo Begaye fue quien incendió la casa de los Blake hace veintisiete años? Y encima, ¡fue él quien dejó allí el libro de las generaciones!

—Por los dioses —exclamo, enterrando los dedos en mis sienes—. ¡No lo puedo creer!

—Era nuestra responsabilidad —dice el perpetuasangre—. Jocelyn Blake, los alquimistas y, probablemente, también ese trotapieles. Nosotros estábamos destinados a detener esta masacre. Y no pudimos hacerlo. *No sabíamos que debíamos hacerlo.*

Me quedo paralizado sin saber qué pensar sobre todo esto. En parte, entiendo la postura del viejo Begaye. Yo tampoco querría que mi familia se enfrentase a alguien como Jocelyn, pero ¿acaso no es nuestra misión como errantes mantener a raya a los seres con magia?

Y aun así...

—Lo que ese trotapieles les hizo a Alannah y a Calen tuvo que ver conmigo, no con ustedes —digo con firmeza—. Desde el principio, su intención fue llevarme hasta Jocelyn Blake para matarme. Pero falló, y todo lo que ha pasado hasta ahora no fue culpa del viejo Begaye. Él cometió un error al ocultarles la verdad, pero sólo lo hizo porque los amaba.

Por unos instantes, me detengo a pensar si no habré dicho esto para sustentar mis propias decisiones. Sam se levanta y despacio, muy despacio, saca una libreta de su estantería.

La abre de par en par, lee en silencio por unos instantes y luego... suspira.

—El trotapieles... —dice en voz baja—. Durante años, hemos escuchado leyendas sobre él en nuestras tierras. Los nativos del norte del estado siempre hablaron de su maldad, y aunque nunca quise creer que uno de nuestros antepasados pudiese ser tan horrible, tan diferente a otros trotapieles o a lo que somos los errantes en sí... supongo que no todos somos iguales. Ni podemos albergar las mismas intenciones.

Y supongo que esa maldad que parecía tener por naturaleza, lo convirtió en una herramienta perfecta para mi Mara.

Sammuel me mira de nuevo con sus dolidos ojos grises; le tiemblan los labios, pero, al final, decide volver a quedarse callado.

Sé que en otras circunstancias no dudaría en preguntarme a fondo por qué el trotapieles estaba detrás de mí, pero, por ahora, no parece tener cabeza para nada más. No cuando acaba de perder a dos miembros de su familia.

Lo dejo meditar un poco más, hasta que decido que es hora de marcharme. Doy media vuelta y cruzo la habitación.

—Sé por qué el viejo Begaye hizo lo que hizo —dice Sam a mis espaldas—. Y, por eso, el libro de las generaciones no es de lo que quería hablar contigo en realidad.

La sorpresa me detiene en medio del umbral. Miro sobre mi hombro al perpetuasangre, quien mete las hojas que ha traducido dentro del libro de Laurele. Me lo extiende, y cuando alargo la mano para tomarlo, se resiste a soltarlo.

Sus ojos grises, sombríos, resplandecen de forma extraña en la oscuridad.

—En la Región de los Grandes Lagos, cerca de la costa noreste del país, se cuenta una antigua leyenda algonquina —dice, y de pronto, el monstruo de hueso yergue la cabeza en mi oscuridad.

Mi corazón se acelera sin motivo.

—Se decía que una criatura monstruosa habitaba los bosques —continúa, y su voz se escucha más profunda y hueca—. Un ser demoníaco que aparecía con el frío y el invierno, tan malvado que inducía a los hombres a hacer cosas horripilantes. Los volvía... caníbales.

Los dedos de Sam se aprietan contra el libro rojo, para luego soltarlo, como si hubiese escuchado a la perfección mi palpitar desbocado.

—Nadie sabe con certeza de dónde vino —dice—, ni cómo es su apariencia real, pero casi todos los mitos coinciden en que se trata de una criatura siempre hambrienta. Y hecha de huesos.

—¡Sammuel, yo...!

—Wéndigo.

Y de pronto el monstruo dentro de mí enmudece.

Calla, pero sonríe.

Doy un paso atrás.

—¿Qué has dicho?

—La criatura por la que me preguntaste, aquella vez que llegaste al rancho... se llama Wéndigo.

CAPÍTULO 68
PARTIDA

La puerta se abre con un rechinido en medio del absoluto silencio. El olor a tierra húmeda está impregnado por toda la casa de Irina, y la luz tenue y azulada de la madrugada entra con timidez por la ventana del dormitorio de huéspedes.

Me introduzco con tranquilidad y arrastro una silla hasta ponerla delante de la cama. Miro el cuenco de curaciones sobre el buró y el resplandor de un revólver. Y luego, a Hoffman, quien comienza a despertar ante mi presencia. Intenta despabilarse y enfocarme, pero su brazo le arranca un quejido de dolor.

Se aprieta el hombro, y luego se arquea hacia un costado despacio. Su mano parece querer alcanzar la pistola sobre el mueble.

—Hazlo —digo en un susurro cuando sus dedos tocan la culata—. Nadie va a recriminarte por ello, de todas formas.

Él aprieta los labios hasta volverlos una línea recta. Aleja la mano del arma y se yergue en la cama.

—Me mentiste —su tono de voz me hace levantar la barbilla, porque, más que furioso, parece herido.

Ante mi silencio, aprieta las sábanas entre los puños.

—Dime. También mentiste sobre Laurele, ¿verdad?

—Laurele está muerta.

—¡Mentira! —exclama, arrojando el cuenco de hierbas al suelo de un manotazo—. ¡Todo lo que has hecho y dicho hasta ahora no han sido más que jodidas mentiras!

Por un segundo los retratos de las paredes parecen sacudirse ante su grito. Por fortuna no hay nadie en la casa que pueda escucharlo.

—¿Qué te hizo perdonarle la vida, Elisse? ¿Te prometió poder? ¿Meterte en la cama de Miller? ¿O acaso te volviste la ramera de Samedi porque era más fácil que matarlo?

Mi corazón no sangra ante la crueldad de sus palabras, y miro hacia la ventana, hacia los acantilados del rancho. Y el peso que llevo sobre mis hombros se aligera un poco cuando por fin, después de tantas mentiras, comienzo a confesar *la verdad.*

Le cuento a Hoffman lo que ocurrió en el cementerio de Saint Louis en Nueva Orleans, en mi batalla contra Barón Samedi. Le cuento cómo funcionan los tratos con el Loa de la Muerte, y cómo las almas que le son ofrecidas viven dentro de él hasta que decide liberarlas. Y que si él desapareciese antes de hacerlo, esas almas se perderían.

Le cuento cómo tuve que decidir entre la lealtad a mi gente y el alma de su hija y los niños de Louisa.

Para cuando termino, sus dedos tiemblan un poco, como si no pudiese decidir entre creerme o apretar el gatillo del revólver.

Parpadea un par de veces y luego levanta los ojos hacia mí.

—¿Se lo has dicho a los demás?

Muevo la cabeza de un lado al otro como respuesta.

—¿Por qué?

—Porque si llegaran a saberlo, nunca me dejarían marchar —respondo, más con resignación que con frialdad—. Y es por eso por lo que he venido a pedirte un favor.

Hoffman se deja caer contra la cabecera de la cama, y algo en su mirada parece cambiar por completo.

—¿Qué es lo que quieres? —pregunta, y juro escuchar su voz quebrarse al pronunciar la última palabra.

—Necesito que me lleves al norte —digo con firmeza—. A la Región de los Grandes Lagos.

El detective frunce el entrecejo.

—Eso está del otro lado del país, ¿para qué quieres ir allá?

Miro hacia mi regazo. Hacia mi mano descarnada, y juro sentir todos y cada uno de mis huesos vibrar bajo mi carne.

Somos...

—Porque por fin sé hacia dónde debo dirigirme para terminar con toda esta pesadilla.

Cierro el puño, y mis garras se entierran en la palma de mi mano. Wéndigo susurra en mi interior mientras el detective entreabre los labios, a punto de ofrecer mil motivos para negarse.

O al menos, eso me parece, porque después de un silencio prolongado termina por asentir.

△ △ ▽ ▽

La pila de hojas que Sam puso en el libro de Laurele forma un bulto en la mochila que cargo sobre mis hombros. Y a pesar de su grosor lo que más pesa sobre mis hombros es el Atrapasueños de Tared.

Al salir de la casona de Red Buffalo, en esta madrugada gris cubierta de nubes, sólo se escucha el oxidado rechinido del molino de viento, puesto que la noticia de mi partida no ha traído más que pesadumbre.

Miro al frente, hacia la casa de Irina. Hoffman me espera con una inusual paciencia junto a su coche encendido mientras fuma un cigarro.

La puerta se abre a mis espaldas, pero no hace falta que mire sobre mi hombro.

—Cuando Tared me dijo que iban a irse hoy, pensé que sería contigo —dice Irina. Hace una pausa, y se acerca hasta dejar apenas unos pasos entre nosotros—. ¿Estás seguro de esto?

Me giro para mirarla. Ella se abraza a sí misma, y su rostro, a pesar de estar marcado por la tristeza, aún me parece muy hermoso. Me encojo de hombros, sin fuerzas para pretender que sé lo que hago.

Ella camina hacia mí y extiende los brazos. Sin poder resistirme, me acerco y dejo que me estruje contra su pecho, incapaz de negarme a ser consolado.

—Lo siento tanto —susurro—. Lamento no haber podido salvar a Alannah. Y también... lamento mucho lo que pasó con Calen.

—Yo también lo siento, Elisse —responde en un suspiro—. Pero, sobre todo, lamento que no puedas comprender que nada de esto ha sido tu culpa.

Las lágrimas se aglomeran en mis ojos, pero aprieto los párpados con fuerza para no permitirles bañarme una vez más. Resignado, la suelto y le doy la espalda. Avanzo por el porche, y el vacío en mi pecho se incrementa a cada paso. Pero, aun así, logro llegar hasta el detective, subir a su coche e incluso bajar el seguro de la portezuela.

Nos ponemos en marcha. Miro hacia atrás, hacia la caso-na, y mi corazón se acelera cuando una silueta desdibujada se asoma por una de las ventanas y nos mira partir.

Dejamos el molino atrás, el granero, el corral. Y en el momento en el que rancho se vuelve una mancha rojiza a nuestras espaldas, me muerdo los labios.

Me duele. Me duele muchísimo saber que es así como han terminado las cosas. Y sé que no me bastará otra vida entera para arrepentirme por todo.

Cruzamos la propiedad, atravesamos el cerco de acero y después de un largo trecho llegamos a la carretera 163 norte.

Tras varios kilómetros de mutismo, Hoffman por fin se digna a mirarme. A mí, y a las vendas de mi rostro y mi cuerpo, heridas que Sam apenas tuvo ánimos para sanar después de haber perdido a sus hermanos. Apaga la radio y entonces, suspira.

—Sé lo que pretendes, Elisse —dice de pronto. Giro la cabeza hacia él, sin comprender—. Mira, entiendo que ellos son tu prioridad, que necesitas ponerlos fuera de peligro, y que por eso me has pedido que te ayude. Pero también sé que no eres el cabrón que has intentado aparentar todo este tiempo y que, por eso, en cuanto lleguemos a los Grandes Lagos, buscarás la forma de deshacerte de mí. Así que quiero que sepas algo primero.

Me hago un ovillo contra la portezuela del auto, y Hoffman arroja la colilla de cigarro por la ventana.

—Yo no soy un buen hombre, porque nunca me ha importado nada ni nadie, algo bastante bien aprendido de mis padres, si me lo preguntas. Pero mi hija…

Aquello me toma desprevenido. El detective titubea antes de continuar.

—Nunca fui capaz de querer a ninguna mujer —dice, ahora en voz baja—. Y la idea de ser padre tampoco me hacía mucha gracia, pero cuando *ella* llegó a mi mundo, sin ser siquiera de mi sangre... digamos que fue instintivo. Y por más estúpido que suene esto, por primera vez en mi puta vida me sentí ilusionado respecto a algo. Por primera vez... alguien me importaba más que yo mismo.

De forma inconsciente me acerco un poco más hacia el detective. El hecho de que Hoffman esté hablando de esto me desconcierta.

—¿Tu hija... era adoptada? —susurro, sorprendido, y más cuando el estoico hombre parece ablandar la mirada, como si un viejo recuerdo le hubiese tocado el pecho.

De pronto, Hoffman detiene el coche en medio de la solitaria carretera. Las montañas de roca roja se dividen a cada lado del camino, como si se abriesen junto con el corazón del detective.

—Fui un bastardo egoísta e infeliz toda mi vida —dice con una sonrisa sarcástica—, pero cuando ella tenía sueño, hambre o frío, y yo la arrullaba contra mi pecho, me miraba de una forma que me hacía saber... que a pesar de todo, *era posible que alguien me amase.*

Hace una pausa, y sus dedos asfixian el volante.

—Y cuando la perdí, cuando Laurele la *asesinó...* Mierda, ¿sabes qué, Elisse? Vacié mi casa y mis recuerdos porque no soportaba saber que ya jamás la vería. Pero siempre quise creer que, a pesar de su muerte, mi hija seguiría allí, de alguna manera; recordándome que en algún momento de mi vida, tuve valor para alguien...

—Hoffman... —susurro con la voz rota.

Pero el detective no llora, tan sólo mantiene en el rostro una mueca de tristeza. Entonces lo entiendo, por primera vez veo al detective como lo que es: un hombre con una herida que no podrá sanar.

—Y tú salvaste eso, Elisse —dice—. Salvaste a nuestros hijos, salvaste la esperanza de algún día reencontrarnos con ellos. A cambio tuviste que perder a tu familia, su confianza y su lealtad hacia ti, aun cuando no nos debías nada. Ni a mí, y ni siquiera a Louisa. Y lo siento, Elisse. Lo siento tanto, en verdad...

Permanezco con los ojos fijos en la carretera, intentando encontrar las palabras adecuadas para decirle que esta decisión es una de las cosas más fáciles que he tomado en la vida.

Mi mano, nuevamente cubierta por un guante de cuero, se posa sobre el dorso de la suya y lo aprieta. El agente se tensa bajo mi tacto.

—Gracias —digo sin suavidad, sin sonrisas, pero completamente sincero—. Gracias por no haberme dejado ir solo.

Ahora Hoffman es quien me mira sorprendido. Chasquea la lengua y su rostro enrojece.

—Dios, con lo idiota que eres, tú solo no habrías llegado vivo ni a la puerta. Así que ni siquiera intentes huir de mí, porque sabes que me las arreglaré para encontrarte.

Suspiro y asiento. Vuelvo a encender la radio y me recargo contra la puerta. El detective pone en marcha el coche y, poco a poco, comienzo a arrullarme con el paisaje, pensando en que, a pesar de todos mis esfuerzos, una parte de mi Atrapasueños se las ha arreglado para acompañarme de todas maneras. Y de que no importa cuántas veces lo intente, jamás seré capaz de cumplir una promesa.

CAPÍTULO 69
VATICINIO INTERMINABLE

Despierto gritando, empapado en sudor.

Miro de un lado al otro hasta entender que sigo en el coche de Hoffman, bajo el sol. Veo al detective al lado de la carretera, a la sombra de uno de esos quioscos de recreación turística techado, con bancas y parrillas de ladrillo.

El reloj marca el mediodía, y el camino está vacío.

Abro la puerta y me bajo a trompicones del auto para acercarme a él, quien me mira consternado con un cigarro entre los labios.

A pesar de que llevo desde la madrugada sin probar bocado, ignoro por completo los paquetes de comida sobre la mesa, los cuales debió haber comprado mientras yo dormía. Me siento en la banca con pesadez y me paso la mano enguantada por el cabello.

—Bueno, ¿pero qué diablos te pasa?

—H-Hoffman —tartamudeo—. He vuelto a tener una visión.

Un coche pasa de largo a nuestro lado, arrojando una nube de polvo. El detective alza ambas cejas.

—¿Y eso qué carajos significa?

Ansioso, me levanto de nuevo y doy vueltas frente a la mesa.

—Verás —exclamo—, cada vez que tengo que enfrentarme a algo importante, algo peligroso, una advertencia se presenta, en forma de premoniciones.

El detective ladea la cabeza.

—Es decir... ¿cómo si pudieses ver el futuro?

—No, no exactamente —explico—. Son como sueños vívidos, y aunque a veces no parecen tener sentido, debo descifrarlos para evitar que ocurran desastres.

—¿Sueños? ¿Pero no se supone que tú *no puedes* soñar?

—¡Dioses, eso no importa ahora! —grito, desesperado—. ¿Viste el libro que saqué de la casa de los Blake? —él asiente, sin la menor idea de adónde pretendo llegar con ello—. Pues hace unos meses comencé a tener la misma visión una y otra vez. En ella aparecía Monument Valley, un zorro despellejado y una puerta esmeralda que hacía alusión a ese maldito libro. La visión cambió conforme librábamos batallas, pero aunque Monument Valley desapareció, ¡todavía veo esa maldita puerta y a ese zorro, que resultó ser el ancestro de Alannah! No sé qué diablos pasa, o qué carajos se me escapa, ¡pero te juro que yo...!

—A ver, a ver, tranquilo, carajo —exclama—. Dime, ¿qué más *viste* esta vez?

Para mi sorpresa, Hoffman saca su pequeña libreta junto con un bolígrafo del interior de su gabardina de verano. Me devano los sesos para recordar los detalles con mayor claridad.

Y, de pronto, se me ilumina la cabeza.

—*Cadenas* —murmuro—, había cuatro cadenas que aseguraban la puerta, y al principio, sólo una de ellas estaba rota. Pero hoy he visto que ahora se ha roto *una más*.

Él entrecierra la mirada y se echa hacia atrás, se sujeta la barbilla y piensa con detenimiento unos instantes.

—¿Tienes idea de lo que significa esa puerta? ¿O lo que hay detrás de ella?

—Sospecho que... la piedra filosofal, pero no estoy seguro, porque parece que *algo vivo* golpea desde el otro lado con mucha fuerza, como si intentase liberarse, y tengo entendido que la piedra es *un objeto*. Además, el ancestro de Alannah no cesaba de gritar "eran cuatro y ahora son...".

Me quedo con el resto de la frase en la punta de la lengua.

—¿Ajá...?

—"Y ahora son dos..."

La sangre se me va a los pies, porque el trotapieles dijo eso mismo antes de morir.

Corro hacia el coche para sacar mi mochila. Vuelvo a la banca, revuelvo los papeles con la traducción de Sam y los ojos se me iluminan de alivio al ver que, por suerte, también me ha dejado el poema alquímico.

Pongo la hoja frente al detective.

—Esa página es lo primero que había en el libro esmeralda —exclamo.

El hombre la toma entre los dedos y la mira con ojos entornados.

Al principio, Dios creó a una criatura maravillosa.
Pura, inmortal y perfecta.
Pero al mirarla, supo que también
era monstruosa, así que la partió en dos.
Por lo tanto, querido aprendiz,
si estás en busca de la piedra divina,
medita bien el paso que vas a dar.

Materia prima
Serás de Oro y serás de Plata.
Serás de Sol y serás de Luna.
Serás de Azufre y serás de Mercurio.
Serás de Arriba y serás de Abajo.

nigredo (negro)

Opus Magnum
Y una vez que la tierra transmute.
Y una vez que el fuego transmute.
Y una vez que el aire transmute.
Y una vez que el agua transmute...
El dos se convertirá en uno.

albedo (blanco)

citrinas (amarillo)

rubedo (rojo)

Y entonces, serás divino, y no habrá vuelta atrás.
Porque sólo lo divino te volverá de nuevo mortal.

—Se supone que esta fórmula es lo que libera la piedra filosofal —explico—. Jocelyn decía que eran cuatro pasos, los cuales, creo, son los señalados con los triángulos que simbolizan cada elemento: la tierra, el fuego, el aire y el agua. Y supongo que si cada paso se aplica correctamente y se logra el *Opus Magnum*, entonces la puerta se abrirá, ¿cierto? —Hoffman no contesta. Tan sólo sigue observando la hoja. Trago saliva y continúo—: Me imagino que, de alguna manera y en algún momento, Jocelyn logró dar el primer paso y por eso la primera cadena siempre ha estado suelta. Pero... ¿a quién le aplicó dicho paso? ¿Y cómo se ha liberado una segunda cadena si Jocelyn está muerta y nada ha quedado de su laboratorio?

El detective se lleva el bolígrafo a los labios y lo mordisquea. No necesito explicarle qué es la materia prima y qué tipo de pasos son éstos, ya que a estas alturas está bien enterado de lo que Jocelyn hizo a sus víctimas, y el motivo por el cual ella iba tras de mí.

Escuchamos el sonido de otro motor muy a lo lejos, pero la tensión nos impide, una vez más, darle importancia. De pronto, él se yergue como una vara.

—¿Y si estamos haciendo algo mal? —sugiere—. ¿Qué tal si la perra de Jocelyn Blake, e inclusive nosotros, hemos estado equivocados todo el tiempo?

—¿Qué quieres decir?

—Que me parece muy extraño que tu visión de esa puerta cambiara, no cuando mataste a esa bruja ni cuando acabamos con el trotapieles... sino cuando Calen murió.

Parpadeo un par de veces y ladeo la cabeza hacia la fórmula. Estoy a punto de replicarle que Alannah también murió en la batalla, y que la visión podría tener que ver más con ella, pero de inmediato descarto la idea, aquello carece de sentido. Si yo detecté a la contemplasombras con vida cuando intentaba encontrarla, sólo era porque su cuerpo aún *vivía*, pero ella como tal ya tenía mucho tiempo *muerta*.

Me quedo impresionado por el razonamiento de Hoffman. A veces olvido que es un detective. Y uno bueno, por cierto.

—A ver —exclama, alzando las palmas de las manos—. ¿Qué más había de importante en ese libro esmeralda, además de esta fórmula?

Le extiendo la páginas que Sam tradujo con ayuda de Chenoa.

—Esto es todo lo que tengo. Sammuel se quedó con el libro, pero supongo que después de descubrir el pasado del viejo Begaye, quiso darse un respiro al respecto.

Hoffman pone las hojas sobre la mesa y lee las partes subrayadas en amarillo primero. Después de una larga reflexión en la que parece devanarse los sesos, abre los ojos de par en par.

—¡Mierda!

Con euforia empieza a encerrar varias palabras en un círculo.

—¿Qué diablos haces?

—Elisse, ¿hace cuánto que murió ese anciano, el que fundó la tribu?

Parpadeo una y otra vez.

—Veinte años... —contesto, por lo que Hoffman asiente.

—Recuerdo que, cuando nos contaste lo que te pasó en la casa de los Blake, después de que Johanna y yo fuésemos atacados por el uróboros, mencionaste que Jocelyn tenía una estantería repleta de Biblias, ¿verdad? —alzo ambas cejas, incapaz de creer que tenga una memoria tan buena.

—Sí, ¿por qué?

—Mira, no tengo ni puta idea sobre alquimia, Elisse, pero de lo que sí sé es sobre catolicismo. Mi madre era católica, y algo que recuerdo bien sobre la iglesia a la que me llevaba en México, cuando era niño, era la tortícolis que me aquejaba luego de mirar los frescos en las cúpulas. Sobre el altar estaban representados los cuatro evangelistas: Juan, Mateo, Marcos y Lucas. Y cada uno de ellos se hacía acompañar por un animal o un ser sobrenatural.

De pronto, recuerdo el techo del dormitorio de huéspedes de Jocelyn, en su *arriba*. Y en su *abajo*, los símbolos triangulares de los elementos que los reemplazaban. Ante mi conmoción, Hoffman continúa:

—Tú mismo lo dijiste ese día. La alquimia es muy compleja, y los elementos pueden reinterpretarse de muchas maneras dependiendo de la cultura a la que pertenezcan. ¿Y si los símbolos que vemos aquí, estas etapas, no son lo que parecen? ¿Y si has leído mal la fórmula todo este tiempo, al igual que tus visiones?

—¿Adónde diablos quieres llegar?

Hoffman golpea la mesa con el puño, totalmente desesperado.

—Y, por lo que tengo entendido, el anciano que escribió esto murió hace veinte años, ¿no? El que fundó Red Buffalo y quiso deshacerse de este libro para salvar a los suyos.

Asiento, perplejo.

—¿Y si Jocelyn no pudo crear la piedra filosofal porque buscó sus elementos en el lugar incorrecto?

Dispone las hojas delante de mí y señala las palabras encerradas en círculos.

El rancho está vacío (...) sólo quiero morir y ser (tierra) de nuevo.

He encontrado a un niño en la carretera (...). Su presencia es pura como el (agua.)

Esta mañana encontré a otro niño en un rincón del pueblo (...) Tiene mucho (fuego) dentro.

En la madrugada, un coyote ha venido al rancho (...) tiene la rabia de un águila y el alma repleta de (aire.)

Levanto la barbilla, tan pálido que mi cara podría camuflarse contra el papel.

—San Lucas siempre va acompañado de un buey o toro: la tierra —añade Hoffman—. San Marcos de un león: el fuego. San Juan de un águila: el viento. Y San Mateo de un ángel: el agua. ¿No te suena, acaso?

Me llevo una mano a la boca.

Hace veinte años, *algo cambió* a Jocelyn Blake. Y eso fue la muerte del viejo Begaye, porque a partir de ese momento, de la rotura de la primera cadena... la alquimista despertó su magia.

—Oh, dioses... ¡Por los dioses, Hoffman!

Ante mi terror, él asiente.

—Esto no es una fórmula, Elisse —susurra—. Es una profecía.

—¡Eso significa que...!

—Fernanda y Sammuel son los siguientes.

No termino de reponerme cuando una bala roza mi cabeza.

CAPÍTULO 70
EMBOSCADA

El primer instinto de Hoffman es saltar sobre mí y echarme por tierra. La bala impacta en una de las columnas del paradero, seguida por varias más.

El tiroteo levanta una densa nube de tierra mientras Hoffman y yo nos arrastramos por el suelo hasta protegernos detrás del asador de ladrillo.

—¡Maldita sea, casi lo matas, imbécil! —exclama uno de nuestros misteriosos atacantes.

El detective saca su arma y mira por un instante sobre el borde del horno; otra bala se estrella justo a un lado de su nariz y lo hace retraerse contra el muro.

—¡Mierda! —exclama—. ¡Son tres cabrones armados!

No hace falta que mire sobre el borde. Sé a la perfección de quiénes se trata.

—*Tramperos* —murmuro entre dientes—. ¿Cómo carajos nos han encontrado?

Una ráfaga de proyectiles impacta contra el muro una vez más. El polvo forma una espesa cortina a nuestro alrededor mientras nos cubrimos la cabeza, atacados por esquirlas de ladrillos que vuelan por todas partes.

Y entonces el tiroteo cesa.

Unos pasos resuenan por el parador y, de pronto, escuchamos el sonido de un cristal que se hace añicos. Ante nuestro desconcierto, unas portezuelas se abren y se cierran, seguidas del sonido de un auto que se aleja a toda velocidad.

Hoffman y yo permanecemos agazapados hasta que nada se escucha del otro lado del asador. Despacio, nos asomamos por el borde, sorprendidos al no encontrar a nada ni a nadie. Se han ido. Tan rápido como llegaron, se han marchado.

—¿Pero qué mierda le hicieron a mi coche? —exclama el detective, quien se levanta como un resorte al ver que han roto el cristal de la ventana del conductor.

Voy detrás de él cuando abre la puerta, furioso, pero se detiene en el acto al mirar que han dejado algo sobre el asiento.

—¡Por los dioses!

Es un letrero de metal oxidado. El mismo que colgaba a la entrada de Red Buffalo.

△ ◬ ▽ ▽̵

Silencio. Eso y nada más nos recibe a la entrada del rancho. Nos ha tomado más de una hora volver, aun cuando Hoffman no dejó de pisar el pedal ni un solo instante. Pero lo más preocupante es que nada ni nadie intentó detenernos en el trayecto.

El detective y yo abandonamos el coche a medio camino de terracería y bajamos a prisa. Hay marcas de llantas por el terreno, pero la camioneta de Comus Bayou no se ve por ninguna parte.

En cambio, los vehículos de Red Buffalo permanecen intactos bajo un toldo de aluminio.

—¿Irina? —grito—. ¡Chenoa!

No recibo respuesta, y un olor a pólvora acude de inmediato a mi nariz. Nos adentramos y examinamos la propiedad de arriba abajo, cada esquina, cada rincón, hasta que Hoffman me hace una señal hacia la casa de Irina.

—Iré primero —susurra—. Vigila afuera.

Aunque la idea de separarnos no termina de gustarme, asiento. Lo veo desaparecer detrás de la puerta, con su arma tensa entre las manos mientras yo aprieto más la que él me ha dado, por si acaso.

Miro de un lado al otro, pero no siento la presencia de nadie.

De pronto, un rechinido me hace mirar a lo lejos, hacia el granero. Una de las puertas se agita con el viento.

Echo a correr hacia la construcción.

—¿Hola? ¿Hay alguien aquí? —enciendo la luz del granero. Agujeros de bala tapizan las paredes y los postes, las cajas están desechas y absolutamente todas las pieles, plumas y picos han sido saqueados.

Y, en medio del suelo, un sendero rojo se arrastra hasta detrás de una pila de barriles.

Lo rodeo a zancadas y encuentro, para mi horror, a la errante puma desplomada en el suelo. Está en su forma humana y tiene dos agujeros de bala en su cuerpo: uno en el hombro y el otro en la pierna.

—Por los dioses, ¡Irina! —me arrodillo a su lado y pongo el oído entre sus senos. Escucho, aliviado, el débil latido de su corazón—. Irina, Irina, ¿puedes escucharme?

Palpo su mejilla, pero no reacciona; se encuentra noqueada. Las hemorragias parecen haberse detenido por sí solas, pero está pálida como hoja de papel.

—¡Hoffman, Hoffman! —grito con todas mis fuerzas. En cuestión de un instante, ya tengo al detective a mi lado.

—Dios, ¿está...?

—No —exclamo—. Pero sí está muy grave, tenemos que sacarla de aquí. ¿Encontraste a alguien en la casa de Irina?

—Nada. Está vacía.

Muerdo mis labios por la frustración.

—De acuerdo, ayúdame a llevarla a la sala. Yo iré a buscar los remedios de Sammuel.

Hoffman asiente y, con algo de esfuerzo, la levanta y logra sacarla del granero.

Me adelanto a toda prisa hacia la casona, y casi me paralizo al encontrarme la casa completamente destrozada. Muebles, marcos, mesas, adornos... todo está patas arriba, roto o saqueado. Trago saliva y, a paso rápido, comienzo a subir a la planta superior.

Pero al llegar al dormitorio de Sam, mi mano se queda congelada sobre el pomo de la puerta. Está manchada de rojo y, al abrirla, me paralizo ante el umbral. Toda la ropa de Sammuel yace revuelta en el suelo, junto con sus cosas, pero los libreros están vacíos.

Se han llevado todas las libretas. Hasta la última de ellas... pero eso no es lo que me deja sin respiración, sino un bulto alargado sobre la cama salpicado de manchas, de un rojo tan intenso que parece una manta de las criaturas de Jocelyn Blake.

Mátalos, mátalos, mátalos...

Me acerco despacio, sin saber si realmente quiero descubrir lo que hay allí abajo. Alargo los dedos temblorosos y levanto la sábana empapada.

Y grito.

Grito como si me hubiesen arrancado una mano.

En menos de un segundo, Hoffman me rodea y me aprieta contra su pecho para sacarme de la habitación, mientras me revuelvo histérico entre sus brazos.

Aquello que estaba bajo la sábana era Chenoa. Pero lo peor no era su cuerpo horadado por las balas, sino la nota clavada en su pecho.

MONSTRUO POR MONSTRUO.
NOS VEMOS EN STONEFALL, INDIANA

CAPÍTULO 71
AJUSTE DE CUENTAS

VENGANZA.

Sí. Eso es en lo único que puedo pensar mientras dejamos atrás el desierto y nos acercamos a toda velocidad hacia Stonefall. La imagen del cadáver de Chenoa, a quien ni siquiera tuvimos tiempo de sepultar, no desaparece de mi cabeza.

—*Voy a matarlos.* Les arrancaré la cabeza si le ponen un dedo encima a Misha o a Enola —siseo, aun cuando no sólo han sido raptados los niños.

Tampoco pudimos encontrar a Fernanda o a Sammuel, y aunque no hemos logrado despertar a Irina —a quien tuvimos que dejar en el rancho debido a la gravedad de sus heridas—, es más que evidente que los tramperos se los han llevado.

La muerte de Chenoa me ha provocado una rabia incontrolable. No puedo… *no quiero* seguir conteniendo mi oscuridad; mis huesos cosquillean por el deseo de romper el cuello de Dallas.

Hoffman pone una mano sobre mi hombro para calmar mis temblores.

—Tranquilízate, niño —me pide el detective—. Recuerda que Fernanda, Sam y los chicos son nuestra prioridad. Hay que ponerlos a salvo primero, o al menos, a tantos como podamos.

Aprieto los dientes, porque, por menos que me guste, tiene razón.

—Ya...

—Igual, todo esto es una trampa, Elisse. Tal vez debimos buscar a Comus Bayou antes de venir aquí.

—No podemos arriesgarnos si queremos llegar a tiempo para salvarlos. Además, me preocupa el hecho de que hayan tomado las libretas de Sam.

Hoffman aprieta los labios, consciente de lo peligrosa que es la situación sin que tenga que explicársela. Esos cabrones deben saber algo sobre los errantes, o al menos, lo sospechan, de no ser así, ¿por qué tomarse la molestia de llevarse los escritos?

Pronto, la carretera del pueblo se hace visible con los últimos vestigios del atardecer. Cuando cruzamos el asfalto a cien kilómetros por hora sin que nadie nos detenga, sin el aullido de una sola patrulla, me queda claro que Dallas lo ha calculado todo.

Tomamos el camino que nos lleva a la propiedad desde la parte trasera de la montaña. Vamos cuesta arriba hasta que, tras varios minutos interminables, alcanzamos el lindero del patio de los Blake.

Una camioneta negra se encuentra estacionada frente a la construcción. Tres hombres nos esperan en pie en medio de donde alguna vez estuvo la cocina, iluminados por los faros del vehículo.

El mismísimo Dallas me sonríe de oreja a oreja.

—Por fin, ¡el hijo pródigo vuelve a casa! —exclama, alzando los brazos al aire.

Otros dos hombres lo acompañan; uno es delgado, bajito, de unos cuarenta años, y lleva un rifle a sus espaldas. Pero el otro... el otro es el que me hace descender del coche más despacio, no por su grosor y altura, comparable a la de un devorapieles, sino por la escopeta corta que lleva en una de sus manos.

Su cañón apunta directamente a la nuca de Sammuel.

—¡Sam! —exclamo horrorizado al verlo de rodillas delante de los dos tramperos. Sus manos están atadas a su espalda y tiene el rostro molido. Los labios hinchados y sangrantes, la cara reventada a golpes. Su cabeza sangra desde la coronilla y apenas parece poder mantenerse erguido.

Hoffman y yo nos acercamos hasta la terraza derruida con nuestras pistolas bien ceñidas a nuestras espaldas, sujetas contra la pretina de los pantalones.

—Pero si sólo son dos —exclama el jefe de policía—. ¿Dónde están los otros fenómenos de circo?

—Supongo que después tendremos que ir a cazarlos —exclama el trampero más delgado—, no hará falta llamar al resto de la familia por ahora.

Carajo. ¿Acaso nos vigilaron todo este tiempo?

—A quien quieres es a mí, Dallas —grito en respuesta—. Él nada tiene que ver con esto.

Dallas echa el cuello hacia atrás y chasquea la lengua con fingida indignación.

—Pero, Indiana, ¿tú crees que yo le he hecho esto? —palmea el hombro del enorme sujeto que encañona a Sam—. No, no. Quienes están saldando cuentas con este monstruo son mis buenos amigos, los Lander, ¿verdad, Buck? —el gigante responde amartillando su escopeta—. Pero, por lo que tengo entendido, tú también tuviste algo que ver, ¿no?

Dame... su cabeza...

—¿Dónde están los niños? —pregunto entre dientes. La sonrisa de Dallas se ensancha maliciosamente.

—¿Niños? ¿Te refieres a los engendros de aquel par de diablos?

—¡¿Qué carajos han hecho con ellos?! —grito, mientras Hoffman me jala del hombro y me hace retroceder. Me susurra un "cálmate, carajo", mientras todos esos cabrones permanecen impasibles.

—Aunque debo admitir que, de haber sabido que eras un *monstruo* como éste —dice, señalando con la mano a Sam, de arriba abajo—, te habría matado de inmediato. O, por lo menos, te habría entregado a los Lander para que te destriparan. Dime, ¿en qué puedes convertirte tú? ¿En un conejito asustado? ¿O en una víbora rastrera?

—¿Dónde está Fernanda? —exclama el detective.

—¿Quién? ¿Esa alien mitad pajarraco?[21] Muerta en algún barranco, espero yo —responde con los hombros arqueados—. Porque después de que mi buen amigo Dean le arrancara una pierna a escopetazos, dudo que haya podido volar muy lejos.

—Espero no haberla matado —dice el hombre más pequeño, para luego pasarse la lengua por el bigote—. Es más divertido disecar animales cuando todavía están vivos.

Destrózalos...

—*Los haré pedazos* —bramo—. ¡Voy a hacerlos mierda a los tres!

---

[21] "Alien", forma despectiva de llamar a los migrantes indocumentados en los Estados Unidos.

Desenfundo mi pistola, y Buck Lander retuerce sus dedos en el cabello de Sam; lo jala con violencia hacia atrás y el errante gime cuando el trampero pone la escopeta contra su mejilla.

Me detengo con la pistola en el aire.

—Eso es —dice Dallas con satisfacción—. Ahora, tira la puta arma.

Miro hacia Hoffman por encima de mi hombro. El detective asiente, por lo que arrojo la pistola al suelo.

—Ya decía yo que no estaba alucinando. Esas cosas tan raras que hacías —dice Dallas mientras levanta su mano frente a mí y muestra sendas cicatrices de quemaduras que rodean toda su palma—. Debí asumirlo desde el principio. ¡Y ahora vas a pagar por lo que hiciste, brujo hijo de puta!

—Tú ayudabas a encubrir los crímenes de Jocelyn —exclamo, henchido de rabia—. ¡Y ahora Adam está muerto porque te importaba más cogértela que detenerla!

—¡Cállate, cabrón! ¡Le lavaste la cabeza a ese muchacho y luego lo mataste a él y a su madre!

—Y después, los errantes asesinaron a mi gente —susurra el enorme trampero con una voz tan grave que parece sacada de ultratumba.

Escuchar el nombre de mi raza salir de sus labios me hace entender, una vez más, lo peligroso que se ha vuelto todo esto. No. *Estos hombres no pueden salir de aquí con vida.*

—Así que ahora ven aquí a saldar cuentas, Indiana, si no quieres que mi buen amigo le vuele los sesos a tu amiguito.

Buck Lander apresta su escopeta, y al sentir el miedo de Sam el corazón se me retuerce.

Cierro los ojos, respiro profundo, y doy un paso adelante.

—¡No, Elisse! ¡Va a matarlos a los dos! —exclama Hoffman cuando yo comienzo a caminar despacio hacia Dallas y los tramperos.

—Tranquilo —susurro con una calma fuera de lugar—. Me he enfrentado a cosas mucho peores que esta escoria. Comparado con eso, no son más que...

Humanos.

El jefe de policía sonríe al verme cruzar el lado derecho de la terraza hasta acercarme a la cocina. La furia y la adrenalina se entremezclan de forma peligrosa a medida que los ojos azules de aquel horrendo hombre tiemblan de excitación.

Me detengo a varios metros de ellos, justo detrás de donde antes estuvo aquel enorme comedor, del que ahora no queda más que un montón de trozos de madera chamuscada.

—¡Acércate más, hombre! –exclama de forma burlona el trampero más pequeño.

—Déjalo, Dean. Quién sabe de qué sea capaz si se acerca demasiado.

Dallas sonríe y aprieta su mano quemada formando un puño.

—Ahora date la vuelta y arrodíllate, muchacho —ordena—. Y pon las manos sobre la cabeza.

El enorme trampero parece incomodarse al ver que hago lo que el jefe de policía me pide de forma obediente y cabizbaja.

Wéndigo vibra cuando mis rodillas tocan el mosaico blanco y negro. Sonrío, porque ahora sólo necesito preocuparme por sacar a Sammuel de aquí con vida.

A mis espaldas ya sólo quedan tres hombres muertos, después de todo.

—Hoy morirás, Indiana —dice Dallas, y amartilla su pistola—. Después, los Lander y yo nos encargaremos de exterminar a toda tu maldita raza.

Contengo la respiración y miro a medio metro delante de mí.

Hacia donde alguna vez estuvo el horno de los Blake.

El abismo ruge, ruge con fuerza y lo siento vibrar en mis huesos. Sostengo la respiración cuando Dallas da un par de pasos hacia mí, y percibo el ruido metálico de su arma cuando me apunta con ella.

Y de un solo impulso, me lanzo hacia delante.

El policía grita y dispara ante mi repentino movimiento, la bala revienta justo a un costado de mi cabeza, destrozándome el lóbulo de la oreja.

Y, luego, un disparo más, pero ahora proveniente de la pistola de Hoffman, que roza la pierna del jefe de policía. Creo que éste vuelve a gritar, pero el potente zumbido de mis tímpanos lastimados silencia la claridad del ruido a mi alrededor.

Y, a pesar de todo el dolor y el entumecimiento, con un solo roce de mi mano… anulo el Sello de Salomón que cubre la trampilla.

CAPÍTULO 72
HORDA

La trampilla se abre abruptamente bajo mis pies, lo que me hace salir catapultado hacia la entrada de la cocina. Me levanto sobre mis codos y veo cómo una larga y gruesa cola de escorpión brota de las entrañas del plano medio, para luego retraerse de vuelta hacia el abismo.

—¿Pero qué carajos es eso?

Dallas y los tramperos se quedan boquiabiertos cuando dos garras, felinas y enormes, se aferran de las orillas de la abertura. La cabeza de una mujer, con una melena roja alrededor de su rostro, brota de la oscuridad, y su mirada parece desbordada por la locura.

Se abre paso por la trampilla. Su enorme cuerpo es felino, rojo como el carbón, y su cola de escorpión se agita en el aire de un lado al otro, con su brillo escarlata resplandeciendo contra los faros de la camioneta.

—Es una mantícora… —susurro.

Todos nos quedamos inmóviles ante la incomprensible figura de aquella bestia mitológica. Sus ojos oscuros se vuelven hacia mí, ladea la cabeza y sonríe al reconocerme.

Un disparo le acierta en el lomo. El monstruo grita y se retuerce como un remolino, y encuentra al trampero más pequeño con su humeante rifle apuntando hacia ella.

El hombre, al ver que no le ha infligido gran daño, intenta retroceder.

La cola cae hacia él como una lanza, a tal velocidad que apenas Dallas y el otro trampero pueden saltar a los lados para evadirla.

La punta atraviesa el pecho del hombre de lado a lado.

—¡No, no, Dean! —exclama Buck Lander al ver cómo el cuerpo de su compañero es sacudido por unos instantes y arrojado como un costal a sus pies. En medio de la brutal escena, unos brazos me ayudan a levantarme del suelo.

—¿Estás bien? —pregunta Hoffman a gritos al ver mi oído lastimado. Al asentir, vemos cómo la criatura camina como un felino al acecho de Dallas y el trampero restante—. Pero ¿el laboratorio de Jocelyn no fue destruido? ¡¿Cómo es que esa cosa sigue viva?!

No tengo forma de responderle. Tal vez el monstruo se quedó aferrado al techo, o el laberinto nunca se destruyó por completo, y sólo quedó desequilibrado.

Como sea, estoy seguro de que la mantícora no ha sido la única criatura sobreviviente.

—¡Hijo de puta! —grita de pronto el jefe de policía. Dispara, pero la bala no va hacia el monstruo. Un homúnculo, tan pequeño y deforme que ya ni siquiera se asemeja a Jocelyn Blake, ha saltado a su cara, aferrándose con dientes y dedos hasta hacerle perder el control de su arma.

Es allí cuando vemos una oportunidad.

Entre el detective y yo cruzamos la cocina para abalanzarnos sobre Sammuel, bajo las narices de un paralizado Buck

Lander. El perpetuasangre aúlla de dolor cuando lo arrastramos lo más rápido posible a la terraza, y al escuchar su grito, la mantícora decide seguirnos.

Con el aguijón empapado en sangre, se lanza hacia nosotros.

—¡Mierda! —me alejo de Hoffman y corro en dirección a uno de los costados de la casa—. ¡No dejes que lo maten!

—¡No, Elisse!

La mantícora salta sobre mí como impulsada por un resorte, pero algo la embiste en el aire y me lanza un coletazo que me golpea de lleno en el costado.

Salgo despedido varios metros hacia el jardín lateral, lejos de la mantícora, que también rueda por los escombros hasta caer al límite de la propiedad.

El aire escapa de mis pulmones cuando me estrello contra el suelo y el aturdimiento en mi oído se vuelve insoportable.

Miro, con dificultad, a la criatura que me ha atacado: es un basilisco, un ser con cabeza de gallo y cuerpo de serpiente que se alarga sobre sus cuatro patas de reptil. Y a pesar de su apariencia casi ridícula, aquel engendro demuestra su alcance mortífero al abrir su pico y mostrarme las tres hileras de colmillos que lleva dentro.

El basilisco arroja su cabeza hacia mí, pero un disparo la desvía en pleno ataque. Hoffman se acerca con la pistola entre los dedos mientras el monstruo chilla e intenta tocar la herida con una de sus patas.

—¿Dónde está Sammuel? —grito.

—En el auto —exclama en respuesta—. Tenemos que salir de aquí, ¡no vamos a poder contra esas cosas!

Miro hacia el portal al plano medio. Carajo, ¡debo volver a cerrarlo!

El basilisco sacude la cabeza y arremete contra nosotros.

—Corre, ¡corre! —grito al detective. Ambos nos levantamos antes de que con un picotazo nos clave contra el suelo.

Huimos a toda prisa hasta el automóvil de Hoffman, y alcanzo a ver de reojo cómo Dallas mantiene un tiroteo contra la mantícora, mientras el homúnculo yace con la cabeza hecha polvo a sus pies.

Y entonces vemos a Buck Lander correr en dirección a su camioneta.

Justo cuando creo que intenta escapar, busca el intercomunicador sobre el tablero.

Va a llamar al resto de los tramperos.

—¡No! —me lanzo contra el hombre ante el desconcierto de Hoffman.

Buck no reacciona con rapidez cuando le arranco el aparato de las manos.

—¡Dame eso, mocoso de mierda! —exclama, me sujeta del cuello de la camiseta, y me asesta un puñetazo en la mandíbula.

Mi labio inferior se revienta, pero no suelto el aparato. Buck Lander me arroja al suelo para intentar arrebatarme la pequeña radio, pero en medio del forcejeo el pico del basilisco nos alcanza. El monstruo embiste la camioneta por encima de nuestras cabezas, y con un impacto descomunal, voltea el vehículo ciento ochenta grados.

Aprovechando la distracción, lanzo un rodillazo al trampero en la barriga, y me lo quito de encima por fin.

Me levanto en el acto, aplasto el intercomunicador de un pisotón y echo a correr en dirección a Hoffman.

Estoy a punto de alcanzar al detective cuando el basilisco se estira sobre la camioneta volcada para dejar caer su cabeza sobre mí como un martillo, tan rápido que sólo consigo cruzar los brazos para recibir el impacto.

Pero el golpe del monstruo no llega.

Abro los ojos y miro hacia arriba para encontrarme con una espalda plateada.

—¡Tared! —exclamo, al ver al hombre lobo sujetar con sus garras el pico abierto del basilisco. La quimera se retuerce para intentar liberarse, pero el devorapieles logra torcerle la cabeza a un lado hasta estrellarla contra el suelo.

La bestia chilla y se estremece, pero Julien, Johanna y Nashua le mantienen sus patas sujetas al suelo.

¡LIBERAME!

Al ver a la criatura inmovilizada me levanto de inmediato y salto sobre su cabeza mientras mi mano descarnada invoca su fuego. Sin piedad, la ensarto en uno de sus ojos, tan profundo que siento mi garra golpear su cráneo. El basilisco se retuerce violentamente mientras el fuego corre desde mis venas hasta fuera de mis dedos.

Empiezo a fundir al hijo de puta desde dentro.

Un olor a quemado brota de su cabeza, y ésta se envuelve en llamas como si estuviese cubierta de gasolina.

Arranco la mano de su cuenca y doy un salto atrás; mis hermanos y Tared la sueltan y retroceden también para ver cómo la bestia se agita de un lado al otro, hasta que por fin se desploma.

De inmediato me dirijo hacia el hombre lobo, frenético, mientras mis hermanos y Hoffman nos rodean.

—¡¿Están bien?! —exclamo, mirando a los miembros de Comus Bayou de arriba abajo—. ¿Cómo es que nos encontraron?

—Fernanda —corta Julien—. Nos localizó en la carretera y nos dijo lo que había pasado en Red Buffalo, pero estaba muy herida y...

—¿Dónde está ella? —mi hermano aguanta la respiración y finalmente, mueve la cabeza. Me llevo una mano a la boca—. No, *joder*, ¡no me digas que...!

Dallas eleva un grito de desesperación. Lo vemos correr hacia donde estamos con la mantícora a sus espaldas. El monstruo le lanza un zarpazo en los tobillos, y el hombre cae de bruces contra el suelo, pero en vez de saltar sobre él, la criatura se impulsa hacia nosotros.

La mantícora comienza a reírse con una voz más bestial que humana. Su letal cola se alza sobre nuestras cabezas, en busca de su siguiente víctima.

Y, de pronto, un escopetazo reduce su aguijón a mil pedazos.

La mantícora chilla, se levanta sobre sus patas traseras y aúlla mientras agita su extremidad herida de un lado al otro, salpicando todo de sangre.

—¡Irina! —exclamo al ver a la errante detrás de nosotros, cubierta de vendas y con una escopeta humeante entre las manos.

La errante vuelve a detonar otro disparo, esta vez justo en el hocico de la quimera. La criatura cae de espaldas, por lo que Julien aprovecha para correr hacia ella y darle un fuerte pisotón con su pezuña en el rostro. El ruido de su cráneo partiéndose me hace por fin volver a tomar aire.

Pero la pelea aún no ha terminado.

Irina se aleja de nosotros para correr a toda velocidad hacia Buck Lander, quien ya estaba a punto de cruzar la cocina de los Blake y, de alguna manera, intentar escapar del campo de batalla.

La errante lo alcanza y le estrella la culata de la escopeta en la nuca. El tipo cae indefenso.

—¡¿Dónde están mis hijos?! —grita a todo pulmón—. ¡¿Dónde están mis hijos, cabrón hijo de puta?!

La furiosa devorapieles le coloca una patada tan contundente en el costado que lo manda a rodar varios metros sobre el suelo. A pesar de mi conmoción, no me permito quedarme a mirar. Corro a toda prisa hacia el portal al plano medio, mientras Irina tunde al trampero a golpes. Y cuando escucho el cuello del hombre quebrarse, hacen falta Nashua y Johanna para contener a la devorapieles.

Buck Lander cae muerto contra su propia camioneta.

Mientras tanto, yo cierro la trampilla de un solo portazo. No escucho a otra criatura agitarse debajo, pero no me permito perder más tiempo. Mojo mis dedos con la sangre que baja de mi cuello y vuelvo a cerrar el Sello de Salomón.

Tared, Hoffman y Julien llegan a mi lado y miran con frenesí a todas partes.

—¿Son todos? ¡¿Son todos?! —exclama el hombre bisonte, agitando su enorme cabeza de un lado al otro.

Con las palmas de las manos aún sobre la trampilla murmuro un asentimiento y me dejo caer, agotado. Tared se arrodilla a mi lado.

—Dios, ¿estás bien? —exclama al ver mi lóbulo destrozado—. ¡Johanna!

Siseo de dolor cuando toca mi herida bruscamente con su enorme garra.

—Ah, deja eso, por los dioses... —susurro, y él ríe, aliviado. Después, se inclina hacia mí y, para mi sorpresa, me abraza.

—Te habría perdonado —me susurra al oído.

—¿Cómo? —pregunto, aún demasiado desconcertado por el fragor de la batalla.

—Sin importar lo que hubieses buscado en Samedi, te habría perdonado —repite.

Me alejo lo suficiente para mirar al lobo a los ojos, con sus brazos aún alrededor de mi cintura.

Estoy a punto de besarlo cuando el grito horrorizado de Hoffman nos hace mirar hacia su coche.

—¡No, alto!

Mi corazón se paraliza al ver a Dallas sacar a Sammuel a rastras del auto del detective. Me levanto como un rayo y corro hacia el policía para ver cómo clava la escopeta en el pecho del perpetuasangre.

—¡Dallas, detente! ¡No sabes lo que haces!

Pero mis gritos y súplicas quedan silenciados por el disparo.

CAPÍTULO 73
V. OPUS MAGNUM

Un par de alas blancas manchadas de sangre brotan de la espalda de Sammuel. Como un ángel terrible, y tras años de mentiras, su ancestro se manifiesta muy tarde, sólo cuando una bala mortífera ya ha perforado el pecho de su portador.

Dallas sonríe como un demonio al ver al errante desplomarse frente a él.

De pronto, el mundo se vuelve tan difuso que no soy capaz de comprender con claridad lo que sucede a mi alrededor. Tan sólo percibo como un zumbido el grito desgarrador de Irina, mientras mis hermanos corren en dirección al asesino.

Y entonces todo empieza a temblar con tanta fuerza que Comus Bayou lucha por mantener el equilibrio. Un estallido resuena desde el interior de la trampilla; el estruendo de la roca sólida que se hace pedazos.

Se... acerca...

El susurro de Wéndigo termina por ponerme de rodillas. La visión de cuatro cadenas reventadas, y la puerta esmeralda abriéndose con un rechinido, martillea una y otra vez dentro de mi cabeza.

Y tan pronto como llegó, el temblor se detiene.

—¿Pero qué diablos está pasando? —la pregunta de Hoffman queda suspendida en el aire.

La cubierta de la trampilla revienta en mil pedazos.

Nos arrojamos a tierra ante el impacto. Y aún con la barbilla en el suelo, no pierdo de vista la abertura, porque ni siquiera el Sello de Salomón es capaz de contener lo que ahora surge del abismo.

Una neblina roja emana del portal, tan densa que en cuestión de segundos forma un capullo rojo y membranoso que resguarda dentro de sí una figura gigantesca.

Mi visión se vuelve carne y pesadilla a medida que *aquello* se acerca, flotando como un espectro a medio metro del suelo.

—¡Elisse! —Tared llega a mi lado para tratar de sacarme de mi sitio, pero ya no puedo moverme. Y menos cuando la criatura desciende hasta tocar el suelo, justo en medio de la casa de los Blake.

Mis hermanos nos rodean, y algo dentro del capullo comienza a moverse como si buscase liberarse. Dos alas enormes desgarran la membrana y se despliegan a través de las aberturas.

Una es como de un murciélago, roja como el rubí, y la otra como de un águila, cubierta de níveas plumas blancas. Se extienden, tan enormes, que parecieran abarcar el cielo entero.

El manto es desgarrado con el batir de las alas, y el ser se revela ante nosotros.

Nada, ni el plano medio, ni la casa de los Blake, podrían haberme preparado para la visión de la criatura más espantosa que he visto en este mundo y el otro.

—Elisse… —pronuncia el ser con *una* de sus bocas.

Dos cabezas, la izquierda, plateada como la luna, y la derecha, dorada como el sol, descansan sobre sus hombros, unidas en un solo cuerpo completamente blanco. La mitad izquierda de su figura revela un pronunciado seno femenino y un monte de Venus. La otra mitad es un torso masculino con el miembro viril unido a su contraparte.

Ambas cabezas portan coronas rojas y brillantes que parecen construidas de huesos humanos. Sus cabelleras negras y largas se entrelazan en las coronas y caen como serpientes detrás de sus cuellos, mientras sus extremidades, tanto brazos como piernas, son gruesas y negras como las de un dragón, forradas de músculos y escamas negras que resplandecen bajo la luna. La criatura entera expele un calor infernal como si se tratase de un horno de hierro.

Y cuando esas dos cabezas giran hacia mí, la sangre se me congela en las venas.

—¿Pero qué diablos es eso? —murmura Johanna, que retrocede, impresionada, ante el brutal aspecto del monstruo.

—Los Blake —susurro, sin aliento. Comus Bayou se conmociona a mi alrededor.

La cabeza izquierda, de ojos plateados y resplandecientes, es Jocelyn. La cabeza derecha, de mirada amarilla como el oro más puro, es Adam.

—¿Los Blake? —espeta Hoffman—, ¡¿ese monstruo son los Blake?!

—No —digo casi sin aliento—. Es un *Rebis*.

El monstruo bicéfalo da un paso hacia nosotros, y el suelo lleno de escombros se hunde ante sus pesadas piernas. Es tan enorme que poco le debe faltar para alcanzar los cuatro metros de altura.

Dioses, ese Rebis es muy distinto a la magnificencia de la que siempre habló Jocelyn Blake, como si, en vez de haberse vuelto un ser divino, éste ser hubiese sido creado en el mismísimo infierno.

—¿Joss? ¡Jocelyn! —el grito de Dallas me hace mirar hacia atrás.

Me quedo helado al ver cómo aquel hombre se abre paso entre Comus Bayou e, idiotizado, llega hasta el ser andrógino y se arrodilla frente a él.

—Estás viva, amor mío… —exclama con la mirada desorbitada. Deja caer su escopeta al suelo y sonríe—. Yo sabía que no te iba a perder, reina mía.

Dioses, ¡está completamente enloquecido!

El Rebis levanta su puño de dragón y se golpea el pecho, el cual se resquebraja y retumba como si estuviese hecho de roca. Una emanación de magia negra brota de aquella cavidad como si se hubiese abierto un pozo de podredumbre.

Y de pronto algo resplandece con luz propia dentro del Rebis, como si tuviese un faro dentro de su cuerpo. El lado de Adam mete la garra en la cavidad y comienza a extraer una espada dorada que brilla con un resplandor tenue, tan larga que parece tener el tamaño de su propio torso.

El monstruo andrógino se inclina hacia Dallas, y esta vez el lado de Jocelyn es el que alarga la mano hacia él. El hombre lloriquea como un enfermo cuando sus uñas negras le acarician la mejilla, tan afiladas que dibujan finos canales rojos en su carne.

—*¿Qué te han hecho?* —pregunta, con lágrimas en los ojos—. *¿En qué te han convertido estas bestias?*

El rostro masculino sonríe y, con un revés de muñeca, deja caer la espada sobre Dallas. De un solo golpe y con su filo sobrenatural, lo parte por la mitad, de la coronilla a la entrepierna. Las dos mitades del policía caen como una flor deshojada.

—¡Dallas! —exclamo, y para mi horror aquel hombre vuelve ambos ojos hacia nosotros desde los dos lados rebanados de su cuerpo. Ni su sangre ni sus órganos se desparraman. Se quedan en su sitio, latiendo, moviéndose, *funcionando*... y Dallas... Dallas aún respira.

Las cabezas del Rebis sonríen y se inclinan hacia el policía, quien balbucea desde su infierno de carne. Pone la punta de la espada sobre una de las coronillas de Dallas y, como si rompiese un hechizo, su sangre y sus entrañas se derraman ahora sobre el suelo de mosaico. El hombre se convulsiona unos segundos, para después morir sin remedio.

—¿Pero qué diablos es lo que ha hecho? —pregunta Nashua a mis espaldas con horror.

El Rebis vuelve a colocarse la espada dentro del pecho. A diferencia de su monstruo portador, ese brillo, más que infernal, parece... *divino*.

—Es la piedra —susurro, aterrorizado—. ¡Esa espada es la piedra filosofal!

Y es entonces cuando comprendo que, al igual que Wéndigo, esa espada parece hacer cosas excepcionales con la vida y la muerte.

Es real. La leyenda de la piedra filosofal es real.

Un disparo alcanza en el hombro izquierdo del Rebis y lo hace retroceder por el impacto. El rostro femenino sonríe, porque su piel absorbe la bala para escupirla, indolente.

—Joder, ¿y ahora qué? —murmura Hoffman, quien baja frustrado su arma humeante.

—Es inmortal... —susurro—, ¡el Rebis es inmortal! ¡Corran!

La cara de Jocelyn lanza un grito espeluznante. El monstruo andrógino saca la espada de nuevo y se lanza contra nosotros, tan veloz que apenas podemos reaccionar. Tared y yo nos separamos a tiempo para evadir el arma alquímica, la cual cae como una guillotina en medio de los dos y parte el suelo de concreto como si se tratase de arcilla.

Comus Bayou se dispersa.

—¡Nashua! —grita Tared, y flanquea al Rebis desde su costado femenino mientras el errante oso rodea el masculino; Julien y Johanna se posicionan en la retaguardia y Hoffman y yo quedamos al frente.

Irina permanece inerte, con su hermano muerto entre los brazos, como si ya no le quedase una razón más en el mundo por la cual luchar.

Como dos rayos, Nashua y Tared se lanzan sobre las alas del monstruo; las mandíbulas de mi hermano oso atrapan el músculo de la bestia, pero los colmillos parecieran morder roca sólida, incapaz de perforarla. Las garras de Tared intentan clavarse en la otra ala, pero sólo consigue arrancarle un par de plumas.

En un instante ambas alas se recubren de fuego. Los devorapieles aúllan y sueltan al monstruo, que deja escapar una carcajada mientras ellos se alejan de él y se retuercen para aplacar las llamas que los queman.

El Rebis levanta una de sus gigantescas piernas, y de un pisotón abre una grieta en el suelo que se alarga directamente hacia donde yo estoy.

Ante mi sorpresa, el rostro de Adam se contorsiona furioso hacia la otra cabeza al ver cómo la abertura me traga la pierna entera y me derriba. Johanna salta en dirección a la nuca femenina del Rebis. En un instante la bestia tuerce su otro cuello y, como un maldito dragón, la cara de Adam escupe una llamarada que repele a mi hermana como insecticida a un mosquito en el aire. Ella cae al suelo y rueda para apagar el fuego.

—¡Mierda! ¡No podemos ni tocar esa cosa! —exclama Hoffman, desesperado.

—¿Cómo lo matamos, Elisse? —grita Tared, pero algo me dice que no hay manera de hacerlo. De no haber gastado ya esa carta, le pediría ayuda a Barón Samedi, pero el cabrón no tiene motivos para ayudarme ahora que he prometido devolverle su lengua.

Comus Bayou y Hoffman jadean por el cansancio. Estamos agotados. Y nunca nos habíamos enfrentado a algo tan poderoso.

Libéeeerame...

De pronto, el andrógino entero se recubre de fuego. Las llamas vibran hasta convertirse en una hoguera, con un brillo tan intenso que nos deja ciegos por unos instantes.

El mundo se me va a los pies cuando el Rebis apaga las llamas de su cuerpo y muestra, con una sonrisa que surca ambas caras, su brazo izquierdo, el cual sostiene el cuello del errante bisonte. Julien se retuerce, con las manos aún muy humanas intentando abrir los dedos de la bestia.

—¡No, no, suéltalo! —grita Tared. Todos nos abalanzamos desesperados hacia la criatura.

El Rebis aplasta a Nashua contra el suelo con el agitar de sus pesadas alas. Hoffman dispara una y otra vez contra el puño que apresa a Julien, pero aquella cosa absorbe y escupe las balas sin cesar.

Tared se las arregla para también disparar a la bestia, pero ésta asesta la enorme empuñadura de su espada en el costado del hombre lobo.

Y lo hace con tal fuerza que escucho sus costillas quebrarse.

—¡Tared, no!

El lobo es arrojado por los aires y cae fuera del perímetro de la casa. Quedo inmóvil frente al Rebis, éste sonríe y levanta su espada. La luna ilumina su silueta monstruosa mientras Julien se queda sin aire.

Y allí mismo soy consciente de que sólo un milagro podrá salvar a mi hermano.

Y sé que ese milagro será el inicio de mi fin.

Mi mano se recubre de fuego una vez más.

¡LIBÉRAMEEE!

—*No me lo quitarás, hija de perra* —exclamo—. Porque aquí, el único inmortal *¡soy yo!*

Y entonces, abro la palma huesuda, la estrello contra mi pecho y, azotado por la furia de Wéndigo, me dejo devorar por las llamas.

CAPÍTULO 74
LEYENDA

El Rebis retrocede cuando mi cuerpo comienza a transmutarse entre las llamas. Crezco, me expando y reviento hasta tomar la forma de Wéndigo.

Y en medio del mar de llamaradas, lanzo mi cornamenta hacia su pecho.

Embisto al monstruo andrógino con tanta fuerza que deja caer a Julien al suelo, mientras la criatura es despedida varios metros hacia atrás. El Rebis rueda por los escombros y se levanta de un salto, su peso descomunal sacude la tierra al poner las garras sobre el suelo.

—Dios mío, Elisse…

—¿Pero qué…?

Me coloco delante de Julien y avanzo hacia el Rebis sin prestar atención a los gritos de asombro de todo Comus Bayou. Porque lo único que me domina en estos instantes es *nuestra rabia.*

Me relamo el hocico con la larga lengua de Samedi, ansioso por probar carne divina. Soy más grande que un errante normal, y aunque el Rebis aún me supera en tamaño por mucho no dudo en lanzarme contra la bestia. Muerdo su hombro derecho con todas mis fuerzas; la magia fluye imparable por mi mandíbula hasta penetrar su gruesa piel.

El Rebis enreda su garra libre en mi cornamenta para arrancarme de su hombro. Jala mi cabeza, y deja caer la espada contra mi asta. La rebana de tajo desde el tronco; el hueso vuela por el impacto y llega a los pies de Nashua, quien retrocede como si le hubiesen arrojado una serpiente.

Mis hermanos, Hoffman, Irina, Tared... ninguno parece ser capaz de comprender lo que sucede. O en qué me he convertido, pero es mejor así.

Están completamente agotados, débiles no sólo por esta pelea, sino por el encuentro que tuvimos con el trotapieles.

Ésta es una batalla que debo pelear solo.

El andrógino me arroja hacia la terraza. Caigo sobre mis cuatro patas mientras la sangre de mi asta desciende, negra y espesa, hasta mi mandíbula. Gruño y, ante la mirada exorbitada de Johanna, quien está justo a mi lado, engullo el trozo de carne blanca del Rebis.

La sangre divina me resulta deliciosa; su sabor metálico me llena de un dolor extático que se mezcla con mi oscuridad en una armonía macabra.

Y ante mi propio deleite unos músculos violáceos empiezan a crecer sobre mi hombro derecho.

—¿Quién eres? —susurra Johanna con los labios temblorosos—. *¿Qué eres?*

Me arrojo de nuevo contra el Rebis, quien ha vuelto a poner la espada dentro de su cuerpo para regenerar su herida. El monstruo me recibe y, tras un forcejeo en el que nuestros puños se enlazan, logra rodear mi cuello con una de sus garras. Sus alas comienzan a agitarse y ambos salimos disparados al cielo.

—¡Mierda, Elisse, Elisse! —escucho a Hoffman gritar, pero pronto nos alejamos tanto del suelo que todo se convierte en luces difusas.

—¡Adam! —grito con mis cientos de voces, apretadas por su firme agarre alrededor de mi garganta—. ¡Adam, tienes que escucharme! ¡Tienes que sobreponerte a tu madre! ¡Ella...! La cabeza de Jocelyn chilla de rabia. Sus alas dejan de agitarse y el Rebis se deja caer en picada contra la tierra.

Me usa de escudo para resistir el impacto, mis huesos crujen y algunos hasta se parten al quebrar el concreto. Lanzo un bramido salvaje mientras el Rebis saca la espada una vez más de su pecho. Sin piedad, me corta la otra asta y me despoja por completo de mis cuernos.

Levanta la espada, pero esta vez, apunta a mi cuello.

—¡Wright! —grito a todo pulmón—. ¡Tu padre se llamaba Nathaniel Wright!

El Rebis queda paralizado. Mi voz ha sonado *humana*.

El rostro de Jocelyn aprieta los dientes con fuerza, mientras que el lado de Adam refleja incredulidad al oír nombrar a su padre.

—Él me lo dijo todo —insisto—. Tu padre te amaba, y jamás quiso abandonarte, ¡fue Jocelyn quien te mintió todos estos años!

La pierna izquierda del Rebis me patea en el pecho, con tanta fuerza que soy lanzado hacia el otro lado de la estancia. Ruedo entre los escombros, debilitado, mientras las dos cabezas de la criatura rugen de forma extraña; Jocelyn está furiosa, pero Adam... Adam parece completamente confundido.

Con trabajo, me yergo sobre mis dos patas y me acerco una vez más hacia la criatura. La sangre negra de mi cornamenta deja un rastro a mi paso.

—Y no conforme con haberte lastimado todos estos años con su obsesión —prosigo—, asesinó a tu padre cuando él quiso detenerla, ¡y lo sepultó bajo la casa para que se pudriera en la oscuridad!

De pronto, algo extraordinario sucede: su lado izquierdo se mueve y se agita para tratar de ir hacia mí, pero el otro permanece como piedra, como si de pronto fuesen flancos de una criatura distinta que comparten el mismo centro.

Adam sacude la cabeza y emite un corto alarido de frustración. Mi corazón, en alguna parte de mi monstruoso ser, comienza a latir con una abrumadora vehemencia.

En un parpadear, ambos lados reaccionan y el Rebis se lanza sobre mí nuevamente. Su pesado cuerpo me estrella contra el suelo y me arrastra varios metros entre los escombros, con tanta fuerza que cava una zanja a nuestro paso.

Lanzo un aullido de dolor cuando, al detenerse, enreda su garra izquierda en mis costillas y las retuerce hasta arrancarme una buena cantidad de ellas.

—¡E-eras humano! —grito a pesar de la agonía—, no había forma de que lo supieras, no había forma de que bajases allí y lo encontrases, ¡nada de esto es tu culpa!

El lado izquierdo del Rebis se revuelve, pero Adam tan sólo me mira con sus ojos dorados, confundido al encontrarme tan irreconocible y, a la vez, tan familiar.

Su mano izquierda atenaza mi cuello ahora, mientras la derecha alza la espada. La luna parece absorber su dorado resplandor como un aura.

Pero, a pesar de la asfixia que comienzo a sufrir, a pesar de que los huesos de mi cuello crujen ante su poder, reúno fuerzas para levantar mi garra hacia Adam.

—Tú y yo no éramos más que monstruos solitarios —susurro—. Pero cuando por fin nos tuvimos el uno al otro... tu madre ni siquiera quiso permitirte eso.

De pronto, el silencio a nuestro alrededor hace parecer que sólo Adam y yo estamos aquí, porque absolutamente nadie más es parte de esto. De la verdad que él y yo compartíamos. El odio se propaga en mi voz.

—Y ahora... ahora te ha hecho *esto* —siseo, casi sin aire—. Te ha unido a su cuerpo para siempre, para que pases la eternidad junto a ella. Por favor, Adam... no dejes que te siga utilizando. ¡No puedes permitir que tu madre nos venza!

Mi corazón se detiene al ver que el rostro de Adam se anega en lágrimas.

Y entonces la espada vibra en el aire con la fuerza de una guillotina.

—¡No, no, Elisse!

El grito de Tared se queda congelado cuando, de un solo tajo, el Rebis decapita la cabeza de su madre.

La cabeza de Jocelyn lanza un grito de terror y rueda hacia atrás, mientras el cuerpo del Rebis se desploma de espaldas frente a mí. La piedra filosofal cae al suelo.

—¡Adam, Adam!

Me lanzo hacia él. Los ojos dorados de mi amigo apuntan al cielo mientras se convulsiona. De inmediato estiro mi brazo hacia la espada.

Para mi sorpresa, la mano derecha del andrógino atrapa mi muñeca con suavidad, y me suplica con su mirada. Ahogo un gemido bestial y contraigo mi garra en respuesta.

—Per... dóname... papá.

Mi corazón humano se despedaza al escuchar aquellas palabras de sus labios. Adam cierra los ojos, y el cuerpo del

Rebis empieza a partirse. La carne, los huesos, el cabello, inclusive la cabeza de Jocelyn... todo se transforma en un mar de oro y plata líquida, hasta fundirse en la tierra.

Y al ver el rostro de la alquimista desaparecer, mi tristeza es reemplazada por una rabia descomunal.

Fortalécehosssss.

Me levanto y, con un instinto abominable, elevo la espada filosofal y la introduzco en mi pecho, entre mis cientos de costillas. Mi caja torácica se cierra hasta que la espada queda enterrada en mis huesos.

Aprieto los colmillos y ahogo un nuevo bramido de dolor cuando mis astas crecen una vez más y rompen la superficie de mi cráneo. Se alargan, más fuertes que nunca, y ahora son plateadas, puedo percibir su brillo mientras la luna resplandece sobre ellas con una luz sobrenatural.

Y después, todo dentro de mí empieza a crecer. Infinidad de pulmones, docenas de corazones, cientos de metros de intestinos... mi esqueleto, aquel que alguna vez contuvo un vacío se llena de una cantidad surrealista de órganos.

El poder de la espada me hace sentir, no inmortal, sino ya... completo.

—Ya casi... hemos renacido...

Todos mis corazones palpitan con violencia al darme cuenta de que no han sido las voces de Wéndigo quienes han pronunciado esa frase. He sido yo mismo, poseído por una extraordinaria oscuridad.

Presa del pánico, rujo, grito y me revuelvo. Busco, con histeria, una forma de dejar de ser la bestia en la que me he convertido. Y cuando veo el cadáver de Buck Lander a lo lejos, mi instinto me hace correr hacia él. Sujeto al trampero entre mis garras, y al sentir su carne, aún tibia, las voces dentro de mí se agitan con euforia. Hinco mis colmillos y, sin piedad, comienzo a devorarlo, pedazo a pedazo, músculo por músculo.

Mi cuerpo se encoge y se regenera. Las decenas de corazones se vuelven uno solo, tejido tibio y rojo reemplaza los huesos. Piel marmórea cubre la monstruosidad bajo mi ser, hasta que todo el cadáver de Buck Lander desaparece por completo de la faz de la tierra.

Al final, mis astas plateadas son lo único que Wéndigo deja en mí.

Ante la extenuante transformación, levanto la mirada y me encuentro con los ojos de todo Comus Bayou fijos en mí. Pero no se trata sólo de eso, sus brazos y garras están tensas, los labios apretados. Exhiben una expresión humana en sus rostros bestiales, incapaces de creer todo lo que acaban de presenciar.

—Elisse... —murmura Hoffman, como si de pronto despertase de un largo letargo.

Confundido, me acerco hacia ellos. Pero al verlos *retroceder* casi caigo de rodillas.

Están a la defensiva.

Un monstruo. Un monstruo. Un monstruo.

—Monstruo... —repito sin poder evitarlo. Busco, con histeria, una forma de que dejen de ver la bestia en la que me he convertido.

Tomo la gruesa chaqueta ensangrentada de Buck Lander y me la echo encima para cubrir mi desnudez.

La vergüenza, la repulsión y el odio que siento hacia mí me empapa los ojos de lágrimas. No gimo, no grito, tan sólo dejo que ellos miren el monstruo que soy. La criatura de la que he intentado protegerlos todo este tiempo.

Y lo único que veo en su mirada es miedo.

Esa pesadilla que tanto temí se volviese realidad.

Y entonces me doy cuenta que alguien nos observa, perplejo, desde la sala de los Blake. Sus ojos azules fijos. Tan quieto, que no estoy seguro de cuánto tiempo ha estado allí, contemplándonos.

Irina despierta de su letargo y se yergue de pronto.

—¡Lander! —exclama—. ¡Es Benjamin Lander!

CAPÍTULO 75
PORTAL

A lo lejos del camino de terracería, las intensas luces de varios vehículos alumbran el alba. Motores rugen furiosos, y el sonido de los disparos ensordecen nuestros oídos.

—¡Te has tragado a mi hijo, cabrón hijo de puta! —exclama Benjamin Lander.

Ni siquiera miro hacia mis hermanos, ya nadie tiene energías para pelear.

Sin pensarlo, echo a correr hacia los árboles mientras distingo, apenas por el rabillo del ojo, cómo Comus Bayou huye también al bosque, pero en dirección contraria a la mía, arrastrando a una histérica Irina con ellos.

—¡Monstruos! ¡Tráiganme la cabeza de todos esos monstruos! —escucho que grita el patriarca Lander a mis espaldas.

Me abro paso entre los árboles a la mayor velocidad que mi cansado cuerpo permite. Pero me siento pesado, muy pesado, como si mi pecho hubiese aumentado veinte kilos.

A pesar de llevar la piedra filosofal en mi cuerpo, estoy débil, como si me consumiese por dentro. ¿Acaso mi cuerpo, mortal y humano, a diferencia de Wéndigo o el Rebis, no es capaz de resistir el poder de la espada?

El potente motor de un vehículo ruge a mis espaldas. El aire se me escapa de los pulmones, las piernas comienzan a dolerme como mil demonios por el esfuerzo.

Y entonces siento un jadeo furioso a unos metros. Tared, en menos de un segundo me alcanza, se arranca la piel de lobo y se la ata alrededor de la cintura, tal vez con la esperanza de pasar más desapercibido en la maleza. Para nuestra suerte, el bosque espesa tanto que pronto dejamos la camioneta atrás. Tan sólo escuchamos los gritos de los tramperos y de Benjamin Lander distanciarse.

Y, de pronto, una fuerte explosión nos echa por tierra. Me cubro la cabeza y más estallidos se levantan como muros de tierra. Dinamita.

Los tramperos se abren paso por el bosque mientras Tared me levanta del suelo.

—¡Corre, carajo!

Hago lo que me pide, y ambos subimos en línea recta, trepando pendientes y rocas. La vegetación da paso a un terreno de piedra escarpada y siento que mi energía mengua con cada zancada.

El peso de la piedra filosofal se vuelve insoportable.

Y entonces, cuando por fin llegamos al lindero del bosque, los dos nos detenemos al comprobar que un río caudaloso fluye a unos cuantos metros de nosotros.

Reconozco de inmediato la catarata de Stonefall, la cual desemboca a una corta distancia a nuestra derecha. Tared y yo giramos la cabeza de un lado al otro, considerando nuestras posibilidades.

El lobo está lastimado, y el río es demasiado ancho y caudaloso para cruzarlo, nos arrastraría antes de que llegásemos a la otra orilla, así que sólo nos queda regresar al bosque.

Estamos a punto de echar a correr cuando un disparo estalla en mi brazo.

—¡Ah, mierda! —exclamo, y caigo de rodillas contra el suelo.

Una enorme camioneta Hummer baja del lindero a toda velocidad y se interpone en el extremo del río que conduce a la montaña, acorralándonos contra la vertiente de la cascada. Seis hombres, armados hasta los dientes, bajan de la camioneta, Tared me levanta del brazo sano y me arrastra hacia la orilla de la desembocadura.

Herido. Estoy herido, y a pesar de llevar la piedra filosofal en el pecho... no soy capaz de regenerarme.

—Mierda, ¡las leyendas del rancho de los Sherman eran ciertas![22]

Ante la exclamación de uno de los tramperos, quienes no dejan de mirar con fascinación tanto la piel alrededor de Tared como mis astas plateadas, retrocedemos hasta el borde de la catarata.

Mis piernas languidecen. La oscuridad se hace más latente y pesada dentro de mí.

Tared se asoma a la desembocadura y mira las afiladas rocas del fondo como si fuesen el hocico de un monstruo.

—¡Maldición, maldición! —exclama—. ¡Nos destrozarán por completo!

Miro también hacia abajo. El río corre y se desploma contra el fondo, tan oscuro y profundo que parece la entrada de un abismo.

Un abismo... ¡un abismo!

---

[22] También conocido como Rancho Skinwalker. Uno de los lugares más famosos de avistamientos paranormales en los Estados Unidos.

Mi corazón se acelera, y recuerdo mi caída al Dirty Devil River. *Yo abrí un portal entonces,* fue por eso que pasaron varios días sin que me diese cuenta.

El agua, el río... es un vínculo, un aquí y un allá. Un vínculo que, al igual que un espejo, sé que podría abrir si lo intentara.

Pero el riesgo es absoluto. Si esto no funciona, la presión del agua nos ahogará. Y aún si funcionase, Tared podría morir en el plano medio. ¿Acaso no tengo forma de salvarle la vida?

Otra todoterreno derrapa fuera de la línea de árboles. Sus faros nos alumbran y veo, detrás de la cabina, a Benjamin Lander, quien, a pesar de su edad, baja de un salto del vehículo.

Sus hombres se reúnen detrás de él como buitres.

—Destripen al hombre. Arránquenle la cabeza y cómansela si quieren —dice con frialdad—. Pero el chico es mío.

Levanta la escopeta y apunta hacia nosotros.

Y cuando jala el gatillo no tenemos más opciones.

Me arrojo hacia Tared con todas mis fuerzas y enredo mis brazos en su cintura. El percutor del arma se activa y la bala roza nuestras cabezas.

—¡Disparen, carajo!

El hombre lobo y yo caemos al fondo de la cascada. Tared se revuelve en el aire y grita, mientras yo aprieto su cuerpo contra el mío a pesar del lacerante dolor en mi brazo. La magia ruge en mi interior y despierta.

El agua nos traga, y lo último que percibo antes de sumergirnos es una infinita oscuridad.

CAPÍTULO 76
UN MORTAL EN MEDIO DEL ABISMO

No hay rocas, no hay arena, no hay troncos; tan sólo esta vertiente monstruosa y un frío tan descomunal que siento como si miles de cuchillos se clavasen al mismo tiempo en mi piel.

Ha funcionado. Hemos cruzado al otro lado, pero todo es tan confuso que pronto empiezo a desesperarme. ¿Dónde está el arriba? ¡¿Dónde carajos está la superficie?!

Aprieto la cintura de Tared contra mi cuerpo con todas mis fuerzas, pero es tan pesado y la corriente tan fuerte que resbala de mi agarre hasta que termino abrazado contra su pecho.

Mi brazo herido me duele demasiado, e inclusive puedo percibir el sabor de mi sangre alrededor. Mi pecho pesa, pesa muchísimo, y el cansancio comienza a marearme.

¡Tared, aférrate a mí, por favor!, suplico desde mis adentros, incapaz de gritarle en medio del agua, porque sus brazos no me rodean y su cuerpo no lucha contra la corriente.

Enciendo la luz en mi mano descarnada, pero estoy tan débil que sólo consigo crear un tenue resplandor. Lucho contra la corriente y el dolor recalcitrante hasta acercarla lo suficiente a su rostro para iluminarlo, sin dejar de sostenerlo contra mí.

Suelto burbujas de aire.

Tiene los ojos abiertos y en blanco.

No se mueve.

No respira.

Está completamente inmóvil.

Mi visión se manifiesta ante mí una vez más.

—¡Tared! —grito bajo el agua, pero él no reacciona en absoluto.

La espada palpita en mi interior, pero en vez de fortalecerme, envía punzadas dolorosas a todos mis huesos. Wéndigo se revuelve con fuerza, furioso.

Es hora... de despertar.

La corriente me sacude. Pierdo el agarre de Tared hasta que lo único que nos une es mi mano descarnada que sostiene la suya. Es demasiado pesado, y el dolor de mi brazo herido pulsa como si estuviese a punto de rasgarse por completo.

La pérdida de sangre, el agotamiento, el frío infernal y el peso de la piedra filosofal dentro de mi pecho… todo comienza a dejarme inconsciente.

No, no, por favor, no.

Y justo antes de que mis ojos se cierren, mi mano agarrotada lo suelta.

Sin poder evitarlo, dejo ir a Tared.

Y con un último grito que me despoja de todo aire, lo veo perderse, inerte, en medio de la oscuridad.

FIN DEL LIBRO SEGUNDO

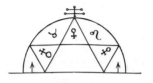

AGRADECIMIENTOS

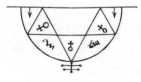

Para empezar, nunca creí que iba a llegar hasta aquí. Leyenda de Fuego y Plomo me tomó tanto tiempo (tres años, para ser exacta) que llegó un punto en el que creí que jamás iba a completarse. No recuerdo cuántas veces lloré frente a la pantalla creyendo que no iba a lograrlo, pero lo que sí recuerdo es a la gente que estuvo a mi lado durante todo este tiempo; aquellos que nunca me dejaron desistir y que creyeron en mí y en que la historia de Elisse merecía ser contada.

Quiero empezar agradeciendo, como siempre, a mis padres y mi hermano, cuyo apoyo y sacrificio han hecho posible que siempre alcance mis sueños. Gracias por enseñarme a trabajar con pasión en todos los proyectos. Para mí, ustedes son como aves fénix, porque nadie se levanta de las cenizas con tanta vehemencia como lo hace mi familia día a día.

Miles de gracias a Ana Redfield quien, con mucho cariño y paciencia, tuvo fe en este proyecto y aguantó mis crisis existenciales y mis largas jornadas de trabajo nocturno hasta altas horas de la madrugada. No podía pedir a una mejor compañía para esta aventura, ¡gracias por iniciar conmigo este Atrapasueños!

A Mike Rojo, Miguel López Cházaro y Oscar Gallegos, quienes siempre han estado allí en mis mejores y peores momentos. No podría pedir mejores amigos en el mundo.

Miles de gracias a mis queridísimos Denisse y Alex, mis amigos y primeros lectores Karen García y Engelbert López; a mis queridas Victoria y Elizabeth por tantos años de compañía; a la hechicera Iris; a Alejandro Bravo y a Eliza García, por siempre darnos un hogar en Ciudad de México; a Ingrid por ser una hermana, no de sangre, pero sí de espíritu; a Kiwi, por esa intensa sesión de Tarot que me movió tanto el tapete; a mi querida nutrióloga Fanny, quien siempre me echa porras desde su trinchera a pesar de las vergonzosas fotos de comida chatarra que a veces le mando; a toda la familia Pulido y la familia Urzúa, pero sobre todo a mis primas Alejandra Pulido, Karen Padilla y mi tía Iredi, que me han apoyado con tanto espíritu desde que empezó esta aventura. Muchísimas gracias a mi colega Luis Boiler; a Naytze y a Montse por ser siempre las mejores; a mis adorados lectores Drew, Ángel, Luis, Yel, Ari, TresTrece, Angie, Mika y Laus, a los jefes editoriales Israel Alonso y Carmen Moreno, por darme tanto trabajo, como la oportunidad de seguir ilustrando historias extraordinarias.

A mis colegas escritores H. Kramer, Hilario Peña, Claudia Ramírez Lomelí, Pedro J. Fernández, Jaime Alfonso Sandoval, Toño Malpica, quienes siempre han sido una inspiración para mí. A John Picacio, Lauren, Wally, Gonzo, Grace, Dianita, Héctor, Julia Ríos, Dianita, Cody y a todos mis hermanos escritores y artistas de la #MexicanxInitiative, por desbordar talento e inspirarme día a día.

A mi editor en Los Ángeles, Matthew Anderson, por su cariño, paciencia y disposición para hacer crecer a la Nación.

A la familia Arias Segovia, sobre todo a Mary, Norma, doña Elena y don Chuy, que siempre me apoyaron a mí y a mi familia en los momentos más difíciles y quienes me brindaron un segundo hogar.

Gracias enormes a mi familia del centro budista tibetano Thubten Dhargye Ling, a quienes todos los días echo mucho de menos. A Gerardo, Vane, Pedrito, Nico y todo el equipo de La Librería de los Escritores, por ser siempre tan geniales y querer tanto mi libro. A Eduardo Gaitán y el equipo de Artefacto, a Romina Beltaine por poner tanto ímpetu y cariño a que La Nación llegase a otros países, a Cristina Francov por siempre tomarme fotos tan fabulosas, a Karina Barba y todo el equipo de Tlanemani, a Alexis López y su equipo en Librerías Gandhi, a Quique Franco, el IAJU Aguascalientes y a toda la gente del medio que apostó tanto por la historia, que brindó sus espacios y abrió los brazos para que todo mundo leyese mi historia.

Unas gracias enormes a mi editor en español, José Manuel Moreno Cidoncha, por su enorme paciencia y su fe en mi trabajo. A Rogelio Villareal Cueva, por ser un extraordinario líder; a Guadalupe Ordaz, por ser siempre tan dulce y entusiasta; a Rosie Martínez, por sus consejos y cariño; a mi tocayita Paola Requesens, por acudir siempre a mi rescate; a Ismael Martínez, por encerrarme en un cubículo y darme terapia emocional para poder soltar al mundo el manuscrito de este libro; a Grizel, Guadalupe Reyes, Zay y a todo el equipo de Editorial Océano por su pasión hacia la historia y su profesionalismo, quienes han llevado este libro más allá de las fronteras. No podía pedir una mejor casa para La Nación de las Bestias.

Pero, por sobre todas las cosas, gracias a ustedes, los lectores. Gracias a quienes han apoyado esta historia a lo largo de sus publicaciones, que con paciencia han esperado el regreso de Elisse y Comus Bayou. Ustedes fueron la alquimia que hizo posible Leyenda de Fuego y Plomo.

Gracias. Gracias por siempre. Nos vemos en el siguiente libro.

ÍNDICE

Nota de la autora 7
Prólogo (El libro rojo de ~~Laurele~~ Elisse) 11

PRIMERA ETAPA
MONSTRUO DE PLOMO

1. I. Nigredo 21
2. Reino de óxido 26
3. Nostalgia 36
4. Tierra de ningún hombre (Envenenamiento) 45
5. Monstruo impredecible 54
6. Superviviente 61
7. II. Albedo 69
8. Forastero 71
9. Sin rastro 87
10. Ciencia extraña 90
11. Prófugo 109
12. Inquilinos inquietantes 121
13. Una responsabilidad conveniente 131
14. Materia prima 141
15. Monstruo incomprendido 151
16. Compañía imprevista 162
17. Cataratas y otras barbaridades 168
18. Un afecto peligroso 176
19. Un afecto atroz 184
20. Guardián 189
21. Despertar 196
22. Bestia de mil ojos 201

23. El andrógino divino   204
24. Dios de hueso   211
25. De Fuego y de Plomo   216

SEGUNDA ETAPA
MONSTRUO DE PLATA

26. III. Citrinas   225
27. Y de pronto... grita   228
28. Verdugo   237
29. Viejos amigos   245
30. Cuestión de años   250
31. Una raza que agoniza   261
32. Pérdida   273
33. Brujo del este   283
34. Bestias del oeste   289
35. Es personal   300
36. Una señal   310
37. La tormenta regresa   312
38. Una mentira disfrazada de desesperación   315
39. Una raza que duele   318

TERCERA ETAPA
MONSTRUO DE ORO

40. Manada   327
41. Atrapasueños   332
42. Sin cambio de planes   341
43. Un lobo no ama dos veces   345
44. El Gran Vínculo   354
45. Danza con loas   366
46. Vínculo frágil   374
47. Vínculo roto   385

48. Una herida que no sana 388
49. Visitante 396
50. Encuentro 406
51. Resurrección 410
52. Como es arriba 417
53. Es abajo 425
54. Un poder preocupante 434
55. Corazón delator 439
56. Quimera 445
57. Colapso 457
58. Rescate 461
59. Sendero en pieles 464
60. Revelación 470
61. Hallazgo 482
62. Presagio 499
63. Huracán 508
64. IV. Rubedo 516
65. Un monstruo como nosotros 518

CUARTA ETAPA
MONSTRUO INMORTAL

66. Un amor insuficiente 527
67. Remordimiento 533
68. Partida 544
69. Vaticinio interminable 551
70. Emboscada 559
71. Ajuste de cuentas 564
72. Horda 571
73. V. Opus Magnum 579
74. Leyenda 587
75. Portal 595
76. Un mortal en medio del abismo 599

AGRADECIMIENTOS 601

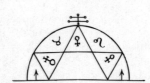

Esta obra se imprimió y encuadernó
en el mes de mayo de 2020, en los talleres
de Impregráfica Digital, S.A. de C.V.
Av. Coyoacán 100-D, Col. Del Valle Norte,
C.P. 03103, Benito Juárez, Ciudad de México.

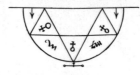